ro
ro
ro

Jilliane Hoffman war Staatsanwältin in Florida und unterrichtete jahrelang im Auftrag des Bundesstaates die Spezialeinheiten der Polizei – von Drogenfahndern bis zur Abteilung für Organisiertes Verbrechen – in allen juristischen Belangen. Ihre Thriller «Cupido», «Morpheus», «Vater unser», «Mädchenfänger», «Argus» und «Samariter» waren allesamt Bestseller.

JILLIANE HOFFMAN

INSOMNIA

THRILLER

Aus dem Englischen von
Sophie Zeitz und Stefanie Kremer

Rowohlt Taschenbuch Verlag

Veröffentlicht im Rowohlt Taschenbuch Verlag,
Reinbek bei Hamburg, Dezember 2017

Redaktion Elisabeth Mahler
Umschlaggestaltung Hafen Werbeagentur, Hamburg
Umschlagabbildungen Joserra Martínez/Getty Images;
Ivankov/shutterstock.com
Satz Berthold Bembo PostScript
bei Pinkuin Satz und Datentechnik, Berlin
Druck und Bindung CPI books GmbH,
Leck, Germany
ISBN 978 3 499 26857 1

PROLOG

Die bösen Gedanken fingen etwa zur gleichen Zeit an wie die Kopfschmerzen.

Vielleicht kam das eine vom anderen, er war sich nicht sicher. Es war so lange her, dass er nicht mehr wusste, was zuerst da gewesen war. Er war noch ein Kind, dreizehn, höchstens vierzehn, als die Kopfschmerzen begannen. Es fühlte sich an, als würde sein Kopf in einem Schraubstock stecken und jemand zog die Schraube an. Er hatte alle Medikamente ausprobiert – die legalen und die illegalen –, damit es endlich aufhörte, aber nichts hatte geholfen. Der Druck war bestialisch. Einfach brutal. Er konnte nicht denken. Er konnte nicht essen. Er konnte nicht schlafen. Lange hatte er versucht, das Richtige zu tun, um seinen Kopf in Ordnung zu bringen. Er hatte eine Stress-Therapie gemacht. Auf Milch, Weizen, Soja, Schokolade, Erdnüsse verzichtet, bis er nur noch Hasenfutter zu sich genommen und Wasser getrunken hatte, aber nichts davon hatte Besserung gebracht. Er war sogar ins Krankenhaus gegangen und hatte sich von den Ärzten mit einem Dutzend Instrumenten aus einem Dutzend Winkeln ins Gehirn sehen lassen. Er war gepikt und abgeklopft worden, hatte Blut, Urin und Rückenmarksflüssigkeit abgeben müssen. Er war auf Herz, Nieren, Leber und Lunge geprüft worden. Doch man hatte nichts gefunden. Nichts. Jeder Test, jede Untersuchung war ohne Befund geblieben.

Alles war NORMAL.

Nur, er war nicht NORMAL. Das wusste er. Schon *vor* den Kopfschmerzen und der Schlaflosigkeit wusste er, dass er nicht NORMAL war. Und als die hässlichen Gedanken anfingen, wusste er erst recht, dass er *nicht* NORMAL war. Vielleicht waren die Kopfschmerzen die Strafe Gottes für seine schrecklichen Gedanken, hatte er sich eine Zeitlang eingeredet. Seine Familie war nämlich sehr fromm. Während seine Mutter in der Kirche mit dem Rosenkranz in der Hand für ihn und seine Seele Gebete aufsagte, zog Gott die Schraube enger, um ihm die bösen Gedanken aus dem bleichen, knubbeligen, aknenarbigen Schädel zu quetschen. Er war ein schlaksiger, unansehnlicher Teenager. Ja, er war schlau, aber in der Highschool interessierte es keinen, ob man Grips hatte. Nur das Äußere zählte. Wer hässlich war, kam nicht zum Zug. Hässlich ging nicht mit hübsch und schön. Wer hässlich war, musste entweder sportlich oder musikalisch sein, und er war keines von beidem.

Als ihn seine besorgten Eltern wegen der Kopfschmerzen, die so stark waren, dass ihm vom Zähneknirschen die Zähne abbrachen, zum Seelenklempner schickten, ging er gehorsam hin. Er hätte alles getan, um den Druck im Kopf loszuwerden und wieder schlafen zu können. Und er hatte wirklich aufrichtig gehofft, dass es funktionierte. Dass die Frau – um Geld zu sparen, hatte seine Mutter eine Therapeutin ausgewählt, die keine echte Psychologin war, aber dafür nur das halbe Honorar verlangte –, dass die Frau ihm vielleicht ein paar Tipps gab, wie er das Hämmern in seinem Schädel wenigstens lindern könnte. Oder wirksame Mittel verschrieb, so was wie Oxy oder Valium oder Xanax, um den Schmerz zu betäuben. Aber es funktionierte nicht. *Sie* funktionierte nicht. Und als er anfing, ihr von den schlimmen Gedanken zu erzählen, die ihm seit geraumer Zeit durch den Kopf gingen, hatte sie ihren mannsgroßen Schädel schief gelegt und ihn mit Entsetzen in den hellblauen Augen angestarrt, die neben den strammen Brüsten das einzig Weibliche an der Zicke waren. In diesem Moment hatte er gewusst, dass er noch weniger NORMAL war, als er gedacht hatte, bevor er durch ihre hübsche gelbe Tür spaziert war. Da erzählte er der nicht echten und auch nicht netten Psychologin, er habe nur Spaß gemacht, die Szenen stammten aus einem gruseligen Horrorfilm, den er mal gesehen habe, und seitdem bekomme er die schrecklichen Bilder nicht mehr aus dem Kopf. Was war bloß mit ihm los?, fragte er sie mit Tränen in den Augen, und da entspannte sie sich – Erleichterung ersetzte das Entsetzen in ihrem Blick, weil ein dünner, pickliger, hässlicher, weinender Teenager alles andere als bedrohlich war. Mit einem zuversichtlichen Lächeln erklärte sie, solche Gedanken seien vollkommen NORMAL. Sie hatte sogar eine handfeste Diagnose für ihn: Intrusion als Symptom von posttraumatischem Stress. In anderen Worten: Er litt unter einer posttraumatischen Belastungsstörung, weil er in jungen Jahren zu viele nicht jugendfreie Filme gesehen hatte, denn erst ab siebzehn war es völlig in Ordnung zuzusehen, wie Menschen mit Macheten zerhackt werden. *Puh.* Die Therapie? Weniger gewalttätige Videospiele und Horrorfilme wie *Saw* und *Hostel, Saints Row* und *Shadows of the Damned*, die ihm die schlimmen Gedanken einflößten.

«Meinen Sie wirklich?», fragte er und wischte sich mit dem Handrücken die Tränen ab. «Ich bin nicht ... Solche Gedanken zu haben, ist nicht ... geisteskrank?»

Im gleichen Moment, als sie ihm mit der großen, teigigen Hand die Schulter tätschelte und versicherte, es sei alles in Ordnung mit ihm, stellte er sich vor, wie er ihren Männerkopf zwischen den gezahnten Backen des Schraubstocks fixierte, den sein Vater im Keller hatte, und dann ganz langsam an dem Präzisionshebel drehte, bis er das Knacken ihres brechenden Schädels hörte.

Eindeutig *nicht* NORMAL.

Nach dem Zwischenspiel mit der nicht echten Psychologin gab er die Hoffnung auf, etwas zu finden, das ihm half. Er log und versicherte seinen besorgten Eltern, dass es ihm schon viel besser gehe. Dass er Freunde in der Schule habe und nachts wieder Schlaf finde. Dass die Kopfschmerzen langsam nachließen. Er begann, mit geschlossenen Lippen zu lächeln, damit man die abgebrochenen Zähne nicht sah, und trug langärmelige T-Shirts, um die Wunden an seinen Unterarmen zu verdecken, wo er sich bis aufs Blut in die Haut kniff, wenn die Schmerzen ganz, ganz schlimm wurden und die bösen Gedanken in seinem Kopf ganz, ganz … böse.

Seine Mutter wirkte erleichtert, auch wenn er wusste, sie spürte, dass ihr einziges Kind log, aber wenigstens lag es nicht mehr in ihrer Verantwortung, etwas zu unternehmen.

«Wenn er sagt, dass es ihm gutgeht, geht es ihm gut, Mary», brummte sein Vater. «Was sollen wir noch machen? Ihn immer wieder fragen? Lass den Jungen in Ruhe.»

«Warum zieht er sich so an, Tom? Ganz in Schwarz? Mit langen Ärmeln bei diesem Wetter? Und Stiefeln? Muss ich mir Sorgen machen?»

«Er ist ein Teenager, Mary. Wenn er sagt, dass es ihm gutgeht, geht's ihm gut.»

«Er schläft kaum, und er lächelt überhaupt nicht mehr, Tom.»

Durch den Spalt der offenen Tür seines dunklen Zimmers konnte er hören, wie sein Vater mit einem genervten Seufzer die Zeitung beiseitelegte. «Welcher verdammte Teenager, den du kennst, ist glücklich, Mary? Teenager sind depressiv und hassen jeden über zwanzig. Du hast gehört, was die Lesben-Psychotante gesagt hat: Seine Persönlichkeit entwickelt sich. Wahrscheinlich schlägt er sich die Nacht mit Wichsen um die Ohren und kriegt davon Kopfschmerzen. Oder er wichst überhaupt nicht, und der Druck in seinem Hirn ist wie Giftgas oder so was. Vielleicht hat sie ihm erklärt, wie es geht, und deshalb kommt er jetzt nicht mehr aus seinem Zimmer.» Sein Vater lachte über seinen eigenen Witz.

«Tom!»

«Unsere Verantwortung ist es, dafür zu sorgen, dass er nicht verhungert – nicht mehr und nicht weniger. Wir haben ein Vermögen für Ärzte ausgegeben, um rauszufinden, dass alles in Ordnung ist. Also lassen wir ihn in Frieden. Ihm geht's gut, Mary. Unser Junge ist vollkommen normal.»

Vollkommen normal.

Und dann eines Tages, kurz nach seinem achtzehnten Geburtstag, gab er den bösen Gedanken nach, die nicht aus Horrorfilmen oder Videospielen stammten, sondern aus seinem eigenen schmerzenden Kopf. Gedanken, von denen die falsche Psychotante bleich geworden war, als er ihr davon erzählt hatte.

Und das Wunder geschah: Die Kopfschmerzen hörten auf.

Der Schraubstock löste sich nicht nur ein wenig – sein Kopf war vollkommen frei. Er fühlte sich so gut wie seit vielen Jahren nicht. Als er die blutige, zuckende, kaputte Masse in seinen Händen betrachtete, war er verblüfft, wie genau sie seinen bösen Gedanken entsprach, bis hin zu dem farbigen Streifen am Schwanz der Schildpattkatze. Er hatte es geschafft, genau nachzustellen, was er jahrelang im Kopf gehabt hatte. Jedes grausige, köstliche Detail. Vielleicht, dachte er, als er ohne den Hauch eines schlechten Gewissens sein Werk betrachtete, war das der Grund, warum die berühmten Maler, die sie in der Schule durchnahmen, von Van Gogh bis Toulouse-Lautrec, immer so schrecklich *litten.* Sie hatten Visionen, und es war ein schmerzhafter Prozess, sie umzusetzen. Der Schmerz trieb sie dazu, ihre Visionen zu malen. Und ihn – na ja – seine Visionen musste er *erleben*, er war ja kein Künstler. In der folgenden Nacht schlief er so tief wie seit langem nicht. Und als nach ein paar Monaten die Kopfschmerzen wiederkamen, begleitet von noch schlimmeren Gedanken, wusste er leider, was zu tun war.

Zuerst war es die Nachbarskatze, die ohnehin niemand leiden konnte, weil sie hilflose junge Vögel und niedliche Eichhörnchen riss und die Kadaver als Geschenk auf den Türschwellen hinterließ. Dann musste der kläffende Köter derselben Nachbarn dran glauben. Als die Nachbarn fortzogen, nahm er ein paar andere nervtötende Haustiere ins Visier, die keiner vermissen würde. Doch dann fingen die Leute an, ihre Tiere einzusperren, und die Polizei stellte Fragen – er musste sich was Neues überlegen. Lektion gelernt: Man scheißt nicht, wo man isst.

Obwohl er wegen seiner Taten keine Schuldgefühle hatte – wofür er sich ironischerweise ein bisschen schämte –, war er vernünftig genug, sich zu bremsen, bevor er zur nächsten Stufe seiner Gedanken überging, die in den dunkelsten Winkeln seiner Psyche gediehen. Die ganz bösen, in denen hübsche Ponys und adrette Pferdeschwänze vorkamen, aber keine Pferde. Nur, je länger er wartete, je weiter er die nächste Ebene des Psycho-Videospiels hinauszögerte, das in seinem Kopf ablief, desto schlimmer wurden die Kopfschmerzen; desto schlimmer wurde die Schlaflosigkeit. Er schaffte es, ein paar Jahre durchzuhalten, aber als der Trick mit Miezi und Bello nicht mehr wirkte und er nächtelang wach lag, weil der Druck hinter den Augen unerträglich wurde, war ihm klar, dass er keine Wahl hatte.

«Tom! Erinnerst du dich an Miss Bixby? Die Psychologin?»

«Mhm …», antwortete sein Vater, ohne vom Sportteil aufzusehen.

«Sie ist tot! Sie ist ermordet worden! Gestern Abend!»

Sein Vater ließ die Zeitung auf den Schoß sinken. «Was ist los?»

«Miss Bixby ist ermordet worden.»

«Wann ist das passiert?»

«Gestern Abend! Hier steht, es sieht aus, als habe jemand

gezielt sie ausgewählt! Es war kein Raubüberfall. Sie wurde vergewaltigt und … o Gott, o Gott … das ist ja grauenhaft! Mir wird schlecht. Sollen wir …?»

Sie brach ab, und er wusste, dass seine Mutter in den Flur blickte, den seine Eltern nicht mehr betraten. Der Flur, der zu seinem Zimmer führte.

Eine Pause entstand. «Es ihm sagen? Nein. Er ist erwachsen. Er kann selbst Zeitung lesen, wenn er will», antwortete sein Vater unbehaglich. Jetzt machte er keine Witze mehr. Jetzt war ihm das Lachen vergangen.

Das Positive war: Danach schlief er wie ein Baby und hatte sehr lange Zeit keine Kopfschmerzen mehr. So lange, dass ihm der Gedanke kam, sie wären vielleicht für immer verschwunden.

Bis sie wiederkamen.

Vom Fahrersitz sah er hinaus auf den leeren Parkplatz und machte sich noch ein Corona auf. Ein paar geparkte Anhänger blockierten den Blick auf die Straße, aber es war spät, und es war sowieso niemand unterwegs.

Außer ihm.

Die quälende, brutale, erhellende Schlaflosigkeit störte ihn kaum noch. Für die meisten Menschen war es eine Folter, wenn sie die Augen schlossen und nicht einschlafen konnten, aber er genoss Nächte wie diese. Es gab ihm ein Gefühl von … Überlegenheit. Als gehörte die Nacht ihm. Als wäre er ein Vampir. In der pechschwarzen Nacht konnte er er selbst sein. Der sein, der er wirklich war. Er musste sich nicht verkleiden, keine Maske, keine falsche Persönlichkeit aufsetzen. Er musste sich keiner Gesellschaft anpassen, die ihn ohnehin nicht wollte – die ihn abgelehnt hatte, seit dem Moment, als er zur Welt gekommen war. Er fühlte sich wie eine Krebs-Patientin, die eine juckende Perücke trug, um niemanden mit ihrer Krankheit zu erschrecken. Erst wenn sie abends nach Hause kam, konnte sie das unbequeme, heiße, künstliche Ding abnehmen und endlich … *frei* sein.

Auf dem Beifahrersitz lag ein Feldstecher. Ohne ihn ging er nicht mehr aus dem Haus. Er stammte aus dem Army Shop und hatte sogar eine Nachtsicht-Funktion, die ziemlich nützlich war.

Damit ich dich besser sehen kann.

Der Gedanke ließ ihn auflachen, dann johlte er laut. Neben dem Feldstecher stand seine Werkzeugtasche. Ohne die ging er auch nicht mehr aus dem Haus. Er fuhr mit dem Finger über die groben Kanten und hielt sich das kühle Bier an die Stirn. Sein Kopf war heiß; die bösen, schlimmen Gedanken heizten sein Gehirn auf. Sein Gelächter erstarb, und er schloss die Augen. Schweiß und Kondenswasser vermischten sich und rannen ihm in den T-Shirt-Kragen. Er biss sich mit einem spitzen Zahn auf die Lippe und schmeckte das Blut. Wenn er schon wie ein Untoter durch die Nacht streifte, dann wollte er auch so aussehen. Manchmal, wenn er in den Spiegel starrte, erschreckte er sich sogar selbst.

Er spähte durch den Feldstecher.

Seine Seele war verdammt. Es ist Zeit zu beten, Mom. Nicht für mich, sondern für die Seelen der anderen.

Heilige Maria, Mutter Gottes, bitte für uns Sünder …

Speichel und Blut liefen ihm übers Kinn, als er entdeckte, wonach er suchte.

Jetzt und in der Stunde unseres Todes …

Es würde nicht mehr lange dauern, und das war gut.

Weil seine Kopfschmerzen mörderisch waren.

Er leckte sich die blutigen Lippen, legte den Feldstecher weg und ließ den Motor an.

Amen.

TEIL I

I

«Wann haben Sie Ihre Tochter zum letzten Mal gesehen, Mrs. Knight?», fragte der Polizist von der Vermisstenstelle des Broward Sheriff's Office und drückte einen Kuli auf den Block auf seinem Schoß, erfolglos. Neben der Haustür am anderen Ende des Wohnzimmers lehnte sein Partner an der Wand, wahrscheinlich spanischstämmig, mit Halbglatze und bassetartigen Triefaugen. Er kam herüber und reichte seinem jüngeren Kollegen einen anderen Stift.

Virginia Knight holte tief Luft. Diese Frage aus dem Mund eines Polizisten zu hören, machte sie nervös. «Also das war gestern Abend. Es muss sieben oder halb acht gewesen sein. Lassen Sie mich nachdenken.» Sie zupfte nervös an dem Taschentuch, das sie in den verschwitzten Händen hielt. «Sie kam gerade vom Einkaufszentrum zurück und, ach so, sie wollte zu ihrer Freundin Hannah. Im Fernsehen lief *Entertainment Tonight*, es muss also nach halb acht gewesen sein.» Sie war so erschöpft, dass ihr das Denken schwerfiel. Die Wut, die sie die ganze Nacht wach gehalten hatte, war verraucht. Stattdessen hatte sie Angst.

«Hannah?», fragte der jüngere Beamte, der sich als Detective Chris Dalla Riva vorgestellt hatte. Er überflog den Bericht, der vor ihm auf dem Couchtisch lag. «Ist das der Vor- oder der Nachname?»

«Wobler – Wobler ist der Nachname. Hannah Wobler. Ich, also, ich kannte ihren Nachnamen noch nicht, als ich gestern

Nacht die Polizei rief, weil Mallory nicht nach Hause gekommen ist. Ich … mir ist das sehr peinlich, wissen Sie? Natürlich müsste ich die Namen von Mallorys Freundinnen kennen, aber, na ja, sie ist eine neue Freundin, verstehen Sie? Sie kennen sich erst seit diesem Schuljahr.»

Virginias Mann Tony, der am Fenster stand und auf die Straße starrte, schnaubte.

«Hannah Wobler. Haben Sie eine Adresse? Eine Telefonnummer?» Der Polizist warf einen Blick über die Schulter zu Tony.

«O ja, ja», sagte Virginia schnell und suchte in ihrem Handy nach dem Kontakt. «Ich habe die Nummer hier. Ich habe Hannah gestern Abend angerufen. Irgendwann hab ich sie endlich erreicht. Von ihr habe ich auch von der …» Sie räusperte sich, als sie dem Polizisten das Telefon reichte. «… von der Party erfahren, auf der Mallory anscheinend war. Ich habe die Nummer dem Polizisten gegeben, der gestern Nacht hier war. Steht sie nicht in der Akte?»

Dalla Riva presste die schmalen Lippen zusammen und schüttelte den Kopf. Vielleicht lag es an seinem jungenhaften Gesicht, aber er wirkte nicht älter als dreißig. Zu jung für einen so wichtigen, ernsten Job. Virginia war eine alte Mutter, sie hatte Mallory drei Monate vor ihrem vierzigsten Geburtstag bekommen. Sie kannte sonst keine echten Polizisten, aber der hier, der vor ihr auf dem Sessel ihrer Großmutter saß, sah nicht so aus und redete nicht so wie die Polizisten, die sie aus Fernsehserien kannte – stämmige, selbstsichere Männer mit charaktervollen, von Erfahrung gegerbten Gesichtern. Detective Dalla Riva schien ihr zu jung, zu unsicher und, na ja … zu *unbeteiligt.* Sein Partner sah schon eher so aus, wie sie erwartet hatte – er war etwa in ihrem Alter, mit Glatze und vielen tiefen Falten auf der Stirn und rund um die traurigen Augen. Sie sah ihm an, dass er häufig die

Stirn runzelte, und daher vermutete sie, dass er seinen Beruf ernst nahm. Virginia wünschte, er würde die Fragen stellen.

«Ihre Tochter Mallory sagte also, sie wollte zu einer Freundin, und stattdessen ging sie zu einer Party. Ist das richtig?»

Virginia hatte einen Kloß im Hals. Sie nickte.

«Haben Sie die Adresse und den Namen des Gastgebers?»

Sie schüttelte den Kopf.

«War Mallorys Freundin Hannah auch auf dieser Party?»

«Nein. Hannah sagte, sie wusste nicht, wo oder bei wem die Party stattfand, nur dass es in Weston war.» Weston war ein reicher Vorort am westlichen Rand von Broward County. Direkt an der Grenze zu den Everglades. In Weston wohnten viele reiche und berühmte Leute, die Footballstars Dan Marino und Bernie Kosar zum Beispiel, weil man dort eine riesige Villa auf einen Hektar Land setzen konnte und nur die Hälfte von dem zahlte, was ein Haus am Meer in Miami kostete. Zumindest nahm Virginia an, dass sich die Reichen deswegen dort ansiedelten. Sie wusste nicht, wie es war, wenn man reich war, sie konnte nur raten. Viele Schüler an Mallorys Highschool waren aus Weston. Die privilegierten.

«Wie ist Mallory dahin gekommen? Wissen Sie das?»

Virginia wurde rot. «Ein Junge hat sie mitgenommen. Tyler. Er hat sie an einer Walgreens-Filiale abgeholt, sagt Hannah. Er geht auf die gleiche Schule wie die Mädchen, auf die St. Thomas Aquinas Highschool. Er ist auch in der Zwölften.»

«Nachname?»

«Armstrong. Auch das habe ich gestern Abend schon Ihrem Kollegen gesagt. Steht das nicht in Ihrem Bericht?»

Der Officer schüttelte wieder den Kopf. «Ist er ihr Freund?»

«Nein. Mallory hat keinen Freund; sie muss sich auf die Schule konzentrieren. Die College-Bewerbungen müssen bald raus.» Sie dachte an den Streit letztes Wochenende, der sich um genau dieses Thema gedreht hatte, und wie Mallory behauptet hatte, sie habe alles im Griff. «Sie arbeitet an ihren Bewerbungen», sagte sie leise, ihre Stimme war rau.

Das Taschentuch in ihrer Hand riss. Die Sonne stand schon seit Stunden am Himmel und flutete das Zimmer mit Licht. Sonnenschein war das Letzte, was heute passte, dachte Virginia und sah sich im «Salon» um, während Detective Dalla Riva sich mit dem geborgten Stift Notizen machte. Sie benutzten dieses Zimmer nie, außer an Weihnachten. Alles hier war nur Show, genau wie das «Speisezimmer» daneben. Der Salon und das Esszimmer im Erdgeschoss gehörten zur Grundausstattung der typischen Reihenhäuser, die in den Achtzigern im Süden von Florida en masse gebaut worden waren, inklusive der lavendelfarbenen und grauen Wände, Giebeldecken und Oberlichter. An der Wand neben Tony, der immer noch aus dem Fenster starrte, stand eine elegante Vitrine voll mit staubigem Porzellan, das sie nie benutzten. Die schicke Couch, auf der sie saß, war so steif und hart, dass es weh tat, länger darauf zu sitzen. Heute erfüllte der Salon endlich mal einen offiziellen Zweck – einen, mit dem Virginia niemals gerechnet hätte: Sie sprach mit zwei Polizisten über das Verschwinden ihrer siebzehnjährigen Tochter.

Der ältere Polizist sah sich ebenfalls um und taxierte die Einrichtung mit dem misstrauischen Blick eines Fernseh-Cops. Den überquellenden Wäschekorb, der vor der zerkratzten Tür zur Garage auf dem Boden stand. Das Gerümpel in den Kisten und Plastikwannen an der Esszimmerwand, das sie auf E-Bay verkaufen wollte. Von seiner Position aus sah er wahrscheinlich auch das schmutzige Geschirr auf der Küchentheke und die leeren Bierflaschen im Recycling-Müll. Das Haus müsste mal gründlich geschrubbt werden. Virginia spürte, wie er die Unordnung registrierte und beurteilte. Zur Kenntnis nahm, dass sie weder die Nachnamen von Mallorys Freundinnen kannte, noch wusste, dass Mallory auf einer Party gewesen war. Wie er sie als Mutter verurteilte. Sie hatte diese Männer in ihr Haus bestellt, und jetzt taten sie, was sie am besten konnten: Sie sondierten und taxierten alles, was sie sahen und hörten, zogen Schlüsse und fällten dann ihr wenig schmeichelhaftes Urteil. Virginia schlang die Arme um ihren Oberkörper und rieb sich die Schultern, um die Kälte zu vertreiben, die ihr in den Knochen saß. Sie fühlte sich so … nackt.

«Ist das ein aktuelles Foto von ihr?», fragte Detective Dalla Riva und zeigte auf das Bild, das Virginia ihm gegeben hatte.

Sie hatte es selbst an Mallorys siebzehntem Geburtstag vor vier Monaten aufgenommen, als sie ihre Tochter in die Cheesecake Factory ausgeführt hatte. Es zeigte Mallory mit einem seltenen strahlenden Lächeln; ihr langes dunkles Haar, wie immer in der Mitte gescheitelt, fiel ihr über die Schultern wie eine üppige Nerzstola. Die makellose, sahnige Haut betonte das Glitzern ihrer Augen. Sie hatten ihren Geburtstag mit einem Mutter-Tochter-Date gefeiert. Tony hatte nicht mitkommen wollen, und Mallory wollte ihn sowieso nicht dabeihaben. Die beiden waren wie Feuer und Wasser. Virginia versuchte immer Frieden zu stiften, vor allem in letzter Zeit. Wahrscheinlich normal, redete sie sich ein. Schließlich war Mallory ein Teenager und Tony ihr Stiefvater. Obwohl sie seit über zehn Jahren zusammenlebten – länger als es Mallorys echter Vater ausgehalten hatte – und obwohl er Mallory und ihren Bruder Kyle adoptiert hatte, ließ Mallory ihn nie vergessen, dass er nur ihr Stiefvater war. Und er ließ Mallory nie vergessen, dass er wusste, was sie dachte.

«Ja», antwortete Virginia und holte scharf Luft, als sie das Foto sah. «Das Bild ist von ihrem Geburtstag. Ein aktuelleres habe ich nicht, tut mir leid. Mallory lässt sich nicht gern fotografieren. In letzter Zeit ist sie so unsicher. Na ja, typisch Teenager, oder?», fragte sie mit einem zögerlichen Lächeln.

Detective Dalla Riva nickte nicht einmal. «Sie ist einen Meter neunundfünfzig groß, wiegt fünfzig Kilo, hat langes braunes Haar und – welche Augenfarbe, Mrs. Knight?»

«Grün», antwortete Virginia leise. «Die Augenfarbe ist auf anderen Bildern besser zu sehen.» Ihr Mund begann zu zittern, und sie biss sich auf die Lippe. «Sie ist ein gutes Kind», brachte sie erstickt heraus. Sie schmeckte Blut, warm und metallisch. Von dem Geschmack wurde ihr schlecht. Gegen vier Uhr früh war Virginia eingenickt, hier auf der schrecklichen steifen Couch, auf der sie gewartet hatte, um sich Mallory vorzuknöpfen, sobald sie durch die Haustür schlich. Sie wollte ihr eine ganze Liste von Strafen aufbrummen, eine schlimmer als die andere. Mallory würde bereuen, überhaupt das Haus verlassen zu haben. Aber als Virginia aufwachte, schien ihr die Sonne ins Gesicht, und es war hell im Zimmer. Sie sah auf die Uhr: halb acht. Dann sah sie auf ihr Handy. Mallory hatte auf keine ihrer Anrufe oder SMS reagiert. Sofort war sie ins Zimmer ihrer Tochter gelaufen, hatte die Decke vom Bett gerissen und – nichts gefunden. Das war der Moment, als der Zorn in Angst umschlug. Plötzlich raste ihr jedes mögliche Schreckensszenario durch den Kopf – von einem Unfall unter Alkoholeinfluss über Alkoholvergiftung bis hin zu Vergewaltigung und Mord. Jede Folge von *Criminal Minds* kam ihr in den Sinn. Sie hatte das Gefühl, ihre Eingeweide verknoteten sich. Dann las sie in der Zeitung die Schlagzeile von dem vermissten Mädchen aus Orlando, das man massakriert im Wald in der Nähe von Disney World gefunden hatte. Sie galt als das jüngste Opfer des sogenannten «Hammermanns», eines mordenden Phantoms, das seit drei Jahren in Floridas Norden und dem benachbarten Georgia unerkannt sein Unwesen trieb. Die neun Opfer, die man bis jetzt gefunden hatte, waren alle weiß, weiblich und zwischen vierzehn und neunzehn Jahre alt. Außerdem waren sie zierlich gebaut, unter eins sechzig groß, hatten glattes dunkles langes Haar, vornehmlich mit Mittelscheitel, helle Augen – grün oder blau – und klassische Gesichtszüge. Die Ähnlichkeit der ermordeten Mädchen war so groß, dass es wirkte, als gehörten sie zu einer Familie. Das Foto des ermordeten Mädchens prangte auf der Titelseite – und es sah aus wie Mallory. Da rief Virginia noch einmal bei der Polizei an, obwohl der Beamte, der in der Nacht da gewesen war, gesagt hatte, sie solle warten, bis die Polizei sich bei ihr meldete.

«Haben Sie eine Adresse von diesem Tyler Armstrong, Mrs. Knight? Eine Telefonnummer? Haben Sie schon mit ihm gesprochen?»

Virginia sah unbehaglich zu ihrem Mann, während sie antwortete. «Ich habe bei ihm angerufen, nachdem Hannah mir heute Morgen seine Nummer gegeben hatte, aber er ist nicht rangegangen. Die Schule kennt bestimmt seine Adresse.»

«Wenn ich seine beschissene Adresse hätte, dann bräuchten wir Sie nicht», knurrte Tony, den Blick immer noch auf die Straße gerichtet. «Dann würde ich mir den Scheißkerl selbst vornehmen.»

«Tony, bitte», flehte Virginia. Sie sah Detective Dalla Riva an. «Ich mache mir solche Sorgen. Es ist fast Mittag.»

«Wissen Sie», erklärte der ältere Officer, der sich als Detective Al Pilar vorgestellt hatte, «manche Kinder wollen einfach nicht nach Hause kommen.» Er musterte Tony, bevor er weiterredete. «Sie haben Angst, dass sie Ärger kriegen. Oder sie haben so viel Spaß, dass sie alles andere vergessen. Es sind Kinder, so ist das eben. Manchmal treffen sie Entscheidungen, die nicht vernünftig sind. Meine Kinder waren auch mal Teenager – Gott sei Dank sind sie aus dem Haus. Ich weiß, dass Sie sich große Sorgen machen, Mrs. Knight, weil sie Ihr kleines Mädchen ist und so weiter, aber ich sage Ihnen, die meisten kommen nach ein, zwei Tagen von selbst wieder nach Hause.»

«Wahrscheinlich ist sie bei diesem Armstrong», erklärte Dalla

Riva mit einem Seufzer. «Haben Sie ihre anderen Freunde kontaktiert? Die, deren Namen und Nummern Sie haben? Vielleicht hat sie zu viel getrunken und schläft irgendwo ihren Rausch aus. Oder sie hat nach der Party auf der Couch übernachtet. Wenn wir die Party finden, finden wir auch Ihre Tochter.»

Virginia nickte abwesend, auch wenn sie wusste, dass er sich irrte. Sie wusste, Mallory würde niemals einfach über Nacht wegbleiben. Jedenfalls nicht die Mallory vom letzten Jahr. Außerdem hatte Mallory nicht viele Freunde. Sie war nicht unbeliebt, aber sie war auch kein Cheerleader. Sie hatte eine beste Freundin seit der Grundschule – Gianna Sidoti, die auch auf die St. Thomas ging – und ein paar neue, die sie erst seit der Highschool kannte. Alles gute Kids, nahm Virginia an, aber Mallory brachte nie jemanden mit nach Hause, also konnte Virginia es nicht wirklich beurteilen. Sie grüßten höflich oder hupten draußen, wenn sie Mallory abholten. Woher sollte sie wissen, wie sie wirklich waren? Diese Hannah war eine neue Freundin, und sie hatte offensichtlich wegen der Party gelogen. Und dann dieser Junge. Dieser verdammte Junge. Alles war anders, seit Mallory sich für Jungs interessierte. Die Rocksäume wanderten hoch und die Noten nach unten.

«Meinen Sie, sie war betrunken? Ist es das?», fragte Virginia, und ihr Zorn meldete sich zurück. Sie erinnerte sich, wie sich Kyle, ihr Ältester, in der Highschool verändert hatte. Jetzt war er seit vier Jahren mit der Schule fertig und hatte sich immer noch nicht «gefunden». Arbeitete Teilzeit in einem Möbelgeschäft und spielte die ganze Nacht Videospiele, wenn er nicht gerade mit seinen Kumpels durch die Bars zog. Virginia hatte nicht die Kraft, ihn vor die Tür zu setzen. Noch so ein Streitpunkt zwischen Tony und ihr.

«Es war eine Highschool-Party, Mrs. Knight», antwortete Detective Dalla Riva, als wüsste jeder, was das hieß. Er erhob sich.

«Können Sie uns eine Liste der Freunde und deren Telefonnummern zusammenstellen? Orte, an denen sie sich gerne aufhält? Was ist mit Kontakten aus dem Internet? Vielleicht hat sie da einen Jungen kennengelernt ...»

Tony schlug so fest auf die elegante Vitrine, dass ein Teller herunterfiel und zerbrach. «Mallory ist kein Flittchen, das sich im Internet verkauft. Es wird Zeit, dass Sie Ihren verdammten Job machen und aufhören, uns hier Ausreden aufzutischen», schrie er und wandte sich vom Fenster ab.

«Tony! Bitte!», rief Virginia und lief zur Vitrine. Ihr Mann war ein Choleriker. Vor allem, wenn er getrunken hatte. Er war gestern Nacht aus dem Haus gegangen, um nach Mallory zu suchen, aber sie hatte heute Morgen seine Bierfahne gerochen. Und wer weiß, vielleicht hatte er gleich da weitergemacht, wo er gestern Nacht aufgehört hatte, und seinen Orangensaft mit einem Schuss Wodka gestreckt. Wieder spürte sie die taxierenden Blicke der Officers. Registrieren. Taxieren. Urteil fällen. Sie öffnete die Vitrine und sammelte die Scherben ein.

Detective Dalla Riva war rot angelaufen. «Das habe ich auch nicht behauptet, Sir.»

«Nach Weston sind es zwanzig Minuten mit dem Auto, und Mallory hat weder einen Wagen noch den Führerschein. Sie ist bestimmt nicht zu Fuß nach Hause gegangen. Sie sind Polizisten. Finden Sie diesen verdammten Typen, finden Sie ihre verlogenen Freundinnen, finden Sie etwas über diese Party heraus. Irgendjemand muss doch was wissen. Und dann sagen Sie mir Bescheid, und den Rest erledige ich. Wir machen Ihnen keine weiteren Umstände. Dann brauchen Sie nicht mehr von Ihrer wertvollen Zeit zu verschwenden.»

«Wir verstehen, dass Sie frustriert sind», gab Detective Pilar kühl zurück und stellte sich neben Tony. «Wie gesagt, manchmal haben Kinder einfach Angst davor, nach Hause zu kommen.»

«Wie bitte? Was wollen Sie damit sagen?», brauste Tony auf, der inzwischen knallrot im Gesicht war. «Schieben Sie nicht uns die Schuld in die Schuhe. Sie meinen, wir sollen einfach ein paar Tage warten, bis die kleine Mallory sich nach Hause traut? Und wenn das nicht passiert? Fangt ihr dann endlich an, irgendwas zu unternehmen, außer in der Nase zu bohren und mich und meine Frau zu beschuldigen, weil wir die Namen ihrer beschissenen Freunde nicht kennen und weil ich stinksauer bin, dass sie uns so was antut?»

«Es sind gerade mal zwölf Stunden», erwiderte Detective Dalla Riva. «Das muss auch mal gesagt werden, Mr. Knight. Normalerweise werden Vermisstenanzeigen erst nach vierundzwanzig Stunden aufgenommen. *Nach vierundzwanzig Stunden.* Und das liegt daran, dass es alle möglichen Gründe gibt, warum Jugendliche manchmal nicht heimkommen, wie Detective Pilar Ihnen gerade zu erklären versucht hat. Wir von der Polizei sind keine Babysitter. Wir können nicht für jeden Teenager, der zu spät nach Haus kommt, eine Suchaktion starten und ihn vor der Haustür abliefern. Ich weiß, dass Sie irgendwen bei der Polizei kennen, sonst wären wir beide nämlich jetzt nicht hier in Ihrem Wohnzimmer, denn normalerweise müssen Sie vierundzwanzig Stunden abwarten, Mr. Knight.»

«Der Bruder meines Chefs ist beim Sheriff's Office in Pompano», erklärte Virginia schnell. «Ich habe ihn heute Nacht angerufen, und er hat seinen Bruder kontaktiert und ihn gebeten, dass sich jemand um die Sache kümmert, weil es Mallory wirklich nicht ähnlich sieht. Sie tut so was nicht! Ich weiß, das hören Sie wahrscheinlich andauernd, aber es stimmt. Was ist mit Amber-Alert? Diese Suchanzeigen, die man immer am Highway sieht?»

«Amber-Alert ist für lebensbedrohliche Situationen vorgesehen», erklärte Detective Pilar ernst. «Nach unseren derzeitigen Informationen ist das hier nicht der Fall.» Sein Handy klingelte.

Er sah auf das Display, runzelte die Stirn, dann entschuldigte er sich kurz und ging ins Nebenzimmer.

Virginia fand noch ein Taschentuch in der Hosentasche und zupfte daran herum. Sie war kurz vor einem Nervenzusammenbruch.

«Das ist doch Blödsinn», schnaubte Tony und drehte sich vom Fenster weg. «Ich hab die Nase voll, Virginia. Ich hab die Nase gestrichen voll.»

Bevor sie erfuhr, wovon er die Nase voll hatte, kam Detective Pilar zurück. «Können Sie beschreiben, was Mallory anhatte, als sie gestern das Haus verlassen hat?», fragte er.

Die Unvermitteltheit der Frage, sein eindringlicher Ton und vor allem sein Blick ließen ihr das Blut in den Adern gefrieren.

«Wir müssen nur etwas überprüfen», sagte er schnell.

Virginia versuchte zu überlegen. Sie schloss die Augen und erinnerte sich, wie Mallory die Treppe heruntergekommen war und ihre Tasche vom Sessel im Fernsehzimmer genommen hatte. Sie hatte sich das lange, schokoladenbraune Haar, das normalerweise kerzengerade herunterhing, zu Locken gedreht und trug etwas zu viel Make-up für Virginias Geschmack. *Ich komme nicht spät, Mom. Wir gehen nur ins Kino und backen Muffins.* Lockenwickler und Lippenstift für einen Kinofilm mit einer Freundin? Wie blöd war sie eigentlich? Mit ihrer Dummheit hatte Virginia schon bei Kyles Erziehung versagt.

«Äh … also.» Sie stolperte über die Worte. «Sie hatte eine weiße Bluse an, glaube ich. Vielleicht beige. Außerdem Jeans und eine Jacke – eine weiße Jacke mit einer britischen Flagge auf dem Rücken. Die war von … H&M.»

Detective Pilar machte ein ernstes Gesicht.

«Warum, Officer? Sie fragen doch aus einem bestimmten Grund danach!» Virginias Stimme wurde schrill.

Detective Pilar warf Detective Dalla Riva einen Blick zu, der auf sein Handy sah und eine Nachricht las. Sein Gesicht veränderte sich. Er wirkte nicht mehr gelangweilt. Oder sauer. Oder genervt. Er wirkte alarmiert.

«Sieht ihre Jacke so aus?» Detective Pilar ging zu Virginia und zeigte ihr sein Smartphone. Auf dem Display war eine zerknäulte weiße Jacke zu sehen, die im Gebüsch lag. Auf dem Rücken war der Teil einer britischen Flagge zu sehen. Der verdrehte Ärmel stand merkwürdig ab.

«Was ist das? Was ist da an dem Ärmel?», fragte Virginia mit Panik in der Stimme.

«Das wissen wir noch nicht, Mrs. Knight.»

«Ist das Blut? Tony! Ist das *Blut* an ihrem Ärmel?»

«Hatte sie eine Handtasche dabei, Mrs. Knight? Als sie aus dem Haus ging? Erinnern Sie sich?»

«Ja, ja, sie hatte eine Handtasche. Eine braune Ledertasche von Frye, die ich ihr zu Weihnachten geschenkt habe.» Taschentuchfetzen flatterten zu Boden, als sich Virginia beide Hände vors Gesicht schlug.

Detective Pilar ging wieder ins andere Zimmer. «Sunrise soll das Gebiet sichern», sagte er mit fester, ruhiger Stimme ins Telefon. «Sperrt einen Umkreis von fünfzig Metern ab. Lasst keinen näher ran. Und ruft die Spurensicherung. Nur sichern. Ich bin unterwegs. Den Rest regeln wir, wenn wir vor Ort sind und wissen, womit wir es zu tun haben.»

«Was ist los?», wollte Tony wissen. «Was zum Teufel ist hier los?»

Virginia begann zu schluchzen, und als Detective Dalla Riva die Frage ihres Mannes endlich beantwortete, heulte sie laut auf.

«Ein Mountainbiker hat heute früh in der Nähe eines Fahrradwegs im Markham Park diese Jacke im Gebüsch gefunden», antwortete der Officer ruhig. «Daneben lag eine Tasche mit dem Geldbeutel Ihrer Tochter …»

2

«Ihr Name ist Mallory Knight. Sie ist siebzehn, wohnt mit ihrer Mutter, dem Stiefvater und dem älteren Bruder in Cooper City», sagte Lorenzo «Zo» Dias, Assistant Special Agent in Charge beim Miami Regional Operations Center des Florida Department of Law Enforcement. «Sie war gestern Abend auf einer Party in Weston und ist nicht nach Hause gekommen.»

FDLE Special Agent Bobby Dees war es gewohnt, dass sein Handy zu jeder Tages- und Nachtzeit klingelte. Auch am Wochenende. Und in den Ferien. Er war seit dreizehn Jahren bei der Crimes Against Children Squad, und er wusste, dass Kinder selten von Montag bis Freitag zwischen neun und fünf verlorengingen.

Sein Blick schweifte über den voll besetzten Tisch, auf dem sich gewaltige Essensberge türmten. Er sah aus wie auf einem Foto aus *Southern Living*. Seine Frau hatte den ganzen Morgen in der Küche gestanden, um Sonntagsbrunch für die Verwandtschaft aus Louisiana zu machen, die seit einer Woche zu Besuch war. Gerade eben hatte sie die letzte Schüssel auf den Tisch gestellt – einen überbackenen Austern-und-Blattkohl-Auflauf. Es duftete himmlisch nach Kaffee, Waffeln, Speck, Brathähnchen und süßen Brötchen. Alle griffen zu, und es wurde laut durcheinandergeredet, weil Linda Sue, LuAnns extrovertierte Tante, gerade eine urkomische Geschichte erzählt hatte.

Zo und Bobby waren auch privat befreundet, aber als Bobby

Zos Nummer auf dem Display gesehen hatte, hatte er instinktiv gewusst, warum er anrief. Bobby war nicht überrascht gewesen, nur leicht genervt wegen des Timings.

«Okay», antwortete er leise. Er schob den Stuhl zurück und versuchte, sich unauffällig in die Küche zurückzuziehen. Linda Sues verrückte Geschichte von einem Priester in South Beach, der Speedo-Badehosen und Cowboystiefel trug, brachte alle zum Lachen, sogar Katy. Keine Selbstverständlichkeit, denn normalerweise versuchte Bobbys achtzehnjährige Tochter ihr seltenes Lächeln hinter dem Ärmel eines zu großen Pullovers zu verstecken. LuAnn am anderen Tischende strahlte glücklich, als hätte Katy gerade ihren ersten Schritt getan. Es war ein Moment, den auch Bobby gern genossen hätte, aber er wusste, er wurde an einem potenziellen Tatort gebraucht. Sofort bekam er ein schlechtes Gewissen. Er spürte LuAnns Blick, als er sich aus dem Esszimmer schlich. Er spürte, wie ihr Lächeln verblasste.

«Die Mutter – Virginia Knight – hat heute früh um zwei die Polizei gerufen», fuhr Zo fort. «Ein Beamter vom Broward Sheriff's Office hat die Vermisstenanzeige aufgenommen. Zwei Detectives vom BSO waren heute Vormittag bei den Eltern, als gegen Mittag der Anruf kam: Auf einem der Trails im Markham Park hat ein Mountainbiker eine blutige Jacke und eine Handtasche mit dem Ausweis des Mädchens im Gebüsch gefunden. Wir wissen noch nicht, ob es ihr Blut ist, aber wir gehen erst mal davon aus. Vor einer halben Stunde hat die Spurensicherung ihr Handy an einem der Ausgänge des Parks gefunden, völlig zerstört.»

«Gab es Blut am Fundort?»

«Schwer zu sagen. Er liegt mitten im Wald.»

«Irgendwelche Hinweise auf eine Leiche? Das ist ein großes Gelände.»

«Noch nicht, und ja, stimmt», antwortete Zo und seufzte. «Ein

Dutzend Einheiten sind draußen, um den Park zu durchkämmen. Bis jetzt keine Spur von einer Leiche.»

«Ist für Markham Park nicht das Sunrise PD zuständig?» Markham Park lag zwar in Broward County, doch polizeilich fiel das Gebiet in den Zuständigkeitsbereich der Stadt Sunrise. Bobby spritzte Spülmittel auf den riesigen Geschirrstapel, der sich in der Spüle türmte. LuAnn war eine tolle Köchin, aber sie benutzte sämtliche Töpfe im ganzen Haus auf einmal.

«Die Mordkommission von Sunrise ist dran, zusammen mit BSO Missing Persons.»

«Klingt, als hätten sie genug Leute, Zo», sagte Bobby, während er den Stapel abspritzte. Schaumflocken stoben auf und schwebten herab wie die letzten Schneeflocken nach einem großen Sturm.

«Sie wollen das FDLE dabeihaben. Und ich will *dich* dabeihaben. Der Anruf kam aus der oberen Etage beim BSO. Dein Name ist gefallen, Shep.»

Shep stand für Shepherd, Hirte, den Spitznamen, den ihm seine Kollegen verpasst hatten, als Bobby beim Florida Department of Law Enforcement das Dezernat für Schwerverbrechen verlassen und das Dezernat für Verbrechen an Kindern und Jugendlichen übernommen hatte. Wie sich herausstellte, hatte er ein Händchen dafür, vermisste Kinder aufzuspüren und nach Hause zu bringen – tot oder lebendig. Bobby lag nicht viel an seinem Spitznamen, erst recht nicht, nachdem seine eigene Tochter Katy vor zwei Jahren verschwunden war und sich sein Leben in einen Albtraum verwandelt hatte.

«Warum?» Er stellte das Wasser ab.

«Nach Picasso stellt sich diese Frage nicht», gab Zo zurück. «Das BSO tut immer noch Buße. Sie wollen einfach kein Risiko eingehen. Die Ähnlichkeit zwischen den Fällen ist zu groß.»

Bobby nickte und rieb den Schmerz weg, der sich in seinen Schläfen sammelte. Allein bei der Erwähnung des Namens Picasso lief es ihm kalt über den Rücken, und sein Körper wurde steif. Picasso war der makabere Spitzname, den die Medien dem sadistischen Serienmörder Mark Felding verpasst hatten, der im Süden Floridas jahrelang unbemerkt ausgerissene Teenager entführt hatte. Er hatte sich die schutzlosesten Mitglieder der Gesellschaft ausgesucht, weil er wusste, dass niemand nach ihnen suchen würde, was ihr kurzes, unglückliches Leben nur noch tragischer machte. Erst als Feldings Hunger nach Anerkennung ihn dazu trieb, die Aufmerksamkeit der Gesetzeshüter auf sich zu lenken, begriff die Polizei überhaupt, dass ein Serienmörder am Werk war. Den Spitznamen Picasso trug er aus einem besonders schaurigen Grund: Er malte seine ermordeten Opfer und schickte die Porträts an die Medien, wobei er auf jedem Gemälde Hinweise hinterließ, um wen es sich handelte und wo die Leiche zu finden war. Schließlich hatte er die Bilder auch an Bobby geschickt, dessen Verzweiflung über Katys Verschwinden er bewusst als Köder missbraucht hatte, um Bobby in ein grausames Katz-und-Maus-Spiel zu verwickeln. Es gab Schätzungen, dass Felding mehr als dreißig Teenager ermordet hatte. Auf seinem Grundstück weit draußen in den Zuckerrohrfeldern im Westen von Palm Beach County waren die Skelette von siebzehn Mädchen gefunden worden, aber wegen der perfiden Auswahl seiner Opfer und der unglaublichen Zeitspanne, in der er unbeachtet gemordet hatte, würde die wahre Zahl seiner Opfer wohl nie ans Licht kommen. Viele Polizeidienststellen der Countys, in denen Mädchen verschwunden waren, hatten mächtig Ärger bekommen, weil ihnen nicht aufgefallen war, dass ein Serienmörder unter der Zivilbevölkerung wütete, und weil sie das Schicksal junger Ausreißer vernachlässigt hatten, als handele es sich um durchreisende Junkies.

Das Broward Sheriff's Office war eine dieser Dienststellen. Zwei Picasso-Opfer, die als Ausreißer klassifiziert worden waren –

Ariana Pietri und Evie Morales –, waren in der Zuständigkeit des BSO verschwunden, ohne dass auch nur ein Versuch unternommen worden wäre, nach ihnen zu suchen. Als bei den Picasso-Ermittlungen dann ans Licht kam, dass Pietri und Morales entführt, über längere Zeit gefangen gehalten und gefoltert worden waren, bevor sie am Ende ermordet wurden, während kein Mensch nach ihnen suchte, erschien die Tatenlosigkeit der Polizei im Auge der Öffentlichkeit unverzeihlich. Es folgten schlechte Presse, Schuldzuweisungen und Prozesse.

Und natürlich musste eine Panne dieses Ausmaßes Konsequenzen haben. Die erste war in den meisten Departments, darunter auch das BSO, ein Strategiewechsel auf allen Ebenen: Vermisste Jugendliche – selbst die, die man für Ausreißer hielt – wurden ausnahmslos von der Vermisstenstelle der jeweiligen Behörde bearbeitet und von der Crimes Against Children Squad des FDLE gegengecheckt, bevor sie ins NCIC/FCIC wanderten, der bundesweiten Datenbank für Verbrechen. Ein halbes Jahr lang wurde die neue Anweisung akribisch befolgt. Erst in den letzten sechs Monaten kehrte man allmählich wieder zur Normalität zurück. Keine Polizeidienststelle ließ sich auf Dauer gern kontrollieren.

«Das BSO ist dabei, die übrigen Partygäste ausfindig zu machen», fuhr Zo fort, als Bobby schwieg. «Es waren wohl an die fünfundvierzig Leute da. Bis jetzt sieht es so aus, als hätte Mallory die Party gegen Mitternacht allein verlassen.»

«Hatte sie einen Freund?», fragte Bobby und trat hinaus auf die hintere Terrasse für den Fall, dass seine Frau mithörte. LuAnn hasste seinen Beruf. Sie war nie glücklich darüber gewesen, dass er Polizist war, aber seit Picasso und vor allem seit dem, was Katy passiert war … Heute hatte sie mehr Angst als je zuvor. Das Grauen, mit dem er jeden Tag konfrontiert war, hatte sein Zuhause erreicht und beinahe seine Familie zerstört. LuAnn stellte jede Woche die Frage, der er immer auswich: *Wann setzt du dich endlich zur Ruhe?*

«Inoffiziell ja. Er ist ein Kandidat. Tyler Armstrong. Hat sie mit zu der Party genommen, auf der sie nicht hätte sein sollen. Behauptet, sie hätten sich gestritten, sie sei gegangen, und das war das Letzte, was er von ihr gehört hat. Das BSO befragt ihn im Moment, zusammen mit seinen Eltern. Er ist auch siebzehn.»

«Sie hatte seit der Party mit niemandem Kontakt?»

«Nein.»

«Was ist mit den Mobilfunkdaten?»

«Angefordert. Das BSO ist dran.»

«Und die Eltern?»

«Wie gesagt, die Mutter hat die Polizei gerufen, als ihr Kind nicht heimkam. Der Stiefvater ist ein anderes Kaliber: Choleriker und vorbestraft. Er wurde 1999 wegen fahrlässiger Tötung verurteilt – hat den neuen Freund seiner Exfreundin erschossen und behauptet, es war ein Unfall. Er hat fünf Jahre gesessen.»

«Das ist interessant.»

«Und er war gestern Nacht unterwegs. Hat angeblich nach Mallory gesucht.»

«Noch interessanter.»

«Vielleicht», sagte Zo, doch er klang nicht überzeugt.

«Gibt es Überwachungskameras im Park?»

«Nicht auf den Mountainbike-Wegen. Es gibt ungefähr fünfzehn Kilometer Fahrradwege, und die Vegetation ist dicht. Sie suchen immer noch den Umkreis ab, um sicherzugehen, dass sie keine Leiche im Gebüsch übersehen haben. Die Hunde haben eine Fährte gefunden. Und dann ist da noch der Rest des Parks. Wir brauchen Freiwillige und Suchtrupps. Ich arbeite daran. Taucher sollen den See absuchen.»

«Mist», sagte Bobby. Der Schmerz breitete sich von den Schläfen zum Hinterkopf aus. Vor seinem geistigen Auge sah er ein Mädchen, das von Gewichten beschwert am Grund eines schwarzen Sees lag und mit toten Augen durchs trübe Wasser ins Sonnenlicht starrte. «Wer leitet die Ermittlungen?»

«Gute Frage. Da wir keine Leiche haben, gibt es keine Mordermittlung. Im Moment ist das Broward Sheriff's Office am Zug. Wenn sie doch eine Leiche im Park finden, dann das Sunrise PD. Beide helfen bei der Suche. Du sollst ihnen deine Unterstützung anbieten.»

«Zu viele Köche verderben den Brei, Zo. Du weißt, wie so was ankommt.» Für gewöhnlich arbeiteten an einem Fall nicht verschiedene Departments, es sei denn, es gab eine Taskforce, und Detectives waren bekannt dafür, dass sie nicht gern teilten. Wenn Bobby mit seiner FDLE-Marke anrückte, würde er wohl kaum mit offenen Armen empfangen werden, egal auf wessen Geheiß er kam.

«Lass dich nicht abschrecken. Sei nett und greif ihnen unter die Arme. Wenigstens hat jemand daran gedacht, uns anzurufen, Shep. Und du bist der Beste in deinem Fach.»

Bobby schüttelte den Kopf. «Klingt, als hätte entweder das BSO oder Sunrise in einem Mord zu ermitteln. Und die sind auch gut in ihrem Fach.» Das Broward Sheriff's Office war die größte Polizeibehörde des Landes. Die Mordkommission hatte einen soliden Ruf. Doch auch die Ermittler der Sunrise Police waren erfahren, selbst wenn das Department kleiner war.

«Falls das Mädchen nicht im See liegt, Shep, will ich, dass wir mitmischen – für den Fall, dass … es sich um eine Entführung handelt», sagte Zo vorsichtig. «Deswegen will ich dich unbedingt dabeihaben.»

«Wie kommst du darauf, dass es eine Entführung sein könnte? Hat sich jemand gemeldet?»

«Noch nicht, aber wenn, wäre es besser, wenn du von Anfang an im Boot wärst.»

«Ich habe das Gefühl, du verschweigst mir was, Kumpel.»

«Würde ich niemals tun.»

«Ich weiß wirklich nicht, was ich da soll.» Bobby rieb sich über den Hinterkopf. «Aber okay, wenn's sein muss. Ich sehe mich mal um.» LuAnn kam gerade auf die Terrasse. Er zuckte die Schultern, als sie ihn genervt und leicht verängstigt ansah: *Heute? Im Ernst?*

«Ach, und Shep, Mallory Knight ist weiß, eins neunundfünfzig groß, zierlich gebaut, hat grüne Augen und hüftlanges dunkelbraunes Haar mit Mittelscheitel», sagte Zo.

Bobby wandte sich von LuAnn ab und starrte den Grill an, den er dieses Wochenende putzen sollte. Er rieb sich über die graumelierten Kinnstoppeln. Seit Katy verschwunden war, waren sie mehr grau als meliert. Und aus den Fältchen um seine Augen waren Falten geworden. Er joggte regelmäßig und achtete auf seine Fitness, aber in letzter Zeit spürte er jeden Tag seiner fünfundvierzig Jahre. Und mehr. Mental forderte jeder Fall seinen Tribut. «Okay, Zo, raus mit der Sprache. Was verschweigst du mir?», fragte Bobby.

Zo seufzte. «Die Pressefuzzis rufen ununterbrochen an, seit sie gehört haben, dass die kleine Knight vermisst wird. Irgendjemand hat das mit der blutigen Jacke in Markham aufgeschnappt, und die Medien haben sich daraufgestürzt. Anscheinend sieht Mallory Knight genauso aus wie die Tote aus Orlando, deren Foto heute auf der Titelseite des *Sun Sentinel* war. Du weißt schon, das jüngste Opfer des Hammermanns.»

3

Die Szene am See wirkte surreal, wie so oft an Tatorten.

Es war ein schöner Oktobernachmittag. Der blaue Himmel war mit bauschigen Schäfchenwolken getupft. Markham Park lag am Ende der State Road 84 direkt am Rand der Everglades. Auf dem ehemaligen Weide- und Sumpfland war ein Freizeitpark entstanden, mit See, Mountainbike-Gelände, Schießstand, Bogenplatz, Hundepark, Modellflugplatz, Campingplatz und Tennisplätzen. An Sonntagnachmittagen war der Park ein beliebtes Ziel für Geburtstagsfeiern, Familienfeste und gemächliche Fahrradtouren. Normalerweise hörte man hier das Lachen der Kinder, die auf den Klettergerüsten herumtobten, und das Plaudern der Erwachsenen, die an einem der vielen Rastplätze auf den weitläufigen Wiesen ihr Lager aufgeschlagen hatten.

Doch heute waren in diesem Teil des Parks weder Kinder noch Mountainbiker, Spaziergänger oder Rollerblader unterwegs. Der Spielplatz war gesperrt, die Joggingpfade waren geschlossen. Polizisten in Uniform und gelbes Flatterband hielten eine mittelgroße Menge von Neugierigen, Radfahrern und Reportern zurück. Beamte mit grimmigen Mienen standen in Gruppen beisammen, die Aufmerksamkeit auf den dunkelblauen See gerichtet, der sich an die Halbinseln mit den Mountainbike-Trails schmiegte. Sanitäter und eine Handvoll Feuerwehrleute warteten bei ihren Fahrzeugen auf dem Parkplatz, für den Fall, dass sie gebraucht wurden. Am Ufer standen zwei Bluthunde mit ihren Führern.

Taucher mit Ausrüstung wateten ins Wasser. Plötzlich erklang über ihnen das Knattern eines Helikopters. Bobby blickte von seinem Posten in der Nähe des von der Spurensicherung belegten Picknicktischs auf, um nachzusehen, ob die Presse im Anflug war. Doch es war ein Helikopter des BSO, der von der Luft aus suchte.

Nachdem die Taucher im Wasser verschwunden waren, schien die Zeit stillzustehen. Äußerlich gab sich Bobby gelassen und beherrscht, bewusst distanziert. Doch in Wahrheit fiel es ihm schwer, die Nerven zu behalten. Er ballte nervös die Hände in den Hosentaschen, während eine Flut schrecklicher Erinnerungen über ihn hereinbrach. Katy war erst seit zehn Monaten wieder zu Hause.

Er hatte den Geruch des Hustensafts in der Nase, als LuAnn in seinen Nacken geweint hatte. Sie war an dem Abend, als Katy nicht von der Bibliothek zurückgekommen war, schwer erkältet gewesen. Während er den Polizisten am Ufer zusah, die in ihre Funkgeräte sprachen, hörte er LuAnns Stimme. Ihren warmen Südstaaten-Akzent, rau von den Halsschmerzen und dem Schluchzen. Und vom Schreien. Sie hatte ihn angeschrien, seinen Job zu machen, Katy zu finden, sofort! Er erinnerte sich auch an die euphorische Hoffnung, den Adrenalinschub, wenn in den folgenden Wochen das Telefon geklingelt hatte, weil ein Mädchen, das auf Katys Beschreibung passte, gefunden oder verhaftet worden war; die Enttäuschung, wenn herauskam, dass es nicht seine Tochter war.

Sie ist irgendwo da draußen, Shep. Wir finden sie. Bestimmt.

Und dann die unerträglichen Anrufe, wenn eine Mädchenleiche gefunden, aber noch nicht identifiziert worden war. Nichts auf der Welt hatte er so sehr gefürchtet wie die Vorstellung, jemand würde ihm die schreckliche Nachricht überbringen – dass sie dieses Mal sein kleines Mädchen gefunden hatten. Jede

Polizeidienststelle, nicht nur in Miami, sondern in ganz Florida und im ganzen Land, wusste, dass Bobby Dees' sechzehnjährige Tochter wahrscheinlich ausgerissen war. In dem schrecklichen Jahr während ihrer Abwesenheit waren die Hinweise, die anfangs Anlass zu Hoffnung gegeben hatten, immer seltener geworden, bis zu dem Zeitpunkt, als er nur noch Grauen verspürte, wenn das Telefon klingelte und er die unbehagliche Stimme eines Kollegen hörte, der sagte: «Wir haben da vielleicht was, Shep ...» Aber es war nie Katy. Gott sei Dank, es war nie Katy. Es war immer das Kind von anderen Eltern.

Heute war es die Tochter anderer Eltern, die vielleicht hier aus dem See gefischt wurde, aber er wusste noch genau, wie es sich angefühlt hatte, als er hatte fürchten müssen, die Taucher würden sein Kind aus der trüben Finsternis ziehen. Seine persönliche Erfahrung hatte ihm eine schreckliche neue Perspektive auf seinen Job beschert. Er wusste, wie es den Knights in diesem Moment ging, die zehn Kilometer entfernt in Cooper City am Telefon ausharrten, wahrscheinlich umgeben von Fotos und Erinnerungen an Mallory, und den Officer anstarrten, der mit ihnen auf Neuigkeiten wartete.

Zwanzig Minuten vergingen. Dreißig. Vierzig. Fünfzig. Bobby konnte sich nicht rühren. Er stand einfach nur da und sah zu. Wartete. Irgendwann kam ein Taucher an die Wasseroberfläche, der seinem Sergeant ein Zeichen gab und den Kopf schüttelte.

Nichts. Sie hatten nichts gefunden.

Langsam kamen die Gespräche in Gang, als hätte jemand plötzlich die Lautstärke wieder eingeschaltet. Die Taucher wateten zum Ufer und schälten sich aus den Anzügen, die Techniker der Spurensicherung stiegen in den Van mit der Aufschrift *Crime Scene Investigation*, die Feuerwehr und der Krankenwagen fuhren ab. Das Flatterband blieb, auch wenn die meisten Schaulustigen inzwischen weitergegangen waren. Ein paar Reporter waren noch da, verstreut wie Hyänen, die nach übrig gebliebenen Happen suchten.

Bobby erinnerte sich an das Gefühl, wenn sich das schlimmste Szenario nicht einstellte. Der schmutzige Raum stank nach verwesendem Fleisch. Er sah, wie seine Hände nach der steifen Leiche griffen, die an Ketten von der Decke hing. Es war, als gehörten seine Arme nicht ihm, sondern jemandem aus einem Film. Ihm wurde schlecht, als sich der schlanke Körper in Jeans und T-Shirt um die eigene Achse drehte, doch er kämpfte gegen die Übelkeit an, denn er musste hinsehen. Er musste es wissen. Er musste sie nach Hause bringen, falls es Katy war, damit er sie beerdigen konnte … Er erinnerte sich an den Euphorieschub, als er sah, dass sie es nicht war. Er schmeckte den Schweiß, der ihm übers Gesicht und in den Mund lief, als er dem Team zurief: «Sie ist es nicht! O Gott, sie ist es nicht!» Sie war das Kind anderer Eltern.

Den Blick immer noch auf den See gerichtet, versuchte Bobby den eisernen Griff der lähmenden Erinnerungen abzuschütteln. Die Detectives waren vom Ufer auf den Parkplatz umgezogen. Auch er machte sich auf den Weg. Die Sonne wanderte über den Everglades zum Horizont, und der Himmel schimmerte in warmen Rosa- und Goldtönen. Lange Schatten fielen auf das leere Klettergerüst.

In einer Hand hielt er eine Karte der Mountainbike-Wege im Markham Park. Ein rotes X markierte die Stelle, wo man Mallory Knights Jacke und Tasche gefunden hatte, in der Nähe eines abgeschiedenen Verbindungswegs, der durch ein besonders dichtes Kiefernwaldstück mit dem passenden Namen Deep Dark Forest führte. Tiefer, dunkler Wald. In der anderen Hand hielt er das Foto, das Virginia Knight den Detectives gegeben hatte. Das Mädchen hatte ein schönes Gesicht, eher länglich als rund, mit hoher Stirn, geschwungenen Augenbrauen und anmutigen symmetrischen Zügen. Ihre Nase war gerade, die Spitze leicht aufgeworfen, der Mund klein mit tiefroten Lippen, die weder dick noch dünn waren. Ihre Augen waren groß und ernst und erinnerten an ein Reh. Sie war ein schönes Mädchen, aber nicht das, was die Jungs in ihrem Alter als scharf oder sexy bezeichnen würden. Ihr Gesicht erinnerte Bobby an eine Renaissance-Madonna.

Außerdem sah sie aus wie eine Doppelgängerin der Toten auf der Titelseite der heutigen Zeitung.

Also gut. Sie war nicht im See. Und sie war nicht im Park. *Wo zum Teufel bist du, Mallory*?, fragte er sich, als sein Gehirn endlich wieder in den Polizisten-Modus schaltete und er vorsichtig die Fakten hin und her schob wie die Teile eines gigantischen Puzzles. Die Detectives auf dem Parkplatz sahen ihn misstrauisch an, als er sich zu ihnen gesellte. Er hielt seine Marke hoch wie ein Kreuz, dann stellte er sich vor und bot ihnen seine Unterstützung an.

4

Er wurde tatsächlich nicht mit offenen Armen empfangen, aber damit hatte er auch nicht gerechnet. Obwohl es noch nicht mal eine Leiche gab, liefen schon jetzt die Telefone heiß, weil Gerüchte um einen möglichen Zusammenhang mit einem gesuchten Serienmörder kursierten. Das machte diesen Fall zu einem potenziellen Karriere-Booster, den die meisten Detectives für sich allein haben wollten – in der Hoffnung, nach der Verhaftung und ihren fünfzehn Minuten im Rampenlicht würde ein dicker Buchvertrag auf sie warten. Traurig, aber wahr. Dank Picasso hatte Bobby bereits seine Minuten in der Sonne gehabt, und er hatte genug Buchangebote. Er war weder scharf auf das Rampenlicht, noch wollte er den Fall an sich reißen. Er wollte einfach nur dieses Mädchen finden, und zwar, bevor es zu spät war. Falls es nicht ohnehin längst zu spät war.

Die Detectives Al Pilar und Chris Dalla Riva von der Vermisstenstelle beim BSO hatten bereits von ihrer Vorgesetzten gehört, dass das FDLE zur Unterstützung anrückte, also war Bobbys Auftauchen am Tatort für sie keine Überraschung. Ihre Kollegen von Homicide waren auch schon da gewesen und wieder gegangen, und es sah aus, als würde die Mordkommission von der Vermisstenstelle übernehmen, sodass Dalla Riva und Pilar aus dem Rennen wären. Was das Sunrise PD anging, in dessen Zuständigkeitsbereich sie hier waren, versuchte Homicide Detective Pat Graybill die Fäden aufzunehmen, seit sie ihn am Morgen gerufen hatten, weil er fest damit rechnete, in der Nähe der blutigen Jacke und Handtasche auch eine Leiche zu finden.

«Sie ist nicht im See», stellte Al Pilar fest. «Es waren sechs Taucher unten. Und jede Menge Beamte auf den Trails. Da ist sie auch nicht. Morgen durchsuchen wir den Rest des Parkgeländes, und das wird ein ziemliches Unternehmen. Wir haben 666 Morgen Land vor uns.»

«Sechs-sechs-sechs. Die Zahl des Teufels», sagte Dalla Riva trocken. «Das passt. Wir wurden gewarnt.»

«Ich schätze, das FDLE organisiert die Suche mit deinem Department, oder, Pat?», fragte Pilar, ohne auf Dalla Rivas Kommentar einzugehen. «Ich glaube, gegen sechs sollen die Freiwilligen hier aufkreuzen?»

Pat Graybill nickte. «Sobald die Sonne aufgeht. Jetzt hat's keinen Sinn mehr, wir würden nichts finden. Im Wald sieht man die Hand vor Augen nicht.»

«Die Florida Wildlife Commission hat Sumpfboote rausgeschickt, die sich in den Glades umsehen», fuhr Pilar fort. «Gefunden haben sie noch nichts, aber sie haben spät angefangen, und es sind ein paar hundert Kilometer, die sie abgrasen müssen.»

«Und mehr als ein paar hungrige Alligatoren», sagte Graybill.

«Stimmt. Vielleicht ist nicht mehr viel von ihr übrig – falls sie in den Glades ist», erklärte Dalla Riva grimmig.

«Wie weit seid ihr mit den Befragungen?», fragte Bobby. «Was war auf der Party los? Konntet ihr euch ein Bild machen?»

Pilar rieb sich den kahlen Hinterkopf. «Die Kollegen von Homicide führen die vorläufigen Befragungen durch, mit zwei Leuten von der Vermisstenstelle. Es sind eine Menge Kids, die wir uns vornehmen müssen.»

Bobby nickte. «Zweiundvierzig, habe ich gehört?»

«Nach der letzten Zählung siebenundfünfzig», gab Pilar zurück. «Wir lassen jeden die Namen aller Leute aufschreiben, die er auf der Party gesehen hat. Eine Gästeliste gibt es nicht – nur die Einladung auf Facebook und Twitter: Sturmfreie Bude, kommt vorbei. Und dann vergleichen wir alle Listen miteinander. Es ist mühselig und hat uns schon den halben Tag gekostet, aber wir wollen niemanden übersehen.»

Bobby nickte. «Murphys Gesetz: Der, der durchrutscht, hat am meisten gesehen.»

«Genau. Die, mit denen wir bis jetzt gesprochen haben, waren entweder zu high oder zu blau, um sich an nützliche Informationen zu erinnern, aber wir müssen alle vernehmen.»

«Klingt nach 'ner tollen Party.»

«Samstagabend, Eltern übers Wochenende verreist. Jede Menge Footballspieler, süße Mädchen, Alkohol. Was will man mehr?»

«Was ist mit ihrem Freund, diesem Tyler?», fragte Bobby. «Hatte der was Interessantes zu sagen?»

«Ich habe heute Nachmittag mit ihm und seinen Eltern gesprochen», antwortete Dalla Riva, «nachdem die Jacke und die Handtasche aufgetaucht waren. Er sagt, er und Mallory hatten gegen Mitternacht einen Streit. Anscheinend hatte sie Muffensausen, weil ihre Mutter und ihr Stiefvater rausgefunden hatten, dass sie ohne ihre Erlaubnis auf einer Party war. Sie wollte gehen, er nicht. Er sagt, das hätte ihr nicht gepasst und sie wäre einfach rausgestürmt. Seitdem hat er nichts von ihr gehört. Wir haben uns sein Telefon angesehen, und anscheinend sagt er die Wahrheit: keine Textnachrichten, keine Anrufe – jedenfalls nicht an sie. Wir lassen uns trotzdem seine Mobilfunkdaten geben.»

«Er ist ihr nicht nachgegangen? Und hat sie nicht mal angerufen?», fragte Bobby.

Dalla Riva nickte. «Arschloch. Mein Frettchen ist loyaler.»

«Den würde ich mir gern mal vorknöpfen», sagte Bobby.

«Er ist gerade mit seinen Eltern zur zweiten Runde auf der

Wache. Diesmal mit Anwalt, was interessant ist. Daddy Armstrong sagt, es ist seine Idee gewesen, weil er das Gefühl hat, wir würden Sonny Boy in die Zange nehmen. Offensichtlich sind die Gerüchte noch nicht bis zu ihm vorgedrungen – dass wir eigentlich nach einem Wüstling mit Werkzeugkasten suchen sollten, der gern auf junge Mädchen einhämmert. Wenn ich das heute noch einmal höre …» Pilar schnaubte. «Na ja, ich schätze, das ist dann Vatuccis und Denbys Problem, nicht meines.»

«Vatucci?», fragte Bobby

Al Pilar nickte. «Perry Vatucci und Ed Denby. Kennen Sie die? Vom BSO Homicide. Sieht aus, als ginge der Fall an die beiden, wenn nicht bald ein paar Hinweise auftauchen, dass die Kleine nur ausgerissen und nicht in Stücke gehackt worden ist.»

Bobby sah, dass die Nachricht nicht gut ankam. Ed Denby und Perry Vatucci waren erfahrene Mordermittler, aber Vatucci hatte den Ruf, schwierig zu sein. Und arrogant. Sein jüngerer Bruder Rory Vatucci hatte für die Vermisstenstelle gearbeitet. Mit der Betonung auf *hatte.* Er war einer der Polizisten, deren Köpfe im Zusammenhang mit dem Picasso-Fall gerollt waren. Zuletzt hatte Bobby gehört, dass er wieder Uniform trug und Streife fuhr.

«Jedenfalls hat der kleine Armstrong ein Alibi, zumindest bis zwei», fuhr Dalla Riva fort. «Die Brüder, die die Party geschmissen haben – Rick und Jack Sabia – sagen einhellig aus, dass er mindestens bis zwei dort gewesen ist. Auch alle anderen, die wir bisher befragt haben, erinnern sich daran, dass Armstrong bei den Sabias war, bis sich die Party aufgelöst hat. Und das scheint so ziemlich das Einzige zu sein, was hängengeblieben ist.»

«Ich bin auf dem Weg hierher bei den Sabias vorbeigefahren. Nette Hütte», sagte Bobby. Das war eine Untertreibung. In Weston gab es drei Sorten von Straßen: schöne, schönere und superschöne. Das Durchschnittseinkommen lag bei 93 000 Dollar im Jahr – ungefähr 42 000 Dollar mehr als der Landesdurchschnitt.

Das Haus der Sabias war eine zweistöckige Villa im mediterranen Stil, die wohl zwischen 1,5 und 2 Millionen Dollar wert war. Sie wohnten in einer der «schöneren» Straßen.

«Besser als die Hütte, in der ich hause, das steht fest», sagte Dalla Riva. «Und die Kids fahren einen neuen Dodge Charger und einen BMW.»

«Es ist kein Verbrechen, privilegiert zu sein», mahnte Pilar trocken.

«Nicht in Weston», gab Graybill lachend zurück.

«Das ist nicht weit von hier», sagte Bobby. «Von der Weston Road fünf Kilometer, laut meinem Zähler. Kann man laufen.»

«Ja, das sehen wir auch so», sagte Pilar.

«Gibt es an den Ampeln auf der Weston Road Rotlichtüberwachungskameras?»

«Wir haben die Aufnahmen angefordert. Sie werden gerade analysiert, bis jetzt noch nichts. Vielleicht hat sie eine andere Strecke genommen.»

«Was ist mit privaten Überwachungskameras?», fragte Bobby. «Das Viertel ist ziemlich schick. Ich würde wetten, dass die meisten vor ihrem Haus Kameras installiert haben.»

«Daran arbeiten wir auch. Überraschenderweise ist nicht jeder bereit, uns seine Bänder zur Verfügung zu stellen. Ein paar Hausbesitzer behaupten, sie hätten die Videos selbst kontrolliert, und die Kleine wäre nicht drauf. Ich brauche einen Gerichtsbeschluss, wenn die mir weiter ans Bein pinkeln.» Dalla Riva spuckte ins Gebüsch.

«Mallorys Mobilfunkdaten?»

«Auch angefordert», sagte Pilar. «Letzter Anruf an ihre Freundin Hannah Wobler um 00:03 Uhr.» Er sah auf die Uhr. «Vatucci sagt, der Flur vor seinem Büro ist immer noch voller Teenager. Warum fahren Sie nicht vorbei, Dees? Wir sind hier fertig. Ich fahre auch zurück. Dann können Sie Tyler Armstrong kennenlernen und mit ihm reden. Und mit seinen Eltern und seinem Anwalt», erklärte er und verdrehte die Augen.

Die Gruppe löste sich auf. Die Detectives und die uniformierten Beamten waren verschwunden, genau wie die Schaulustigen und die Reporter. Und die Sonne. Bis auf die gespenstisch wirkenden Lichtkegel der Laternen auf dem Parkplatz lag der Park im Dunkeln da. Die Landkarte und Mallory Knights Foto in der Hand duckte sich Bobby unter dem gelben Flatterband durch, mit dem der Eingang zu den Moutainbike-Trails abgesperrt war. Er ging auf seinen Wagen zu, während sich die Puzzleteile in seinem Kopf verschoben und ständig die Positionen wechselten.

5

«Diese Frage hat er schon beantwortet.»

Der alte Anwalt mit der dicken Brille, der wahrscheinlich nicht häufig als Strafverteidiger auftrat, wie Bobby vermutete, saß neben einem erschöpft und genervt wirkenden Tyler Armstrong. Seine eigentlichen Klienten – Tylers Eltern – hatten in der Ecke des Befragungsraums Platz genommen und hörten angestrengt zu, nickten und schüttelten die Köpfe, je nachdem, was gefragt wurde. Hinter Bobby am Konferenztisch stand ein sichtlich frustrierter Perry Vatucci, der ständig mit dem Kuli auf seinen Notizblock klopfte, wenn er nicht gerade raus- und reinmarschierte. So gerne Bobby die Eltern rausgeschmissen hätte – und Vatucci gleich dazu –, er wollte nicht, dass der Junge dichtmachte, weil sein Dad behauptete, er werde verhört, nicht befragt. Das war schon das dritte Gespräch, das der Junge mit wechselnden Ermittlern führte. Auch wenn es im Fernsehen anders dargestellt wurde, ein Bürger war nicht verpflichtet, mit der Polizei zu kooperieren oder Fragen zu beantworten. Und für einen Verdächtigen in Gewahrsam, was Tyler nicht war – zumindest noch nicht –, war das Recht zu schweigen sogar in der Verfassung verankert. Diese garantierte auch das Recht auf einen Anwalt, der seinem Klienten dann üblicherweise zum Schweigen riet. Und genau das wollte Bobby vermeiden.

«Passen Sie auf, Tyler, Mr. und Mrs. Armstrong, nur damit das klar ist», begann Bobby ganz ruhig, «ich bin vom FDLE. Ich bin hier, um Mallory zu finden, wie die anderen Kollegen auch. Du bist einer der Letzten, der sie gesehen hat, Tyler, und alles, was du weißt, ist wichtig, auch wenn es dir nicht wichtig erscheint, auch wenn es meilenweit weg von der Party geschehen ist. Ich weiß, dass dir die Detectives Dalla Riva und Vatucci bereits viele Fragen gestellt haben, und manche werde ich noch einmal stellen, weil ich nicht dabei war, als du sie beantwortet hast. Aber es ist wichtig, dass wir bei der Sache bleiben. Wir müssen Mallory finden. Ich weiß, du hast das Gefühl, als würden wir dich in die Ecke drängen, das wollen wir nicht. Aber du hast die Antworten, die ich brauche. Und es ist sehr wichtig, dass du ehrlich bist.»

Tyler nickte.

Der Anwalt nickte.

Die Eltern nickten.

«Also. Seit wann waren du und Mallory ein Paar?», fragte Bobby wieder.

«Ein paar Monate. Wir sind im September zusammengekommen, nach den Sommerferien.»

«Hast du ihre Eltern kennengelernt, die Knights?»

Tyler schüttelte den Kopf. Er war groß, über eins achtzig, hatte hellblondes gewelltes Haar, das ihm auf die Schultern fiel, und war braungebrannt, wahrscheinlich weil er jeden Tag Baseball spielte. Der Junge war zweifellos gutaussehend. Aber er hatte etwas Sorgloses, Leichtfertiges an sich, das unter diesen Umständen an Arroganz grenzte. «Ihr Stiefvater wollte nicht, dass sie einen Freund hat», antwortete er. «Das hat sie mir erzählt. Deshalb bin ich nie mit zu ihr. Es war keine große Sache, verstehen Sie? Nichts Ernstes oder so. Alle tun so, als wären wir fest zusammen gewesen, aber so war es nicht. Sehe ich jedenfalls so.»

«Hast du dich auch mit anderen Mädchen getroffen?», fragte Bobby.

Er schüttelte den Kopf. «Nein, aber wir haben uns auch nichts versprochen. Also, wir haben nicht gesagt, dass es was Exklusives ist, verstehen Sie?»

«Was ist am Samstagabend passiert?»

«Wir haben uns bei Walgreens in Cooper City getroffen. Hannah hat sie da abgesetzt. Das haben wir schon ein paarmal so gemacht, weil Mallory keinen Führerschein hat. Und ich konnte sie nicht zu Hause abholen; ihr Stiefvater ist nicht ganz dicht. Und dann sind wir zur Party bei den Sabias gefahren.»

«Du hast sie um halb neun abgeholt, aber ihr wart erst um zehn auf der Party, hast du gesagt. Wo wart ihr in der Zwischenzeit, und was habt ihr gemacht?»

«Warum ist das wichtig? Da war sie ja noch nicht verschwunden.» Tyler schüttelte trotzig den Kopf und sah in seinen Schoß. «Wir haben eben rumgehangen.»

«Wo?»

«In Pembroke Pines. Auf dem Festgelände.»

«Der Jahrmarkt fängt erst nächste Woche an.»

Er zuckte die Schultern. «Wir waren nicht wegen dem Jahrmarkt da.»

«War sonst noch jemand da?»

«Nein. Ein paar Anhänger auf dem Parkplatz. Aber keine Leute.»

«Du hast also auf dem Parkplatz sonst niemanden gesehen?»

«Da standen ein paar Anhänger, aber wie gesagt, ich glaube, die waren leer. Die sind für den Jahrmarkt nächste Woche. Ach ja, und ein Polizeiauto. Also ein Zivilfahrzeug mit den Scheinwerfern an. Ich glaube jedenfalls, es war ein Polizist. Wahrscheinlich hat er Berichte geschrieben und Donuts gegessen …» Tyler brach ab. Offenbar war ihm aufgefallen, dass die Sache mit den Donuts ein Klischee war, das der Polizist vor ihm vielleicht nicht gern hörte.

«Wie weit war er von euch weg?»

«Ich weiß nicht, Mann. Vielleicht zwanzig, dreißig Meter?»

«Hast du das Blaulicht auf dem Dach gesehen? Oder woher wusstest du, dass es ein Polizist war?»

Tyler zuckte die Schulter. «Ich dachte, er wäre ein Cop, weil er einfach so rumstand. Das machen Cops doch so. Wer sonst würde so was machen?»

«Ist euch der Wagen gefolgt, als ihr weggefahren seid?»

«Ich hab nicht darauf geachtet. Er hat mich nicht angehalten, also nein. Keine Ahnung, wo er hin ist.»

«Du sagst ‹er› …»

«Na ja, ich schätze, es war ein Mann. Die meisten Cops sind doch Männer, oder? Ich hab nicht gesehen, wie er aussah – oder sie –, wenn Sie das wissen wollen. Warum? Glauben Sie, das könnte der Typ gewesen sein, von dem alle reden?»

«Welcher Typ?»

«Der Hammermann.» Tyler lehnte sich zurück. «O Gott, meinen Sie, das war er?»

«Hör zu, Tyler, deine Freundin wird vermisst. Jedes Detail kann wichtig sein. Selbst Donuts essende Cops auf Parkplätzen. Ihr seid also auf das Festgelände gefahren, und dann …?» Bobby sprach nicht weiter, weil er die Antwort ahnte. Er war auch mal siebzehn gewesen.

Tyler zuckte die Schultern und sah seinen Anwalt an. Den Blicken seiner Eltern wich er aus. «Ich habe das schon dem anderen Cop erzählt», sagte er und nickte in Richtung Vatucci. «Wir haben halt rumgemacht. Warum ist das wichtig?»

«Wenn wir Mallory finden und sie nicht mehr lebt, dann ist es wichtig, verlass dich drauf. Besser, du erzählst es gleich», sagte Bobby.

«O Gott …» Er raufte sich die langen Haare. «Okay. Wollen Sie auch die Stellungen wissen?»

«Tyler …», sagte seine Mutter leise, offensichtlich schockiert.

Bobby schüttelte den Kopf. «Nein. Das reicht fürs Erste. Habt ihr ein Kondom benutzt?»

«Ich hatte keins.»

«Tyler …», sagte sein Dad.

«Ich hab aufgepasst, Dad. O Gott», antwortete Tyler mit rotem Gesicht. «Ist das abartig.»

«Ihr habt also miteinander geschlafen, und dann seid ihr zu der Party gefahren …»

«Ja. Sie ist zu ihren Freundinnen gegangen, und ich war, Sie wissen schon, bei meinen Kumpels.»

«Hast du getrunken?»

«Alle haben getrunken.»

«Mallory auch?»

Er zuckte die Schultern. «Ich war nicht bei ihr; keine Ahnung.»

«Was ist mit Drogen? Hat jemand Gras geraucht?»

Tyler grinste. «Ich nicht. In meiner Mannschaft wird getestet.»

«Und wann hast du sie wieder gesehen?», fragte Bobby.

«Als sie zu mir kam und gesagt hat, sie will gehen. Sie hat geheult. Sie hat gesagt, ihre Mom hätte rausgefunden, dass sie auf der Party ist, und sie kriegt Ärger.»

«Um wie viel Uhr war das?»

«Ungefähr Mitternacht.»

«War sie betrunken?»

«Ich weiß es nicht. Ich war nicht dabei, das habe ich doch gesagt. Wahrscheinlich schon. Später hab ich gehört, sie hätte Bierpong gespielt, aber gesehen habe ich es nicht.»

«Warum hast du sie nicht nach Hause gefahren, Tyler?»

Er zuckte trotzig die Schultern. «Weil ich keine Lust hatte. Ich hab zu ihr gesagt, wenn sie schon Ärger hat, kann sie auch noch eine Weile bleiben und chillen. Da wurde sie sauer und ist abgedüst, und dann war sie einfach weg.»

«Du bist ihr nicht nachgegangen?»

«Ich dachte, sie kommt zurück. Ich meine, sie hatte ja kein Auto.»

«Und als sie nicht zurückkam?»

«Ich dachte, jemand anders hat sie mitgenommen.»

«Und du hast sie nicht angerufen, um nachzufragen, ob alles in Ordnung ist?», wollte Bobby wissen.

«Sehen Sie, mit genau solchen Fragen unterstellen Sie ihm etwas», mischte sich Tylers Vater ein.

«Schon gut», begann Bobby, aber dann überlegte er es sich anders. «Oder auch nicht, Mr. Armstrong. Vielleicht sollte Ihr Sohn mir das genauer erklären.» Er suchte Tylers schokoladenbraunen Blick. «Warum hast du deine Freundin nicht angerufen, die weinte und Angst hatte, dass sie von ihren Eltern Ärger bekommt? Warum bist du ihr nicht nachgegangen, Tyler, als sie weggelaufen ist und du nicht wusstest, wie sie nach Hause kommt?» Doch er kannte auch die Antwort auf diese Frage schon, bevor der Junge den Mund wieder aufmachte, um die Vorwürfe zu leugnen: Sie war ihm einfach egal. Traurig, vielleicht sogar tragisch. Aber wahr.

«Ich hab ihr nichts getan, Mann», rief Tyler und schüttelte stur den Kopf, auch wenn Bobby sah, dass er vor allem sich selbst überzeugen wollte. «Alle auf der Party können bestätigen, dass ich dort war. Ich bin erst nach zwei Uhr früh nach Hause gekommen. Da war mein Vater noch wach, er hat mich gesehen. Ich hab nichts falsch gemacht!»

6

Der Wartebereich der Criminal Investigation Division des BSO war voller nervöser, aufgedrehter Jugendlicher. Und einiger ängstlicher Eltern. Sobald ein Teenager aus dem Befragungsraum herauskam, schlug die Spannung aus, die wie Kriechstrom im Raum lag, und alle drängelten sich neugierig um denjenigen, der es hinter sich hatte: *Was ist dadrinnen passiert? Welche Fragen haben sie gestellt? Was hast du erzählt?*

Auf dem Weg zum Kaffeeautomaten am Ende des Gangs sah Bobby zu, wie Tyler Armstrong, seine Eltern und ihr Anwalt sich den Weg durch den Wartebereich bahnten. Seine Freunde – wahrscheinlich Mannschaftskollegen – begrüßten ihn mit Faust-Zeichen und Schulterklopfen. Mädchen kauten auf Fingernägeln und spielten nervös mit ihrem Haar, während sie sich um ihn scharten und ihn mit kaum gedämpfter Stimme ausfragten.

«Das ist mein … er ist Anwalt», hörte Bobby Tyler erklären, obwohl er ihn gerade gebeten hatte, mit niemandem zu sprechen. «War Dads Idee. Er wollte, dass er mitkommt. Ich hab nichts zu verbergen.»

«Es gibt nichts zu verbergen, Ty. Ich war da, Mann», sagte einer seiner Kumpel.

«Was haben sie dich gefragt?», sagte ein anderer.

«Was zum Teufel sollen sie schon fragen? Ich hab nichts gesehen», gab Tyler zurück. «Sie ist einfach abgehauen. Was hätte ich denn machen sollen? Ich war total dicht. Das musste ich vor meiner Mutter zugeben, und die ist stinksauer.» Als sie ihren Namen hörte, warf Nanette Armstrong ihrem Sohn einen Blick zu und lächelte.

«Haben sie was vom Hammermann erzählt? Haben sie irgendwas dazu gesagt?», fragte ein stämmiger Junge mit zerzausten braunen Locken.

«Sie haben ihre blutigen Kleider», sagte ein anderer. «Meine Mutter hat es im Fernsehen gesehen.»

«Ach du Scheiße ...»

«Ich hab gehört, sie haben was im See gefunden, aber sie reden noch nicht darüber ...», sagte ein Mädchen zögernd.

«Das hab ich auch gehört. Ich glaube, es war ihr Kopf», sagte eine andere.

Das erste Mädchen schauderte und gab ihrer Freundin einen Stoß. «Das ist total krank, Lisa. Stimmt das, Tyler? Haben sie Mallorys Kopf gefunden?»

Bobby beobachtete sie, während er an den Kaffeeautomaten trat, vier Münzen einwarf und auf seinen schlechten Kaffee wartete. Als Nächstes stand Hannah Wobler auf seiner Liste. Er hatte den gereizten Kollegen Vatucci gefragt, wie das Gespräch mit Mutter und Tochter Wobler gelaufen war. Vatucci hatte sich von Anfang an unterkühlt gegeben. Einen Fall auch nur ansatzweise zu teilen, war offensichtlich nicht sein Ding, egal welcher Vorgesetzte es verlangte. Weil Vatucci mit Informationen geizte, hatte Bobby dessen Aufzeichnungen gelesen und die des Officers, der ursprünglich die Vermisstenanzeige aufgenommen hatte. Doch auch von Hannah Wobler wollte er sich möglichst bald ein eigenes Bild machen. Sie sehen, sie hören, einschätzen, wie sie tickte. Sie war die Letzte, mit der Mallory gesprochen hatte; Tyler war wahrscheinlich der Letzte, der sie gesehen hatte. Vielleicht hatte Mallory etwas zu Hannah gesagt, erwähnt, dass ihr jemand folgte, vielleicht hatte sie von dem Streit mit Tyler erzählt.

Auf dem Rückweg zum Befragungsraum mit einem Extrakaffee als Friedensangebot im Gepäck, fiel Bobbys Blick auf ein Mädchen, das auf der Bank saß. Ein Mädchen, das nicht zu den anderen passte – sie wirkte nicht aufgedreht, sondern eher aufgelöst.

«Hallo. Alles in Ordnung?», fragte er. «Wie heißt du? Du bist nicht Hannah, oder?»

Das Mädchen schüttelte den Kopf. Sie hatte Tränen in den Augen. «Ich bin Gianna. Gianna Sidoti.»

«Gianna. Der Name sagt mir was. Du bist Mallorys Freundin, oder?»

Sie nickte.

Er stellte die Kaffeebecher ab und holte ein Taschentuch aus der Tasche. «Alles okay?», fragte er.

«Nein, ist es nicht. Ich fasse es nicht, dass das wirklich passiert.»

«Ich bin Special Agent Dees, vom FDLE. Ich habe mit Mallorys Mutter gesprochen, daher kenne ich deinen Namen. Du und Mallory seid zusammen aufgewachsen, oder? Ihr seid befreundet?»

«Ja.» Die Tränen liefen ihr übers Gesicht. «Seit der ersten Klasse.»

«Warst du auch auf der Party bei den Sabias? Bist du deswegen hier?»

Sie nickte.

«Aber du warst nicht mit Mallory dort?»

«Nein. Ich war mit Sean dort. Sean Hendry. Ein Freund.»

«Dein Freund?»

«Nein.» Sie schnaubte, als wäre der Gedanke völlig abwegig.

«Hast du einen Freund?» Er hatte den Knutschfleck an ihrem Hals gesehen.

Sie sah ihn seltsam an. «Nein.»

«Hast du Mallory auf der Party gesehen?»

Sie nickte.

«Wann war das, weißt du das noch?»

«Sie und Tyler sind spät gekommen, vielleicht um zehn. Dann haben wir eine Weile in der Küche geredet, und dann ist sie in den Garten, wo sie Bierpong gespielt hat, glaube ich.»

«Hat sie in der Küche irgendwas zu dir gesagt? Ob sie und Tyler Streit hatten?»

Sie zuckte die Schultern. «Nein. Wieso, hat er das gesagt?»

«Nein.» Bobby schüttelte den Kopf und trank einen Schluck Kaffee. «Hat sie erzählt, wo sie und Tyler vorher waren? Hat sie irgendetwas gesagt, das dir seltsam vorkam?»

Sie schüttelte den Kopf. «Sie meinte nur, sie hätten rumgehangen. Sie wissen schon, vor der Party. Sonst hat sie nichts gesagt. Nichts wegen einem Streit.»

«Sie hat also Bierpong gespielt. Hat sie Alkohol getrunken?»

Sie nickte.

«Weißt du, wie viel? War sie betrunken, als sie ging?»

«Ich weiß es nicht. Ich glaube nicht. Ich … ich habe sie nicht gesehen, als sie gegangen ist.»

«Ich habe mit Tyler gesprochen, und er sagt, sie war sehr aufgebracht, als sie die Party verließ. Weißt du, warum?»

Sie blickte in ihren Schoß. «Nein. Ich wünschte, ich wüsste es. Ich wünschte, ich hätte was tun können.»

«Hast du mit Tyler gesprochen?»

Sie sah ihn lange an, bevor sie den Kopf schüttelte. «Hat er Ihnen gesagt, Sie sollen mit mir reden?»

«Nein. Ich dachte nur, weil du und Mallory gute Freundinnen seid, ist er vielleicht zu dir gekommen.»

Sie schüttelte wieder den Kopf. «Die anderen behaupten, sie wurde entführt oder so was? Gekidnappt? Das ist verrückt. Das ist total abartig. Einfach abartig. Das kann doch nicht wahr sein!»

«Wir versuchen herauszufinden, was passiert ist, Gianna.

Glaub nichts, solange es keine Beweise gibt. Und erzähl auch nichts weiter.»

«Aber da ist dieser Typ in den Nachrichten. Der Hammermann. Der könnte Mallory entführt haben, oder? Erst das Mädchen in Orlando und jetzt vielleicht sie?»

«Für nichts von dem, was du im Fernsehen siehst, gibt es irgendwelche Beweise.» Er atmete langsam aus. Sie mussten endlich irgendetwas an die Presse rausgeben, damit die Gerüchte sich nicht weiter ausbreiteten – wie ein Lagerfeuer, das sich in einen unkontrollierbaren Flächenbrand verwandelte.

Die Pressesprecher der drei Abteilungen gaben häppchenweise Informationen heraus, doch wie immer bei der Polizei musste für eine umfassende Pressekonferenz erst die Genehmigung von ganz oben eingeholt werden, und ihnen lief die Zeit davon. Da es keine Erkenntnisse gab, von denen sie berichten konnten, hatten es die Oberen mit einer Erklärung nicht eilig. Außerdem war die Beziehung zwischen Polizei und Medien häufig kompliziert: Die Cops trauten den Reportern nicht, und die Reporter trauten den Cops nicht. Selbst wenn beide dasselbe Ziel hatten – den Bösewichten das Handwerk zu legen –, zogen sie nicht immer am selben Strang. Die voreilige Veröffentlichung von Einzelheiten einer laufenden Ermittlung konnte einem Fall irreparable Schäden zufügen. Das wussten die Journalisten zwar, aber oft war es ihnen egal, und sie nahmen für eine saftige Story die Gefahr, eine Verhaftung zu vereiteln, in Kauf. Im Fall Mallory Knight waren es allerdings nicht zu viele Informationen, die dem Fall schadeten, sondern zu wenige, die Raum für wilde Spekulationen ließen. Bobby wandte sich wieder Gianna zu. «Und du hast keine Ahnung, warum Mallory so aufgebracht war?»

«Na ja, ihre Eltern spinnen. Ihr Vater – Stiefvater – ist echt verrückt. Und ich habe gehört, dass ihre Mutter wegen ihr rumtelefoniert hat, also hatte sie wahrscheinlich deswegen Schiss.»

«Von wem weißt du, dass ihre Mom auf der Suche nach ihr war?»

«Von Hannah. Und Adrianna Cortesi. Hannah hat mir und ein paar anderen SMS geschickt, dass Mallorys Mom nach ihr sucht und sie nach Hause muss. Adrianna hat Mallory Bescheid gesagt. Sie haben zusammen Bierpong gespielt.»

«Dann werde ich als Nächstes wohl mit Adrianna sprechen, danke. War es geplant, dass Mallory zu der Party geht?»

Gianna schüttelte den Kopf.

«Kann es wirklich sein, dass Mallory Angst hatte, nach Hause zu gehen, Gianna? Sind ihre Eltern so schlimm?»

Sie zuckte die Schultern.

«Hat sie je gesagt, dass ihre Mom oder ihr Stiefvater sie geschlagen haben?»

«Das würde ihre Mom niemals tun», sagte Gianna und wischte sich eine Träne ab.

«Und ihr Stiefvater?»

Wieder zuckte sie die Schultern. «Sie hat nie erzählt, dass er ihr was getan hat. Aber sie hatten Probleme in letzter Zeit, sie und er. Er hat gedroht, sie rauszuwerfen. Er hatte es satt, dass ihr Bruder Kyle auf der Couch wohnte, und er war sauer, weil Mallory ein paar schlechte Noten hatte. Aber er ist nicht ihr richtiger Vater, wie kann er sie da rauswerfen? Das hat Mallory gedacht, verstehen Sie? Was bildet der sich ein?»

Bobby nickte. «Und seit ihr euch in der Küche unterhalten habt, hast du Mallory den ganzen Abend nicht mehr gesehen?»

Sie schüttelte den Kopf, während ihr erneut die Tränen über die Wangen liefen.

«Und du hast auch nicht gesehen, wie sie die Party verlassen hat, sagtest du? Aber wenn du es mitbekommen hättest, wärst du ihr nachgegangen, oder?»

Gianna nickte, aber sie blickte noch immer zu Boden. Sie zwirbelte den Saum ihres Pullovers.

«Natürlich wärst du ihr nachgegangen», sagte er leise, während er aufstand und die beiden Becher mit dem miesen Kaffee in den Mülleimer warf. «Dafür hat man doch Freundinnen, oder?»

7

Als das Broward Sheriff's Office am nächsten Nachmittag die erste Pressekonferenz einberief, war es zu spät: Der Flächenbrand war bereits außer Kontrolle geraten.

Dank eines Sturzregens am Morgen, der die Suche behinderte und bis zum Nachmittag nicht aufhörte, war es stickig und schwül im vollen Saal, und es roch säuerlich nach einer Mischung aus Körpergeruch und nassen Kleidern. Bobby lockerte die Krawatte und betrachtete vom Podium aus die Menge. Er entdeckte Kameras von jedem Lokalsender – WPLG Channel 10, NBC 6, WFOR Channel 2 – und auch ein paar landesweite. Zwar war es noch nicht so ein Zirkus wie bei Picasso, Cupido oder Versace, aber das war wohl nur eine Frage der Zeit.

In der Mitte des Podiums stand BSO Lieutenant Kristy Frederick, flankiert von einem Undersheriff und einem halben Dutzend Uniformträgern. In der zweiten Reihe standen die Leute des BSO, die den Fall tatsächlich bearbeiteten – Vatucci und Denby von Homicide und Al Pilar und Chris Dalla Riva von Missing Persons. In einer Ecke vertraten Bobby und Zo das FDLE, und auf der anderen Seite hatten sich die Sunrise-Leute postiert, Pat Graybill und Chief of Detectives Steve Locke, sein Boss. Die massive Polizeipräsenz auf der kleinen Bühne sollte eine vereinte Front repräsentieren und außerdem die Presse und die besorgte Öffentlichkeit beruhigen. Die Gerüchte, die Bobby gestern bei dem Vernehmungs-Marathon gehört hatte, hatten bereits ein Eigenleben entwickelt. Nun war es Zeit, ihnen eine Erklärung entgegenzusetzen. *Good Morning America* hatte den Fall am Morgen in den Nachrichten erwähnt. Und auch dank des Internets, skrupelloser «Medien»-Outlets wie ShoutIt und Blurt, die keine Fakten checkten, und Bloggern, die keinen Verhaltenskodex brauchten, um sich an den Schreibtisch zu setzen und drauflloszutippen, war Mallory Knights Verschwinden in aller Munde. Der Hashtag *#Hammermann* war im Netz allgegenwärtig. Die Bevölkerung im Süden Floridas war besorgt und hatte Angst, der Rest des Landes war neugierig.

Normalerweise schaffte es eine vermisste Jugendliche im Großraum Miami nicht in die landesweiten Nachrichten. Falls es sich nicht um ein prominentes Opfer oder einen prominenten Tatverdächtigen handelte, musste ein Vermisstenfall schon einen Aufhänger haben, um mehr als zwei Zeilen im Lokalteil zu bekommen. Nur ein besonders erschütterndes Verbrechen, sei es in der Ausführung oder der Motivation, erregte öffentliche Aufmerksamkeit und sorgte über längere Zeit für hohe Einschaltquoten.

Mallory Knights Aufhänger war der Hammermann.

Im Norden Floridas war der Serienmörder längst zur furchteinflößenden Legende geworden, wie Jack the Ripper oder der Zodiac Killer. Der Hammermann war ein Ungeheuer, das bei Nacht jagte und seiner Beute anscheinend über längere Zeit auflauerte, bevor es zuschlug. In zwei Fällen hatte er die Mädchen dort erwischt, wo sie am wehrlosesten waren und sich am sichersten fühlten – in ihren Betten, nur zwei Türen vom Schlafzimmer ihrer Eltern entfernt. Der Hammermann überquerte County- und Landesgrenzen, ohne je eine Spur zu hinterlassen – kein Haar, keine Faser, keine Körperflüssigkeit, keine Fingerabdrücke –, weder am Ort des Überfalls noch am Fundort der Leichen, die manchmal erst Monate nach ihrem Verschwinden auftauchten.

Und hätte es die spöttischen, kryptischen Botschaften nicht gegeben, die er von gehackten oder gefälschten Social-Media-Konten an verschiedene Polizeidienststellen verschickte, hätten die Ermittler die Fälle vielleicht immer noch nicht in Zusammenhang gebracht. Was daran lag, dass die Polizei anfangs jeden Mordfall prinzipiell als Einzelfall betrachtete. Neunzig Prozent der Tötungsdelikte wurden von Bekannten des Opfers begangen, und die Erfahrung hatte die Ermittler gelehrt, bei Partnern, Verwandten, Freunden, Liebhabern, Kollegen und Nachbarn anzufangen. Die restlichen zehn Prozent wurden von Fremden verübt, die ein Motiv hatten, etwa die Beseitigung von Zeugen oder die Vertuschung einer anderen Straftat wie Raub, Vergewaltigung oder Einbruch. Auch wenn Kriminalromane und Fernsehserien ein anderes Bild zeichneten, machten Serienmorde weniger als ein Prozent aller Tötungsdelikte aus.

Der Norden Floridas – vom sogenannten Pfannenstiel bis zu den Stränden von Jacksonville – gehörte paradoxerweise zum tiefen Süden der USA, wo es ländlicher, entspannter und gastfreundlicher zuging als im Moloch Miami rund siebenhundertfünfzig Kilometer weiter südlich. Doch nun begannen die gemütlichen Bewohner, die nie zuvor ihre Türen oder Fenster abgesperrt hatten, genau dies zu tun – und sich Alarmanlagen zuzulegen, Überwachungskameras und große Hunde. Die Waffenverkäufe in dem ohnehin waffenfreundlichen Teil des Landes schossen in die Höhe. Und die Bewohner waren nicht mehr ganz so freundlich – nicht zu Fremden und nicht zueinander. Jeder war verdächtig. Jeder hatte Angst.

Bis zu dem Tag, an dem die achtzehnjährige Terri Baldwin sechs Wochen nach Semesterbeginn aus ihrem Wohnheim an der University of Central Florida verschwunden war, war keins seiner Opfer so weit im Süden entführt worden. Aus diesem Grund war der Verdacht zunächst auf Terri Baldwins Exfreund gefallen, die Polizei ermittelte bereits gegen ihn. Doch dann erreichte das Orlando PD per Post ein unheimliches Foto, auf dem zu sehen war, wie Terri in ihrem Wohnheimzimmer schlief. Das Foto war mit schwarzem Filzstift unterschrieben, wie die Autogrammkarte eines Filmstars: *Der Hammermann XOXO.* Vier Wochen später erhielt das Orlando PD eine Twitter-Nachricht von einem Phantom-Konto mit dem Foto ihres dem Anschein nach leblosen misshandelten Körpers. Weitere zwei Wochen später – letzten Freitag – stieß ein Landvermesser in einem Waldstück bei Disney World auf Terris Überreste.

Mit dem geheimnisvollen Verschwinden von Mallory Knight zwei Tage nach dem Fund der misshandelten Leiche ihrer Doppelgängerin breitete sich die Angst vor dem Hammermann weiter nach Süden aus. Das war der Grund für die Medienpräsenz heute.

Alle Zutaten für eine saftige Story waren da: hübsche, frische Teenager-Gesichter. Unfassbare Grausamkeit. Entführung. Folter. Ein perverser Spitzname. Ein gerissener internetaffiner Mörder – wahrscheinlich selbst aus der Millenial-Generation –, der es verstand, sich in die sozialen Netzwerke zu hacken und diese zu manipulieren, und der nun die breite Masse und die dicht besiedelten Gebiete erreichte, deren Ortsnamen überregional bekannt waren: *Willkommen in Miami.* Der Hammermann war kein Kleinstadtschreck mehr, sondern zu einer landesweiten Schlagzeile geworden. Weiter angekurbelt wurde die öffentliche Aufregung durch den fatalen Zeitdruck – der Hammermann hielt seine Opfer eine Weile gefangen, bevor er sie tötete. Mallory Knight hatte vielleicht nicht mehr lang zu leben. *Ticktack.*

Doch es gab nichts, das Mallorys Verschwinden eindeutig mit dem Hammermann in Verbindung brachte. Es gab keinen Kontakt – keine Tweets, keine Posts, keine Fotos. Die Beteiligung des Serienmörders konnte zwar nicht ausgeschlossen werden, aber die Indizien reichten auch nicht aus, um die eskalierenden Spekulationen zu unterfüttern.

Irgendwer ganz oben hatte deshalb beschlossen, das BSO solle die Gerüchte in der Pressekonferenz einfach ignorieren – der Logik folgend, solange der Hammermann nicht offiziell verdächtigt werde, bestehe auch keine Notwendigkeit, sich vor der Öffentlichkeit von ihm zu distanzieren, und damit wären die Spekulationen beendet. Und so stellte Lieutenant Frederick in ihrer vorbereiteten fünfminütigen Rede zuerst die drei beteiligten Dienststellen vor, dann schilderte sie nüchtern die Faktenlage und den derzeitigen Stand der Ermittlungen, beschrieb die Suche und die Vernehmungen, die durchgeführt wurden.

Tatsächlich hatte die Durchsuchung des Parks am frühen Morgen nichts erbracht, auch in den Everglades hatten sie nichts gefunden. Mallorys Computer wurde von Experten des BSO und des FDLE auseinandergenommen, aber bis jetzt war auch dort nichts aufgetaucht, was zu irgendeinem geheimnisvollen Mann/Frau/Jungen/Mädchen wies, mit dem Mallory sich getroffen haben könnte. Die Überwachungsbänder der Anwohner zeigten, wie Mallory die Sabia-Villa verließ und die Straße hinunterlief, aber kein Auto und keine Person folgten ihr. Auf den Rotlichtüberwachungskameras war sie nirgends zu sehen, also war sie offensichtlich nicht die Weston Road entlanggegangen, oder jemand hatte sie mitgenommen, bevor sie die Straße erreicht hatte. Alle Fahrzeuge, die auf der Weston Road registriert wurden, wurden überprüft, aber da nicht jedes Auto von den Kameras erfasst wurde, war die Information im besten Fall unvollständig. Das Blut an der Jacke war menschlich und Blutgruppe B – Mallorys Blutgruppe. Es stammte aller Wahrscheinlichkeit nach von ihr. Eine DNA-Analyse wurde im Eilverfahren durchgeführt, außerdem wurden die Jacke, die Handtasche und das Handy auf mögliche biologische Spuren weiterer Personen untersucht, die vielleicht zu einem Profil führten. Auf den Fahrradwegen wurden Fußspuren gesichert, darunter Teile von Abdrücken in Schuhgröße 37, die Mallorys sein konnten, doch wegen der Mountainbiker, die in den Stunden vor dem Fund der Jacke unterwegs gewesen waren, war das Gebiet ziemlich zertrampelt. Das relevanteste Beweisstück neben der Jacke war bis jetzt das Mobiltelefon. Es war auch das aufschlussreichste: Die Beschädigung war durch die Einwirkung eines spitzen metallischen Gegenstands entstanden. Rost- und Metallfragmente waren tief in das Gehäuse eingedrungen. Dies waren jedoch Details, die vor der Öffentlichkeit zurückgehalten wurden – der Schluss lag nahe, dass jemand das Handy mit einem Werkzeug beschädigt hatte, mit einem Hammer zum Beispiel. Und das wiederum war die grausige Handschrift des Hammermanns.

Lieutenant Frederick endete ihre knappen Ausführungen mit dem Aufruf, falls irgendwer Informationen über den Verbleib von Mallory Knight habe, möge er bitte die Ermittler kontaktieren.

Das war eindeutig nicht, was die Menge hören wollte.

«Wollen Sie damit sagen, der Hammermann hat *nichts* mit diesem Fall zu tun?», rief jemand, sobald die Fragerunde eröffnet war. «Was tun Sie, um ihn als Verdächtigen auszuschließen? Heißt das, Sie fahnden nicht mal nach ihm?»

«Hat er sich gemeldet? Ich habe gehört, er hätte eine E-Mail geschrieben. Hat der Hammermann ein Paket an die Polizei geschickt? Gibt es Grund zur Annahme, dass Mallory Knight verstümmelt wurde?»

«Gibt es eine Verbindung zwischen Mallory Knight und den anderen Opfern, speziell Terri Baldwin? Ermitteln Sie in dieser Richtung?»

«Kooperieren Sie mit der Hammermann-Taskforce in North Florida? Hat sich das FBI eingeschaltet?»

«Wurde das FDLE deswegen mit einbezogen? Ich sehe hier

die Beamten, die die Ermittlungen zu Picasso geleitet haben. Verfolgt das FDLE Hinweise auf den Hammermann? Und wenn ja, warum halten Sie diese Tatsache geheim?»

Und immer so weiter. Egal wie oft Kristy Frederick die Fragen nach dem Hammermann abzuwürgen versuchte oder erklärte, es sei zu früh, ihn als Verdächtigen zu behandeln, da zunächst andere Aspekte abgeklärt werden mussten, die Menge glaubte ihr nicht.

Bobby hatte erlebt, wie Polizisten Verdächtige auf eine Tat zuschnitten. Heute erlebte er zum ersten Mal, wie die Presse versuchte, den Fokus eines Ermittlungsverfahrens umzulenken und einen Verdächtigen auf eine Story zuzuschneiden.

Er erlebte auch zum ersten Mal, dass es funktionierte.

8

Mit einem amüsierten Lächeln saß er vor dem Computer und starrte den Newsfeed auf Yahoo an. Es war komisch zu lesen, wie über ihn geredet wurde. Es war komisch, den ganzen Tag seinen Namen auf dem Bildschirm zu sehen. Komisch wie in seltsam. Komisch wie in witzig. Komisch wie in cool. Als er den Link sah, konnte er der Versuchung einfach nicht widerstehen: eine Live-Schaltung zur Nachrichtenkonferenz. Er war schwer angesagt.

«Wie war die Reise?», fragte Leslie, die neugierige Empfangssekretärin, die plötzlich hinter ihm stand. Sie sah ihm über die Schulter.

Er hörte, wie sie röchelnd durch die Nase ein- und aus dem Mund wieder ausatmete. Es klang, als hätte sie eine Erkältung. O Gott. Wenn er krank wurde, wäre sie daran schuld. Und das würde ihr nicht bekommen.

«Unspektakulär», antwortete er und schloss die Seite. Er zog eine Akte aus dem Schrank, doch Leslie drängte sich noch tiefer in seinen Arbeitsbereich und setzte sich mit einer Arschbacke auf seinen Schreibtisch.

«Sie waren diesmal lange weg. Fünf Wochen, oder?», fragte sie.

«Mmmm. Ich glaube. Ungefähr.»

«Wir haben Sie vermisst», säuselte sie und wickelte sich eine strohige rotblonde Haarsträhne um den Finger. «Dieses Jahr schicken sie Sie dauernd raus. Schade.»

Er zuckte die Schultern. «Mir macht es nichts aus.»

«Na ja, wenn Sie niemanden haben, um den Sie sich kümmern müssen, Frau, Freundin oder Kinder, dann ist es wahrscheinlich nicht so schlimm», sagte sie, und es klang wie eine Frage.

Er schüttelte den Kopf. «Ich bin allein.»

Ihre Miene hellte sich auf. «Nicht mal ein Hund?»

«Tiere mögen mich nicht», antwortete er.

«Na, dann ist es wirklich nicht so schlimm. Wenigstens kommen Sie mal raus aus Tallahassee. Ich habe auch niemanden», erklärte Leslie. «Das heißt, außer meiner Tochter, niemand sonst, verstehen Sie? Und wo waren Sie letztes Mal?»

«Orlando.»

«Orlando? Wie aufregend. Ich liebe Disney World. Ich war seit Jahren nicht dort. Früher wollte ich immer dort hinziehen. Ins Schloss!» Sie lachte.

«Ich war nicht in Disney World. Ich war bei einer kleinen Web-Tech-Firma. Es ging um das Interface mit elektronischen Gesundheitsakten, für Arztpraxen. Langwieriges Projekt. Bisschen öde.»

«Bringt die Firma Sie im Hotel oder in einem Apartment unter? Hotel ist wahrscheinlich auf Dauer ein bisschen unpersönlich.»

«Die Firma hat eine Wohnung dort. Es ist fast wie zu Hause.»

«Haben Sie das vorhin gelesen? Die Nachrichten aus Orlando?»

Er spürte, wie ihm das Blut ins Gesicht schoss. «Was?»

«Haben sie dieses Mädchen gefunden?»

«Keine Ahnung, wovon Sie reden.»

Sie warf einen Blick auf den schwarzen Monitor. «Die Story, die Sie gerade gelesen haben – das Mädchen aus Miami, das verschwunden ist. Sie hatten gerade den Bericht auf dem Bildschirm. Es heißt, sie ist das neueste Opfer des Hammermanns.»

«Ich habe mir die Sportergebnisse angesehen», antwortete er gereizt, weil sie ihn ausspionierte.

«Oh. Ach so.»

Aber er konnte nicht widerstehen. «Wer ist dieser Hammermann?»

Sie lächelte wieder. «Leben Sie hinterm Mond? Haben Sie in Orlando keine Zeitung gelesen? Du liebe Güte. Der Serienmörder! Der ist ständig in den Nachrichten, auch hier, seit sie in Orlando noch eine Leiche gefunden haben. Sie müssen doch von ihm gehört haben, als Sie unten waren?»

«Mich interessiert solches Zeug nicht. Ich bin kein Nachrichten-Junkie», sagte er.

«Na ja, Sie haben kein Kind. Vielleicht kriegen Sie deswegen weniger mit. An der Highschool werden ständig Versammlungen einberufen, hier und im ganzen Norden Floridas. Sie raten den Mädchen, sich die Haare zu schneiden und nur noch in Gruppen vor die Tür zu gehen. Und immer darauf zu achten, ob sie verfolgt werden. Die Kinder haben richtig Angst. Und die Eltern erst recht. Ich bin total am Ende.»

«Die Haare schneiden? Wieso das?»

«Anscheinend hat es der Hammermann auf Mädchen mit langen dunklen Haaren abgesehen.»

«Das klingt verrückt. Was weiß man sonst noch über ihn? Wer ist er?»

Sie zuckte die Schultern. «Sie wissen nicht viel. Oder vielleicht sagen sie es nur nicht. Ich habe eine sechzehnjährige Tochter. Sie sieht genauso aus wie die Opfer. Sie könnte ihre Schwester sein.»

Interessant.

«Ich lasse sie nicht mehr allein vor die Tür», fuhr Leslie fort. «Aber sie ist sechzehn und hat den Führerschein, was soll ich machen? Ich kann nicht rund um die Uhr auf sie aufpassen. Und sie weigert sich, die Haare abzuschneiden. Nicht mal einen Pferdeschwanz will sie tragen. Sie sagt, ich mache mir zu viele Sorgen. *Wird schon nichts passieren, Mom.*»

«Gibt es denn keine Beschreibung von ihm? Ich meine, wissen die Kids, nach wem sie Ausschau halten sollen?»

«Die Polizei tappt völlig im Dunkeln. Heute Morgen haben sie bei *Good Morning America* über ihn gesprochen. Er verstümmelt die Mädchen wie Jack the Ripper.» Sie schauderte. «Ich wünschte, Paris – meine Tochter ... ich wünschte, sie würde auf mich hören. Sie ist so arglos. Sie wäre genau die Kandidatin, die zum nächstbesten Mann ins Auto steigt, nur weil er sie bittet, ihm bei der Suche nach seinem Hundewelpen zu helfen. Bei so einem Geisteskranken weiß man nie. Man weiß nicht, wozu so jemand in der Lage ist.»

Das ist wahr, Leslie. Das weißt du nicht. Du kennst seinen Schmerz nicht. Du weißt nicht, was er durchgemacht hat.

Sie holte ihr Telefon heraus und zeigte ihm ein Foto. «Das ist Paris. Langes, dunkles Haar, blass, zierlich. Darauf steht er», sagte sie mit einem Seufzer.

Er nickte. Weiter unten regte sich etwas. «Hübsch.»

«Danke.»

«Ich muss aufs Klo», sagte er plötzlich und stand auf.

Er ließ Leslie in seiner Wabe des Großraumbüros stehen und lief zur Toilette. Zuerst sah er unter die Türen der anderen Kabinen – keiner da –, dann duckte er sich hinein, verriegelte die Tür und zog sein Telefon heraus. Seine Hände waren schweißnass, und er ließ das Handy beinahe ins Klo fallen, als er sich in seine Seite einloggte.

Da waren sie. Gesund und munter. Er hatte den Ton abgestellt, aber er ging davon aus, dass mindestens eine von ihnen schrie. Er rieb sich die Schläfen, wo der Schmerz gewöhnlich anfing. Er spürte das Schlagen seines Herzens, übertrieben wie bei einer Comicfigur.

BUMM. BUMM. BUMM.

NORMAL. NORMAL. NORMAL.

KRANK. KRANK. KRANK.

Er loggte sich aus der Seite aus und kehrte zurück an seinen Platz. Leslie war weg, sie saß wieder an ihrem Empfangstisch auf der anderen Seite der Kunststoffwand. Er starrte den schwarzen Computerbildschirm an. Man sprach in Miami über ihn. Man sprach in *Good Morning America* über ihn. Er war ein bisschen überwältigt. Vielleicht sollte er ihnen ein Geschenk schicken. Ein Pfand, damit sie wussten, dass er sie gehört hatte, laut und deutlich.

Er stand wieder auf und ging nach vorne zu Leslie. «Wir könnten mal ausgehen», schlug er vor. Er war nicht gut in diesen Dingen. Er hatte nie eine Freundin gehabt. Na ja, eine, aber das war nicht gut ausgegangen.

Sie strahlte. «Ja. Das wäre schön.»

«Wann? Dieses Wochenende?»

«Okay», sagte sie und wickelte sich wieder kokett eine strohige Haarsträhne um den Finger. «Wie lange sind Sie diesmal in der Stadt?»

Er zuckte die Schultern. «Nicht lange, glaube ich. Der nächste Auftrag wartet schon.»

«Wissen Sie, wo man Sie diesmal hinschickt? Dürfen Sie Vorschläge machen?»

Er sah auf sein Telefon und nickte. «Sieht aus, als würde ich diesmal nach Miami fahren.»

9

«Ich hab's euch gleich gesagt, Leute, die Medien interessieren sich nur für diesen Psycho», meckerte Perry Vatucci, kaum hatte er den Konferenzraum des BSO betreten.

Die Führungsriege, die hauptsächlich zu Show-Zwecken auf dem Podium gestanden hatte, war nach oben verschwunden, um sich mit dem Sheriff zu beraten. Offiziell gab es noch keine Taskforce, aber es sah verdammt danach aus: Die grimmig dreinblickenden Vertreter von drei verschiedenen Polizei-Behörden – Stadt, County und Staat –, die sich zu einem ersten strategischen Kriegsrat im Konferenzraum versammelten. Aber weil noch nichts offiziell war und weil keiner wusste, welche Rolle er spielte oder welche Behörde die Show veranstaltete, war die Atmosphäre angespannt.

«Der Schrecken der Nacht», fuhr Vatucci fort. «Seien wir ehrlich, deswegen sind sie hier, deswegen schalten die Zuschauer ein, deshalb laufen unsere Telefone heiß. Mallory Knight wäre den Leuten scheißegal, wenn der Hammermann nicht wäre. Und wir würden auch nicht mit drei Behörden nach einem vermissten Teenager suchen, wenn die Presse nicht so ein Bohei machen würde. Da rauszugehen und dem Löwen eine Dose Hundefutter hinzustellen, wenn er Appetit auf eine Antilope hat, ist zwecklos. Selbst wenn der Hammermann nicht unser Hauptverdächtiger ist, müssen wir ihn zumindest auf dem Schirm haben, Leute. Oder eine passende Antwort bereithalten für den Fall, dass jemand mit einer Kamera und einem Mikro nach ihm fragt. Jetzt sieht es so aus, als hätten wir keine Ahnung von unserem Job. Oder als würden wir mauern. Ich weiß nicht, was schlimmer ist.»

«Seit wann lässt du dir von der Presse vorschreiben, wie du in deinem Fall zu ermitteln hast, Perry?», fragte einer der Sergeants des BSO. «Wenn du einmal damit anfängst, tanzen dir die Medien immer auf der Nase rum.»

«Das ist es eben, Sarge», gab Vatucci zurück. «Dieser Fall ist die Ausnahme, nicht die Regel. Es passiert jetzt und hier, direkt vor unserer Nase, und wir verschließen die Augen. Wann hat es hier in Broward County je so viel Presse gegeben?»

«Picasso», antwortete eine sichtlich wütende Lieutenant Kristy Frederick, die in diesem Moment den Raum betrat.

Ein unbehagliches Schweigen breitete sich aus, während sich alle setzten.

«Okay. Wenigstens haben wir den Experten hier. Warum sagen Sie uns nicht, was Sie von der Sache halten, Dees?», sagte Vatucci schließlich. Er versuchte gar nicht erst, die Feindseligkeit in seiner Stimme zu verbergen. «Damit wir diesmal keine Fehler machen.»

Offenbar war Vatucci immer noch stinksauer darüber, dass man seinen Bruder im Picasso-Fall zum Sündenbock gemacht hatte. Und auf den Mann, den er dafür verantwortlich machte.

«Ich weiß nicht, ob Sie das wissen, Vatucci, aber ich habe persönlich beim FDLE angerufen und Agent Dees gebeten, uns zu helfen», antwortete Lieutenant Frederick. «Und das habe ich getan, weil Agent Dees Erfahrung mit Serientätern hat, weil er Erfahrung mit Ausreißern hat und weil er Erfahrung mit dem Aufspüren von vermissten Teenagern hat, ob Ihnen das nun passt oder nicht. Oder Ihrem Bruder. Alles, was ich bis jetzt über diese Ermittlung weiß, und zwar nicht nur vom FDLE, ist, dass der Hammermann *kein* Verdächtiger in diesem Fall ist. Er ist der Verdächtige, den die Presse gern hätte. Es war *meine* Entscheidung, in Absprache mit dem Sheriff, die Medienhysterie heute nicht noch weiter anzuheizen. Morgen stürzt sich die Presse auf etwas anderes, das die Gemüter erregt, und dann flaut das Interesse an diesem Fall auch wieder ab. Ich werde jedenfalls keine Ermittlung danach richten, was die Medien am besten verkaufen können.»

Vatuccis Miene verfinsterte sich. «Ich weiß, das ist die Stelle, an der ich nicken und den Mund halten soll, aber ich lehne mich jetzt mal aus dem Fenster und sage, ich glaube, wir sollten den Typ in Betracht ziehen, diesen Hammermann, Lieutenant. Und sei es nur, um ihn als Verdächtigen auszuschließen. Vielleicht funktioniert der gängige Ansatz hier nicht, und wir haben deshalb keine Ahnung, wo die Kleine abgeblieben ist, weil der Typ tatsächlich seine Finger drin hat. Ich glaube, wir sollten nach Parallelen zwischen Mallory Knight und den anderen Opfern suchen. Ob es Verbindungen nach Orlando, Nord-Florida oder Georgia gibt. Vielleicht war sie dort, um sich Colleges anzusehen, und sie ist ihm ins Auge gefallen, und er ist ihr bis runter nach Miami gefolgt. Sie sieht aus wie die Hammermann-Opfer, Lieutenant. Mal ehrlich, wie können wir das ignorieren?»

Lieutenant Frederick klopfte mit dem Kuli auf den Notizblock, der vor ihr lag. «Agent Dees? Bobby?»

Bobby nickte. «Ich habe mit der Taskforce in Jacksonville geredet. Sie glauben auch nicht, dass er dahintersteckt. Ja, Mallory Knight sieht aus wie die Opfer des Hammermanns, aber wie Sie sagten, Lieutenant, das tun viele andere auch. Es hat keine Tweets gegeben, keine Facebook-Posts, keine Versuche, den Medien oder der Polizei zu zeigen, was er getan hat, und wir wissen, der Kerl ist ein Angeber. Er schlägt nicht einfach zu, wenn sich die Gelegenheit ergibt, er sieht nicht einfach ein Mädchen allein auf der dunklen Straße und gibt seinen finsteren Instinkten nach. Er hat eine Vorliebe für bestimmte Merkmale – Körperbau, Haarfarbe,

Haarlänge, Augenfarbe, Größe, Gewicht. Das heißt, er sucht sich seine Opfer mit Bedacht und Vorsatz aus. Er sieht, er begehrt, er verfolgt, er jagt, er nimmt sie sich. Die meisten Opfer waren mitten in ihrer Alltagsroutine, als sie verschwanden: auf dem Nachhauseweg von der Schule, an der Bushaltestelle, im eigenen Bett. Mallory dagegen rannte von einer Party davon, auf der sie nicht hätte sein sollen. Die Begegnung hätte der Hammermann nicht planen können. Außerdem war er noch nie so weit im Süden aktiv. Wir sprechen hier von siebenhundert Kilometern Entfernung zu seinem gewohnten Revier. Woher kannte er sie? Wie hätte er auf sie aufmerksam werden können, es sei denn, er ist in jüngerer Zeit umgezogen?»

Bobby machte eine kurze Pause, ehe er fortfuhr: «Und schließlich ist die Entführung der Studentin gerade mal sechs Wochen her. Der Abstand zwischen den Entführungen war im Durchschnitt länger, vier bis fünf Monate, manchmal sogar sechs. Bis konkrete Hinweise auftauchen, die für die Hammermann-Theorie sprechen, halte ich es für das Beste, wenn wir unsere Ressourcen darauf konzentrieren, alle aktenkundigen Sexualstraftäter der Region zu überprüfen, dazu Mallorys Bekanntschaften, inklusive ihrer Internet-Kontakte, und zu ignorieren, was die Medien wollen. Sie haben recht, Lieutenant Frederick: Die werden sich bald auf etwas anderes stürzen.»

«Was ist mit dem Wagen, den ihr Freund beim Rummachen auf dem Parkplatz beobachtet hat?», fragte Vatucci. «Ich habe beim Pines PD nachgefragt – die hatten in der Nacht keinen Wagen draußen in der Gegend.»

«Ich glaube ehrlich gesagt nicht, dass dieser Wagen in irgendeiner Weise mit dem Hammermann in Verbindung steht. Tut mir leid», sagte Bobby achselzuckend. «Suchen Sie meinetwegen nach dem Fahrzeug, aber ich bin sicher, der Fahrer ist nicht der Mann, für den Sie ihn halten.»

Lieutenant Frederick nickte. «Es ist eine Gratwanderung. Wir können uns keine Fehler leisten. Egal was wir tun oder lassen, sie hauen es uns um die Ohren. Falls irgendwas in diese Richtung führt, legen Sie los, Vatucci. Aber was immer Sie tun, reden Sie nicht mit der Presse. Ich will das Monster nicht füttern, vor allem nicht, wenn sich rausstellt, dass es nicht der Hammermann war. Und jetzt lassen Sie uns über die üblichen Verdächtigen reden.»

«Wir arbeiten mit der Bewährungshilfe daran, alle vorbestraften Sexualtäter in einem Umkreis von zehn Kilometern um den Tatort auf die Wache zu holen. Bis jetzt sind es vierunddreißig, die meisten in Sunrise», erklärte Pat Graybill. «Das FDLE unterstützt uns bei den Vernehmungen. Es sind ein paar knallharte Hunde dabei, die wir unter die Lupe nehmen müssen.»

«Wir sollten uns auch diesen Tony Knight noch mal ansehen», sagte Ed Denby.

«Den Vater?»

«Stiefvater. Er ist wegen Totschlag vorbestraft, hat ein Alkoholproblem und eine Lücke von zwei Stunden in seinem Alibi, zwischen eins und drei. Behauptet, er hätte nach ihr gesucht. Er und Mallory kamen nicht gut miteinander aus. Vielleicht hat er sie auf dem Heimweg aufgegabelt.»

«Er ist jähzornig, das steht fest», fügte Al Pilar hinzu.

«Vielleicht hatte Mallory aus gutem Grund Angst davor, nach Hause zu gehen», sagte Denby.

«Bringen Sie ihn noch mal rein», ordnete Frederick an.

«Was ist mit Selbstmord?», fragte Bobby. «Die Eltern waren von der Frage schockiert, aber viele Eltern wissen nicht, was in ihren Kindern vorgeht. Haben wir die Krankenhäuser überprüft? Was ist mit dem Frauenhaus?»

«Noch nicht. Ich kümmere mich drum», sagte Al Pilar. «Aber ihr Gesicht ist überall in den Nachrichten. Ich glaube kaum, dass sie im Krankenhaus oder bei sonst einer Anlaufstelle aufgetaucht ist. Es hätte sie längst jemand erkannt und gemeldet. Wir haben Selbstmord auf dem Schirm, aber wie Sie sagen, nach dem, was wir von Eltern und Freunden gehört haben, gab es keinen Hinweis darauf, dass sie Selbstmordgedanken hatte. Und falls doch: Sie war weder im See noch im Park, wo soll sie sonst sein? Wenn das Blut an ihrer Jacke von einem Selbstmordversuch stammt, müsste sie in der Nähe sein. Ich glaube nicht, dass das eine brauchbare Theorie ist.»

«Die Everglades fangen gleich hinter Markham an», sagte Bobby, dessen Telefon auf dem Tisch summte. «Das ist eine Menge Land, in dem man sich verlaufen kann, wenn man ernsthaft vorhat, nicht gefunden zu werden.»

«Ich dachte, die meisten Selbstmörder wollen gefunden werden …», bemerkte Vatucci kühl.

Bobby warf einen Blick auf sein Handy und erstarrte. Ein eiskalter Schauer lief ihm über den Rücken.

Er hatte einen neuen Follower auf Twitter.

10

Joe Hammermann (via Twitter)
Joe Hammermann (@hammer) folgt dir jetzt auf Twitter!
Bobby Dees, du hast einen neuen Follower auf Twitter.

Bobby starrte sein Telefon an. Sein Mund war trocken. Er klickte auf die Nachricht, und ein Profil erschien. Auf dem Profilbild war eine schwarze Schweißermaske zu sehen.

Joe Hammermann @hammer
Kein Job ist zu groß oder zu klein.
Man sieht mich nicht kommen. Man sieht mich nicht gehen.

Außerdem hatte sein neuer Follower eine Direktnachricht an ihn geschickt:

Bobby Dees @BobbyDees
War toll. Schade, dass es zu Ende ist.
#MORDSSPASS #LETZTEZUCKUNGEN

Ein grausames Foto war angehängt.

Man sah ein Mädchen, das auf dem Rücken auf der Erde lag. Um sie herum wuchsen Kiefern und Gebüsch. Sie war nackt und hatte eine Unterhose um den Hals. Ihre Beine waren gespreizt und mit einem Seil an einen Baum gebunden. Die Arme waren über den Kopf gestreckt und an einen anderen Baum gefesselt. Seitlich aus dem Rumpf ragte der Griff eines Fuchsschwanzes, das Sägeblatt war nicht zu sehen. Es sah aus, als wäre sie in der Mitte durchgesägt worden. Überall war Blut. Bobby vergrößerte das Gesicht, das zum Teil von langem dunklem Haar verdeckt war. Die hellgrünen Augen standen offen.

Es war Mallory Knight.

«Das ist er …», sagte Bobby laut, und gleichzeitig fingen alle anderen Telefone im Raum zu klingeln und zu summen an.

«Was ist?», fragte Lieutenant Kristy, während sie nach ihrem Handy griff. «Oh, Scheiße! Verdammte Scheiße!»

«Das ist er», wiederholte Bobby. «Das ist er.»

«Was ist los?», fragte Graybill, als immer mehr Menschen in den Raum strömten und jeder auf sein Telefon sah.

«Ein Tweet! Er hat an das BSO getweetet!», rief eine aufgeregte Fallanalystin.

Zo nahm Bobby das Handy aus der Hand. Auf seinem eigenen telefonierte er bereits mit dem Leiter des Miami Regional Operations Center. «Der System-Administrator in Tallahassee hat die Nachricht gerade unter @FloridaDepartmentofLawEnforcement erhalten», sagte er zu Bobby und dem Regional Director. «Gruppennachricht: @BrowardSheriff, @SunrisePolice, @FBI. Sieht aus, als wärst du der Einzige, der eine persönliche Nachricht bekommen hat, Shep. Tallahassee setzt die Geeks von der Computer-Forensik dran. Der dortige Regional Director kontaktiert die FBI-Leute bei der Taskforce, um rauszufinden, ob noch jemand eine Botschaft bekommen hat. Wir müssen prüfen, ob das Foto echt ist.»

«Hast du einen Tweet bekommen, Zo?», fragte Bobby.

«Nein. Er ging ans FDLE. Sie haben ihn gerade eben an den Director und mich weitergeleitet.»

«Was steht in dem FDLE-Tweet? Was anderes als bei mir?»

«Da steht: ‹Grüße aus Süd-Florida.› Mehr nicht. Und das Foto. Alle haben das gleiche Foto bekommen. Es war eine Gruppennachricht. Dein Foto sieht aus, als wäre es dasselbe wie in dem Gruppen-Tweet.»

Alle redeten aufgeregt durcheinander oder telefonierten. Es war schwer, ein Wort zu verstehen. Es war schwer, einen klaren Gedanken zu fassen.

«Wer ist dieser Typ? Wem gehört der Account?», fragte Bobby aufgewühlt. Eben hatte er behauptet, der Hammermann sei nicht ihr Mann, hatte alle von der Fährte weggeführt. Eben hatte er Vatucci gesagt, er liege falsch, dabei war es Bobby, der diesmal falschgelegen hatte.

«Sieht aus, als hätte er den Account gehackt. Unsere Leute sind dran», sagte Zo. «Aber wir müssen erst die Echtheit des Fotos überprüfen. Das ist das Wichtigste.»

«Warum tweetet er mich an? Ich bin kein Mitglied der …»

«Ich schätze, diesmal haben Sie sich verrechnet, Dees», warf Vatucci ihm zu. «Vielleicht können Sie sich das Foto ansehen und uns helfen rauszufinden, wo wir die Einzelteile des Opfers einsammeln können?»

Bobby ballte die Fäuste, doch er beherrschte sich, bevor er noch eine davon in die selbstgefällige Visage des BSO Detectives rammte. Er fühlte sich wie in einem Albtraum. Er dachte an all die grauenhaften Momente, als er mit angehaltenem Atem gehofft hatte, das Mädchen auf dem Foto oder an dem Strick, der von der Decke baumelte, wäre nicht seine Tochter. Dieser Augenblick heute fühlte sich an wie der Moment, den er stets gefürchtet hatte. Als hätte ihn jemand mit aller Macht gegen den Solarplexus getreten. Er starrte das Foto auf seinem Telefon an, das Zo ihm zurückgegeben hatte, und versuchte sich zusammenzureißen und durchzuatmen.

Etwas stimmte nicht.

«Die Lage hat sich gerade grundlegend geändert. Wir müssen uns neu formieren», sagte Lieutenant Frederick sichtlich erschüttert zu Sergeant Grimes, der neben ihr stand, während der versammelten Mannschaft langsam klarwurde, was passiert war. «Ich habe denen da draußen eben gerade erklärt, dass das Arschloch nicht unser Mann ist, Leute! Das ist keine halbe Stunde her. Dafür hauen die uns in die Pfanne.»

Ein Bildschirm klappte aus der Decke. Er zeigte Mallory Knight.

«Ich habe FBI Agent D'Arnis von der Taskforce in Jacksonville in der Leitung», rief die Analystin, die gerade zurückkam, nachdem sie wie ein Floh zwischen dem Konferenzraum und ihrem Schreibtisch hin und her gehüpft war.

«Stellen Sie ihn laut», sagte Frederick.

«Hier ist Lou D'Arnis. Ich habe den Tweet hier vor mir. Neben mir steht R.J. Prather, ebenfalls FBI. Wann ist der Tweet gekommen?»

«Hier ist Lieutenant Kristy Frederick vom BSO. Außerdem sind BSO Homicide und Missing Persons, Sunrise Homicide sowie Bobby Dees und ASAC Zo Dias vom FDLE Miami anwesend. Jacke und Handtasche der Vermissten wurden in der Zuständigkeit des Sunrise PD gefunden, und die Unterstützung des FDLE habe ich angefordert. Der Tweet kam um 16:16 Uhr. Agent Dees erhielt zuerst das Foto mit einer persönlichen Nachricht, direkt danach die ganze Gruppe.»

«Dees hat den Tweet auf seinem persönlichen Twitter-Account bekommen?»

«Ja», antwortete sie.

«Das ist …» D'Arnis hielt inne. «Das gab es noch nicht.»

«Agent Dees sagte, Sie haben sich ausgetauscht, und niemand hat geglaubt, dass es der Hammermann ist?», fragte Frederick nach.

«Ich jedenfalls nicht», antwortete D'Arnis. «Der Fall weicht in mehreren Punkten krass vom Muster ab. Was hat er getweetet?»

«Im Prinzip das Gleiche. Der Wortlaut war: ‹War toll. Schade, dass es zu Ende ist. Hashtag Mordsspaß, Hashtag Letzte Zuckungen.› Das angehängte Foto war das gleiche. Ich schicke Ihnen den Tweet rüber.» Frederick nickte der Analystin zu, die sofort hinauslief. «Eine Abweichung vom Muster ... Wir müssen rausfinden, wo die Leiche ist, Agent D'Arnis. Wir müssen sie so schnell wie möglich finden. Ich weiß, Sie sind da oben, und das Mädchen ist wahrscheinlich hier unten, aber wie haben Sie die anderen gefunden? Wir brauchen Ihre Hilfe. Das ist ein Riesenschlamassel.»

«Ist das Foto echt?», fragte D'Arnis. «Das ist die erste Frage, die wir klären müssen.»

Frederick nickte. «Wir prüfen es im Moment, wurde mir gesagt. Alle – unsere Techniker und das FDLE auch. Ich vermute, Ihre Leute nehmen es auch gerade unter die Lupe.»

«Richtig. Angenommen, es ist echt, kann sie noch nicht lange tot sein, Lieutenant.»

Vatucci sah zum Bildschirm. «Das Foto wurde am helllichten Tag aufgenommen. Vielleicht gestern. Wenn es hier gemacht wurde, kann es nicht von heute sein. Es regnet seit neun Uhr morgens ununterbrochen. Auf dem Foto scheint aber die Sonne.»

Frederick nickte. «Vielleicht hat er sie mitgenommen. Nach Norden. Ich brauche den Wetterbericht der letzten achtundvierzig Stunden für den ganzen Staat. Das ist das nächste Problem – sie zu finden. Hat irgendwer eine Ahnung, wo das sein könnte?»

Die Analystin war zurück. Diesmal platzte sie nicht heraus. Sie ging zu Lieutenant Frederick und flüsterte ihr aufgeregt ins Ohr. Doch alle konnten sie hören: «Lieutenant, Sie müssen unbedingt sofort rauskommen.»

«Bitte entschuldigen Sie mich einen Moment, Agent D'Arnis. Wir haben hier ein Problem.»

Gleichzeitig sah Zo auf sein Telefon, stand auf und ging raus, um den Anruf anzunehmen. Alle anderen waren zu überrascht, um etwas zu sagen.

Vatucci brach das Schweigen. «Das kann nichts Gutes heißen.»

«Nichts an dem Fall ist gut. Das ist alles total krank», erklärte Pat Graybill.

«Haben Sie noch einen Tweet bekommen, Dees? Stecken Sie da mit drin?», spottete Vatucci.

«Nein. Sie?», gab Bobby zurück.

Minuten später waren Lieutenant Frederick und Zo zurück.

«Verrückter kann dieser Tag nicht werden, Shep», sagte Zo leise, während er seine Unterlagen auf dem Konferenztisch einsammelte.

Bobby starrte ihn an. «Was zum Teufel ist denn passiert?»

«Man hat Mallory Knight gefunden», verkündete Lieutenant Frederick.

Der versammelte Konferenztisch horchte auf.

«Wer hat sie gefunden?», wollte Vatucci wissen. «Ein Suchtrupp? Wo ist sie?»

«Wo liegt die Leiche? Im Markham Park?», fragte Graybill mit Blick auf Zo, der sich nicht wieder setzte. Das Meeting war offensichtlich zu Ende. Oder nahm Fahrt auf.

«Im See?», fragte Denby. «In den Everglades? Warum tun Sie so geheimnisvoll?»

Zo nickte Bobby wissend zu, als wolle er sagen: *Ich habe dir gesagt, der Fall ist verrückt.* Aber Bobby ahnte schon, was die BSO-Offizierin sagen würde. Ihm war gerade klargeworden, was an dem schrecklichen Foto so seltsam war.

«Keine Leiche», antwortete Kristy Frederick mit einem ungläubigen Kopfschütteln. «Das Mädchen lebt noch.»

11

Penny Beckerman hatte schon alles gesehen. Sie bediente seit fünf Jahren im Billy Boy's, einem Truckstop draußen an der Bundesstraße 27. Es lag ein paar Kilometer hinter den letzten Ausläufern der Zivilisation, die zum Großraum Fort Lauderdale und Miami gehörten, und war berühmt für seine Alligator-Nuggets, Rockbands, Bikini-Nächte und die Location – wo sich Fuchs und Hase gute Nacht sagten. Das Lokal war dekoriert wie aus Tausendundeiner Nacht, mit einem Dach aus Palmwedeln und allem Drumherum, und wurde von Durchreisenden, die auf dem einsamen Stück Highway entlang der Everglades zufällig dort einkehrten, auf Trip-Advisor als «Oase» bezeichnet.

Doch die meisten Besucher waren Stammgäste. Mit der großen Terrasse und der Tiki-Bar war das Billy Boy's ein beliebter Biker-Treff und lockte ein exzentrisches Publikum an, von vollbusigen Frauen in Bikinis, die in der Pudding-Wrestling-Nacht verbissen um die Trophäe kämpften, bis hin zu übergroßen Bikern in Ketten und Leder mit ihren Biker-Chicks, die auf dem Parkplatz alles raushängen ließen, was nicht niet- und nagelfest war. Big Penny hatte wirklich schon alles gesehen. Leute hatten sich vor ihr entblößt, vollgekotzt, geschlagen, beraubt, und einmal hatte sich ein Gast an der Bar im Vollsuff vor ihrer Nase den Finger abgeschossen. Doch alle Jubeljahre einmal passierte etwas so Unfassbares, dass sich dafür immer noch ein freies Plätzchen in ihrem vollen Erfahrungsschatz fand.

Heute war einer dieser Tage.

Es war Montag, später Nachmittag. Die Mittagsgäste, die unter der Woche nicht zahlreich waren, waren abgezogen, und die Abendgäste waren noch lange nicht da. Ein paar Trucker sahen an der Tiki-Bar fern, und ein Touristenpaar, das zufällig hereingestolpert war, saß an einem der Picknicktische im Innenhof. Penny wischte gerade die Theke und summte *Feel Again* von One Republic mit, das im Radio lief, als sie einen Schrei hörte. Es klang, als würde ein Schwein geschlachtet.

«O Gott!», kreischte die Touristin. Sie war es, die geschrien hatte.

«Alles in Ordnung, Mädchen?», fragte der dazugehörige Mann. «Was ist mit dir passiert? Hattest du einen Unfall?»

Als Penny von der Theke aufblickte, sah auch sie die Kleine. Sie stand einfach nur da, und zuerst verstand Penny nicht, warum sich das Touristenpaar so aufregte. Dann kam sie hinter der Bar hervor und sah genauer hin. Das Mädchen war völlig verschmiert, und es sah aus, als sei es Blut. «Du lieber Gott», rief sie. Sie stellte das Putzmittel auf den Tisch und lief hinaus.

Die Touristen waren vor dem Mädchen zurückgewichen, als wäre es radioaktiv verseucht. «Soll ich jemanden anrufen? Soll ich die Polizei rufen?», fragte der Mann Penny. «Arbeitet sie hier?»

Penny zog sich instinktiv die Schürze aus und legte sie dem Mädchen um die Schultern. Ihre blasse, weiße Haut starrte vor Dreck. Gesicht, Arme und Brust waren von roten Pusteln bedeckt. Und die Arme, die Arme … Penny schauderte. Die Unterarme des Mädchens waren aufgerissen. Sie sahen aus wie … Hackfleisch. Anders ließ es sich nicht beschreiben. Und das Hemd. Es war schwer zu sagen, ob es mal weiß gewesen war. Die Knöpfe fehlten. Penny hob den dünnen blutgetränkten Stoff an. Auch der Bauch war komplett zerschnitten. Die Jeans waren voller Blut. «Alles wird gut, Kleines, alles wird gut», murmelte Penny, mehr zu sich selbst als zu dem armen Geschöpf. «Hattest du einen Unfall, Schätzchen?», fragte sie und sah sich um, ob jemand bei ihr war. «Wo kommst du her?»

«Sie ist einfach … einfach so reingekommen», sagte der Tourist.

Ihr Haar war verfilzt und strähnig und das Gesicht so schmutzig, dass Penny einen Moment brauchte, bis sie sie eingeordnet hatte. «Lieber Himmel!», rief sie plötzlich. «Alton! Dave! Ich brauche euch, sofort!», schrie sie dem Manager und dem Koch in der Küche zu.

«Soll ich jemanden holen?», fragte der Mann. «Es wäre besser, wenn ich die Polizei rufe, oder?»

«Was fehlt ihr? Was sind das für … Hubbel? Ist sie krank?», fragte die Frau. Sie hielt sich die Hand vor den Mund. «Was ist das für ein Geruch?»

«Idioten», murmelte Penny. «Treten Sie zurück. Jemand muss die Polizei rufen. Alton! Ich brauche dich hier! Jetzt sofort!»

Plötzlich klappte das Mädchen im Innenhof zusammen. Es war, als wäre die letzte Luft aus einer dieser aufblasbaren Clownspuppen gewichen, die Penny als Kind gehabt hatte. Sie wurde nicht ohnmächtig oder fiel um, sie sank einfach zu einem Häufchen zusammen.

Big Penny versuchte sie aufzufangen und ging mit dem Mädchen in die Knie. «Was ist passiert? Wer hat dir das angetan?» Penny sah sich in zehn Richtungen gleichzeitig um. Ihr war klar, was der Kleinen passiert war. Ihr war klar, wer das getan hatte. Vor Angst sträubten sich ihre Nackenhaare, als sie die letzte Frage stellte: «Ist er noch hier?»

Alton, der Manager der Tagesschicht, kam aus der Küche gerannt – endlich. «Was soll ich machen? O Gott … sie stirbt doch nicht, oder, Pen?»

Die Stammgäste schlenderten von der Bar herüber und stellten sich im Kreis um sie auf, doch sie hielten Abstand. «Was zum Teufel ist mit der Kleinen passiert?», fragte einer und trank einen Schluck aus seiner Bierflasche.

«Wir sind hier nicht im Zoo, Leute. Glotzt nicht so!», rief Penny und versuchte mit ihrem großen Körper den schweren Jungs die Sicht zu nehmen, die weniger aus Mitgefühl zusahen, als um einen Gratisblick auf das halbnackte Mädchen zu werfen. «Holt lieber eine Decke.»

«Wer ist sie?», fragte Alton dümmlich. «Kennst du sie, Pen?»

«Blödmann. Siehst du keine Nachrichten? Ich glaube, das ist das Mädchen, das vermisst wird. Die der Hammermann entführt hat. Der Serienmörder! Herrgott noch mal! Hol mir ein Handtuch! Ich muss ihre Arme versorgen. Sie blutet auch am Bauch. Hol einen Stapel Handtücher. Frische! Irgendwas! Verdammt noch mal, Alton, tu was und steh hier nicht rum!»

Alton rannte umständlich in die Küche zurück. «Ich hole die Polizei!», rief er auf dem Weg.

«Und den Notarzt, Alton!»

«Ich rufe auch an», sagte der Mann vom Picknicktisch. «Ja, ich bin hier draußen in … in, äh …»

«Billy Ray's», sagte die Freundin. «O mein Gott! Ein Serienmörder? Hat sie Serienmörder gesagt?»

«Billy Boy's!», schrie Big Penny.

«Billy Boy's», wiederholte der Mann ins Telefon und zog sich aus dem Kreis um das Mädchen zurück. «Hier ist ein verletztes Mädchen, sie wurde zusammengeschlagen oder niedergestochen, vielleicht, ich weiß es nicht. Sie blutet, und … ich, also, wir glauben, sie ist vielleicht das Mädchen, das vermisst wird. Ich bin im Urlaub, ich weiß also nicht, wie sie aussieht … Oh, das hat die Frau hier gesagt, die Kellnerin, sie sagt, sie sieht aus wie das vermisste Mädchen … Ich kenne ihren Namen nicht. Wie heißt sie?», fragte er Penny.

«Das Mädchen aus dem Fernsehen ist hier im Restaurant!», war Altons Stimme zu hören, der den Köchen in der Küche zurief. «Ich muss die Polizei rufen! Gebt mir ein Telefon! Wo zum Teufel ist mein Handy? Ist das zu glauben? Ausgerechnet hier bei uns!»

Die Touristin zog ihre Jacke aus, reichte sie Penny und wich wieder zurück. «Sie kann sie behalten, schätze ich.»

Penny deckte das Mädchen damit zu. Die Haut war von roten Pusteln übersät, im Gesicht, am Hals und an der Brust – selbst an den Händen –, die entweder Moskitostiche, Nesselausschlag oder ein schlimmer Fall von Masern oder Röteln waren. Davor schreckte die Touristin anscheinend zurück. Mitgehangen, mitgefangen, hatte Pennys Vater immer gesagt. Es war zu spät, sich rauszuhalten. Mit dem Lappen, den Penny noch in der Hand hatte, wischte sie dem Mädchen das Gesicht ab. «War das der Hammermann, Kleines? Hat er dir das angetan? Hat er dich überfallen? Wie sah er aus?», fragte sie, als das Mädchen nicht reagierte. «Konntest du sein Gesicht sehen?»

«Wie heißt sie?», fragte der Tourist wieder, immer noch am Telefon. «Sie wollen wissen, wie sie heißt.»

Big Penny nickte. «Kannst du mir deinen Namen sagen, Kleines?», fragte sie in der Hoffnung, dass sie nicht so erschrocken klang, wie sie war. Sie zog das Mädchen enger an sich, wie um ihre Befürchtungen wettzumachen und sie mit ihrem Körper zu schützen. «Wie heißt du, Liebling? Fangen wir damit an.»

«Bitte … helfen Sie mir», stammelte das Mädchen.

«Ich helfe dir, Schätzchen. Ich bin Big Penny, und ich helfe dir. Hier bist du sicher. Die Polizei ist unterwegs. Sag mir deinen Namen, Kleines. Wie heißt du?»

Eine lange Pause entstand. Dann antwortete das verletzte, verängstigte Mädchen, das Penny an ihren massigen Busen drückte, leise, nur einen Dezibel lauter als ein Flüstern. Hätte sich in diesem Moment eine Brise erhoben, hätte sie ihre Stimme fortgetragen.

«Mallory.»

12

Die Neuigkeit, dass Mallory Knight in einen Biker-Treff an der Bundesstraße 27 spaziert war, sollte eigentlich nicht über Funk gehen. Doch nach der Größe der gutgekleideten, Kameras schwenkenden Menge zu schließen, die sich unter dem Vordach des Krankenhauses versammelt hatte, war genau das passiert. Oder die Presse bezog ihre Informationen aus einer anderen Quelle: Ein Handy-Video von einem der Stammgäste bei Billy Boy's wurde angeblich höchstbietend versteigert, und die Reporter standen bereits an der Tiki-Bar Schlange, um die Angestellten auszuquetschen. Die Nachricht war einfach zu groß, um sie zurückzuhalten.

Was dagegen bisher überraschenderweise geheim geblieben war, war die Tatsache, dass Mallory Knight eigentlich tot sein sollte. Der Tweet des Hammermanns war, Minuten nachdem er gepostet worden war, aus dem Netz genommen worden, aber es war nur eine Frage der Zeit, bis sein Inhalt bekannt wurde. Schon jetzt kursierten Gerüchte über die Existenz eines Tweets in den Medienberichten.

Bobby machte einen Bogen um die Menschentraube und um den Besucherparkplatz und parkte stattdessen hinter dem Ostflügel der Cleveland Clinic, wo die Ärzte ihre Büros hatten und nur befugtes Personal zugelassen war. Er nahm den Personaleingang ins Krankenhaus.

Jetzt, da das Mädchen gefunden worden war – lebendig gefunden worden war, und lebendig in Broward County gefunden worden war –, hatte das BSO dem Sunrise PD und dem FDLE mehr oder weniger mitgeteilt: Danke fürs Mitspielen, aber jetzt sind wir wieder dran, Jungs! Was alle mächtig ärgerte. Außerdem hatten sie dem FBI und der Hammermann-Taskforce in Jacksonville erklärt, sie würden sich um den Hammermann hier im Süden selbst kümmern und sich melden, falls sie etwas brauchten. Zumindest versuchten sie ihnen das zu erklären. D'Arnis und seine Kumpel von der Taskforce hörten drei Sekunden lang zu, bevor sie Lieutenant Frederick und ihrem Boss, dem Sheriff, nicht ganz so freundlich antworteten, sie sollten sich verpissen, denn D'Arnis und seine Leute waren gerade dabei, in ein Flugzeug zu steigen und nach Fort Lauderdale zu fliegen.

Hätte es sich um eine ganz normale Entführung gehandelt, die glücklicherweise ein gutes Ende genommen hatte, wäre Bobby mehr als zufrieden gewesen, sich zurückzuziehen, den Bericht zu schreiben und sich den nächsten Fall auf seinem Schreibtisch vorzunehmen, statt der Truppe hier auf die Finger zu sehen. Ganz gleich, ob er Perry Vatucci persönlich für ein eingeschnapptes Arschloch hielt, Vatucci und Denby waren altgediente Kollegen, die mehr als kompetent waren, um ohne unerwünschte Unterstützung eine Ermittlung zu leiten. Aber das hier war eben kein «ganz normaler» Fall. Und von den acht Ermittlern, den zwei Analysten und den sechs Kommandanten, die auf der Pressekonferenz am Nachmittag drei Polizeidienststellen repräsentiert hatten, hatte nur ein einziger eine persönliche Nachricht des verrückten Serienkillers erhalten. Er selbst. Bobby konnte einfach noch nicht gehen.

Also nahmen er und Zo Lieutenant Fredericks Dank für ihre Hilfe entgegen und verließen das Broward Sheriff's Office mit Pat Graybill und seinem Boss, die ihrem Ärger lautstark Luft machten. Auf dem Parkplatz ging jeder seiner Wege. Zo kehrte in die

FDLE-Zentrale zurück, um mit dem Regional Director zu beraten, welche Richtung sie nun einschlugen, und Bobby holte sich eine Tasse Kaffee, ehe er zum Krankenhaus fuhr, um mit Mallory Knight zu reden. Denn ihm war scheißegal, was das BSO wollte oder nicht, selbst wenn seine Vorgesetzten das anders sahen.

Am Schwesternzimmer zeigte er einer grimmigen Krankenschwester mittleren Alters, die die Aufsicht zu haben schien, seine Marke. Auf ihrem Namensschild stand *Roxanne McCauley.* In der Schule hatte er viel Zeit im Zimmer der Rektorin Mary McCauley verbracht, und der strenge, misstrauische Blick der Schwester erinnerte ihn an den Drachen, an den er seit dreißig Jahren nicht gedacht hatte. Offensichtlich mochte die Schwester keine Polizisten. Er versuchte es mit einem Lächeln. «Ich bin vom FDLE. Ich komme wegen Mallory Knight.»

«Die Polizei ist gerade bei ihr. Soll ich Sie begleiten, Mr. …?», sagte sie und betastete mit kurzen Fingern seine Marke, als halte sie sie für eine Fälschung. Angesichts der vielen Reporter vor der Tür hatte vielleicht schon einmal jemand versucht, sich hier einzuschleichen.

«Agent Dees. Eigentlich wollte ich mit Ihnen sprechen. Hatten Sie heute Nachmittag Dienst, als Mallory Knight eingeliefert wurde, Miss McCauley?»

Sie gab ihm die Marke zurück. «Ja. Als man mir sagte, dass sie auf dem Weg nach oben ist, habe ich meine Patienten der anderen Schwester übergeben. Sie hatte natürlich Vorrang. Die Verwaltung wollte nicht, dass sie in der Notaufnahme bleibt. Wir haben ihr gleich ein Bett gegeben.»

«War sie bei Bewusstsein?»

«Ja.» Sie schien von der Frage überrascht. Offensichtlich wusste Schwester McCauley nichts von dem getweeteten Foto. Oder sie dachte, Bobby müsste die Antwort auf seine Frage schon kennen. Jetzt sah sie ihn wieder argwöhnisch an.

«Können Sie ihren Zustand beschreiben?»

«Also, sie ist von Moskitostichen übersät, und sie war stark unterkühlt. Die Leute denken, dass man in Florida nicht erfrieren kann, aber das stimmt nicht. Sie hat Glück, dass sie noch am Leben ist, nach zwei Nächten in den Everglades. Da draußen gibt es nichts – keinen Schutz vor Insekten oder der Kälte. Oder der Hitze am Tag.»

«Ja, da gebe ich Ihnen recht, Miss McCauley. Sie hatte großes Glück. Sie sagen, sie war in den Everglades?»

«Das Lokal, in das sie reingestolpert ist, liegt ja praktisch in den Everglades, oder?»

«Richtig. Hat sie Ihnen gesagt, wo sie die letzten beiden Nächte verbracht hat?»

«Nein. Ich habe es mir nur gedacht», antwortete sie verlegen.

«Gut. Was ist mit ihren Verletzungen? Sind sie ernst?»

«Sie hat zahlreiche Schnittwunden an beiden Armen. Die mussten genäht werden. Es könnten Abwehrverletzungen sein. Aber das ist wieder nur meine Vermutung. Sie hat auch Schnittwunden am Bauch, ebenfalls nicht lebensbedrohlich. Sie sagte, er hatte ein Messer. Armes Kind. Wie gesagt, sie hat Glück, dass sie das überlebt hat.»

Bobby nickte. «Hat sie ihn beschrieben? Hat sie erzählt, was passiert ist?»

«Nein. Es ist auch nicht meine Aufgabe nachzufragen. Ich schätze, das ist Ihre.» Sie warf einen Blick in den Flur, wo vermutlich Mallory Knights Zimmer lag. «Oder die Ihrer Kollegen.»

«Ich bin vom FDLE. Das ist eine andere Behörde. Die Detectives, die im Moment bei ihr sind, kommen vom Broward Sheriff's Office.»

«Ach ja. Das Florida Department of Law Enforcement. Wie der niedliche Detective aus *The Glades.*» *The Glades* war eine

Krimiserie im Fernsehen. Zum ersten Mal lächelte Schwester McCauley. Im Permafrost war ein Riss entstanden.

Er lächelte zurück. «Ich nehme das als Kompliment, aber ich habe die Serie nie gesehen.»

«Das FDLE – das ist so was wie das FBI, oder?»

«Das FDLE ist eine Landesbehörde, das FBI eine Bundesbehörde. Aber es ist nahe dran.»

«Stein Schere Papier. Das FBI schlägt das Land, das Land schlägt das County, und damit sind Sie wichtiger als die Leute vom Sheriff. Ich sehe viele Krimiserien.» Sie reichte ihm ein Polaroid aus ihrer Akte. Der Permafrost schmolz. «Hier. Statt sich eine Beschreibung der Verletzungen anzuhören, können Sie sie selbst sehen. Wir haben Polaroids und Digitalfotos gemacht, als sie reinkam. Sie sah schrecklich aus. Sie haben gefragt, ob die Patientin etwas erzählt hat? Sie wollte mit niemandem sprechen und nicht angefasst werden. Sie war – sie *ist* in einem schrecklichen Zustand. Egal wie lange ich schon Krankenschwester bin, ich bin jedes Mal fassungslos, wenn ich sehe, zu welcher Grausamkeit die Menschen fähig sind, Agent Dees. Ich weiß nicht, wie Sie das aushalten, tagein, tagaus mit solchen Dingen konfrontiert zu werden. Welchen Schaden die Schlimmsten unserer Gesellschaft einem unbescholtenen Bürger zufügen können – sowohl körperlich als auch emotional. Ich glaube an die Todesstrafe.»

«Polaroids», sagte Bobby nachdenklich, während er sich die Fotos ansah.

«Wir machen sie zur Sicherheit. So will es das Krankenhausprotokoll in Vergewaltigungsfällen. Und dann machen wir selbstverständlich auch Digitalfotos.» Sie klickte die Fotos auf dem Computer an, der vor ihr stand, und Bobby sah ihr über die Schulter. «Natürlich sind die digitalen viel besser. Man kann sie vergrößern, Messungen durchführen. Aber ein Polaroid lässt sich im Gegensatz zu Digitalfotos nicht manipulieren.»

«Res ipsa loquitur», sagte Bobby, als er die Fotos auf dem Bildschirm betrachtete.

«Was heißt das?», fragte Schwester McCauley.

«Das ist Latein: ‹Die Sache spricht für sich›», erklärte Bobby. «Sie haben gesagt, Polaroids werden bei Vergewaltigungen gemacht. Wurde sie vergewaltigt?»

Sie starrte ihn an. «Ja.»

«Und sie hat nichts über den Verdächtigen gesagt? Oder über die Entführung? Hat sie erzählt, dass sie vergewaltigt wurde? Hat sie Einzelheiten erwähnt?»

«Wie gesagt, sie war in einem schrecklichen Zustand, als sie eingeliefert wurde. So gut wie katatonisch. Vergewaltigungsopfer sind fast immer traumatisiert, wenn sie herkommen, Agent Dees. Und dann werden sie von Fremden gepikt und gepiesackt, und man stellt ihnen lauter peinliche Fragen, bevor sie von noch mehr Fremden gekämmt, gezupft und fotografiert werden, an Stellen, an denen sie sich niemals freiwillig fotografieren lassen würden. Die Armen können sich denken, wie viele Menschen – Ärzte, Polizei, Richter, Geschworene, Ankläger, Männer – sich diese Bilder ansehen werden, und dass die Fotos von da an für immer in irgendwelchen Polizeiakten liegen. Es ist demütigend und kann mitunter noch traumatischer sein als der eigentliche Übergriff, wobei das in diesem Fall bestimmt nicht so ist. Also höre ich ihnen zu, wenn sie reden wollen, und halte ihnen die Hand, wenn sie möchten, dass während der Prozedur jemand bei ihnen ist. Aber ich versuche nicht, sie noch mehr aufzuregen. Das ist Ihr Job. Sie dürfen die peinlichen Fragen stellen, die sie entmenschlichen und noch mehr demütigen. Nehmen Sie es mir nicht übel, aber die meisten männlichen Polizisten sind nicht gerade feinfühlig bei ihren Befragungen. Der, der im Moment bei ihr ist, ist ein richtiger Rüpel, wenn Sie mich fragen. Aber mich fragt ja keiner.»

Schwester McCauley hatte Perry Vatucci offensichtlich schon

kennengelernt. «Ihre Sorgen sind berechtigt», antwortete Bobby. «Nur zu Ihrer Information, ich arbeite seit vielen Jahren mit Opfern sexueller Gewalt zusammen, vor allem mit Jugendlichen. Ich verstehe genau, was Sie meinen. Wo sind die Eltern des Opfers?»

«Unten im Warteraum. Ich habe Mrs. Knight versprochen, dass ich ihr Bescheid gebe, sobald die Polizei fertig ist. Mallory wollte ihre Eltern nicht dabeihaben, weder bei der Untersuchung noch bei der Befragung. Ich glaube, ihr Vater ist gegangen. Er war wütend. Er hat in der Herrentoilette gegen die Wand geboxt.»

«Es wurden also die bei Vergewaltigungen üblichen Untersuchungen vorgenommen?»

«Ja. Sie war sehr, sehr verstört bei den Untersuchungen. Der UV-Licht-Test hat Sperma gezeigt, so viel kann ich Ihnen schon mal sagen. Die Laborergebnisse sind wohl erst morgen zurück.»

«Wir haben also DNA?»

«Ja. Hoffentlich haben Sie den Schweinehund in der Datenbank. Dann bleibt wenigstens anderen Mädchen ein solcher Albtraum erspart.»

«War Gewebe verletzt? Hämatome? Blutungen?», fragte er vorsichtig.

«Man muss keine sichtbaren Verletzungen haben, wenn man vergewaltigt wurde, Agent Dees. Sie können sich die Aufzeichnungen der untersuchenden Ärzte ansehen. Lassen Sie es mich so ausdrücken, und ich hasse es, dieses Wort in diesem Zusammenhang noch einmal zu sagen, aber wenn man bedenkt, was in der Zeitung steht, was der Hammermann seinen anderen Opfern angetan hat, hat die Kleine hier verdammtes …»

«Glück gehabt», beendete Bobby ihren Satz, während er in den Flur sah, wo ein uniformierter BSO-Officer Wache hielt. «Darin sind wir uns einig, Miss McCauley. Mallory Knight hat wirklich verdammtes Glück gehabt.»

13

Aus einer Nische im Wartebereich bei den Fahrstühlen beobachtete Bobby schweigend, wie Vatucci und Denby aus dem Krankenzimmer kamen. Er lauschte, während sie an ihm vorbeigingen und sich leise vor dem Fahrstuhl unterhielten.

«Und, wie ist dein Eindruck?», fragte Vatucci.

«Sie ist hart im Nehmen. Hoffen wir, der Täter taucht in der Datenbank auf», antwortete Denby nachdenklich.

«Das Foto war bearbeitet», stellte Vatucci fest und drückte noch ein paar Mal auf die Fahrstuhltaste.

«Sieht so aus.»

«Das Schwein kennt sich wirklich mit Computern aus. Weiß, wie Twitter funktioniert, wie man sich in ein Konto hackt, wie man im Netz unsichtbar bleibt, und er kann mit Photoshop umgehen. Wenn er es war, wollte er sie wahrscheinlich gerade erledigen, als sie abgehauen ist. Hat uns das Foto geschickt, um zu zeigen, dass er sie hat.»

«Und wenn er es nicht ist?»

«Dann haben wir noch einen zweiten Perversen da draußen.»

Die Fahrstuhltüren schlossen sich und schirmten die Stimmen ab.

Bobby sah auf sein Handy. Er hatte Zo um ein Update gebeten, und gerade kam die Antwort.

ZO DIAS: Erklärung wird innerhalb der nächsten
Stunde abgegeben. Pressekonferenz morgen
früh. Denken über Süd Florida Taskforce nach,
unter Leitung des BSO. FBI will mitspielen.
Gefällt keinem so richtig.

Auf dem Weg in den Flur tippte Bobby: Ist es der Hammermann?

ZO DIAS: Sieht so aus. Mallory bestätigt, dass er es
war, über Frederick. Wo bist du?

Bobby steckte das Telefon ein, zeigte dem Uniformierten, der Wache hielt, seine Marke und betrat Mallory Knights Zimmer.

«Hallo, Mallory. Hältst du noch einen Besuch aus?» Er hielt die Marke hoch. «Mein Name ist Bobby Dees. Ich bin Special Agent vom Florida Department of Law Enforcement. Du kannst mich Bobby nennen. Oder Agent Dees. Was dir lieber ist.»

Das Mädchen sah ihn erschöpft an. Sie wirkte so klein in dem Krankenhausbett. So zerbrechlich. Ihr langes Haar war aus dem Gesicht gekämmt und zu einem tiefsitzenden Pferdeschwanz gebunden, der ihr über die Schulter hing und auf dem Nachthemd lag. Sie streichelte ihn nervös, als wäre er ein Kuscheltier. Beide Unterarme waren von den Handgelenken bis zu den Ellbogen verbunden. Gesicht und Hals waren von roten Beulen und tiefen Kratzern übersät, als hätte sich eine Milliarde Insekten über ihre bleiche Haut hergemacht. Ihre grünen Augen waren dunkel und weit aufgerissen. Sie sah verängstigt aus. «Ich habe gerade mit zwei Männern von der Polizei gesprochen …», begann sie verwirrt. «Ist meine Mom bei Ihnen?»

«Sie ist noch unten und spricht mit den anderen Ermittlern. Sie kommt gleich. Dein Stiefvater hat sich die Hand verletzt, habe ich gehört. Er hatte einen Streit mit einer Wand.»

Mallory drehte den Kopf weg. Sie wischte sich eine Träne von der geschundenen Wange.

«Du hast deine Eltern noch gar nicht gesehen?», fragte Bobby.

Sie schüttelte den Kopf. «Die Polizei wollte mit mir reden, und ich wollte nicht, dass meine Mutter dabei ist.»

«Bist du bereit, später mit deinen Eltern zu reden? Du weißt, wir haben auch Psychologen, mit denen du sprechen kannst. Dein Arzt kann …»

Sie schüttelte den Kopf. «Schon okay.»

«Möchtest du, dass deine Mom dabei ist, wenn ich dir ein paar Fragen stelle?» Eigentlich hatten nur Jugendliche, die unter Anklage standen, das Recht, einen Elternteil bei der Vernehmung neben sich zu haben, aber wenn Mallory ihre Mutter hier haben wollte, würde sich Bobby gerne danach richten. Trotzdem hoffte er, dass sie nein sagte.

Sie schüttelte wieder den Kopf. «Ich will sie nicht dabeihaben. Ich will nicht, dass sie das alles mitbekommt.»

Bobby zog einen Stuhl an ihr Bett. «Ich weiß, dass du eine Menge durchgemacht hast und dass du emotional und körperlich erschöpft bist. Ich will dich nicht lange stören, und ich will dich nicht aufregen. Das ist nicht mein Ziel. Mein Ziel ist es, die Person zu finden, die dir das angetan hat.»

Sie senkte den Blick, ihre kleine Hand krallte sich ins Laken.

«Deine Mom scheint eine sehr nette Frau zu sein», fuhr Bobby leise fort. «Ich habe mich mit ihr und deinem Stiefvater unterhalten. Ich war bei euch zu Hause. Sie macht sich große Sorgen um dich. Wie viele andere auch.» Sein Blick fiel auf den Fernseher über dem Bett. Er war ausgeschaltet. «Hast du die Nachrichten gesehen?»

«Nein.»

«Sie berichten überall über dich. Haben die Officers, die hier waren, das erzählt?»

Sie nickte.

«Ich habe mit der Krankenschwester gesprochen, die bei dir war, als du eingeliefert wurdest. Du hast Glück gehabt, Mallory.»

Sie krallte sich fester in das Laken. «Es fühlt sich nicht so an.»

«Glück, dass du lebst, meine ich.»

Sie zuckte die Schultern.

«Erzähl mir von der Person, die dir das angetan hat.»

«Ich habe den anderen Polizisten schon alles gesagt. Ich weiß nichts … ich erinnere mich nicht an viel, ich habe kaum was gesehen. Er hat mir die Augen verbunden, und ich … ich konnte die meiste Zeit nichts sehen. Ich habe keine Ahnung, wo ich war. Ich weiß nicht, wo er mich hingebracht hat.»

«Hast du ihn gesehen? Könntest du ihn beschreiben?»

Sie schüttelte den Kopf. «Nicht wirklich, nein. Er war … er war weiß. Ich habe seine Hände gesehen. Er war weiß und hatte dreckige, lange Fingernägel. Und er hatte Mundgeruch, als hätte er einen faulen Zahn oder so. Ich will mich nicht erinnern. Ich will ihn vergessen.»

«War er allein?»

Sie nickte.

«Hat er mit dir gesprochen?»

«Ja.» Sie schniefte.

«Hast du seine Stimme erkannt?»

Sie sah auf, überrascht von der Frage. «Nein.»

«Würdest du seine Stimme wiedererkennen?»

Sie zuckte die Schultern. «Ich weiß nicht.»

«Was hat er zu dir gesagt? Hatte er einen Akzent?»

«Mir ist kein Akzent aufgefallen … ich weiß nicht. Er klang ganz normal. Er hat gesagt, ich sollte so spät nicht allein draußen sein. Das war das Erste, was er gesagt hat, als er im Park auf mich zukam. Er kam von hinten, deswegen hab ich sein Gesicht nicht gesehen.»

Bobby nickte. «Gehen wir noch mal ein Stück zurück. Als du die Party bei den Sabia-Brüdern verlassen hast, bist du allein in den Park gegangen?»

«Ja.»

«In welche Richtung? Weißt du das noch?»

«Nein. Ich habe keinen guten Orientierungssinn. Ich bin einfach losgegangen, bis ich beim Park war.»

«Markham Park?»

«Ich glaube schon. Ich weiß nicht, wie der heißt.»

«Hast du da deine Tasche und deine Jacke verloren?»

«Ja.»

«Du bist also in den Park gegangen und … Wie kamst du zu den Mountainbike-Wegen? Die sind ziemlich tief im Park drin.»

«Ich bin einfach gelaufen. Ich habe nachgedacht und nicht auf die Umgebung geachtet. Ich war wütend auf meine Mom, als ich von der Party wegging, und deshalb habe ich nicht auf den Weg geachtet. Ich wollte nur irgendwohin und nachdenken, bevor ich nach Hause musste.»

«Weil du wusstest, dass du zu Hause Ärger kriegen würdest?»

Sie nickte. «Meine Mutter war sauer, dass ich auf der Party war, und sie rief bei meinen Freundinnen an und sagte ihnen, sie würde kommen und mich abholen … Na ja, ich wollte ja nach Hause, aber erst wollte ich nachdenken. Ich hatte eh schon Ärger.» Sie wischte sich mit dem Handrücken eine Träne weg.

«Du spazierst also über diese stockfinsteren Wege und denkst nach … Wie weit warst du gelaufen, als der Mann auf dich zukam?»

«Ich weiß nicht; ich konnte nicht viel sehen. Ich habe mein Handy als Taschenlampe benutzt.»

«Gut. Und was ist dann passiert?»

«Ich habe hinter mir ein Knacken gehört und Angst gekriegt, und da hat er zu mir gesagt: ‹Du solltest so spät nicht allein draußen sein.› Und dann hat er mir den Mund zugehalten, sodass ich nicht schreien konnte. Er hat gesagt, wenn ich schreie, bringt er mich um, und da, also, dann habe ich eben nicht geschrien. Ich wünschte, ich hätte es getan. Ich hätte schreien sollen.»

«Mach dir keine Vorwürfe; nichts davon ist deine Schuld. Was hat er dann getan?»

«Er hatte ein Messer. Er hat mir die Arme aufgeschnitten und gesagt, das ist, damit ich weiß, dass er es ernst meint. Als hätte ich das nicht gemerkt. Es hat irrsinnig weh getan. Ich habe gespürt, wie mir das Blut an den Armen runtergelaufen ist. Er hat gesagt, ich soll die Jacke ausziehen, und ich hatte solche Angst und habe getan, was er verlangt hat.»

«Als er dich verletzt hat, hattest du die Jacke an? Hat er durch die Jacke geschnitten?»

«Äh … nein. Ich hatte die Ärmel hochgerollt», antwortete sie und machte vor, wie sie es meinte. «Die Ärmel waren hochgeschoben, bis hierhin. Ich schätze, die Jacke hat Blut abbekommen, als ich sie ausgezogen habe.»

«Aha.»

«Dann hat er gesagt, ich soll mich ausziehen.»

«Hast du ihn angesehen?»

Sie schüttelte den Kopf. «Er … also, er hatte eine Maske auf oder so was. Wie eine Skimütze, wo nur die Augen frei sind. Ich konnte sein Gesicht nicht sehen.»

«Und dann hast du dich ausgezogen?»

«Nur die Jacke. Dann habe ich ihm gesagt, mehr ziehe ich nicht aus. Da ist er wütend geworden, und ich glaube, er hat irgendwas gehört, weil er auf einmal gesagt hat, ich soll die Klappe halten und gehen. Er hat meine Jacke und meine Tasche ins Gebüsch geworfen und mich mit sich gezerrt. Er hat mir die Augen verbunden, sodass ich nichts sehen konnte, als wir zum Auto kamen. Und dann ist er losgefahren und hat gesagt, er bringt mich weg. Ich musste mich im Fußraum verstecken, und er hat ein Handtuch oder so was über mich gelegt. Die Fahrt war ziemlich lang.»

«Wie lange, schätzt du, warst du auf dem Boden im Wagen?»

Sie zuckte die Schultern. «Kann ich nicht sagen. Ich wusste nicht mal, ob Tag oder Nacht war. Ich steckte unter dieser Decke. Es war heiß.»

«Welche Farbe hatte das Innere?»

«Wie bitte?»

«Der Boden und die Innenseite der Türen? Welche Farbe hatte die Innenverkleidung?»

«Hm, beige, glaube ich.»

«Ist er die ganze Zeit durchgefahren?»

«Nein, nicht die ganze Zeit. Manchmal hat er angehalten und ist dann weitergefahren. Ich hatte zu große Angst, um nachzusehen, deshalb habe ich das Handtuch nicht weggetan. Dann hat er irgendwann angehalten und mich gezwungen, auszusteigen und auf ein Feld zu gehen. Und da hat er, da hat er … also, er hat mich vergewaltigt.» Ihre kleinen Fäuste zwirbelten das Betttuch.

«Hast du erkannt, wo ihr wart? Waren da Häuser? Straßenschilder? Irgendwas, das dir bekannt vorkam? Oder sonst irgendwas?»

Sie schüttelte den Kopf. «Nein. Da war gar nichts. Keine Häuser, keine Autos, keine Leute.»

«War es dunkel oder hell draußen?»

«Es war dunkel. Er hat mich erst gezwungen, ein Stück zu Fuß zu gehen, und dann hat er verlangt, dass ich die Kleider ausziehe, und dann … dann hat er mich vergewaltigt. Auf dem Boden.»

«Hat er etwas gesagt?»

«Er hat mich beschimpft.»

«Wie?»

«Schlampe. Er hat gesagt, ich soll den Mund halten. Er hat

gesagt, wenn er mit mir fertig ist, würden alle wissen, wer ich bin.»

«Wo war das Messer?»

Sie wischte sich eine Träne ab. «Er muss es auf dem Weg verloren haben. Er hat gesagt, ich soll mich nicht von der Stelle rühren. Ich habe gehört, wie er zurückgegangen ist, um etwas zu suchen, und er hatte seine Taschenlampe dabei, oder vielleicht war es sein Handy. Ich habe gesehen, wie er auf dem Weg nach etwas sucht. Als er weit genug weg war, habe ich meine Kleider genommen und, und ich … ich bin einfach weggerannt. Ich habe versucht, mich in einem Feld zu verstecken, aber ich habe mich verirrt. Ich bin weit gelaufen. Dann habe ich einen Schuppen gefunden, und da habe ich mich versteckt, bis ich mir sicher war, dass er weg ist, und dann bin ich Hilfe suchen gegangen. Ich bin einfach gelaufen, bis ich auf die Straße gestoßen bin.»

«Die Straße, an der das Restaurant liegt?»

«Ja. Aber ich hatte Angst, dass er nach mir sucht. Deswegen habe ich Abstand zur Straße gehalten, bis ich das Restaurant gefunden habe.»

«Wo war die Augenbinde?»

«Was?»

«Du sagtest, er hat dir die Augen verbunden. Wo ist die Augenbinde gelandet?»

«Hm, er hat sie abgemacht, als er mich vergewaltigt hat.»

«Hast du zu diesem Zeitpunkt sein Gesicht gesehen?»

«Nein, nein. Ich lag auf dem Bauch. Es war dunkel.»

«Wo war der Schuppen? Glaubst du, du findest ihn wieder, wenn wir zusammen rausfahren?»

Sie blickte zu Boden. «Eher nicht. Ich will mich nicht erinnern.»

«Glaubst du, du findest die Stelle wieder, wo er dich vergewaltigt hat? Vielleicht hat er Spuren hinterlassen.»

Sie schüttelte den Kopf. «Ich weiß nicht. Ich bin einfach weggerannt.»

«Woher kommen die Verletzungen an deinem Bauch?»

Sie sah ihn überrascht an. «Als er mich gezwungen hat, mich auszuziehen, hat er auf meinen Bauch eingestochen, ich glaube, mit dem Messer, mit dem er mir die Arme aufgeschnitten hat. Damit ich weiß, dass er es ernst meint.»

«Hat er die gleiche Drohung wiederholt?»

Sie nickte und blickte wieder nach unten.

«Aber du hast gesagt, er hat das Messer verloren.»

«Keine Ahnung. Später hatte er es wieder, also hat er vielleicht was anderes verloren. Ich kann nicht mehr. Ich bin so müde. Können wir jetzt aufhören?»

«Du hilfst mir sehr, Mallory», antwortete Bobby mit einem Lächeln. «Ich weiß, dass es schwer ist. Aber ich will noch mal kurz zum Abend der Party zurückkehren und dir sagen, was ich weiß. Ich weiß, dass du dich mit Tyler gestritten hast. Ich weiß, warum du so sauer warst, als du von der Party weggegangen bist, und es war nicht nur wegen deiner Mom. Dein Freund war ein echtes Arschloch.»

Sie starrte ihn an, mit weit aufgerissenen grünen Augen. «Was hat er gesagt? Hat er sich Sorgen gemacht?»

Bobby ignorierte die Frage. «Wahrscheinlich sollte ich so was nicht sagen. Es ist unprofessionell, aber das ist meine Meinung. Du solltest auch wissen, dass ich mit Gianna gesprochen habe …», sagte er langsam und sah sie an, während er den Satz mit Absicht offen ließ.

Jetzt begann sie heftig zu weinen. Sie ließ das Betttuch los und wischte sich mit beiden Händen die Tränen ab. Auf dem Betttuch waren Schweißflecken. Er wusste, dass er auf dem richtigen Weg war. Er ahnte den eigentlichen Grund, warum Tyler die Party nicht verlassen wollte, seit er den Knutschfleck an Giannas Hals gesehen hatte und Giannas Blick bei seiner Frage, ob Mallory und Tyler sich gut verstanden – das Aufflackern von Hoffnung in ihren Augen. Jetzt lautete die Frage: Was wusste Mallory, und seit wann wusste sie es? Und hatte es etwas mit ihrem plötzlichen Aufbruch zu tun?

«Wer solche Freunde hat, braucht keine Feinde», bemerkte Bobby.

«Sie haben es zugegeben?»

Er nickte. «Was hast du gesehen?»

«Ich habe die Schlafzimmertür aufgemacht, und da haben sie …» Sie wandte den Blick ab. «Sie war nackt und hat gelacht. Er hat sich gerade die Hose hochgezogen. Ich konnte es nicht glauben. Ich konnte es einfach nicht glauben. Ich hatte vorher zu ihm gesagt, dass ich ihn liebe – am selben Abend im Auto, als wir zusammen waren. Und Gianna wusste das.»

«Und keiner von beiden kam dir hinterher, als du weggelaufen bist? Das muss dich sehr verletzt haben.»

«Warum ist das wichtig? Warum wollen Sie ausgerechnet darüber reden? Das macht alles noch schlimmer. Ich dachte, das geht gar nicht, aber Sie machen alles noch schlimmer.»

Bobby sah sie aufmerksam an. Er hatte ein flaues Gefühl in der Magengrube – ein seltsames Gebräu aus Erleichterung vermischt mit Enttäuschung, gewürzt mit Zorn und einer Prise Traurigkeit. «Ich weiß, dass du viel mitgemacht hast, Mallory. Einen einzigen Nachmittag in den Everglades zu überstehen, ist eine reife Leistung. Zwei Tage zu überleben, auf der Flucht vor einem psychopathischen Vergewaltiger, grenzt an ein Wunder. Ich bin noch mal zum Abend der Party zurückgekehrt, Schritt für Schritt, weil ich wissen will, wo und wann der Mann dich zuerst gesehen hat. Weil er dich offensichtlich gezielt verfolgt hat. Er muss dich im Visier gehabt haben. Als du das Haus der Sabias verlassen hast, wo bist du hingegangen? Welche Richtung hast du eingeschlagen?»

«Ich habe doch gesagt, ich weiß es nicht», stammelte sie nervös. «Ich bin die Straße runtergerannt und dann auf die größere Straße, die zum Park führt. Ich kenne die Straßen nicht. Ich wohne nicht in der Gegend.»

«Hast du irgendwelche Fahrzeuge bemerkt? Ist dir jemand gefolgt?»

Sie zuckte die Schultern. «Vielleicht. Da war so ein Transporter, der ein paarmal ganz langsam vorbeikam …»

«Er ist mehr als einmal an dir vorbeigefahren?»

«Glaub schon.»

«Hast du das Kennzeichen gesehen? War er aus Florida?»

Sie schüttelte den Kopf. «Ich bin so müde. Können wir jetzt bitte aufhören und später weitermachen? Ich habe der Polizei doch schon alles gesagt. Ich kann nicht mehr. Ich habe Angst, dass ich Fehler mache.»

«Fehler? Hier gibt es keine richtigen oder falschen Antworten. Erzähl mir einfach, woran du dich erinnerst. Sag mir die Wahrheit, und alles wird gut.»

Sie nickte.

«Ich muss dir die Fragen stellen, solange deine Erinnerung noch frisch ist. Hatte der Transporter eine Aufschrift, Mallory? Aufkleber, eine Firma? Irgendwelche Beulen oder Merkmale?»

«Ich erinnere mich nur daran, dass er weiß war.»

«Hast du ihn mehr als einmal gesehen?»

Sie nickte erschöpft.

«Dann werden wir ihn auf den Rotlichtüberwachungskameras finden», log Bobby.

«Kameras?», fragte sie erschrocken.

«Die Rotlichtüberwachungskameras an den Ampeln. Wir konnten dich bis Markham Park verfolgen. Jetzt werden wir uns das Material noch einmal ansehen und nach dem Van suchen. Vielleicht können wir das Kennzeichen erkennen.»

Die Tür ging auf. Bobby hoffte, dass es nicht Mallorys Mutter war. Noch nicht. Er brauchte noch fünf Minuten. Doch es war nur Schwester McCauley, die einen Wagen mit zwei Blumensträußen und einem riesigen Teddybär hereinschob.

«Ich brauche nur noch ein paar Minuten mit Mallory.»

«Es ist gleich Zeit für die Visite», sagte Schwester McCauley. «Mallorys Mutter ist auf dem Weg. Sie möchte unbedingt ihr Kind sehen.» Sie lächelte Mallory an.

Mallory strich sich wieder über den Pferdeschwanz.

«Nur noch ein paar Minuten.»

«Heute ist Mallory der Boss. Ist das in Ordnung, Schätzchen?», fragte die Schwester, während sie die Blumen auf den Tisch stellte. «Die Leute vom FDLE, das sind die Besten in ihrem Fach. Die Allerbesten. Es gibt sogar eine Fernsehserie über einen FDLE-Mann.» Sie zwinkerte Bobby zu. «Sie finden diesen Kerl. Unten sind noch mehr Blumen, und es kommen immer mehr. So viele Leute schicken dir Grüße und Genesungswünsche, Liebes. Von überall. Es ist unglaublich. Ich habe gehört, dass es sogar eine Crowdfunding-Kampagne für dich gibt, und man ist nie zu alt, einen Teddy zu drücken», sagte sie und reichte Mallory den Bären, bevor sie zur Tür ging. Auf der Schleife um seinen Hals stand: *Gute Besserung, Mallory!* Big Penny und die anderen Mitarbeiter von Billy Boy's hatten ihn geschickt.

Bobby wartete, bis die Tür zu war, ehe er sich wieder an das Mädchen wandte. «Wo waren wir stehengeblieben, Mallory?»

14

Sie tat ihm leid. Selbst als ihm klarwurde, was passiert war, worauf die Geschichte hinauslief, tat sie ihm leid. Und es tat ihm leid, dass er es sein musste, der sie bloßstellte. Mallory Knight war wie ein kleiner, zarter Vogel. So zerbrechlich und wehrlos, wie sie geschunden und versehrt und verbunden in ihrem Krankenhausbett lag. Bobby hatte schon viele lügende Teenager vernommen. Die meisten logen aus Eigennutz. Die meisten waren kalt, berechnend und opportunistisch. Doch zu der Sorte gehörte Mallory Knight nicht. Sie wirkte verwirrt, traurig, verstört und völlig überfordert von den Geistern, die sie gerufen hatte. Wieder dachte Bobby an Katy und die Fehler, die sie gemacht hatte, als sie noch so jung war und die Leute von ihr erwarteten, sie müsse es besser wissen, er selbst eingeschlossen. Doch in Wirklichkeit waren sowohl Katy als auch Mallory noch Kinder. Naive, dumme Teenager, die manchmal Entscheidungen trafen, die eine Lawine schlimmer Folgen lostraten.

Mallory war noch nicht bereit, die Wahrheit zuzugeben, also fuhr er mit den Fragen fort, langsam, behutsam, bis er sie so weit hatte. «Du bist also in den Park gegangen. Es war dunkel, und du warst zum ersten Mal dort. Was hat dich bewogen, in Richtung der Mountainbike-Trails zu laufen?»

«Wie gesagt, ich bin einfach losgegangen», antwortete sie matt.

«Wie bist du auf das Gelände gekommen?»

«Durch den Wald. Um das Tor im Zaun herum.»

«Er muss dir also gefolgt sein. Oder war er schon im Park, was glaubst du?»

«Ich weiß es nicht. Ich weiß es wirklich nicht. Er war … er war einfach *da.*»

«Was ist mit deinem Handy passiert, Mallory?»

«Er hat es mir abgenommen. Hat es auf den Boden geschmissen.»

«Er hat es auf den Boden geschmissen? Sonst nichts?»

«Er ist draufgetreten. Ich … ich habe nicht darauf geachtet. Ich hatte Angst», beharrte sie.

«Dein Telefon war ziemlich kaputt. Ich dachte, vielleicht hast du gesehen, ob er irgendwas damit gemacht hat?»

«Ich kann mich nicht erinnern.»

«Und wo stand sein Wagen?»

«Auf dem Parkplatz, glaube ich.» Ihre Stimme hakte.

Bobby schenkte ihr ein Glas Wasser ein. «Wie hat er dich von den Moutainbike-Trails weggeführt?»

«Auf dem gleichen Weg, auf dem ich gekommen bin, schätze ich. Ich habe doch schon gesagt, ich konnte nichts sehen.»

«Das heißt, wahrscheinlich ist er dir gefolgt, als du reingegangen bist; er hat nicht auf dem Mountainbike-Gelände gelauert», überlegte Bobby laut. «Könnte es der weiße Transporter gewesen sein, der dich verfolgt hat?»

«Kann sein, aber es … es war so dunkel, und er hat mir die Augen zugehalten, und, das habe ich doch schon gesagt – er hat mir die Augen verbunden.»

«Also stand der Wagen am Eingang zum Mountainbike-Gelände?»

«Ja.»

«Dann werden wir ihn auf dem Überwachungsvideo von dort finden», log Bobby erneut.

Sie blickte auf. «Sind da auch Kameras?»

Er nickte.

«Die anderen Polizisten haben nichts von Kameras erwähnt.» Sie fing zu zittern an und zwirbelte wieder das Laken.

«Ich habe es auch gerade erst erfahren, von der Parkverwaltung.» Er lehnte sich zurück und strich sich nachdenklich übers Kinn. «Ich erzähle dir mal was. An der Polizeiakademie bringen sie einem bei, man soll einem Opfer oder Beschuldigten nie persönliche Geschichten erzählen. Das ist eine der Grundregeln, wenn man Ermittler wird. Ein Beschuldigter wird alles, was er über dich weiß, unweigerlich gegen dich verwenden. Und ein Opfer, na ja, als Ermittler muss man immer neutral und distanziert bleiben, darf keine persönliche Verbindung aufbauen. Sieh auf die Fakten und löse den Fall. Rein, raus, der Nächste bitte. Aber ich arbeite so nicht», sagte er. «Ich engagiere mich emotional für meine Fälle, für die Menschen, die ich kennenlerne. Ich kann nicht anders. Ich sehe viele schlimme Dinge, Mallory. Jeden Tag.»

Er beugte sich vor, die Ellbogen auf den Knien, wie ein Trainer bei der Nachbesprechung. «Deshalb breche ich jetzt die Regel und erzähle dir eine Geschichte von meiner Tochter Katherine, die nur ein Jahr älter ist als du. Sie ist achtzehn. Wir nennen sie Katy, außer wenn wir sauer sind, dann rufen wir sie bei ihrem vollen Namen, Katherine Anne Dees. Sie ist ein Einzelkind. Meine Frau ist bei ihrer Geburt fast gestorben, und sie ist unser Ein und Alles – vielleicht sind wir ein bisschen überfürsorglich. Katy war immer gut in der Highschool. Sie war bei den Cheerleadern, hat gute Noten heimgebracht und sich gute Colleges angesehen. Sie wollte auf die Duke oder die Northwestern University, so wie du – das hat deine Mutter mir gesagt. Aber dann kam sie mit einem Jungen zusammen. Er hieß Ray. Ray Coon. Ich mochte ihn nicht. LuAnn, meine Frau, mochte ihn auch nicht. Na ja, und dann hat Ray … er hat meine Tochter mit

Drogen in Kontakt gebracht und mit anderen schlimmen Dingen. Er war sehr besitzergreifend und hat sie manipuliert, und dann eines Tages ist Katy verschwunden. Meine wunderschöne Tochter, die dir sogar ein kleines bisschen ähnlich sieht. Sie war sechzehn, und sie wollte in die Bibliothek gehen, aber sie kam nicht zurück. Ich habe sie überall gesucht. Ich habe jeden Gefallen von jedem Kollegen eingefordert, den ich kannte. Aber ich habe sie nicht gefunden. Dabei ist genau das mein Beruf, Mallory, ich finde Leute. Nur meine Tochter konnte ich nicht finden», sagte er leise.

Mallory starrte ihn an. «Ist sie …? Ist sie tot?»

«Ich dachte, sie wäre tot. Lange Zeit dachte ich, ich würde sie nie wieder sehen. Ein ganzes Jahr verging. Es war die Hölle, Mallory. Katys Hund wartete jeden Tag, dass die Tür aufging und Katy wiederkam. Und dann eines Tages, kurz vor Weihnachten, klingelte das Telefon, und sie war dran, aus heiterem Himmel.»

«Wirklich?»

Er nickte, doch der gequälte Ausdruck in seinem Gesicht blieb. «Ein Jahr und neunundzwanzig Tage nach ihrem Verschwinden war sie wieder zu Hause.»

«Was war passiert? Ist sie entführt worden?», fragte Mallory.

«Sie hat gesagt, ihr sei alles einfach zu viel geworden. Deswegen ist sie weggelaufen. Erst wollte sie nur eine Stunde weg, um nachzudenken. Wir hatten uns wegen Ray gestritten, weil sie wusste, dass wir ihn nicht mochten. Wir wussten, dass sie Drogen nahm; ich hatte die Einstichstellen gesehen. Aus einer Stunde wurde eine ganze Nacht, und dann bekam Katy Angst. Ihre Probleme waren zu viel für sie. Statt nach Hause zu kommen und sie zu lösen, blieb sie noch eine Nacht weg. Und dann noch eine und noch eine. Die Probleme liefen aus dem Ruder, wurden größer und größer, bis Katy dachte, sie könnte nicht mehr nach Hause zurück. Und so wurde aus einer kleinen Lüge, nämlich dass sie mit einer Freundin in die Bibliothek gegangen ist, eine riesige Lawine, die sie nicht mehr aufhalten konnte. Ein Jahr lang lebte sie auf der Straße, weil sie Angst davor hatte, nach Hause zu kommen und sich ihren Problemen zu stellen – ihre Strafpredigt zu kassieren und ihr Leben weiterzuleben. ‹Wir machen alle Fehler, Katherine.› Das habe ich später zu ihr gesagt. ‹Wir machen alle Fehler. So entwickeln wir uns weiter. Du bist ein Mensch. Ich bin ein Mensch. Du bist ein Kind, verdammt.› Manchmal kommen uns Probleme unüberwindlich vor, Mallory, aber kein Problem ist unüberwindlich. Heute würde Katy wahrscheinlich sagen, sie würde am liebsten die Zeit zurückdrehen. Sie wünschte, sie bekäme eine zweite Chance. Weil sie weiß, dass keine Strafe, die wir ihr aufgebrummt hätten – nur weil sie die Bibliothek schwänzte, um mit ihrem blöden Freund Drogen zu nehmen –, schlimmer gewesen wäre als das, was sie auf der Straße erlebt hat. Eine schlechte Entscheidung hat zur nächsten geführt und zur übernächsten und so weiter.»

Mallory weinte wieder.

«Es ist nie zu spät, die Lawine aufzuhalten, egal für wie groß du sie hältst.»

Mallory begann zu schluchzen.

«Weißt du, was ich glaube?» Er beugte sich näher zu ihr. «Ich glaube, am Samstagabend warst du sehr unglücklich, Mallory. Und dann ist alles aus dem Ruder gelaufen. Die Nacht ist aus dem Ruder gelaufen. Deine Probleme wurden zur Lawine, und eins hat zum anderen geführt, bis du das Gefühl hattest, du kannst nicht mehr zurück.»

Sie wischte sich die Tränen mit dem Laken ab.

«Der Mann, den wir suchen – er ist ein sehr böser Mann.»

Sie nickte. «Der Hammermann.»

«Woher kennst du seinen Namen?»

«Die Polizisten. Die Kellnerin, Big Penny. Die Sanitäter. Alle haben gesagt, er wäre es gewesen. Sie haben gesagt, das war der Hammermann», flüsterte sie mit kaum hörbarer Stimme.

«Hast du ihnen bestätigt, dass er es war? Hast du den Polizisten gesagt, es sei der Hammermann gewesen? Hast du diesen Namen genannt?»

Sie zuckte die Schultern. «Vielleicht war er es.»

Sie wirkte so klein in dem Krankenhausbett mit den Verletzungen, die nicht zu der Gewalt passten, die sie angeblich erlebt hatte.

«Deine Handgelenke und Arme sind ziemlich übel zugerichtet. Du wurdest mit vielen Stichen genäht. Ein Glück, dass sie nicht tief genug waren, um eine Vene zu verletzen. Du hättest sterben können.»

Sie ließ den Kopf hängen und schwieg.

«Bei den Untersuchungen wurde unter anderem Sperma entdeckt. Wenn sie das Sperma testen, könnte es sein, dass sich rausstellt, dass es von deinem Freund ist? Hast du am Samstagabend mit Tyler geschlafen?»

Sie nickte langsam. «Ist das wichtig? Müssen Sie das meinen Eltern sagen?»

«Du kannst die Lawine aufhalten, Mallory. Jetzt. Noch ist es nicht zu spät. Aber ich garantiere dir, wenn du nichts tust, wird sie größer. Und es ist sehr, sehr wichtig, dass du sie nicht so groß werden lässt, dass sie dich mit sich reißt. Werden wir noch andere DNA finden? Anderes Sperma außer dem von Tyler Armstrong?»

«Vielleicht hat er ein Kondom benutzt. Ich weiß nicht. Ich habe nicht gesehen, wie er mich vergewaltigt hat …»

Bobby nickte. «Ich will dir nicht noch mehr Angst machen, Mallory, aber dieser Mann, der Hammermann: Das ist ein wirklich böser Mensch. Der lässt keine Überlebenden zurück. Er hat neun Mädchen gefoltert, verstümmelt und getötet. Keine ist ihm entkommen. Kein Mädchen hat überlebt und konnte von ihm erzählen. Bis heute nicht, verstehst du, was das heißt?»

Sie zuckte die Schultern und wich seinem Blick aus.

«Aber eins ist klar: Jetzt hat er dich auf dem Schirm, und das ist ziemlich beunruhigend. Heute hat er ein Foto von dir getweetet, wusstest du das? Auf dem Foto warst du tot.»

Jetzt sah sie ihn an, die Augen angsterfüllt. Unter den roten Insektenstichen war sie kreidebleich.

«Offensichtlich hat er das Foto manipuliert, denn ich sitze hier und habe dein hübsches Gesicht vor mir, aber dieser Mann hält das Ganze für ein Spiel. Und jetzt ist er am Zug.»

«O Gott ...» Sie fing wieder zu schluchzen an.

«Er weiß, wer du bist, Mallory. Und wie du aussiehst. Wer weiß, was er vorhat? Ich weiß, wozu er fähig ist. Und das jagt mir eine Höllenangst um dich ein. Denn wenn er denkt, er hätte eine Zeugin am Leben gelassen ...»

«Nein! Es war nur Tyler.» Sie schüttelte erschöpft den Kopf. «Es war nur Tyler.»

«Wo hattest du den Namen Hammermann her?»

«Die Frau im Restaurant, Big Penny. Sie hat dauernd gefragt, ob der Hammermann mir das angetan hat. Und in den Nachrichten in dem Restaurant haben sie auch von ihm gesprochen. Was er mit den anderen Mädchen gemacht hat und wie sie glauben, dass er aussieht. Ich habe die Nachrichten gesehen, während ich auf den Krankenwagen gewartet habe.»

«Hattest du vorher schon mal von ihm gehört?»

Sie nickte. «Ich habe es in der Zeitung gelesen. Ich habe die Fotos von dem vermissten Mädchen gesehen. Sie sieht mir ähnlich. Ich war so wütend. Ich ... ich habe einfach nicht nachgedacht. Ich wollte, dass er sich Sorgen macht, das war alles.»

«Tyler?»

Sie nickte und zupfte verzweifelt an ihrem Pferdeschwanz.

«Und mein Stiefvater. Ich wusste, dass er rumfährt und nach mir sucht. Und dass er sauer war wegen der Party, und weil ich Bier getrunken habe und mit Tyler zusammen war und … was, wenn ich schwanger wäre? Daran habe ich gedacht. Wenn ich schwanger bin? Tyler hat letzte Woche kein Kondom benutzt, und Samstag auch nicht. Mein Stiefvater hätte mich aus dem Haus geworfen, und Mom hätte nichts dagegen unternommen. Ich könnte nirgendwohin. Auf Gianna kann ich nicht mehr zählen – ich will sie nie mehr sehen. Ich hasse sie. Wie konnte sie mit Tyler rummachen? Sie wusste, dass ich ihn liebe. Sie hat immer gesagt, ich könnte zu ihr kommen, wenn es zu Hause zu schlimm wird, aber … das geht jetzt nicht mehr. Niemals. Aber dann dachte ich, Tony würde mich nicht mit dem Gürtel schlagen und aus dem Haus werfen, wenn ich nichts dafür konnte. Meine Mom würde es nicht zulassen. Sie haben recht, Agent Dees, ich hab's einfach nicht mehr ausgehalten. Die ganzen verrückten Gedanken, die waren alle auf einmal da.» Sie hielt inne, schöpfte Atem.

«Du hast dir alles ausgedacht? Die ganze Geschichte? Es gab keine Vergewaltigung? Keinen bösen Mann im Wald?»

Sie schüttelte den Kopf. «Es tut mir leid, es tut mir so leid. Was soll ich denn jetzt machen?», brachte sie zwischen den Schluchzern hervor.

Es war auch gegen die Regel, für die Opfer Gefühle zu haben. Oder für die Beschuldigten. Oder für die Zeugen. Noch eine Regel, die Bobby ignorierte. Er beugte sich vor und nahm Mallory in den Arm. Sie hielt sich an ihm fest, während ihr die Tränen übers Gesicht strömten.

«Alles wird gut. Du musst jetzt größer sein als die Lügen», sagte er sanft. «Du musst den Kopf hochhalten und zugeben, dass du einen Fehler gemacht hast. Halte die Lawine auf und stell dich den Konsequenzen.»

«Meine Mom wird es nicht verstehen. Sie rastet aus. Und

mein Stiefvater setzt mich ganz bestimmt vor die Tür. Er hasst mich jetzt schon, und ich hasse ihn. Und meine Mom hält immer zu ihm …»

«Du tust es schon wieder. Du machst das Problem größer, als es ist. Als würdest du beim Schach zehn Züge im Voraus denken. Ich habe deine Mutter und deinen Stiefvater kennengelernt. Sie finden bestimmt Hilfe für dich, damit es dich nicht mehr so mitnimmt, dass dich deine sogenannten Freunde hintergangen haben. So was gehört zum Leben. Du musst nur lernen, besser damit umzugehen.»

«Als ich sie zusammen im Bett gesehen habe – da ist alles … ich bin durchgedreht. Ich hätte nie gedacht, dass sie so was tut – Gianna. Ich war noch Jungfrau. Verstehen Sie das? Ich bin keine Schlampe. Aber er hat mich dazu überredet, und er hat gesagt, es wäre unser Geheimnis, er würde niemandem erzählen, was wir zusammen gemacht haben, aber er hat es *ihr* erzählt, und sie hat mich ausgelacht. Sie haben mich beide ausgelacht. Sie hatten nicht mal ein schlechtes Gewissen. Gianna war nicht so betrunken, dass sie nicht wusste, was sie tat. Und er auch nicht. Er hat gesagt, ich hätte schlucken sollen. Ich hab's gehört. Das hat er gesagt, und sie hat gelacht. Ich musste weinen, aber das war ihm egal, und ihr auch, allen beiden, und dann bin ich gegangen, und seine Freunde auf der Treppe haben auch gelacht, und da wusste ich, dass er es wahrscheinlich allen erzählt hat. Alle wussten, dass er mit Gianna im Bett war, und sie lachten mich aus, weil ich es nicht gewusst habe, und weil ich nicht schlucke. Alle haben mich heulen sehen, wie eine Loserin, und da bin ich abgehauen, und niemand ist mir nachgegangen oder hat sich entschuldigt. Niemand. Ich bin die Straße runtergelaufen, als wäre jemand hinter mir her, aber als ich irgendwann stehen geblieben bin, habe ich gemerkt, dass mir keiner nachgekommen war. Kein einziger. Ich wollte ihnen ein schlechtes Gewissen machen. Ich wollte, dass sich Tyler Sorgen macht und nach mir sucht. Ich war so dumm. Ich weiß, dass ich dumm bin. Wahrscheinlich war ihnen völlig egal, dass ich weg war. Als Sie mit ihnen geredet haben, haben sie sich Sorgen gemacht?», fragte sie bange.

Er sah sie an, antwortete jedoch nicht auf die Frage, auf die sie immer noch verzweifelt ein «Ja» hören wollte. Diese Frage war wichtiger für sie, als sich mit den Konsequenzen auseinanderzusetzen, denen sie sich stellen musste. Er griff nach einer Schachtel Taschentücher und hielt sie ihr hin. «Wie gesagt, ich habe auch eine Tochter, Mallory. Ich verspreche dir, deine Mom steht das mit dir zusammen durch. Sie liebt dich. Und ich bin mir ziemlich sicher, dass dein Stiefvater dich auch liebt. Erinnerst du dich, was ich dir von Katy erzählt habe?»

Langsam schien sie zu begreifen, worauf es hinauslief. Er sah die Panik in ihrem Blick, wie bei einem Tier, dem langsam klarwird, dass es in der Falle sitzt. «Ich kann nicht», sagte sie. «Was werden die anderen sagen?»

«Ich garantiere dir, falls du weiter lügst, wird es noch viel schlimmer. Es ist nicht einfach, das stimmt, aber du schaffst das.»

«Ich kann nicht …» Das Mädchen wirkte noch viel kleiner und zerbrechlicher als vorher, als Bobby ihr Zimmer betreten hatte. «Agent Dees?», fragte sie mit vor Verzweiflung bebender Stimme. «Was ist, wenn …»

Doch sie konnte den Satz nicht beenden, denn in diesem Moment klopfte es und die Tür ging auf, ehe einer von beiden etwas sagen konnte.

Und dann brach die Realität in das Krankenzimmer ein.

15

Wahrscheinlich versaute sie dem netten Detective mit ihren Tränen die Jacke. Das dachte Mallory, als sie sich in ihrer Verzweiflung an seine blaue Sportjacke drückte und den Geruch seines stoppeligen, leicht nach Aftershave duftenden Nackens inhalierte. *Er kennt mich nicht, er mag mich nicht, und jetzt läuft ihm mein Rotz über den Rücken.* Trotzdem wollte sie nicht loslassen. Sie wollte den Moment nicht loslassen, weil sie wusste, was danach kam. Wenn die Tür aufging und ihre Mutter hereinkam und sie zugeben musste, dass sie gelogen hatte. Sie war zwei Tage verschwunden gewesen. Die Polizei hatte nach ihr gesucht – mit Tauchern, Suchtrupps, Hunden. Sogar die Kellnerin mitten in den Everglades hatte sie erkannt. Wie viele Menschen verfolgten die Nachrichten? Wie viele Menschen kannten ihre Geschichte?

Sie schloss die Augen und drückte sich noch enger an die starken Schultern des Beamten. Am Anfang hatte ihr die Vorstellung gefallen, wie sie sich voller Scham eingestand. *Gut so. Sollen Tyler und Gianna, die falsche Schlange, doch denken, dass ich von einem psychopathischen Serienmörder entführt wurde, und sie sind dran schuld.* Doch Tyler und Gianna war sie völlig egal, das wusste sie jetzt. Selbst als sie hörten, dass Mallory verschwunden war. Agent Dees hatte die Katze aus dem Sack gelassen. Und jetzt war alles noch viel schlimmer. Jetzt würden sie sie erst recht auslachen. Alle würden sie auslachen. Alle würden wissen, dass Mallory eine Loserin und eine Lügnerin war …

Draußen im Wald hatte sie gewünscht, sie würde sterben. Wirklich. Auf dem Mountainbike-Gelände hatte sie sich ins Gebüsch gesetzt, das Taschenmesser aus der Tasche genommen und sich die Arme aufgeschlitzt, in der Hoffnung, sie brächte endlich den Mut auf, tief genug zu schneiden. Tiefer als die Kratzer, mit deren Hilfe sie versuchte, den unglaublichen Druck zu lindern, von dem sie Herzrasen bekam. Sie ritzte sich seit Monaten. Ironischerweise hatte Gianna ihr gezeigt, wie man das machte. Man ritzte sich gerade tief genug, um ein Gefühl von Kontrolle zu bekommen, damit das Herzklopfen aufhörte und der emotionale Schmerz nachließ, der ihr die Eingeweide verknotete – aber nicht so tief, dass zu viel Blut floss oder Narben zurückblieben. Sobald sie das Blut sah, das aus den Schnitten sickerte, verging der Druck, wie wenn es im Flugzeug in den Ohren knackte, und danach fühlte sie sich besser. Aber diesmal, da draußen im Wald, als sie vor Tränen nichts mehr sehen konnte, hatte sie einfach auf ihre Arme eingehackt und gebetet, sie würde eine Vene erwischen und unter den Bäumen verbluten. Sie wollte sterben, und sie hoffte, dass ihre Leiche nie gefunden wurde. Sie wollte einfach verwesen und Dünger werden, und Tyler, Gianna und ihre ganzen blöden, schadenfrohen Freunde würden sich für immer fragen, was aus dieser Mallory geworden war. Dieser Mallory, die so blöd war, ihm noch vor wenigen Stunden zu sagen, dass sie ihn liebte.

Ich liebe dich, Ty.

Sie hatte es nicht vorgehabt, aber die Worte waren ihr einfach rausgerutscht. Vor einer Woche hatte er sie entjungfert. Er hatte gewusst, dass sie noch nicht so weit war. Er hatte gewusst, dass sie Angst hatte.

Ach, Mal. Ich auch, Baby. Ich auch.

Er konnte es nicht zurücksagen, weil er sie nicht liebte. Das wusste sie jetzt. Sie hatte es gleich gemerkt, aber es war zu spät gewesen, ihre Worte zurückzunehmen und all die Dinge, die sie ihm zuliebe mit ihm getan hatte. Die Dinge, die er niemandem hätte erzählen sollen. Und sie hatte ihn auch noch filmen lassen. O Gott, warum war sie so dumm? *Er hatte Fotos. Er hatte Videos.*

Doch dort im Wald stellte sich heraus, dass sie ein Feigling war. Sie schaffte es nicht, tief genug zu schneiden. Sie schaffte es einfach nicht, sich die Pulsadern zu öffnen, längs und tief – wie es bei Nike hieß: *Just do it.* Und dann saß sie da, mitten im Wald, mit blutverschmierter Jacke und völlig verunstalteten Armen. Wenn ihre Mutter das sah, würde sie erst recht ausrasten. Und erst da fiel es ihr wieder ein.

O Gott … Ich muss nach Hause.

Ihr ganzes Leben war ein Albtraum, und sie wachte einfach nicht auf. Inzwischen hatte sie die Jacke ausgezogen und die Tasche weggeworfen und beschlossen … was hatte sie beschlossen? Zu gehen. Einfach weiterzugehen. Erst mal raus aus der Stadt. Wohin? Keine Ahnung. Wie? Keinen Schimmer. Das Einzige, was sie wusste, war, dass sie nicht nach Hause zurückkonnte. Dann war sie mitten in der Wildnis auf ein Grundstück mit einem alten Wohnwagen gestoßen, vielleicht einen Schrottplatz, weil überall Gerümpel herumlag, und sie war in den Wohnwagen eingestiegen, um die Augen zu schließen und nachzudenken, ohne weiter von den verdammten Moskitos aufgefressen zu werden. Als sie aufwachte, war es Tag, und sie wusste, dass sie noch tiefer in Schwierigkeiten steckte als je zuvor in ihrem Leben.

Vielleicht war ihr die saublöde Idee, die sie für so schlau gehalten hatte, dort im Wohnwagen gekommen. Mit jeder Minute, die sie aus dem Wohnwagenfenster starrte, sah ihre Lage schlimmer aus. Sie wusste, sie konnte nicht einfach bleiben, wo sie war. Sie hatte kein Geld, keine Kleider, sie konnte nirgends hingehen. Sie konnte nicht mal das Werk an ihren Armen zu Ende bringen.

Es war ein Wink des Schicksals, dass die Opfer des Serienmörders aus der Zeitung zufällig genauso aussahen wie sie. Wie konnte ihre Mutter sauer sein, wenn Mallory gekidnappt worden war? Und Tyler und Gianna und seine schadenfrohen Baseballfreunde hätten ein schlechtes Gewissen, wenn sie hörten, dass sie Mallory in die Arme eines psychopathischen Mörders getrieben hatten. Und Tyler würde das Video löschen, um nicht wie der mieseste Mistkerl der Welt dazustehen. Niemand würde mehr über sie lachen. Alle hätten Mitleid mit ihr. Mallory Knight, das Mauerblümchen, das sich irgendwie einen beliebten Baseballspieler geangelt hatte, war entführt worden. Und wie cool wäre es erst, wenn sie es schaffte, den Fängen des Mörders zu entfliehen? Dann wäre sie eine Heldin. Und falls sie wirklich schwanger war, würde das Krankenhaus es wegmachen, weil sie ein Vergewaltigungsopfer war.

Als sie völlig erschöpft in das Restaurant taumelte, schmerzten ihre Arme, sie fror und war halb verhungert und verdurstet. Sie wollte nur, dass der Albtraum aufhörte. Und dann hatte die Kellnerin es gesagt. Die Sanitäter hatten es gesagt. In den Nachrichten hatten sie es gesagt. Mallory musste sich die Geschichte nicht einmal ausdenken – sie wartete schon auf sie. Und es funktionierte. Die Lawine war ins Rollen gekommen. Wie der nette Beamte, dessen Sportjacke sie gerade versaute, sagte: Alles war aus dem Ruder gelaufen.

Mallory wollte sich nicht den Konsequenzen stellen. Sie wollte diesen Moment festhalten, in dem Agent Dees der Einzige war, der die Wahrheit kannte. Der sie im Arm hielt und sagte, es würde alles wieder gut. «Agent Dees», begann sie. «Was ist, wenn …»

Doch dann ging die Tür auf, und ihre Mutter stürmte herein. Das überwältigende Gefühl der Panik war wieder da, und wieder hatte sie das Gefühl, es gebe keinen Ausweg.

«Mallory! O Gott!», rief ihre Mutter, die zu ihr ans Bett lief und sie in einer überschwänglichen Umarmung verschluckte. «O Gott!»

Bobby zog sich diskret ans Fenster zurück.

Virginia Knight hielt Mallorys Gesicht in beiden Händen. «Geht es dir gut? Ich weiß nicht, was ich sagen soll. Was hat er dir angetan? Wie siehst du aus …» Sie berührte die Verbände an Mallorys Armen, und ihr Blick glitt über das Laken, das den Rest ihres Körpers verhüllte. «Sieh dich nur an. Mein kleines Baby …»

«Es tut mir leid, Mom. Es tut mir so leid.»

«Es ist doch nicht deine Schuld. Der Mann ist ein Tier. Ein Ungeheuer. Die Polizei wird ihn fassen, und dann wird er dafür büßen, was er dir angetan hat, und den anderen Mädchen. Die anderen Mädchen», wiederholte sie. «Du hast solches Glück gehabt – du hast solches Glück, dass du am Leben bist, mein Liebling. Der Hammermann hat die anderen Mädchen umgebracht, Mallory. Er hat sie alle umgebracht. Du weißt gar nicht, welches Glück du hattest.»

«Es tut mir so leid», sagte Mallory wieder.

«Hör auf damit, Mallory. Sag das nie wieder. Es ist nicht deine Schuld. Nichts davon.»

Mallory sah zu Bobby. Er nickte ihr zu.

«Mom», begann sie mit zitternder Stimme. «Ich muss dir was sagen, und es ist schlimm, es ist wirklich ganz schlimm, und ich hoffe, ich hoffe nur …»

«Mallory?», fragte ihre Mutter und wich zurück, um ihrer Tochter in die Augen zu sehen.

Schwester McCauley, die mit einem weiteren Wagen voller Blumen und Teddybären hereingekommen war, hielt inne. Offensichtlich hörte sie zu. Mallory wünschte, sie könnte sie bitten zu gehen, aber sie war nicht in der Position, andere Leute um etwas zu bitten.

«Es ist so schwer», sagte sie weinend. «Ich hoffe … Ich hoffe, dass du mich trotzdem noch liebhast, wenn ich dir sage, dass …»

16

Aus dem Fenster seines Büros im vierten Stock starrte Bobby Dees auf die sechs Spuren des Dolphin Expressway. Es war halb fünf, und in beiden Richtungen war Stau. Der Berufsverkehr in Miami war ein Albtraum.

Jemand polterte gegen die Tür, die aufflog, bevor Bobby auch nur aufsehen konnte. Es war Zo. Sein großer, massiger Körper nahm fast den ganzen Türrahmen ein. Wenn sie nebeneinanderstanden, wirkte Bobby mit seinen schlanken ein Meter zweiundachtzig wie ein Zwerg.

«Du bist da», stellte Zo fest, als er hereinkam.

«Du wirkst überrascht», sagte Bobby.

«Sonst ist keiner da. Die ganze Mannschaft ist ausgeflogen. Was ist los? Die haben doch nicht alle Außendienst.» Er sah auf die Uhr. «Nicht freitags um halb fünf.»

«Vor einer halben Stunde hat die Happy Hour angefangen. Wahrscheinlich findest du Vastine im McGuire's Hill bei einem kühlen Blonden, und Koehle sitzt neben ihm. Ich wollte selbst heute früher Schluss machen, aber der Verkehr hat mich abgeschreckt.»

Zo setzte sich und zerdrückte die Cola-Dose, die er in der Hand hielt. «Warum fragt mich nie jemand, ob ich mitkommen will? Ich könnte auch eine Erfrischung vertragen. Bin ein richtiger Partylöwe.»

«Weil du dann mitkriegen würdest, wie früh Chris und Larry

mit der Happy Hour angefangen haben. Keiner lädt den Boss ein. Nimm's nicht persönlich.»

Zo nickte finster und warf die Cola-Dose in den Mülleimer. «Sie sind also weggezogen, was? Die kleine Knight und ihre Familie?»

«Du hast den Bericht gelesen.» Bobby lehnte sich zurück. Heute Morgen hatte er sein Abschluss-Memo zum Entführungsfall Knight/Hammermann abgegeben.

«Ja. Aber du hast nicht in deinen Bericht geschrieben, wo sie hingezogen sind.»

Bobby zuckte die Schultern. «Die Familie hat bei Nacht und Nebel ihre Zelte abgebrochen. Jetzt, so kurz vor Weihnachten. Sie haben ihr Haus in Cooper City verkauft und das Weite gesucht. Keiner weiß, wohin. Ich könnte sie bestimmt finden, wenn ich es versuche; wenn man einmal auf dem Radar ist, ist es schwer, komplett abzutauchen. Tony Knight hatte einen festen Job, und Virginia Knight auch. Aber sie haben keine Nachsendeadresse hinterlassen, und den Nachbarn haben sie auch nicht gesagt, wo sie hinziehen. Ich schätze, sie wollen einen sauberen Neuanfang.»

Zo nickte. «Und den würden sie hier unten im Süden wohl nicht bekommen. Mallory Knight ist so bekannt wie Monica Lewinsky.»

Bobby seufzte. «Mit ihrer Lüge hat die Kleine ihr Leben verpfuscht. Das sieht sie zumindest so. Auch wenn ich das Wort ‹verpfuscht› hasse, weil sie erst siebzehn ist. Wenn man mir alle Dummheiten vorhalten würde, die ich als Teenager begangen habe, würde ich jetzt in einem Schnellimbiss stehen und Burger wenden.»

«Ja, na ja, aber deine Dummheiten haben das Land, das County und die Stadt nicht 263 000 Dollar gekostet. Mallory Knight hat sich nicht beim Grasrauchen oder beim Einbruch in die Highschool erwischen lassen wie du, Kumpel.»

«Ich dachte, die Akten wären versiegelt.»

Zo zuckte die Schultern. «In unseren gemeinsamen Nächten beim Observieren hast du mir im Redbull-Rausch alles aus deinen Gangstertagen erzählt, schon vergessen? Was ich meine, ist, die kleine Knight hat den Steuerzahler eine Stange Kleingeld gekostet und die beteiligten Dienststellen jede Menge Ärger. Dutzende von Agents und Detectives haben zu Lande, zu Wasser und aus der Luft nach ihr gesucht. Einer der Freiwilligen, die bei der Suche geholfen haben, hatte einen Herzinfarkt. Die Leute wollen Blut sehen, Shep. Und die Stadt will ihr Geld zurück.»

«Tja, dann sollen die Anwälte sie aufspüren und verklagen. Ich will, dass die Kleine die Chance bekommt, ihr Leben wieder auf die Reihe zu kriegen, damit sie erwachsen wird, einen Beruf lernt und zu einer rechtschaffenen Bürgerin unseres Landes heranwächst, deren Steuern mir meine dürftige Rente zahlen. Sie ist ein Kind. Sie hat einen dummen Fehler gemacht. Das haben wir alle hinter uns. Vielleicht nicht in dem Ausmaß, aber sie hat eben die Nerven verloren. Weil du Monica Lewinsky erwähnst, die war auch noch fast ein Kind, als sie sich mit Bill eingelassen hat, und zwanzig Jahre später zahlt sie immer noch für ihren dummen Fehler. Das ist nicht fair. Vielleicht ist von der Bildfläche zu verschwinden der einzige Weg für Mallory, noch mal neu anzufangen und ihr Leben zu leben.»

Eine Woche nachdem alles ans Licht gekommen war, hatte Bobby mit Mallory gesprochen, und es ging ihr nicht gut. Was er hatte kommen sehen, aber sie vielleicht nicht, war, dass sie an der Schule gemobbt und geächtet wurde, woraufhin sie den Rest des Schuljahres mit Broward Countys virtuellem Highschool-Programm zu Hause lernte. Die Presse hatte sie zerrissen – die Story landete sogar in *People* und der britischen *Daily Mail* und anderen der ganz großen Blätter. Die sozialen Netzwerke waren noch grausamer. Lügnerin war noch das harmloseste, als das Mallory Knight bezeichnet wurde. Mallory löschte ihre Instagram-, Twitter- und Facebook-Konten. Doch das hinderte die Leute nicht, über sie zu reden. Und es verhinderte nicht, dass Mallory mitbekam, was geredet wurde. Wenn ein Baum im Wald umfällt, kracht es, ob man hinhört oder nicht. Auch das Haus der Knights in Cooper City wurde beschmiert. Eier und Klopapier konnte man wegwischen, aber die unflätigen Drohungen, die an Mauern und Fenstern klebten, nicht. Das war es wahrscheinlich, was zu der Nacht-und-Nebel-Aktion geführt hatte.

Ein solcher Shitstorm war selbst für einen ausgeglichenen Erwachsenen schwer zu ertragen. Aber das ununterbrochene Mobbing einer komplexbeladenen, reumütigen und labilen Siebzehnjährigen war mehr als besorgniserregend. Wovon Bobby Zo nichts erzählte, war, dass er noch kurz vor dem Umzug mit Virginia Knight gesprochen hatte. Mallory bekam psychologische Hilfe, um mit den Folgen des Desasters umzugehen. Dass sie die Stadt verließen, war eindeutig zu Mallorys Bestem.

Zo zog die buschigen Brauen hoch. «Du bist ein gütiger Mensch, mein Freund. Aber ich schätze, Vatucci verzeiht dir nie, dass du ihn als den arroganten Blödmann bloßgestellt hast, der er ist. Heute Morgen war das Frühstück der Broward Chiefs.» Einmal im Monat trafen sich alle Polizeichefs in Broward County zu einer morgendlichen Lagebesprechung. Der Regional Director des FDLE war auch dabei. Es war das erste Meeting seit dem Mallory-Knight-Hammermann-Fiasko gewesen.

«Das war sicher lustig», antwortete Bobby lächelnd.

«Ich glaube, der Sheriff und Lieutenant Frederick schicken Vatucci zum Förderkurs 101: ‹Wie ich erkenne, wenn ein Zeuge lügt.›» Zo lachte. Sein Lachen passte zu seinem Körperbau – es brachte die Wände zum Wackeln.

Als Perry Vatucci nach der Vernehmung von Mallory Knight die Cleveland Clinic verlassen hatte, wurde er von Reportern belagert, die, wie er sehr gut wusste, nur auf ihn und Ed Denby gewartet hatten. Er nutzte die Gelegenheit für eine spontane Pressekonferenz, in der er alle möglichen Erklärungen abgab, inklusive jeder Menge griffiger Schlagworte. Und während Mallory ein paar Stockwerke weiter oben den Mut aufbrachte, ihrer Mutter zu gestehen, dass sie gelogen hatte, berichtete Vatucci im Parterre der Welt von ihren Heldentaten – «ein Opfer, das sich gegen jede Wahrscheinlichkeit befreit hat», das «wie durch ein Wunder den brutalen Angriff» überlebt hatte. Er gab sogar eine vage Beschreibung des Täters und seines Fahrzeugs ab. Auf die direkte Frage, ob Mallory von dem Hammermann entführt worden sei, hatte er genickt und geantwortet: «Es sieht ganz danach aus.» Er nahm es nicht gut auf, als er hörte, dass Bobby Mallory überredet hatte zuzugeben, dass die ganze Geschichte erfunden war. Ebenso wenig wie das BSO, das sich damit zum zweiten Mal in zwei Jahren vor der Öffentlichkeit blamierte, weil seine Detectives einen Riesenbock geschossen hatten. Vatucci war alles andere als erfreut, als er hörte, dass Bobby sich in Mallorys Krankenzimmer «eingeschlichen» und *seine* Zeugin in *seinem* Fall vernommen hatte. Jedem, der es wissen wollte, erzählte Vatucci, er glaube, Bobby hätte mit dem Anruf bei Lieutenant Frederick und den Oberen absichtlich gewartet, um Vatucci ins offene Messer rennen zu lassen, und bewusst erst nach Vatuccis spontaner Pressekonferenz weitergegeben, dass Mallory ihre Geschichte widerrief und ihre Lüge zugab.

«Keine schlechte Idee», sagte Bobby und versuchte nicht zu lachen. «Ich befürchte, in nächster Zeit werden wir nicht zusammen ins Kino gehen.»

«Hör zu, auch wenn der Fall offiziell abgeschlossen ist, ich glaube, es wäre keine schlechte Idee, wenn du rausfindest, wo die kleine Knight gelandet ist», sagte Zo. «Ich habe so ein Gefühl, dass wir eines Tages noch von ihr hören.»

«Oder von ihm», sagte Bobby. Sie wussten beide, von wem er sprach.

«Oder von ihm», wiederholte Zo. «Apropos, wo stehst du in der Sache?»

Nachdem sich Mallorys Geschichte als Lüge entpuppt hatte, fanden die Pläne für eine Hammermann-Taskforce in Süd-Florida ein abruptes Ende. Die Parteien, die vorher so scharf aufs Mitspielen gewesen waren, sammelten ihre Murmeln ein und machten sich aus dem Staub, das FBI eingeschlossen. Niemand wollte zugeben, dass sein Department auf das Märchen hereingefallen war. Die Taskforce in Jacksonville ermittelte natürlich weiter, und nach dem Mord an Terri Baldwin wurden auch mehrere Detectives vom Orlando PD in den makabren Club im Norden aufgenommen, aber keiner aus Süd-Florida. Die Computer-Experten hatten herausgefunden, dass der Twitter-Account mit dem Namen JOE HAMMERMANN eigentlich einem unbescholtenen Bürger aus LaGrangeville in Upstate New York gehörte und von einem Phantom mit unauffindbarem Provider gehackt worden war. Das Foto des durchgesägten Mädchens war natürlich bearbeitet; der Täter hatte sich Mallorys Foto auf der Facebook-Seite einer früheren Freundin besorgt. Es zeigte Mallory bei einem Footballspiel ihrer Schule, als sie vor Schreck aufschrie, weil ihre Mannschaft einen Touchdown-Pass versemmelte und bei den Playoffs verlor. Es musste noch geprüft werden, ob die zersägte Leiche auf dem Foto echt oder auch ein Photoshop-Produkt war. Sechs Wochen waren vergangen, und es war keine weitere Leiche aufgetaucht; die auf dem Foto war noch nicht als vermisste Person identifiziert.

«Ich? Ich stehe hier», antwortete Bobby. «Ich ziehe nicht nach Jacksonville, um mich der Taskforce anzuschließen, wenn du das meinst. Da er nichts getan hat, außer mir diesen einen widerlichen Tweet zu schicken, hier unten in Miami zumindest, sehe ich keine Veranlassung, irgendwas zu unternehmen.» Er nickte in Richtung des Stapels grüner Akten im Eingangskorb auf seinem Schreibtisch. «Ich habe genug zu tun.»

Zo nickte und stand auf. «Wie geht's Katy?», fragte er unvermittelt auf dem Weg zur Tür.

Die Frage erwischte Bobby kalt. Niemand sonst fragte nach Katy. Nicht weil sie allen anderen egal war, sondern weil sie wussten, dass die Frage wahrscheinlich an schlimme Erinnerungen rührte. Die Tatsache, dass seine Tochter ein Junkie war, hatte er nicht verheimlichen können, als jeder Cop von Miami bis Palm Beach in jeder heruntergekommenen Gasse, jedem Crack-House nach ihr gesucht hatte – jedenfalls nicht, wenn man wollte, dass sie gefunden wurde. Jeder hatte die schmutzige Wäsche gesehen, jeder hatte sich ein Urteil bilden können. Über Katy und mit Sicherheit auch über seine und LuAnns Eignung als Eltern. Was zu unangenehmen Situationen führte, seit Katy wieder zu Hause war, vor allem für die, die ein abschließendes Urteil gefällt hatten. Deshalb fragte keiner nach – nicht mal Zo. *Nimmt sie noch Drogen? Wie geht es ihrer Psyche, nachdem sie auf der Straße gelebt und getan hat, was sie tun musste, um zu überleben? Arbeitet sie, oder hängt sie nur auf der Couch herum?* Fragen, auf die es in den Augen der Leute höchstwahrscheinlich keine angenehmen Antworten gab.

«Katy geht's gut, danke, Zo. Sie ist nicht mehr derselbe Mensch, der verschwunden ist, und sie ist nicht mehr derselbe Mensch, der zurückgekommen ist. Sie ist irgendwas dazwischen. Wenn ich ehrlich bin, versuche ich gerade selbst sie kennenzulernen», antwortete er.

«Holt sie den Schulabschluss nach?» Zo hatte eine miese Kindheit gehabt und war später beim Militär gewesen. Er hatte gelernt, dass man Schwierigkeiten und Hindernisse mit harter Arbeit und Disziplin überwindet. Genauso hatte Bobby früher auch gedacht – doch das war lange her. Er arbeitete schon zu viele

Jahre für Violent Crimes und Crimes Against Children, und er erlebte die verheerenden Folgen seiner persönlichen Katastrophe zu Hause, also wusste er, dass es manchmal einfach nicht reichte, einen Schlachtplan und einen starken Überlebenswillen zu haben. In der echten Welt gab es Hürden, die emotionalen Achttausendern glichen. Und manchmal kam man nur mit mikroskopischen Schritten voran, die von außen nicht zu sehen waren und meistens auch nicht zum Gipfel führten. Oder auch nur in die Nähe.

«Sie hat einen Job im Sawgrass-Mills-Einkaufszentrum», antwortete Bobby. «Ein paar Tage die Woche, ein paar Stunden am Tag. In einem Tommy-Hilfiger-Laden. Nach und nach kann sie dann aufstocken.»

«Wenn du nicht drüber reden willst, vergiss, dass ich gefragt habe», antwortete Zo und hob die Hände. «Es sollte nicht so klingen, als müsste sie durchstarten oder so was. Sie soll sich bloß Zeit lassen, rausfinden, was sie mit ihrem Leben machen will. Ich habe keine Kinder, also wie käme ich dazu, mich bei deinem einzumischen? Tut mir leid.»

«Schon gut, Zo. Sie ist clean, Gott sei Dank. Aber der Schulabschluss ist ein großes Ziel. Sie versucht es mit dem zweiten Bildungsweg. LuAnn hilft ihr beim Lernen, aber Katy hat den Großteil der elften und die zwölfte Klasse verpasst, und die Prüfungen sind ziemlich schwer. Ich habe mal versucht, ein paar dieser Aufgaben zu lösen, weißt du? Bei diesen Übungstests? Mir ist der kalte Schweiß ausgebrochen, als ich versucht habe, mich zu erinnern, wie man verdammte Brüche addiert.»

«Ich habe in Algebra immer geschummelt», antwortete Zo lachend. «Ich war schlau genug, mir eine Freundin zuzulegen, die Ingenieurin werden wollte. Sie saß immer neben mir und hat mich abschreiben lassen. Aber dann wurde sie weggesetzt, und meine Noten sind in den Keller gerutscht. Mitsamt der Beziehung. Ah, Roseanna Gonzalez … an dich habe ich seit Jahren nicht gedacht. Sie hatte Riesenmöpse, passend zu ihrem Riesengehirn. Es war Liebe auf den ersten Blick.»

«Danke für den Einblick.»

Zo öffnete die Tür. «Nur weil ich bisher nicht gefragt habe, heißt das nicht, dass ich nicht an Katy denke. Keiner hier weiß, was man zu dir sagen soll.»

«Ist schon gut. Schönes Wochenende, Zo. Wenn du bei McGuire's vorbeigehst, grüß Chris und Larry von mir.»

Er lachte. «Vielleicht mache ich das. Jag ihnen einen Schreck ein. Übrigens, warum denkst du, dass wir noch vom Hammermann hören?»

«Wie bitte?»

«Als ich gesagt habe, vielleicht hören wir noch von der kleinen Knight, hast du gesagt: ‹Oder von ihm.›»

Bobby zuckte die Schultern. «Tja, er ist immer noch da draußen. Er ist ein Serienmörder. Es ist nur eine Frage der Zeit, bis er wieder zuschlägt, es sei denn, er wird festgenommen oder getötet, oder etwas anderes hält ihn auf. Ich glaube nicht, dass er hier runterkommt, aber ich habe das Gefühl, wir werden wieder von ihm hören.»

«Schon möglich», murmelte Zo, als er hinaus in den leeren Mannschaftsraum trat. «Gerade darum denke ich, du solltest die kleine Mallory im Auge behalten. Ich an ihrer Stelle würde mich ziemlich unwohl fühlen, wenn ich der ganzen Welt erzählt hätte, ich hätte gerade einen Serienmörder ausgetrickst. Der Knabe weiß alles über das Mädchen, er hat das perfekte Foto von ihr für seine Collage mit der Leiche gefunden. Und auch ein Blinder erkennt, dass sie seinen Opfern zum Verwechseln ähnlich sieht. Ich könnte mir vorstellen, dass es ein Hochgenuss für ihn wäre, sie zu seiner Sammlung hinzuzufügen. Und niemand würde bemerken, dass sie weg ist.»

Bobby nickte, aber er schwieg.

«Vielleicht dauert es eine Weile, aber du hast recht, ich glaube auch, dass wir noch von ihm hören», rief Zo, ehe er in den Flur verschwand.

TEIL II

Oh, welch verworren Netz wir weben,
wenn wir das erste Mal betrügen.

Sir Walter Scott, *Marmion*

Vier Jahre später
Tallahassee, Florida

17

«Wie viele von Ihnen kannten die zivilrechtliche Definition des Worts ‹Delikt›, bevor Sie sich für das Jurastudium entschieden haben? Und ich meine nicht im normalen Sprachgebrauch. Handzeichen bitte», sagte die knochige Frau in dem geblümten langärmeligen Kleid und ließ den Blick über den vollbesetzten Hörsaal schweifen. Auf dem Whiteboard hinter ihr stand ihr Name, R. Cackowski, der nicht so recht zu ihrem Südstaaten-Tonfall passte. «Immerhin ein paar von Ihnen. Ihre Eltern müssen Anwälte sein. Und wie viele von Ihnen kannten die zivilrechtliche Definition eines Delikts *nicht*, als Sie eben diesen Hörsaal betraten? Wer von Ihnen war nicht neugierig genug, um den Begriff ‹Delikt› wenigstens zu googeln, nachdem Sie ihn auf Ihrem Stundenplan entdeckt haben?»

Die rund siebzig anwesenden Studenten kicherten kollektiv.

«Niemand traut sich, die Hand zu heben? Niemand will unvorbereitet wirken? Na schön, dann gehe ich davon aus, dass jeder hier weiß, was ein Delikt ist. Wunderbar. Fangen wir mit Ihnen an», sagte sie und zeigte auf eine junge Frau in der Menge.

«Ich?», fragte die Studentin.

Die Professorin lächelte. «Wie heißen Sie?»

«Karin Stein», antwortete sie zögernd.

«Miss Stein, was ist ein Delikt? Bitte nennen Sie mir die zivilrechtliche Definition. Und nicht ablesen – für die Google-

Suche ist es jetzt zu spät. Bitte schließen Sie den Laptop. Alle, bitte. Laptops schließen, Telefone weglegen. Es ist Zeit, selbst zu denken.»

«Äh, ein Delikt ist eine unerlaubte Handlung», antwortete Karin Stein.

Das Lächeln verschwand. «*Äh*, eine unerlaubte Handlung? Können Sie das bitte näher ausführen, Miss Stein?»

Karin räusperte sich. «Ein Delikt kann man vor dem Zivilgericht, äh, anzeigen? Also, wenn jemand einen schlägt, hat er eine unerlaubte Handlung begangen, und man kann ihn auf Schmerzensgeld verklagen?»

«*Äh, also* – fragen Sie mich, oder sagen Sie das?»

«Ich sage es?»

Die Professorin starrte sie an. Sie runzelte die markanten Brauen. «Ich habe Sie gefragt, ob Sie die juristische Definition kennen. Sie haben geantwortet, aber ganz offensichtlich kennen Sie die juristische Definition *nicht*. Haben Sie in *Blacks Juristischem Wörterbuch* nachgeschlagen, dessen Anschaffung für dieses Seminar empfohlen wurde?»

Karin Stein sah sich sprachlos nach Unterstützung um, nach einem Gesicht unter all den Fremden, das solidarisch nickte, während sie unglücklich antwortete: «Ich, äh, ich wusste nicht, dass wir die Definition auswendig lernen mussten …»

«Das ist Ihre Antwort?», blaffte die Professorin. «Meine Frage war eine einfache Ja-oder-Nein-Frage. Versuchen wir es noch einmal: Haben Sie *Blacks Juristisches Wörterbuch* aufgeschlagen und die zivilrechtliche Definition des Worts Delikt nachgelesen?»

Das Mädchen war dunkelrot angelaufen. «Nein», sagte sie leise. «Ich wusste nicht, dass wir das sollten.»

«Ich wusste nicht, dass wir das sollten», äffte Professor Cackowski sie nach. «Ich möchte eins klarstellen, meine Herrschaften, und das gilt für Sie alle, heute an Ihrem ersten Tag und für die nächs-

ten drei Jahre: Wir sind hier nicht in der Highschool. Deliktsrecht ist kein niedliches Wohlfühl-Wahlfach, Sie sind hier nicht bei Ägyptischer Kunstbetrachtung für Anfänger. Deliktsrecht ist ein Pflichtfach an jeder Jura-Fakultät der USA. Und doch hielten Sie, Miss Stein, es nicht für nötig, sich darüber zu informieren, mit welchem Seminarthema Sie das kostspielige, langwierige Studium beginnen würden, das es Ihnen ermöglicht, Rechtsanwältin zu werden – weil Sie niemand ausdrücklich dazu aufgefordert hat. Zehn Prozent der Seminarteilnehmer hier werden nicht bis zum Sommersemester durchhalten; gut möglich, dass Sie dieser wenig illustren Runde angehören werden. Und jetzt versuche ich es noch einmal: Wer der Anwesenden kennt die zivilrechtliche Definition des Worts ‹Delikt›?» Sie sah in den Saal und deutete auf einen Studenten in der fünften Reihe. «Sie. Sie sind dran.»

«Ich?», fragte ihr jüngstes Opfer, ein erschrockener junger Mann mit rotem Haar und geröteten sommersprossigen Wangen, der aussah wie ein Rugby-Spieler. «Ach, du Scheiße», murmelte er und rutschte auf dem Stuhl herum. Der halbe Kurs drehte sich schaulustig zu ihm um, als würden sie einem Zugunglück zusehen. Der Rest sank tiefer in seine Plätze und hoffte, nicht von den umherfliegenden Trümmern getroffen zu werden.

«Ein Delikt ist die unerlaubte Handlung eines Schädigers gegenüber einem Geschädigten, die von einer vertraglichen Pflichtverletzung unabhängig und mit dieser nicht deckungsgleich ist», antwortete das Mädchen links neben ihm.

Professor Cackowski nickte, und ihr Gesicht entspannte sich. «Fahren Sie fort, Miss …?»

«Monahan. Beispiele sind Diebstahl, Unterschlagung, schuldhaft verursachte Kraftfahrzeugunfälle, Amtspflichtverletzungen.»

«Und die drei kleinen Generalklauseln?»

«Sonstiges Recht, Schutzgesetz und sittenwidrige Schädigung.»

Die Professorin lächelte wieder. «Sehr gut, Miss Monahan. Können Sie uns noch etwas zur Haftung sagen?»

«Die unerlaubte Handlung verpflichtet den Täter zum Schadenersatz, gegebenenfalls als Gesamtschuldner. Der Geschäftsherr muss gegebenenfalls für unerlaubte Handlungen seiner Verrichtungsgehilfen einstehen; die juristische Person haftet für unerlaubte Handlungen ihrer Organe.»

«Sie gehören wohl zu denen, die mindestens einen Juristen als Elternteil haben.»

«Nein. Absolut nicht. Wir haben keine Anwälte in der Familie.»

«Dann sind Sie einfach gut vorbereitet?»

Die Studentin antwortete nicht. Ihr goldblondes Haar mit den karamell- und honigfarbenen Strähnen war zu einem kurzen Pferdeschwanz zurückgebunden, der ihren Nacken küsste. Ihr zierliches Gesicht wurde von einem dichten Pony gerahmt, der knapp bis zum Rand ihrer saphirblauen Cateye-Brille reichte.

«Ich bin beeindruckt. Können Sie uns sagen, warum ein Delikt von einer vertraglichen Pflichtverletzung unabhängig und mit dieser nicht deckungsgleich ist?»

«Nein, Ma'am», sagte die junge Frau und schüttelte den Kopf. Ihr Pferdeschwanz schwang hin und her wie ein Pendel.

«Das macht nichts, Miss Monahan, weil Sie ehrlich antworten. Ich habe nicht erwartet, dass Sie das wissen. Es ist meine Aufgabe, Sie in Deliktsrecht zu unterrichten, damit wenigstens die Hälfte von Ihnen das Examen macht und vor Gericht ziehen kann. Jahrhundertelang haben die Gerichte Fälle verhandelt, bei denen jemand zu Schaden gekommen war, ohne dass ein Verbrechen verübt worden wäre, weshalb der Geschädigte keine Wiedergutmachung erwarten konnte. Niemand kam ins Gefängnis, als der Stall niederbrannte, weil der Nachbar, der zu Besuch war, die Gaslaterne hatte brennen lassen, denn es lag keine Brandstiftung vor, die als Straftat geahndet werden könnte. Und doch hatte der arme Eigentümer keinen Stall mehr, und die Pferde waren tot, und er hatte keine Lebensgrundlage mehr, und seine Frau verließ ihn. Wer also sollte für den enormen Schaden unseres Opfers aufkommen? Genau dafür sind die Gerichte da. Und daher kommt die etwas vereinfachte Definition des Worts ‹Delikt›, auf die Sie in *Blacks Wörterbuch* gestoßen wären, wenn Sie nachgesehen hätten, Miss Stein: eine unerlaubte Handlung eines Schädigers gegenüber einem Geschädigten. Im Grunde haben die Gerichte über die Jahrhunderte und anhand von zahllosen Einzelfällen den Verhaltenskodex festgelegt, nach dem wir leben – als Individuen und als Unternehmen, die in einer Zivilgesellschaft operieren –, damit unsere Gesellschaft genau das bleibt: zivil. Das Fallrecht, das von diesen Gerichten geschaffen wurde, auch bekannt als *Common Law*, wurde seither kodifiziert, doch unser Rechtssystem basiert immer noch auf der Interpretation jener Statuten und Präzedenzfälle.»

Sie blickte streng in die Runde, ehe sie fortfuhr: «Und nun, nach meiner kurzen Einführung in die Geschichte des Deliktsrechts, werde ich Ihnen meine Erwartungen darlegen, damit wir auch in diesem Seminar zivil bleiben können. Anwesenheit ist Pflicht. Falls Sie mehr als sechs Stunden fehlen, fliegen Sie von der Uni. Falls Sie mehr als drei Stunden fehlen, ohne dass Sie nachweislich im Krankenhaus liegen, fliegen Sie aus dem Seminar. Verstanden? Die Fälle, die wir uns vornehmen, stammen aus dem Buch *Deliktsrecht und Alternativen.* Für jede Sitzung müssen Sie zur Vorbereitung ein Minimum von fünfzig Seiten lesen, eine Zusammenfassung des jeweiligen Falls schreiben und als Ausdruck mitbringen. Keine Ausnahme. Wie Sie einen Fall zusammenfassen, lernen Sie im Methodenkurs Recherche und Schreiben juristischer Texte. Ich behalte mir vor, die Zusammenfassungen einzusammeln oder nicht, aber kommen Sie niemals unvorbereitet in mein Seminar. Sie denken vielleicht, Sie hätten heute meinen Zorn auf sich gezogen, Miss Stein, aber glauben Sie mir, das ist nichts im Vergleich zu dem, was Sie erwartet, wenn Sie je wieder so kläglich unvorbereitet in diesem Hörsaal erscheinen. Dann können Sie Ihr Jura-Examen an irgendeiner Kaugummi-Uni in Kalifornien machen, aber nicht an der Florida State University.» Professor Cackowski drehte sich um, um ein Dokument auf ihrem Laptop zu öffnen. «Puh! Das war ein aufregender Seminarbeginn. Machen wir uns also an die Arbeit. Vielen Dank, Miss Monahan, dass Sie vorbereitet erschienen sind. Normalerweise dauert dieser unangenehme Schlagabtausch die erste halbe Stunde, und gewöhnlich endet er damit, dass einer weint, und das bin nie ich.»

Langsam löste sich die Spannung im Saal, als den Anwesenden klarwurde, dass die Schelte vorüber war und der Unterricht offiziell beginnen konnte. Callie spürte die Blicke ihrer Kommilitonen immer noch auf sich, manche neidisch, andere dankbar, dass sie die Antwort gewusst hatte. Sie wünschte, sie hätte sich nicht zu Wort gemeldet. Sie hasste es, im Mittelpunkt zu stehen. Nervös schob sie sich die Brille hoch, klappte den Laptop auf und versteckte sich hinter dem Bildschirm. Endlich, als Cackowski zu einem Vortrag über die Prinzipien des Deliktsrechts ansetzte, richtete sich die Aufmerksamkeit ihrer Kommilitonen allmählich wieder auf die Professorin. Alle blickten konzentriert auf ihre Computer, um Wort für Wort mitzuschreiben, für den Fall, dass sie aufgerufen wurden.

«Danke, Blue», flüsterte der Rugby-Spieler neben ihr.

Callie holte tief Luft, richtete sich auf und begann ebenfalls, sich Notizen zu machen.

Willkommen im Jurastudium.

18

Eine Stunde später, als das Seminar endlich vorbei war, streckte sich der Rugby-Spieler neben ihr, ächzte und beugte den stämmigen Körper über ihren Tisch. «Mann, ich hab mir fast in die Hose gemacht», sagte er grinsend. «Danke für die Rettung, Blue.»

«Wie bitte?», fragte Callie, während sie ihren Computer ausschaltete.

«Hübsche Brille», antwortete er und tippte beiläufig an ihr Brillengestell. «Ich schätze, der ganze Kurs schuldet dir was, weil es ziemlich hässlich geworden wäre, wenn Cackowski darauf gewartet hätte, dass mir die richtige Antwort einfällt.» Er lachte. «Dann säßen wir jetzt noch hier und würden uns fertigmachen lassen. Und es hätten sich bestimmt noch andere in die Hose gemacht.»

«Ach das.» Callie zuckte die Schultern. «Keine Ursache. Ich hatte in einem Blog gelesen, dass Cackowski die Anfänger jedes Jahr wegen Blacks Definition grillt und ausflippt, wenn sie keine Antwort bekommt, und ich wollte nicht gesteinigt werden. Ich bin mit Sicherheit kein Genie, aber schön, dass ich helfen konnte.»

«Du siehst aber aus wie ein Genie mit deiner coolen Brille. Jedenfalls hast du mir den Arsch gerettet. Ich stehe in deiner Schuld. Ich heiße übrigens Mike. Mike Lawless.»

Sie blickte auf und musste unwillkürlich grinsen. «Ehrlich?»

«Ja. Toller Name für einen Anwalt, oder? Ich bin der geborene Strafverteidiger.» Er gähnte wieder und streckte sich wie ein Gummimensch.

Sie rollte die Augen und schob den Laptop in ihre Tasche.

«Aha. Das gefällt dir nicht, ich seh's dir an. Bist du etwa eine angehende Staatsanwältin?»

«Heute ist der erste Tag meines Jurastudiums, Mike. Ich will erst mal Examen machen.»

Er grinste. «Das ist die richtige Einstellung! Ich wohne mit ein paar höheren Semestern zusammen, die mich anscheinend extra nicht vor Cackowski gewarnt haben, in der Hoffnung, dass sie mich in Pfanne haut. Sie sagen, das Geheimnis des Erfolges hier ist, immer an der Oberfläche zu surfen.» Er wedelte mit den Armen und wackelte mit dem bulligen Oberkörper, als würde er auf einem Surfbrett balancieren. «Keine besonders ehrgeizige Haltung, aber dafür haben sie Spaß, und immerhin haben sie trotzdem das erste Jahr überstanden.»

Jetzt musste sie lachen. «Ich werde es mir merken.»

«Hey, Blue, kommst du mit, was essen? Gestern in der Buchhandlung, als ich den Rest meines Bankkontos geplündert habe, habe ich ein paar andere Erstsemester kennengelernt, und wir wollten uns vor Eigentumsrecht was hinter die Kiemen schieben.» Er winkte jemandem zu, der zur Tür ging. «Wir haben ein paar Stunden Zeit.»

Sie schüttelte den Kopf, wahrscheinlich etwas zu schnell, denn er wirkte gekränkt. «Ich muss was erledigen. Tut mir leid.»

«Na gut. Vielleicht nächstes Mal.» Sein schiefes Lächeln passte gut zu seinem verwuschelten roten Haar. «Monahan. Schöner irischer Name», sagte er nachdenklich. «Hast du auch einen Vornamen, oder soll ich dich weiter Blue nennen? Allerdings heißt Beyoncés Kind auch so, und ich will euch zwei Glückspilze nicht durcheinanderbringen.»

Sie schüttelte den Kopf und hängte sich den Rucksack über

die Schulter. «Ich bin definitiv kein Glückspilz. Ich heiße Callie.» Sie spürte, dass sie rot wurde. «Ich muss jetzt los. Nett, dich kennenzulernen, Mike», rief sie und hastete zum Ausgang, bevor ihr Gesicht leuchtete wie eine Tomate. Sie folgte den letzten ihrer Kommilitonen auf den lauten Flur, aber sie ging nicht zur Mensa, wohin die Herde steuerte.

Sie wollte die Freistunden nicht mit den anderen Erstsemestern verbringen und Namen und persönliche Geschichten austauschen. Das hieß, sie wollte schon, aber sie konnte nicht. Callie nahm an, dass Cliquen und Lerngruppen wie auf der Highschool gleich am Anfang entstanden, und in diesem Augenblick wurden über billigem Kaffee wahrscheinlich Freundschaften geschlossen, die das Studium und ganze Anwaltskarrieren überdauern würden. Doch Callie hielt sich mit Absicht heraus. Von der Vorstellung, sich unter die Leute zu mischen, bei jeder neuen Bekanntschaft zu lügen, wieder und wieder und wieder, bekam sie schweißnasse Hände. Sie war zwar inzwischen geübt im Lügen, aber das hieß nicht, dass sie es gerne tat. Deshalb hatte sie sich für heute vorgenommen, während der Mittagspause eine Kaffeemaschine zu kaufen und zu der Wohnung zurückzufahren, in die sie gestern gezogen war, um vielleicht ein paar Kartons auszupacken oder den Duschvorhang aufzuhängen, und dann zu Eigentumsrecht zurück auf den Campus zu kommen. Später im Semester würde sie die Freistunden wahrscheinlich in der Bibliothek verbringen, auch wenn sie eigentlich kein Bücherwurm war. Callie war eher der Typ, der vor laufendem Fernseher büffelte, die Bücher auf dem Fußboden ausgebreitet, bei lauter Musik. Organisiertes Chaos half ihr bei der Konzentration.

Mit angehaltenem Atem lief sie durch den Flur und machte einen Bogen um ihre redseligen Kommilitonen und die geschäftige Mensa. Schade. Dieser Mike schien ein netter Kerl zu sein. Und witzig war er auch. Es wäre schön, einen Freund hier zu haben. Doch sie verdrängte den Gedanken. Gott, wie sie das erdrückende, klaustrophobische Gefühl hasste, als hätte sie keine Luft zum Atmen. Sie durchquerte die große Rotunde und lief auf den Ausgang zu. Sie durfte keine Kontakte knüpfen, ganz gleich, wie nett die Studenten wirkten. Noch nicht. Sie war auf der Flucht, musste weiterlaufen, musste auf den freien Raum zuhalten, der sich hinter der Flügeltür auftat. Zumindest, bis die Verwandlung abgeschlossen war.

Sie drückte die Tür auf, die hinaus in den strahlenden Sonnenschein führte. Dann holte sie tief Luft. Schlagartig fiel das klaustrophobische Gefühl von ihr ab wie die Haut einer Schlange. Mallory Knight hatte gerade ihre erste Lüge im Jurastudium erzählt, womit sie ironischerweise das Fundament ihrer juristischen Karriere legte. Einer Menge Leute würde dazu ein spitzer Kommentar einfallen, da war sie sicher.

Allerdings nur, falls jemals herauskam, dass sie log.

19

August war der schlimmste Monat in Florida. Mit Temperaturen weit über dreißig Grad und einer Luftfeuchtigkeit, die sich anfühlte wie ein nasser Wollpullover, war es nur in klimatisierten Räumen auszuhalten. Im Einkaufszentrum, im Auto, in Boutiquen, im Supermarkt, im Kühlschrank. Nicht umsonst nannte man die Hauptstadt Tallahassee auch die «Achsel» des Staats – wegen ihrer Position auf der Landkarte, aber auch, weil man, sobald man einen klimatisierten Raum verließ, aussah und roch, als hätte man im Anorak in einem Heizungskeller Krafttraining gemacht. Callie wischte sich mit dem Handrücken den Schweiß von der Lippe, während sie den Rasen überquerte und den Parkplatz suchte, wo sie am Morgen in Eile ihr Auto abgestellt hatte. Hoffentlich hatte sie sich in ein paar Tagen oder Wochen wieder an das Wetter gewöhnt.

Es war vier Jahre her, dass sie Florida verlassen hatte, um nach New York aufs College zu gehen, ohne die Absicht, je zurückzukehren, zumindest nicht dauerhaft. Zwei Mal war sie auf das Drängen ihrer Mutter und aus schlechtem Gewissen zu Weihnachten nach Vero Beach gekommen, aber sie hatte sich in dem verschlafenen Küstennest nie zu Hause gefühlt und kannte dort auch niemanden. Was einerseits der Grund war, warum sie mit ihrer Mutter und ihrem Stiefvater dorthin gezogen war, aber so bestand eben auch kein Anlass für einen Besuch. Vero Beach war viel ruhiger als Fort Lauderdale, ein Ort, an dem sich ältere Leute zur Ruhe setzten: Es gab jede Menge Golfplätze, hübsche Strände und Restaurants mit Seniorengerichten und «Early Bird Specials». Ihr Bruder Kyle hatte sich damals dem überstürzten Umzug nach Norden nicht angeschlossen, sondern war in Miami geblieben – was ihrem Stiefvater nur recht war, denn er hatte Kyle ausdrücklich ausgeladen.

Wenn sie an ihren Bruder dachte, überkam Callie Sehnsucht, denn sie hatte ihn nicht gesehen, seit sie sich damals bei Nacht und Nebel zum Abschied unbehaglich umarmt hatten – wenige Minuten, bevor sie Cooper City für immer den Rücken gekehrt hatte. Er war sauer auf sie gewesen – die ganze Welt war sauer auf sie – und hatte ihr nur ein «Man sieht sich» ins Ohr gebrummt, bevor sie ihr Stiefvater in eine improvisierte Burka wickelte und in den Wagen packte, um ein letztes Mal vor den neugierigen Blicken der Nachbarn und Reporter zu fliehen, die immer noch vor dem Haus lauerten, hungrig nach einem Fetzen der Story, der noch nicht bis zum Erbrechen ausgewalzt worden war. Zu dem «Man sieht sich» war es allerdings nie gekommen. Immerhin hatten sie sich regelmäßig Nachrichten geschickt und telefoniert, doch gesehen hatte sie Kyle seit über vier Jahren nicht. Er arbeitete bei einer Pottery-Barn-Filiale und hatte nie genug Geld, um sie in New York zu besuchen, und er weigerte sich, irgendwohin zu kommen, wo er dieselbe Luft atmen müsste wie ihr Stiefvater, also fielen gemeinsame Feiertage in Vero Beach aus. Und Callie würde nie wieder einen Fuß in den Süden Floridas setzen. Niemals.

Sie konnte sich nicht erklären, warum sie sich plötzlich nach ihrem Bruder sehnte. Sie hatten einander nicht besonders nahegestanden in dem Jahr vor … vor dem *Vorfall* alias der Atombombe von einer Lüge und dem anschließenden Fallout, der alles zerstörte. Callie, damals noch Mallory, war ein komplexbeladener Teenager gewesen, besessen von dem, was ihre Freunde dachten, die, wie sich herausstellte, gar keine Freunde waren, und Kyle war mit Kiffen beschäftigt und mit der Frage, was er vom Leben wollte, während sich die Anforderungen des Erwachsenseins überwältigend anfühlten. Sie war siebzehn und er zwanzig, und sie lebten in völlig verschiedenen Welten.

Aber es hatte eine Zeit gegeben, da hatten sie sich nahegestanden, und Callie hatte viele gute Kindheitserinnerungen. Nachmittage auf dem Spielplatz, wenn sie auf ihre Mom warteten und stundenlang Zombie-Apokalypse spielten, lange bevor Zombies Mode wurden. Wie Kyle ihr das Skateboard-Fahren beibrachte und seine Freunde zum Teufel jagte, als sie sie auslachten, weil sie ständig auf den Hintern fiel. Wie sie nachts unter seiner Bettdecke Horrorfilme guckten, obwohl der Kotzbrocken, wie sie ihren Stiefvater getauft hatten, gedroht hatte, sie beide übers Knie zu legen, falls er sie erwischte. Und wie sie Kyles Rücken mit Salbe einrieb, nachdem der Kotzbrocken seine Drohung wahr gemacht hatte. Doch mit den Monaten und Jahren, die ins Land zogen, begannen die Erinnerungen an ihren großen Bruder und die Nähe, die es einmal zwischen ihnen gegeben hatte, zu verblassen wie Marty McFlys Geschwister auf dem Familienfoto in *Zurück in die Zukunft.* Die Verbindung von früher, als ein Blick reichte, um zu wissen, was der andere dachte, riss ab, und sie hatte das Gefühl, ihre seltenen Gespräche seien zu reiner Routine verkommen und gründeten längst nicht mehr auf echtem Interesse. Sie hätte nicht einmal sagen können, ob sie ihren Bruder als Person vermisste oder ob sie einfach Sehnsucht hatte nach dieser Verbundenheit, die es nur unter Geschwistern gab. Ihrer Mutter stand sie nicht nahe, den Kotzbrocken hasste sie – Kyle war auf dem dysfunktionalen Familienporträt der letzte Mohikaner gewesen, und nun war auch er verblasst.

Seit der Atombombe war es für sie unmöglich, Freundschaften zu schließen – der Fallout hatte tiefe Schneisen auf allen Ebenen geschlagen. Im College hatte sie flüchtige Bekanntschaften gehabt, aber niemanden an sich herangelassen. Die Neuerfindung ihrer Geschichte führte zu noch mehr Lügen, und sich treu zu bleiben, verlangte eine gewisse soziale Entfremdung. Angeblich spielen Fehler, die man als Kind macht, im späteren Leben keine Rolle, aber das stimmte nicht. Ihr Fehler würde immer eine Rolle spielen. Ihr Bruder kannte ihre Vergangenheit, kannte sie als Person *davor* – nicht nur als das Mädchen, das alle Welt mit einem explosiven negativen Medienereignis assoziierte. Darum hatte Callie sich entschlossen, sich um einen engeren Kontakt zu bemühen, und das wäre jetzt, da sie in Florida war, viel leichter als zuvor. Er konnte sie in Tallahassee besuchen. Oder sie fuhr mal runter nach Gainesville oder Tampa. Das wäre ein guter Anfang. Ein paar hundert Kilometer mit dem Auto waren leichter zu bewältigen als mehrere tausend Kilometer ohne Geld für den Flug.

Die Entscheidung, nach Florida zurückzukehren – selbst in einen Teil des Landes, der geographisch und kulturell meilenweit entfernt war vom Großraum Miami –, war ihr nicht leichtgefallen. Doch abgesehen von dem Wunsch, die Beziehung zu ihrem Bruder zu kitten, gab es rein pragmatische Gründe für ihre Wahl: Bei Jura war es wie bei Medizin – man ging an die Uni, an der man genommen wurde. Oder, wie in ihrem Fall, die man sich leisten konnte. Selbst mit dem Stipendium, das sie am Manhattan College hatte, musste sie immer noch Studienkredite zurückzahlen. Beim Start ihrer Karriere weitere 150 000 Dollar Schulden zu haben, würde ihr das Genick brechen. Egal wo sie eines Tages arbeitete, das Gehalt einer Staatsanwältin war eher mager. Doch mit der Adresse ihrer Mutter in Vero Beach konnte sie sich als Einwohnerin Floridas ausweisen, und dadurch kostete sie das Studium an der FSU weniger als die Hälfte. Dazu ein mittleres Stipendium, wenn sie sich anstrengte, und ein bescheidener

Lebenswandel, und sie würde es schaffen, den Kredit mit einer erträglichen Monatsrate in drei Jahren abzustottern.

Selbst mit amtlich geändertem Namen, neuem Haarschnitt und streng gehüteter Privatsphäre war Callie nervös, in den Staat zurückzukehren, in dem sie einst anonyme Todesdrohungen erhalten hatte. Viele Ehemalige der St. Thomas studierten an der FSU. Sie konnte nur hoffen, dass die meisten nach dem Bachelor aufgehört hatten. Auf einem Campus mit 40 000 Studenten war die Chance gering, jemandem zu begegnen, der sie wiedererkannte, aber die Möglichkeit bestand, und sie jagte ihr eine Heidenangst ein.

Sie hatte die letzten vier Jahre damit verbracht, die Person, die sie früher gewesen war, zu begraben. Mallory Knight war eine Fremde geworden – jemand, der in ein anderes Leben gehörte. In New York war das leicht gewesen – unter acht Millionen Einwohnern, denen es völlig egal war, wer man war, solange man bei Starbucks in der Schlange nicht trödelte. Tallahassee war anders. Die Hauptstadt von Florida war keine pulsierende Metropole. Tallahassee war eine gemütliche Kleinstadt im tiefen Süden, in deren Mitte eine große Universität stand. Hier würde es schwer sein, unsichtbar zu bleiben.

Callie war kurz für Callaghan, den Mädchennamen ihrer Mutter. Monahan war der Nachname ihres leiblichen Vaters. Auch wenn sie ihn, seit sie fünf war, nicht gesehen hatte, waren die Erinnerungen an ihn viel angenehmer als die an den Kotzbrocken und seinen Gürtel. Ihr Stiefvater trank immer noch, schlug immer noch verbal und körperlich aus, und ihre Mutter hielt immer noch die Klappe. Die beiden lebten zurückgezogen in ihrem Dreizimmerapartment in Vero Beach, nicht weit von Cape Canaveral. Sie arbeitete als Dentalhygienikerin, er in einem Baumarkt. Sie kamen zurecht.

Die Tasche rutschte ihr wieder von der Schulter. Schlimm

genug, dass man ein Vermögen für Bücher ausgeben musste, aber sie drei Jahre herumzuschleppen, würde unweigerlich zu einem Bandscheibenvorfall führen. Der E-Book-Hype, der die Buchhandelsketten ins Schlingern brachte und Grundschulen und Highschools völlig umstrukturierte, schien an den Jura-Fakultäten noch nicht angekommen zu sein. Aber vielleicht sollte das Stemmen von zehn Kilo Büchern nicht nur die Muskeln, sondern auch den Charakter stärken – etwas, dessen Mangel man dem Gewerbe vorwarf.

Bei diesem Gedanken meldeten sich die Schuldgefühle zurück. *Reiß dich zusammen, Callie. Du hast deinen Namen geändert, niemand hier wird dich wiedererkennen. Warte, bis genug Zeit vergangen ist, bau dir ein Leben auf – College, Jurastudium und Karriere. Dann ist der «Vorfall» nur noch ein Schnipsel der Vergangenheit, den du wegwerfen kannst. Dann brauchst du nicht mehr über die ersten siebzehn Jahre deines Lebens zu reden. Es werden die Jahre danach sein, die Callie Monahan ausmachen. Solange du bis dahin unsichtbar bleibst, wird alles gut.*

Sie erklomm einen kleinen Hang, hinter dem ein gewundener Betonweg zum hinteren Parkplatz der Uni führte, wo sie geparkt hatte – soweit sie sich erinnerte; der Campus war riesig. Am Morgen war sie spät dran gewesen und hatte den erstbesten freien Parkplatz genommen.

Als sie ihr Auto entdeckte, zuckte sie zusammen. Zwei Streifenwagen standen davor. Das Blaulicht war weithin zu sehen.

In diesem Moment wurde Callie schlagartig klar, dass ihr Plan, in den nächsten drei Jahren unsichtbar zu bleiben, einfach nicht funktionieren würde.

20

«Halt! Bitte! Ich bin schon da!», rief Callie, während sie über den Parkplatz lief. Einer der Polizisten schob gerade etwas unter den Scheibenwischer ihres Autos. Offensichtlich ein Strafzettel. *Verdammt!*

«Das wird sie sein», hörte sie den anderen Polizisten sagen. Er lehnte an der offenen Tür des Wagens mit der Aufschrift *FSU Police.* Die Uni hatte eine eigene Campus-Polizei? War das normal? Er trug ein enges kurzärmeliges Uniformhemd, aus dem seine fleischigen Arme hervorquollen. Seine Haut glänzte in der Sonne. Er war ein Berg von einem Mann mit einem runden Gesicht, das sich beunruhigend rot von einer weißen Haartolle abhob – ein gealterter Elvis-Imitator, der sich gehenließ.

«Um hier zu parken, brauchen Sie eine Genehmigung», sagte der erste Polizist, als er den Scheibenwischer ihres Hyundai Elantra zurückschnappen ließ. Er war wesentlich jünger als sein Partner, Mitte zwanzig vielleicht, und hatte raspelkurze schwarze Haare. Außerdem war er groß, über eins achtzig, schätzte sie. Er trug eine verspiegelte Pilotenbrille, die seine Augen mitsamt den Augenbrauen verbargen. Auch seine Ärmel waren eng, nur dass sich darunter Bizepse vom Umfang ihrer Schenkel wölbten. Offensichtlich machte er Krafttraining. Regelmäßig.

«Was? Wo steht das?», fragte sie.

«Genau hier, Schätzchen», antwortete der Ältere und zeigte auf ein Schild:

PARKEN NUR MIT GENEHMIGUNG.
UNBERECHTIGT ABGESTELLTE
FAHRZEUGE WERDEN ABGESCHLEPPT.

Im gleichen Moment bog ein Abschleppwagen um die Ecke.

«Ich habe das Schild nicht gesehen! Bitte, lassen Sie mich umparken!»

«Wie heißen Sie? Ist das Ihr Wagen, Schätzchen?», fragte Elvis. Dann fing das Funkgerät an seinem Gürtel an zu knistern und zu quaken.

«Ja, das ist mein Wagen, aber ich habe das Schild nicht gesehen!»

«Das sagten Sie schon. Wie heißen Sie?», wiederholte der Cop.

«Callie Monahan. Ich studiere hier Jura. Bitte nicht … heute ist mein allererster Tag.»

«Dann fängt Ihr Studium wohl nicht gut an, Schätzchen.»

«Bitte, nicht abschleppen!»

Elvis schüttelte den Kopf. «Hier ist Downey», sagte er in sein Funkgerät. «10-16; ich bin unterwegs. 1320 übernimmt die Sachbeschädigung in Parzelle 6. Besitzer vor Ort. 10-42 Stadion.» Er stieg in den Wagen. «Übernimmst du das, Beck?» Ohne eine Antwort abzuwarten, zog er die Tür zu und ließ den Motor an.

«Mach ich. Bis später, Downs», erwiderte der Muskelmann, dessen Name offenbar Beck war. Sie hörte einen leichten Südstaaten-Akzent.

«Viel Spaß noch …», rief Elvis mit einem anzüglichen Grinsen durchs offene Fenster und winkte.

Beck stellte sich neben sie, als sie Elvis hinterhersah. «Ihr erster Tag?»

«Bitte, schleppen Sie mich nicht ab. Ich zahle den Strafzettel und fahre weg und tue es nie wieder.»

«Sie dürfen nur mit Genehmigung hier hinten parken. Der Parkplatz, auf dem Sie stehen, gehört dem stellvertretenden Leiter der IT-Abteilung. Eine große Nummer hier.»

«Ach, bitte. Ich fahre sofort weg! Sagen Sie dem IT-Leiter, ich nehme ihm nie wieder den Parkplatz weg. Mal ehrlich, zwei Streifenwagen und der Abschleppdienst wegen einem falsch geparkten Auto? Haben Sie nichts Wichtigeres zu tun? Verbrecher fangen oder so was?» Sie sah sich verzweifelt um, als der Abschleppwagen mit quietschenden Bremsen neben dem Streifenwagen hielt. «Tut mir leid! Das war nicht so gemeint.»

«Irgendwer hat Sie angezeigt, weil Sie unbefugt hier parken. Ich habe nicht gesagt, dass es Mr. Phillips war. Die Anzeige war anonym.» Beck schüttelte den Kopf.

Es war unmöglich, seine Augen hinter der Brille zu erkennen. Sie sah nur die Spiegelung ihres eigenen verzweifelten Gesichts. «Ich hab's verstanden. Das hier ist ein Privat-Parkplatz, ich stelle mich einfach woandershin ...»

«Haben Sie sich Ihren Wagen mal angesehen? Da hatte wohl jemand ein Hühnchen mit Ihnen zu rupfen – an Ihrem allerersten Tag.» Er trat zur Seite wie ein Magier, der ein Kaninchen aus dem Hut zaubert, und zeigte auf den Hyundai.

«Wovon reden Sie ...?», begann sie. Dann sah sie es selbst. Alle vier Reifen waren platt.

Beck klopfte auf den Kofferraum. «Ich schätze, Sie brauchen den Abschleppwagen. Es sei denn, Sie haben vier Ersatzreifen dabei.»

21

Callie starrte das erste Auto an, das sie je besessen hatte und das sie zärtlich Boris nannte. Sie war wie vor den Kopf gestoßen. Ihre Wangen wurden heiß. Bei der Vorstellung, dass irgendwer wütend genug auf sie war, um an allen vier Reifen ihres Wagens die Luft rauszulassen, lief es ihr eiskalt über den Rücken. Schreckliche Erinnerungen wurden in ihr wach. Das war der erste Gedanke. Dann kam eine Welle der Entrüstung, und sie ballte die Fäuste so fest, dass sich die Fingernägel in ihre Haut bohrten. *Wer tut so etwas?*

Gefolgt von der Angst, die die Antwort auf diese Frage begleitete.

Beck ging vor einem der Reifen in die Hocke. «Wenigstens sind sie nicht zerstochen, das ist schon mal gut. Sieht aus, als hätte er nur die Ventile aufgedreht. Sie brauchen also nicht vier neue Reifen. Das wäre teuer geworden, sogar bei einem Hyundai. Ich habe den Abschleppwagen gerufen, weil ich dachte, er soll sich die Sache mal ansehen. Vielleicht hat er einen Kompressor da und kann sie gleich aufpumpen. Und wenn nicht, kann er Sie zur nächsten Werkstatt schleppen.» Er sah Callie an. «Tut mir leid. Das muss wirklich ein harter Tag für Sie sein.»

«Wer macht so was?», brachte sie endlich heraus. «War das der Mann, dem ich den Parkplatz weggenommen habe?»

Beck lachte. «Bestimmt nicht. Vielleicht hatten Sie eine unangenehme Begegnung an der Uni? Oder Sie haben jemandem die Vorfahrt genommen? Sie klingen nicht, als wären Sie von hier – haben Sie irgendwem den Vogel gezeigt? So was mögen die Leute hier unten nicht.»

Sie schüttelte den Kopf. «Nein.»

«Dann wäre das nächstliegende … ein Mann vielleicht? Haben Sie Beziehungsprobleme?»

«Ich habe keinen Freund.»

«Vielleicht ein Exfreund, dem Sie einen Korb gegeben haben?»

«Nein. Ich bin gerade erst hergezogen. Ich kenne hier niemanden.»

«Das ist gut», sagte er. Dann wurde er rot und sah zur Seite. «Ich meine, es ist gut, dass Sie keine Probleme mit einem Mann haben, der zu so was in der Lage wäre.»

«Ich kenne überhaupt niemanden hier …» Ihre Stimme zitterte, und sie kämpfte gegen die Tränen an.

«Ach, kommen Sie. Das wird schon wieder.» Er legte ihr den Arm um die Schulter und führte sie von dem Auto weg zu seinem Streifenwagen, als wäre sie an einem Tatort und Boris die Leiche. Callie reichte ihm nicht einmal bis zur Schulter. «Nehmen Sie es nicht persönlich. Es kann gut sein, dass es bloß irgendein Spinner war. Außerdem wird auf dem Campus manchmal randaliert. Vielleicht war es ein Streich. In den Studentenverbindungen der FSU sind ein paar Spaßvögel, die sich zu Semesterbeginn erst mal austoben. Den Ruf als wildeste Party-Uni des Landes haben wir uns nicht mit Keksebacken verdient.»

Doch Callie war noch nicht bereit, die Sache als Streich abzutun. Sie sah sich unbehaglich auf dem Parkplatz um. Die Angst, die hinter ihrer Entrüstung lauerte, breitete sich aus und vergiftete alle anderen Gedanken. «Gab es noch mehr Autos, wo sie die Luft rausgelassen haben?», fragte sie fast hoffnungsvoll.

«Bestimmt», antwortete er, als er auf den Abschleppwagen zuging. «Lassen Sie mich mit Ira reden, dann sehen wir, ob er die Sache gleich erledigen kann. Und wenn nicht, helfe ich Ihnen.»

Sie blieb stumm stehen, starrte Boris an und versuchte nicht das Schlimmste zu denken. Doch sie versagte kläglich, bis Beck nach ein paar Minuten zurückkam.

«Sie haben Glück», sagte er. «Ira hat einen Kompressor. Er macht Sie wieder flott. Sie können so lang in meinem Wagen warten.» Er wischte sich mit der riesigen Hand den Schweiß von der Stirn. «Dadrinnen läuft die Klimaanlage. Setzen Sie sich nach vorne, die Rückbank kann ich nicht empfehlen. Wissen Sie, wie viele betrunkene Erstsemester ich da schon drin hatte? Pfefferminzschnaps riecht nicht mehr so gut, wenn er wieder hochkommt.» Er ging auf die Fahrertür zu. «Oder Sie warten draußen, wenn es Ihnen lieber ist, aber davon würde ich abraten. Ich zerfließe in der Hitze.»

Sie nickte. Als sie im Wagen saß, hielt sie das Gesicht vor die Lüftung. «Ist es immer so heiß in Tallahassee, oder ist es heute besonders schlimm?»

Er lächelte. Callie bemerkte, dass er schöne Zähne hatte. «Woher kommen Sie? New York? Boston? Jersey?» Er sprach es «Joisey» aus, um den Sound nachzuahmen, was komisch klang mit seinem leichten Südstaaten-Akzent, den er anscheinend zu verbergen versuchte.

«Ich war in New York auf dem College.»

«New York City?»

Sie nickte.

«War noch nie da. Aber ich würde gern mal hin. Tut mir leid, dass die Begrüßung hier so ausfallen musste. Ich verspreche Ihnen, wenn Sie von jetzt an richtig parken, passiert das nie wieder. Ich werde Ihren Wagen persönlich im Auge behalten.» Er hielt ihr die Hand hin. «Ich heiße übrigens Colton. Colton Beck.»

«Callie», antwortete sie und schüttelte seine Hand. «Callie

Monahan. Und ich verspreche Ihnen hoch und heilig, dass ich nie wieder auf diesem Parkplatz parke, Colton. Nie wieder. Ich glaube, in Zukunft nehme ich den Bus. Oder das Fahrrad. Oder ich komme zu Fuß. Oder mit Inlineskates. Egal. Boris ist hier nicht willkommen, das habe ich verstanden.»

Er lachte. «Boris? Ihr Wagen hat einen Namen?»

«Natürlich.»

«Das ist mal was anderes. Aber Sie können ruhig auf dem Campus parken, solange Sie einen großen Bogen um den Parkplatz des IT-Leiters machen. In welche Richtung von Jura wollen Sie mal?»

Sie zuckte die Schultern und sah auf die Uhr. «Ich will erst mal den ersten Tag überstehen. Aber das ist schwer genug, dabei ist noch nicht mal Nachmittag.»

«Ich würde auch gern irgendwann Jura studieren. Eigentlich will ich zum FDLE. Aber das ist schwierig. Die sind ziemlich wählerisch, und sie verlangen Berufserfahrung, wissen Sie? Wie das FBI.»

«Das FDLE?» Diese Abkürzung hatte sie lange nicht gehört. Trotz der Klimaanlage wurde ihr heiß. Weitere böse Erinnerungen kamen an die Oberfläche, auch wenn Bobby Dees, der FDLE-Agent, nett zu ihr gewesen war. Sie erinnerte sich immer noch an den Duft seines Aftershaves, als sie im Krankenhaus das Gesicht an seine Schulter gedrückt und alles zugegeben hatte.

«Das Florida Department of Law Enforcement», erklärte Colton. «Die Zentrale sitzt hier in Tallahassee. Aber wie gesagt, sie haben nur wenige Ausbildungsplätze, und ich glaube kaum, dass sie mich nehmen, wenn ich nur die Uni-Streife als Erfahrung vorweisen kann. Die bearbeiten Fälle von anderem Kaliber: Vergewaltigungen, Morde, Mafia. Mal sehen, ob ich zur Polizei von Tallahassee wechseln kann. Ich dachte sogar daran, mich in Miami Dade zu bewerben, weil es dort so viele knallharte Verbrechen und Gangster gibt, aber ich bin ein Landei. Ich weiß nicht, ob ich das Leben da unten aushalten würde.»

Da haben wir was gemeinsam, Colton.

«Sie wollen also Cop werden?», fragte sie gedankenverloren, während sie zusah, wie Ira sich um Boris kümmerte.

«Ich *bin* ein Cop.»

Rein ins Fettnäpfchen. «Ja, natürlich», ruderte sie zurück. «Ich meine, ein Cop in der Stadt. Ein City-Cop?»

«Sie meinen, ein *echter* Cop?» Er trommelte aufs Lenkrad, während er den Blick über den Campus-Parkplatz gleiten ließ. «Ich habe einen guten Job hier, wissen Sie? Ich kann nebenbei studieren, ohne Studiengebühren zahlen zu müssen, es wird nicht auf mich geschossen oder so, aber Sie haben recht – ich bin kein echter Cop. Wir haben nur mit Dingen zu tun, die auf dem Campus passieren. Und außer dass mir die Leute den Wagen vollkotzen, passiert nicht viel. Es gibt Ausnahmen, wie die Schießerei in der Bibliothek letztes Jahr oder Fälle von sexueller Belästigung, aber das war's dann auch.»

«Ich wollte wirklich nicht sagen, dass Sie kein echter Cop sind. Tut mir leid, wenn es so rübergekommen ist, Colton. Sie studieren also auch hier?»

«Im Mai bin ich mit dem Bachelor fertig.»

«Das ist ja toll! Lassen Sie mich raten, was Ihr Hauptfach ist: Strafrecht?»

«Nein. Geschichte.»

«Geschichte?»

«Und Computerwissenschaften. Ich habe auch ein paar Semester Anthropologie studiert. Aber wenn Sie glauben, es ist schwer, als Geschichtslehrer eine Stelle zu finden, versuchen Sie es mal als Anthropologe. Allerdings hat es ein paar Jahre gedauert, bis mir das klarwurde. Ich habe einige Haken geschlagen. Aber dieses Jahr ist Schluss. Das war's. Kein Hauptfachwechsel mehr.»

«Geschichte und Anthropologie? Das hilft Ihnen bestimmt enorm, wenn Sie ein echter Cop werden wollen», sagte sie lachend. «Tut mir leid, ich konnte nicht widerstehen. Mit der Sonnenbrille machen Sie jedenfalls einen knallharten Eindruck. Wenn ich Sie anschaue, sehe ich nur mein eigenes verschwitztes Gesicht.»

«Oh, tut mir leid. Die gehört zur Uniform.» Er nahm die Brille ab und lachte ebenfalls. «Nur Spaß. Meine Schwester hat sie für mich ausgesucht. Sie fand, damit sehe ich ein bisschen gefährlicher aus. Ich bin das Nesthäkchen bei uns.»

Er hatte hellbraune Augen, die zu den Grübchen und dem sanften Lachen passten. Ohne die Sonnenbrille wirkten die Muskeln und der militärische Haarschnitt beinahe fehl am Platz. Callie konnte sich vorstellen, wie er in karierten Shorts mit seinen Freunden auf dem Golfplatz ein Bier trank. Oder in einem Wollpullover an einem Regentag in SoHo in einem Café saß, Kaffee trank und Zeitung las. Aber nicht, wie er auf dem Schießstand die Zielscheibe durchlöcherte. Andererseits wusste Callie besser als die meisten Leute, dass der Schein trügerisch sein konnte.

Colton räusperte sich. «Es war also kein beleidigter Exfreund, der Sie aufgespürt hat und Sie am Abhauen hindern will, indem er Ihnen die Luft aus den Reifen lässt?»

«Nein. Aber das ist ein echt unheimliches Szenario.»

«Ich wollte nur wissen, wer noch im Rennen ist …»

«Wie bitte?», fragte sie.

«Na ja, angenommen, ich könnte Sie dazu überreden, mit mir essen zu gehen … Da würde ich gern wissen, ob sich jemand im Schatten rumdrückt und mir eins auf die Nase geben will.»

«Sie sind ganz schön direkt.»

«Kann sein», sagte er achselzuckend und lächelte unschuldig. «Also, was sagen Sie? Ich sorge auch dafür, dass ich bewaffnet bin, wenn ich mit Ihnen unterwegs bin.»

«Es gibt keinen verrückten Ex, und ich kann auf mich selbst aufpassen, vielen Dank. Ich bin vielleicht klein, aber ich bin stark. Das hat jedenfalls mein Kickbox-Trainer gesagt.»

Er lachte. «Umso besser. Jetzt fühle ich mich schon sicherer. Dann kann ich meine Waffe zu Hause lassen. Also, wie wäre es mit einem Abendessen irgendwann?»

Sie schüttelte den Kopf. «Tut mir leid, Colton. Ich muss mich voll auf die Uni konzentrieren. Sie sehen ja, ich habe schon Schwierigkeiten, den ersten Tag zu überstehen. Aber Ihr Angebot schmeichelt mir sehr. Wirklich.»

Er schüttelte den Kopf. «Puh. Das ist hart.»

«Nehmen Sie es nicht persönlich. Es liegt nicht an Ihnen, es liegt an mir.»

Die unbehagliche Spannung dauerte eine Sekunde. Dann klopfte der Abschleppwagenfahrer ans Fenster.

«Sie sind startklar», sagte Ira, als sie aus dem Polizeiauto ausstieg. «Aber ich musste die Ventileinsätze ersetzen.»

«Ventileinsätze? Was ist das denn?», fragte sie.

«Das sind die kleinen Dinger im Ventil, die dafür sorgen, dass die Luft nicht rausgeht», antwortete Ira, während er sich die FSU-Baseballkappe wieder aufsetzte. «Wer immer das war, wollte sichergehen, dass Sie heute so schnell nirgendwo hinfahren. Er hat die Ventileinsätze rausgeschraubt. Das dauert eine Weile, und man braucht ein spezielles Werkzeug dafür, eine Ventilzange, oder vielleicht eine Nadelzange. So was trägt man jedenfalls nicht in der Hosentasche mit sich rum …»

22

Nachdem sie mit Ira das Geschäftliche geklärt und sich unbeholfen von Colton verabschiedet hatte, fing auch schon das Seminar in Eigentumsrecht an, das glücklicherweise angenehmer ablief als Deliktsrecht. Der Dozent war ein pensionierter Berufungsrichter, und anders als Professor Cackowski, die ihr Seminar begonnen hatte wie ein Drill-Sergeant den ersten Tag im Bootcamp, stand der Ehrenwerte Bernie Geoghan an der Tür und begrüßte jeden seiner Studenten mit Händedruck und einem Lächeln – wie ein stolzer Großvater, der sich bereits darauf freute, mit der jüngsten Generation zukünftiger Juristen zu fachsimpeln.

Auf dem Weg zu einem freien Platz entdeckte Callie Mike Lawless, der sich lachend mit seinen neuen Freunden unterhielt. Am Ende der Reihe saß Karin Stein, die mit zwei Leuten in der Reihe vor ihr schwatzte. Wie Callie vorausgesehen hatte, war die lange Pause zwischen den ersten beiden Seminaren ein Nährboden, und ein paar Tassen Kaffee hatten wie Dünger gewirkt: Überall um sie herum sprossen Freundschaften. Sie kämpfte gegen das erdrückende Gefühl der Einsamkeit, nahm in der letzten Reihe Platz und tat bis zum Beginn des Seminars so, als würde sie auf ihrem Handy E-Mails checken.

Nach dem Seminar machte sie sich auf den Weg zu dem Vorstellungsgespräch, das sie vereinbart hatte, als sie noch voller Optimismus dachte, bei ihrem Stundenplan bliebe reichlich Zeit, um nebenher zu kellnern. Die Studienkredite deckten die Studiengebühren ab – aber nicht Kost, Logis und Lebenshaltung. Falls sie essen, Miete zahlen und auch nur die billigsten Möbel haben wollte, dann brauchte sie einen Job.

Als Kellnerin hatte sie bereits Erfahrung. Es war ihr erster Job – nach einem einwöchigen Gastauftritt als Aushilfe in einer Tierhandlung. Sie hatte versehentlich den Heizstab des Aquariums mit den Kaiserfischen über Nacht angelassen, und am nächsten Tag waren die Fische gar gewesen. Zwar hatte ihr Chef sich verständnisvoll gezeigt, aber Callie hatte sich wie eine Massenmörderin gefühlt. Am selben Tag hatte sie sich bei einem Diner in Midtown vorgestellt, an dessen Tür ein Zettel mit der Aufschrift «Kellnerin gesucht» hing, und auf die Frage des Managers, ob sie Erfahrung habe, genickt – er hatte schließlich nicht gefragt, worin. Am nächsten Tag hatte sie mit der Frühschicht begonnen. Das Schlimmste, was passieren konnte, hatte sie gedacht, war, eine Tasse Kaffee zu verschütten oder eine Bestellung zu verwechseln. Es ging schließlich nicht um Leben und Tod. Leider lief der erste Tag nicht ganz so glatt, wie sie gehofft hatte, aber am Ende ihrer Schicht hatte sie den Job noch, und sie verdiente mehr als die acht Dollar fünfzehn pro Stunde bei Pet World. Drei Jahre später hatte sie in einem Sternerestaurant im schicken Meatpacking-District gearbeitet, wo sie die begehrte Samstagabendschicht ergattert hatte. Sie konnte eine Fischgabel von einer Salatgabel unterscheiden, eine exquisite Flasche Wein empfehlen und auf jedem Arm drei Teller balancieren.

In Tallahassee gab es keine Sternerestaurants. Wie die meisten Gaststätten der Stadt war das Mammoni's ein freundliches Familienlokal, in dem Callie sich auf Anhieb wohl fühlte. Es gab eine separate Bar mit Live-Musik, wo es, wie der Besitzer Giuseppe «Papa Joe» Sebastiano sagte, am Wochenende und bei Heimspielen der FSU hoch hergehen konnte. Er und seine Frau Maria hatten das Restaurant vor sieben Jahren eröffnet. Ihre Namen, die

Korbflaschen mit den Kerzen auf den Tischen und die rot-weiß karierten Tischdecken vermittelten den Gästen den Eindruck, bei waschechten Italienern zu speisen. Doch ihr Tonfall und die großzügige Verwendung von Tabasco in «Papa Joes Soße», die Callie bei ihrem Vorstellungsgespräch mit einem Teller Spaghetti aufgedrängt bekam, verrieten die wahre Herkunft der Sebastianos: Sie stammten aus Rocky Mount in North Carolina, genau wie ihr Sohn Roberto, auf den der Name des Lokals zurückging. *Mammone* war ein italienischer Ausdruck für «Muttersöhnchen». Mit vierunddreißig wohnte Roberto immer noch im Hotel Mama, wo Maria für ihn die Wäsche wusch. Als Callie Papa Joe sagte, seine Soße sei *delizioso*, und sie komme aus New York, sei Single und studiere Jura, warf Mama Maria einen Blick in die Küche, wo Roberto Kisten auspackte, und erklärte mit einem breiten Lächeln, sie hätte den Job.

Das Gespräch dauerte länger, als Callie erwartet hatte, und es war längst dunkel, als sie nach einem Abstecher zum Supermarkt endlich nach Hause kam. In die Wohnung, die sie vor einer Woche auf Craig's List entdeckt und ungesehen gemietet hatte. Die Zusage der FSU war im Juli gekommen, aber Callie hatte den ganzen Sommer mit der Entscheidung gezögert. Nicht ob, sondern wo sie Jura studieren würde. Sie hatte auch Zusagen aus New Jersey, Colorado und New York erhalten. Alles, nur nicht Florida, hatte sie immer gedacht. Doch aus finanziellen Gründen war die FSU ihre einzige Wahl.

Weil sie bis zur letzten Sekunde gezögert hatte, waren in Tallahassee, wo nur wenige Studenten in Wohnheimen wohnten, kaum noch Apartments frei gewesen. In Uni-Nähe war keine Wohnung zu bekommen, und auch wenn sie sich in der Stadt noch nicht auskannte, war Callie klar, dass sie nicht in der besten Gegend gelandet war. Aber die Zweizimmerwohnung war groß genug, sie passte in Callies Budget von 650 Dollar, und sie lag nicht im Erdgeschoss. Abgehakt. Im College hatte sie mal einen Thriller von einem maskierten Vergewaltiger gelesen, der nachts durchs Fenster in die Erdgeschosswohnung des Opfers einstieg. Sie hatte nächtelang nicht schlafen können und sich geschworen, niemals in eine Parterrewohnung zu ziehen. Am liebsten wäre ihr natürlich eine Wohnung mit Pförtner gewesen, oder wenigstens ein gesicherter Apartmentkomplex. Aber in Florida, wo die meisten Apartmenthäuser nicht höher als drei Stockwerke waren, waren Außentreppen und Laubengänge die Norm.

Wenig später stand sie mit Einkaufstüten und dem schweren Rucksack voller Bücher beladen vor ihrer Wohnung und schloss die Tür auf. Sie drückte auf den Lichtschalter im Wohnzimmer, doch nichts passierte. Callie starrte in die Finsternis und versuchte sich zu orientieren. Augenblicklich kehrte die Erinnerung zurück, dass ihr heute jemand die Luft aus den Reifen gelassen hatte. Sie warf einen Blick auf Boris, der keine zwanzig Meter entfernt auf dem Parkplatz stand. Im offenen Kofferraum wartete der Rest ihrer Einkäufe. Ein eiskalter Schauer lief ihr über den Rücken. Selbst im strahlenden Sonnenschein auf dem FSU-Parkplatz hatte sie Gänsehaut bekommen bei der Vorstellung, ein Fremder könnte es auf sie abgesehen haben. Jetzt war die Sonne untergegangen, und es stand kein durchtrainierter Cop neben ihr, der sie beschützte. In der Wohnung war es stockfinster. Und brutal heiß. Sie spürte, wie die warme Luft nach draußen strömte.

Sie stand lange genug da, um einzusehen, dass sie nicht den ganzen Abend auf der Türschwelle verbringen konnte. Also stellte sie den Rucksack und die Tüten in die Tür, schluckte die Angst herunter, schaltete die Handy-Taschenlampe ein und trat in die Dunkelheit. Sie tastete sich durch den kleinen Flur, versuchte sich an den Grundriss zu erinnern, bog links in die Küche und suchte nach dem Lichtschalter dort. Dann fand sie ihn und hielt die Luft an. Vielleicht gab es ein Problem mit der Elektrik?

Es summte kurz, dann flackerte eine hässliche Neonröhre auf, die eine altmodische senfgelbe Küchenzeile mit gefliester Arbeitsplatte zum Vorschein brachte. Und eine sehr große, tote Kakerlake in der Spüle.

Callie seufzte. O nein. Sie hasste Kakerlaken. Vor allem die großen, die fliegen können. «Scheiße», sagte sie laut.

Die Neonröhre über ihr summte. Die Kakerlake schien im flackernden Licht zu zucken. War sie vielleicht gar nicht tot? Aber immerhin funktionierte die Elektrik in der Küche.

Sie hörte das leise Klicken nicht, als die Wohnungstür zufiel. Sie hörte auch nicht die knarrende Diele und die Schritte auf dem Teppich. Sie hörte nur das nervtötende Summen der Neonröhre und den Klang ihrer eigenen Stimme, als sie sich dafür verfluchte, dass sie eine so schreckliche Absteige gemietet hatte, und sich laut schimpfend vornahm, dem Vermieter die Hölle heißzumachen, wenn er nicht so schnell wie möglich den Kammerjäger schickte und die verdammte Beleuchtung im Flur reparieren ließ.

Sie hörte überhaupt nichts, bis eine Hand auf ihrer Schulter landete und eine bekannte Stimme ihr ins Ohr hauchte: «Hallo, Callie.»

23

Sie schrie, anscheinend laut genug, um Tote zu wecken, denn die Kakerlake kam hastig auf die Beine und verschwand im Ausguss.

Ihr Ex-Irgendwas stand in der Küche und grinste sie an. «Schsch ...» Er legte den Zeigefinger an die Lippen. «Na, freust du dich?», fragte er idiotisch.

«Was zum Teufel machst du hier, Brice?», schrie sie ihn an. «Spinnst du? Du hast mich zu Tode erschreckt!»

«Das habe ich gemerkt. Schöner Sopran», gab er lachend zurück. «Deine Tür stand offen. Ich habe dir die restlichen Einkäufe hochgebracht.» Er hielt die drei Supermarkttüten aus ihrem Kofferraum hoch.

«Nein, nein, nein! Was hast du hier zu suchen?»

«Dich. Ich wollte dich besuchen.»

«Wie bitte? Was?», fragte sie verwirrt. «Ich habe dir doch gesagt ... dass Schluss ist.» Das war keine Unterhaltung, mit der sie heute gerechnet hätte. Nicht mit dem schüchternen, scheuen Brice Cullen. In New York hatten sie sich drei Monate lang mehr oder weniger regelmäßig gesehen – waren am Wochenende ins Kino oder ab und zu essen gegangen. Für Callie war es nichts Ernstes gewesen. Für ihn hingegen schon. Als er plötzlich davon redete, dass er bei ihr einziehen wolle, weil sein Mietvertrag auslaufe, hatte sie ihm erklärt, dass sie ohnehin von New York wegziehen und nicht zurückkommen werde. Ein Wink mit dem Zaunpfahl, dass die Sache vorbei war. Doch jetzt stand er in ihrer

Küche. In *Tallahassee.* Sie hatte Schwierigkeiten, die Information zu verarbeiten. «Ich habe dir gesagt, dass ich wegziehe. Wir leben in unterschiedlichen Städten. Das hat doch keinen Sinn.» Sie starrte ihn an. «Ich fasse es nicht, dass du hier bist.»

«Nur weil du jetzt hier wohnst, heißt das nicht, dass Schluss sein muss. Wir haben uns doch gut verstanden, ich meine, wir hatten keinen Streit oder so. Pass auf, ich will nicht bei dir einziehen, also keine Panik, Callie. Ich dachte nur, ich habe frei, bis mein neuer Job anfängt, und ich wollte dich überraschen und mir mal Florida ansehen.»

«Die Überraschung ist dir gelungen. Du hast mir einen Riesenschreck eingejagt. Bist du einfach ins Flugzeug gestiegen?»

Er schüttelte den Kopf. Sein verschmitztes Grinsen wurde breiter.

«Du bist *gefahren*? Mit dem Auto? Nach Florida?»

«War gar nicht schlimm. Ich habe vielleicht fünfzehn Stunden gebraucht. Heute Morgen um drei bin ich losgefahren. Ich konnte sowieso nicht schlafen. Ich war so aufgeregt, dich zu sehen.»

Das Ganze wurde immer unheimlicher. Brice war kein impulsiver Typ. Er erhob nie die Stimme. Er tat keinen Tieren weh und trat keine Türen ein. Sie hatte sich noch nie von ihm bedroht gefühlt. Andererseits hatte sie nie *irgendwas* gefühlt, wenn sie zusammen waren, und genau das war das Problem. Er war völlig nichtssagend. Nicht klein, nicht groß. Nicht dünn, nicht dick. Seine Lieblingsfarben waren beige und oliv, und er bildete sich immer erst eine Meinung, nachdem er die Meinung aller anderen gehört hatte. Bei ihrer ersten Begegnung hatte er bei Starbucks an einem Tisch gesessen und David Foster Wallace' *Der bleiche König* gelesen, ein Buch, das auf Callies Leseliste stand, und sie hatte ihn interessant gefunden. Aber dann hatte sich Brice als genauso langweilig wie der Roman entpuppt, den sie irgendwann auch gelesen hatte. Er war so harmlos wie Vanille-Eis. Vanilla-Brice. Deswegen war sie so verblüfft, dass er plötzlich hier in ihrer Küche stand.

Sie sah die verkrampfte Faust an, in der er die Tüten hielt. «Wie hast du mich gefunden?», fragte sie leise. «Ich habe dir nicht gesagt, wo ich hinziehe.»

«Wie meinst du das?» Sein Lächeln verdunkelte sich. «Das klingt, als hättest du versucht, dich vor mir zu verstecken. Hast du das? Ich habe einfach Alicea nach deiner Nachsendeadresse gefragt. Sie sagte, du hast sie gebeten, dir ein paar Sachen nachzuschicken.»

Alicea war eine Bekannte vom College. Vor Monaten waren Callie und Brice einmal mit Alicea und ihrem Freund in SoHo etwas trinken gegangen. *Woher hatte er Aliceas Telefonnummer?* «Nein, ich wollte mich nicht verstecken. Ich habe nur nicht damit gerechnet … Ich habe mit so was nicht gerechnet.»

«Ich habe dir die Sachen mitgebracht», sagte er.

«Welche Sachen?»

«Die Sachen, die Alicea dir schicken sollte. Es steht alles in deinem Wohnzimmer. In einer Kiste. Deine Kleider, ein paar Schuhe und Bücher. Ich bin das Zeug durchgegangen. Ich musste ja nachsehen, dass ich nichts Illegales durchs Land schmuggele», sagte er mit einem hohlen Lachen. «Nachdem du fort bist, ohne dich zu verabschieden.»

«Okay, danke, Brice. Aber ich, ich habe jetzt keinen Nerv für dieses Gespräch. Ich … ehrlich, ich hatte einen echt langen Tag, und es wäre besser, wenn du jetzt gehst.»

«Ich soll gehen? Ich dachte, ich kann heute Nacht hier bleiben.»

Sie schluckte die Angst herunter. «Tut mir leid, das geht nicht.» Von der Küche führte eine zweite Tür in den Essbereich, von dem man durchs Wohnzimmer zurück zur Wohnungstür kam. *Sollte sie wegrennen? Versuchen, zur Tür zu gelangen*? Vielleicht rastete er dann aus. Ihre Gedanken rasten. Es war, als würde sie Schach spielen und müsste drei Züge im Voraus planen, gegen einen unberechenbaren Gegenspieler.

«Na, großartig. Das ist ja eine tolle Begrüßung. Typisch Callie.» Sein Lächeln war verschwunden. Er stellte die Einkaufstüten auf die Arbeitsplatte und strich sich eine Haarsträhne aus dem Gesicht.

Bei ihrer ersten Begegnung bei Starbucks hatte sie den schwarzen Pony, der ihm über das rechte Auge fiel, auf eine nerdige Art sexy gefunden. Sein Haar war verwuschelt gewesen, aber sauber, die dunklen Klamotten entfernt hipstermäßig, und er hatte ein tiefgründiges Buch gelesen. Als sie ihn angelächelt hatte, hatte er schüchtern weggesehen, bevor er ihr Lächeln erwiderte. Er hatte niedlich gewirkt. Am Anfang. Während der folgenden drei Monate musste sie feststellen, dass der Inhalt nicht so aufregend oder interessant war wie die Verpackung. Jetzt sah er mit der verschwitzten Haarsträhne, die ihm in die Augen hing, leicht irre aus, und als müsse er dringend zum Friseur. Seine übereinandergeschichtete Kleidung wirkte fehl am Platz hier in Florida, wo immer noch um die fünfundzwanzig Grad herrschten. Und seine Schüchternheit war verschwunden, ersetzt von einem schmollenden Zorn, den sie von ihm nicht kannte. Vielleicht hatte er psychische Probleme? Vielleicht nahm er seine Medikamente nicht mehr? Vielleicht *hatte* er etwas genommen …

«Ich weiß nicht, was du erwartet hast, Brice. Ich habe dich nicht eingeladen. Es ist, es ist …»

«Es ist *was*? Du hast immer nur von deinem ‹großen Umzug› erzählt», gab er trotzig zurück und machte mit den Fingern Anführungszeichen. «Du hast nie was von Schlussmachen gesagt. Davon war nie die Rede. Also, was wolltest du sagen, Callie? Es ist *was*?»

«Es ist unheimlich.»

«Ich bin unheimlich?»

«Nein! Nein. Ich habe einfach nicht mit dir gerechnet … hier, jetzt.» Sie wollte, dass er ging. Sie wollte ihn nicht noch weiter aufregen.

Warum war niemand vorbeigekommen, als sie geschrien hatte? Hatte sie keiner gehört?

«Tja, aber ich bin hier.»

«Na gut. Und was hast du jetzt für Pläne?» Zeit, die Taktik zu ändern. Sie musste ihn irgendwie beruhigen.

«Ich dachte, ich besuche dich hier, und dann fahre ich vielleicht noch bei einem Kumpel vorbei, der an der UF studiert. Den habe ich ewig nicht gesehen. Seit der Highschool oder so. Wahrscheinlich feiert er Tag und Nacht. Die UF ist eine verrückte Uni. Jede Menge lustiger Mädchen, weißt du? Das habe ich gelesen. Da geht's voll ab. Vielleicht bereust du dann, dass du mich gehen lässt. Ist nicht weit von hier, oder? Die UF?»

«Nein, ich glaube nicht. Das ist ganz in der Nähe.» Die UF war die University of Florida in Gainsville. Die Fahrt dauerte zwei Stunden, aber das würde sie ihm nicht auf die Nase binden.

«Also, nach der Begrüßung, und obwohl ich fünfzehn Stunden mit deinem Scheiß im Kofferraum im Auto gesessen habe, überlege ich es mir vielleicht anders und fahre gleich zu meinem Kumpel weiter. Und amüsiere mich ein bisschen.»

Sie nickte. «Okay.»

Er drehte sich zur Tür. «Weißt du was? Beim nächsten Mal sagst du einfach, was du meinst. Drück dich deutlicher aus», schnaubte er wütend.

Sie folgte ihm zur Tür. Der Schlüssel steckte von innen. Sie war abgeschlossen.

Er hatte sie beide eingeschlossen.

«Du verbirgst doch irgendwas, Callie. Schleichst dich davon und denkst, ich würde dich nicht finden. Ich wusste nicht, dass ich hier nicht willkommen bin. Wir hatten es gut miteinander, du und ich. Du hast dich nie beschwert, dass du keinen Spaß mit mir hast.»

«Wir hatten Spaß zusammen. Aber jetzt will ich mich auf mein Studium konzentrieren, das ist alles. Es liegt nicht an dir, okay? Es liegt an mir.» Sie sagte diesen Satz heute schon zum zweiten Mal, nur dass er diesmal gelogen war. Es lag sehr wohl an ihm. Er war nicht mehr der harmlose Vanilla-Brice. Callie hielt die Luft an, als er die Tür aufschloss.

«Ja, es liegt an dir. An dir und deinen Geheimnissen. Weißt du, was rauskam, als ich dich gegoogelt habe, Callie Monahan aus Vero Beach, Florida? Nichts. Gar nichts. Im Internet steht nichts über dich. Seltsam, oder? Keine Adresse, keine Highschool-Verzeichnisse, kein einziger Eintrag in irgendeinem Netzwerk.»

Er blieb in der halboffenen Tür stehen. Sein Körper blockierte den Ausgang. Draußen war kein Mensch. Sie würde es niemals an ihm vorbei schaffen.

«Warum ist das so?», fragte er wütend, und jetzt war er rot im Gesicht, und die Adern an seinen Schläfen waren geschwollen. «Das frage ich mich die ganze Zeit: Warum? Wer ist diese Frau? Wer ist diese hinterhältige Frau, in die ich mich verliebt habe? Das Ganze ist sehr mysteriös. *Du* bist mysteriös. Ich sage dir, was ich vorhabe: Ich werde mehr über dich herausfinden, Callie Monahan aus Vero Beach. Ich werde herausfinden, warum du so mysteriös bist.» Er trat hinaus. «In ein paar Tagen melde ich mich wieder», rief er aufgekratzt, während er die Treppe hinunterlief.

«Mach das, Brice. Aber … aber ich habe viel zu tun. Ich habe Vorlesungen. Ich will nicht, dass du wieder enttäuscht bist.»

«Viel zu tun. Alles klar. Ich ruf dich auf der Rückfahrt von der UF an, und dann reden wir. Dann reden wir über alles. Ich rede nämlich sehr gerne mit dir.»

Sie sah, wie er Boris' Kofferraum tätschelte. Dann winkte er ihr noch einmal zu, stieg in seinen Jeep und fuhr langsam vom Parkplatz. Hastig schloss sie die Tür ab. Ihr Herz klopfte so schnell und so laut, dass sie fürchtete, sie bekäme gleich einen Herzinfarkt. Und dann gaben ihre zitternden Knie nach, und sie sank auf den Wohnzimmerboden.

24

Was hatte er in ihrer Küche zu suchen? Was zum Teufel hatte Brice Cullen mit ihren Einkaufstüten in der verschwitzten Faust in ihrer Küche zu suchen? Sie nahm das Telefon in die Hand und überlegte, ob sie die Polizei rufen sollte. Der Moment fühlte sich surreal an, als hätte sie alles nur geträumt. Was sollte sie sagen?

Hallo. Ein Typ, mit dem ich mal eine Affäre hatte und der mehr auf mich stand als ich auf ihn, war gerade bei mir in der Küche und hat mir die Einkäufe hochgetragen?

Hat er Sie bedroht, Miss Monahan?

Na ja, er hat gesagt, er will über Nacht bleiben, aber ich wollte das nicht.

Okay, Ma'am. Sonst noch was?

Er war wütend, weil ich ihm nicht gesagt habe, wo ich hinziehe, und irgendwie war er mir unheimlich.

Ist er gegangen, als Sie ihn zum Gehen aufgefordert haben?

Eigentlich war es sogar seine Idee.

Hat er Ihnen gedroht?

Ja, er hat mir gedroht und schreckliche Angst eingejagt, Officer. Er hat gedroht, er würde in meiner Vergangenheit herumschnüffeln und dass er mich als die Betrügerin bloßstellen würde, die ich bin.

In welchem Sinne sind Sie eine Betrügerin?

Mein wahrer Name ist Mallory Knight.

Mallory Knight? Die Kleine, die der ganzen Welt weismachen wollte, sie wäre aus den Fängen eines Serienmörders entkommen?

Vergessen Sie's, Officer. Ich komme allein zurecht.

Sie legte das Telefon auf den Tisch. Brice hatte ihr tatsächlich nicht mit Gewalt gedroht. Er hatte nicht einmal damit gedroht, ihr Geheimnis zu verraten, denn er wusste gar nicht, worum es ging. Er hatte nichts Illegales getan, und das unheimliche Gefühl, das er bei ihr auslöste, war weder Grundlage für ein Kontaktverbot noch für den Vorwurf, er habe irgendeine Art von Vergehen geplant oder begangen. Sie ging zum Esstisch, nahm einen der nicht zueinanderpassenden Stühle, die ihr Vormieter dagelassen hatte, und klemmte ihn unter die Klinke der Wohnungstür. Morgen würde sie sich einen Türriegel besorgen. Und ein neues Schloss, ob es ihrem Vermieter passte oder nicht. Sie konnte nicht schlafen, solange sie das Schloss nicht auswechselte, auch wenn Brice eigentlich keinen Schlüssel haben konnte.

Nachdem sie kontrolliert hatte, ob jedes einzelne Fenster in der Wohnung geschlossen war, war sie klitschnass geschwitzt – wegen der unheimlichen Begegnung, aber auch wegen der panischen Gedanken, die ihr kamikazeartig durch den Kopf rasten. Hauptsächlich aber, weil es brütend heiß in der Wohnung war. Sie ging zur Klimaanlage und überprüfte die Einstellung. Kein Wunder, dass sie schwitzte – der Regler stand auf dreißig Grad.

Sie senkte die Temperatur auf zweiundzwanzig, und als die kalte Luft herauszuströmen begann, stellte sie sich unter das Gebläse. Wenigstens war die Klimaanlage nicht kaputt. Gott sei Dank.

Aber wenn sie nicht kaputt war, warum war es dann so heiß? Offensichtlich hatte sie heute Morgen am Thermostat gedreht, auch wenn sie sich nicht daran erinnerte. Oder es gab irgendeine Zeitschaltuhr, die sie übersehen hatte. Sie versuchte ruhig zu bleiben.

Oder war Brice schon vorher in ihrer Wohnung gewesen? Hatte er die Luft aus ihren Reifen gelassen? Wenn er New York wirklich um drei Uhr morgens verlassen hatte, wie er behauptete, konnte er es nicht gewesen sein – die Fahrt war zu lang. Aber vielleicht hatte er gelogen, damit sie ihn nicht verdächtigte. Es war ziemlich unwahrscheinlich, dass sich am selben Tag morgens ein Fremder an ihrem Auto zu schaffen machte und abends ihr verwirrter Exfreund aus heiterem Himmel in ihrer überhitzten Küche auftauchte und bei ihr übernachten wollte, obwohl sie seit ihrer letzten Begegnung vor einem Monat keinerlei Kontakt hatten. Es war auch ziemlich unwahrscheinlich, dass ein weiterer Unbekannter heute in ihr Apartment eingedrungen war, um ihre Klimaanlage umzuprogrammieren, während sie an der Uni war. Es musste Brice gewesen sein. Oder vielleicht die Hausverwaltung.

Sie erinnerte sich an die prophetische Frage von Colton, dem Cop: *Es war also kein beleidigter Exfreund, der Sie aufgespürt hat und Sie am Abhauen hindern will, indem er Ihnen die Luft aus den Reifen lässt?* Sie hatte ehrlich geantwortet, als sie nein gesagt hatte. Im College war sie hin und wieder mit einem Kommilitonen ausgegangen, aber es war nie etwas Ernstes daraus geworden. Das Gleiche galt für Freundschaften. Sie wollte keine Bindungen aufbauen. Sie wollte niemanden näher kennenlernen, weil sie nicht wollte, dass jemand sie näher kennenlernte. Mit Brice hatte sie ein bisschen geknutscht, aber sie hatten nicht miteinander geschlafen – dafür hatte Callie das Kribbeln gefehlt. Es war ihr nur um die Gesellschaft gegangen. Brice Cullen war einfach nur … nette Gesellschaft.

Den zweiten Stuhl schleifte sie ins Schlafzimmer. Sie schloss die Tür und klemmte die Lehne unter der Klinke. Im Schlafzimmer hatte sie noch keine Lampe angebracht, und das einzige Licht kam aus dem Bad nebenan.

Sie starrte in den Badezimmerspiegel, ihre zitternden Hände umklammerten den Waschtisch. «Was jetzt? Was willst du jetzt tun?», flüsterte sie. Ich will hier weg, dachte sie, während sie ihr erschöpftes, nervöses, verängstigtes Spiegelbild betrachtete. Ich will nach New York zurück, wo alles vertraut ist. Hier in Florida gibt es zu viele Zeichen, die mir sagen, dass ich umkehren soll. Dabei ist heute erst der erste Tag. Der allererste verdammte Tag.

Zurückgehen wäre so einfach. Sie hatte noch nicht mal ausgepackt. Sie müsste nur die Koffer zumachen, die Luftmatratze einrollen, ins Auto steigen, zurück zum Big Apple fahren, Boris verkaufen und in der Menge abtauchen. Irgendwo als Kellnerin arbeiten, wo niemand viel von ihr erwartete, niemand Fragen stellte, weil die Leute einander egal waren. Sie wäre längst über die Landesgrenze, bevor Psycho-Brice von dem nächsten ahnungslosen Freund zurückkam, dem er einen Überraschungsbesuch abstatten wollte.

Callie atmete tief durch. «Es reicht», sagte sie zu ihrem Spiegelbild und griff nach dem Gesichtspeeling. «Schluss mit dem Selbstmitleid. Du suchst nach einer Entschuldigung, um zu verschwinden. Damit du sagen kannst, du hättest es versucht, aber dann sei dein gestörter Exfreund aufgetaucht, hätte dir gedroht und deine Pläne zunichtegemacht. Reiß dich zusammen. Das Studium dauert nur drei Jahre, verdammt noch mal.» Sie schrubbte sich das Gesicht mit dem Peeling, bis es brannte, als hätte ihr jemand eine Ohrfeige gegeben. Dann putzte sie sich die Zähne, machte das Licht im Bad aus und stolperte vorsichtig durch die Dunkelheit zu ihrer Luftmatratze.

Sie musste sich zusammenreißen und durfte sich nicht den Kopf darüber zerbrechen, was Brice vielleicht finden würde, falls er wirklich herumschnüffelte. Oder was er täte, wenn er ihre wahre Identität aufdeckte und die Gründe, warum sie sie hinter sich gelassen hatte. Oder was die Leute sagen oder tun würden, wenn ihre Vergangenheit ans Licht käme. Allein beim Gedanken daran traten ihr Tränen in die Augen, und obwohl sie versuchte, stark zu sein, liefen sie ihr übers Gesicht. Ihre Schwäche und ihre Angst machten sie nur noch wütender auf sich selbst. Sie hielt das Telefon fest in der Hand und schloss die Augen.

Am Fenster kratzten die Palmwedel, als wollten sie einsteigen. Die Neonröhre in der Küche, die sie absichtlich angelassen hatte, summte. Sie hörte sie durch die Schlafzimmerwand. Heute war … ein Ausnahmetag. Eine Reihe von seltsamen unglücklichen Vorfällen. Zufall, mehr nicht. Morgen war ein neuer Tag.

Wie erwartet, dauerte es lange, bis der Schlaf endlich kam. Als am Morgen der Wecker klingelte und Callie die Augen aufschlug, das Telefon immer noch fest umklammert, war der unheimliche Albtraum von der fremden Schattengestalt, die ihren Koffer durchwühlte, noch ganz frisch, und sie fragte sich, ob sie überhaupt geschlafen hatte.

25

«Es war also gestern niemand in meiner Wohnung und hat die Klimaanlage überprüft oder so was? Der Hausmeister vielleicht?» Callie strich nervös über die Nähte ihrer Jeans. Ihre Fingernägel waren abgekaut; dem Nagel des kleinen Fingers hatte sie heute Morgen den Rest gegeben.

Die Frau im Büro der Gebäudeverwaltung, die auf der anderen Seite des Empfangstresens saß, hatte margarinefarbenes auftoupiertes Haar mit dunklem Ansatz. Ihr Schreibtisch war niedriger als der Tresen, und es wirkte, als habe sie sich dort verschanzt. Sie starrte zu Callie herauf und sagte: «Nein. So was haben wir hier nicht. Bei uns gibt es nur die Hausverwaltung.»

Callie nickte und sah sich um. Die Tür war aufgegangen, eine weitere Frau reihte sich in die Schlange hinter ihr ein. Ein Mann lächelte geduldig, die Frau dahinter schaute seufzend auf ihr Telefon. «Okay. War gestern jemand von der Hausverwaltung in meiner Wohnung?», fragte Callie die Empfangsfrau.

Die blickte nach unten, entweder auf ihre Fingernägel oder in den Kalender, der vor ihr lag. «Sie wohnen in Evergreen E, haben Sie gesagt? Erste Etage? Nein. Hier steht nichts.»

«Aber die Hausverwaltung hat doch einen Schlüssel, oder nicht?», fragte Callie.

«Wir haben zu allen Apartments Schlüssel, für den Fall, dass wir reinmüssen.»

«Gut. Ich glaube, gestern war jemand in meiner Wohnung. Die Klimaanlage wurde verstellt.»

«Ist die Klimaanlage kaputt? Soll ein Handwerker kommen?»

«Nein. Ich dachte zuerst, sie wäre kaputt, aber sie funktioniert einwandfrei.»

«Dann verstehe ich nicht, was Sie eigentlich wollen», sagte die Empfangsfrau ungeduldig.

«Es war jemand in meiner Wohnung und hat die Temperatur hochgestellt.» Callie versuchte ganz ruhig zu bleiben.

«Davon weiß ich nichts.»

«Aber so war es, und darum möchte ich, dass das Schloss ausgetauscht wird», sagte Callie.

«Das geht nicht. Dann können wir nicht mehr rein.»

«Ich will auch nicht, dass irgendwer reinkommt. Verstehen Sie, ich habe ein Problem mit meinem Exfreund …»

Die Frau zog die Brauen hoch. «Ein Problem?»

«Nein, nein. Kein richtiges Problem. Nur … ich will das Schloss austauschen lassen, das ist alles. Ich fühle mich nicht … ich fühle mich nicht sicher.»

«Wie gesagt, das geht nicht», antwortete die Frau ungerührt.

«Aber ich zahle auch dafür.»

«Das verstößt gegen die Hausordnung.» Das Telefon auf dem Tresen klingelte.

«Dann muss ich wohl ausziehen.»

«Wann sind Sie eingezogen … am Sonntag? Das war vor zwei Tagen.» Sie reichte Callie ein Blatt mit der Überschrift *Beendigung des Mietverhältnisses – Was Sie wissen müssen*, während sie mit dem Stuhl zurückrollte, um das Gespräch entgegenzunehmen. «Das bedeutet, die erste und letzte Monatsmiete verfallen, und die Kaution ebenfalls. Außerdem geht ein Bericht an die Kreditauskunft. Das ist hier so üblich. Tut mir leid», sagte sie und griff nach dem Hörer.

«Dann muss ich mir wohl einen bösen Wachhund anschaffen, der meinen Ex frisst», murmelte Callie.

«Verboten. Keine Haustiere.»

«Na toll. Danke für die Hilfe.»

«Gern geschehen», gab die Empfangsfrau zurück. «Kenger Property Holdings. Wie kann ich Ihnen helfen?», sagte sie dann ins Telefon und drehte Callie und dem Rest der Wartenden den Rücken zu.

«Sie sind gerade erst hier hergezogen?», fragte der Mann hinter Callie lächelnd. «Ausgerechnet im August?»

Sie nickte.

«Und ausgerechnet Tallahassee? Das ist … interessant.»

«Wegen der Uni. Ich gehe auf die FSU.»

«Na dann, willkommen in Florida. Ich bin Dennis. Ich weiß nicht, wie Sie in dieser Absteige gelandet sind, aber ich warne Sie, es braucht immer mehrere Anrufe, bis irgendwer kommt und etwas repariert», erklärte er finster und strich sich eine verschwitzte braune Haarsträhne aus der Stirn. «Ich stehe zum x-ten Mal hier, weil meine Klimaanlage *nicht* funktioniert. Wahrscheinlich finden sie irgendwann den Rest meiner verwesten Leiche in einer Pfütze im Wohnzimmer. Ohne Klimaanlage geht man in Tallahassee im August einfach vor die Hunde.» Zum Ende hin war er immer lauter geworden, denn der Satz war offensichtlich auch an die Sekretärin gerichtet, die immer noch telefonierte.

Callie bezweifelte, dass die irgendwelches Mitgefühl aufbrachte. Sie lachte höflich. «Hoffentlich nicht. Danke für die Warnung. Ich bin Callie.»

«Sehr erfreut, Callie. Ich wohne auch in E. Vielleicht hat der Handwerker die falsche Wohnung erwischt und wollte eigentlich zu mir. Ich habe nämlich vergeblich auf ihn gewartet. 2C.»

Sie zuckte die Schultern. «Vielleicht. Ich bin in 2B. Dann sind wir Nachbarn.»

«Sieht so aus. Nett, Sie kennenzulernen.»

«Ich glaube, Sie sind dran», sagte die Frau hinter Dennis und zeigte auf den toupierten gelben Helm und das eng beieinanderstehende Augenpaar, das wieder über den Empfangstresen spähte.

«Danke.» Er berührte Callie am Arm, als sie zur Tür ging, und wurde ernst: «Entschuldigen Sie, ich wollte Sie eben nicht belauschen, als Sie gesagt haben, Sie würden sich nicht sicher fühlen, aber … also, das hier ist nachts nicht die sicherste Gegend. Seien Sie immer vorsichtig, wenn Sie zu Ihrem Wagen gehen und so weiter.» Callie nickte. Die Frau hinter ihm zuckte die Schultern. «Die Leute machen ein freundliches Gesicht, aber nach meiner Erfahrung weiß man nie, was sich dahinter verbirgt», sagte er.

Callies Nackenhaare sträubten sich. *Sie wissen gar nicht, wie recht Sie haben*, wollte sie ihrem neuen Nachbarn sagen. Doch sie antwortete nur leise: «Danke.»

«Willkommen in Florida», wiederholte er mit einem versöhnlichen Lächeln, bevor er seinen geballten Zorn gegen die Empfangsfrau richtete.

26

Sie konnte es sich unmöglich leisten auszuziehen. Jedenfalls noch nicht. Also fuhr Callie am Dienstag nach der Uni zum Baumarkt und kaufte sich einen Türriegel, einen Bohrer und Jalousien. Auf dem Heimweg hielt sie außerdem bei einem Sportgeschäft und erstand einen Baseballschläger und zwei Dosen Pfefferspray. Nachdem sie das Riegelschloss angebracht hatte, was ihr laut Kenger Property Holdings ausdrücklich untersagt war, ging sie mit ihrem Laptop ins Internet und bestellte sich bei Amazon eine Haushund-Sicherheits-CD, die klingen sollte, als würde die ganze Besetzung von *Hundehotel* in ihrem Wohnzimmer kampieren. Dass Haustiere verboten waren, konnte Brice schließlich nicht wissen.

Dann wartete sie auf seine Rückkehr – spähte durch die Jalousien, nachdem die Sonne untergegangen war, als wäre Brice ein Vampir, der sich aus dem Nichts vor ihrem Fenster materialisieren würde. Und sie versuchte sich während des Wartens auf das Lernen zu konzentrieren. Fünfzig Seiten pro Sitzung bei drei Sitzungen pro Woche bedeuteten hundertfünfzig Seiten Lektüre. Und Deliktsrecht war nur ein Seminar von vielen. Sie hatte auch noch Eigentumsrecht, Zivilrecht und Juristisches Schreiben. Ach, und am Samstag fing sie bei Mammoni's an.

Den enormen Druck, für den das Jurastudium bekannt war, hatte Callie schon gespürt, als sie im März ihre Bewerbung abgeschickt hatte. Callie hatte gute Noten und ein gutes Ergebnis im Eignungstest, doch immerhin trug sie noch das schwere Gepäck ihrer Vergangenheit mit sich herum. Ihre College-Zeugnisse waren zwar auf den Namen Callie Monahan ausgestellt, und eigentlich sollten sich Graduiertenschulen nicht für die Zeit an der Highschool interessieren, dennoch versetzte sie der Gedanke in Panik, ihre Vergangenheit könnte ans Licht kommen. Aber es war alles gut gegangen. Callie wusste, dass drei Jahre harte Arbeit vor ihr lagen, riesige Mengen zu lesen und zu schreiben und viele Nächte, die sie durchbüffeln würde. Sie wusste, wie wichtig das Ranking der Studenten war: Nur die besten zehn Prozent eines Jahrgangs erhielten die begehrte Einladung, sich um eine Spalte im *Law Journal* zu bewerben – der prestigeträchtigen Fachzeitschrift, die die juristischen Hochschulen herausgaben und aus der die besten Kanzleien der USA ihre Mitarbeiter rekrutierten. Auch für die restlichen neunzig Prozent blieb das Ranking wichtig, wenn es darum ging, sich um einen Job, ein Stipendium oder auch nur um ein Praktikum zu bewerben. Es gab viel mehr Anwälte da draußen als Jobs, und die Kanzleien, ja, selbst die bescheiden zahlenden Behörden, konnten es sich leisten, wählerisch zu sein.

Also waren die Noten wichtig. Sehr wichtig. Das war Callie von Anfang an klar gewesen. Überrascht war sie nur, als sie hörte, dass eine Seminarnote im Jurastudium jeweils auf eine einzige zermürbende dreistündige Klausur am Semesterende zurückging. *Eine* Prüfung. *Eine* Note. Das war alles. Anders als im Bachelor-Studium gab es keine Tests, keine Hausarbeiten – nichts. Mit der Ausnahme des Methodenkurses Recherche und Schreiben juristischer Texte, in dem man genau das lernte – wie ein Jurist zu recherchieren und zu schreiben. Falls man also aus irgendeinem Grund – die Grippe, ein Missverständnis, Prüfungsangst, Tod der Großmutter, plötzliches Auftauchen eines Exfreunds, der ungebeten in dein Leben platzt und dich zu Tode erschreckt, sodass du nicht mehr schlafen kannst, geschweige denn dich konzentrieren – falls man aus irgendeinem Grund die Klausur in den Sand setzte, war's das: Eine Zwei in der Deliktsrechts-Klausur blieb eine Zwei in der Deliktsrechts-Klausur. Und bedeutete einen schnellen, schmerzhaften Abschied von jeglicher Illusion, die man sich über die Möglichkeit eines Artikels im *Law Journal*, eines Jobs bei einer großen Kanzlei an der Wall Street oder einer Laufbahn als Bundesrichter gemacht hatte. So viele Türen flogen gleichzeitig zu, dass der Knall ohrenbetäubend sein musste. Und wenn man bei einer Prüfung durchfiel – dann musste man seine Koffer packen, denn dann war es nicht nur mit Deliktsrecht vorbei. Dann war man zum nächsten Semester draußen.

Callie hatte noch nicht einmal die erste Woche überstanden, und bis zu den Klausuren waren es noch über drei Monate hin, aber der Druck war schon jetzt kaum auszuhalten. Sie konnte es sich nicht leisten, das Lesen auf morgen zu verschieben, weil sie morgen einfach doppelt so viel zu lesen hätte. Und so weiter. Selbst wenn sie ein nervöses Wrack war und ständig fürchtete, Brice könne plötzlich hinter ihr auftauchen, wenn sie aus dem Wagen stieg, oder mitten in der Nacht mit dem David-Foster-Wallace-Roman in der einen und etwas anderem als einer Supermarkttüte in der anderen Hand vor ihrer Wohnungstür stehen. Sie hatte keine andere Wahl, als sich im Wohnzimmer auf den Fußboden zu setzen und gegen ihre Furcht anzubüffeln.

Paradoxerweise wuchs ihre Angst mit jedem Tag, an dem sie nichts von Brice hörte. Die Fehlzündung eines Autos, Stimmen vor der Tür, das Summen einer ankommenden Nachricht – jedes Geräusch erschreckte sie. Ein Teil von ihr wollte glauben, dass er nie wiederkam. Dass er psychische Probleme hatte, die ihn vorübergehend aus der Spur geworfen hatten, dass er inzwischen aber längst zurück in New York war und sich nie wieder bei ihr melden würde. Aber die zynische Realistin in ihr wusste, dass sie ihn wiedersehen würde.

Nach vier Tagen Stille schrillte endlich ihr Telefon. Fast war sie erleichtert, als sie seine Nummer sah.

«Rate, wer dran ist!», begrüßte er sie.

«Wo bist du?», fragte sie.

«Es ist toll hier. In Florida geht die Party ab! Ich hätte auch hier studieren sollen.»

«Wo bist du?», wiederholte sie.

«Du klingst so nervös, Callie. Gut so. Das ist nett von dir.» Es klang, als lalle er. «Machst du dir Sorgen um mich?»

«Ich dachte, du besuchst einen Freund an der UF. Bist du noch da?»

«Ich hab eine kleine Rundreise gemacht. Ich habe viel von deinem Heimatstaat gesehen. Sehr viel.»

«Wo bist du?», fragte sie wieder und spähte durch die Jalousien.

«Ich bin bald da.»

«Hier? Du willst hierherkommen? In meine Wohnung?»

«Klingt, als hättest du mich wirklich vermisst. Die Liebe wächst mit der Entfernung. Das sagt man doch so, oder?»

«Wann?», fragte sie und versuchte ruhig zu bleiben. «Wann kommst du, Brice?»

«Ich weiß nicht genau, Callie. Haben wir was Besonderes vor? Bist du deshalb so … aus dem Häuschen?» Er kicherte unheimlich.

«Ich will einfach nur wissen, wann du hier bist.»

Eine lange Pause entstand. «Ich bin gerade losgefahren. Ich bin an der Ausfahrt, äh, Nummer 394. Wie lange habe ich noch mal hierhergebraucht? Ich glaube, ein paar Stunden. Du hattest gesagt, es wäre ganz nah, aber du hast gelogen. Es war weit. Ziemlich weit.» Er kicherte wieder. «Na ja, jetzt weiß ich ja, dass du eine Lügnerin bist. Aber ich will keinen Streit anfangen. Nicht am Telefon. Außerdem, die Menschen verändern sich, oder? Jeder hat eine zweite Chance verdient, ganz gleich, welche Fehler er gemacht hat. Ganz gleich, was er verbirgt.»

Sie strich sich durchs Haar. «Ich weiß nicht, wovon du redest.»

«Bald wirst du es verstehen. Zieh dir was Hübsches an, ich lade dich zum Essen ein. Ich schätze, gegen Mitternacht bin ich bei dir.»

«Was ist mit deinem neuen Job? Musst du nicht zurück nach New York?»

«Such dir was aus. Wir gehen, wohin du willst», redete er weiter, ohne auf ihre Frage einzugehen. «Oder hat um die Zeit nichts mehr offen? Vielleicht wäre es besser, wenn wir uns was Schickes für morgen überlegen. Letztes Mal hattest du keine Zeit für mich. Aber das war vorher. Jetzt ist alles anders, oder?»

Sie schluckte schwer. «Nein. Nichts ist anders. Ich will dich nicht wiedersehen, Brice. Dass du neulich einfach hier aufgetaucht bist, war keine gute Idee.» Er antwortete nicht. Aber sie hörte ihn atmen, also wusste sie, dass er noch in der Leitung war. «Tut mir leid, wenn ich mich nicht klar ausgedrückt habe, als ich aus New York weggezogen bin. Tut mir leid, wenn ich dich im Unklaren gelassen habe», fuhr sie langsam fort. Sie hörte das Zittern in ihrer Stimme, und sie wusste, dass er es auch hörte. «Aber jetzt sage ich es dir ganz deutlich, und es tut mir wirklich leid, wenn ich dir weh tue. Es ist vorbei, Brice. Wir haben keine Zukunft. Wir hatten nie eine. Du bist ein netter Kerl, und du findest bestimmt ein nettes Mädchen. Aber ich möchte dich nicht wiedersehen. Viel Glück bei deinem neuen Job», schloss sie. Sie hörte ihn immer noch atmen. «Ich lege jetzt auf», sagte sie nach ein paar Sekunden.

«Ich hab sie schon gefunden», antwortete er. Plötzlich war das Lallen aus seiner Stimme verschwunden. Er klang kalt, nüchtern und entschlossen.

Callie bekam Gänsehaut. «Wen gefunden?»

«Das nette Mädchen.»

«Gut. Das freut mich.»

«Dich.»

Sie schloss die Augen. «Okay. Ich lege jetzt auf. Du hast mir nicht zugehört. Komm nicht hierher. Fahr direkt nach New York zurück. Es ist vorbei. Wenn ich dich hier sehe, Brice, rufe ich die Polizei. Ich mein's ernst.»

«Du wirst mich nicht sehen», sagte er leise. Dann legte er auf, und Callie fragte sich, ob das eine Drohung war oder das Versprechen, für immer aus ihrem Leben zu verschwinden.

Mit zitternden Fingern wählte sie *FHP für die Florida Highway Patrol und meldete einen betrunkenen Fahrer in einem schwarzen Jeep Renegade mit New Yorker Kennzeichen, der auf der I75 nach Norden fuhr, vielleicht drei oder vier Ausfahrten nach der 394. Dann wartete sie mehrere Stunden am Fenster, das Telefon in der Hand, die aufgeschlagenen Bücher am Boden.

Er tauchte nicht auf.

27

Er sah sie gerne an. Er sah sie oft an.

Er beobachtete sie, als sie im Auto vorsichtig an ihrem heißen Starbucks-Kaffee nippte, die Sonnenbrille hochschob und sich im Rückspiegel betrachtete. Fast konnte er die Ringe unter ihren Augen erkennen. Er wusste, dass sie letzte Nacht schlecht geschlafen hatte. Sie hatte die ganze Woche schlecht geschlafen. Wen wunderte es? Sie stand unter großem Stress. Er trank seine Cola und ließ sie nicht aus den Augen, als sie sich umdrehte, um nachzusehen, ob jemand sie beobachtete. Sie wirkte nervös. Zu Recht. Sie hatte keine Ahnung, wie nah er ihr wirklich war.

Es war zum Totlachen – bei all den Drehungen und Wendungen, die das Leben nahm, bei all den Orten auf der Welt, wo man hingehen und untertauchen konnte, von großen Städten wie New York oder L.A. bis hin zu kleinen Dörfern in Europa oder Inseln im Pazifik –, dass sie ausgerechnet *hier* gelandet war. Es musste Schicksal sein.

Mit einem Fingernagel pulte er sich ein Stück Wurst aus dem Zahn, das von seinem Frühstücksbrot stammte, und schnippte es aus dem Fenster. Es landete auf der hinteren Tür ihres Wagens.

Die Ampel schaltete auf Grün, und die Autokolonne schob sich langsam vorwärts. Berufsverkehr in Tallanasty. Es hieß, wenn hier ein Wagen links abbog, kam es zu kilometerlangen Staus.

Die Presse hatte sie damals ziemlich in die Mangel genommen, als herausgekommen war, dass sie gelogen hatte. Die sozialen Netzwerke waren besonders grausam gewesen: Bösartige, gestörte Leute, die Blut sehen wollten. Ein Verrückter hatte geschrieben, er wolle sie am Marterpfahl verbrennen. Er hatte alles gelesen. Er hatte die Nachrichten im Fernsehen aufgenommen, jeden einzelnen Artikel über sie gesammelt, von der mitfühlenden Story in *People*, der ihre psychische Gesundheit hinterfragte, bis zu den Meinungsspalten in der *L.A. Times* und dem *Chicago Tribune*, die sie vor Gericht sehen wollten, und dem provokanten Artikel in der *New York Times*, der über die schädliche Wirkung falscher Vergewaltigungsvorwürfe für die Strafverfolgung im Allgemeinen sprach. Die *Times* hatte Mallory Knight mit Tawana Brawley verglichen, einer New Yorker Jugendlichen, die 1987 in den Schlagzeilen landete, als sie mit Kot und rassistischen Slogans beschmiert in einem Müllsack aufgefunden wurde und behauptete, sie sei von sechs Weißen vergewaltigt worden. Auch bei der kleinen Tawana surrten die Kameras, und die Heugabeln wurden hervorgeholt – bis man sie entlarvte und erfolgreich wegen Rufmords verklagte. Auch sie hatte danach versucht, sich zu verstecken. Auch ihr war es nicht gelungen.

Die Leute waren ziemlich wütend auf Mallory Knight gewesen, was er ziemlich witzig fand. Und manche waren es immer noch.

Die Schlagzeilen vor vier Jahren hatten die Berichterstattung über das andere Mädchen schnell verdrängt, das er ausgeweidet hatte wie einen Fisch. *Die Arme, wie hieß sie noch? Aus, aus, hmmm …? Wo war sie noch mal her, Bob? Weißt du noch? Irgendwo bei Disney World, oder?* Niemand erinnerte sich an sie. Seltsamerweise war Mallory Knight der einzige Name, der hängengeblieben war, wenn über die Opfer des Hammermanns geredet wurde, dabei gehörte sie nicht einmal dazu. Offiziell belief sich die Opferzahl heute auf achtzehn. Achtzehn arme, namenlose Mädchen – niemand wusste, dass es noch ein Dutzend andere gab, die offensichtlich nicht wichtig genug waren, um vermisst zu werden. Aber wer Mallory Knight war, wusste jeder. Und das machte ihn irgendwie sauer. Als wolle sie ihm die Show stehlen.

Er schlürfte den Rest seines morgendlichen Eins-Komma-drei-Liter-Super-Gulp-Bechers Cola ohne Eis von 7-Eleven und suchte mit dem röchelnden Strohhalm den Becherboden nach dem letzten Schluck Koffein ab wie ein verzweifelter Junkie. Wer an Schlaflosigkeit leidet, kann ohne Koffein – Unmengen davon – nicht existieren. Sie trank keine Cola, das wusste er; viel zu süß. Das hatte sie in der achten Klasse auf einem alten Facebook-Post verkündet. Damals stand sie auf Golden Retriever, Harry Potter und Piraten, und sie hasste unter anderem Lügner, Mikrowellen-Gerichte und ihren Stiefvater. Die Liste war längst verschwunden, aber in der digitalen Welt verschwand nichts wirklich. Nicht für ihn. Er war Doktor Wiederherstellung. Verlorenes aufzuspüren war seine Spezialität.

Wenn er wollte, würde sie jetzt schon ihm gehören. Er könnte sie an seinen besonderen Ort bringen und besondere Dinge mit ihr tun. Er hatte immer gewusst, wo sie war, auch, während sie versuchte, aus dem kollektiven Gedächtnis zu verschwinden und in New York unterzutauchen, wo Millionen von Menschen viel Schlimmeres auf dem Kerbholz hatten als sie. Er kannte ihren neuen Namen. Er hatte sie im Auge behalten – es war ganz leicht gewesen. Und dank ihres läppischen Versuchs, mit dem Mittelmaß zu verschmelzen – mit der modischen Brille, dem neuen Haarschnitt und den karamellfarbenen Dip-Dye-Strähnen nach dem Vorbild der neuesten Hollywood-Starlets –, würde niemand einen Zusammenhang sehen, wenn sie verschwand. Sie entsprach nicht mehr seinem «Beuteschema».

Das behaupteten jedenfalls diese schlauen Profiler, die so taten, als durchschauten sie ihn. Aber er nahm es den Psychologen und Kriminologen der Verhaltensanalyseeinheit des FBI nicht übel, dass sie den Wald vor Bäumen nicht sahen. Schließlich kontrollierte er, was sie über ihn dachten. *Er* hatte ihnen sein «Muster» gegeben. Es war witzig zu hören, wie sie nach all den Jahren immer noch damit prahlten, sie wüssten «alles über ihn» – vom Alter bis zum Beruf und sozialen Status als Einzelgänger, der wahrscheinlich Probleme mit seiner Mutter hatte. Wer hatte keine Probleme mit seiner verdammten Mutter? Er hatte ihnen Bescheid gegeben, wenn er Kuchen gegessen hatte, damit sie den Teller und die Krümel fanden und analysieren und ausknobeln konnten, was für Kuchen er gegessen hatte und warum. Er hatte ihnen nur nicht Bescheid gegeben, wenn er Steak aß, woraus die Heinis kollektiv folgerten, dass er kein Steak aß.

Doch zurück zur Dame der Stunde. Kuchen und Steak zugleich. Es war kein Modebewusstsein, das die hübsche Mallory Knight dazu bewegte, verzweifelt so aussehen zu wollen wie jeder andere auf der Straße. Es war ihre Angst aufzufallen. Bemerkt zu werden. Sie wollte sich unsichtbar machen, indem sie gewöhnlich wurde. *Interessant.*

Sehr, sehr interessant. Aber unmöglich.

Sie war nicht wie die anderen. Sie konnte nicht gewöhnlich werden, egal wie sehr sie sich anstrengte. Mallory alias Callie war eine Geächtete, die jeden Moment damit rechnete, in ihrem Versteck aufgespürt und am Marterpfahl verbrannt zu werden. Er wusste, wie sich das anfühlte. Auch er hatte nie dazugehört.

Er folgte ihr die ganze Strecke bis zum schmiedeeisernen Tor der Florida State University. Der Campus war voll und hatte sich fürs neue Semester geschmückt. Überall wurde Wiedersehen gefeiert – auf der Wiese, den Parkplätzen, in den Wohnheimen. Die Erstsemester waren am leichtesten auszumachen. Sie wanderten nervös in ihren nagelneuen rot-goldenen FSU-T-Shirts über den Campus wie verlorene Schafe auf der Suche nach ihrer Herde, irgendeiner Herde, der sie sich anschließen konnten, wie damals in der Highschool. Er spürte, wie es in ihm brodelte, und rieb sich über den Kopf, der vom Druck seiner bösen Gedanken zu schmerzen begann.

Als ihm erstmals klargeworden war, was er war – ein grausames Monster, erschaffen von Kräften, die außerhalb seiner Kontrolle waren –, hatte er sich unsäglich einsam gefühlt. Wie Frankenstein, der ungeschickt versuchte, sich unter die Dorfbewohner zu mischen, denen er ähnlich sehen sollte, hatte auch er linkische Versuche unternommen, freundlich zu sein und sich anzupassen. Erst als er wieder und wieder abgelehnt wurde, merkte er, wie anders er wirklich war. Geformt von einer herrischen Mutter mit einer schmutzigen Vergangenheit, die sie als Super-Sauber-Frau zu tarnen versuchte, und einem gefühlskalten Schlappschwanz von Vater, gewürzt mit den Eigenschaften seiner seltsamen Großeltern und den Kommentaren all der Idioten, die sich über die Jahre eingemischt hatten, um zu retten, was seine Eltern verbockt hatten. Die Ärzte und Psychiater hatten die Scherben aufgesammelt und zu etwas zusammengeflickt, das wie ein Mensch aussah, aber alles andere war. Die Übrigen – Klassenkameraden, Kollegen, Fremde auf der Straße – hatten immer gespürt, dass er gefährlich war, anders und voller Wut, und hatten Abstand gehalten. Sie hatten Angst vor ihm, das wusste er. Das machte ihn noch wütender, und gleichzeitig erregte ihn der Gedanke an seine hässliche Macht.

Und nun war Frankenstein endlich seiner Braut begegnet. Er beobachtete, wie sie auf den nächstbesten Parkplatz fuhr und kurz darauf in einem Gebäude verschwand. Auch sie war eine versehrte Aussätzige, von der Gesellschaft geächtet, nach der sie sich heimlich sehnte, zusammengeflickt aus scheinbar passenden Teilen. Noch ahnte sie nicht, dass sie ein Leben lang ausgestoßen sein würde. Niemals, niemals würde sie wieder zur Gesellschaft gehören. Und wie schrecklich diese Erkenntnis wäre, wenn sie bei ihr ankam. Doch wenn es so weit war, würde er für sie da sein. Er würde bei ihr sein, ihr helfen, die Scherben aufzuklauben, die dann zu kaputt wären, um wieder ein Ganzes zu ergeben.

Er schluckte vier Kopfschmerztabletten ohne Wasser und machte sich summend auf den Weg zur Arbeit. Er konnte sie jederzeit haben. Und er würde sie sich nehmen, wenn es so weit war. Doch im Moment reichte es ihm, sie zu beobachten. Das war der halbe Spaß.

28

Vielleicht hatte er ihre Drohung ernst genommen. Vielleicht war er von der Polizei angehalten worden und saß in einem Provinzknast in Leon County, wo er weder Kaution stellen noch jemanden anrufen konnte. Vielleicht hatte er auf dem Weg zu ihr einen Unfall gehabt, lag jetzt in irgendeinem Krankenhaus und hatte vergessen, wer er war. Oder er war zurück in New York und gabelte in Coffeeshops Mädchen auf, die auf David Foster Wallace standen, weil er endlich eingesehen hatte, dass es zwischen ihnen aus war. Oder er war tot, und sein Jeep steckte kopfüber in einem der tiefen, trüben Kanäle, die parallel zur I75 verliefen, weil er sternhagelvoll die Kontrolle über das Lenkrad verloren hatte, nachdem er bei ihr angerufen hatte.

Was auch immer der Grund war, Brice Cullen war weg. Sie hatte seit mehreren Wochen keinen Ton von ihm gehört. Callie beklagte sich nicht – sie war wachsam, das war alles. Während ihr Adrenalin-Spiegel immer noch über dem eines Extremsportlers lag und sie immer noch erst auf dem Rücksitz nachsah, bevor sie in ihren Wagen stieg, begann sogar die zynische Realistin in ihr allmählich zu glauben, dass er diesmal wirklich aus ihrem Leben verschwunden war.

Auch wenn niemand wusste, *wo* er war. Callie hatte bei der Polizei in Leon und Duval County angerufen, um zu fragen, ob sie ihn in der Nacht aufgegriffen hätten oder ob es Unfälle gegeben habe, doch man gab ihr keine Auskunft. Sie kannte weder die

Namen seiner Freunde noch die Adresse der neuen Stelle, die er antreten wollte. Früher hatte er für einen New Yorker Radiosender Werbung verkauft, aber sie hatte vergessen, für welchen. Je mehr sie darüber nachdachte, desto klarer wurde ihr, wie wenig sie über Brice Cullen wusste. Sie hatte ihn gegoogelt und ein paar Artikel gefunden, die er für den *Pace Chronicle* geschrieben hatte, als er auf dem College war, und ein paar Sportergebnisse der New Jersey Highschool, für die Brice im Jahr 2007 Wasserball gespielt hatte, aber sonst nichts. Sie gab die Adresse seiner Wohnung in Forest Hills in Queens im Telefonverzeichnis ein und stellte fest, dass sie seit dem ersten September neu vermietet war. Brice hatte keine Nachsendeadresse hinterlassen.

Mehr war nicht herauszufinden. Sie hatte also keine Ahnung, wo er war, was irritierend war, wenn auch weniger irritierend als der Gedanke, er würde in der Nähe des Campus herumhängen und sie beobachten. Noch vor kurzem war es ihr völlig gleichgültig gewesen, wo auf der Welt sich Vanilla-Brice aufhielt, sie hatte keinen Gedanken an ihn verschwendet. Jetzt wünschte sie, er hätte einen Funksender, damit sie sichergehen konnte, dass sich sein Punkt auf dem Radarschirm nicht in ihre Nähe bewegte.

Du wirst mich nicht sehen.

Wenn sie an seine letzten Worte dachte, bekam sie Gänsehaut, also versuchte sie nicht daran zu denken. Doch als die Wochen verstrichen und nichts passierte, begann Callie zu glauben, dass Brice endgültig aufgegeben hatte. Der Vampir, dessen plötzliches Erscheinen sie gefürchtet hatte, war zu Staub zerfallen. Langsam, aber sicher ging das Leben wieder seinen gewohnten Gang, das Studium nahm seinen Lauf, sie joggte und fuhr zum Supermarkt, sie musste kellnern, und sie hatte Unterrichtsziele zu erreichen. Sie hatte keine Zeit, am Fenster zu stehen und hinauszuspähen. Sie schlief wieder besser, nicht wie ein normaler Mensch, aber immerhin im Schnitt sechs unruhige Stunden. Bei der Arbeit lief es toll, sie verdiente gut bei Mammoni's, mochte die Stammgäste, sogar die Abende der Sportveranstaltungen hatte sie im Griff. Und im Studium ging es auch gut voran, soweit sie das ohne Tests einschätzen konnte; jedenfalls gut genug, um das Semester zu überstehen. Selbst mit der Angst vor Brice und der selbstgewählten Isolation schaffte sie es, Arbeit, Sport und Uni zu vereinbaren und ... zu leben. Und das tat gut. Ihr Plan ging auf, die Verwandlung schritt voran, und trotz der ständigen Sorge um ihre Vergangenheit hatte sie das Gefühl, sie hätte ihr Leben im Griff. Und das hätte die Therapeutin, die ihr das katholische Hilfswerk in New York vermittelt hatte und die ihre «emotionale Instabilität und soziale Verweigerung infolge einer posttraumatischen Belastungsstörung» behandelte, einen triumphalen Durchbruch genannt – insbesondere angesichts Callies Entschlusses, nach Florida zurückzukehren, um Jura zu studieren.

Mit jedem Tag wuchs ihre Zuversicht. Eines Tages würde sie Staatsanwältin sein. Und dann wäre sie als Mensch rehabilitiert und als Callie Monahan wieder Teil der Gesellschaft. Sie konnte die Vergangenheit dort lassen, wo sie hingehörte – in der Vergangenheit. Fest verschnürt in einer Kiste auf dem Grund des Meeres der Geschichte. Sie würde es schaffen, das sagte sich Callie wieder und wieder.

Und dann verschwand ein Mädchen namens Claudia Coba.

29

«Ich bin zu alt für so was», murmelte Bobby Dees, als die imponierende Gestalt mit dem Sturmgewehr ihm gegenüber Kampfposition einnahm. Das jährliche Überlebenstraining für FDLE-Mitarbeiter fand in Turkey Point am südlichsten Zipfel von Miami-Dade County statt. Das Glück wollte es, dass nach einer Woche intensiven Trainings die Klimaanlage den Geist aufgegeben hatte. Die Außentemperaturen beliefen sich auf angenehme achtundzwanzig Grad, doch in der Sporthalle, in der sich Agents und Trainer aus dem ganzen Staat drängten, war es heiß wie in einer Sauna. Und es roch wie in einer alten Sporttasche.

«Du? Ich bin der alte Mann hier», rief Ralph Portz, der Mitte sechzig war und Ausbilder in Verteidigungstaktik des FDLE. Er war immer noch gebaut wie ein Ochse und steckte von Kopf bis Fuß in Kampfkleidung. Die mit Plastik beschichteten blutroten Beinschoner, in die seine Schenkel eingeschnürt waren, quietschten vom Schweiß, als er bedrohlich über die Matte auf Bobby zustampfte. «Schlechte Ausrede!», schrie er, das AR-16 vor sich ausgestreckt.

Bobby ließ sich fallen, warf die Beine nach vorn und riss den Gegner von den Füßen, wobei er ihm das Gewehr aus dem Griff wand. Ralph landete mit einem dumpfen Schlag auf der Matte, und Bobby fixierte Hals und Arm seines Trainers im Dreiecks-Würger. «Ich habe nicht gesagt, dass ich es nicht kann. Ich habe gesagt, der Trick ist alt.»

Ralph klopfte mit der flachen Hand auf die Matte, um anzuzeigen, dass er geschlagen war. «Und ich dachte, du hättest gesagt, *du* wirst alt.»

Bobby reichte ihm die Hand. «Und du wirst taub, Ralph. Wann gehst du endlich in Rente?»

«Ich warte auf dich, Dees. Ich warte nur auf dich», gab Ralph grinsend zurück, während er den gepolsterten roten Helm abnahm. Lange Strähnen hatten sich aus dem grauen Zopf gelöst, der ihm auf den Rücken fiel, und klebten in seinem braungebrannten, gegerbten Gesicht. Die meisten Männer in Ralphs Alter schalteten einen Gang runter, wenn sie in die Jahre kamen und am Horizont die Rente winkte. Ralph fuhr Harley, war mit Zo beim Special Response Team und hatte eine zweiundzwanzigjährige Freundin.

«Nicht mehr lang», antwortete Bobby.

Ralph lachte. «Das erzählst du uns seit Jahren.»

«Glaub ihm kein Wort, Ralphie. Bobby lässt sich mit den Füßen zuerst raustragen; und vorher lassen wir ihn auch nicht gehen», rief Zo, der wie ein Hilfstrainer am Mattenrand stand und mindestens seinen vierten Nachmittags-Cafecito trank. Als Kommandant des Special Response Teams – das beim FDLE einer SWAT-Einheit gleichkam – hatte Zo am Vormittag einen Vortrag über Verhandlungen bei Geiselnahmen gehalten und sah jetzt amüsiert zu, wie seine Kollegen von einem über Sechzigjährigen in Schutzkleidung die Hucke voll bekamen.

«Du machst mir Angst», rief Bobby.

«Schön wär's. Ich habe deine Ergebnisse gesehen. Gut geschossen. Du läufst Sampson als Schützenkönigin den Rang ab. Aber ich will nicht derjenige sein, der ihr sagt, dass sie von dir entthront wurde. Sie ist immer noch eine der Besten, auch wenn die Mutterschaft sie weich gemacht hat. Wie geht's deiner Schulter, nachdem du gestern die gesamte Mannschaft verprügelt hast?»

«Es war alles in Ordnung, bis Ralph sie mir ausgekugelt hat», sagte Bobby lachend und wischte sich mit einem Handtuch übers Gesicht.

Das Training umfasste alles, von juristischen Updates über Schießübungen und taktische Manöver. Es war geistig und körperlich eine Tortur. Wenn Bobby sich abends auf die Pritsche legte, hatte er das Gefühl, er wäre von zwei Sattelzügen gleichzeitig überfahren worden. Das einzig Gute an der Fortbildung war, dass LuAnn Mitleid mit ihm haben würde, wenn er heute Abend endlich nach Hause durfte und seine schmerzenden Glieder auf die Terrasse schleppte. Und das bedeutete: sein Lieblingsessen, ein heißes Bad, gefolgt von einer Massage mit Babyöl und phantastischem Sex – falls er vorher nicht aus Erschöpfung einschlief, was mit den Jahren immer häufiger passierte. Katy ging heute Abend zu einer Vorlesung, und sie hätten das Haus für sich. Bobby würde sich auf dem Heimweg einen doppelten Cappuccino holen und ihn mit Red Bull herunterspülen, damit er von dem Verwöhnpaket so viel wie möglich mitbekam. Er nahm sein Handtuch und ging auf die Umkleidekabine zu.

«Du hast Ralph umgehauen. Ich hab's gesehen», sagte Zo schmunzelnd. «Willst du schon los? Wollen wir nicht noch ein Bier trinken?»

«Nein, danke. LuAnn macht Cajun Maccaroni and Cheese und ein saftiges Steak, und sie hat ein paar Flaschen Wein gekauft. Bis halb zehn haben wir sturmfreie Bude – ich bin in zehn Minuten hier weg. Falls ich vorher nicht einschlafe, verwöhnt sie mich mit allem Drum und Dran.»

Zo nickte. «Schön für dich. Dein Leben hätte ich auch gern. Ich wünschte, Birdie könnte kochen. Ich wünschte, mich würde jemand verwöhnen.»

«Versuch's mal mit Blumen und einem besseren Lokal als dem Golden Corral.»

«Ja, das war ein Fehler, aber ich hatte vergessen, dass sie Geburtstag hatte. Pass auf.» Zos Stimme wurde plötzlich leiser und ernst. «Hast du's schon gehört? Sieht aus, als hätte er ein neues Opfer.»

Bobby wusste sofort, von wem er redete. «Was?»

«Eine junge Frau aus Live Oak. Ist gestern verschwunden.»

«Wie kommst du darauf ...?»

«Sie sieht genauso aus wie die anderen. Könnte eine Schwester sein.»

«Scheiße. Name?»

«Claudia Coba. Noch hat die Presse davon keinen Wind bekommen, aber das dauert nicht mehr lange.»

Damit stieg die Zahl auf neunzehn. Neunzehn Mädchen in sieben Jahren. Außerdem hatte der Hammermann sein Jagdrevier ausgeweitet. Es gab nun auch Opfer aus Louisiana und Alabama.

«Hat er sich gemeldet?»

«Noch nicht.»

Bobby kam aus der Umkleidekabine. «Wie auch immer, ich fahre jetzt nach Hause, Zo.»

Es war vier Jahre her, dass der fleißigste Serienmörder der neueren Geschichte versucht hatte, mit Bobby Räuber und Gendarm zu spielen, indem er ihm über Twitter eine persönliche Botschaft geschickt hatte. Doch eine Begegnung dieser Art reichte Bobby vollkommen; beim Gedanken daran bekam er jetzt noch Gänsehaut.

«Hast du nicht Lust, einen Abstecher nach Norden zu machen? Du wirst gebraucht, Bobby, du könntest Bewegung in die Sache bringen», sagte Zo, als Bobby sich zum Gehen wandte.

«Versuch nicht, mir ein schlechtes Gewissen einzureden, damit ich mein Leben aufgebe.»

Gegen den Green River Killer hatte die Polizei zwanzig Jahre lang ermittelt. Auch bei Dennis Rader, der sich selbst den BTK-

Killer nannte – *Bind, Torture, Kill* –, hatte es zwanzig Jahre gedauert. Das FBI hatte immer noch eine Taskforce auf den Ersten Night Stalker angesetzt – einen flüchtigen Serienmörder, der in den siebziger und achtziger Jahren in Los Angeles gewütet und mutmaßlich zwölf Morde und fünfundvierzig Vergewaltigungen begangen hatte. Jack the Ripper und der Zodiac-Mörder waren bis heute nicht identifiziert. Sich einer Serienmörder-Taskforce anzuschließen, hieß ... sein eigenes Leben an den Nagel zu hängen. Die Ermittlungen ließen keine Zeit für irgendwas oder irgendjemanden sonst. Jeder Tag war ein Rennen gegen die Zeit, auf der Suche nach einem gesichtslosen Sadisten, der wieder zuschlagen würde, so sicher, wie morgens die Sonne aufging. Man wusste nicht, wo, man wusste nicht, wann, und man wusste nicht, warum, aber man wusste, irgendwann würde das Telefon wieder klingeln. Die unsichtbare Sanduhr war überall – auf dem Schreibtisch, auf dem Nachttisch, auf dem Armaturenbrett, am Strand im Urlaub, falls man es wagte, Urlaub zu machen. Man versuchte nicht obsessiv zu werden, aber es war unmöglich. Denn tief drinnen wusste man, egal wie sorgfältig, egal wie engagiert, egal wie fleißig man war – egal wie gut man in seinem Beruf war, trotzdem trug man die Verantwortung für das nächste Gemetzel, wenn man es nicht endlich aufhielt.

«Er hat sich schon mal bei dir gemeldet», sagte Zo. «Und er hatte einen Grund dafür. Die schlimmen Jungs scheinen eine Schwäche für dich zu haben; sie sehen dich als würdigen Gegner an.»

«Mit Süßholzraspeln kommst du bei mir auch nicht weiter.»

Serienmörder wurden von der Bevölkerung und von der Polizei gefürchtet, weil ihre Verbrechen so unberechenbar und so brutal waren. Da sie sich nicht an die Regeln hielten, war es fast unmöglich sie zu erwischen, außer sie machten Fehler – und selbst dann war es häufig schwer, sie ausfindig zu machen. Ein

Fingerabdruck oder eine DNA-Spur halfen nichts, solange man keine passende Vergleichsprobe hatte.

Die Tür zur Männerumkleide fiel zu. Offenbar hatte es Zo aufgegeben, ihm Jacksonville verkaufen zu wollen. Bobby wusch sich mit kaltem Wasser das Gesicht und starrte die hässlichen knotigen Narben an seinen Händen an. Sie verschwanden unter dem langärmeligen Sporthemd und liefen beide Arme hoch, wo vor fünf Jahren ein Feuer den Polyesterstoff seines Hemds geschmolzen hatte. Die offene Haut und die schmerzhaften nässenden Brandblasen waren längst verheilt. Stattdessen liefen weiße, haarlose Flecken über seine Knöchel und Finger wie geschmolzenes Kerzenwachs. Er war nie ein Fan von Tätowierungen gewesen – bis er das Ergebnis der Hauttransplantationen gesehen hatte. Also hatte er die Narben in bunte Bilder verwandelt, und nun wanden sich zwei zornige, feuerspuckende Drachenschwestern über seine Brust und Arme, rot auf einer Seite, blau auf der anderen. Dank ihnen konnte er sich wieder ohne Ekel ansehen.

Picasso hatte mehr Leichen im Keller gehabt, als die Zahl der Toten in seinem Garten in Belle Glade nahegelegt hatte. Lainey Emerson, das junge Mädchen, das Bobby aus dem Inferno gerettet hatte, rief ihn heute noch regelmäßig an, nur um gute Nacht zu sagen. Sie sagte, seine Stimme zu hören, gab ihr den Mut, das Licht auszuschalten. Auch Bobby fiel es schwer, am Abend die Augen zu schließen. Trotzdem stand er morgens auf, und er brauchte keine Therapie oder irgendwelche Pillen ... nur dass es ihm manchmal schwerfiel, die Erinnerungen von den Albträumen zu unterscheiden.

Er würde sich nicht freiwillig wieder in die Schusslinie begeben. Nur weil er einmal einen Serienmörder zur Strecke gebracht hatte, erwarteten die Leute jetzt das Gleiche noch einmal von ihm, auch wenn er damals, als er Picasso aufgespürt und unschädlich gemacht hatte, mehr Glück als Verstand gehabt hatte.

Die menschlichen Monster, die da draußen herumliefen, sahen aus wie der nette Nachbar von nebenan. Es grenzte an ein Wunder, wenn man einen von ihnen schnappte. Er trocknete sich das Gesicht ab, und während er in ein sauberes Hemd schlüpfte, betrachtete er im Spiegel die wütenden Drachenköpfe auf seiner Brust.

Jeden Abend im Bett schickte er ein stilles Dankgebet zum Himmel, dass wieder ein Tag vergangen war, an dem er keinen Serienmörder jagen musste. Dann schloss er die Augen und versuchte zu schlafen.

30

«Die Neunzehnjährige aus Live Oak verschwand am zehnten Oktober. Zuletzt wurde sie von ihrem zwölfjährigen Bruder gesehen, als sie zu Hause in ihren schwarzen Nissan Juke Baujahr 2011 stieg und zur Arbeit fuhr, einem Teilzeit-Job als Nachtconcierge im Hampton Inn Hotel. An ihrer Arbeitsstelle ist sie jedoch nie angekommen. Ihr Wagen wurde fünf Tage später vor einer Ladenzeile außerhalb von Valdosta in Georgia gefunden. Die Polizei von Live Oak bittet die Bevölkerung um ihre Mithilfe. Bis jetzt gibt es keinen Beweis für eine Verbindung mit dem brutalen Serienmörder, dem sogenannten Hammermann, doch in den sozialen Netzwerken wird spekuliert, es könne sich um ein weiteres Opfer …»

Callie starrte den Fernseher an, den sie gerade hatte abstellen wollen. Sie hatte bereits den Thermobecher mit Kaffee in der Hand und den Autoschlüssel in der Tasche. Das Foto der lächelnden dunkelhaarigen ehemaligen Turnerin ging ihr durch Mark und Bein. Wie in Trance wickelte Callie sich eine Haarsträhne um den Finger, die einst vom gleichen Espresso-Braun war, doch inzwischen von zu vielen Drogerie-Packungen in Karamell- und Honignuancen ausgebleicht war. Früher war ihr Haar auch so lang gewesen wie das des Mädchens im Fernseher, während sie jetzt einen Pony und Stufen trug, die gerade bis zu den Schultern reichten. Für einen radikalen Kurzhaarschnitt hatte ihr der Mut gefehlt. Ihr Haar war das einzige Überbleibsel ihres damaligen Ichs, das sie nicht über Bord werfen wollte. Bis jetzt.

Die Vermisste im Fernsehen sah aus wie sie. Wie sie früher ausgesehen hatte.

Ihre Hände fingen zu zittern an.

Bis jetzt gibt es keinen Beweis für eine Verbindung mit dem brutalen Serienmörder, dem sogenannten Hammermann.

Bis jetzt.

Sie erinnerte sich an Bobby Dees, den netten FDLE-Agenten. Seinen strengen, aber besorgten Blick, als er bei ihr am Krankenbett saß, die tiefen Linien auf seiner Stirn. *Der Hammermann? Das ist ein wirklich böser Mensch. Der lässt keine Überlebenden zurück. Er hat neun Mädchen gefoltert, verstümmelt und getötet. Keine ist ihm entkommen. Kein Mädchen hat überlebt und konnte von ihm erzählen. Bis heute nicht.*

Sie suchte nach der Fernbedienung. Sie musste los, sie war schon spät dran. Sie musste gehen. Jetzt sofort.

Jetzt hat er dich auf dem Schirm. Heute hat er ein Foto von dir getweetet.

Und dann die Pointe: *Auf dem Foto warst du tot.*

Sie riss die Kissen von der Couch. Kickte die zerknüllten Zettel zur Seite, die auf dem Boden lagen. Wo war sie? Wo war die verdammte Fernbedienung, um den verdammten Fernseher auszuschalten?

Er weiß, wer du bist, Mallory. Und wie du aussiehst. Und das jagt mir eine Höllenangst um dich ein. Denn wenn er denkt, er hätte eine Zeugin am Leben gelassen …

Sie schnappte sich den Rucksack vom Tisch. Die Sprecherin redete weiter von den achtzehn bisher bekannten Mordopfern und den grausigen Details ihrer furchtbaren Tode, während Callie mit zitternden Fingern den Schlüssel ins Schloss bugsierte und die Treppe hinunterlief.

Sie hatte es so eilig wegzukommen, damit sie die Stimme der Sprecherin nicht mehr hören musste, dass ihr die Visitenkarte nicht auffiel, die jemand zwischen die Tür und den Rahmen gesteckt hatte, zusammen mit dem Prospekt eines Pizza-Lieferservices.

Brauchen Sie Hilfe beim Aufhängen Ihrer Bilder?
Beim Anbringen von Regalen?
Kein Job ist zu groß oder zu klein!
Jemand mit Werkzeug muss es sein!
www.hammerundnagel.com

Die Karte flatterte auf die Metalltreppe, fiel zwischen zwei Stufen auf den Fußweg hinunter und ins Gebüsch, wo sie in einer seichten Pfütze ertrank.

31

«Ich habe hier etwas für die *Criminal-Minds*-Fans unter Ihnen», sagte Professor Sarcow am Ende des Zivilrecht-Seminars. «Ich gehe davon aus, dass sich einige von Ihnen für Strafrecht interessieren, und für diejenigen, die mit dem Gedanken spielen, Ankläger oder Strafverteidiger zu werden, bietet sich hier eine Gelegenheit, Einblick in die Polizeiarbeit zu gewinnen. Eine Taskforce braucht Hilfe bei der Durchsuchung eines Waldstücks im Apalachicola National Forest. Gesucht wird nach den sterblichen Überresten der jungen Frau, die vor ein paar Wochen aus Live Oak verschwunden ist, etwa einhundertzwanzig Kilometer östlich von hier. Ich weiß nicht, warum die Polizei ausgerechnet in dem besagten Waldstück sucht, aber ich habe einen E-Mail-Aufruf erhalten, in dem es heißt, am Samstagvormittag wird dort eine großangelegte Suchaktion durchgeführt. Für die, die noch nie dort waren: Apalachicola ist mit knapp 250 000 Hektar der größte staatliche Wald in Florida. Durchzogen von Sümpfen und Sumpfzypressen wie aus dem Film *Deliverance.* Falls Sie mitmachen, ziehen Sie bequeme Kleidung an, lange Hosen, und sparen Sie nicht am Mückenspray. Falls Sie wasserdichte Wanderstiefel haben, nehmen Sie die mit. Auch ich werde dabei sein, zusammen mit einigen Kollegen, darunter Professor Polestino, den Sie im Strafrecht-Seminar im nächsten Semester kennenlernen werden, falls Sie es bis dahin schaffen. Aber fühlen Sie sich keinesfalls unter Druck gesetzt, Ihr Engagement ist absolut freiwillig.»

Die Klasse lachte. Alle begannen ihre Laptops und Bücher einzupacken. Callie starrte auf den Rücken der Studentin, die vor ihr saß. Sie spürte, wie ihr das Blut in die Wangen schoss und ihr ganzes Gesicht füllte, als würde sie von innen ertrinken.

«Sie bekommen dafür zwar keine Pro-Bono-Stunden gutgeschrieben, die Sie sich für das Examen anrechnen lassen können», fuhr Professor Sarcow fort, «aber es wird bestimmt interessant, und Sie leisten einen Dienst an der Gesellschaft. Und wie gesagt, wenn Sie über eine Karriere im Strafrecht nachdenken, einen authentischeren Einblick gibt es nicht.»

«Ist sie ein Opfer des Hammermanns?», fragte jemand.

Das Mädchen vor ihr stand auf, doch Callies Blick verharrte auf dem leeren Stuhl. Sie hatte das Gefühl, alle würden sie anstarren. Sie konnte nicht aufstehen, ihre Knie zitterten zu stark. Wussten alle hier, wieso sie durchdrehte? Hatte der Name «Hammermann» ihrem Gedächtnis auf die Sprünge geholfen? War das der Moment, vor dem sie sich immer gefürchtet hatte? Ihr war flau, als säße sie in einer Achterbahn und rumpelte auf den höchsten Punkt zu.

«Möglicherweise», antwortete Professor Sarcow. «Wie gesagt, der Fall hat alle Zutaten eines Thrillers, und vielleicht gehört auch ein böser Serienmörder dazu. Wahrscheinlich haben Sie den Namen Claudia Coba alle in den Nachrichten gehört. Die Ähnlichkeit mit den anderen Hammermann-Opfern lässt sich nicht von der Hand weisen. Hier liegt die Liste aus, in die Sie sich eintragen können. Wenn genug zusammenkommen, stellt uns die Uni vielleicht einen Bus zur Verfügung, dann müssten Sie nicht selbst für die Anreise sorgen.»

Hinter ihr drängten sich die Leute an ihrem Stuhl vorbei. Keiner sagte ein Wort. Keiner fragte, ob alles in Ordnung sei. Keiner schien zu bemerken, was los war. Sie war immer noch unsichtbar.

Ein paar Minuten später hatte sich der Hörsaal geleert. «Miss Monahan», sagte Professor Sarcow. «Ist alles in Ordnung dahinten?»

Endlich riss sie den Blick von der Stuhllehne los, nickte und holte tief Luft. «Ja, danke.»

«Sind Sie daran interessiert, der Gesellschaft einen Dienst zu erweisen? Sie wollen ja zur Verbrechensbekämpfung. Heißt das, ich kann am Samstag mit Ihnen rechnen?»

«Bitte?» Schnell packte sie ihren Laptop ein und warf ihre Bücher in den Rucksack.

«Ich bin einer der Juroren beim Moot Court, der bevorstehenden Strafprozess-Übung. Ich habe Ihre Anmeldung gesehen: Sie schreiben, Sie wollen zur Staatsanwaltschaft. Professor Polestino betreut die Übung. Ich bin mit ihm befreundet. Vor Jahren waren wir zusammen bei der Staatsanwaltschaft von Leon County. Ich unterrichte heute zwar Zivilrecht, aber früher habe ich jahrelang die Anklage vertreten. Wenn Sie in die Richtung gehen wollen, wäre die Suchaktion eine gute Gelegenheit, ein paar der Akteure kennenzulernen. Ich könnte Ihnen die Ermittler der Taskforce vorstellen und den stellvertretenden Staatsanwalt, der mit der Truppe zusammenarbeitet.»

«Ach, das wäre … das wäre sehr großzügig von Ihnen. Ich, ich weiß gar nicht, was ich sagen soll, Professor Sarcow», stammelte sie auf dem Weg nach vorn.

«Ein einfaches Ja reicht mir schon.» Lächelnd hielt er ihr das Klemmbrett hin. Es standen weniger als ein Dutzend Namen auf der Liste. «Wie Sie sehen, gab es nicht den Ansturm, auf den ich gehofft hatte. Aber die Ermittler brauchen jede Hilfe, die sie kriegen können; der Hammermann tötet seit sieben Jahren. Achtzehn Frauen sind ihm schon zum Opfer gefallen. Neunzehn, falls Claudia Coba dazugehört. Und der Wald ist riesig, selbst wenn die Suche auf ein kleines Stück beschränkt wird.»

Callie überflog die Liste, während sie fieberhaft nach einer Ausrede suchte.

Ich stelle Ihnen die Ermittler der Taskforce vor.

Nicht nötig, wir kennen uns bereits, Professor Sarcow.

Sie sah es bildlich vor sich: Während die anderen nervösen Studenten im Pulk in den Wald gekarrt wurden, um nach den Überresten eines toten Mädchens zu suchen, wurde sie der Taskforce vorgestellt. Die Überraschung auf den nüchternen, zähen Gesichtern der Mordermittler und FBI-Agenten, wenn sie sie wiedererkannten, wäre fast komisch, wenn das Ganze nicht so tragisch wäre.

Plötzlich sprang ihr ein Name auf der Liste ins Auge. Der nächste Steilhang der Achterbahn ratterte auf sie zu. «Sind das alles Studenten aus unserem Seminar?», fragte sie.

«Nein. Die meisten sind höhere Semester. Warum?»

«Ach, ich dachte nur, ich, äh, ich hätte jemanden wiedererkannt, aber vielleicht habe ich mich geirrt», murmelte sie. «Wahrscheinlich ist es wer anderes. Bestimmt.»

«Wen meinen Sie denn?»

«Niemand. Schon gut», sagte sie und wandte sich Richtung Tür, um aus dem Saal zu fliehen, bevor die Achterbahn den nächsten Gipfel erreichte. Sie musste raus aus der Achterbahn. Sie musste allein sein. Nachdenken.

«Also, was ist mit Samstag? Sind Sie dabei?»

«Ich, ich würde wirklich gerne», stotterte sie, «aber ich muss arbeiten. Vielen Dank für das Angebot. Ich hätte gern mitgemacht, aber … tut mir leid.»

«Sehr schade. Sagen Sie mir Bescheid, falls sich Ihre Pläne noch ändern. Ach, und Miss Monahan», rief er, als sie die Tür erreicht hatte, «hübsche Frisur übrigens. Sehr elegant. Ich hätte Sie fast nicht wiedererkannt …»

32

Sie versuchte sich eine Strähne ihres nagelneuen, fast platinblonden Pagenschnitts hinters Ohr zu klemmen, aber dafür war ihr Haar jetzt zu kurz. Studenten strömten über die Flure. Callie senkte den Kopf und bewegte sich durch die Menge, während sie die erschreckende Möglichkeit verarbeitete, dass der Name, den sie auf Sarcows Liste gelesen hatte, zu jemandem aus ihrer Vergangenheit gehörte.

Der Jack Sabia von früher war ein Kiffer, von dem alle dachten, er würde nach Kalifornien ziehen, surfen und Wasserpfeifen verkaufen, sobald seine reichen Eltern ihm den Geldhahn zudrehten. Er hatte an der University of Miami mit dem Bachelor angefangen, weil sein Vater dort eine Legende war und der Uni viel Geld gespendet hatte, aber keiner rechnete damit, dass er durchkam. Angeblich hatte selbst sein Vater Wetten darauf abgeschlossen, wie lange es dauern würde, bis Jack das Handtuch warf. Jacks kleiner Bruder Ricky war ebenfalls keine große Leuchte, aber weil er einen Baseball zuverlässig hundert Meter weit schlagen konnte, waren die großen Colleges nicht nur bereit, ihn aufzunehmen, sondern lockten ihn sogar mit Stipendien. Aber dass einer der beiden Schwerenöter sich für Jura eingeschrieben hatte, schien Callie unmöglich. Es konnte einfach nicht der Jack Sabia sein, den sie von früher kannte.

Früher. St. Thomas. Tyler Armstrong und Konsorten. Hannah. Gianna.

Sie waren eine eingeschworene Clique gewesen. Jeder wusste über jeden Bescheid. Callie, geborene Mallory, hatte die ganze Mittelstufe daran gearbeitet, in ihren Kreis aufgenommen zu werden – die Clique cooler, hübscher Mädchen, die mit den obercoolen Baseball- und Hockeyspielern herumhingen. Davor war Mallory eine Streberin gewesen, eine Leseratte, still und unsicher, zufrieden, am Wochenende Zombie-Filme und Wiederholungen von *Full House* und *Friends* zu sehen. Sie wollte studieren und Journalistin werden, und zwar nicht an irgendeinem College – sie wollte sich für die Ivy League qualifizieren. Allein die Vorstellung, dass ihr Kind an einer renommierten Uni studierte, machte ihre Mutter so stolz, dass sie allen erzählte, ihre kleine «Mallomar» würde eines Tages nach Harvard gehen. Damals lag es noch im Bereich des Möglichen – ihre Durchschnittsnote war 1,2, und mit ihrem PSAT-Ergebnis war sie unter den besten zehn Prozent des Landes.

Doch sie zog es vor, beliebt zu sein statt Jahrgangsbeste. Als Gianna anfing, mit den Barbies rumzuhängen und nicht mehr mit ihr, war Mallory zuerst tief verletzt und verzweifelt. In der Mittelstufe war Gianna eine Außenseiterin gewesen wie sie selbst. Dann wuchs Giannas Busen, dank der Kardashians kamen große Hintern in Mode, und Giannas Mutter erlaubte ihr, dass sie sich die Haare färbte. In der neunten Klasse schaffte Gianna den Sprung auf die Seite der Beliebten. In der elften reichte sie Mallory großzügig die Hand und zog auch sie hinüber.

Und dann schubste sie sie über die Klippe.

Das Problem war, Gianna war eine *echte* Barbie geworden, inklusive dem blondierten Haar: hübsch, zickig, schick und oberflächlich. Sie war nicht mehr die Gigi, die am Wochenende bei Mallory übernachtete, mit ihr Kekse backte und endlose Runden UNO spielte, während sie im Fernsehen *Die Zauberer vom Waverly Place* und *The Office* sahen, den ganzen Tag im Schlafanzug. Am ersten Tag der Highschool war Gianna ihrem niedlichen Spitznamen und dem Sport-BH entwachsen. Seitdem umschwirrten die Jungs sie und die anderen Barbies wie die Motten das Licht.

Nur Callie passte nicht dazu, auch wenn es eine Zeitlang aussah, als hätte ihr der King persönlich seine Gunst erwiesen: Tyler Armstrong. Als der große, blonde, attraktive Kapitän der Baseballmannschaft, der schon damals das Sport-Stipendium der renommierten Arizona State University in der Tasche hatte, Mallory um ein Date gebeten hatte, war sie überrascht gewesen. Und verängstigt. Sie sah nicht aus wie die Barbies, die auf dieselben Partys gingen wie er und abwechselnd mit seinen Mannschaftskollegen zusammen waren. Sie hatte nicht genug Geld, um bei Kleidern und Kosmetik mithalten zu können. Sie hatte nie das Gefühl gehabt, seiner wert zu sein, was ein schreckliches Gefühl war, aber das wurde ihr viel zu spät klar. Sie hatte sich geschmeichelt gefühlt, dass er ausgerechnet sie auserwählt hatte. Und als er gesagt hatte, er wolle mit ihr schlafen, hatte sie ja gesagt, auch wenn sie eigentlich noch nicht bereit dazu gewesen war. Gianna, die ihre Jungfräulichkeit mit fünfzehn verloren hatte, hatte immer erzählt, wie toll Sex sei und dass sie ständig Lust darauf habe, aber die beiden Male, als Callie es mit Tyler getan hatte, waren schmerzhaft gewesen und überhaupt nicht so, wie es im Fernsehen, im Kino oder in Popsongs dargestellt wird. Es hatte nur ein paar Minuten gedauert, und statt sich danach einander näher zu fühlen, war selbst die normalste Unterhaltung verkrampft, und Mallory kam sich noch unsicherer und unreifer vor als je zuvor.

Erinnerungen an die Nacht brachen über sie herein, als sie bei den Sabias die Treppen zum oberen Bad hinaufgegangen war. Schlagartig war alles wieder da – Gianna, die im Nebenzimmer auf dem Ehebett kniete und sie mit offenem, glänzendem Schmollmund ansah, die großen Brüste nackt, ohne auch nur zu versuchen, sich zu bedecken. Ein hemdloser Tyler, der vor ihr stand und sich die Hosen hochzog, mit einem seltsamen Grinsen im Gesicht. Das war das Schlimmste gewesen. Sein Grinsen. Kein: «O Scheiße! Was hab ich getan? Wie konnte ich nur? Es tut mir leid!» Nicht mal annähernd. Eher ein: «Hoppla. Erwischt. Warte, bis ich das den anderen erzähle.» Mit fast so etwas wie Stolz im Blick. In diesem Moment war Mallory blitzartig klargeworden, dass sie nicht in diese Clique gehörte oder in diese Beziehung, in dieses Haus, auf diese Party, zu diesen Leuten. Sie war eine Hochstaplerin, und alle wussten es. Sie hatten sie nur mitspielen lassen, um sich über sie lustig zu machen.

Als sie sich umdrehte und weglief, sah sie das amüsierte Grinsen auch auf den Gesichtern seiner Freunde, die auf der Treppe und im Flur herumstanden. *Ihrer* Freunde. Alle wussten, was oben im Schlafzimmer ablief. Sie fanden es witzig, dass Mallory Tyler mit ihrer besten Freundin erwischt hatte. Sie lief an Chris Locke, Dakota Robbins, Ben Hatch, den Barbies vorbei. Alle wussten es, und keiner fragte Mallory, warum sie weinte, oder hielt sie auf, als sie zur Haustür lief, an Ricky und Jack Sabia vorbei, die wie Hyänen lachten.

Konnte es wirklich *derselbe* Jack Sabia sein? War es möglich, dass er sein Leben umgekrempelt, das College geschafft hatte und jetzt Jura studierte? Niemand von früher hätte es Mallory Knight zugetraut, dass sie ihren Bachelor in Englisch, Wirtschaft und Russisch machen und anschließend Jura studieren würde. Wahrscheinlich dachten alle, sie wäre in einer Anstalt gelandet oder arbeitete irgendwo als Kassiererin im Supermarkt, mit einem oder zwei Babys und einem gewalttätigen Kokain-Dealer zu Hause. Niemand hätte etwas Großes von ihr erwartet. Der Sturz war zu tief, der Abhang zu steil gewesen, um je wieder hochzukommen. Ihre eigene Mutter konnte ihre Überraschung nicht verbergen, als Callie an der FSU angenommen wurde. Jack war zwei Jahre älter als sein Bruder Ricky. Das hieß, er wäre jetzt im zweiten oder sogar dritten Jahr. Möglich war es. Und egal, wie sehr sie sich wünschte, dass es ein anderer Jack Sabia sein musste, der Name war nun einmal nicht so verbreitet wie John Smith oder Bob Jones.

Sie spürte, wie unter ihr der Boden nachgab. Damals, als ihr Leben zu einem Trümmerhaufen geworden und sie fest entschlossen war, wieder auf die Füße zu kommen, hatte sie sich einen Schlachtplan zurechtgelegt: Sie wollte ein neuer und besserer Mensch werden. Noch mal von vorn anfangen. Ein Mensch werden, der keine falschen Entscheidungen getroffen hat. Denn Verzeihung zu sagen, würde niemals reichen – der Schaden war zu groß, die Scherben waren zu viele. Also hielt sie sich an ihrem Schlachtplan fest, um morgens aus dem Bett zu kommen, sich jeden Tag aufs Neue zu motivieren. Und sie hatte es geschafft. Sie wollte Staatsanwältin werden, um zu helfen, böse Menschen aus dem Verkehr zu ziehen, aber wichtiger noch, um den wahren Opfern von sexueller Gewalt eine Stimme zu geben. Sie war fest entschlossen, all die Leute von früher eines Besseren zu belehren, die getweetet hatten, sie solle sich umbringen.

Doch jetzt war ihr Schlachtplan in Gefahr. Kaum hatte sie Brice und seine subtilen Drohungen, sie bloßzustellen, abgewehrt, musste sie feststellen, dass die Geister der Vergangenheit hinter jeder Ecke lauerten. Was würde passieren, falls Jack sie erkannte, wenn sie ihm auf dem Campus in die Arme lief? Der Jack Sabia von früher war grausam. Er gehörte zum harten Kern. Er hatte auf der Treppe gestanden und sie ausgelacht. Es bestand kein Grund zu der Annahme, er habe sich verändert, selbst wenn seine Noten besser waren und er die Cannabis-Wolke losgeworden war, die ihn früher begleitet hatte wie die Staubwolke Pig Pen aus den *Peanuts.*

Natürlich würde er sie bloßstellen. Mit größtem Vergnügen. Und im Gegensatz zu Brice kannte Jack die hässlichen, peinlichen Details aus erster Hand. Er würde seinen Bruder anrufen und alle

Kumpels von der Highschool und schadenfroh berichten, wer ihm gerade in die Arme gelaufen war.

Falls er sie erkannte.

Sie wusch sich mit kaltem Wasser das Gesicht und sah sich im Spiegel an. Sie erkannte sich selbst kaum wieder. Die dunklen Ringe unter den Augen waren wieder da, genau wie die Sorgenfalten, die von der Anspannung und dem Zähneknirschen kamen. Bald würde auch die Migräne wiederkommen, gefolgt von dem nervtötenden Zucken ihres Augenlids und der Lippe. Und am Ende kämen die Panikattacken, die sich anfühlten wie ein Herzinfarkt, wenn sie dastand wie gelähmt und sich nicht mehr rühren konnte. So intensiv hatte der Stress beim letzten Mal auf ihren Körper gewirkt.

Florida war eindeutig ein Fehler gewesen. Der Wechsel an eine andere Jura-Fakultät weit weg wäre der einzige Ausweg – die einzige Möglichkeit, die Callie Monahan zu retten, an der sie die letzten vier Jahre so hart gearbeitet hatte. Aber sie konnte die Uni nicht wechseln, wenn sie nicht wenigstens das Semester zu Ende brachte. Danach könnte sie bei der St. John's oder der Fordham University anfragen, ob man sie als Transfer aufnahm. Sie würde erklären, dass sie aus persönlichen Gründen gezwungen war, nach New York zurückzukehren.

Wegzugehen war wahrscheinlich die einzige Möglichkeit, nicht verrückt zu werden, dachte sie, als sie mit weichen Knien aus dem Waschraum trat. Vor ihr in der Vitrine hing ein Plakat, das die bevorstehende Halloween-Party ankündigte. Sie blieb stehen und starrte es an.

Wie passend. Die Geister hatten sie aufgespürt. Die Vampire kratzten am Fenster und versuchten einen Weg hinein zu finden. Und ein schreckliches Monster durchstreifte die Straßen, verbreitete Angst und Schrecken und jagte Frauen, die so aussahen wie sie.

33

Sie musste unbedingt mit jemandem reden. Mit jemandem, der ihr vielleicht einen objektiven Rat gab, sie beruhigte, bevor sie etwas Dummes tat, der ihr ausredete, die Koffer zu packen und wieder bei Nacht und Nebel zu verschwinden. Außer ihrer Therapeutin – zu der sie aus verschiedenen Gründen nicht mehr ging, unter anderem, weil diese in New York war – fiel ihr nur ein einziger Mensch ein.

Nach dreimaligem Klingeln meldete sich die Mailbox ihres Bruders, und sie hinterließ ihm eine Nachricht. Callie versuchte sich die Verzweiflung nicht anmerken zu lassen, doch es war schwer. Kyle und sie hatten in den letzten Monaten eine seltsame Form von Telefon-Pingpong gespielt: Sie rief an, wenn er keine Zeit hatte, und er rief zurück, wenn sie nicht antworten konnte. Sie hatten einander ein paar oberflächliche SMS geschickt und einen Haufen Emojis, aber sie beschlich trotzdem das Gefühl, dass die Nähe, die sie als Kinder verbunden hatte, unwiederbringlich verloren war.

Es war nach neun, als sie nach ihrer letzten Vorlesung den Hof vor Damon Hall überquerte und die stille Pensacola Street hinauflief. Das Treffen der Teilnehmer des Moot-Court-Wettbewerbs, bei dem Professor Sarcow mit seiner Liste Gott sei Dank nicht aufgetaucht war, hatte länger gedauert als erwartet. Aus Angst vor Brice parkte sie nie zweimal auf demselben Parkplatz und so gut wie nie auf dem Parkplatz der Jura-Fakultät, weil das der erste

Ort wäre, wo er sie suchen würde, nahm sie an – falls er überhaupt nach ihr suchte. Dies hatte gewöhnlich eine Wanderung über den Campus zur Folge, weil die Jura-Fakultät ein wenig abseits der Hauptgebäude und des berühmten Football-Stadions der Seminoles lag. Normalerweise machte Callie der Fußweg nichts aus, doch eine Kaltfront hatte die Temperatur auf zehn Grad abstürzen lassen, und in Tallahassee hatte es den ganzen Tag geregnet. Sie vergrub die Hände in den Taschen ihres Sweatshirts. Im Moment nieselte es nur, doch das konnte sich jeden Moment ändern, und natürlich hatte sie ihre Jacke zu Hause und den Schirm im Auto gelassen. Ein suppiger Nebel hatte sich über den verlassenen Campus gelegt. Auf dem Jura-Parkplatz standen nur noch eine Handvoll Autos, die wahrscheinlich den Bibliotheksstrebern gehörten. So spät war sie noch nie hier gewesen. Selbst in den Häusern der Studentenverbindungen, wo immer irgendeine Party stattfand, schien nichts los zu sein. Es war, als wären alle … vom Erdboden verschluckt.

Normalerweise musste man in Florida einen Kürbis-Zimt-Latte inhalieren, um ein Gefühl für die Jahreszeit zu bekommen, doch jetzt roch es nach Herbst – nach feuchter Erde und Laubfeuer. Der aufsteigende Nebel verstärkte die unheimliche Stimmung. Er passte zu den schauerlichen Halloween-Dekorationen – die Verbindungshäuser trieften von oben bis unten vor Blut und Schleim.

Beim ersten Mal, als der Wagen langsam an ihr vorbeifuhr, achtete sie nicht auf ihn. Sie war in Gedanken woanders.

Das Handy hatte geklingelt, ihr Bruder rief zurück.

34

«Hallo?», antwortete sie schnell und blieb unter einer Laterne stehen. Sie spürte die Tropfen auf der Haut nicht, aber sie sah den Sprühregen, der vor dem Nachthimmel schimmerte, wenn sie ins Licht sah. «Kyle?»

«Hey, Mal, bist du das? Endlich erwischen wir uns. Wie geht's?»

«Puh, ist das lange her», sagte sie mit einem Seufzer.

«Aber ich habe doch SMS geschickt», gab er fast trotzig zurück.

«Es ist lange her, seit wir gesprochen haben», sagte sie sanft.

«Ach so, ja. Ich habe deine Nachricht bekommen. Geht es dir gut? Du klingst … gestresst.»

Sie schloss die Augen. «Nein. Nicht so gut.»

«Was ist denn los? Du bist in Florida, oder? Wie fühlt es sich an, wieder zu Hause zu sein?»

Wieder zu Hause. Die Worte beunruhigten sie. «Na ja, also, ich bin jetzt in Tallahassee. Hier oben tun sie so, als würde Miami gar nicht existieren.»

«Und was machst du?»

«Ich bin an der FSU. Ich studiere Jura.»

Er lachte. «Jura? Cool. Toll.»

«Ich dachte, Mom hätte es dir erzählt.»

«Ich rede nicht mit Mom.»

«Oh.»

«Und, wie läuft es so?», fragte er nach einer unbehaglichen Pause.

«Ehrlich gesagt, nicht so gut, Kyle. Deswegen habe ich angerufen, deswegen klinge ich wahrscheinlich gestresst. Ich habe ein Problem. Ich glaube, hier an der Uni ist ein Typ von der Highschool – du weißt schon, jemand, der mich von früher kennt, bevor alles … den Bach runtergegangen ist.»

Sie schaffte es immer noch nicht, mit Kyle offen darüber zu reden. Sie wusste nicht einmal, wie sie die zwei Tage ihres Lebens nennen sollte, als sie alles in den Sand gesetzt hatte. Kyle hatte nie Fragen gestellt. Keine einzige. Und als sie aus dem Krankenhaus entlassen wurde, waren sie nach wenigen Wochen nach Vero Beach umgezogen, und seitdem hatte sie Kyle nicht gesehen. Sie hatte keinen Schimmer, was Kyle über sie dachte und über das, was sie getan hatte. Doch sie redete weiter. Jetzt war es zu spät, um abzubrechen.

«Also, es ist … kompliziert», sagte sie. «Es ist so kompliziert. Hier in der Nähe ist ein Mädchen verschwunden. Nicht weit von hier. Und es heißt, sie wäre von diesem Hammermann entführt worden. Er wurde nie gefasst, und sie glauben, er hat sie entführt.»

«Ach du Scheiße …»

«Ich habe sonst niemanden, mit dem ich darüber reden kann, Kyle. Niemand weiß von … von der Sache», stotterte sie.

«Wie meinst du das?», fragte er.

«Niemand kennt mich. Niemand weiß von der Nacht damals, und von der Polizei und dem FBI und vom Hammermann und der ganzen Sache. Als ich alles verbockt habe.»

«Warum? Haben sie deinen Namen nicht erkannt? Das ist doch gut. Dann haben es die Leute vergessen. Das heißt, es ist ihnen egal, Mallory.»

«Ich habe doch meinen Namen geändert, Kyle. Du bist der

Einzige, der mich kennt. Niemand sonst darf erfahren, wer ich bin, was ich getan habe – sonst werde ich wieder an den Pranger gestellt.»

«Stimmt ja. Aber glaubst du wirklich, dass es noch eine Rolle spielt, Mal? Die Sache ist vier Jahre her. Du bist doch kein schlechter Mensch – du warst nur ein bescheuerter Teenager.»

Sie musste weinen. Es tat so gut, seine Worte zu hören. Sie wischte sich mit dem Handrücken übers Gesicht. «Spielt es für dich noch eine Rolle? Behandeln dich die Leute anders, wenn sie hören, wer deine Schwester ist? Wie war das damals in Miami?»

Er schwieg einen Moment. «Na ja, vielleicht hast du recht.»

«In den blöden Nachrichten wurde auch wieder über mich geredet, als wäre ich so was wie das Paradebeispiel lügender Vergewaltigungsopfer. Ich bin abgestempelt, Kyle. Fürs Leben. Es ist nicht fair, weil ich nicht mehr dieselbe bin.»

«Mann, du schleppst echt eine Menge Ballast mit dir rum.»

«Und jetzt habe ich das Gefühl … ich drehe durch.»

«Das ist nicht gut. Du und durchdrehen ist keine gute Mischung.»

Callie setzte sich wieder in Bewegung. Wenn sie zu lange an einer Stelle stand, begann sie zu faseln. «Du fehlst mir», platzte sie heraus.

Ihr Bruder lachte. «Jetzt machst du mir Angst.»

«Im Ernst, Kyle, ich … ich gehe kaputt. Ich dachte, vielleicht könntest du, also, vielleicht könntest du mal fürs Wochenende kommen, oder so? Wir könnten uns ein Footballspiel ansehen? Hier oben sind sie ganz verrückt nach Football. Ich weiß, es ist eine lange Fahrt, aber …»

«So weit ist es gar nicht. Ich bin jetzt in Orlando.»

Sie stand vor einem der Verbindungshäuser. Ein blutiger Zombiekopf, der auf einem Pfahl steckte, starrte zu ihr herunter. Der Vorgarten war ein Friedhof voller Geister und Skelette. Ledergesichtige Leichen, die in blutige Plastiklaken eingewickelt waren, hingen kopfüber von den Balkonen. «Oh, wow! Das wusste ich gar nicht … Mom hat nichts davon erzählt.»

«Sie weiß es nicht.»

«Stimmt. Ihr redet ja nicht», sagte sie. «Ich rede auch nicht viel mit ihr – also denk nicht, es liegt an dir. Was machst du in Orlando?»

«Ich bin bei Pottery Barn aufgestiegen. Jetzt bin ich im Management-Programm.»

«Das klingt toll, Kyle.»

«Miami ist langweilig geworden. Mich hat dort nichts gehalten. Aber ich brauche kein Footballspiel, um dich zu besuchen, Mal. Du hast recht, es ist lange her, und ich weiß nicht mal, warum. Also, ich weiß, warum, aber es ist trotzdem zu lange her.»

«Das Footballspiel könnte ein Bonus sein», sagte sie und lächelte den Zombie an. «Männer lieben Football, oder?»

«Football und Fleisch. Okay. Verstanden. Fütter mich mit Bier und Hot Dogs, und dann erzähl mir, was dich so belastet, während wir mit sechzigtausend Leuten ein Spiel ansehen.»

«Achtzig. In das Stadion passen achtzigtausend. Es ist kompliziert, Kyle. Ich weiß nicht, was ich tun soll. Nächstes Wochenende ist ein Heimspiel. Hoffentlich erkennen wir uns wieder.»

«Ich bin jetzt dick und hab 'ne Glatze – aber ich bin glücklich.»

Sie lachte. «Eine Glatze?»

«Ich habe es nicht ertragen, dem Zahn der Zeit zuzusehen – in meinem zarten Alter. Deshalb habe ich mir einen Vin Diesel geschoren.»

«Vin Diesel ist sexy.»

«Der Rest von mir sieht nicht aus wie Vin Diesel.»

«Du siehst bestimmt toll aus.»

«Hör zu, ich muss abschließen und den Kassierern bei der

Abrechnung helfen. Tut mir leid, wenn ich dich allein lassen muss …»

«Geh schon», sagte sie schnell. «Wir telefonieren nächste Woche. Und dann reden wir, wenn wir uns sehen.»

«Aber spring nicht vorher von einer Klippe oder so was, okay? Dieser Hammermann … Glaubst du, du bist in Gefahr? Hast du deswegen Angst?»

Er hat dich auf dem Schirm. Er weiß, wer du bist, Mallory. Und wie du aussiehst …

Im gleichen Moment öffnete der Himmel seine Schleusen.

«Ich muss los!», rief sie in ihr Handy. Dann steckte sie es unter den Pullover, bevor es noch absoff, verbannte die Worte des FDLE-Agents zum zweiten Mal an diesem Tag aus dem Kopf und lief durch den strömenden Regen über den Campus. Die Zombies, Geister und gemetzelten Leichen ließ sie auf dem improvisierten Friedhof zurück.

35

Die Postkarte wartete im Briefkasten, als sie nach Hause kam. Ein weißer Strand mit einer knackigen, braungebrannten Brünetten in nichts als einem Stringtanga, die den Betrachter verführerisch zu einem Sprung ins Meer einlud, das hüftlange Haar strategisch über die üppigen Brüste drapiert. *Grüße aus Fort Lauderdale!* stand darunter.

Callie stand zitternd vor den Briefkästen. Sie drehte die Karte um und biss sich auf die Lippe, als sie sah, an wen sie adressiert war:

M.K.
2125 Jackson Bluff Road
Evergreen Apartments Gbd. E, Apt. 2B
Tallahassee, FL 32301

Die Initialen M.K. waren aus der Zeitung ausgeschnitten und über die Adresse geklebt, die wohl von einer Briefsendung stammte und ebenfalls ausgeschnitten war.

Ein Absender stand nicht dabei. Auch keine Unterschrift. Keine Nachricht. Der Poststempel war aus Fort Lauderdale, Colee Hammock Station. Abgeschickt vor drei Tagen.

Die Briefkästen für alle zehn Gebäude, die zu dem Komplex gehörten, befanden sich vor dem Eingang zum Sport- und Freizeitbereich der Anlage. Für jedes Gebäude gab es einen überdachten Briefkastenblock mit einem Postfach pro Apartment. Außer ihr war noch jemand aus ihrem Gebäude da, der gerade seine Post abholte. Dennis, der nette, frustrierte Mann mit der kaputten Klimaanlage, der bei der Hausverwaltung hinter ihr gestanden hatte. Er lächelte, nickte und winkte kurz.

«Hallo, Nachbarin! Wie haben Sie sich in Florida eingelebt?», rief er.

Sie nickte und drückte die Postkarte an die Brust. «Gut», log sie. Dann nahm sie den Rest ihrer Post aus dem Fach, schloss ab und lief eilig durch den Regen zurück.

Die Leute machen ein freundliches Gesicht, aber nach meiner Erfahrung weiß man nie, was sich dahinter verbirgt.

Wie recht Sie hatten, Dennis, hätte sie am liebsten gesagt, aber sie wollte kein Gespräch anfangen. Nicht heute.

Brice. Die Postkarte musste von ihm sein. Er war mit dem Auto nach Süden gefahren, hatte Recherchen betrieben und ihre Vergangenheit aufgedeckt. Und jetzt versuchte er, sie mit seinem Wissen in den Wahnsinn zu treiben. Sie aus der Anonymität zu treiben. Und es funktionierte. Sie wurde wirklich langsam verrückt.

Und was, wenn die Karte nicht von Brice war …?

Beim Gedanken an den Hammermann und an die grauenhaften Dinge, die er seinen Opfern antat, lief es ihr eiskalt den Rücken herunter. Was, wenn der FDLE-Agent mit seiner Prophezeiung recht gehabt hatte? Wenn der Hammermann sie aufgespürt hatte? Wenn er wütend auf sie war, weil sie behauptet hatte, sie sei ihm entkommen?

Der Hammermann hält das Ganze für ein Spiel. Und jetzt ist er am Zug. Er hat dich auf dem Schirm.

Was, wenn das Spiel tatsächlich begonnen hatte?

Sie sah nicht mehr so aus wie die Mädchen, die er jagte. Sie sah überhaupt nicht mehr wie Mallory Knight aus. Selbst wenn der

Hammermann da draußen sein Unwesen trieb, passte sie nicht mehr in seine Zielgruppe – oder? Vor vier Jahren war das anders gewesen. Aber jetzt hatte sie einen neuen Namen, war ein neuer Mensch. Wie hätte er sie finden sollen? Woher sollte er wissen, dass sie hier war?

Es musste Brice sein. Plötzlich war es so offensichtlich – all die seltsamen Vorfälle, die sie nicht mit Brice Cullen in Verbindung gebracht hatte, weil sie glauben wollte, er wäre zurück in New York. Sie war nicht paranoid. Es war wirklich jemand draußen vor ihrer Tür. Es war wirklich jemand da, der ihre Wohnung beobachtete. Es hatte tatsächlich jemand ihre Unterhose, die sie seit kurzem vermisste, aus der Waschmaschine geklaut; sie hatte sie nicht verlegt oder auf dem Rückweg von der Waschküche verloren. Brice hatte die Luft aus Boris' Reifen gelassen. Wegen Brice hatte sie das Gefühl, verfolgt zu werden, beobachtet zu werden, wenn sie joggte, zu ihrem Wagen ging oder im Supermarkt einkaufte. Das alles war keine Einbildung, sondern Wirklichkeit. *Er* war der Irre. Das war der einzig logische Schluss. Es konnte nicht der Hammermann sein. Das war einfach … nicht möglich.

Callie wollte nur noch unter die Dusche. Sie fühlte sich schmutzig, wie wenn ein Spanner sie mit einer versteckten Kamera in ihrer eigenen Wohnung beim Ausziehen beobachtet hätte. Dass Brice ihre Vergangenheit durchleuchtet hatte, war so übergriffig, als hätte er die Hände in ihrer Wäscheschublade gehabt, hätte ihre BHs befingert, ihr Make-up berührt, sich an Dingen aufgegeilt, die nicht für seine Augen bestimmt waren. Sie stellte sich vor, wie er ein altes Highschool-Jahrbuch durchblätterte oder durch die Flure ihrer alten Schule schlich oder sich in der Bibliothek auf der Andrews Avenue in Fort Lauderdale verkroch und wie ein tollwütiger Hund sabberte, während er in alten Zeitungen nachlas, was vor vier Jahren passiert war. Wie er vor sich hin nickte, wenn er die kritischen Artikel über sie las.

Diesmal hatte sie nichts falsch gemacht, und doch fühlte es sich so an. Der Versuch, ein neues Leben aufzubauen, das alte zu verstecken – plötzlich fühlte es sich *falsch* an. Und schmutzig.

Was würde er mit der Information anfangen? Würde er es allen erzählen? An die Presse gehen? Würden die Leute denken, sie habe schon wieder versucht, sie hinters Licht zu führen, indem sie eine neue Identität annahm? Hatten die Leute das Recht zu verlangen, dass sie für immer Mallory Knight blieb?

Ihr war schlecht. Und sie war wütend. War es denn unmöglich, eine Dummheit hinter sich zu lassen, die sie mit siebzehn begangen hatte?

Sie wählte Brice' Nummer. Sie hörte, wie er ranging, aber er sagte nichts.

«Brice? Brice, du verdammter Scheißkerl!» Sie starrte auf das Display – er war dran. Der Anruf lief. Dann hörte sie ihn atmen. Feiges Arschloch. Wahrscheinlich grinste er. Holte sich einen runter und grinste. «Okay. Das ist also dein Spiel, du schleimiger, widerlicher Freak. Du redest nicht mit mir? Du keuchst nur ins Telefon und hörst zu? Dann hör zu, aber hör gut zu: Ich habe deine Postkarte bekommen. Ich weiß nicht, was du vorhast, ich weiß nicht, was du erreichen willst, aber ich weiß, dass du es bist, und du machst mir keine Angst. Wenn du denkst, damit könntest du dich an mir rächen, hast du falsch gedacht, du kranker Pisser. Hau ab nach New York oder nach New Jersey und kriech zurück in dein Loch, in dein Scheißleben und lass mich in Ruhe!», schrie sie.

Dann legte sie auf, lief ins Schlafzimmer, schloss ab, ging ins Bad, schloss ebenfalls ab, riss sich die Kleider vom Leib und stieg in die Duschkabine. Sie setzte sich auf den Boden und ließ das heiße Wasser auf sich einprasseln.

Sie erinnerte sich, wie es sich angefühlt hatte, die giftigen Botschaften zu erhalten, die Fremde zu ihr nach Hause geschickt hatten. Wie es sich angefühlt hatte, als der Backstein durchs Fenster flog. Der öffentliche Zorn hatte ihre Mutter an den Rand eines Nervenzusammenbruchs getrieben, dabei war sie noch nicht einmal das Ziel des ganzen Hasses – Virginias verkorkstes Leben war nur der Kollateralschaden.

Das war's! Das schlägt dem Fass den Boden aus! Ich kann nicht mehr, Tony! Was hat sie dieser Familie angetan? Was hat sie getan? Ich will unser Leben zurück!

Sie fing an zu packen, und zwei Tage später waren sie weggezogen. Mallory war schuld, und das ließ ihre Mutter sie nie vergessen. Sie redeten kaum noch miteinander. Virginia hatte die Angriffe persönlich genommen, gegen sich als Mutter, gegen ihr Haus. Die Beziehung war nie geheilt und würde auch nicht mehr heilen – ihre Mutter war irischer Abstammung und nachtragend bis ins Grab. Zugegeben, Virginia hatte ihre Freunde verloren, ihren Job, ihr Heim, und sie war selbst von der Presse beschimpft worden. Nach dem Fallout hatte sie niemanden mehr außer Tony – dessen eigene beschämende, verbrecherische Vergangenheit ebenfalls ans Licht geholt und von der Presse breitgetreten wurde. Und so war das Einzige, das überlebte, ihre vergiftete Ehe. Die unglücklicherweise gedieh.

Callie gab sich einen Spritzer Shampoo aufs Haar. Jetzt passierte es schon wieder: Sie musste packen und alles zurücklassen. Aber wohin sollte sie diesmal gehen? Diesmal wurde sie nicht aus der Stadt getrieben – diesmal wurde sie von jemandem gejagt, der ihr überallhin folgte.

Tränen mischten sich mit dem Shampoo, das ihr übers Gesicht lief. Ihre Augen brannten. Sie hatte am Telefon versucht so zu klingen, als mache ihr Vanilla-Brice Cullen keine Angst, aber das war eine Lüge: Sie hatte Todesangst. Und der andere? Der mit dem grausigen Spitznamen? Allein vom Gedanken an ihn begann sie am ganzen Körper zu zittern.

Sie stand unter der Dusche und schrubbte sich, bis ihre Haut rot war. Aber es half nicht. Sie fühlte sich immer noch schmutzig. Schließlich stieg sie aus der Dusche und trocknete sich ab. Ihre Gedanken waren kein bisschen klarer als zuvor.

Sie starrte in den Spiegel. Sie hatte ihr altes Ich vollkommen übermalt: neues Haar, neuer Name, neue Stadt. Sie sah dem unglücklichen, verzweifelten, verlogenen Teenager von damals kein bisschen ähnlich. Und dann war jemand gekommen und hatte böswillig einen Tropfen Lösungsmittel auf das neue Bild ihrer selbst gekippt.

M.K. Die Initialen waren kein Zufall.

Die Säure dieses einzigen Tropfens fraß sich langsam durch die neue hübsche Farbe und entblößte die Spuren des beschädigten Freskos dahinter. Es war noch nicht zu erkennen, aber die Risse breiteten sich über den Rest des Gemäldes aus, und die dicken Acryl-Schichten würden bald abblättern …

Sie berührte ihr fremdes, nasses, kurzes blondes Haar. Mit einem Kosmetiktuch rieb sie über die geröteten Augen, um die Reste der schwarzen Wimperntusche zu entfernen, die ihr beim Duschen übers Gesicht gelaufen war. Sie strich mit dem Finger über die zuckenden Lippen, um den Lippenstift abzureiben.

… und dann kam das alte, hässliche Gesicht zum Vorschein, das sich unter dem Make-up verbarg. Und bald würden es alle erkennen.

36

Sie sah so friedlich aus.

Wie ein Engel. Wie ein wunderschöner, verstörter Engel. Selbst während sie schlief, konnte man erkennen, dass sie vor Dämonen davonlief. Ihre Stirn war sorgenvoll gerunzelt; auf ihrem Gesicht lag ein gequälter Ausdruck. Hin und wieder murmelte sie etwas, aber es war nicht das süße Säuseln einer selig Schlafenden. Es waren die panischen, verzweifelten Laute von jemandem, der in einem schrecklichen Albtraum gefangen war.

Er lauschte dem Summen der Neonröhre in der Küche. Es klang wie ein Schwarm Fliegen, der über einer Leiche kreiste. Er konnte verstehen, dass man verrückt davon wurde. Trotzdem ließ sie die Lampe an, weil sie hoffte, jemand, der von draußen heraufsah, würde denken, sie sei noch wach und habe vielleicht Besuch. *Hier schläft keiner, Mr. Einbrecher! Du brauchst dich gar nicht anzuschleichen, weil ich vorbereitet bin und mit meinem nagelneuen Baseballschläger auf dich warte!* Kindische Idee. Genau wie die Hundegebell-CD. Reine Geldverschwendung. Sie hätte sich einen echten anschaffen sollen: Hunde mochten ihn nicht. Sie witterten ihn schon von weitem.

Als ihr Atem ruhiger wurde, glitt er leise aus seinem Versteck. Lange stand er über ihr und inhalierte ihren Geruch. Er schob die Maske hoch, um alles in sich aufzunehmen. Den Duft, wenn sie ausatmete – *ahhh.* Der Pfefferminzgeschmack ihrer Zahnpasta und dazu ihr ganz eigener Geruch. Und der Hauch ihres

Parfüms – Miss Dior –, das sie am Morgen aufgetragen hatte. Es drang aus ihren Poren und mischte sich mit dem Schweiß, während ihr schlafender Körper versuchte, sich aus dem nächsten unangenehmen Traum zu kämpfen. Vielleicht träumte sie von ihm, dachte er mit einem schiefen Lächeln. Er fuhr sich mit der Zunge über den spitzen Eckzahn.

Sein Gesicht war ganz dicht über ihrem, und er spürte, wie ihr warmer Atem über seine Wange strich. Seine Fingerspitzen streichelten Millimeter über ihrer zarten, nackten Schulter die Luft. Sein Mund war Zentimeter von ihrem Hals entfernt. Wenn er wollte, konnte er ihr die Drosselvene durchbeißen wie eine Kobra und sie ausschlürfen. Bis auf den letzten Tropfen. Aber dann konnte er sie nicht … genießen. Eine kleine Hand flatterte unter der Decke hervor, verscheuchte seine unsichtbare Berührung und kratzte sich. Er sah die Spuren ihrer Fingernägel an ihrem Hals. Sie konnte dem Stress nicht entfliehen, auch im Schlaf nicht.

Er selbst hatte seit Tagen nicht geschlafen, hatte gespürt, wie die Kopfschmerzen sich erneut ankündigten. Also beobachtete er sie, wahrscheinlich ein paar Stunden lang. Saß im Dunkeln auf dem Teppich, wenige Schritte von ihr entfernt, lauschte ihrem Atem, sog ihren Geruch ein. Als er genug davon hatte, setzte er die grinsende Maske wieder auf, griff nach dem Slip, den er aus ihrer Schublade hatte, und ließ die andere Hand in seine Hose gleiten. Einen Moment später kam er, während er sich vorstellte, wie er sie nahm. Gleich hier, an Ort und Stelle, auf dem Teppich.

Er dachte daran, die ganze Nacht zu bleiben und sich in ihren Kleiderschrank zu setzen, damit sie ihn vielleicht morgens mit den Fingerspitzen streifte, wenn sie die Bluse herausnahm – die Bluse, in die er sein Gesicht gedrückt, deren Geruch er inhaliert, die er abgeleckt und angenagt hatte. Die Bluse, hinter der er sich verstecken würde, um durch den Schleier seidiger Stoffe zu beobachten, wie sie sich anzog und eilig auf den Weg machte, um sich ihrem falschen Leben zu stellen, vollkommen gestresst, weil ihr alles entglitt.

Aber wenn er blieb, würde es heute Nacht enden. Es gäbe keine Vorspeise, keinen Aperitif. Die Brautwerbung wäre vorüber. Und obwohl er es kaum noch abwarten konnte, bis er sie ganz für sich hatte – es gab so vieles zu entdecken, so viele Spiele, die sie spielen konnten –, musste er Geduld haben.

Zuzusehen, wie sie langsam, aber sicher verzweifelte, war immerhin der halbe Spaß. Das Salz in der Suppe. Das Auge aß mit. Und er wollte die Vorfreude auf das Festmahl, das ihm bevorstand, richtig genießen, bevor er es verschlang.

37

Ruckartig setzte sich Callie in ihrem neu gekauften Bett auf und fuhr sich übers Gesicht, um das Gefühl abzustreifen, das aus ihrem Traum geblieben war – als hätte sie jemand angefasst. Ihr Mund war nass. Sie starrte ihre Finger an. Es war Spucke.

Mit einem tiefen Seufzer blickte sie sich um. Licht sickerte durch die Jalousien. Sie sah auf die Uhr und stellte fest, dass es erst sechs war. Nach allem, was gestern passiert war, gekrönt von der Überraschung im Briefkasten, war es ein Wunder, dass sie überhaupt geschlafen hatte.

Seltsame Albträume hatten sie geplagt. Sie hatte geträumt, dass ein Mann in Schwarz über ihrem Bett schwebte und sie mit spitzen Eckzähnen und blutroten Augen angrinste. Als sie die Hände ausstreckte, um ihn von sich wegzustoßen, nahm sie im Augenwinkel wahr, dass jemand in der Ecke saß und sie beobachtete. Sie drehte den Kopf, und auf ihrem Koffer hockte Brice, der wie ein Kleinkind kicherte.

Sie stand auf, taumelte in die Küche und stellte die verdammte Neonröhre ab. Sie setzte Kaffee auf und während er durchlief, stellte sie sich ans Fenster und blickte hinaus, musterte den ruhigen Parkplatz unten. Nichts. Wie gewöhnlich war kein Mensch dort. Aber sie wusste, dass jemand da war, auch wenn sie ihn nicht sehen konnte. Irgendwo da draußen war Vanilla-Brice.

Er hatte ihr einen Gruß geschickt … Die Postkarte lag auf der Küchentheke. Sie fuhr mit dem Finger über das dunkelhaarige halbnackte Mädchen. Nicht mehr ganz so harmlos wie Vanille.

Ein Schauer rann ihr den Rücken hinab, als würden tausend Kakerlaken über ihren Körper laufen. Sie rieb sich die bloßen Arme und schenkte sich Kaffee ein, bevor sie ins Schlafzimmer zurückging, um sich anzuziehen. Sie versuchte die quälenden Gedanken zu verdrängen und ging stattdessen den heutigen Tag durch. Später stand ein Seminar an, und … Sie schlug sich an die Stirn, als ihr der Abgabetermin im Methodenkurs für Juristisches Schreiben einfiel. Sie hatte den Aufsatz gestern fertigstellen wollen, aber dann war alles außer Kontrolle geraten. Sie musste ihn heute schreiben. Wie sollte sie sich konzentrieren?

Sie würde sich bei Starbucks einen Eimer Kaffee holen, früh an die Uni gehen, sich zu den Strebern in die Bibliothek setzen und die Sache durchziehen. Danach konnte sie innehalten und darüber nachdenken, was zum Teufel sie mit ihrem beschissenen Leben machen sollte und wo sie den verdammten Rest davon verbringen sollte. Selbst nach ihrem Zusammenbruch in der Dusche gestern hielt sie es nicht für klug davonzulaufen, bevor sie das Semester abgeschlossen hatte.

Eines Tages war sie vielleicht gezwungen, die Koffer zu packen und abzuhauen, aber nicht heute. Sie war nicht bereit, diese alles verändernde Entscheidung heute zu treffen. Heute hatte sie einen Aufsatz abzugeben.

Sie packte ihre Bücher und Schlüssel ein und ging zur Tür. Dann blieb sie stehen, die Hand am Türgriff.

Der Riegel war zurückgeschoben.

Sie sah sich im Wohnzimmer um. Sie brauchte einen Moment, um die Information zu verarbeiten.

Der Riegel war zurückgeschoben.

Sie spürte, wie sich die Säure durch die neuen Farbschichten fraß, wie sich die Risse im Acryl ausbreiteten, die Farbe abplatzte.

Sie sah zu, wie die Züge der neuen, verbesserten Callie Monahan abblätterten und wie Staubflocken zu Boden schwebten.

Der Riegel war zurückgeschoben.

Seit Wochen hatte sie Angst gehabt, vor die Tür zu gehen, voller Furcht vor dem, was auf dem Parkplatz oder hinter der nächsten Ecke auf dem Campus lauerte. Sie hatte ein schweres Schloss gekauft und eine bösartig bellende Alarmanlage, um schlafen zu können. Im Kopf hatte sie den Mann, der sie still und leise terrorisierte, mit einem Vampir verglichen, der sich plötzlich aus dem Dunkeln vor ihren Fenstern materialisierte und mit langen Fingernägeln an den Scheiben kratzte, bis sie ihn hereinließ. Und ein Teil von ihr war so naiv zu glauben, wenn sie ihm den Eintritt verwehrte, wenn sie den Baseballschläger neben die Tür stellte und den Riegel vorschob, dann würde er sie nicht kriegen. Dann würde er irgendwann … einfach verschwinden.

Wie dumm. Wie dumm von ihr.

Er war nicht weg. Er war nie gegangen.

Sie wich von der Tür zurück, ohne zu wissen, wohin sie rennen sollte, ohne zu wissen, welche Richtung sicher war.

Er hatte einen Weg herein gefunden. Und gestern Nacht hatte sie sich mit ihm eingeschlossen.

38

«Sind Sie sicher, dass Sie den Riegel vorgeschoben haben?», fragte der Polizist.

«Ich schiebe ihn immer vor. Ich hatte das ganze Semester Ärger mit diesem Mann. Ich habe Ihnen doch gesagt, dass er schon einmal einfach so hier in der Wohnung aufgetaucht ist. Deswegen habe ich den Riegel angeschafft – seinetwegen.»

«Aber Sie haben ihn seitdem nicht gesehen?»

«Ich weiß, dass er mich beobachtet.» Sie sah sich im Wohnzimmer um, immer noch zitternd. Er war gestern Nacht in ihrer Wohnung gewesen. Irgendwo hier drin. Sie dachte an ihren seltsamen Traum und blickte zur Decke. Vielleicht hatte er sich über den Paneelen versteckt. «Ich weiß, dass er hier war.»

«Wie kommen Sie darauf, dass er es war, wenn Sie nichts von ihm gehört haben?», fragte der Polizist skeptisch. Auf seinem Namensschild stand *J. Fonseca.*

Bevor sie antworten konnte, klopfte es. «Darf ich?», fragte Fonseca. Ohne ihre Antwort abzuwarten, öffnete er die Tür. Das knisternde Bellen von Funkgeräten auf der anderen Seite kündigte die Verstärkung an. Ein zweiter uniformierter Polizist vom Tallahassee PD betrat ihr Wohnzimmer. Hinter ihm tauchte ein vertrautes Gesicht auf, ebenfalls in Uniform: Es war der Campus-Polizist, der ihr am ersten Tag des Semesters mit den platten Reifen geholfen hatte. Er trug dieselbe verspiegelte Pilotenbrille wie damals.

«Hallo, Callie Monahan aus New York», sagte er mit einem kleinen Lächeln, als er sie sah. «Erinnern Sie sich an mich?» Er setzte die Brille ab.

«Ja, natürlich», sagte sie verwirrt. «Colton Beck, nicht wahr? Von der Campus-Polizei. Was machen Sie denn hier?»

«Ich bin jetzt bei der echten Polizei.»

«Oh. Herzlichen Glückwunsch ...»

«Danke», sagte er. «Ich hatte gerade Dienstschluss – ich habe die Nachtschicht. Und als ich mit meinem Bruder hier geredet habe, ist Ihr Name gefallen. Da dachte ich, ich komme mal mit und sehe nach dem Rechten.»

«Oh.» Sie winkte beide herein. «Ihr Bruder?»

«Ja. Das ist mein Bruder Jasper.» Er schlug dem Beamten, mit dem er gekommen war, auf die Schulter. «Er ist auch beim Tallahassee PD.»

«Sehr erfreut, Miss Monahan», sagte Jasper Beck, der seinem Bruder kein bisschen ähnlich sah. Er war kleiner, älter, kahler und dicker. Die tiefen Sorgenfalten auf der Stirn verrieten, dass er nicht viele der Menschen mochte, die ihm im Dienst begegneten. Er sah sich mit zusammengekniffenen Augen in der Wohnung um. «Was ist passiert? Wurde eingebrochen? Fehlt was?»

«Mein Exfreund, das heißt, einfach jemand, mit dem ich ein paar Monate zusammen war, war letzte Nacht hier. Er ist nicht eingebrochen, Officer Beck», erklärte Callie. «Er ist ausgebrochen.»

«Was?»

«Er verfolgt mich, und er schickt mir Nachrichten. Als ich hier eingezogen bin, ist er aus heiterem Himmel aufgetaucht und wollte, dass wir wieder zusammen sind. Ich habe ihm gesagt, er soll gehen und mich in Ruhe lassen. Aber dann war er letzte Nacht wieder da.»

«Hatten Sie Streit?», fragte Jasper Beck.

«Nein. Sie hat ihn gar nicht gesehen», warf Fonseca ein.

«Ich hatte den Riegel vorgeschoben, bevor ich ins Bett gegangen bin», versuchte sie zu erklären. «Und heute Morgen war er offen. Man kriegt den Riegel nur auf eine Art auf, und zwar von innen.»

«Ich dachte, Sie haben keine Exfreunde, die Ärger machen», sagte Colton.

Sein Bruder sah ihn an und zog eine Braue hoch.

«Das dachte ich auch», antwortete Callie. «Aber dann stand er plötzlich hier in der Wohnung, am gleichen Abend, nachdem er mir die Luft aus den Reifen gelassen hatte. Sie haben es selbst gesehen.» Sie wandte sich wieder an den älteren Beck. «Ihr Bruder war da noch bei der Campus-Polizei. Er weiß Bescheid. Er hat Boris gesehen …»

«Boris. Ist Ihr Ex Russe?», fragte Jasper Beck.

«Nein, Koreaner.» Colton lachte. «So heißt ihr Auto. Sie ist die Erste, die ich kenne, deren Auto einen Namen hat.»

«Genau, Boris ist mein Auto. Ein Hyundai Elantra. Colton – Ihr Bruder – hat gesehen, was los war. Brice hat aus allen vier Reifen die Luft rausgelassen. Er ist …»

«Der Exfreund?», fragte Fonseca.

«Exfreund ist zu viel gesagt», gab sie zurück. «Wir hatten ab und zu ein Date. Es war nichts Ernstes, und jetzt ist er, ich weiß nicht … wie besessen.»

Jasper Beck kratzte sich am Hinterkopf. «Haben Sie wegen des Wagens Anzeige erstattet?» Wieder sah er Colton an. «Wegen *Boris*?»

«Nein. Ich hatte gehofft, dass er einfach verschwindet», antwortete sie niedergeschlagen.

«Haben Sie bei irgendeiner Dienststelle gemeldet, dass er Ihnen weiterhin nachstellt?»

«Nein. Ich hatte ja gehofft, dass er bald aufgibt.»

«Sie hat ihn seit August nicht gesehen», warf Fonseca ein. «Seit dem Tag, als sie einzog. Sie sagt, er hat danach einmal angerufen, aber sonst nichts.»

«Im August? Woher wollen Sie denn dann wissen, dass er es war, dieser …?», fragte der ältere Beck.

«Er heißt Brice Cullen. Er kommt aus New York. Und ich weiß es einfach.»

«Ach ja. Boris ist das Auto», antwortete Jasper Beck mit einem genervten Seufzer. «Sie haben gesagt, er hat Ihnen was geschickt?»

«Eine Postkarte», antwortete sie.

«Okay. Kann ich die mal sehen?»

«Ich habe sie weggeworfen», log sie. Sie konnte ihm die Postkarte nicht zeigen, weil sie ihm sonst erklären müsste, was die Initialen M.K. bedeuteten.

Jasper Beck starrte sie an. «Stand etwas Bedrohliches darauf? Auf dieser Postkarte?»

«Die Tatsache, dass er mir eine Postkarte geschickt hat, ist bedrohlich.»

Er schüttelte den Kopf. «Sie glauben also, dieser Typ, von dem Sie nichts gehört haben bis auf eine *Postkarte*, die er Ihnen geschickt hat, war gestern Nacht in Ihrer Wohnung. Fehlt denn irgendwas? Ist was kaputtgegangen? Hat er Ihnen eine Nachricht hinterlassen, Sie wissen schon, mit Lippenstift am Spiegel oder so was?»

«Sehr witzig», gab sie zurück.

«Ich meine es ernst, Miss Monahan. Wie kommen Sie darauf, dass Ihr Ex hier war und dass er Ihnen schaden will?»

«Er beobachtet mich. Ich weiß es. In letzter Zeit sind mir Dinge abhandengekommen. Unterwäsche zum Beispiel.»

«Aber nicht gestern Nacht?»

«Nein. Jedenfalls nicht, dass ich wüsste.»

«Gab es schon mal einen Einbruch, den Sie angezeigt haben? Haben Sie den Diebstahl der Unterwäsche angezeigt?»

«Nein. Wer zeigt schon an, wenn Unterwäsche verschwindet? Ganz im Ernst. Ich weiß einfach, dass er es ist. Ich weiß, dass er hier war, Officer Beck. Ich glaube, er hat sich an meiner Klimaanlage zu schaffen gemacht an dem Tag, als er mir die Luft aus den Reifen gelassen hat. Vielleicht hat er einen Schlüssel.»

«Er hat Ihre Klimaanlage kaputt gemacht? Wie – hat er was reingekippt oder so? Das Kabel durchgeschnitten?»

«Nein. Es war einfach sehr, sehr heiß hier drin. Jemand hat das Thermostat hochgedreht, während ich an der Uni war.»

Jasper Beck nickte und stand auf. «Na gut. Ich sage Ihnen, was wir tun. Ich sehe mich um und nehme die Anzeige auf. Melden Sie sich, wenn Sie feststellen, dass doch irgendwas fehlt, dann schreiben wir es mit rein.»

«Können Sie nach Fingerabdrücken suchen?», fragte sie verzweifelt, als die anderen beiden Polizisten ebenfalls aufstanden. «Oder meinen Schrank auf Spuren untersuchen? Wenn er da drin war, hat er vielleicht Hautschuppen oder DNA hinterlassen.»

Der ältere Beck schüttelte den Kopf. «Das ist nicht Ihr Ernst, oder? Colton hat gesagt, Sie studieren Jura, Sie sind also nicht dumm. Ich kann die Spurensicherung nicht hier reinschicken, solange es keine Hinweise auf ein Verbrechen gibt außer Ihrer Behauptung, Sie seien sich sicher, dass Sie gestern Abend den Riegel vorgeschoben haben. Verstehen Sie das, Miss Monahan?»

Callie nickte. Sie wusste, dass ihre Geschichte klang wie an den Haaren herbeigezogen.

Jasper warf seinem Bruder einen Blick zu. Colton zuckte die Schultern. Er sah aus, als sei ihm das Ganze ein bisschen peinlich.

Sie sah zu, wie die drei Männer durch ihre Wohnung marschierten und in den Schrank, hinter den Duschvorhang und unter das Bett spähten. Sie hörte, wie Jasper und Fonseca im Nebenraum leise lachten, während Colton hinter ihnen herging und sie im Wohnzimmer saß, den Kopf in den Händen.

Wenn Brice sie in den Wahnsinn treiben wollte, hatte er Erfolg. Und wenn er wollte, dass der Rest der Welt zusah … tja. Auch damit hatte er Erfolg.

39

Fünf Minuten nachdem sie die Tür hinter den drei Männern geschlossen und verriegelt hatte, klopfte es. Sie sah durch den Türspion und machte wieder auf.

«Ich wollte nur nachsehen, ob Sie wirklich immer den Riegel vorschieben, wenn Sie die Tür zumachen», sagte Colton lächelnd. Er hatte die Sonnenbrille abgenommen.

Im gleichen Moment kam Dennis vorbei, im Anzug, offensichtlich auf dem Weg zur Arbeit. «Guten Morgen. Alles in Ordnung?», fragte er besorgt und musterte Colton. Seinem Blick nach zu schließen, wusste er nicht genau, ob der Polizist ein Problem mit Callie hatte, oder ob Callie ein Problem hatte, für das sie den Polizisten brauchte.

«Danke, Dennis. Keine Sorge. Alles in Ordnung. Es ist … nichts.»

Doch Dennis ließ sich nicht so schnell beruhigen. Er versuchte einen Blick ins Innere ihrer Wohnung zu erhaschen, um nachzusehen, ob eingebrochen oder randaliert worden war. Als er merkte, dass er nichts zu sehen bekam, sagte er zögernd: «Okay», und sah auf die Uhr. «Also, falls Sie irgendwas brauchen …» Seine Stimme verlor sich, während er mit klackernden Ledersohlen die Treppe hinunterlief. Dann entdeckte er den Streifenwagen, der mit Blaulicht den Eingang des Gebäudes blockierte, und murmelte vor sich hin, als er auf dem Parkplatz verschwand. Callie nahm an, es würde nicht lange dauern, bis ihr nervöser, frustrierter Nachbar seine Wohnung kündigte und die Möbelpacker vor Wohnung 2C auftauchten.

«Haben Sie was vergessen?», fragte sie Colton, als Dennis weg war.

«Nein. Ich wollte mich nur noch mal ordentlich verabschieden. Und hören, wie es Ihnen geht. Sie sahen – Sie sehen ziemlich durch den Wind aus.»

«Ihr Bruder hält mich für verrückt.»

«Nein, das tut er nicht. Er hat nur viel um die Ohren.»

«Und ich bin eine Nervensäge.»

«Überhaupt nicht. Sie haben nur nicht oberste Priorität. Er springt mehr auf rauchende Colts an. Ist schon sehr lange im Dienst.»

«Tut mir leid, damit kann ich nicht dienen», antwortete sie fahrig und ging ins Wohnzimmer. «Aber wenn er etwas Geduld hat, bekommt er vielleicht noch welche zu sehen.»

«Sagen Sie so was nicht.» Er folgte ihr in die Wohnung und schloss die Tür. «Es gibt also doch einen Ex, der Ihnen Ärger macht?»

«Sieht so aus», gab sie zurück. Sie setzte sich aufs Sofa, vergrub den Kopf wieder in den Händen. Er war so schwer.

«Wie läuft das Studium?», fragte er, offenbar bemüht, sie abzulenken.

Sie wusste nicht, in welcher Funktion er zurückgekommen war. Als Polizist? Als Freund? «Wo ist Ihr Bruder? Und der Rest der Truppe?»

«Oh, er und Fonseca sind aufs Revier gefahren. Ihr Tag fängt erst an. Ich habe Feierabend.»

Sie zeigte auf die Couch. «Setzen Sie sich doch. Ich mache Ihnen Kaffee. Möchten Sie einen?»

«Nein, danke. Schon gut.»

«Um Ihre Frage zu beantworten: Das Studium läuft ganz gut,

so weit. Glaube ich zumindest. Die Ergebnisse gibt es erst am Semesterende. Aber jetzt kam diese Sache dazwischen. Ich bin wirklich völlig fertig.»

«Das verstehe ich.» Colton setzte sich auf einen der niedrigen Kunstlederhocker, die unter den Couchtisch passten. Er sah aus wie Gulliver, ein Riese auf einer Streichholzschachtel. «Stalker sind harter Tobak.»

«Ich hasse das Wort Stalker», sagte sie und starrte zu Boden. «Es hat so was Endgültiges. Als würde er mich nie mehr in Ruhe lassen. Es klingt wie ein Wort aus *Medical Detectives.* Und da geht es für das Opfer nie gut aus.»

Er lachte.

Eine lange Pause entstand. «Ich habe Sie neulich bei Mammoni's gesehen», sagte er dann. «Arbeiten Sie da als Kellnerin?»

«Ja. Wann waren Sie da?»

«Vor ein paar Wochen. Ich saß nach einem Spiel an der Bar. Hatte keine Uniform an, und auch nicht die Sonnenbrille, deshalb haben Sie mich wohl nicht erkannt.»

«Wahrscheinlich hatte ich nur zu viel zu tun», antwortete sie sanft.

«Stimmt.»

«Sie hätten hallo sagen sollen.»

«Ich habe darüber nachgedacht. Aber Sie hatten wirklich viel zu tun. Und beim letzten Mal haben Sie mir einen Korb gegeben, wissen Sie noch? Mit so was kann ich nicht umgehen – ich bin ein Cop. Kleiner Scherz. Aber mal im Ernst, Sie sahen aus, als hätten Sie alle Hände voll zu tun, und ich war mit ein paar Kumpels da …»

«Tut mir leid», sagte sie, und plötzlich brach sie in Tränen aus.

«Hey. Ich bin nicht … das wollte ich nicht», sagte er überrascht und sah sich umständlich nach einem Taschentuch um.

«Ich kann einfach nicht mehr. Es tut mir so leid, wenn Sie

dachten, Sie dürften nicht mal hallo zu mir sagen. Dass ich so unnahbar bin. Das ist ja schrecklich.»

«Nein, nein, völlig in Ordnung. Sie haben gearbeitet. Ich bin ein Idiot.» Er legte ihr die Hand auf die Schulter. «Ich habe nur versucht, witzig zu sein. Hat wohl nicht geklappt. Alles in Ordnung? Ich wollte Sie doch nicht zum Weinen bringen.»

Sie schmiegte den Kopf in die Beuge seines starken Arms. Selbst seine Unterarme waren muskulös. «Es ist meine Schuld», murmelte sie. «Ich dachte, ich hätte alles unter Kontrolle, alles wäre gut, und dann taucht er wieder auf, und niemand glaubt mir. Er war wirklich hier. Ich weiß, dass er hier war. Und ich habe … o Gott, ich habe solche Angst. Ich hasse es, das zuzugeben, aber ich habe Angst.»

Er versuchte ihr mit der freien Hand den Rücken zu tätscheln. «Schon gut, Callie. Sie brauchen keine Angst zu haben», antwortete er leise. «Was Sie vielleicht tun sollten, ist umziehen – wenn Sie können. In eine andere Wohnung. Die sicherer ist. Jetzt haben Sie Anzeige erstattet, das ist gut, jetzt gibt es eine Akte. Man kann Stalker dingfest machen, wenn man die Übergriffe über einen längeren Zeitraum dokumentiert.»

Sie nickte in seinen Arm. Sie weinte immer noch.

«Sie sollten nicht mehr allein zu Ihrem Wagen gehen», fügte er hinzu, und seine Stimme wurde noch sanfter. «Wirklich. Ich habe Boris überall auf dem Campus gesehen, als ich noch dort war. Der Weg zu den abgelegenen Parkplätzen, besonders abends, das ist einfach … leichtsinnig.»

«Ich wollte nicht, dass er mich findet. Ich wollte nicht vorhersehbar sein.»

«Aber es ist nicht nur Ihr durchgeknallter Ex, der da draußen rumgeistert. Sie haben doch bestimmt gehört, dass es einen Serienmörder gibt, der diesen Teil des Landes unsicher macht. Vor dem sollten Sie sich in Acht nehmen.»

Sie begann zu zittern und sank in sich zusammen.

«O nein. Ich wollte nicht … ich wollte Ihnen nicht noch mehr Angst einjagen», stotterte er und nahm sie erst etwas steif in die Arme. Doch dann entspannte er sich und drückte sie einfach nur an sich, ihr Kopf an seiner Brust. Aus dem ungelenken Schultertätscheln wurde ein sanftes, tröstendes Streicheln. Sie schwiegen, und es fühlte sich an, als säßen sie eine Ewigkeit so da, auch wenn es wahrscheinlich keine fünf Minuten waren.

Etwas hatte sich verändert – Callie spürte es. Vielleicht lag es an der Uniform, vielleicht daran, dass er zurückgekommen war oder dass sie niemandem ihre verletzliche Seite gezeigt hatte, seit … seit damals. Erst recht keinem Mann. Folglich hatte sie sich auch lange nicht so … *sicher* gefühlt. Und gleichzeitig so verdammt wehrlos. Nach dem Gespräch mit Bobby Dees vom FDLE damals hatte sie vor keinem Menschen mehr geweint – vor keinem Mitbewohner, vor keinem Bekannten, vor keinem Mann. Seit vier Jahren kämpfte sie allein gegen den Rest der Welt. Niemand durfte hinein in ihre Burg, die sie ständig für zukünftige Angriffe rüstete. Nicht dass sie Colton hereinlassen würde – aber immerhin war er ans eiserne Tor gekommen und hatte gefragt, ob er etwas für sie tun könne. Und allein das … hatte etwas verändert.

«Auch wenn Sie nicht ins Beuteschema dieses Kerls passen – er steht auf Dunkelhaarige –, nehmen Sie sich einfach in Acht, mehr wollte ich nicht sagen. Mein Bruder ist bei der Taskforce. Dieser Hammermann ist ein Ungeheuer, Callie. Dem wollen Sie auf einem dunklen Parkplatz noch weniger begegnen als Ihrem Exfreund.»

Sie setzte sich auf und sah ihn verwirrt an. «Der Bruder, der eben hier war?»

«Nein. Ich habe fünf Brüder», antwortete er. «Ich bin der jüngste. Zwei von uns sind beim Tallahassee PD, das sind Jasper und ich. Jackson ist beim Leon County Sheriff's Office, und der ist auch bei der Taskforce. Jed ist beim Rosa County Sheriff's Office, Galon ist bei der Florida Highway Patrol. Und der älteste – Clyde – der sitzt im Knast. Er ist das schwarze Schaf, aber ich schätze, das gibt es in jeder Familie, oder? Einen, für den sich alle schämen.»

Sie nickte, stand hastig auf und wischte sich mit dem Handrücken die Tränen ab. «Was ist mit Ihrer Schwester? Die Ihre Sonnenbrille ausgesucht hat?»

«Sie haben ein gutes Gedächtnis. Ja. Das ist Nanette. Sie ist die älteste – zweiundzwanzig Jahre älter als ich. Sie arbeitet in der Leitstelle der Highway Patrol.»

«Zweiundzwanzig Jahre älter?»

«Ich war nicht geplant. Meine Mutter war dreiundvierzig, als ich unterwegs war. Zuerst dachten sie, ich wäre ein Magengeschwür.»

Sie nahm die Kleenex-Schachtel vom Küchentisch und trocknete sich das Gesicht ab. «Tut mir wirklich leid, dass Sie dachten, Sie könnten mich nicht ansprechen, als Sie mich gesehen haben», sagte sie zögernd und sah aus dem Fenster. «So bin ich eigentlich nicht. Ich bin keine arrogante Ziege … wirklich nicht.»

Er stand auf. «Sie sahen beschäftigt aus, das war alles. Als hätten Sie schon genug am Hals. Und vielleicht so, als, na ja, als bräuchten Sie niemanden in Ihrem Leben», sagte er leise. Als sie nichts erwiderte, atmete er lange aus. «Aber ich bin kein Dummkopf, Callie. Und deshalb versuche ich es jetzt noch einmal, weil … also, als ich Sie eben im Arm gehalten habe, das hat sich irgendwie gut angefühlt, muss ich zugeben. Und ich werde nicht lügen. Irgendwie bringen Sie mich dazu, dass ich die albernen Gedanken, die mir durch den Kopf gehen, laut aussprechen will. Also … jetzt, wo ich weiß, dass Ihnen ein streitlustiger Exfreund nachsteigt, stelle ich mich freiwillig als Leibwächter zur Verfügung, falls Sie vielleicht mal was essen gehen wollen. Mit mir, meine ich. Also, in einem Restaurant», erklärte er verlegen und wurde rot. «Abends.»

Die steife, enge schwarze Uniform und die coole Sonnenbrille, durch die Colton Beck knallhart und arrogant zu wirken versuchte, waren reine Fassade, dachte sie. Wie ein Superheld, der sich nur super fühlt, wenn er in seinen Umhang schlüpft. Hartgesottene ältere Brüder im gleichen Job machten es auch nicht leichter. Sobald er die Uniform ablegte, war er jemand, der vielleicht an einem Regentag in einem gemütlichen Pullover bei Starbucks Kaffee trank und ein schlaues Buch las. Andererseits hatte sie genau so Brice Cullen kennengelernt, und der hatte sich als gefährlicher, durchgeknallter Stalker entpuppt. Sie musste aufhören so zu denken – sie musste neu konfigurieren, was sie an einem Mann attraktiv fand. Trotzdem bewunderte sie Coltons Mut. Seinem besorgten, verlegenen Gesicht nach zu urteilen, war dies der anstrengendste Einsatz, den er in der ganzen Nachtschicht gehabt hatte.

«Ja, das wäre schön», sagte sie leise.

«Wirklich?»

«Wirklich.»

Er lächelte. «Man darf eben die Flinte nicht gleich ins Korn werfen … Toll! Passt Ihnen Samstag? Das ist mein freier Tag.»

«Am Samstagabend muss ich arbeiten. Und am Sonntag auch. Ich arbeite Freitag bis Sonntag. Also auch heute, ab fünf. Das hätte ich fast vergessen.»

«Na gut, ich esse auch montags. Und dienstags. Und mittwochs. Und donnerstags», antwortete er. Sie sah ihm an, dass er sich beherrschen musste, um nicht übers ganze Gesicht zu strahlen. «Meine Nachtschicht fängt um elf an. Wir können vorher essen gehen.»

Sie nickte. «Rufen Sie mich an. Ich habe Ablenkung bitter nötig. Von der Uni, von allem.» Sie sah sich um. Die Vorstellung, allein zu Hause zu sein und mit ihrem treuen Baseballschläger in der Hand die Tür anzustarren, war nicht sehr verlockend. «Dann habe ich etwas, worauf ich mich freuen kann», setzte sie schüchtern nach. Sie spürte, wie ihre Wangen heiß wurden. So weit hatte sie sich seit Jahren nicht aus dem Fenster gelehnt.

«Das mache ich. Ihre Nummer steht ja in dem Bericht. Super! Italienisch kommt Ihnen wahrscheinlich zu den Ohren raus. Vielleicht Kreolisch? Meine Mutter kommt aus Louisiana. Aber jetzt lasse ich Sie erst mal studieren und leg mich ins Bett. Ich bin seit vierundzwanzig Stunden auf den Beinen.» Er ging zur Tür. «Ich rufe Sie Anfang nächster Woche an, und Sie sagen mir, worauf Sie Lust haben – Sie dürfen aussuchen. Ich esse alles.»

«Danke, dass Sie …» Sie lehnte in der offenen Tür, als er hinausging. «Danke, dass Sie noch mal gekommen sind, Colton.»

Er blieb in der Tür stehen und berührte zart ihre Wange. «Nicht mehr weinen. Alles wird gut. Vertrauen Sie mir.»

Er war so nett. Sie wollte ihm so gerne glauben.

Er ging auf die Treppe zu, doch dann drehte er sich noch einmal um. «Ich kann Ihnen auch bei der Wohnungssuche helfen. Das hier ist eine miese Gegend, wissen Sie?»

Sie nickte. «Es ist nichts frei – das ich mir leisten könnte. Ich hab mich schon umgehört.»

Colton schwieg einen Moment, dann räusperte er sich. «Ich glaube Ihnen, dass Sie einen Ex im Nacken haben, der die Messer schleift, aber ich muss Ihnen trotzdem sagen, was ich denke», erklärte er, und plötzlich klang er sehr ernst. Er setzte die Sonnenbrille auf. Die Verkleidung saß wieder. «Ich will Ihnen nicht noch mehr Angst machen, und Sie hören es vielleicht nicht gerne. Aber wenn Sie mich fragen, könnte es sein, dass es vielleicht gar nicht Ihr Ex war, der sich letzte Nacht bei Ihnen eingeschlichen und möglicherweise in Ihrem Schrank versteckt hat. Sondern ein viel üblerer Geselle …»

40

Am Ende schaffte sie es nicht mehr, ihren Aufsatz einzureichen. Bis die Polizei die Anzeige aufgenommen hatte, Colton wiedergekommen und dann zum zweiten Mal gegangen war, war es fast schon Mittag. Nicht nur hatte sie die Gelegenheit verpasst, sich frühmorgens in der Bibliothek zu verschanzen, auch für das Seminar in Deliktsrecht war sie zu spät dran. Und offen gesagt, konnte sie sich auch nicht konzentrieren. Keine Chance. Sie schickte dem Professor für Juristisches Schreiben eine E-Mail und bat um Verlängerung der Abgabefrist für den Aufsatz bis Montag. Die Antwort kam binnen zehn Minuten: Abgelehnt.

Sie fuhr zur Uni und machte wieder kehrt, bevor sie überhaupt aus dem Wagen gestiegen war. Es war sinnlos. Nie im Leben würde sie es schaffen, das Seminar heute durchzustehen, und sie beschloss, den Tag blauzumachen. Es war Freitag, der Senat hatte sich ins Wochenende verabschiedet, und das hieß, dass die Hotelpreise in der Stadt eigentlich niedrig sein müssten. Ein paar Tage im Hotel würden ihr eine Atempause verschaffen – sie könnte entspannen, ohne unters Bett, in den Wandschrank, aus dem Fenster und hoch zu den verdammten Deckenpaneelen schauen zu müssen, immer in der Angst, was wohl darunter hervorkriechen mochte, sobald sie das Licht ausmachte. Sie musste den Kopf wieder klarkriegen und ganz in Ruhe überlegen, wie sie am besten mit der Situation umgehen sollte, anstatt zu tun, was sie sonst immer tat: einfach zu reagieren.

Vielleicht sollte sie ja doch noch einmal auf Coltons Angebot, ihr bei der Suche nach einer besseren Wohnung zu helfen, zurückkommen. Bestimmt kannte er Leute an der FSU, die sie bei der Wohnungssuche unterstützen konnten. Sie starrte den Streifenwagen an, der in Gegenrichtung an der Kreuzung stand, an der sie feststeckte. Damit hätte sie einen Grund, ihn noch vor nächster Woche wiederzusehen. Wenn er sie denn überhaupt wegen des Abendessens anrufen würde. Sie schüttelte den Kopf und versuchte, diese Gedanken zu vertreiben, bevor sie sich in ihrem Verstand festsetzten und bevor, schlimmer noch, ihr Herz davon Wind bekam. Das Letzte, was sie brauchen konnte, war, sich hier in jemanden zu verlieben, und dann auch noch in einen Cop. Zu allem Überfluss in einen Cop, dessen Bruder der Taskforce für den Hammermann angehörte. Sie wollte sich nicht eingestehen, dass sie Schutz brauchte – sie konnte ihre Burg prima selbst verteidigen. Männer waren … nur Gesellschaft – und sie hatte nicht vor, sich noch einmal benutzen oder verletzen oder bloßstellen zu lassen. Und wenn das bedeutete, dass sie ihr Leben irgendwo in einem Einzimmerapartment verbringen musste, dann sollte es eben so sein. Insbesondere, nachdem der letzte Kerl, bei dem sie Gesellschaft gesucht hatte, sich als ein echter Verrückter entpuppt hatte.

Aber da saß sie nun und dachte an Colton Beck. Der erste Kerl seit … nun ja, seit der Highschool und diesem Arschloch Tyler. Ihr war vollkommen klar, woran es lag. Er trug Uniform, er hatte Muskeln und eine Waffe, er suchte unter ihrem Bett und in ihrem Wandschrank nach Bösewichten und rief den Abschleppwagen, noch ehe sie überhaupt wusste, dass ihre Reifen platt waren. Rettete sie, bevor sie wusste, dass sie gerettet werden musste. Der besorgte Blick aus seinen warmen, braunen Augen fiel ihr wieder ein, als er heute Morgen vor ihrer Tür gestanden hatte. Vielleicht war das Anziehendste an Colton Beck ja, dass er ihr glaubte.

Aber heute würde sie ihn nicht mehr anrufen und um Hilfe bitten. Nicht jetzt, wo sie gemerkt hatte, dass sie ihn gern hatte ... sehr gern. Denn damit fingen diese ganzen dämlichen Psychospielchen an, und wenn sie ihn zu früh anrief, konnte er da viel zu viel hineininterpretieren, zum Beispiel, dass sie es nötig hatte. Oder aufdringlich war. Oder labil und durchgeknallt war, worüber Coltons Bruder sich ja schon seinen Teil dachte. Das bedeutete, dass sie auf sich allein gestellt war, bis Colton anrief. *Falls* er anrief. Verdammt, da fing es schon an.

Sie seufzte, als die Ampel auf Grün sprang und sie an dem Streifenwagen vorbeifuhr. Wenn sie also schon nicht umziehen konnte, sollte sie vielleicht einfach die verdammten Schlösser auswechseln. Scheiß auf die Hausverwaltung – wie Colton gesagt hatte, es war eine miese Gegend, und bei ihr war nun schon zweimal etwas passiert. Außerdem, woher sollten die überhaupt wissen, dass sie die Schlösser gewechselt hatte, bevor sie tatsächlich auszog und die sich um einen neuen Mieter kümmern mussten? Das bot ihr zumindest die Möglichkeit, dort zu bleiben, wenn sie keine andere Unterkunft fand. Denn ganz egal, wie billig das Hotel wäre, bis zum Ende der Abschlussprüfungen in sechs Wochen konnte sie sich das unmöglich leisten.

Sie fand ein Motel Six, das auf Trip Advisor relativ gute Bewertungen bekommen hatte, checkte ein und nahm eine heiße Dusche. Dann kippte sie aufs Bett und fiel in den erholsamsten Schlaf, den sie seit ihrer Rückkehr nach Florida gehabt hatte. Keine verrückten Träume, keine Vampire, kein Brice, kein Tyler. Einfach gar nichts.

Der Schlaf tat ihr so gut, er tat ihr zu gut: Als sie nach drei Stunden aufwachte, war sie für die Arbeit schon eine halbe Stunde zu spät dran.

Bei ihrer Ankunft im Mammoni's war Mama Maria gerade dabei, alles und jeden anzubrüllen, den sie in die Finger bekam. Auf dem Weg zum Hintereingang, der in die Küche führte, konnte Callie ihr Geschrei schon hören. Anscheinend war ein Inspektor der hiesigen Gesundheitsbehörde zu einer überraschenden Kontrolle hereingeschneit und hatte eine Reihe von Verstößen gegen die Vorschriften festgestellt. Keiner davon war schlimm genug, um das Restaurant auf der Stelle zu schließen, doch wenn die Leute davon erfuhren, und das würden sie dank des Internets, würden die Geschäfte spürbar einbrechen. Papa Joe stand hinten am Herd und kochte, nachdem er einen der Köche sofort gefeuert hatte. Und Mama war auf dem Kriegspfad. Niemand war vor ihr sicher. Nicht mal Roberto, der *mammone* höchstpersönlich, der – immerhin war er ihr Sohn – munter zurückbrüllte. Kaum ging die Fliegengittertür mit einem Quietschen auf, stürzten sich alle drei Sebastianos auf Callie. Frischfleisch.

Die ersten Anschuldigungen ließ sie auf sich niederprasseln, ohne sich zu verteidigen. Keinen interessierte es, weshalb sie in einem Motel Six zusammengeklappt war. Keiner wollte was von ihrem Exfreund hören, von den stressigen Abschlussprüfungen oder der miesen Note, die sie jetzt im Seminar für Juristisches Schreiben bekommen würde. Keinem fiel auf, dass dies das allererste Mal war, dass sie zu spät kam. Sie sahen nur die Zeit auf der Wanduhr und hörten die Beschwerden hungriger Gäste über den langsamen Service. Der einzige Grund, weshalb sie sie nicht sofort feuerten, war vermutlich, dass sie eine Bedienung brauchten.

Das Restaurant war rappelvoll, und um zehn herrschte an der Bar bereits dichtes Gedränge. An den Wochenenden spielte hier eine Band, und es ging laut und wild zu. Bei einem ihrer Ausflüge an die Bar, wo sie Getränke holen wollte, spürte Callie, wie jemand die Hand über ihren Po gleiten ließ, eindeutig mit Absicht. Wütend blickte sie sich in der Horde grölender Jugendlicher um, von denen die meisten schon auf dem besten Wege waren, sich ins Koma zu trinken. «Hey, wer von euch hat gerade meinen Hintern betatscht?», rief sie.

Natürlich meldete sich niemand. Nur die Kids in ihrer unmittelbaren Nähe konnten überhaupt verstehen, was sie sagte. Es waren alles junge Kerle. Jungs, die noch aufs College gingen. Und um Callie scherte sich sowieso keiner. Sie lachten und johlten weiter, der Barkeeper schenkte weiter Drinks aus, die Band spielte. In der Bar, die vom Restaurant abgetrennt war, war es dunkel – nach neun Uhr abends wurde das hier zum angesagten Nachtclub. So viele fremde Gesichter, so viele Gesichter, die sie nicht erkennen konnte. Ihre Wut schlug um in Angst: War Brice möglicherweise hier?

Nein. Ihr Verstand musste ihr einen Streich spielen.

Als sie in die Küche zurückkam, nur um von einer zeternden Mama Maria empfangen zu werden, die wissen wollte, warum sie so lange brauchte, um ein paar Drinks zu holen, und ob sie an der Bar etwa geflirtet habe, da … da flippte sie aus. Alles, was sie noch wollte war: raus.

«Ich geh mal kurz frische Luft schnappen», setzte sie an.

«Das geht nicht. Du hast deine Tische. Du bist heute eh schon zu spät gekommen. So was gibt's jetzt nicht mehr. Diese Angestellten glauben immer, sie könnten machen, was sie wollen. Das hier ist ein Geschäftsbetrieb!»

«Ich brauche fünf Minuten für mich. An der Bar hat mich gerade einer begrabscht, und ich …» Sie brach ab, denn ihr war klar, dass ihrer Chefin das völlig egal war. Sie musste ihre Burg selbst verteidigen, und weder brauchte sie Hilfe, noch wollte sie welche. «Ich muss nur wieder runterkommen. Einen Augenblick allein sein. An meinen Tischen ist im Moment alles in Ordnung.»

«Du gehst nicht raus», erwiderte Maria.

«Ich weiß, dass Sie einen beschissenen Tag hatten», gab Callie wütend zurück. «Und ich weiß, dass es Ihnen egal ist, warum ich heute zu spät gekommen bin und dass es mich wahnsinnig macht, dass mich an der Bar gerade jemand begrabscht hat. Ich weiß, dass ich für Sie nur ein Roboter bin, der Essen rumträgt. Ich hab's kapiert. Aber ich nehme mir jetzt fünf Minuten Pause, sonst flippe ich aus. Ganz im Ernst. Sonst drehe ich vollkommen durch.»

Und wie ihr Bruder gestern festgestellt hatte, sie und durchdrehen war keine gute Mischung.

Maria verschränkte die Arme. «Wenn du jetzt rausgehst, brauchst du nicht wiederzukommen.»

Sie war sich nicht sicher, ob das eine Drohung war oder ob Mama Maria ihre Angst spürte. In diesem Augenblick war es auch völlig egal. Callie tat, was sie immer tat – sie reagierte. Sie schnappte sich ihre Tasche und die Jacke aus dem Regalfach, ging an der kleinen furchtlosen Gestalt ihrer Chefin vorbei – die versucht hatte, die Küchentür, durch die man auf den Parkplatz kam, zu blockieren – und trat nach draußen. Damit nahm sie, wie es in der Zeile eines Songs von Bruce Springsteen heißt, die falsche Abzweigung und ging einfach weiter.

41

Es überraschte sie nicht einmal, als sie den Zündschlüssel drehte und sich nichts tat. Das war nur das i-Tüpfelchen auf dem absolut beschissensten Tag, den sie je erlebt hatte. Für heute war ihr Maß voll: ein Stalker in der Wohnung. Aufsatz im Seminar versaut. Bei der Arbeit gefeuert. Und nun, als großes Finale, gab auch noch Boris den Geist auf.

Der Wagen gab keinen Mucks mehr von sich. Wahrscheinlich lag es an der Lichtmaschine. Und das bedeutete mindestens 300 Dollar. Sie hatte keinen Job mehr, und bevor sie nicht einen erschwinglichen Weg fand, um ihre Wohnung stalkersicher zu machen, auch kein Dach über dem Kopf. Ich kann ja immer noch im Auto schlafen, dachte sie frustriert und schlug mit der Stirn gegen das Lenkrad, was aber nur den stechenden Kopfschmerz verschlimmerte, der sich von ihren Schläfen her ausbreitete.

Sie überlegte, Colton anzurufen, aber der hatte heute Nacht Dienst, und es war schon nach zehn. Bald würde er sich auf den Weg zur Arbeit machen. Er hätte also sowieso keine Zeit, ihr zu helfen.

Sie sah auf dem GPS nach, in welcher Richtung das Motel lag. Etwa sechseinhalb Kilometer entfernt von dem Parkplatz, auf dem sie jetzt stand. Sie schaute sich um. Na gut. Die Nacht war angenehm. Kalt, aber diesmal hatte sie eine Jacke dabei. Dann würde sie eben zu Fuß gehen und den Abschleppwagen für Boris morgen früh rufen. Das gäbe ihr die Gelegenheit, den

Kopf wieder frei zu kriegen, sich zu beruhigen und zu überlegen, wo zur Hölle sie das Geld für die Reparatur des Wagens und den Transport zur Werkstatt auftreiben sollte. Und für die Miete für den ersten und den letzten Monat, falls sie eine neue Wohnung fand. Sie stieg aus dem Auto und schlug seufzend die Tür zu.

Das Motel lag im Grunde ganz in der Nähe der FSU. Sie lief die Monroe Street hinunter, durch ein «Stadtzentrum», in dem, um halb elf, gerade alles schloss, doch je näher sie der Uni kam, desto wilder wurde der Partytrubel. Schließlich war Freitagabend. Und Montag war Halloween, was bedeutete, dass sämtliche Partys – in allen Häusern und Wohnungen – an diesem Wochenende stattfanden. Jede Bar und jeder Club in einem Umkreis von acht Kilometern um die FSU und den benachbarten Campus der FAMU – der Florida Agricultural and Mechanical University – veranstalteten einen Kostümwettbewerb, und für die besten Kostüme waren hohe Preisgelder ausgeschrieben.

Als sie in Heritage Grove ankam, wo die Häuser der Studentenverbindungen standen, war es kurz vor elf – die magische Stunde, in der alle zwischen achtzehn und dreißig munter wurden und sich zum Weggehen rüsteten. Die Straßen erwachten regelrecht zum Leben. Callie sah sexy Hexen und aufreizend gekleidete Dienstmädchen und sogar ein paar untote Stripper in Autos steigen, während Freddy Kruegers, Michael Myers und Piraten aus anderen herauskrabbelten. Doppelgänger von Kim Kardashian und Kanye West, ein Burrito, ein blutüberströmter Mann, der sich einen einhornartigen Dildo in Form eines Bohrmeißels um seine Feinrippunterhose geschnallt hatte – vermutlich eine ziemlich schräge Hommage an den Horrorfilm *Se7en* und die Fernsehshow *American Horror Story* –, sowie ein ganz schön echt wirkender Werwolf tummelten sich auf den Straßen. Aus den Autos und Verbindungshäusern dröhnte Hip-Hop, und die Partys fingen gerade erst an, für eine hundertprozentig lange Nacht warmzulaufen.

Vielleicht dachte sie deshalb nicht groß über den Mann nach, der neben dem Haus mit dem improvisierten Friedhof, den aufgespießten Zombies und an Bäumen baumelnden Leichen am Zaun stand. Verglichen mit einigen der Freaks, die es mit der Verkleidung übertrieben hatten, und so manchem schaurigen Monster, das hier rumlief, sah er … geradezu harmlos aus, in seinem Arbeitsoverall und der schwarzen Lederschürze, und mit der Schweißermaske, die sein Gesicht bedeckte.

«Hallo», sagte er, als sie vorbeiging.

Sie schenkte ihm keine Beachtung.

Bedachte man die ganzen gruseligen Dinge, die sich seit ihrem Umzug nach Tallahassee ereignet hatten, und ganz besonders das, was letzte Nacht geschehen war, hätte sie besser auf der Hut sein müssen. Sie hätte auf alles gefasst sein müssen. Doch als er ihr jetzt hinterherkam und wieder hallo sagte, hielt sie ihn bloß für einen betrunkenen Collegejungen, der versuchte sie abzuschleppen.

Erst als er das dritte Mal hallo sagte, erschrak sie. Denn diesmal sagte er nicht bloß hallo – er sagte: «Hallo, Mallory.»

Im selben Moment, als ihr die Angst durch den Körper schoss, spürte sie einen heftigen Schmerz im Rücken. Der Mann mit der Maske legte ihr den Arm um die Schultern und hielt sie fest. Sie merkte noch, wie das Leben langsam aus ihren Beinen sickerte, dann wurde alles schwarz.

42

Als Callie die Augen aufschlug, hörte sie Schreie in einiger Entfernung. Ihr Mund war trocken, die Kehle wund. Ihre Zunge fühlte sich an, als wäre sie in einen Socken gewickelt. Sie bemühte sich, den schmerzenden Kiefer zu bewegen. In ihrem Kopf hämmerte es. Alles tat ihr weh. Alles. Jeder Muskel, jeder Zentimeter ihrer Haut. Und während sie langsam wieder zu Bewusstsein kam, nahm auch der Schmerz zu, als würde jemand die Lautstärke an einem Radio hochdrehen. Sie leckte sich die Lippen. Sie schmeckten nach … Erde. Sie atmete durch die Nase ein und roch … Erde. Verschimmelte, nasskalte, feuchte Erde. Die rechte Seite ihres Gesichts war auf eine kalte, raue Oberfläche gedrückt. Ihre Wimpern wischten über Erdkrümel. Sie lag mit dem Gesicht nach unten in Schmutz und Erde.

Großer Gott, hatte man sie etwa begraben? Lag sie in ihrem eigenen Grab?

Sie versuchte, schärfer zu sehen. Es war dunkel, aber sie konnte Umrisse – seltsame Gebilde – ausmachen, die von einem diffusen Gegenlicht beleuchtet wurden. Und Stäbe. Sie konnte Stäbe sehen.

Ihre Füße waren frei, doch ihre Hände – sie konnte die Hände nicht bewegen. Sie waren taub, ihre Finger waren taub, und die Gelenke brannten. Vergeblich versuchte sie die Arme zu beugen. Sie befanden sich über ihrem Kopf, und ihre Hände waren gefesselt und an irgendetwas festgebunden. Mit aller Kraft versuchte sie sich hochzuziehen, aber auch ihre Arme waren taub und … zum Verzweifeln schwer. Sie hörte das Rasseln und Klirren von … Ketten? Sie war festgekettet.

Tränen rollten ihr die Wange hinab.

Festgekettet in ihrem Grab?

Es fiel ihr schwer, einen klaren Gedanken zu fassen. Sie wollte glauben, dass sie träumte. Oder vielleicht einfach nicht verstand, wo sie war, in welcher Lage sie sich befand. Vielleicht hatte sie sich ja am Kopf verletzt. Vielleicht lag sie in … wie nannte man so was im Krankenhaus? Streckverband? Vielleicht lag sie in einem Streckverband. Und hatte Halluzinationen. Sie schloss die Augen wieder und versuchte sie zu öffnen und noch einmal ganz von vorn anzufangen.

In einem Krankenhaus gab es keine feuchte Erde.

Das war kein Traum.

Was ist passiert? Erinnere dich! Denk nach!

Sie versuchte es. Doch sie sah nur groteske Zombies und Werwölfe und Vampire, die um sie herum schwebten, über ihr. Die sie mit spitzen Zähnen und roten Augen angrinsten. Einen Mann mit einer gruseligen Maske, der sie festhielt, sein Schnaufen ließ die Schutzfolie vorm Mund beschlagen.

War das eine wirkliche Erinnerung? Oder die Erinnerung an einen Albtraum?

Sie versuchte, sich zu bewegen, etwas zu sagen, laut zu rufen, doch aus ihrem Mund kam kein Ton. Nur ein Wimmern. Zu mehr hatte sie nicht die Kraft. Sie bewegte die Zehen, konnte spüren, wie sie über schimmelige Erde streiften. Sie war barfuß. Sie musste in einem Erdloch liegen oder bäuchlings auf dem Erdboden. Sie versuchte, sich Zentimeter um Zentimeter auf den Zehen nach vorn zu bewegen, um ihre schmerzenden Arme zu entlasten. Als sie etwa dreißig Zentimeter geschafft hatte, hörte sie das Knarzen, mit dem sich eine Tür öffnete. Dann das Geräusch von Schritten. Ihre Blicke irrten durch den Raum. Sie sah Stiefel neben ihrem Gesicht. Schwarze Stiefel. Sie drehte den Hals und versuchte blinzelnd nach oben zu schauen. Sie sah Jeans, die Unterkante einer Lederschürze. Über ihr stand eine massige Gestalt ohne Gesicht. In der Hand eine Taschenlampe, deren Licht sie blendete, als der Mann nun neben ihr in die Knie ging. Sie hörte ihn schnaufen. Er hechelte wie ein Hund. Ein hungriges Raubtier, das gerade sein Abendessen gefunden hatte.

«Hallo, Mallory», sagte er erregt. «Ich habe auf dich gewartet.»

Er machte einen Schritt und stand nun über ihr. Sie spürte, wie ihr die Hose der Kellnerinnenuniform heruntergerissen wurde. Und dann der Slip. Nein!, versuchte sie zu schreien, doch sie bekam keinen Ton heraus. Nur dieses entsetzliche, erbärmliche, nutzlose Wimmern.

Er presste ihr Gesicht zurück in die schmutzige Erde, um sie zum Schweigen zu bringen, um selbst das leiseste Winseln zu ersticken, dann beugte er sich über sie und vergewaltigte sie, bis eine gnädige Ohnmacht sie von neuem umhüllte.

43

Als sie das Bewusstsein wiedererlangte, waren die Ketten verschwunden. Ihre Arme lagen dicht am Körper. Mit den Fingerspitzen konnte sie die Hautabschürfungen an ihren Hüften ertasten.

Vorsichtig schob sich ihre Zungenspitze hervor, um über die ausgetrockneten Lippen zu lecken. Als sie wieder feuchte Erde schmeckte, zog sie sich rasch zurück in den Mund. Noch immer lag Callie auf dem Bauch.

Die Augen hielt sie geschlossen, sie wollte absichtlich im Dunkeln bleiben. Wollte sie nicht öffnen, aus Angst, was sie zu sehen bekommen könnte. Wen sie zu sehen bekommen könnte. Wenn sie bewusstlos blieb, würde er vielleicht von ihr ablassen, wie ein Raubtier von einem Opossum, das es für tot hielt.

Die Schreie in der Ferne hatten aufgehört. Das einzige Geräusch, das sie jetzt hören konnte, war das Tröpfeln von Wasser ganz in der Nähe. Es tröpfelte aus einem Rohr, glaubte sie. Es klatschte auf eine harte Oberfläche, dann plätscherte es auf eine weichere.

Tropf. Klatsch. Plätscher.

Und wieder von vorn.

Sie wusste nicht, wie lang sie mit geschlossenen Augen dagelegen hatte, voller Angst zu atmen, voller Angst, etwas zu sehen. Es fühlte sich an wie eine Stunde. Es könnte auch länger gewesen sein.

Tropf. Klatsch. Plätscher.

Es könnte auch kürzer gewesen sein.

Schließlich öffnete sie die zuckenden Lider einen winzigen Spalt weit. Es war dunkel, doch durch die Metallstäbe machte sie die Gebilde von vorher aus, die offenbar in einem angrenzenden Raum waren. Langsam wurden die Umrisse schärfer – es handelte sich um einen Stuhl und einen langen Tisch. Über dem Tisch hing eine einzelne Glühbirne.

Als ihr klarwurde, dass in diesem merkwürdigen, spärlich beleuchteten *Raum hinter den Stäben* niemand war, gestattete sie es ihren Händen, die sich in Hüfthöhe versteckt gehalten hatten, hervorzukommen. Langsam fuhren sie über ihren Körper, tasteten ihn nach Verletzungen ab.

Von der Hüfte abwärts war sie nackt. Sie machte sich nicht länger vor, sie befinde sich in einem abgedrehten Albtraum, aus dem sie irgendwann aufwachen würde – zu deutlich erinnerte sie sich an das, was er ihr angetan hatte. Beim Gedanken daran, wie er sie wieder und wieder und wieder vergewaltigt hatte, zuckte sie zusammen. Noch immer hatte sie dumpfige Erde in Mund, Kehle und Nase – Erde, die sie eingeatmet hatte, als sie versucht hatte zu schreien. Als sie würgend im Schmutz lag und Angst hatte zu ersticken, während er sich an ihr verging. Angst, dass sie sterben und er ihre Leiche immer weiter vergewaltigen würde auf demselben Haufen aus Erde und Dreck, auf dem sie jetzt lag. Tränen liefen ihr über die Wangen. Der Schmerz fiel ihr wieder ein. Dieser physische Schmerz, als er sich in ihren Körper gerammt hatte. Und der letzte Gedanke, den sie gehabt hatte, bevor sie schließlich gar nichts mehr denken konnte: Sie würde nie wieder dieselbe sein. Das hier geschah wirklich, und nichts würde je wieder sein wie vorher.

Ob es Brice war?

Sie wusste es nicht. Seine Stimme klang nicht wie die von

Brice. Und dieser Mann, dieses Ding mit einer Maske, war kein menschliches Wesen. Er klang nicht wie ein menschliches Wesen. Wenn es tatsächlich Brice war, dann war das nicht mehr der Mann, den sie einmal gekannt hatte. Eine Bestie hatte von allem, was diesen Mann je zu einem Menschen gemacht hatte, Besitz ergriffen, von seinem Gesicht über seine Gedanken bis zu seiner Stimme.

Ihre Finger arbeiteten sich den Körper empor. Sie hatte immer noch ihre Jacke und die Bluse an, und beides war noch geschlossen und zugeknöpft. Auch den BH trug sie noch. Dort hatte er sie nicht angefasst. Sie tastete die Arme ab und den Nacken, wo er sie mit der Hand gepackt und ihr Gesicht in den Dreck gepresst hatte. Die Haut am Hals tat ihr weh, ihr Gesicht war ein bisschen geschwollen, aber es schien nichts gebrochen zu sein.

Langsam setzte sie sich auf und blickte an sich hinunter. Im schummrigen Licht erkannte sie Schrammen auf ihren Knien. Sie sahen aus, als wäre sie über einen Teppich gerutscht. Dann betrachtete sie ihre Handgelenke. Auch hier hatte sie Schrammen, die Haut war rot und wund. Heiße Tränen fielen darauf hinab, die sie sich in die brennenden Schürfwunden rieb.

Der Raum, in dem sie sich befand, war winzig. Eine Zelle. Eine Zelle mit nackter Erde auf dem Boden und Wänden aus Stein. Sie blickte nach oben. Die mit Holz verkleidete Decke war niedrig und hing durch. Dann sah sie in die Richtung, aus der das Licht kam. Die Tür zu ihrer Zelle bestand aus Holz und Metall. Unten waren Metallstäbe ins Holz eingelassen und eine rechteckige Blechklappe, die groß genug aussah, dass man einen Teller mit Essen durchschieben konnte. Dann entdeckte sie ihre Hose – sie lag, sorgfältig zusammengefaltet, in der Ecke neben der Tür. Obendrauf lag ihr Slip, ebenfalls sorgfältig zusammengefaltet. Sie kroch hinüber und zog sich an.

Als sie noch mit dem Gesicht auf dem Boden gelegen hatte,

hatte sie den Tisch und den Stuhl im *Raum hinter den Stäben* nur vage gesehen. Und von dort kam auch das Licht. Sie krabbelte zur Tür und presste das Gesicht gegen die Metallstäbe. Nun konnte sie die Gegenstände ganz deutlich erkennen: An dem Stuhl waren Riemen für Arme und Knöchel befestigt. Er sah aus wie ein altertümlicher elektrischer Stuhl. Dann bemerkte sie, was hinter dem Tisch an der Wand hing, und verschluckte vor Schreck einen Schluchzer.

An einer Hartfaserplatte hing eine vielfältige Auswahl an Werkzeugen: Sägen, Schraubenschlüssel, Zangen, Bohrer, Schraubenzieher und Hämmer. Und Masken. Mindestens ein halbes Dutzend, die aussahen wie Schweißermasken. Aus Metall. In Form von Totenköpfen. Nackte Schädel. Masken mit aufgeprägten Flammen. Atemschutzmasken und Schutzbrillen. Und ein Sortiment an seltsamen Stahlmasken und Kopfkäfigen und Haken und Knüppeln, die sie an die Folterinstrumente aus dem Mittelalter erinnerten, die sie sich einmal online angeschaut hatte, als sie Nachforschungen für einen Aufsatz anstellen musste. Jetzt erkannte sie auch, dass der Tisch nicht bloß ein Tisch war – es war eine Werkbank, komplett ausgestattet mit so einem Ding, das wie ein Schraubstock aussah, und einer großen Kurbel aus Metall an einem Ende. Und da lag etwas auf dem Tisch …

Nicht etwas.

Jemand.

Und da schrie sie los – ein Schrei wie ein jämmerliches, kratziges Bellen.

Denn in diesem grauenvollen Augenblick, nachdem sie bereits akzeptiert hatte, dass all dies kein Albtraum war, hatte sie begriffen, wo sie war und wer genau die Bestie war, die sie hierher gebracht hatte.

Sie schrie bis zur Besinnungslosigkeit.

44

Er beobachtete sie auf seinem Smartphone. Wie sie langsam wieder aufwachte und sich tot stellte. Sich dann abtastete, um sicherzugehen, dass noch alles an ihr dran war. Um festzustellen, ob er sie verletzt hatte, was nicht der Fall war. Er beobachtete, wie sie sich anzog. Er beobachtete, wie sie losschrie, als sie seine Werkstatt entdeckte. Und dann sein Werk.

Wie war es zu alldem gekommen?

Nervös leckte er sich die Lippen. Noch nie hatte er sich so sehr auf neue Gesellschaft gefreut. Noch nie. Obwohl er jedes Mädchen vor ihr sorgfältig überprüft und ausgewählt und höchstpersönlich auserkoren hatte, bevor er sie in seiner … Familie begrüßt hatte. Jede hatte ein eigenes Zimmer bekommen, das er speziell für ihre Ankunft hergerichtet hatte. Er dachte daran, wie sehr er sich immer gefreut hatte, wenn er jede von ihnen endlich nach Hause bringen konnte, und wie ihn letztlich jede dieser jungen Frauen doch wieder enttäuscht hatte. Nein, das war nicht fair: Seine eigene Wahl hatte ihn enttäuscht – ein ums andere Mal. Er hatte sich von der Speisekarte das Falsche bestellt. Wieder. Und wieder. Und wieder.

Und plötzlich war sie da.

Und dann nahm er sie mit.

Und alles andere – jede andere – verblasste vollkommen.

Jahrelang hatte er sich vorgestellt, wie es sein musste, mit dem Mädchen zusammen zu sein, das sich selbst vorgestellt hatte, mit ihm zusammen zu sein. Er hatte zugesehen, wie sie von einer rotznäsigen, süßen, kleinen, missverstandenen Lügnerin zu dieser … Frau herangewachsen war. Er war kein Dummkopf. Er konnte Phantasie und Wirklichkeit auseinanderhalten. Er wusste, dass er damals nur Teil ihrer Geschichte gewesen war, weil sie ihren eigenen Kopf aus der Schlinge ziehen wollte.

Aber dann war sie zurückgekehrt. Sie war zu ihm zurückgekehrt.

Und da hatte er gewusst, dass es Schicksal war.

Trotzdem hatte er sich Sorgen gemacht, dass er, wenn er sie erst einmal zu sich geholt hatte, das Gleiche fühlen könnte wie bei den anderen, nachdem er sie endlich bei sich gehabt hatte – jene, die so nett gewesen waren, seine entsetzlichen Kopfschmerzen zu lindern, die Schlaflosigkeit zu vertreiben und ihm durch ihr Leben sein eigenes zurückzugeben. Der Schmerz verebbte, aber dann setzte jedes Mal die Enttäuschung ein. Denn keine von ihnen war je … die Richtige. Selbst wenn er versuchte, ein bisschen Abwechslung ins Spiel zu bringen und sich ein Mädchen zu holen, das etwas anders aussah, funktionierte es nie. Wieder hatte er das Falsche bestellt, denn nie war es die Richtige. Und nie war es ihm über längere Zeit besser gegangen.

Doch jetzt ging es ihm phantastisch. Er hatte keinerlei Kopfschmerzen. Er hatte letzte Nacht so gut geschlafen wie seit Jahren nicht. Er hatte DIE EINE gefunden. Seine BRAUT. Seine kleine, bezaubernde Geächtete, die er sich zu eigen gemacht hatte, und er mochte sie noch immer. Er war ihrer nicht überdrüssig. Noch immer begehrte er sie, wollte er sie. Er wollte nicht ihr Leben. Er wollte, dass sie zu seinem gehörte. Er wollte, dass sie zu ihm gehörte, dass sie zu alldem hier dazugehörte. Natürlich war das unter Umständen ein verrückter und gefährlicher Plan, aber wenn sie erst mal sah, was er für sie getan hatte …

Er hatte Lust, diese abgedroschene Zeile aus Jerry Maguire

zu brüllen: «Du bist meine fehlende Hälfte, Mallory Callaghan Monahan Knight!» Und sie würde darauf sagen: «Ich habe dich vom ersten Moment an geliebt.» Er lächelte. Wir sind beide die fehlende Hälfte des anderen. Du bist mein Yin, und ich bin dein Yang.

Vor Jahren hatte sie aller Welt erzählt, er hätte sie mitgenommen. Jetzt hatte sich ihr Wunsch erfüllt. Aber sie würde eine vollkommen andere Rolle spielen als jedes einzelne von den Mädchen, die er bis heute in sein Zuhause gebracht hatte.

Das hier waren keine Wahnvorstellungen, auch wenn sie das am Anfang noch glauben mochte. Er wusste, dass sie zunächst überzeugt werden musste. Ermutigt. Wenn sie erst mal sah, was er für sie getan hatte – nur für sie –, würde sie alles verstehen. Dann wäre sie ihm dankbar. Und sie würde ihn lieben, wie sie noch nie jemanden geliebt hatte.

Davon war er überzeugt.

45

Als sie wieder zu sich kam, starrte sie geradewegs auf das, was von Brice Cullens Schädel noch übrig war. Es steckte im Schraubstock.

«Du brauchst keine Angst mehr zu haben», sagte der Mann mit der schwarzen Schweißermaske aus Metall. Diesmal war es eine altertümlichere Maske, mit einem dunklen Fenster über einer schmalen, rechteckigen Öffnung für die Augen. Einen Schlitz für den Mund hatte sie nicht, seine Worte klangen gedämpft, aber Callie hörte trotzdem, was er sagte.

Er hatte mit groben Strichen ein schiefes, breites Grinsen auf das Metall gemalt.

Brice' Augen standen offen, der Blick war leer. Durch den Druck waren die Augäpfel aus den Höhlen gesprungen. Auch sein Mund stand offen, auf ewig gefangen in einem entsetzlichen Schrei. Der Schädel war zerquetscht und aufgeplatzt. Hirnmasse und Blut waren aus Nase, Ohren, Augenhöhlen und Mund gequollen und als schwarze Kruste auf der Gesichtshaut getrocknet, die fleckig und grau war.

Der Raum, in dem es nach Tod stank, fing an, sich um Callie herum zu drehen. Ihr brach kalter Schweiß aus. Sie rang nach Luft, als die Beine wieder unter ihr wegzuknicken drohten und der Schock ihre Glieder lähmte.

«Er kann dir nichts mehr tun. Er kann jetzt überhaupt nichts mehr tun», sagte der Hammermann mit einem Lachen.

Als sie zusammenbrach, streifte ihr Kopf den Schraubstock, und ihre Hände griffen instinktiv nach etwas, das den Fall aufhalten könnte. Doch statt der Werkbank bekam sie Brice' kalten Arm zu fassen, der seitlich herabbaumelte. Sie rutschte an seiner Haut ab und fiel zu Boden. Sie öffnete den Mund, um zu schreien, aber da war nichts mehr. Kein Laut kam heraus. Nicht einmal mehr ein Wimmern.

Der Mann fing sie auf, bevor sie mit dem Kopf auf den Boden schlug. Er hob sie hoch und trug sie, so wie Rhett Butler Scarlett getragen hatte, hinüber zu dem elektrischen Stuhl. Dort setzte er sie sanft ab und lehnte ihren Kopf gegen die Nackenstütze.

Dann kehrte er zurück zu Brice.

Sie sah zu, wie er den Schraubstock löste und Brice' Leiche von der Werkbank hob. Er war sehr kräftig, daran bestand kein Zweifel. Wieder rang sie nach Luft. Es fühlte sich an, als würde sie unter Wasser getaucht, als würden die Wellen über ihr zusammenschlagen und sie käme nicht wieder zurück auf ihr Surfbrett, weil das Wasser sie immer wieder herunterspülte. Bald bekäme sie gar keine Luft mehr. Der Raum vor ihren Augen pendelte vor und zurück, die Umrisse wurden schärfer und verschwammen wieder. Sie blinzelte angestrengt. Die Arme unter Brice' Brustkorb verschränkt, hievte der Hammermann die Leiche an einen großen Haken, der von der gegenüberliegenden Wand herabhing. Es gab ein grausiges morastiges, knackendes Geräusch, als wäre jemand auf eine überreife Tomate getreten – eine Tomate mit Knochen.

Und dann ging er hinüber zur Werkzeugwand.

«Nichts zu danken», rief der Hammermann, während er eins seiner Werkzeuge anwarf.

Sie japste auf, als die ultimative Welle über ihr zusammenbrach, sie wieder unter Wasser zog, voll Erbarmen die grässlichen Geräusche auslöschte, dann verlor sie von neuem das Bewusstsein.

46

In der Zelle roch es nach … Pommes frites und Fast Food. Sie schlug die Augen auf und sah eine Tüte von McDonald's auf einem Pappteller auf dem Boden stehen, dazu eine Serviette und daneben ein Softdrink.

«Ist nicht gerade Haute Cuisine, aber du hast bestimmt Hunger», sagte eine Stimme von außerhalb der Zelle. Sie blickte durch die Gitterstäbe. Der Hammermann saß auf dem elektrischen Stuhl und stocherte mit einem Plastikmesser in den Zähnen. Diesmal trug er eine Henkerskapuze mit einer Verdunklungsbrille über dem Sehschlitz. «Das Essen ist gut. Gibt's nichts dran auszusetzen. Du hast jetzt schon ein paar Tage nichts gegessen, du musst Hunger haben.»

Hatte sie auch. Sie hasste sich selbst dafür, dass sie Hunger hatte. Sie schüttelte den Kopf. «Nein.»

«Wie du willst. Du wirst schon noch essen, wenn du's eingesehen hast. Ich habe dein Problem aus der Welt geschafft.»

Wieder schüttelte sie den Kopf. «Das verstehe ich nicht.»

«Wie gesagt, nichts zu danken.»

«Warum?», krächzte sie.

«War ein Scheißkerl. Hatte nichts Gutes im Sinn.»

Sie fing an zu weinen.

«Er hat tatsächlich gesagt, dass es ihm leidtut. Hat aber 'ne Weile gedauert.»

«Bitte! Hören Sie auf!», rief sie und hielt sich die Ohren zu.

«Aber ehrlich gesagt glaube ich nicht, dass er aufrichtig war. Ich hab ihn dazu gebracht, alles zu gestehen, was er dir antun wollte. Das willst du bestimmt nicht hören. Wenn du gewusst hättest, was er vorhatte, hättest du noch mal den Namen geändert und wärst nach Iowa gezogen. Aber der Stärkere überlebt: du bist am Leben, er nicht. Ich habe ihm seine bösen Gedanken direkt aus dem Kopf gequetscht.»

«Großer Gott», heulte sie auf.

«Wir stecken da gemeinsam drin, Mallory», sagte er, und das Messer zwischen seinen Zähnen zerbrach. «Wir sind jetzt ein Team. Quid pro quo.»

Er stand auf und trat an das vergitterte Guckloch, presste so viel von seinem verhüllten Gesicht dagegen, wie nur hineinpasste. «Hör auf damit. Das geht mir auf die Nerven.»

Hastig schluckte sie den nächsten Schluchzer hinunter.

«Du bist nicht wie die anderen», fuhr er nach einer kleinen Pause fort. «Du und ich, wir sind uns ähnlich, Mallory. Wir sind Geächtete. Ich habe dir einen Gefallen getan und dich gerettet. Jetzt wirst du mir einen Gefallen tun und mich retten. So läuft das. Du wirst mir beweisen, dass du nicht bist wie die anderen. Dann kann ich dir vertrauen.»

«Ich verstehe nicht …»

«Das wirst du schon noch. Bald.»

«Welche anderen?», fragte sie, stand auf und trat an die Tür. In dem Moment sah sie seine scharfen, spitzen Schneidezähne. Mehr konnte sie nicht erkennen. Voller Entsetzen sprang sie zurück und wäre beinahe gestolpert. Großer Gott, er hatte Reißzähne … Er hatte Reißzähne!

In der gleichen Sekunde schrie jemand – irgendwo in der Nähe. Der Schrei hallte wider, als wäre er in einer Höhle explodiert.

Oder in einem Labyrinth.

Panisch blickte sie sich nach allen Seiten um.

Der Hammermann grinste breit und machte direkt vor ihrem Gesicht das Guckloch wieder zu.

47

Andere. Es gab andere. Sie war nicht allein hier. Als sie das erste Mal wieder zu Bewusstsein gekommen war, hatte sie gedacht, sie bilde sich die Schreie nur ein. Oder er selbst kreische irgendwo in seinem Verlies herum. Oder es sei ein Tonband. Es war doch völlig unmöglich, dass es noch andere gab ...

Und dass sie vielleicht sogar noch am Leben waren.

Was hatte er gemeint, als er sagte, sie seien ein Team? Welchen Gefallen verlangte er von ihr? Er hatte ihr Problem aus der Welt geschafft, und jetzt wollte er, dass sie im Gegenzug etwas für ihn tat. Was mochte das nur bedeuten?

Brice war verrückt gewesen, das stimmte. Als er nach Florida gekommen war, um sie zu besuchen, hatte er zweifellos mit einigen Problemen zu kämpfen gehabt. Aber den Tod hatte er nicht verdient. Und dann noch einen solchen Tod. Ganz egal, was Brice ihr den Behauptungen dieses Mannes zufolge hatte antun wollen. Das waren bestimmt Lügen gewesen. Lügen, die die Folter aus Brice herausgequetscht hatte. Diese Bestie wollte, dass sie ihm dankbar war, als hätte er sie vor etwas gerettet, das schlimmer war als dieser Albtraum hier. Er versuchte, sie zu manipulieren, das war alles.

Oder?

Ihre Finger krampften sich um die schmutzige Erde auf dem Boden, wo sie sich wie ein Embryo zusammengekauert hatte. Was konnte schlimmer sein als das hier? Sie war in einer Zelle eingekerkert, in einem Folterkeller irgendwo unter der Erde, mit einem vergewaltigenden Psychopathen mit Reißzähnen zusammengesperrt. Einem Mörder. Einem Serienmörder. Bei diesem Wort bäumte ihr Verstand sich auf.

Dieser Mann, der Hammermann? Er ist ein wirklich böser Mensch. Der lässt keine Überlebenden zurück. Er hat neun Mädchen gefoltert, verstümmelt und getötet. Keine ist ihm entkommen. Kein Mädchen hat überlebt und konnte von ihm erzählen. Bis heute nicht …

Wenn sie doch nur jetzt mit diesem Agenten vom FDLE sprechen könnte: *Agent Dees, ich habe gerade eins von diesen Mädchen gehört, von denen alle glauben, dass sie tot sind. Aber sie lebt noch! Noch.*

Ihr Blick glitt nach oben zu der mit Holzplanken verkleideten Decke. Er musste hier unten ein regelrechtes Menschenlager haben. Vielleicht gab es noch andere Zellen wie diese. Ein Kerker voller Frauen, von denen die Leute da draußen dachten, sie seien bereits tot.

Wie lange war sie schon hier? Anscheinend mindestens zwei Tage. Sie sah zu der McDonald's-Tüte auf dem Boden hinüber, die immer noch dort stand, wo er sie hingestellt hatte. Er hatte gesagt, sie habe schon ein paar Tage nichts mehr gegessen.

Gab es jemanden, der sie vermisste? Gab es jemanden, der nach ihr suchte? Wahrscheinlich nicht, dachte sie verzweifelt. Das gehörte nun mal dazu, wenn man sich entschlossen hatte, niemanden in sein Leben zu lassen: Man hatte keine Freunde. Keine echten Freunde. Und das bedeutete, dass vermutlich niemand sie vermisste. Sie telefonierte nur selten mit ihrer Mutter, weshalb Virginia vor, sagen wir Weihnachten, kaum den Hörer abnehmen und die Polizei anrufen würde. Kyle wollte sie nächstes Wochenende besuchen kommen, aber bis dahin war es noch eine Woche. Colton. Er war der Einzige, der sich unter Umständen Sorgen um sie machte, falls er denn wirklich bei ihr anrief, um sie zum Essen einzuladen. Ihn würde es beunruhigen, wenn er sie nicht erreichen konnte, insbesondere, wenn man bedachte, was Brice getan hatte. Oder was Colton glaubte, dass Brice getan hatte, nämlich dass er in ihre Wohnung eingebrochen war. In der vergeblichen Hoffnung, das Bild von Brice Cullens zerquetschtem Schädel aus dem Kopf zu bekommen, kniff sie die Augen zusammen. Die Knie dicht unters Kinn gezogen schaukelte sie vor und zurück und versuchte sich zu beruhigen. Das war nicht Brice gewesen, in jener Nacht in ihrer Wohnung. Das wusste sie jetzt.

Falls er anrief.

Gott, sie hoffte inständig, Colton würde anrufen. Und bei ihrer Wohnung vorbeigehen. Bei Mammoni's nachfragen. Boris suchen. Vielleicht würde er Alarm schlagen. Vielleicht hatte irgendwer irgendwas gesehen und sich ein Nummernschild notiert oder so.

Colton Beck war jetzt ihre einzige Hoffnung, und das sah nicht gut aus – frühestens Montag würde er überhaupt mitkriegen, dass sie verschwunden war. In der Zwischenzeit war sie wohl auf sich allein gestellt, wenn sie diesem Drecksloch entkommen wollte, so aussichtslos es auch sein mochte. Trotzig kickte sie die McDonald's-Tüte in eine Ecke.

Keine ist ihm entkommen. Kein Mädchen hat überlebt und konnte von ihm erzählen.

Sie musste unbedingt eine Möglichkeit finden, von hier zu verschwinden, bevor der Hammermann zurückkehrte und seinen Gefallen einforderte.

48

Das schluchzende Mädchen mit dem langen, tiefschwarzen Haar lag auf der Werkbank. «Nein!», schrie sie. «Bitte! Ich will nach Hause!», bettelte die zerzauste, verdreckte Frau sie an, die mit einem Vorschlaghammer über ihr stand.

«Mach es. Na los jetzt», befahl der Hammermann. Er hatte Callie aus ihrem Verlies gezerrt und stand nun auf der anderen Seite der Werkbank, diesmal trug er eine dicke Tarnjacke unter der Lederschürze und wieder die Metallmaske mit dem ungelenk aufgemalten Grinsen.

Callie fühlte sich, als wäre sie nicht Teil dieser unwirklichen Szene, als würde sie sie auf einem Bildschirm betrachten. Die Zeit hatte angehalten, und das Bild war eingefroren. In den Filmen war dies immer der Moment, wo der Held sich fallen ließ und so der Kugel, die auf seinen Kopf zuschoss, auswich. Wo er die Lage rettete – oder zumindest sich selbst. Der Hammer in ihren Händen bebte. «Ich kann nicht …»

«Bring es schnell zu Ende.»

Sie konnte seine Augen hinter dem dunklen, rechteckigen Fenster nicht erkennen, wusste aber, dass er sie ansah.

«Sonst mache ich es. Und ich lasse mir Zeit dabei.»

Ausgeschlossen, dass sie das fertigbrachte. Völlig ausgeschlossen. Aber es gab keine andere Möglichkeit. Wenn sie es nicht tat, würde er sie umbringen. *Der Stärkere überlebt: Du wirst am Leben bleiben, sie nicht.*

«Bei euch beiden», fügte er hinzu, als sie sich nicht rührte.

Callie schüttelte den Kopf und hob den Hammer in die Höhe. «Es tut mir leid», schrie sie.

Verzweifelt wand sich das vermisste Mädchen aus den Nachrichten auf der Werkbank, auf die er sie niederdrückte. «Nein! Das dürfen Sie nicht! Mein Bruder ist krank! Er hat sonst niemanden! Nur mich!»

Schweiß lief Callie von der Stirn in die Augen, sodass sie nichts mehr sehen konnte. Sie kniff die Lider fest zusammen. Sie konnte sich nichts Schlimmeres vorstellen als in Ketten zu liegen und immer wieder von neuem auf dem dreckigen Erdboden eines Kerkers vergewaltigt zu werden. Dann sah sie Brice' zertrümmerten Schädel im Schraubstock vor sich. Auch wenn sie sich nicht im Entferntesten vorstellen konnte, mit welchen sadistischen Methoden man jemanden foltern musste, damit er darum bettelte, sterben zu dürfen – dieser Serienmörder mit der kranken Maske und einer ganzen Wand voller Werkzeuge im Rücken, der hier vor ihr stand, konnte es hundertprozentig. Aber was immer er diesem Mädchen hier auch angetan hatte, sie wollte weiterleben. Das war abartig. Alles hier war so abartig.

«Los jetzt!», befahl er.

«Es tut mir so leid!», schrie sie wieder. Wenigstens konnte sie dafür sorgen, dass das Mädchen nicht leiden musste. Das war mehr, als sie von sich selbst sagen konnte. «Ich habe keine Wahl! Ich habe einfach keine Wahl!»

Und dann mobilisierte sie jedes Körnchen Kraft, das noch in ihrem geschundenen Körper verblieben war, und ließ den Hammer niedersausen.

49

Direkt auf seinen Arm.

Er hatte es kommen sehen und Körper und Hände von der Werkbank weggezogen, wie ein Koch in einer Fernsehshow, wenn es hieß, die Zeit sei um. Deshalb zertrümmerte sie ihm nicht den Handrücken, wie sie gewollt hatte, sondern es gelang ihr nur, seinen Unterarm und ein paar Finger mit dem Hammer zu treffen. Aber das reichte aus: Vor Schmerz und Überraschung heulte er laut auf. Gleichzeitig versuchte das Mädchen, von seinem Klammergriff befreit, sich aufzusetzen, stieß mit den Armen nach vorn und schlug ihm die grinsende Maske halb vom Kopf.

Callie starrte ihn über die Werkbank hinweg an. Die Henkerskapuze saß noch und bedeckte noch immer sein Gesicht, doch sie konnte jetzt seine Augen sehen. Sie waren verschiedenfarbig – grün und blau –, aber das war es nicht, was sie erstarren ließ. Sondern seine Pupillen – große, unregelmäßig geformte schwarze Kleckse, die wie flüssiger Eidotter durch die Farbe der Iris und ins trübe blutunterlaufene Weiß seiner Augen rannen. Voller Wut und, wie Callie glaubte, Scham brüllte der Hammermann auf und zog sich die Schweißermaske wieder über das Gesicht.

«Du kranke Missgeburt!», kreischte das Mädchen und trat ihn mit aller Kraft von sich weg. Er taumelte nach hinten, verlor das Gleichgewicht und fiel gegen die Werkzeugwand. Hämmer, Zangen, Helme und Masken polterten zu Boden. Das Mädchen sprang von der Bank und kickte noch einmal nach ihm, traf ihn zwischen die Beine, dann rannte sie schreiend aus der Tür, die in einen dunklen Gang führte, wobei sie fast noch über eine Motorsäge stolperte.

Grunzend und rasend vor Zorn rappelte er sich wieder auf und griff sich einen Hammer, der zu Boden gefallen war. Er sah an einem Ende aus wie ein Beil. «Du Miststück!», brüllte er, während er auf die Tür zustürzte, aus der das Mädchen geflohen war. Doch während er es brüllte, blickte er auf Callie. Obwohl seine zombieartigen Augen nun wieder hinter der furchterregenden Maske verborgen waren, wusste sie, dass sie es war, die er anstarrte. Und dass sie es war, die er Miststück nannte.

Er verschwand in dem dunklen Gang. Callie hörte die wütenden, stampfenden Tritte davonrennen.

Sie hatte keine Zeit zu überlegen. Auf keinen Fall würde sie darauf warten, dass er wieder zurückkam. Es gab nur eine Tür, die aus dem *Raum hinter den Stäben* herausführte. Die andere führte in ihre Kerkerzelle, und dorthin ging sie ganz sicher nicht zurück. Sie packte eins der Werkzeuge vom Fußboden.

Er war nach rechts gelaufen. Also lief sie nach links.

Abgesehen vom Licht, das aus dem *Raum hinter den Stäben* fiel, war es im Gang stockfinster, aber sie konnte es sich nicht leisten, darauf zu warten, dass ihre Augen sich an die Dunkelheit gewöhnten. Sie legte eine Hand gegen die Lehmwand und rannte, sich daran entlangtastend, weiter, in der Hoffnung, nicht in irgendetwas hineinzulaufen. Oder in jemanden.

Sie konnte ihn hören, irgendwo hinter sich in diesem verwinkelten Karnickelbau. Und das Mädchen. Auch das Mädchen konnte sie hören.

«Neeeeeiiiiiiin!», schrie das Mädchen. «Bitte nicht! Nicht noch einmal!»

Callie strauchelte, berührte mit dem Gesicht den dreckigen Boden. Sie rappelte sich wieder hoch. Wo lief sie hin?

Dann hörte sie die Geräusche einer brutalen Schlägerei: einen Hieb. Einen dumpfen Aufprall. Ein Krachen. Etwas wurde gepackt und dann wurde diesem Etwas die Luft aus dem Leib geprügelt.

«Hier haut niemand ab!», grölte er.

Ein Schrei. Ein herzzerreißendes Heulen. Ein Prusten. Ein Gurgeln. Und dann … Stille.

Sie lief schneller, stolperte über die eigenen nackten Füße. Wo ging es hier raus? Jemand weinte. Ganz in der Nähe, irgendwo rechts ertönte ein gedämpftes, leises Schluchzen.

Und dann schwere Schritte, die den Gang hinabstampften. Er kam hinter ihr her.

Sie stieß gegen eine Wand vor sich. Und jetzt gegen eine Wand zur Rechten. Sie war gefangen. Es gab keinen Ausweg, außer sie lief wieder zurück. Sie hörte, wie jemand das Ave Maria betete. Jetzt krallte sie sich an die Wand. Sie konnte nicht wieder zurück, denn er kam ihr hinterher. Mit der Hand stieß sie gegen ein Stück Holz, das fest in der Lehmwand steckte. Und noch eins, über dem ersten. Es fühlte sich an wie … Stufen.

Er war jetzt so nahe, dass sie sein verzerrtes Schnaufen hinter der Grinsemaske hören konnte.

Da zog sie sich hoch. Fand eine weitere Stufe. Und noch eine. Sie kletterte höher und höher.

«Ahhhhhhhh!», schrie jemand. Es war eine Frauenstimme, die da brüllte. Vor Qual? Vor Angst?

Er war jetzt unter ihr, streckte die Hand aus und tastete nach ihrem Knöchel. Sie kletterte weiter.

Bis sie gegen die Decke stieß.

Er kam die Stufen hoch. Sie hörte, wie er unter seiner Maske keuchte und kicherte, weil er wusste, dass sie in der Falle saß. Als sie nach unten blickte, sah sie das schiefe Grinsen auf seiner Maske. Er hatte es mit fluoreszierender Farbe aufgemalt. Es war das Einzige, was sie in der Dunkelheit erkennen konnte, dieses leuchtende Grinsen, das schwebend auf sie zukam. Da schwang sie den Klauenhammer, den sie sich im *Raum hinter den Stäben* geschnappt hatte, in der Hoffnung, etwas damit zu treffen, irgendwas. Er streckte die Hand aus und griff nach dem Hammer, und im selben Augenblick trat sie ihm gegen die Maske. Ihr Fuß traf ihn, er verlor das Gleichgewicht und fiel zurück auf den Boden, etwa sechs Stufen tief.

«Umpff!», entfuhr es ihm, als er unten auftraf.

Sie schlug mit dem Hammer gegen die Holzplanken über sich. War sie unter einem Haus?

Er rappelte sich wieder hoch. Sie konnte ihn aufjaulen hören. Er schnaubte vor Wut. «Das hättest du nicht tun sollen.» Er trug jetzt keine Maske mehr. Sie konnte ihn zwar nicht sehen, doch sie konnte ihn hören.

«Komm schon, bitte!», flüsterte sie und stemmte sich so fest gegen die Holzdecke, wie sie nur konnte. Er war zurück auf den Stufen. Da stieß sie mit der Schulter gegen etwas Hartes. Ein Metallscharnier.

Die Holzdecke gab nach. Ein kalter Windstoß traf auf ihr Gesicht. Sie spürte Wassertropfen auf sich niedergehen. Roch frischen Waldboden, Kiefern und andere Bäume. Ihre Augen versuchten, sich an das Licht zu gewöhnen, und sie musste blinzeln. Sie war draußen, und es regnete.

«Nein!», brüllte er, als er begriff, was passiert war.

Aber da war sie schon hinausgeklettert. Sie war draußen und rannte, so schnell sie konnte. Die Sträucher und Büsche griffen nach ihr, die Wurzeln der hochaufragenden Bäume überall um sie herum versuchten sie ins Straucheln zu bringen. Ihre nackten Füße rannten über Stock und Stein und Gott weiß was sonst noch alles. Die Baumkronen verdunkelten den Großteil des Himmels, trotzdem konnte sie sehen, dass das Tageslicht langsam schwand.

Die grauen Wolken besaßen diesen verräterischen orangeroten Rand, der mit dem Sonnenuntergang einherging.

Als sie einen Blick hinter sich warf, sah sie die dunkelhaarige Gestalt in der Tarnjacke und der schwarzen Lederschürze unbeweglich dastehen, in der Hand dieses beilartige Werkzeug. Von irgendwoher hörte sie Schreie. Es klang, als kämen sie direkt aus dem Boden unter ihr, und sie machte sich in die Hose. Bevor das schiere Grauen sie lähmte, wandte sie sich schnell von dem Anblick ab und rannte weiter.

Doch unweigerlich kam sie ins Stolpern und stürzte, wie das dämliche Opfer in einem vorhersehbaren Horrorfilm. Sie schlug sich den Kopf am Stumpf eines umgestürzten Baums an und rappelte sich hastig wieder hoch, denn sie wusste, dass er ihr auf den Fersen war. Dass er direkt hinter ihr war, mit diesem Beil in der Hand.

Und in diesem Augenblick hörte sie das wahrscheinlich grauenerregendste Geräusch von allen hinter sich.

Stille.

50

Wind, der sanft durch die Baumkronen säuselte. Das leise Tröpfeln des Regens, der auf den Waldboden und das modrige Laub um sie herum fiel.

Kein angestrengtes Keuchen, das schnell hinter ihr herkam. Keine schweren Schritte, die die toten Blätter zermalmten. Kein Irrer mit einer grinsenden Maske vor dem Gesicht, der versuchte sie mit seinem Beil zu erwischen.

Es war überhaupt niemand hinter ihr her. Mühselig rappelte sie sich wieder hoch und blickte sich um, in die Richtung, aus der sie gerade gekommen war, erwartete, ihn aus einem kleinen Haus heraus auf sich zustürzen zu sehen, einem Haus, das vermutlich aus Lebkuchen und Zuckerguss gemacht war, wie das dieser gottlosen Hexe aus Hänsel und Gretel. Oder nein, das viel wahrscheinlicher aus Haut und Knochen gebaut war. Ein Horrorhaus mitten im Wald. Aber da war nichts.

Absolut nichts.

Kein Haus, kein Schuppen, keine Hütte, kein Zelt, kein Lager, kein Wohnwagen, kein Auto. Nur Wald. Bäume, Büsche, Sträucher. Und noch mehr Bäume, Büsche und Sträucher. So weit ihr Auge reichte.

Sie blinzelte angestrengt, der Regen lief ihr übers Gesicht, aber da war nichts. Sogar die Fußspuren, die sie selbst hinterlassen hatte, verschwanden langsam, wurden vom Regen weggespült und von den raschelnden toten Blättern verdeckt.

Sie drehte sich um und rannte wieder los, so schnell sie konnte. Sie hatte genug Horrorfilme gesehen, um zu wissen, was als Nächstes kam. Sie musste die größtmögliche Entfernung zwischen sich und das unterirdische Verlies bringen – wo immer das auch sein mochte.

Als ihr die schrecklichen Schreie des vermissten Mädchens wieder und wieder und wieder durch den Kopf hallten, erschauerte sie. Sie sah das Grauen in den dunkelgrünen Augen vor sich, als die junge Frau um ihr Leben gebettelt hatte. Als sie gedacht hatte, Callie würde sie umbringen. In den Wochen, in denen der Hammermann sie in seiner Gewalt gehabt hatte, musste er ihr grässliche Dinge angetan haben. Dinge, die sich nur das perverse Hirn eines Serienmörders ausdenken kann. Callie fielen die furchtbaren Schreie wieder ein, die gurgelnden Laute.

Sie musste Hilfe holen. Sie musste die Helfer an diesen Ort führen. Auch wenn es vielleicht zu spät war.

Dieser Gedanke trieb ihren entkräfteten, wunden Körper vorwärts, und auf einem vermutlich verstauchten Knöchel humpelte sie weiter durch den Wald. Als der Rest des fahlen Tageslichts vom Himmel wich, warf sie noch einen letzten Blick hinter sich, in der Hoffnung, etwas zu sehen, das ihr helfen konnte, sich zu orientieren und diesen Ort wiederzufinden. Aber die Nacht hatte bereits alles verschluckt.

Im gleichen Moment strauchelte sie wieder und rutschte, sich mehrmals überschlagend, eine steile, schlammige Böschung hinunter in eiskaltes Wasser.

51

«Hallo, Callie. Ich bin's, Colton. Colton Beck mal wieder. Ich wollte Sie fragen, ob Sie vielleicht Lust hätten, morgen Abend mit mir essen zu gehen, wenn Sie Zeit haben. Äh, rufen Sie mich bei Gelegenheit doch zurück. Ich hab Sie gestern auch schon angerufen, um zu fragen, wie's Ihnen geht, aber, na ja, bestimmt ist alles in Ordnung. Bestimmt haben Sie nur viel zu tun.» Er hielt inne und dachte an das Gespräch, das sie Freitag in ihrer Wohnung geführt hatten, dann fuhr er fort: «Mein Bruder wollte sich das Spiel heute Abend eigentlich im Mammoni's anschauen, aber ich hab ihm gesagt, dass Sie da arbeiten und wahrscheinlich ausflippen, wenn Sie seine hässliche Visage da sehen. Nein, war nur Spaß. Ich hab ihm nicht gesagt, Sie würden ihn für hässlich halten. Nur dass ich das tue», fügte er mit nervösem Lachen hinzu. «Tja, also dann, rufen Sie mich an.»

Er legte auf und schlug sich gegen die Stirn. Was war eigentlich los mit ihm? Warum wurde er nervös, wenn er dieser Frau eine Nachricht auf Band sprach? Wieso brachte sie ihn dazu, rumzustammeln wie ein Idiot? Er kannte sie kaum, aber er würde sie gern besser kennenlernen. Und genau das war das Problem.

Das passierte ihm nicht oft. Zuletzt hatte er sich auf der Highschool in eine Cheerleaderin verliebt, und zwar so richtig. Bis über beide Ohren. Sie waren nur ein paar Wochen zusammen gewesen – genau genommen hatte er sie gefragt, ob sie seine Freundin sein wolle, und sie hatte ja gesagt (denn um auf der Highschool ganz offiziell «mit jemandem zu gehen», musste man das Mädchen mit übertriebener Feierlichkeit darum bitten, und sie musste diesen Antrag annehmen, mit dem sie dann auf Facebook prahlen konnte). Und zwei Wochen später hatte sie was mit einem muskelbepackten Footballspieler angefangen, und das war dann das Ende. Ein offizielles Ende gab es nicht. Nur ein gebrochenes Herz, das viel zu lang gebraucht hatte, um wieder zu heilen. Rückblickend erkannte er jetzt, dass er im Grunde nichts über das Mädchen gewusst hatte – sie hatte Wendy geheißen – und dass sie abgesehen vom Biologiekurs und der Vorliebe für Pfannkuchen zum Frühstück wohl nichts gemein gehabt hatten. Highschool, eben. Eine Jugendliebe. Vor langer, langer Zeit.

Und dann lief ihm auf dem Parkplatz bei der Arbeit diese zierliche Kleine über den Weg, die ganz durcheinander war und aufgeweckt und humorvoll und die offensichtlich nichts mit ihm zu tun haben wollte. Und er hatte sich von neuem verliebt. Genau wie damals in Wendy. Nur dass er diesmal erwachsen war, ein Mann, der eine Karriere vor sich hatte – eine Karriere als echter Cop, dachte er selbstironisch lächelnd –, der endlich dabei war, den Uniabschluss zu machen, und der es eigentlich besser wissen sollte. So etwas wie Liebe auf den ersten Blick gab es nun mal nicht, ganz gleich, mit welchem Köder sie einen bei Tinder an den Haken kriegen wollten. Er sollte sich wie ein Erwachsener in eine Frau verlieben – mit Verstand. In einem Coffee Shop. Einem Seminar an der Uni. Auf Match.com. Verdammt, wenn's sein musste, auch in einer Bar. Aber keinesfalls während er einen Abschleppwagen für eine Tussi rief, die Probleme mit einem Exfreund hatte und die außerdem gar nichts mit einem toughen Cop wie ihm zu tun haben wollte.

Obwohl er in Wirklichkeit gar nicht so tough war. Genau das hatte er versucht, ihr zu zeigen. Aber offensichtlich hatte er es gründlich vermasselt, denn sie rief ihn nicht zurück. So viel zu dem magischen Augenblick in ihrer Wohnung, zu der Verbindung, die wohl nur in seiner Vorstellung existiert hatte. Aber warum hätte sie ihn auf eine solche Weise umarmen sollen, wenn sie nicht auch etwas fühlte? Genau das war sein Problem. Da hatte er's, wieder machte er aus einer Mücke einen Elefanten. Passte die Tatsachen dem Verbrechen an. Vielleicht hatte sie ja nur eine Scheißangst gehabt, weil sich irgendein Verrückter in ihre Wohnung geschlichen hatte, und brauchte eine starke Schulter zum Anlehnen.

Sie kam nicht gut mit Menschen klar. Seine Mutter würde wohl sagen, eine solche Frau mache nur Schwierigkeiten und er solle sich möglichst von ihr fernhalten. Seine Brüder würden sagen, dass es bestimmt einen Grund gebe, weshalb sie einen so großen Bogen um die Menschen machte. Sie würden ihm raten, Nachforschungen über sie anzustellen, heimlich ihre Fingerabdrücke zu nehmen und, wenn möglich, eine DNA-Probe von ihr zu entwenden. Die waren ziemliche Zyniker. Immer sahen sie in allen Menschen nur das Schlechteste. Und in der Regel hatten sie leider recht damit. Seine vier Polizistenbrüder hatten insgesamt schon sieben Scheidungen hinter sich.

«Willkommen bei McDonald's. Was kann ich für Sie tun?», fragte die Stimme im Kasten.

«Ich nehme einen Big Mac, eine große Portion Pommes und eine Cola, bitte», sagte er ganz in Gedanken, während seine Finger auf dem Handy herumtrommelten, das auf dem Sitz neben ihm lag. Wenn sie ihn nicht zurückrief, konnte er es immer noch morgen wieder versuchen.

Man durfte eben die Flinte nicht gleich ins Korn werfen …

52

Der Baumarkt tauchte wie eine Fata Morgana vor ihr auf, erhob sich riesig über einer schwarzen Asphaltwüste. Sie taumelte zwischen nebeneinander aufgereihten Autos, Pick-ups und Zugmaschinen hindurch. An Leuten vorbei, die sie merkwürdig anstarrten, während sie so voll beladene Einkaufswagen vor sich herschoben, dass sie kaum über den Rand sehen konnten.

So wie die Leute glotzten, musste sie aussehen wie eine Geistesgestörte. Völlig verdreckt, mit struppigen Haaren und barfuß. Voller Panik. Mit wirrem Blick. Aber sie würde nicht stehen bleiben. Nicht, bevor sie im Gebäude und in Sicherheit war. Inmitten von Stahl und Beton und Menschen und Wachmännern, die hoffentlich bewaffnet waren. Sie sah nicht mal in die Richtung der Gaffer, sondern heftete den Blick fest auf die Glastüren. Noch sechshundert Meter. Noch dreihundert Meter. Noch hundert Meter. Sie zog den verletzten Knöchel hinter sich her, spürte schon gar nicht mehr den Schmerz, als die letzten Hautfetzen, die noch daran hingen, vom Asphalt abgeschürft wurden. Sie musste es bis zu diesen Türen schaffen. Durch diese Türen.

«Meine Güte, was ist denn mit Ihnen passiert?», fragte eine Frau.

«Mama, was hat die Frau?»

«Los, beeil dich. Lass sie in Ruhe.»

«Ob sie obdachlos ist?», fragte eine Frau ihren Mann.

«Wahrscheinlich Drogen. Um obdachlos zu sein, ist sie zu

jung», verkündete der Mann lauthals. «Die steht unter Drogen. Halt dich fern von ihr.»

«Aber ist sie nicht verletzt? Schau dir doch mal die Füße an. Die sind voller Blut.»

Die Automatiktüren glitten auf. Sie humpelte nach drinnen. Dann drehte sie sich um und warf einen Blick hinter sich, um zu sehen, ob er ihr folgte. Doch da waren nur ihre blutigen Fußspuren auf dem Betonboden. Die Schaumkronen in ihrem Kielwasser.

«Versperrt die Türen!», brüllte sie, als die Kunden alle stehen blieben und sie anstarrten. Der alte, weißhaarige Portier mit dem freundlichen Lächeln im Informationsstand des Baumarkts wich aus seiner Festung neben dem Eingang und ließ, offenbar voller Angst vor ihr, eine Handvoll Flugblätter zu Boden fallen.

Ein Wachmann kam watschelnd auf sie zu. Er war nicht bewaffnet. «Was ist hier los? Kann ich Ihnen helfen?»

«Sperrt alles zu! Er kommt!», schluchzte sie und hielt sich die Ohren zu, um die schrecklichen Schreie nicht mehr hören zu müssen, die unaufhörlich in ihrem Kopf widerhallten. Und das Krachen. Das Splittern. Das Gurgeln. Das Schnaufen.

Und dann brach sie auf dem Boden zusammen und fing selbst an zu schreien.

53

Die Gerüche im Krankenhaus ließen Erinnerungen wieder hochkommen. Erregten Übelkeit in ihr. Fußbodenreiniger, Desinfektions- und Bleichmittel überdeckten den Mief nach Krankenhausessen und siechen Menschen, deren Leben langsam in die gestärkten weißen Laken sickerte. Aus dem Stockwerk über sich hörte sie die Aufrufe an Ärzte, in bestimmte Zimmer zu kommen, gefolgt von kryptischen Codes. Keiner davon klang nach etwas Gutem.

Ein weiterer Ermittler betrat ihr Zimmer und reichte dem korpulenten leitenden Polizeibeamten, der sie befragt hatte, ein Blatt Papier. Der hieß Wiley. Lieutenant A. Wiley. Sie wusste nicht, wofür das A stand, doch der behäbigen, gedehnten Aussprache nach zu urteilen, die alle hier im Krankenhaus hatten, wahrscheinlich für Atticus oder Asa.

«Unsere Helikopter überfliegen das Waldgebiet und den Lake Seminole, Lieutenant», berichtete der Neuankömmling. Wiley sah flüchtig das Blatt Papier an. «Und von der Stelle aus, wo Sie, wie Sie sagen, die Straße erreicht haben, Callie, starten Hundestaffeln in den Wald. Dort beim Baumarkt.»

«Sobald Sie sich dazu in der Lage fühlen und die Ärzte es erlauben, hätten wir gern, dass Sie gemeinsam mit uns zu der Stelle fahren», sagte der Lieutenant mit einem Stirnrunzeln. «Vielleicht können Sie sich ja daran erinnern, wo genau Sie, wie Sie es ausdrücken, ‹aus dem Erdboden getaucht› sind.»

Sie nickte und sah auf ihre Hände hinab, die sich um die Laken gekrampft hatten. Sie wollte einfach nur … nach Hause. Aber sie hatte kein Zuhause. Diese Wohnung in Tallahassee war nicht ihr Zuhause. Vero Beach war nicht ihr Zuhause. Cooper City war nicht ihr Zuhause und nicht einmal New York. Sie hatte weder ein Zuhause noch jemanden, zu dem sie nach Hause zurückkehren konnte.

«Uns ist klar, dass Sie unter Schock stehen», fuhr Lieutenant Wiley fort. «Gott weiß, Sie haben verdammt viel durchgemacht. Aber um ehrlich zu sein, da draußen sind mehrere tausend Hektar Wald, und jenseits des Highway 27, wenn wir mal annehmen, dass Sie von daher kamen, hat Decatur County nicht viel zu bieten. Ohne Ihre Hilfe wird es kaum möglich sein rauszukriegen, wo Sie waren. Außer, die Hunde stoßen zufällig auf Ihre Spur. Aber wenn man bedenkt, wie lang Sie da draußen waren, halte ich das für ziemlich unwahrscheinlich.»

Sie nickte. «Ich will Ihnen ja helfen. Wirklich. Und das werde ich auch. Ich hab nur solche Angst, wissen Sie.»

«Natürlich.»

Jetzt mischte sich ein weiterer Detective ein, der bislang mit dem Handy telefoniert hatte. «Die Nachricht ist raus. Da draußen geht ein regelrechter Zirkus los. Im ganzen Land.»

Wiley schüttelte den Kopf. Seine Schwabbelbacken bebten. «Hab ich mir gedacht. So was kann man nicht unter Verschluss halten. Sagen Sie denen, was wir wissen, Oat. Machen Sie's kurz. Lassen Sie bloß nicht ihren Namen durchsickern. Und sagen Sie denen nicht, wo wir suchen. Wir wollen diesen kranken Hurensohn nicht aufscheuchen, bevor wir nicht mit einer ganzen verdammten Armee da draußen sind und ihn aus seinem Bau jagen können.»

«Er darf auf keinen Fall erfahren, wo ich bin», flüsterte sie verzweifelt.

Wieder schüttelte Wiley den Kopf. «Das wird er nicht.»

«Ich weiß ja nicht mal selbst, wo ich bin …»

«Sie sind im Memorial Hospital in Bainbridge, Georgia. Das liegt etwa 65 Kilometer nördlich von Tallahassee, wo Sie Ihrer Aussage zufolge waren, als Sie entführt wurden. Wir befinden uns in Decatur County, Georgia, und, wie ich schon sagte, die Landschaft hier ist zwar wunderschön, aber zu weiten Teilen eben auch unbewohnt. Wir müssen rauskriegen, wo Sie waren. Sie sagten, Sie wären ein paar Tage umhergeirrt. Selbst mit Ihrem schlimmen Knöchel können Sie in dieser Zeit eine verdammt weite Strecke zurückgelegt haben.»

«Der Name ist raus, Sheriff», meldete der Detective mit dem Handy kleinlaut.

Wiley schüttelte den Kopf.

«Keine Ahnung, wie, Lieutenant, aber sie haben ihn rausgekriegt. Vielleicht von den Schaulustigen im Baumarkt.»

«Tut mir leid, Callie. Das ist eine Sensationsstory, wie Sie sich sicher vorstellen können. Dieser Hammermann, dieser Kerl, der Sie entführt hat, treibt jetzt schon viel zu lange sein Unwesen. Hat 'ne Menge Menschen in Angst und Schrecken versetzt. Ich würde Ihnen ja gern versprechen, dass die Sache diskret behandelt wird, aber das kann ich nicht. Am besten versuchen wir einfach, diesen Kerl so schnell wie möglich aufzuspüren …», schloss er mit einem tiefen Seufzer.

Er sprach den Gedanken nicht zu Ende aus, aber Callie wusste, was er dachte, weil sie genau denselben Gedanken im Kopf herumwälzte, seit sie es aus dieser Falltür, die in die Hölle führte, geschafft hatte: Ehe er *Sie* aufspürt. *Wir müssen diesen Kerl aufspüren, ehe er* Sie *aufspürt.*

«Die Jungs vom FBI sind auch schon unterwegs.»

«Bestimmt haben die auch noch Fragen an Sie. Einen ganzen Haufen Fragen», ergänzte Wiley.

Sie nickte.

Im selben Augenblick betrat ein neuer Detective das Zimmer. «Alcee, kann ich Sie einen Moment sprechen?»

«Klar. Bitte entschuldigen Sie mich», sagte Wiley und ging hinaus auf den Korridor. Alcee. Den Namen kannte sie noch nicht.

Als er zehn Minuten später mit einem Gefolge aus drei weiteren Detectives zurückkam, hatte sich etwas verändert. Mit düsterer Miene trat Lieutenant Alcee Wiley an ihr Bett.

«Wir müssen da noch was mit Ihnen besprechen, bevor das FBI kommt und die ganze Sache abbläst. Wir haben bei der Jura-Fakultät in Tallahassee, Florida, nachgefragt. Dort wurde uns bestätigt, dass Sie Montag und Dienstag abwesend waren.»

Sie starrte ihn an. «Ja, und?»

«Wie es aussieht, haben Sie schon am Freitag Ihre Seminare nicht besucht», sagte Wiley stirnrunzelnd.

Sie schüttelte verwirrt den Kopf. Worauf wollte er hinaus? «Richtig, ich war Freitag nicht in meinen Seminaren. Ich habe Deliktsrecht und Juristisches Schreiben ausfallen lassen. Die Sache aus der Nacht davor hat mich einfach fertiggemacht – dieser Kerl, der in meiner Wohnung war und von dem ich dachte, es wäre mein Exfreund.»

«Richtig, der Exfreund in Ihrer Wohnung», wiederholte Wiley nickend, doch seine Stirn blieb gerunzelt. «Das haben wir auch überprüft. Wir haben uns den Bericht vom Tallahassee PD kommen lassen. Es gab keine Anzeichen für einen Einbruch. Nichts in der Wohnung war kaputt, die Schlösser waren unversehrt, nichts wurde gestohlen. Der Officer, der die Anzeige aufnahm, hat Sie als ein bisschen, nun, überspannt beschrieben.»

«Er hat was?» Wieder schüttelte sie den Kopf. «Er hat mir eben nicht geglaubt, weil nichts gestohlen wurde.» Die Übelkeit, die jetzt in ihr aufstieg, hatte nichts mit dem Krankenhausgeruch zu tun. «Der Kerl hat sich – zu der Zeit glaubte ich noch, es wäre

Brice, aber jetzt weiß ich, dass er's nicht war, denn er ist ja tot – in meiner Wohnung versteckt. Er muss im Schrank oder so gewesen sein und hat mich beobachtet. Am Morgen hab ich dann gesehen, dass der Riegel zurückgeschoben war.»

Wiley rieb sich das kolossale Kinn. «Dann gibt es also keinen Beweis dafür, dass dieser Ex von Ihnen, dieser Brice Cullen, von dem Sie jetzt behaupten, Sie hätten ihn tot in dem Verlies gesehen, also es gibt absolut keinen Beweis für Ihre Geschichte, dass jemand in Ihrer Wohnung war?»

«Ich habe Anzeige bei der Polizei erstattet. Ich dachte nicht, dass ich irgendwas beweisen müsste, denn ich war ja das Opfer und wurde keines Verbrechens verdächtigt», gab sie zur Antwort.

Er nickte, während er auf ein Blatt Papier vor sich blickte. «Also, da gäbe es noch ein Problem, von dem Sie uns nichts gesagt haben. Ihr richtiger Name ist …»

«Mallory Knight», erwiderte sie. «Mallory Katherine Callaghan Knight.»

«Tja, das hatten Sie bisher nicht erwähnt.»

«Weil es keine Rolle spielt.»

«Ach nein? Nun, junge Dame, es spielt eine verdammt große Rolle. Vor vier Jahren haben Sie schon einmal behauptet, der Hammermann hätte es auf Sie abgesehen und Sie mitten in der Nacht gekidnappt. Damals haben mehrere hundert Menschen nach Ihnen gesucht – Polizei, Hubschrauber, Hunde, das FBI. Und das alles nur, um festzustellen, dass Sie gelogen haben.»

«Damals habe ich einen schlimmen Fehler gemacht. Aber diesmal lüge ich nicht», beharrte sie.

Wiley hob eine Augenbraue. «Wissen Sie, unser County hier ist klein, und ich habe nur eine begrenzte Anzahl von Leuten, die ich in die Wälder schicken kann. Ihr Wort allein reicht da nicht aus, verstehen Sie? Es tut mir leid, aber so sieht's nun mal aus. Ich brauche Beweise dafür, dass da draußen wirklich ein Psychopath mit dem Hackebeil herumläuft. Vor allem jetzt, wo ich weiß, wer Sie sind. Sie haben vor vier Jahren eine wüste Geschichte erzählt, und letzte Woche haben Sie behauptet, es gäbe einen Poltergeist in Ihrer Wohnung und einen stalkenden Exfreund. Der Sie angeblich seit sieben Wochen verfolgt, Ihnen die Luft aus den Autoreifen gelassen, eine Postkarte geschickt und Sie am Telefon bedroht hat. Aber Sie haben nichts davon zur Anzeige gebracht. Und in dem Polizeibericht von Freitag steht, Sie hätten die Karte des Stalkers weggeworfen. Warum hätten Sie das tun sollen?»

Sie wollte gerade antworten, da hob er die Hand. «Und jetzt erzählen Sie mir, Ihr Ex wäre tot und Sie hätten dabei zugesehen, wie der Hammermann ihn in mundgerechte Stücke zerlegt hat, weshalb es auch keine Leiche gibt. Wissen Sie, was ich langsam denke: Vielleicht haben Sie das alles auch dieses Mal nur erfunden, um Aufmerksamkeit zu erregen.»

Sie schluchzte auf. «Nein! Warum sollte ich so etwas Schreckliches erfinden? Dieser Kerl hat mich vergewaltigt!»

«Ach ja, richtig, das haben Sie damals auch behauptet. Um dann damit rauszurücken, dass es Ihr Freund gewesen war. Dass es überhaupt keine Vergewaltigung gegeben hat. Das Krankenhaus hat auch diesmal alle Untersuchungen durchgeführt, die bei Vergewaltigungen üblich sind, und keinen Beweis gefunden. Kein Sperma. Und aufgeschlitzt oder verstümmelt wurden Sie auch nicht.»

Sie drehte das Gesicht zur Wand. «Das ist widerwärtig. Ich kann nicht glauben, dass Sie so was sagen.»

«Also ich weiß, dass nicht jeder Vergewaltiger sein Opfer von oben bis unten aufschlitzt. Und ich glaube auch nicht, eine Frau müsste erst halbtot sein, bevor ich ihr abnehme, dass sie vergewaltigt wurde. Aber ich sage Ihnen eins: Dieser Hammermann ist ein verfluchtes Monster. Er hat Frauen die Eingeweide rausgerissen. Ich habe die Fotos gesehen. Er hat ihnen Gliedmaßen abgeschnitten und am Tatort zurückgelassen. Und da wollen Sie mir weismachen, Sie wären einfach so aus einer unterirdischen Kammer des Schreckens herausspaziert und hätten weiter nichts davongetragen als ein paar Kratzer und einen kaputten Knöchel? Im Ernst?»

«Ich fasse es einfach nicht, dass Sie mir nicht glauben», weinte sie und hielt ihm ihre roten, abgeschürften Handgelenke entgegen. «Da unten sind noch andere Frauen. Er hat mehr als eine. Ich habe sie gehört! Sie können die Suche doch nicht einstellen! Vergessen Sie mich, aber die anderen leben noch. Sogar Claudia könnte noch am Leben sein!»

«Claudia Coba?»

«Ja, genau. Als er hinter ihr herlief, bin ich losgerannt, nur so konnte ich entkommen.»

«Tja, wissen Sie, sieht ganz so aus, als hätten wir vergangenen Samstag das, was von Claudia Cobas Leiche noch übrig ist, im Apalachicola National Forest gefunden. Die DNA-Analyse steht zwar noch aus, aber das ist nur eine Formsache. Und sie hat schon eine ganze Weile da draußen gelegen. Sie kann also nicht mit Ihnen in irgendeinem komischen Verlies gewesen sein.» Er stand auf und trat, enttäuscht den Kopf schüttelnd, zur Tür. «Sie müssen mir verzeihen, aber wie gesagt, Ihr Wort allein reicht einfach nicht mehr aus.»

Und damit gingen er und sein Gefolge im Gänsemarsch durch die Tür und ließen sie in diesem Krankenhauszimmer zurück, in dem es nach Reinigungsmitteln und Tod roch.

54

Als sie die Gesichter der drei Agenten vom FBI sah, die eine halbe Stunde später ihr Zimmer betraten, wusste Callie, dass sie bereits mit Wiley und seinen Leuten gesprochen hatten. Und dass sie sie bereits verdammt hatten. Die Sache war erledigt: Sie war das Mädchen, das schon einmal blinden Alarm geschlagen hatte, und niemand würde ihr das je verzeihen oder ihr eine zweite Chance geben.

Trotzdem versuchte sie mit flehentlichen Bitten die Männer davon zu überzeugen, dass sie die Wahrheit sagte. Sie bot an, mit ihnen in das Waldgebiet zurückzukehren und nach der Gegend zu suchen, in der sie zwei Tage lang umhergeirrt war. Doch sie wollten ihr Angebot nicht annehmen. Was die Leichenteile betraf, die man am vergangenen Samstag mit Hilfe von Dutzenden von Agenten des FDLE, FBI-Leuten, Angehörigen der Taskforce und Freiwilligen im Apalachicola National Forest gefunden hatte, so wartete man nun darauf, dass sie zweifelsfrei Claudia Coba zugeordnet werden konnten. Mit einem positiven Ergebnis war frühestens in zehn Tagen zu rechnen.

Keine fünf Minuten nachdem die Leute vom FBI gegangen waren – nicht ohne ihr mit einer Anklage wegen Erstattung einer Falschanzeige bei der Polizei zu drohen, sollten sie je wieder etwas von ihr hören –, wurden die Monitore abgestellt. Wortlos bekam Callie die Entlassungspapiere überreicht. Und das war's. Zeit, nach Hause zu gehen.

Sie warf einen Blick aus dem Fenster und sah die Horde von Reportern, die mit ihren Kameras und Mikrophonen und Fragen ausgehungert unten auf dem Parkplatz warteten. Übertragungswagen vom Fernsehen standen da, ihre Antennen ragten in den grauen Himmel. Mobile Hochhäuser in einem Städtchen, in dem, soweit sie das sehen konnte, die Gebäude maximal zwei Stockwerke hoch waren.

Sie warteten auf sie.

Und da wusste sie, dass sie das Schlimmste noch nicht hinter sich hatte. Noch lange nicht.

TEIL III

Was kriegte die kleine Bo-Peep einen Schreck,
Kaum war sie am Morgen zur Weide gekommen,
Denn all ihre Hüteschafe war'n weg
Und hatten die Schwänzchen mitgenommen.

Die kleine Bo-Peep fiel tief in den Schlaf,
Da hört sie ein Blöken und Bähen.
Doch als sie erwachte, war da kein Schaf,
Es waren bloß draußen die Krähen.

Da ging sie und suchte sie hier und dort
Und hat sie auch wirklich gefunden.
Doch schmerzte das Herz ihr seither immerfort,
Denn die Schwänzchen blieben verschwunden.

Doch dann, eines Tags, als Bo-Peep nur so ging,
Erspäht sie am Baum eine Leine.
Ein Schwänzchen dort neben dem anderen hing,
Zum Trocknen, ganz sauber und reine.

Sie juchzte und tanzte vor Freude und Glück
Und rannte zurück auf die Weide
Und gab den Schafen, schön Stück für Stück,
einem jeden das eigene Schwänzchen zurück.

Englischer Kinderreim

55

Bobby nippte am Kaffee, den LuAnn ihm netterweise noch hingestellt hatte, bevor sie sich auf den Weg machte zu ihrer Zwölfstundenschicht im Broward General Hospital. Er war einfach perfekt – mit genau der richtigen Menge Zucker und Sahne. Das war nur ein weiterer ihrer kleinen Tricks, die sie regelmäßig aus dem Zylinder zauberte, um sicherzustellen, dass er nicht ohne sie leben konnte. Er würde verhungern, denn er konnte nicht mal einen Topf Wasser heiß machen, und die Flyer der Fast-Food-Lieferanten hatte sie versteckt. Außerdem wäre er wohl obdachlos und hätte alle Kreditwürdigkeit verloren, denn sie kümmerte sich immer darum, dass die Hypothekenraten und Rechnungen bezahlt wurden. Und selbst unter der gewagten Annahme, er könnte sein gebrochenes Herz so weit überwinden, dass er die Geheimnisse des Onlinebanking ergründete, würde er ohne sie doch niemals wissen, wo er irgendwas im Haus suchen musste. Oder wo sie die Adressen all der Heinzelmännchen aufbewahrte, die ihr dabei halfen, den Laden am Laufen zu halten – vom Gärtner bis zur Putzfrau.

Nächste Woche war ihr Hochzeitstag. Lächelnd nahm er einen weiteren Schluck von seinem perfekten Kaffee und dachte, dass er ihr diesmal etwas ganz Besonderes besorgen wollte. Vielleicht würde er ja tatsächlich in den sauren Apfel beißen und ihr diese verrückte Designer-Handtasche kaufen, von der sie überall im Haus Fotos herumliegen ließ – diese Tasche, die sogar einen eigenen Namen hatte und in etwa so viel kostete wie ein Gebrauchtwagen. Jetzt ertrug sie ihn schon 22 Jahre, dafür hatte sie etwas Besonderes verdient. In seinem Beruf hielten die meisten Ehen gerade mal fünf Minuten. Wenn man all den Mist betrachtete, den er und LuAnn zusammen durchgemacht hatten, war es geradezu ein Wunder, dass ihre Post nicht an zwei unterschiedliche Adressen gesandt wurde. «Die kleinen Dinge zählen», hatte seine Mutter einmal versucht, ihm zu erklären. Je älter er wurde, umso besser verstand er, wie recht sie damit doch hatte.

Er setzte sich an den Schreibtisch, fuhr seinen Laptop hoch und blickte auf die Schlagzeilen der Eilmeldungen, die bei Yahoo News ganz oben standen. Sein Lächeln verschwand.

JUNGE FRAU AUS FLORIDA BEHAUPTET ZUM ZWEITEN MAL VOM HAMMERMANN ENTFÜHRT WORDEN ZU SEIN – LÜGT SIE WIEDER?

Gerade als er den Artikel zu Ende gelesen hatte, rief Zo an. «Kannst du den Scheiß glauben?», fragte er, kaum dass Bobby abgehoben hatte.

«Nein. Ich bin total geschockt.»

«Hast du noch Kontakt zu ihr?»

«Nein. Ich weiß nur, dass sie damals nach Vero Beach gezogen ist. Sie hat einiges einstecken müssen – diese Geschichte hat ihr Leben ruiniert. Und deswegen kann ich mir auch nicht vorstellen, dass sie das Gleiche noch mal machen würde. Das glaube ich einfach nicht.»

«Dann wusstest du auch nicht, dass sie ihren Namen geändert hat?»

«Nein, aber das überrascht mich nicht. Und man kann es ihr auch nicht verübeln, das hätte ich genauso gemacht. Sie bekam

Morddrohungen, irgendwelche Arschlöcher wollten Brandbomben auf ihr Haus werfen, sie haben ihr Hundescheiße in den Briefkasten gesteckt und die Autos der ganzen Familie beschmiert. Du hast es damals schon gesagt, Zo, als die Bombe platzte und rauskam, dass sie gelogen hat, du hast gesagt, der Name Mallory Knight wird künftig ebenso ruiniert sein wie der von Monica Lewinsky. Jetzt sind vier Jahre um, und sieh dir an, wie recht du behalten hast. Alle wissen noch genau, wer sie ist. Und sie hassen sie immer noch.»

«Gefällt mir, wenn du feststellst, dass ich recht habe», meinte Zo. «Das höre ich hier nicht allzu oft. Das höre ich eigentlich nirgendwo allzu oft.»

Während Bobby mit Zo sprach, durchsuchte er das Internet und überflog jede Meldung, die er zu der Geschichte finden konnte.

«Fakt ist, Shep, dass Mallory sich in den vier Jahren, in denen sie von der Bildfläche verschwunden war, nicht geändert zu haben scheint. Spul vor auf heute, und siehe da, sie hat's wieder getan. Ein gefundenes Fressen für die Presse. An ihrer juristischen Fakultät heißt es, sie hätten nicht gewusst, dass es sich bei ihr um Mallory Knight handelt. Nimmt man noch die Berichte dazu, denen zufolge sie an der Uni so ihre Schwierigkeiten hatte und außerdem vor kurzem behauptet hat, sie hätte Probleme mit einem Exfreund, der allerdings nirgendwo aufzutreiben ist, dann sieht es ganz so aus, finde ich jedenfalls, als wären ihr wieder die Sicherungen durchgebrannt. Und damit hätte sie ihre zweite Chance endgültig verpfuscht.»

Bobby schüttelte den Kopf und trat gegen den Papierkorb unterm Tisch. «Das wäre eine Schande, aber ich kann es mir einfach nicht vorstellen.»

«Von den Kids aus Weston, die damals die Party geschmissen haben, von der sie verschwunden ist, studiert anscheinend inzwischen auch einer Jura an der FSU. Das war doch der beste Freund von ihrem untreuen Lover, oder?», fragte Zo.

«Habe ich auch gerade gelesen. Jack Sabia.»

«Wenn sie dem zufällig in die Arme gelaufen ist, könnte das durchaus wieder einen Zusammenbruch ausgelöst haben. Als wir ihn befragt haben, war der Kerl ein selbstgefälliges Arschloch. Und wenn er jetzt schon dabei ist, seine Geschichte der Presse zu verkaufen, heißt das, dass er in den vier Jahren seit damals, als er fleißig mitgeholfen hat, Mallorys Ruf zu zerstören, nicht viel reifer geworden ist. Wenn ich mich recht erinnere, hatten weder er noch sein kleiner Bruder ein nettes Wort für sie übrig, selbst als die Freiwilligen noch dabei waren, jeden Zentimeter im Markham Park nach ihrer Leiche abzusuchen.»

«Tja …», sagte Bobby seufzend und rieb sich die Schläfen. «Da hast du recht. Sie stand vermutlich unter ziemlichem Druck.»

Es folgte eine lange Pause. «Ich höre dich von hier aus denken», sagte Zo schließlich. «Was hast du jetzt also vor?»

«Was meinst du damit, du hörst mich denken?»

«Man kann nicht so viele Jahre mit jemandem befreundet sein, ohne zu wissen, was derjenige denkt. Vor allem, wenn es einen Fall betrifft.»

«Ich möchte mit ihr sprechen», erwiderte Bobby.

«Siehst du? Ich wusste, dass du das denkst.»

Bobby lachte. «Schwachsinn. Warum hast du dann gewartet, bis ich es ausspreche?»

«Nein, ich wusste, dass du das sagen würdest. Willst du erst mit den Jungs von der Taskforce reden? Soweit ich weiß, bearbeitet Wes Spano den Fall jetzt beim FDLE; McCrindle ist endlich in den Ruhestand gegangen. Und beim FBI ist immer noch D'Arnis dafür zuständig. In dem Artikel wird er zitiert. Ich bin der Meinung, du solltest mal mit den Jungs vom FBI reden, bevor du versuchst, den Vaterersatz bei dieser verstörten Kleinen zu spielen. Und noch eine Warnung: Verscherz es dir mit keinem. Willst du, dass ich mal in Tallahassee anrufe und schaue, was die von der Taskforce haben? Oder beim FBI? Die werden mir zwar eh nichts verraten, aber fragen kostet ja nichts», sagte Zo mit einem herzlichen Lachen. Nach dreißig Jahren bei den Strafverfolgungsbehörden wusste er, wie man mit den anderen Kindern im Sandkasten spielen musste. Zu Freunden wurden sie deshalb allerdings nicht. Und als die besten Spielkameraden hatten sich die Agenten vom FBI bisher auch nicht erwiesen.

«Nein, lass mal, das kriege ich schon alles selbst raus. Wenn einer von uns jetzt die zuständigen Special Agents in Miami anruft, glauben die, dass wir uns in ihren Fall drängeln wollen, und dann fühlen sie sich bloß auf die Füße getreten. Alle – die Jungs vom FBI, Spano, deine Vorgesetzten in Tallahassee. Keiner will mit dem Spielzeug spielen, solange niemand anders es will. Aber wenn jemand anders auch nur versucht danach zu greifen, geht ihnen das gehörig auf den Sack.»

«Du denkst ganz schön um die Ecke, Shep, gar nicht so leicht, da mitzukommen. Aber okay – fürs Erste. Nur lass mich dich daran erinnern, dass es das letzte Mal, als du einen Alleingang in dieser Sache versucht hast, damit geendet hat, dass Vatucci vom BSO dagestanden hat wie ein Idiot. Wenn du mich fragst, bohrt er immer noch Nadeln in eine Voodoo-Puppe mit deinem Namen drauf.»

Bobby grinste. «Ach, deswegen hab ich immer so Bauchweh. Und ich dachte schon, ich hätte zu oft mexikanisch gegessen, wenn LuAnn Spätschicht hat. Ich werde mit der Taskforce reden und mir anschauen, was die so haben. Ich kann mir einfach nicht vorstellen, dass die Kleine sich so was noch mal antun würde. Nicht nachdem sie sich die Mühe gemacht hat, den Namen zu ändern, das College abzuschließen und ein Jurastudium anzufangen. Warum sollte sie das alles aufs Spiel setzen, Zo?»

«Vielleicht hat sie wieder einen Rappel gekriegt, Shep, wie beim letzten Mal. Du weißt doch, was an der Uni so abgeht. Denk nur mal an diesen versuchten Mord mit anschließendem Selbstmord letztes Jahr in Yale, als ein Dreier aus dem Ruder gelaufen ist.»

«Und woran genau soll ich dabei denken? An den versuchten Mord und Selbstmord oder an den Dreier?»

«An den Dreier natürlich. Ich wollte nur sagen, dass so was nun mal vorkommt. Wenn's um Sex und Liebe geht, fühlt man sich schnell völlig entblößt, entschuldige das Wortspiel. In dem Fall führte es dazu, dass ein eifersüchtiger Überflieger sich ein Messer schnappte und es seinem Freund, einem Überflieger mit Stipendium, in den Hals rammte, bevor er sich selbst, wie Gott ihn erschuf, im neunten Stock aus dem Fenster stürzte. Kluge Kids», fügte er an, das Wort «Kids» bewusst betonend. «Ich meine nur, dass man nie weiß, was dazu führt, dass jemand durchdreht.»

«Du hast wirklich eine interessante Art, deinen Standpunkt zu verdeutlichen, Zo. Aber wahrscheinlich hast du recht.»

«Schon zum dritten Mal heute. Ich werd's verkraften. Sprich mit der Taskforce, bevor du denen ans Bein pinkelst. Selbst wenn sich herausstellen sollte, dass die kleine Knight wirklich nur durchgeknallt ist und für Serienmörder schwärmt, sind die Jungs ja vielleicht trotzdem dankbar für deine Erkenntnisse. Wie's aussieht, steht der Zähler mittlerweile bei neunzehn Leichen.»

Als Bobby aufgelegt hatte, betrachtete er das Foto einer lächelnden Mallory Knight auf seinem Computerbildschirm. Er erkannte es wieder, es war das Bild, das vier Jahre zuvor auf den Plakaten mit der Aufschrift Vermisst zu sehen gewesen war. Das Bild, das sie unter den freiwilligen Suchtrupps verteilt und jeder Polizeidienststelle in Florida geschickt hatten; das Bild, das sie dem FBI gegeben und über die Medien im ganzen Land verbreitet hatten. Sie sah darauf so süß und unschuldig aus, ihre smaragdgrünen Augen voller Leben und Neugier und … Begeisterung, selbst auf diesem simplen Schnappschuss, den jemand auf einem Schulausflug gemacht hatte. Einer intelligenten, hübschen Siebzehnjährigen mit Noten, die für alle Elitehochschulen ausreichten, stand die Welt mit ihren unbegrenzten Möglichkeiten weit offen. Die Presse hat wohl noch kein neueres Foto aufgetrieben, dachte er, als er den Computer ausschaltete, denn er glaubte, dass Mallory inzwischen nicht mehr die geringste Ähnlichkeit mit dem frischen, jungen Gesicht auf diesem Bild hatte.

Zu viel war seither verlorengegangen.

56

«Das Mädchen will einfach nur im Rampenlicht stehen. Die hat nicht alle Tassen im Schrank», antwortete FDLE Special Agent Wesley Spano.

Bobby kannte Wes schon seit Urzeiten, als der noch in Miami in der Dienststelle von Broward gewesen war. Nach den vierteljährlich stattfindenden Schulungen oder einem Tag am Schießstand hatten sie für gewöhnlich immer noch ein paar Bier im lokalen Pub zusammen getrunken und herumgealbert. Dann wurde Wes nach Tallahassee versetzt, wo man ihn einer Gehirnwäsche unterzog, bis er glaubte, Miami sei ein modernes Sodom. Er fing an, in die Kirche zu gehen, trank kein Bier mehr und konnte über keinen Witz über den Süden mehr lachen. Bobby hatte Wes seit seiner Versetzung nicht mehr gesehen, was, wie Zo meinte, aber daran lag, dass Wes Miami jetzt verabscheute und hoffte, nie wieder einen Fuß dorthin setzen zu müssen, aus Angst, von einem Funken aus dem Fegefeuer getroffen zu werden. Mit einer geschäftigen Bevölkerung von beinahe einer Million war Jacksonville – wo die Taskforce für den Hammermann ihren Hauptsitz hatte – zwar fünf Mal so groß wie das kleinstädtische, kleingeistige Tallahassee, doch es lag immerhin noch im Bible Belt, weshalb Wes sich noch kein einziges Mal über seinen Weg zur Arbeit beschwert hatte, der hin und zurück vier Stunden dauerte. «Hast du mit ihr gesprochen, Wes?»

«D'Arnis hat sie befragt. In ihrer Geschichte passt einfach kein Stück zum andern, Bobby.»

«Zur Hölle damit. Ich habe damals hier unten an dem Fall gearbeitet, als sie verschwunden ist. Es hat ihre ganze Familie zerstört. Das war eine verdammt harte Zeit für sie. Ich glaube einfach nicht, dass sie so was noch mal erfinden würde. Was hat die Routineuntersuchung bei Vergewaltigungen ergeben?»

«Nichts», sagte Wes unumwunden. «Kein Sperma, keine Haare, nichts.»

«Sie ist ein paar Tage in diesem Waldgebiet herumgeirrt, nachdem sie, wie sie sagt, vergewaltigt wurde. Die Beweise könnten verlorengegangen sein», überlegte Bobby.

Aber darauf ließ Wes sich nicht ein. «Nein.»

«Vielleicht hat er ja ein Kondom benutzt.»

«Ernsthaft, Bobby?»

«Na ja, bei den anderen Opfern haben wir auch kein Sperma entdeckt, oder? Und hat man auf ein paar von den Leichen nicht auch Spuren von Bleichmittel gefunden? Er macht sie sauber.»

War schon komisch, wie er jetzt hier reingerutscht war. Er gehörte dieser Taskforce nicht an, er wollte dieser Taskforce nicht angehören, und LuAnn würde ihn umbringen, wenn er nach Jacksonville beordert würde. Er selbst würde ihr die Waffe dafür reichen.

«Der Kerl ist brutal, Bobby», sagte Wes. «Glaubst du wirklich, er hätte diese Kleine mit Samthandschuhen vergewaltigt? Oder ein Kondom benutzt, um sie nicht zu schwängern? Komm schon, die anderen Mädchen waren in Stücke gerissen.»

«So haben wir sie gefunden, Wes. Aber was, wenn er seine Wut zügelt, solange er sie lebend in der Gewalt hat? Wir wissen, dass er sie eine Zeitlang irgendwo gefangen hält.»

«Bobby, das war er nicht. Diese Kleine ist verrückt. Sie hat schon früher mal fälschlicherweise behauptet, von exakt demselben Kerl vergewaltigt worden zu sein. Ich würde sagen, *sie* verfolgt *ihn*», schloss Wes knurrend.

«Erzähl mir was von diesem Exfreund. Dem, der tot sein soll.»

«Ach ja richtig, du meinst den, den niemand je gesehen hat? Von dem sie behauptete, er würde sie nicht in Ruhe lassen, und den sie trotzdem nie bei der Polizei angezeigt hat? Wir können weder ihn selbst noch Leichenteile von ihm finden. Die Kleine hat eine blühende Phantasie, wenn du mich fragst. Die Jungs vom Tallahassee PD haben ihren Wagen untersucht, von dem sie behauptet hat, er würde nicht anspringen, und er schnurrte wie ein Kätzchen. Es gibt niemanden, der ihre angebliche Entführung bezeugen könnte, obwohl auf dem Campus gerade eine Halloween-Party stattfand. Heute Morgen hat ein Haufen Reporter ihrer Mutter in Vero aufgelauert, die gerade zur Arbeit fahren wollte. Sie weinte. Schau dir das Video an und sag mir, ob du da nicht auch das Gesicht einer Mutter siehst, die von ihrer Tochter bitter enttäuscht ist und die Schnauze gestrichen voll hat.»

«Ist Mallory jetzt wieder in Florida?», fragte Bobby.

«Ja, ich glaube, sie hat den Greyhound genommen. Um ehrlich zu sein, ich habe keine Ahnung, was sie jetzt tun wird, ob sie das Jurastudium aufgibt. Im Moment kann sie jedenfalls nirgendwohin gehen, ohne dass ihr ein ganzer Schwarm von Reportern folgt, was ihr wahrscheinlich auch noch gefällt. Wie heißt es doch so schön? ‹Auch schlechte Presse ist gute Presse.› Aber wenn die Menschenmenge sich wieder verzogen hat, sollte ihr, wenn's dunkel wird, vielleicht doch ein bisschen mulmig werden. Mir jedenfalls würde es so gehen.»

«Was willst du damit sagen?», fragte Bobby, obwohl er ganz genau wusste, was Wes Spano sagen wollte.

«Na ja, wenn man nur lang und fest genug in ein Wespennest sticht, schreckt man irgendwann auch ein paar verdammt wütende Wespen auf. Ich meine nur, dass der Hammermann ihr ja vielleicht irgendwann die Aufmerksamkeit schenken wird, auf die sie so scharf ist, wenn die Kameras erst mal eingesammelt und alle wieder nach Hause gegangen sind und sich keinen Deut mehr um sie scheren», schloss er mit trockenem Kichern.

57

Mit dem Auto waren es sieben Stunden nach Tallahassee. Und mit dem Flugzeug würde es vermutlich genauso lang dauern – bis Bobby einen Kurzstreckenflug gefunden hätte und dann in Tampa oder Orlando umgestiegen wäre. Das hatte er schon früher erlebt. Ein Flug hatte unvermeidlich Verspätung, und das brachte den ganzen Zeitplan durcheinander, nur damit ihm am Ende klarwurde, dass er mit dem Auto in derselben Zeit locker hätte hin- und wieder zurückfahren können. Außerdem war er nicht gern mit Kleinflugzeugen unterwegs, die nur halb so schwer waren wie sein Wagen.

Aber sieben Stunden waren sieben Stunden, und wenn man bedachte, dass er nicht wusste, wie viel Zeit ihm blieb, bis Mallory Knight beschloss, wieder vom Radar zu verschwinden, wollte er keine Sekunde vergeuden. Deshalb warf er rasch ein paar Klamotten in seine Reisetasche und, aus einem Impuls heraus, seine Wanderstiefel und die alte rote Outdoorjacke dazu, die LuAnn ihm gekauft hatte, als sie damals von New York nach Florida gezogen waren. Dann griff er nach dem einzigen Schmuckstück, das er abgesehen von seinem Ehering überhaupt jemals trug – die silberne Halskette mit dem Kruzifix und dem Anhänger des heiligen Antonius von Padua, die über dem Waschbecken hing –, und streifte sie sich über den Kopf. Das Kruzifix hatte LuAnn ihm bei ihrem ersten Date geschenkt – nachdem er aus dem Krankenhaus entlassen worden war, wo er wegen einer Schusswunde gelegen hatte, die er sich im Dienst für das NYPD eingefangen hatte. Sie hatte geholfen, ihn im OP wieder zusammenzuflicken. Und der Anhänger des heiligen Antonius – jenes Schutzheiligen, zu dem man betete, wenn man etwas verloren hatte und es wiederfinden wollte – war ein Weihnachtsgeschenk seiner Tochter gewesen, ein Jahr nachdem sie zurück nach Hause gekommen war. Er kritzelte eine Nachricht für Katy auf einen Zettel, dass sie den Hund rauslassen solle, wenn sie heimkam, und dann saß er auch schon im Wagen und fädelte sich auf der Schnellstraße ein.

Während der Fahrt hatte er jede Menge Zeit zum Nachdenken. Er hatte die Berichte des Sheriffs von Decatur County und der Polizeibehörde von Bainbridge in Georgia eingesehen, wo man Mallory in einem Baumarkt aufgegriffen hatte. Jeder seiner Kollegen, mit dem er bislang gesprochen hatte, stempelte sie als Lügnerin ab. Und jeder Nachrichtensprecher, jeder Artikel, jeder Blog, jeder Beitrag im Internet und jeder Kommentator tat dasselbe. Alle wollten sie vor den Kameras vorführen, ihr eine Dornenkrone aufsetzen und sie verhöhnen. Offenbar zog niemand die Möglichkeit in Betracht, dass sie die Wahrheit sagen könnte. Sie war das Mädchen, das einmal blinden Alarm geschlagen hatte, und aus diesem Grund war ihr Wort für immer wertlos geworden.

Er trank seinen Dunkin'-Donuts-Kaffee aus, der so rein gar nichts mit LuAnns Kaffee von heute Morgen gemein hatte.

Er würde die Wahrheit kennen, sobald er Mallory ins Gesicht sah. Genau wie er es vor vier Jahren gewusst hatte, als sie ihm ihre Geschichte erzählte. Er hatte ihr in die flackernden grünen Augen gesehen und … es gewusst. Er hatte gewusst, dass sie log.

Vier Jahre waren eine lange Zeit. Er dachte an seine Tochter Katy und wie diese vier Jahre sie verändert hatten – dieses völlig verstörte Häufchen Unglück von einem Mädchen, von dem niemand geglaubt hätte, dass sie ihr Leben je wieder auf die Reihe bekäme. Doch sie hatte es von einem Zwanzigstundenjob im Sawgrass-Einkaufszentrum bis zur Assistentin der Vorschullehrerin in der Happyland Day School gebracht. Hatte die Hochschulreife geschafft und hielt seit zwei Jahren an der FAU – der Florida Atlantic University – durch. Seine Tochter hatte nicht mehr die geringste Ähnlichkeit mit dem abgestumpften traurigen Schatten jenes Mädchens, das damals nach Hause gekommen war, nachdem sie ein Jahr auf der Straße gelebt hatte.

Und wenn dann Leute kamen und ihr ein Leben lang die dummen Entscheidungen vorhielten, die sie als Teenager getroffen hatte, dann machte ihn das … wütend. Und hilflos, weil er die Gesellschaft nicht daran hindern konnte, so etwas zu tun. Dank des Internets reichte ein Mausklick aus, und die Vergangenheit eines jeden Menschen lag offen vor einem. In weniger als einer Sekunde konnte Google alte Fotos, gelöschte Posts auf Facebook und archivierte Zeitungsartikel wieder aufrufen. Im Internet ging nichts verloren. Nie. Und nichts wurde je verziehen. Wenn er im Rahmen der Vorträge zur bürgernahen Polizeiarbeit vor Schülern über den Versand eigener Nacktfotos per SMS und die Gefahren des Internets sprach, versuchte er, ihnen genau das nahezubringen. Aber für einen Teenager sind ja schon die nächsten zehn Minuten eine Ewigkeit. Sie können sich einfach nicht vorstellen, dass sie in ferner Zukunft von einer Uni abgelehnt werden könnten, weil im Netz Fotos von ihnen als Dreizehnjährige kursieren, auf denen sie kiffen; genauso wenig, wie sie sich vorstellen können, irgendwann mal in einem Bewerbungsgespräch zu sitzen, während ihr potenzieller Arbeitgeber gegenüber auf ein Foto auf seinem Bildschirm starrt, das ihre Kronjuwelen zeigt.

Vier Jahre waren eine lange Zeit.

Er blickte aus dem Fenster und sah saftige grüne Wiesen voll grasender Pferde, Kühe und … Schafe. Und während er an den herausgeputzten Farmen Zentralfloridas vorüberfuhr, runzelte er die Stirn und dachte an das tragische Ende der klassischen Fabel von Aesop.

Eines Herbstabends, als sich der Hirtenjunge mit den Schafen auf den Heimweg machen wollte, kam wirklich ein Wolf. Der Bursche schrie voller Angst: «Der Wolf! Der Wolf will eines der Schafe holen!» Doch diesmal kam nicht ein einziger Bauer.

Und so trieb der Wolf die Schafe in die Berge und fraß sie alle auf.

Bobby rieb sich die Arme, um den kühlen Schauer zu vertreiben, der plötzlich die kräftigen, eleganten Hälse beider Drachen hochgekrochen war. Er musste Mallory sehen. Er musste ihr in die Augen blicken.

Und dann würde er die Wahrheit kennen.

58

«Sie müssen jetzt aussteigen, Miss. Das Reinigungspersonal hat einen Zeitplan einzuhalten.» Der Fahrer stand neben der offenen Tür des Greyhound-Busses.

Callie blieb auf ihrem Sitz in der hintersten Reihe sitzen und blickte aus dem Fenster. Sie konnte weder die Tennessee Street sehen noch den Parkplatz oder das Innere des einstöckigen Busterminals; der Reisebus hatte an der Rückseite des Gebäudes gehalten. Die Passagiere waren einer nach dem anderen ausgestiegen, hatten sich ihre Taschen genommen und waren ins Terminal marschiert. Zwar konnte sie die Reporter nicht sehen, die drinnen herumlungerten, aber sie war sich ziemlich sicher, dass sie da waren. Der Hilfssheriff von Decatur County, der sie zum Busbahnhof vor der Citgo-Tankstelle in Thomasville gebracht hatte, hatte ihr erzählt, dass jede Menge Leute angerufen und gefragt hätten, mit welchem Bus sie kommen werde. Und sie ging davon aus, dass irgendwer es ihnen auch gesagt hatte.

Sie nagte am Rest eines Fingernagels, der schon bis aufs nackte Fleisch abgeknabbert war, und wickelte sich den rosa Pullover – den ihr die freundliche Schwester beim Verlassen des Krankenhauses gegeben hatte – enger um den Leib. Er roch nach alter Dame. Als die Schwester ihr gesagt hatte, dass er aus dem Fundbüro des Krankenhauses stamme, ebenso wie die Tennisschuhe und -hose, die sie nun trug, hatte Callie vermutet, dass wohl keiner mehr die Befürchtung hegte, die Eigentümerin könne doch noch eines Tages kommen und ihre Sachen zurückfordern. Sie versuchte, die Tränen zurückzuhalten, doch es gelang ihr nicht, und eine nach der anderen rann ihr über die geschundenen Wangen.

«Haben Sie Gepäck?», rief der Fahrer.

Sie schüttelte den Kopf. «Nein.»

Sie hatte weder Gepäck noch eine Handtasche noch ein Handy. Sie hatte nichts. Nur den Abriss des Bustickets, das der Hilfssheriff ihr gekauft hatte, und die zehn Dollar, die er ihr zugesteckt hatte, damit sie sich etwas zu essen kaufen oder ein Taxi nehmen konnte, wenn sie zurück in Tallahassee war.

«Dann muss ich Sie jetzt bitten auszusteigen. Es tut mir leid, Miss.»

«Ist schon gut», sagte sie und stand auf. Ihre Beine hörten nicht auf zu zittern. Ihr war, als durchlebe sie einen Albtraum, der auf eine schräge Weise noch schlimmer war als der, aus dem sie hatte fliehen können. In diesem hier machten einfach alle weiter, als wäre nichts passiert. Als wäre alles bestens. Als wäre sie diejenige, die verrückt war.

Langsam ging sie durch den Bus nach vorn.

Was jetzt? Wohin jetzt?

Sie musste sich wohl ein Taxi zu ihrer Wohnung nehmen und hoffen, dass noch jemand von der Verwaltung da war, der sie einlassen konnte. Und falls nicht, warteten bestimmt ein paar Reporter vor dem Wohnblock, die ihr sicher gern dabei behilflich waren, in die eigene Wohnung einzubrechen. Wäre das nicht der Gipfel der Ironie? Und wenn sie sich ihre fragwürdige Nachbarschaft so ansah, da waren mit Sicherheit auch genügend Leute darunter, die sich mit Einbrüchen bestens auskannten und ihr für ein paar Mäuse halfen, in ihre Wohnung zu gelangen. Sie hoffte, dass da ein paar Taxis vor dem Terminal standen. Mit feuchten Händen rieb sie an dem Zehndollarschein in ihrer Tasche.

Was jetzt? Wohin jetzt?

Jeder Schritt in Richtung Ausstieg fiel ihr schwerer, als hätte ihr jemand Zement in die geschenkten Tennisschuhe gegossen. Sie hatte keine Ahnung, was sie jetzt mit ihrem Leben anstellen sollte. Alles war wieder über ihr zusammengebrochen und in Abermillionen Stücke zerschellt, die nie wieder zusammengefügt oder umsortiert oder auf andere Weise kombiniert werden konnten. Die Verwandlung hatte nicht stattgefunden. Ihr neu geschaffenes Leben war vorbei. Alles war vorbei.

«Man sagte mir, Sie hätten einen Passagier, der den Bus nicht verlassen will», hörte sie jemanden zu dem Busfahrer sagen, der mittlerweile ausgestiegen war.

Nein! Bitte werfen Sie mich nicht raus! Bitte … Rasch ging sie den mit Bonbonpapierchen, leeren Chipstüten, Limodosen und Wasserflaschen übersäten Mittelgang nach vorn.

«Sie ist ganz hinten», sagte der Fahrer.

«Ich komme ja schon», rief sie und ging noch schneller.

«Na, wie geht's?», sagte der Mann, der mit dem Fahrer gesprochen hatte, und stieg die Stufen in den Bus hoch, und diesmal war seine Stimme viel sanfter, viel weicher, als wäre sie ein Kätzchen auf einem Baum, das er herunterlocken wollte. Da erkannte sie den leichten Südstaaten-Akzent, und ihre Tränenschleusen gingen weit, weit auf.

«Hier haben Sie sich also versteckt», sagte Colton Beck, als er in den Bus trat. Er kam in den Mittelgang, und der Blick aus seinen warmen braunen Augen traf, von keiner Sonnenbrille behindert, den ihren. Er lächelte. «Ich habe im Terminal auf Sie gewartet …»

59

«Und, wo soll's jetzt hingehen?», fragte Colton.

Sie blickte vom Beifahrersitz seines Streifenwagens zu ihm hinüber. Auch wenn es sich etwas entwürdigend anfühlte, in einem Polizeiwagen zu sitzen, sogar vorne, durfte sie wohl nicht wählerisch sein. Entweder das hier, oder sie musste sich durch die Menschenmenge im Terminal kämpfen und dann die Tennessee Street hinunter bis zu …

Was jetzt? Wohin jetzt?

Jedes Mal, wenn sie bei dieser Frage ankam, machte ihr Verstand dicht. Denn sie hatte keine Ahnung, wie die Antwort darauf lauten sollte – in welche Richtung sie sich wenden sollte, sobald sie an der Ecke angelangt war. Die Spielanleitung war verlorengegangen, hatte sich im atomaren Fallout Nummer zwei aufgelöst.

«Hier können wir nicht bleiben», sagte er und blickte sich in der zwielichtigen Seitenstraße hinter dem Busterminal um, wo man sich nicht mal in einem Polizeiwagen allzu sicher fühlte. «Und in Ihre Wohnung können Sie auch nicht zurück – jedenfalls nicht, bevor die Dinge sich, Sie wissen schon, wieder etwas beruhigt haben. Aber selbst dann ist es nicht unbedingt eine gute Idee. Das ist nicht gerade die sicherste Gegend, und …» Seine Stimme verebbte, während er sich offenbar noch einmal die letzten Entwicklungen in ihrem Fall durch den Kopf gehen ließ, die er bestimmt im Radio gehört oder im Polizeibericht gelesen oder direkt aus dem Mund seines Bruders erfahren hatte. «Und, na ja», schloss er dann, «immerhin wissen wir nun, dass in jener Nacht tatsächlich jemand in Ihrer Wohnung war.»

Der Gedanke, zurück in diese Wohnung zu gehen, ließ sie erschauern. Es musste der Hammermann gewesen sein. Er musste es gewesen sein – irgendwo in ihrer Wohnung. Er hatte sie beobachtet. Hatte sich vielleicht dabei angefasst. Sie blickte in ihren Schoß und wickelte sich nervös einen losen Faden des rosa Pullovers um den Finger. «In ein Hotel, denke ich. Wenigstens für heute Nacht», sagte sie dann schicksalsergeben. «Ich habe noch ein paar Sachen in dem Motel Six. Ich habe ja nicht ausgecheckt –»

«Also, als Sie nicht ausgecheckt und Ihren Aufenthalt auch nicht über den bezahlten Zeitraum hinaus verlängert haben, wurde Ihr Zimmer geräumt.»

«Oh.»

«Als Ihr Name dann heute in den Nachrichten auftauchte, haben sie uns – also die Polizei – angerufen. Die haben Ihre Sachen aber noch nicht verscherbelt, falls Sie sich darüber Sorgen machen.»

Sie schüttelte den Kopf. «Haben die vom Motel gemeldet, dass ich verschwunden bin? Dass ich nicht ausgecheckt und meine Sachen dagelassen habe?»

Er schüttelte den Kopf. «Nein. Es passiert wohl regelmäßig, dass die Leute einfach ihren Kram zurücklassen. Trotzdem wäre es besser gewesen. Man hätte viel früher nach Ihnen gesucht, nehme ich an. Jedenfalls ich hätte das getan. Ich habe ein paar Nachrichten auf Ihrer Mailbox hinterlassen …» Wieder folgte eine verlegene Pause. «Was wollten Sie überhaupt in diesem Motel Six?»

«Wie Sie schon sagten, Colton, Donnerstagnacht war jemand in meiner Wohnung. Ich brauchte Zeit, um mir zu überlegen, was ich tun soll. In die Wohnung wollte ich nicht zurück. Ich hatte eine Scheißangst.»

Er nickte.

«Danke», fügte sie leise hinzu.

«Wofür?»

«Für eine ganze Menge, aber in diesem Augenblick vor allem dafür, dass Sie mir glauben, dass in jener Nacht jemand in meiner Wohnung war.»

Er zuckte die Achseln. «Daran habe ich nie gezweifelt.»

«Auch wenn ich heute weiß, dass es nicht Brice war …»

Er stieß einen langen Seufzer aus. «Tja … wir müssen uns über eine Menge unterhalten. Sie glauben, dass er tot ist, oder?»

Sie schüttelte den Kopf. «Ich weiß, dass er tot ist.» Dann wischte sie sich eine Träne von der Wange. «Danke, dass Sie hergekommen sind und mich abgeholt haben. Wenn Sie mich jetzt zu Boris bringen könnten, das wäre echt nett. Man hat mir gesagt, er springt wieder an.»

Wieder zuckte Colton die Schultern. «Na ja, Ihr koreanischer Freund läuft zwar wieder, aber er wurde beschlagnahmt. Sie müssen wohl bis morgen warten, um ihn auszulösen.»

Sie nickte. Das würde mit Sicherheit auch noch eine Stange Geld kosten, und sie war so gut wie pleite. «Gut. Dann muss ich wohl in ein Hotel. Ich werde einfach noch eine Nacht im Motel Six bleiben und mir überlegen, wie es weitergehen soll.»

Darauf erwiderte er nichts.

«Was ist?», fragte sie.

«Das könnte schwierig werden. Der Senat hält eine Sondersitzung ab, und am Wochenende steigt ein großes Spiel gegen Clemson. Die Stadt ist komplett ausgebucht. Und die billigen Zimmer gehen immer zuerst weg. Die Leute wollen schon früh ins Wochenende und losfeiern.»

Ihr sank der Mut. Es gab nur eine begrenzte Anzahl Schläge,

die sie einstecken konnte. Und jetzt war sie ganz offiziell mit ihrer Weisheit am Ende. Sie wollte nur noch irgendwohin, wo sie in Ruhe weinen konnte. So deprimierend das auch klang, aber das war alles, was sie wollte. Also blieb nur noch ein Ort, wo sie hingehen konnte, auch wenn sie eine Heidenangst hatte, dorthin zurückzukehren. «Wenn Sie mich dann bitte zu meiner Wohnung bringen könnten.»

«Kommen Sie mit zu mir», sagte er.

Sie schüttelte den Kopf.

«Im Ernst. Kommen Sie mit zu mir, wenigstens für heute Nacht. Ich lebe allein, Sie müssen also keinen schrägen Mitbewohner oder so was fürchten. Oder einen Bruder, der an allem rummault», sagte er lächelnd. «Ich mein's ernst. Sie haben keine andere Wahl, Callie», fügte er hinzu, wobei er das «l» gerade so weit dehnte, dass sie merkte, dass sein Verstand sich an ihrem anderen Namen festgehakt hatte. «Und auch wenn mir klar ist, dass Sie nicht wollen, dass andere Menschen Sie, äh, näher kennenlernen – und jetzt verstehe ich auch, warum –, sollten Sie heute Abend nicht allein sein und über Ihre Probleme nachgrübeln. Nicht nach allem, was Sie durchgemacht haben.»

Sie rieb sich die Handgelenke. «Keiner glaubt mir, dass ich überhaupt etwas durchgemacht habe.»

«Diese Leute spielen doch keine Rolle, Callie. Vor allem nicht die da drin mit einer Kamera vorm Bauch, die bei jedem Anlass Scheiße labern. Glauben Sie mir, Cops und Reporter haben nicht viel füreinander übrig.»

«Ich werde nicht bei Ihnen übernachten.»

«Ich habe eine Couch! Und ich erwarte auch nichts von Ihnen, wenn Sie das denken. Dafür hat mich meine Mutter zu gut erzogen», sagte er und ließ den Motor an. «Sie würden sie übrigens mögen, meine Mutter. Die lässt sich durch nichts unterkriegen.»

«Ich kann nicht bei Ihnen schlafen. Ich kenne Sie doch nicht mal richtig», wandte sie leise ein.

«Und wessen Schuld ist das? Gott weiß, dass ich's schon vor Monaten versucht habe – aber nicht, dass Sie jetzt ein schlechtes Gewissen bekommen, weil Sie mir einen Korb gegeben haben», scherzte er mit leichtem Lächeln. «Aber wenn man bedenkt, dass Sie nirgendwohin können und außerdem nicht mal wissen, wie Sie dorthin kommen sollen, haben Sie wohl keine große Wahl. Meine Couch ist schon ziemlich durchgesessen, aber besser als ein Bett in einem überteuerten, schäbigen Motel Six ist sie allemal – vorausgesetzt, Sie finden überhaupt ein Zimmer. Und auf gar keinen Fall schlafen Sie heute Nacht in Ihrer Wohnung. Bei mir können Sie duschen und in Ruhe über alles nachdenken, während Ihre neuen *Freunde* da drüben im Busbahnhof durchs Terminal tigern und darauf warten, dass Sie endlich auftauchen und etwas sagen, was sie als saftiges Zitat verwenden können. Und wenn Sie morgen immer noch zurück in Ihre Wohnung wollen, na gut. Dann werde ich es zwar weiterhin für eine schlechte Idee halten, aber ich werde Sie hinbringen.»

Sie nickte. Der Faden um ihren Finger war zu einem kleinen Wollknäuel herangewachsen. Der triste rosa Pullover, den zuletzt vermutlich eine alte Dame getragen hatte, die darin auch gestorben war, wies jetzt ein großes Loch auf. Bestimmt sah sie in den geschenkten Klamotten schlimmer aus als nur ungepflegt. «Danke», sagte sie mit weicher Stimme. Er hatte recht – sie hatte keine Wahl mehr. Und sie musste dringend duschen.

«Ich würde Ihnen raten, sich zu ducken, wenn wir an den Glastüren da vorn vorbeifahren, außer Sie wollen, dass wir heute Abend noch in den Nachrichten auftauchen», warnte er sie, während er langsam anfuhr. «Was nicht gut wäre, denn man hat mir verboten, den Streifenwagen nebenher privat zu nutzen», scherzte er augenzwinkernd. «Ich bin doch jetzt ein echter Cop …»

60

«Möchten Sie darüber reden?», fragte Colton schließlich.

Das Thema hatte im Raum gestanden, hatte den ganzen Raum ausgefüllt, kaum dass sie seine Wohnung betreten hatten. Er wohnte in einem hübschen Einzimmerapartment, das sauberer und aufgeräumter war, als sie es bei einem alleinstehenden Mann erwartet hätte.

Inzwischen hatte sie geduscht, und er hatte ihr eine Jogginghose und eine Sweatshirtjacke mit FSU-Logo geliehen. Nun saß sie auf der Couch, das frisch gewaschene Haar steckte in einem Handtuchturban, der verletzte Knöchel lagerte auf einem Kissen, und Colton hatte ihr ein Bier gebracht. Noch nie hatte ihr ein Coors Light so gut geschmeckt. Er hatte ihr auch etwas Stärkeres angeboten, aber sosehr sie sich auch wünschte, alles, was in den vergangenen Tagen geschehen war, zu vergessen und sich bis zur völligen Bewusstlosigkeit zu betäuben, sie konnte es sich nicht leisten, die Kontrolle zu verlieren. Sie musste wach bleiben. Sie hatte Angst einzuschlafen, obwohl ihr Körper nach Schlaf lechzte und sie es wohl nicht mehr lange hinauszögern konnte. Schon während sie unter der Dusche gestanden hatte und das heiße Wasser über ihren wunden, mit Prellungen übersäten und erniedrigten Körper gelaufen war, war sie ein paar Mal fast weggenickt. Sie hatte sich mit dem neuen Stück Seife, das Colton ihr gegeben hatte, und einem Waschlappen mehrmals abgeschrubbt, hatte beinahe das ganze Stück aufgebraucht, bis auf einen kleinen Klumpen. Und sich keinen Deut sauberer gefühlt.

«Ich weiß nicht, wie ich es erzählen soll», erwiderte sie. Sie fingerte am Hals ihrer Bierflasche herum und zwang sich, den verbliebenen Rest nicht in einem einzigen Schluck runterzustürzen. Sie spürte, wie die Tränen wieder in ihr hochkamen, und das wollte sie nicht. Gott, sie wollte nicht mehr an all das denken müssen, aber da saß Colton und stellte ihr Fragen. Und dann waren da ja noch die anderen Frauen. Die Frauen, nach denen niemand suchte. Selbst hier auf dieser Couch zu sitzen, sicher und wohlbehalten in Coltons hübscher, aufgeräumter Wohnung, fühlte sich falsch an. Sie sollte da draußen sein und irgendwas tun, mit einer Meute Bluthunde durch die Wälder Georgias laufen, mit einer ganzen Hundertschaft Polizisten und einem wutschnaubenden Mob – und nicht hier hocken und wegen all der abscheulichen und erniedrigenden Dinge rumheulen, die er ihr angetan hatte. Es war … schlicht unmöglich, in Worte zu fassen, was sie da unten in diesem Verlies erlebt hatte; Colton zu erzählen, wie es gewesen war, Brice' zerquetschten Schädel in dem Schraubstock zu sehen, oder wie seine Leiche wie ein Stück Fleisch an einen Haken gehängt und direkt vor ihren Augen zerlegt wurde. Und dann diese junge Frau, das von Todesangst erfüllte Gesicht von Claudia Coba, die da auf der Werkbank lag und sie anflehte und um ihr Leben bettelte. Noch einmal zu durchleben, wie grauenvoll es war, auf diesem dreckigen Erdboden in Ketten zu liegen und vergewaltigt zu werden, von einem Mann mit einer Schweißermaske, auf die ein schiefes, im Dunkeln leuchtendes Grinsen aufgemalt war …

Sie schüttelte den Kopf, um die Bilder loszuwerden. Sie war außerstande, Worte dafür zu finden, denn sie fürchtete, den Verstand zu verlieren, sobald sie sie aussprach. Dann würde sie brabbelnd in einer Ecke enden, und niemand würde sich je mehr auf die Suche nach den anderen Frauen machen. Sie würden sterben, und sie selbst würde verrückt werden. Deshalb wollte sie nicht sprechen: Sie hatte Angst vor dem, was sie sagen könnte. Sie hatte eine Todesangst davor, die Geschichte noch einmal zu hören. Das würde sie nur noch wirklicher machen. Vor allem wenn sie es diesmal jemandem erzählte, der ihr tatsächlich glaubte.

«Es gibt kein richtig oder falsch», sagte Colton, während er ihren Knöchel in einen frischen Mullverband wickelte und dann die kühlende Bandage umlegte. «Aber Sie sollten mir erzählen, was passiert ist. Sie sollten es jemandem erzählen, und da wäre wohl ich Ihre einzige Option – ich meine nur, weil ich Ihnen jetzt hier gegenübersitze, und nicht, weil Sie sonst niemand hätten. Das kam falsch rüber.»

Sie knibbelte das feuchte Etikett von der Flasche und zerrieb es zwischen den Fingern.

«Ich weiß, dass Sie andere Menschen nicht an sich heranlassen wollen», fuhr er sanft fort. «Dass Sie lieber allein Ihr eigenes Ding machen, aber es gibt nun mal Erfahrungen, die sind zu schrecklich, um allein damit fertigzuwerden. Verstehen Sie, was ich sage, Callie?»

«Ich glaube nicht, dass ich darüber sprechen kann, Colton.» Ihre Lippen bebten.

«Ich kann Sie natürlich nicht dazu zwingen, Callie, aber ich glaube wirklich, dass Sie es versuchen sollten. Und auch wenn ich kein ausgebildeter Seelenklempner bin, ich bin zumindest ein guter Zuhörer. Sie sollten mit Ihren Problemen jetzt nicht allein sein. ‹Man muss das Übel bei der Wurzel packen›, würde meine Mutter wohl sagen, ‹bevor man noch hingeht und sich was antut.›»

«Ihre Mutter», murmelte Callie.

«Sie kennt sich aus im Leben, das sagte ich Ihnen ja schon.»

Sie trank ihr Bier in einem letzten Zug aus. «Wo soll ich anfangen?»

«Der Anfang ist immer eine gute Idee.»

Callie nickte, und dann begann sie mit jenem Sommer vor ihrem letzten Jahr an der Highschool, als sie auf einer Party Tyler Armstrong kennenlernte.

Die Worte strömten aus ihr heraus, als triebe sie einen Teufel aus. Sie erzählte Colton alles. Dass sie ihre Jungfräulichkeit hatte bewahren wollen. Wie es sich angefühlt hatte, als sie Tyler mit Gianna erwischte. Ihre Angst, schwanger zu sein. Die Angst vor ihrem Stiefvater, einem verurteilten Mörder. Und die Abwärtsspirale, in die sie von da an geraten war, als sie eine falsche Entscheidung nach der anderen traf, an jenem Abend, am Abend danach, und zusehen musste, wie ihr Leben und ihre Zukunft um sie herum zusammenbrachen wie eine Mauer aus Dominosteinen.

Sie hatte noch nie einem Menschen ihre Geschichte erzählt. Es gab niemanden, dem sie sie hätte erzählen können. Jeder, der sie als Mallory Knight gekannt hatte, hatte sie im Stich gelassen. Aber Colton wandte sich nicht ab, er zuckte nicht zusammen, wich nicht zurück und … urteilte nicht. Bis sie bei den schrecklichen Ereignissen vom vergangenen Freitag angelangt war, fühlte sie sich emotional vollkommen ausgelaugt. Aber sie musste weitermachen. Die Einzelheiten waren so grässlich, so schmerzhaft, dass es ihr vorkam, als würden ihr immer neue Details einfallen, während sie erzählte, was in den zurückliegenden Tagen passiert war. Dabei wollte sie sich ja gar nicht erinnern – an den Geschmack der modrigen Erde, das Geräusch der Kettensäge, den fettigen Geruch nach McDonald's, das Gefühl des Polyesterstoffs auf ihrer Haut, als er ihr die Kellnerinnenhose herunterriss.

Die meiste Zeit, während sie sprach, starrte sie hinab auf ihre Füße, sie konnte ihm nicht in die Augen sehen. Als sie endlich fertig war, saßen sie eine lange Weile schweigend beisammen. Sie bemerkte, dass er seine Hände im Schoß zu harten Fäusten geballt hatte. Sie konnte spüren, wie wütend er war.

«Deswegen bin ich jetzt Callie», erklärte sie leise. «Jetzt wissen Sie, weshalb ich Mallory Knight weit hinter mir gelassen habe. Mallory war eine Lügnerin, sie manipulierte die Menschen, und es war, als … hätte sie eine ansteckende Krankheit. Niemand wollte mehr in ihre Nähe kommen. Also habe ich von vorn angefangen. Mit einem Pseudonym. Einer neuen Identität. Callie war ein ganz anderer Mensch. Aber das ist jetzt alles für die Katz, alles, was ich in den letzten vier Jahren versucht habe, richtig zu machen. Der Name Callie Monahan ist jetzt genauso verdorben wie der von Mallory. Nur dass ich diesmal die Wahrheit sage.»

Während sie sich die Nase putzte und die Tränen, die sich einfach nicht stoppen ließen, aus dem Gesicht wischte, holte er ihr noch ein Bier aus dem Kühlschrank. Dann setzte er sich wieder ihr gegenüber auf die Couch, nahm ihren gesunden Fuß und begann, ihn sanft zu reiben. Gedankenverloren blickte er sich im Zimmer um.

«Mir gefällt der Name Mallory», sagte er schließlich mit ruhiger, gezügelter Stimme. Er reichte ihr ein Taschentuch. «Und du – wenn das okay ist? – hast an alldem keine Schuld, du – Mallory, Callie, wer auch immer mir jetzt gegenübersitzt und weint – kannst also aufhören, so einen Blödsinn zu denken. Der Kerl, der dir das angetan hat – und das ist kein Mensch, sondern eine Bestie –, das ist der Schuldige. Und das ist derjenige, der für das, was er getan hat, bezahlen muss.»

61

«Du glaubst also, dass er dich verfolgt, seit du nach Tallahassee gezogen bist?», fragte Colton, reichte ihr eine dampfende Tasse und hockte sich wieder ans andere Ende der Couch. Mittlerweile war es zwei Uhr morgens. Seine Biervorräte hatten sie ausgetrunken und waren zu Kaffee übergegangen. Die Wut, die den Raum ausgefüllt hatte, hatte sich verzogen, wie der Rauch nach einer Explosion. Jetzt betrachtete er das Vorgefallene wie ein Cop.

Sie zuckte die Schultern. «Keine Ahnung. Wie sollte das möglich sein?»

«Es würde bedeuten, dass er die ganze Zeit über wusste, dass du hier bist. Dass er dich schon in New York beobachtet oder zumindest im Auge behalten hat», sagte Colton.

Der bloße Gedanke ließ sie erschauern. «Darüber möchte ich lieber nicht nachdenken.»

«Tja, wie willst du dir sonst erklären, dass an deinem ersten Tag hier jemand die Luft aus Boris' Reifen gelassen hat? Wenn Brice, wie du sagst, New York wirklich erst um drei Uhr morgens verlassen hat, kann er es nicht gewesen sein.»

«Vielleicht hat Brice ja gelogen, damit ich nicht denke, er wär's gewesen», antwortete sie.

«Ich bitte dich. Der Kerl war gerade auf deiner Türschwelle aufgetaucht und hat dich in deiner Küche zu Tode erschreckt. Warum sollte er lügen, wenn's darum geht, um wie viel Uhr er sich auf den Weg gemacht hat, um dich zu stalken? Wenn überhaupt, hätte er es vermutlich genossen, dir unter die Nase zu reiben, dass er es war. Hat er irgendwas Komisches gesagt, zum Beispiel, ‹Wie geht's deinem Wagen?› oder ‹Hast du meine Botschaft von heute Morgen erhalten?›»

«Nein. Das klingt ja wie einer dieser bescheuerten Sätze aus CSI», meinte sie. «Aber er muss es gewesen sein. Oder ein Fremder, wie du selbst damals gesagt hast, jemand, den ich an dem Morgen unbeabsichtigt verärgert habe.»

Er schüttelte den Kopf. «Das habe ich doch nur gesagt, damit du dich ein bisschen besser fühlst. Das war definitiv jemand, der dich kannte. Die Verbindungsjungs machen so einen Quatsch nie bei zufällig ausgewählten Autos.»

«Es kann nicht der Hammermann gewesen sein», sagte sie leise. «Vielleicht war es ja ein Einbrecher.»

«Einbrecher brechen ein. Das ist ihr Job. Und du hast nichts vermisst.»

Sie hielt sich die Ohren zu. «Ich weiß ja, dass er es war, Colton, aber ich will nicht wissen, dass er es war. Ich weiß, dass er mich beobachtet hat, aber das will ich nicht wissen. Und auch nicht, wie lange schon. Oder wie oft er schon nachts in meiner Wohnung war, ohne dass mir am Morgen aufgefallen wäre, dass der Riegel nicht vorgeschoben ist. Verstehst du das nicht? Ich sterbe vor Angst. Das ist, als würde sich das komische Teil, auf das man beim Abendessen gebissen hat und von dem man sich schon eingeredet hat, dass es vermutlich ein Hühnerknorpel war, als Kakerlake entpuppt. Unwissenheit ist ein Segen.» Sie entzog ihm ihre Füße und umklammerte die Knie vor der Brust.

«Callie …»

«Und seine Augen … diese irren, gruseligen Augen. Blutige schwarze Klumpen …», sagte sie mehr zu sich selbst als zu ihm. Bei der Erinnerung daran fröstelte sie, und sie kroch mit den Händen in die Ärmel des Sweatshirts.

«Man sagt, die Augen seien der Spiegel der Seele.»

«Wenn das stimmt, dann hat dieser Kerl keine. Und jetzt weißt du alles, Colton. Ich habe dir alles erzählt. Und du sagst, dass du mir glaubst. Das rechne ich dir hoch an. Dir das alles zu erzählen, war anstrengend und heilsam und erschöpfend und fürchterlich und reinigend und beschämend und – nehme ich jedenfalls an – auch befreiend. Aber was jetzt? Wohin jetzt? Was soll ich jetzt tun, Colton? Nichts ist mehr wie vorher. Ich … ich wurde vergewaltigt, das war schrecklich und grauenvoll, und am liebsten würde ich bloß noch kotzen und heulen und schreien und duschen, aber das geht nicht. Ich kann es mir nicht erlauben, die Nerven zu verlieren, dazu habe ich kein Recht. Da unten sind noch andere Frauen, Colton. Andere Frauen. Nicht nur eine. Ich habe sie gehört. Ich habe sie aus ganz verschiedenen Richtungen weinen und schreien und beten gehört. Und ich muss einfach irgendetwas tun – nicht nur darüber sprechen, damit ich mich vielleicht irgendwann mal ein bisschen besser fühle.»

«Callie …», versuchte er es erneut.

Sie zitterte am ganzen Leib. «Jetzt, wo du meine Geschichte gehört hast und mir glaubst, habe ich fast noch mehr Angst, weil ich nun was unternehmen muss. Wenn ich nichts tue, gibt es niemanden, auf den ich die Schuld schieben kann. Es gibt niemanden, der den Frauen hilft.»

Er nickte. «Du hast recht. Lass mich darüber nachdenken, was wir tun können …»

62

Er starrte auf seine kaputte Hand. Er hatte gute Lust, den Vorschlaghammer zu nehmen und die gekrümmten Finger selbst wieder zu begradigen. Aber das wäre eine dumme Idee. Dumm. Dumm. Dumm.

Er tigerte durchs Zimmer. Wenn er jetzt seinen Vorschlaghammer zu fassen bekäme, würde er damit nur eine Riesensauerei anrichten. Er war zu wütend. Ihr Kopf würde aufplatzen wie eine Wassermelone, wenn er seinen Vorschlaghammer hätte. Oder irgendein anderes seiner Werkzeuge. Lägen sie jetzt in seinen Händen, würde er damit keine gute Arbeit verrichten, sondern in wilder Raserei vorgehen. Seine Hände würden die Rache ausführen, die sein Kopf noch nicht genehmigt hatte.

Was war schiefgelaufen? Hatte er seine Braut zu früh in das Geheimnis eingeweiht? Hatte er ihr zu früh vertraut? Zu sehr vertraut? Ja, das hatte er, dachte er. Er war ein Narr gewesen, sie einzuweihen. Zu glauben, sie hätten eine gemeinsame Zukunft. Sie könnte das wollen. Sie könnte ihn wollen.

Vor Schmerz und Enttäuschung brüllte er auf und trommelte mit den Fäusten auf die Zimmerwand ein, dass der Gips bröselte. Das entsetzliche Hämmern in seinem Kopf ließ nach.

Er hasste sie.

Er liebte sie.

Er streckte die kaputte, blutende Hand ins Eisfach des Kühlschranks. Wenn sie doch noch einlenken sollte, dann musste er ihr vorher zeigen, wie gut sie beide als Team wären. Irgendwie musste dieses Scheiß-Stockholm-Syndrom doch funktionieren. Wenn er es nur schaffte, dass sie auf ihren Eroberer angewiesen war, von ihm abhing, weil er sie mit Essen und Kleidung versorgte, sie badete und vor allem möglichen schlimmen Scheißkram bewahrte – viel schlimmerem Scheißkram, als er ihr jemals antun würde –, dann würde sie ihn lieben. Und dann würde sie in ihm auch nicht mehr den Kerkermeister oder Entführer oder Geiselnehmer sehen. Dann wäre er ihr Erlöser. Ein friedliebender, fürsorglicher, zärtlicher, rasender Frankenstein, der sie vor dem rachsüchtigen Pöbel mit den brennenden Mistgabeln gerettet hatte. Aber mit Frankie legte sich besser keiner an. Er war groß und stark und ein echt harter Typ, und sie war für ihn geschaffen. Nur für ihn.

Sie wusste es nur noch nicht. Er selbst hatte das Experiment vermasselt, weil er sie eingeweiht hatte, bevor sie bereit dazu war. Aber er konnte sie dazu bringen, bereit zu sein. Die Wut, die er in diesem Moment noch auf sie hatte, würde verrauchen, und dann würde er es wieder versuchen, noch einmal.

Es klopfte. Er ging ins Nebenzimmer und starrte die Wohnungstür an. «Was ist?»

«Alles okay, Mann? Ich hab da drin wen schreien hören. Brauchen Sie Hilfe?», fragte jemand von der anderen Seite.

Er machte die Tür einen Spalt weit auf und zeigte seine kaputte Hand. «Hab mir nur mit dem Hammer auf die Hand geschlagen, als ich ein Bild aufhängen wollte», sagte er, wobei er das Gesicht hinter der Tür verbarg. Noch einmal wedelte er mit der blutenden Hand, die jetzt in ein mit Eis gefülltes Geschirrtuch gewickelt war, um zu zeigen, dass weiter nichts fehlte. «Hab mich nur blöd angestellt.»

«Ah, dann ist gut», sagte der Fremde, offensichtlich erleichtert. «Wollte bloß nachschauen, ob Sie irgendwas brauchen.»

«Danke. Mir geht's gut. Nächstes Mal lasse ich einen Fachmann kommen, der mit dem Hammer umgehen kann. Wenn man will, dass es richtig gemacht wird …»

«Das sagt meine Frau auch immer, wenn ich ein Bild aufhängen will. Sie sollten das aber mal von einem Arzt ansehen lassen», meinte der neugierige Typ noch, während er schon wieder die Treppe hinunterging.

«Mach ich», murmelte er als Antwort. «Danke.» Hinter der Tür zeigte er dem Fremden mit der gesunden Hand den Finger.

Dann machte er die Tür wieder zu und schloss ab, starrte dagegen. Die Hand fiel schlaff an seiner Seite herunter. Das Geschirrtuch wickelte sich auf und glitt zu Boden, die Eiswürfel fielen auf die Fliesen und kullerten durchs Zimmer.

Wenn er es das nächste Mal richtig machte, wenn er sie wieder nach Hause gebracht hatte, dorthin, wo sie hingehörte, würde sie nicht mehr weggehen wollen – selbst wenn er die Tür sperrangelweit offen ließ.

63

Als man sie vor vier Jahren aus dem Krankenhaus entlassen hatte, war es Agent Dees gewesen, der sie nach Hause gefahren hatte. Unterwegs hatte er versucht, sie auf den Wahnsinn vorzubereiten, der auf dem Rasen vor ihrem Haus auf sie wartete. Im Nachhinein hatte er das wirklich gut gemacht, doch ihr Verstand hatte sich schlicht geweigert, derart chaotische Szenen als real zu akzeptieren, selbst dann noch, als sie sich direkt vor ihren Augen abgespielt hatten. Die ganze Straße war mit Übertragungswagen zugeparkt gewesen, auf dem Rasen traten sich die Reporter gegenseitig auf die Füße, ein Rudel Menschen in Anzügen und Kleidern, bereit, sich mit Kameras und Mikrophonen in der Hand auf ihr Auto zu stürzen. Als Bobby sie damals, flankiert von Beamten in Uniform, hastig aus dem Auto und ins Haus schaffte, konnte sie nicht durch die dichte Menge hindurchsehen. Sie hörte nur, wie alle ihr Fragen zuriefen, ihren Namen schrien.

Mallory! Warum hast du gelogen?

Mallory! Was hast du der Polizei erzählt?

Mallory! Hast du den Hammermann gesehen?

Mallory! Tut dir leid, was du angerichtet hast?

Mallory! Wie willst du dem Steuerzahler zurückzahlen, was die Suche nach dir gekostet hat? Hunderttausende Dollar?

Mallory! Hat dein Freund dich vergewaltigt? Hat Tyler Armstrong dich vergewaltigt? Hast du deshalb gelogen?

An diesen Albtraum erinnerte sie sich nun zurück, weshalb es sie überraschte, aus ihrer geduckten Position auf dem Beifahrersitz von Coltons Pick-up keine Übertragungswagen in der Einfahrt zu den Evergreen Apartments zu sehen. Das war ja mal ein kleiner Lichtblick. Dann bog Colton um die Ecke zu ihrem Wohnblock, und da stand die Menge, auch wenn es viel weniger waren, als Callie befürchtet hatte: Sie hingen auf dem Hof rum, rauchten, aßen Sandwiches, tranken Kaffee und plauderten in Grüppchen miteinander.

Weil er nicht im Dienst war und Callie nicht unter Polizeischutz stand, trug Colton keine Uniform. Er hatte Jeans, ein Button-Down-Hemd und einen Pullover an. Außerdem hatte er seine furchteinflößende verspiegelte Sonnenbrille gegen ein braunes Ray-Ban-Modell getauscht. Er machte Callie die Beifahrertür auf. Sie trug eine Baseballkappe der FSU, über die sie die Kapuze von Coltons geliehener Sweatshirtjacke gezogen hatte, und eine Sonnenbrille. Die gelangweilte Menge brauchte ein paar Sekunden, ehe sie begriff, wer da aus dem Pick-up stieg. Wie Zombies, aufgeweckt vom Geruch nach Frischfleisch und den Erschütterungen ihrer Schritte, stürmten Menschenmassen hinter dem Gebäude hervor und hasteten über den Parkplatz. Alle liefen dem Reporter nach, der als Erstes mit dem lauten Schrei «Mallory!» erkannt hatte, wer da über den Platz huschte, und schlossen sich seinen Fragen an.

«Wo haben Sie die Nacht verbracht, Mallory?»

«Mallory! Haben Sie versucht, sich mit dem Hammermann in Verbindung zu setzen? Hatten Sie Kontakt zu ihm? Sind Sie von ihm besessen?»

«Mallory, Sie behaupten, Sie hätten Claudia Coba gesehen! Aber am Samstag wurde eine Leiche im Apalachicola Forest gefunden, bei der es sich wahrscheinlich um das vermisste Mädchen handelt. Haben Sie Claudias Eltern etwas zu sagen?»

«Mallory, haben Sie den Hammermann dieses Mal wirklich gesehen? Geben Sie uns eine Beschreibung!»

Colton legte ihr beschützend den Arm um die Schultern und führte sie durch die Menge zu ihrer Wohnung, indem er die Reporter einfach wegdrängte. Von der Verwaltung hatte er bereits einen neuen Schlüssel geholt, sodass sie an der Tür nicht warten mussten. Er sperrte auf, brachte Callie hinein, schloss die Tür, und dann waren nur noch sie beide in ihrem Wohnzimmer, genau wie letzten Freitag. Die Tasse, aus der sie getrunken hatte, stand noch auf dem Couchtisch. Daneben lag die Infobroschüre des Tallahassee Police Departments mit den Anweisungen zum Anfordern des Polizeiberichts, die Coltons Bruder ihr gegeben hatte. Die gebrauchten Taschentücher, mit denen sie sich die Tränen abgewischt hatte, lagen auf dem Küchentresen. Das Zimmer sah noch genauso aus wie zu dem Zeitpunkt, als sie es mit einer Reisetasche mit Klamotten für zwei Tage überstürzt verlassen hatte. Nur dass seitdem alles anders geworden war. Nichts war mehr wie vorher. Nichts würde je wieder sein wie vorher.

Sie standen unbehaglich schweigend nebeneinander, dachten beide ganz offensichtlich genau das Gleiche.

Colton brach das Schweigen zuerst. «Na gut, dann hol mal deinen Kram. Lass uns das jetzt durchziehen.»

Sie nickte. Dann lief sie ins Schlafzimmer, bevor er die Tränen sehen konnte, die schon wieder anfingen, ihr über die Wangen zu laufen.

64

Colton wusste, dass sie weinte. Er hatte gewusst, dass sie weinen würde, sobald sie es durch die Menge der Reporter durch und endlich … hier hinein, in die Wohnung geschafft hätten. Er hatte gewusst, dass dieser Augenblick zu viel für sie sein würde, denn selbst für ihn war es zu viel. Und er war nicht von einem Serienmörder entführt und vergewaltigt und danach als Lügner denunziert worden.

Aber diesmal sagte er nicht, sie solle nicht weinen, so wie letzte Nacht. Je mehr er darüber nachgedacht hatte – er hatte hellwach im Bett gelegen und sich mies gefühlt, weil sie partout nicht sein Bett hatte nehmen wollen –, desto mehr war er überzeugt gewesen, dass sie unbedingt weinen sollte. Immerhin war sie durch die Hölle gegangen. Diese seelischen Qualen würden sich nur immer weiter in ihr ausbreiten und festfressen, wenn sie sie nicht herausließ, und das wäre noch viel schlimmer für sie. Dass sie die letzten vier Jahre all den Mist aus ihrer Vergangenheit ganz allein mit sich herumgeschleppt hatte, hatte sie in eine Lage gebracht, die schon schwierig genug war – von der Familie entfremdet und ohne soziale Kontakte.

Das war wirklich eine heftige Geschichte, die da letzte Nacht aus ihr herausgesprudelt war. Und zu erfahren, dass er der Erste war, der sie aus ihrem Mund hörte, war … nun, in gewisser Weise auch zu viel für ihn. Schon irgendwie, na ja, schmeichelhaft. Es war schön, der Mensch zu sein, bei dem sie endlich das

Gefühl hatte, Vertrauen fassen zu können. Trotzdem, was für eine Geschichte. Ein Kummer, der eines Tages einfach herausbrechen muss, würde seine Mutter wohl dazu sagen. Und er hatte kein Recht, ihr zu sagen, sie solle nicht weinen, ebenso wenig, wie er ein Recht hatte, ihr zu sagen, alles würde wieder gut werden.

Denn in diesem Moment sah es nicht danach aus.

«Du solltest dich von dieser Frau fernhalten», hatte sein Bruder Jasper ihn am Morgen gewarnt, als er ihm erzählte, dass er sie am Abend zuvor am Busbahnhof abgeholt hatte. «Die bringt dich nur in Schwierigkeiten. Und du bist noch in der Probezeit hier beim PD, Colt. Die vom FBI erstatten vielleicht Strafanzeige gegen sie, wegen Falschaussage und Behinderung der Polizeiarbeit. Mit so einer darfst du dich nicht einlassen. Dafür könntest du gefeuert werden, selbst wenn man sie für nicht schuldig befindet. Und dann hast du sie auch noch im Streifenwagen abgeholt, in Uniform. Was zum Teufel hast du dir dabei gedacht?»

«Wie auch immer, jedenfalls ist sie jetzt hier bei mir, Jasper», hatte er geantwortet. «Und ich möchte mit Jackson über die Möglichkeit reden, ob wir mit ihr und seinen Jungs von der Hammermann-Taskforce da rausgehen können und schauen, ob sie dieses Verlies wiederfindet, wo der Kerl sie und die anderen Frauen gefan…»

«Hast du den verdammten Verstand verloren? Sie hat letzte Nacht in deiner Wohnung verbracht? Hast du etwa mit ihr geschlafen?»

«Das habe ich nicht gesagt. Und nein, hab ich nicht. Wir sind nur befreundet.»

«Schwachsinn. Was für eine Riesenscheiße. Die werden dich feuern.»

«Ich will mit Jackson reden.»

«Du hast ja Wahnvorstellungen, kleiner Bruder. Du bist in die

Kleine verknallt und lässt deinen Schwanz die Entscheidungen für dich treffen, aber ich sage dir, daraus wird nichts.»

«Ich schlafe nicht mit ihr, Jasper! Mein Gott!»

«Bring jetzt bloß nicht den gottverdammten Herrn ins Spiel. Hörst du mir überhaupt zu? Die Jungs vom FBI, die zu Jacksons Taskforce gehören, wollen sie anklagen. Verstehst du mich? Die werden ganz sicher kein Dutzend Männer in den Wald schicken, um nach dem Buhmann zu suchen, nur weil deine durchgedrehte Freundin sagt, er wäre da draußen, und du anscheinend zu verknallt bist, um Herr deiner Sinne zu sein!»

«Ich lege jetzt auf, Jasper.»

«Wenn du Jackson anrufst, kommt er höchstwahrscheinlich gleich selbst bei dir vorbei und verhaftet die Kleine. Und dann tritt er dir in den Arsch, weil du so dämlich bist.»

«Ich lege jetzt auf.»

«Hast du heute Nacht Dienst?»

«Nein. Ich hab frei.»

«Mach bloß keine Dummheiten, Colt. Bring die Kleine zurück in ihre Wohnung und hau ab. Hörst du?»

«Mach's gut, Jasper, ich leg jetzt auf.»

Und das tat er dann auch. Dann war er vom Balkon ins Schlafzimmer zurückgekehrt und hatte lange über alles nachgedacht.

Er war in die Küche gegangen, hatte eine Kanne Kaffee gekocht und jedem von ihnen eine Tasse eingeschenkt. Dann war er zurück ins Wohnzimmer gegangen, hatte sie vorsichtig aufgeweckt und ihr gesagt, dass er einen Plan habe.

65

Rasch schlüpfte sie in Jeans und eine frische Bluse, dann zog sie ihre eigenen Turnschuhe an, in die der bandagierte Knöchel zwar kaum passte, aber sie lockerte die Schnürsenkel und zwängte sich hinein. Schließlich blieb sie vor dem Schrank stehen, den Coltons Bruder und dieser andere Trottel von Polizist, Fonseca, halbherzig untersucht hatten. Die Hand gegen Mund und Nase gepresst kämpfte sie den Drang nieder, sich zu übergeben, als sie in die dunklen Untiefen des Schranks griff und zwischen den Kleiderbügeln und Anziehsachen herumtastete. Da war er vielleicht drin gewesen und hatte sie beobachtet, hatte sich mit denselben Händen angefasst, die den Schädel eines Mannes in einem Schraubstock fixiert und die Leiche dann in Stücke zerteilt hatten. Mit denselben Händen, die neunzehn Frauen umgebracht hatten. Endlich fand sie ihre Jacke und stopfte sie mit den übrigen Sachen, die sie zusammengesucht hatte, in die Einkaufstüte von Macy's. Sie war sich nicht sicher, wo sie die kommende Nacht verbringen würde – Coltons Plan deckte nur den heutigen Tag ab.

Dann lief sie ins Bad und übergab sich doch, erbrach die Bilder, die der Schrank wieder heraufbeschworen hatte. Danach wusch sie sich das Gesicht, tauchte geradezu mit dem Kopf im Waschbecken unter. Von draußen hörte sie Stimmengewirr, und jetzt hämmerte es an die Tür. Noch so ein Reporter, der versuchte, sie dazu zu bringen aufzumachen, obwohl alle anderen vor ihm schon gescheitert waren.

Sie trocknete sich das Gesicht ab, erstaunt, dass sie noch Tränen übrig hatte. In der vergangenen Nacht hatte sie Colton Dinge erzählt, die sie nie hatte aussprechen, nie jemandem hatte sagen wollen. Und am Morgen hockte er dann mit einer Tasse frischen Kaffees für sie in der Hand auf dem Couchtisch. Sagte, er habe einen Plan. Wenn keiner sonst ihr glauben wolle, nun, er tue es. Und er wolle nicht einfach nur dasitzen und Däumchen drehen. Er habe mit seinem Bruder gesprochen, und die Taskforce biete ihnen weder Hilfe an, noch stelle sie ihnen Leute zur Seite. Aber wenn sie bereit und in der Lage dazu sei, dann sei er es auch und werde sie zu der Stelle bringen, wo sie aus dem Wald gekommen war, und mit ihr versuchen, den Weg zurück zu finden.

Und sie hatte eingewilligt.

Der Plan war verrückt. Sie war zwei Tage lang durch den Wald gelaufen. Bestimmt konnte sie einige Plätze beschreiben, wo sie gewesen war, und vielleicht konnten sie die sogar auf der Karte finden, aber … sie hatte einen verstauchten Knöchel, Colten gehörte nicht zur Polizei von Georgia, und außerdem starb sie fast vor Angst. Aber da draußen waren diese anderen Frauen. Sie konnte nicht einfach in ihr früheres Leben zurückkehren und sie in diesem verwinkelten Verlies unter der Erde mit einem geistesgestörten Monster zurücklassen.

«Okay, ich bin so weit», sagte sie, als sie ins Wohnzimmer kam. Sie hatte sich ganz leicht geschminkt, um zu vertuschen, dass sie wieder geweint hatte, und versuchte zu lächeln.

«Dann los», meinte er und folgte ihr zur Tür. «Setz die Kappe wieder auf und die Kapuze, bleib dicht neben mir, und dann gehen wir schnell hier raus …»

In dem Moment klopfte es wieder an der Tür. «Mallory Knight?»

«Kein Kommentar!», rief sie. «Ich habe Ihnen nichts zu sagen! Lassen Sie mich in Ruhe!»

«Hier ist die Polizei, Mallory.»

Ihr wurde erneut übel, und sie fing an, am ganzen Leib zu zittern. Sie blickte zu Colton hoch. Wurde sie jetzt verhaftet?

Colton wollte die Tür aufmachen, doch sie schob ihn sanft beiseite. «Zeigen Sie mir Ihre Marke!», rief sie und sah durch den Türspion. Und dann verließ sie der Mut, und sie brach in Tränen aus – diesmal aus Frust.

«Nein! Nein! Das kann doch nicht sein, Colton! Sie wollen mich verhaften!» Ihre Blicke irrten umher und suchten nach einem Fluchtweg. Aber es gab keinen. Sie waren im zweiten Stock, und unten wartete eine Horde hungriger Reporter auf sie. Den irrsinnigen, verzweifelten Bruchteil einer Sekunde lang dachte sie sogar an Coltons Waffe. Allem ein Ende setzen, hier und jetzt, mit einem lauten Knall, einem Schuss in die Schläfe. Natürlich war das ein grässlicher Gedanke, aber in diesem elenden Moment wusste sie einfach nicht mehr, wie es weitergehen sollte.

Doch Colton hatte sein Gürtelholster nicht umgelegt. Seine Waffe lag unten im Wagen.

Und weil es keinen Ausweg gab, sank sie vor der Tür in sich zusammen.

«Ich sage die Wahrheit! Ich sage die Wahrheit! Ich sage die Wahrheit!», wiederholte sie ein ums andere Mal, während sie zu Boden glitt, zu Tode erschöpft, bis sie am Ende keine Kraft mehr hatte, um weiterzusprechen.

66

Bobby hörte das Schluchzen auf der anderen Seite der Tür. «Mallory, ich bin's, Special Agent Bob Dees vom FDLE. Ich bin von Miami hergekommen, weil ich mit dir reden möchte», sagte er mit gedämpfter Stimme zur Tür, denn er wusste, dass die Reporter, die er die Treppe hinunter und zurück auf den Parkplatz verbannt hatte, hofften, mit ihren Galgenmikrophonen jedes seiner Worte auffangen zu können.

Endlich ging die Tür auf, ein junger Mann zog ihn herein und machte schnell wieder hinter ihm zu. Auf der Couch saß die zierliche junge Frau, der er vor vier Jahren im Krankenhaus begegnet war. Der Haarschnitt war anders, kurz und hellblond, und ganz offensichtlich war sie, seit er sie zuletzt gesehen hatte, erwachsen geworden. Aber sie sah nicht nur aus wie eine junge Frau, die inzwischen die zwanzig überschritten hatte – sie sah gealtert aus. Als trüge sie die Last der gesamten Welt auf ihren Schultern. Doch anstatt äußerlich zusammenzubrechen, löste sie sich innerlich auf. Der Druck hatte tiefe Risse in ihrem Inneren hinterlassen, die nach und nach anfingen, sich auch an der Oberfläche abzuzeichnen: Sie hatte dunkle Ringe unter den Augen und war spindeldürr. Die großen, ernst blickenden Augen kamen ihm vertraut vor, waren aber … trauriger geworden. Verzweifelt, das war das richtige Wort. Doch ihr hübsches Gesicht war dasselbe geblieben. Die klassische Schönheit, die ihn damals schon an die Renaissancegemälde der Jungfrau Maria erinnert hatte.

«Hallo, Mallory», sagte Bobby. «Ist lange her.» Er brauchte sie nicht zu fragen, ob sie sich an ihn erinnerte. Natürlich tat sie das.

«Wollen Sie mich verhaften?», fragte sie.

«Dich verhaften?», erwiderte er verwirrt. «Nein.» Er sah zu Colton hinüber.

«Hallo», sagte Colton und streckte die Hand aus. «Ich bin Colton Beck. Gehöre zum Tallahassee Police Department. Wir – Callie und ich, äh, Mallory und ich, also ich nenne sie nun mal Callie – wir sind befreundet», stammelte er nervös.

Bobby runzelte die Stirn und versuchte die Lage zu verstehen. «Sie sind vom Tallahassee PD? Gehören Sie zur Taskforce? Sind Sie mit ... dem hier befasst?», fragte er mit einem Blick zurück zur Tür.

Colton schüttelte den Kopf. «Beim Tallahassee PD bin ich erst seit sechs Wochen. Ich bin nicht offiziell hier, wie Ihnen angesichts der Masse an Reportern da draußen sicher schon klargeworden ist. Wäre ich im Dienst, hätte ich die ganzen Arschlöcher schon lang zur Hölle geschickt.»

«Wie weit sind Ihre Leute mit dem Fall?», fragte Bobby.

Colton hob unbehaglich die Schultern. «Was das betrifft, gibt es hier gar keinen Fall.»

«Hat man Ihnen das gesagt? Offiziell oder inoffiziell?»

«Mein Bruder sitzt weit genug oben, um zu wissen, dass es ganz offiziell keinen Fall gibt. Er ist Sergeant beim Tallahassee PD. Seit fünfzehn Jahren. Sein Name ist Jasper Beck, Sir. Ein anderer Bruder von mir gehört zur Hammermann-Taskforce beim Sheriff von Leon County. Er heißt Jackson Beck. Detective Beck. Aber für die gibt es hier auch keinen Fall.»

Bobby nickte. Er wusste, wie so was lief. Am Ende würde der Verwalter der Evergreen-Wohnanlage zwar laut und lange genug Rabatz machen, um diese randalierende Horde ekelhafter Paparazzi von seinem Grundstück zu bekommen, und die Polizei von

Tallahassee würde die Augen nicht mehr länger vor dem Problem verschließen können. Doch bis dahin war eine Bannmeile um die Evergreen Apartments gezogen, die kein Cop übertreten würde, solange das unartige Kind seine Lektion nicht gelernt hatte.

Mit einer Ausnahme: Hier stand dieser muskelbepackte und noch ziemlich unreife Junge in Jeans und einem Button-Down-Hemd, der eine Dienstmarke in der Tasche trug. Der zwar ganz patent aussah, dem die Sache aber erkennbar über den mit einem Bürstenschnitt verzierten Kopf wuchs.

Bobby blickte auf die Einkaufstasche voller Kleidungsstücke neben der Tür. «Dann sind Sie also die Kavallerie?», fragte er Colton.

«Na ja, wie gesagt, wir sind befreundet. Sie hat letzte Nacht bei mir geschlafen, weil das …», erwiderte der und fuhr sich mit der Hand durch die Haarstoppel. «Das ist alles so verrückt.»

«Und niemand will dir ein zweites Mal glauben, Mallory», sagte Bobby seufzend. Er hockte sich auf einen der Kunstlederstühle gegenüber der zierlichen, verschreckten jungen Frau, die den Kopf in den Händen vergraben hatte und ihn erneut so sehr an seine eigene Tochter erinnerte.

Er reichte Mallory ein Taschentuch und betrachtete sie. Ja, die Augen waren wirklich der Spiegel der Seele, wie es immer hieß. Nicht mal der gewiefteste Psychopath schaffte es, dass seine Guckerchen logen. Zumindest war Bobby noch keiner untergekommen, der das konnte. Sie mochten zur Seite blicken, versuchen, das Thema zu wechseln, doch sie brachten ihre Augen nie dazu, ein Gefühl widerzuspiegeln, das sie nicht wirklich empfanden. Während Mallory sich das Gesicht abwischte, zog er einen Notizblock aus der Tasche. Dann blickte sie zu ihm auf, die smaragdgrünen Augen tränennass. Alles, was sie in diesem Moment tun konnte, war, den Kopf zu schütteln.

Und da kannte er die Wahrheit. In genau diesem Augenblick.

Er zog einen Stift hervor und beugte sich auf dem Hocker nach vorn. «Warum erzählst du mir nicht, was passiert ist, und dann schauen wir mal, ob du für deine kleine Schar an Unterstützern einen weiteren hinzugewinnen kannst …»

67

Bobby rieb sich die grauen Bartstoppeln am Kinn. Früher waren auch mal schwarze darunter gewesen. Doch die Zeiten waren vorbei. «Was ist denn nun Ihr großartiger Plan?», fragte er Colton.

«Wir wollen Callies Weg zurückverfolgen. Schauen, ob wir es schaffen, das Waldstück wiederzufinden, wo sie gefangen gehalten wurde.»

«Indem Sie einfach ein bisschen im Wald rumspazieren? Wollen Sie mich verarschen? Zwei Tage lang war sie da draußen unterwegs. Und du hast gesagt, dass du eine Nacht im Regen geschlafen hast, Mallory?»

«Da war ein umgestürzter Baum mit einem Hochsitz, unter den ich mich legen konnte.»

«Hast du denn nicht gefroren? Bei dem Regen kann es doch höchstens zehn Grad warm gewesen sein.»

«Ich hatte ja noch meine Jacke an. Meine Jacke hat er mir nicht ausgezogen. Nicht mal, als er ...» Ihre Stimme erstarb, und sie ließ den Kopf hängen. Sie war an den Ort ihrer schlimmen Erinnerungen zurückgekehrt. «Er hat sie mir nie ausgezogen.»

«Erzähl mir von diesem Baum.»

«Er war riesig. Er war auf einen anderen Baum gestürzt und die beiden haben eine kleine Höhle gebildet. Wenn ich diesen Baum wiederfinde, kann ich vielleicht auch wieder an die Stelle zurückfinden, wo ich in den Fluss gefallen bin. Ich weiß, das hört sich verrückt an ...»

«Und wie», sagte Bobby.

«Ich weiß, dass es da draußen jede Menge Bäume gibt und jede Menge Wald …», setzte sie an.

«Jede Menge.»

«Aber ich weiß, dass ich Richtung Westen gelaufen bin, weil ich immer dem Sonnenuntergang gefolgt bin.»

«Warst du bei den Pfadfinderinnen?», fragte Bobby. «Hast du früher öfter draußen übernachtet und Überlebenstechniken gelernt?»

«Nein», erwiderte sie kleinlaut.

«Dann hast du keine Ahnung, in welche Richtung du gelaufen bist.»

«Aber ich kann doch nicht einfach nichts tun, Agent Dees!», rief sie verzweifelt aus. «Wenn ich nicht entkommen wäre, würde ich noch immer in diesem Verlies sitzen, wie die anderen Frauen. Und ich kann sie nicht einfach ihrem Schicksal überlassen.»

Bobby schwieg eine Weile, dann legte er seine Hand auf Mallorys Arm. «Ich weiß. Und ich halte dich für einen bewundernswerten Menschen, für eine bewundernswerte Frau, weil du bereit bist, noch einmal da raus zu gehen, um die anderen zu finden. Ich wüsste nicht, ob ich an deiner Stelle den Mut aufbringen könnte, nach allem, was dir da draußen angetan wurde. Und bestimmt hast du mir noch nicht mal alle schrecklichen Einzelheiten erzählt. Aber was du mir erzählt hast, Mallory, reicht völlig aus: Du warst schlicht und ergreifend in der Hölle. Und diese Hölle müssen wir jetzt finden.»

«Aber wie?», fragte Colton.

«Zunächst einmal, kannst du mit deinem kaputten Knöchel überhaupt gehen?», fragte Bobby stirnrunzelnd.

Sie nickte. «Das klappt schon. Vielleicht bin ich etwas langsam, aber es wird gehen. Er ist nur verstaucht.»

«Und ziemlich böse aufgeschürft», fügte Colton hinzu. «Genau wie der andere.»

«Mir geht's gut. Ich schaffe das schon, Colton.»

«Na gut», erwiderte Bobby und blickte auf seine Uhr. «Erst mal telefoniere ich ein bisschen rum. Mal sehen, ob ich nicht doch noch ein paar Leute umstimmen kann. Am besten wäre es, mit einer ganzen Armee da raus zu fahren. Und zwar bald. Wir haben nicht viel Zeit. Diese Frauen haben nicht viel Zeit. Du sagtest, du hast sein Gesicht gesehen. Wir könnten dich zu einem Phantombildzeichner bringen …»

«Ich habe seine Augen gesehen. Über den Rest des Gesichts hatte er diese Henkerskapuze gezogen. Aber seine Augen, die … die werde ich nie vergessen. Und seine Zähne. Er hat Reißzähne.»

«Reißzähne?»

«Ja, ganz spitze Reißzähne, wie ein Vampir. Wenn er grinst, kann man sie sehen. Er will, dass man sie sieht.»

«Das sind zwei sehr auffällige Merkmale. Ich kann dich, wie gesagt, zu einem Phantombildzeichner bringen, der diese beiden Merkmale zeichnet. So könnten wir uns wenigstens schon mal einen Eindruck verschaffen.»

«Erst nachdem wir die anderen gefunden haben», sagte sie scharf. «Die haben nicht mehr viel Zeit, genau wie Sie sagten.»

Bobby nickte und drückte ihr die Schulter. «Ich kann unterwegs telefonieren, auf der Fahrt da hoch. Wenn er der Polizei bekannt ist, dürfte es nicht allzu schwer sein, ihn aufzuspüren. Vorausgesetzt er trägt in der Öffentlichkeit keine Tarnung wie Kontaktlinsen oder falsche Zähne, dürfte es allein auf diese Beschreibung jede Menge Hinweise geben.»

«Wenn Sie damit an die Öffentlichkeit gehen, könnte ihn das nicht aufschrecken? Wenn er weiß, dass wir ihm auf der Spur sind, und insbesondere wenn er glaubt, jemand könnte ihn erkannt haben?», fragte Colton.

Bobby nickte. «Ja, das wäre möglich.»

«Dann bringt er die anderen Frauen vielleicht sofort um!», flüsterte Callie. «Nein, nein. Wir müssen zuerst versuchen sie zu finden.»

«Dann mache ich mich mal auf den Weg», sagte Colton. «Ich folge Ihnen mit meinem Wagen.»

Bobby schüttelte den Kopf. «Da oben sind Sie außerhalb Ihres Zuständigkeitsbereichs. Da sind Sie kein Cop.»

«Sie doch auch nicht», gab Colton zurück.

«Stimmt. Aber ich habe sechsundzwanzig Dienstjahre auf dem Buckel, mein Junge. Und in den letzten fünf davon habe ich versucht meine Chefs zu überreden, dass sie mich in den Ruhestand gehen lassen. Das Letzte, was mir was ausmacht, ist, gefeuert zu werden.»

«Das gilt auch für mich», sagte Colton. «Ich habe unter anderem Anthropologie studiert, bevor ich zur Polizei gegangen bin.»

«Das beruhigt mich jetzt auch nicht unbedingt. Das heißt bloß, dass Sie nie mehr einen Job finden werden, wenn die Sie feuern», scherzte Bobby.

Colton zuckte die Schultern. Er hielt Mallory die geöffnete Sweatshirtjacke hin, und sie schlüpfte mit den Armen hinein. Dann machte er den Reißverschluss zu und zog ihr die Kapuze übers Haar. Schließlich tätschelte er ihr liebevoll den Kopf.

«Meinen Sie, Sie können die dazu bringen, mir zu glauben?», fragte sie Bobby.

«Ich werd's versuchen, meine Kleine. Ich werde mein Bestes geben.»

Sie brach in Tränen aus und umarmte ihn. «Danke», schniefte sie in seinen Nacken.

Bobby hielt sie fest. «Dank mir lieber noch nicht, denn das hier ist noch lang nicht vorbei.» Dann schob er sie ein Stückchen von sich weg und sah ihr in die Augen. «Ich wünschte, ich könnte dir sagen, dass alles gut wird, weißt du. Dass wir ihn ganz bestimmt finden werden. Aber das kann ich nicht.»

Sie nickte.

Colton ging zur Tür. «Ich versuche, die Meute hier zurückzuhalten, so gut ich kann. Damit Ihnen keiner folgt.»

«Das ist wahrlich heldenhaft von Ihnen, mein Junge, aber mir wird schon keiner folgen.»

«Glauben Sie denn nicht, dass die es versuchen werden?», fragte Colton und spähte aus dem Wohnzimmerfenster. «Da unten steht ein ziemlicher Haufen. Sieht aus wie bei *The Walking Dead*», setzte er mit einem nervösen Lachen hinzu.

«Oh, versuchen werden sie es bestimmt», gab Bobby zur Antwort, «aber es wird ihnen nicht gelingen. Am besten schauen Sie, wie Sie selbst die Kerle abschütteln. Und wir wollen das ja nicht an die große Glocke hängen, also reden Sie bloß nicht über Funk mit Ihren Brüdern darüber.» Er wandte sich wieder an Mallory und runzelte die Stirn. «Jetzt kommt der schwierige Teil. Leg bitte die Hände auf den Rücken.»

«Was?», fragte sie bestürzt.

Er schwenkte die Handschellen, die er gerade vom Gürtel gelöst hatte, vor ihr hin und her. «Ich werde dich nämlich jetzt festnehmen.»

68

Die Kameras klickten und surrten. Die Menge aus Reportern stürzte auf sie zu. Die Galgenmikrophone folgten den dreien, die sich den Weg durch den Mob zu ihren Autos bahnten.

«Beamte vom FDLE haben gerade die einundzwanzigjährige Mallory Knight vor ihrer Wohnung in Tallahassee verhaftet, jene Jurastudentin, die inzwischen als besessen vom Hammermann gilt …»

«Wie Sie hinter mir sehen können, wird sie in Handschellen abgeführt …»

«Was für ein Absturz für die ehrgeizige Studentin, die sogar mal ein staatliches Stipendium bekommen hat …»

«Auch wenn der Grund für die Festnahme noch nicht bekannt ist, wird vermutet, dass es um Falschaussage bei der Polizei geht. Sie wurde in einem Baumarkt in Georgia aufgegriffen und behauptete zum zweiten Mal in vier Jahren, von diesem Serienmörder, dem Hammermann, entführt worden zu sein …»

«WKBC Two bleibt für Sie an der Geschichte dran!»

«Mallory! Was halten Sie davon, ins Gefängnis zu gehen?»

«Mallory! Warum sind Sie so besessen vom Hammermann?»

«Mallory! Sie behaupten, ein Exfreund von Ihnen hätte Sie gestalkt. Warum denken Sie, alle Männer wären hinter Ihnen her?»

«Mallory! Was ist auf dieser Verbindungsparty wirklich passiert?»

«Mallory! Jack Sabia, der Junge, bei dem damals vor vier Jahren die Party stattfand, von der Sie verschwunden sind, studiert auch Jura an der FSU. Ist das ein Zufall? Hat das etwas mit Ihrem jüngsten Zusammenbruch zu tun?»

«Mallory! Sind Sie in psychiatrischer Behandlung?»

Mallory! Mallory! Mallory!

Sie hielt den Kopf gesenkt, in der Hoffnung, die Kameras würden so nicht allzu viel von ihrem geröteten Gesicht einfangen können. Inzwischen fühlte sie sich nicht mehr nur beschämt, sie fühlte sich vollkommen gedemütigt. Menschen hatten sich vor ihren Wohnungen und auf dem Parkplatz versammelt und beobachteten aufgeregt, wie der Mob ihr zum Auto folgte. Sie konnte sehen, wie sie missbilligend die Köpfe schüttelten, empört mit Nachbarn sprachen, die sie heute vermutlich das erste Mal überhaupt wahrnahmen, und alles mit Handys filmten, in der Hoffnung, die Bilder verkaufen oder damit ihre Facebook-Seite aufpeppen zu können. In der Menge erkannte sie auch ihren netten Nachbarn Dennis, der neben dem Funkwagen von WKBC11 stand. Er sah … enttäuscht aus. Tränen liefen ihr übers Gesicht und fielen auf den Asphalt.

Die Leute machen ein freundliches Gesicht, aber nach meiner Erfahrung weiß man nie, was sich dahinter verbirgt.

Er hatte recht. Sie hatte ihn offenkundig zum Narren gehalten. Wieder hatte sie alle zum Narren gehalten.

In der Zwischenzeit teilte Agent Dees mit seiner stämmigen Statur gebieterisch die Menschenmenge und führte sie, indem er sie an den Handschellen festhielt, zum Rücksitz seines Explorer. Er machte die Tür auf und drückte ihren Kopf nach unten und sie in den Wagen hinein, wie er es mit jedem x-beliebigen Verdächtigen machen würde.

«Zurücktreten bitte. Machen Sie Platz», murmelte er gereizt.

Die Reporter versuchten ihm Fragen zuzurufen, doch er ignorierte sie alle, ging ums Auto herum zur Fahrerseite und stieg ein.

Blitzlichter flammten auf, als der Mob durch die dunkel getönten Fensterscheiben Bilder von ihr im Wageninnern zu schießen versuchte.

«Alles okay bei dir?», fragte er, als er sich hinters Steuer gesetzt hatte.

«Nicht so richtig», sagte sie unter Tränen.

«Die können nicht reinsehen, aber halt den Kopf trotzdem gesenkt, bis wir weit genug weg sind.»

Die Menge teilte sich, um ihn durchzulassen, wobei alle immer noch fleißig knipsten. «Dann wollen wir mal sehen, ob dein Freund mithalten oder wenigstens Anweisungen befolgen kann …»

69

«Schickt man uns denn jetzt Verstärkung?», fragte Colton.

Bobby, der gerade Mallorys Handschellen aufschloss, gab keine Antwort. Sie standen zu dritt an einer einsamen, zweispurigen Straße, die sich durch turmhohe Kiefern und bunt leuchtende Eichen schlängelte. Überall um sie herum zwitscherten Vögel. Die Herbstluft war frisch und klar und roch sauber, mit einem Hauch zuckriger, modriger Süße.

«Das hat weh getan», sagte Mallory und rieb sich die wunden Handgelenke.

«Tut mir leid», meinte Bobby und reichte ihr ein Taschentuch. Während sie sich die angetrockneten, tränenverschmierten Rinnsale unter den Augen wegwischte, rieb er tröstend ihren Arm. «Ich hatte gehofft, sie locker genug anzulegen, damit es nicht weh tut. Aber ich wollte nicht anhalten und riskieren, dass uns doch noch jemand nachkommt.»

«Ich hab's ja verstanden. Alles in Ordnung. Obwohl ich einen Moment lang echt dachte, Sie wollten mich reinlegen», erwiderte sie nervös lachend. «Und dass ich tatsächlich auf dem Polizeirevier landen würde.»

«Du solltest langsam mal anfangen, den Menschen zu vertrauen, Kleine», meinte Bobby mit einem schiefen Lächeln.

«Dann schickt man uns also keine Verstärkung?», probierte Colton es erneut.

«Wo sind wir überhaupt?», fragte Mallory im verzweifelten

Versuch, Coltons Frage ebenso zu ignorieren wie die Tatsache, dass Bobby nicht darauf antwortete.

«Wir befinden uns auf der Ball Farm Happy Hollow Road, etwa achthundert Meter entfernt von dem Funkmast, bei dem dein Handy zuletzt geortet wurde», sagte Bobby und deutete mit dem Kinn in Richtung des dichten Waldgebiets, das keine drei Meter vor ihnen lag. «Du meintest, du hättest das Handy in der Handtasche gehabt, als er dich entführt hat. Von der Verbindungsparty hat sich keiner gemeldet, der eine Handtasche gefunden hätte, und, wichtiger noch, der Hammermann würde niemals einen so dummen Fehler begehen und sie dort liegen lassen. Also hat er die Tasche. Die Frage ist nur: Wo ist sie jetzt? Hat er sie weggeworfen? Oder hat er sie mit in diesen Karnickelbau genommen?»

«Ich habe sie dort nicht gesehen.»

«Das heißt nicht, dass er sie nicht aufgehoben hat. Wenn er von dir besessen ist, und darauf deutet alles hin, sieht er sich wahrscheinlich deine Bilder, SMS und E-Mails an. Wir wissen, dass er technisch sehr geschickt ist – er kann Accounts bei den sozialen Netzwerken kapern und in Sekundenschnelle hacken. Und zwar so, dass selbst die fähigsten Techniker, die für die Regierung arbeiten, das nicht bis zu ihm zurückverfolgen können. Ich halte es für ziemlich wahrscheinlich, Mallory, dass er dein Handy noch hat und dass er schlau genug ist, alle Informationen davon runterzuladen, ohne es noch mal einschalten zu müssen. Denn wenn er es einschalten würde, könnten wir es aufspüren, wo auch immer es sich gerade befindet. Wenn ein Handy eingeschaltet ist, sucht es ständig nach einem Signal. Und da vorn ist der letzte Mast, bei dem es sich eingebucht hat. Der Senderadius dieses Funkmasts beträgt etwa fünfzig Kilometer, was uns nicht allzu viel weiterhilft, aber wenigstens sagt es uns, dass du dich letzten Freitag innerhalb eines Fünfzigkilometerradius von hier befunden hast. Und nachdem dieser Baumarkt in Bainbridge, in den du da hineingestolpert bist, etwa sechsundzwanzig Kilometer nordöstlich von hier liegt, tippe ich darauf, dass er dich irgendwo zwischen hier und dem Baumarkt festgehalten hat. Vermutlich hast du in den beiden Tagen, die du unterwegs warst, mindestens fünfzehn bis fünfundzwanzig Kilometer zurückgelegt – du warst barfuß, wusstest nicht, wo du warst, und hattest einen verletzten Knöchel, weshalb du nicht allzu schnell gegangen sein und folglich keine allzu große Strecke zurückgelegt haben dürftest.»

Er wandte sich zum Wald und fuhr fort: «So, dank der Genies und ihrer Satelliten bei Google Earth konnte ich ein paar Stellen ausmachen, an denen es so aussieht, als wären dort Bäume umgestürzt, was uns dabei helfen könnte, die Kiefern zu finden, unter denen du geschlafen hast. Von dort aus können wir vielleicht den Fluss finden, in den du gestürzt bist. Lake Seminole liegt westlich von hier, wird aber von den Flüssen Chattahoochee und Flint River gespeist, die dann hinter dem Jim-Woodruff-Staudamm in den Apalachicola River fließen. Wenn wir diesen Fluss und den umgestürzten Baum finden, dann, hoffe ich zumindest, wird deine Erinnerung uns weiterleiten. Westlich von hier liegt das Gebiet vom Silver Lake Wildpark. Dort kann man Hirsche, Truthähne, Wachteln, Eichhörnchen und was weiß ich noch jagen, was mich an diesen Hochsitz denken lässt, von dem du erzählt hast. Wenn wir den finden, und den Baum, unter dem du geschlafen hast …»

«Dann würde das beweisen, dass ich nicht gelogen habe», sagte sie leise.

«Ich glaube dir, um das gleich mal klarzustellen», erwiderte Bobby. «Sonst wäre ich jetzt nicht hier.»

«Doch, wären Sie. Sie würden alles versuchen, um diesen jungen Frauen zu helfen, selbst wenn es sich als vollkommen sinnlos herausstellen sollte», sagte sie. «Auf dem Rücksitz in Ihrem Wagen hatte ich zwar Handschellen an, aber taub war ich deswegen nicht.»

Bobby spürte, wie ihm heiß im Gesicht wurde. «Ja, da hast du wahrscheinlich recht», räumte er dann ein und legte ihr den Arm um die Schultern. «Aber ich glaube dir wirklich, Kleine. Ehrlich. Als du vor vier Jahren gelogen hast, da wusste ich das. Und jetzt weiß ich, dass du die Wahrheit sagst.»

Sie senkte den Kopf und scharrte mit dem Fuß in der Erde. «Danke.»

«Das wird jetzt wohl eher so eine Art Jagdausflug, aber mehr ist nun mal nicht drin. Im Gegensatz zu dir war ich bei den Pfadfindern», sagte er mit einem trockenen Lachen, nahm den Rucksack auf, den er aus dem Explorer geholt hatte, und schwang ihn sich auf den Rücken. «Vor einer halben Ewigkeit. Das Notwendigste habe ich dabei: Wasser, eine Taschenlampe, eine Karte und eine Packung Energieriegel.»

«Ich war zwar nicht bei den Pfadfindern», mischte Colton sich ein, «aber oben in Alabama hab ich mal Jagd auf Hirsche und Wildschweine gemacht.»

«Immerhin. Alles kann uns weiterhelfen», meinte Bobby. «Haben Sie auch Wasser dabei?»

Colton nickte und schulterte seinen Rucksack. «Ach, übrigens, Agent Dees, meine Brüder haben mich im Fernsehen gesehen», setzte er zögernd hinzu. «Sie fragen, wer Sie sind, was ich mit Ihnen zu schaffen habe und wann Sie gedenken, Callie auf dem Revier abzuliefern. Offenbar verlieren da unten in Tallahassee gerade alle die Nerven. Die Reporter, na ja, die scheinen das Revier geradezu zu belagern und wollen wissen, wieso Callie verhaftet wurde, und, äh, keiner weiß, wovon die reden, weil, na ja, keiner vom Police Department etwas davon wusste, dass sie verhaftet wurde …»

Bobby zuckte die Achseln, schwieg aber. Wie Zo ihm bei

ihrem hitzigen Telefonat auf der Fahrt hierher schon dargelegt hatte, hatten sie sich in eine echt üble Lage gebracht.

«Du hast sie verhaftet? Du hast sie *verhaftet*?», hatte Zo in den Hörer gebrüllt. «Mann, du hast denen nicht bloß ans Bein gepinkelt, du hast denen das Bein gleich abgesägt und mitgenommen! Was soll der Scheiß? Die gehen davon aus, dass du jeden verfluchten Augenblick mit ihr bei der Taskforce reinmarschiert kommst. Ich kapier's einfach nicht.»

«Sie sagt die Wahrheit, Zo.»

«Auf der anderen Leitung plärrt mir der Chef vom FDLE ins Ohr. Und dem plärrt der zuständige Special Agent vom FBI in Jacksonville ins Ohr! Gott weiß, bis zu welchen Stellen das hochgeht! Eine vorgetäuschte Verhaftung, das ist echt übel, Shep. Keine Ahnung, wie ich dir da noch den Rücken freihalten soll.»

«Schick mir Verstärkung. Das Mädchen kann uns zu den anderen Frauen führen.»

«Niemand wird dir Verstärkung zur Seite stellen, Bobby. Nicht einen einzigen verdammten Cop.»

«Scheiß drauf», hatte Bobby zurückgebrüllt. «Auf die Taskforce, das Tallahassee PD, das Büro vom Sheriff, das FBI, auf alle. Die wollen alle nur ihren verdammten Arsch retten. Aber Zo, sie sagt, die Frauen da draußen leben noch …»

«Ich mache die Regeln nicht, Kumpel. Es gibt nicht den allerkleinsten Beweis, der auch nur ein Stück ihrer Geschichte belegen könnte. Nicht einen. Sie wurde von verschiedenen Detectives, Ermittlern und Officers befragt. Die halten dich alle für verrückt.»

«Diese Spur ist alles, was die Taskforce nach sieben Jahren und neunzehn toten, verstümmelten jungen Frauen hat, und das ist nun mal verdammt wenig. Ihr habt es da mit einer psychopathischen Killermaschine zu tun, und nach sieben Jahren seid ihr seiner Ergreifung keinen Schritt näher als damals, als er seinem ersten Opfer die Kehle mit einer Metallsäge aufschlitzte. Also ja, ich werde mich einmischen und hier auf die Suche gehen, denn wenn die Frauen, die Mallory, wie sie sagt, in diesem Karnickelloch gehört und gesehen hat, noch am Leben sind, bleibt ihnen nicht mehr viel Zeit. Ich muss noch in den Spiegel schauen können, Zo, wenn das alles hier vorbei ist.»

«Ich hab's kapiert. Aber du kannst nicht jedes Kind retten, das vermisst wird, Shep. Und du kannst nicht einfach abhauen und einer völlig aussichtslosen Spur hinterherjagen, kapiert?»

«Dann vergeude ich eben meine Zeit. Währenddessen tickt die Uhr. Und wenn ich auf der Suche nach diesen Frauen mit einem Megaphon durch die verdammten Wälder hier laufen muss, dann mache ich das, verflucht noch mal. Gib mir ein paar Informationen, Zo. Wenn du mir schon keine Verstärkung schickst, gib mir wenigstens ein paar Informationen. Und wenn ich nicht mehr auftauchen sollte, weißt du jetzt, wo ich zuletzt war. Vielleicht schickst du dann ja doch noch wen, der nach mir sucht», hatte Bobby geblafft.

Damit hatte er das Gespräch beendet und das Handy auf den Beifahrersitz geworfen. Es war sinnlos, noch jemanden anzurufen.

Bobby hatte die Stelle, deren Koordinaten Zo ihm geschickt hatte, mit einem großen roten Punkt auf der Karte markiert, dann Google Earth geladen und das Satellitenbild studiert. Wenn er doch nur mehr Zeit hätte, mehr Leute, mehr Augen und mehr Köpfe, die sich mit der Sache befassten, könnte er das Ganze sicher viel besser angehen als jetzt, wo er drauf und dran war, von einer völlig verlassenen Straße aus in den Wald zu marschieren. Noch dazu mit einem traumatisierten, verletzten Vergewaltigungsopfer und einem Cop aus Florida, der noch grün hinter den Ohren war und wahrscheinlich immer noch nicht recht wusste, wo er eigentlich sein Holster trug. Wenn man bedachte, dass die Suche nach einer Falltür im Wald ähnlich aussichtsreich war wie die

Suche nach der berühmten Nadel im Heuhaufen, benahm er sich schlimmer als der letzte Dilettant. Aber er hatte keine Zeit mehr und würde, wie Zo ihm überaus klargemacht hatte, auch keine Verstärkung bekommen. Was er vermutlich bekommen würde, war die fristlose Entlassung, sobald die Jungs von der Taskforce erst mal anfingen, Alarm zu schlagen, weil er sich in ihren Fall eingemischt hatte. Selbst wenn das Ergebnis sich als Erfolg erweisen sollte, die Strafe würde mit Sicherheit hart ausfallen.

«Na dann los», sagte Bobby schließlich. Es hatte keinen Sinn, sich den Kopf darüber zu zerbrechen, was passieren würde, wenn diese Unternehmung nicht zu einem Happy End führte. «Es ist noch ungefähr sieben Stunden lang hell. Das ist nicht gerade viel Zeit. Wir gehen einfach so weit rein, wie wir können.»

«Kommt denn wirklich keine Verstärkung?», fragte Mallory.

Bobby schüttelte den Kopf. «Kannst du wirklich laufen?»

Sie nickte. «Es wird schon gehen. Machen Sie sich um mich keine Sorgen. Ganz im Ernst.»

Und damit marschierten die drei in die Wälder von Southwest Georgia hinein, um nach dem Weg zu suchen, der sie hinab in die Hölle führen sollte.

70

ZO DIAS: Habe die Gegend mal gecheckt. 154 registrierte Sexualstraftäter in Bainbridge. 53 in Brinson, 16 in Fowlstown. In Decatur County insgesamt: 291. Werden derzeit alle überprüft inkl. Gegencheck mit Anträgen auf Jagderlaubnis @ Georgia Department of Natural Resources und Georgia Fish & Wildlife. Check der privaten Verpachtungen läuft auch, allerdings keine Unterlagen beim DNR vorhanden. Checke Pächter auf LandtoHunt.com inkl. Gegencheck mit Liste bekannter Sexualstraftäter. Muss evtl. einzelne Eigentümer anrufen & fragen, ob sie Grund verpachten, aber wenn dein Kerl Pächter ist & davon erfährt, schreckt ihn das sicher auf. Damit warte ich, bis ich von dir höre. Versuche auch, Spano Liste mit POI aus den Rippen zu leiern. Evtl. hat einer von denen Jagderlaubnis. Mache auch Gegencheck mit Leichen, die in Florida gefunden wurden, & Jagdscheinen in Florida. Das Gleiche für Louisiana & Alabama. Evtl. taucht ja Name eines Jägers auf.

POI stand für *Persons of Interest*. Bobby nickte in sich hinein, während er die SMS las. Nun da Zo auf die sechzig zuging, mochte sein athletischer Körper zwar langsam auch an, tja, weniger vorteilhaften Stellen zulegen, doch neben den mächtigen Muskelpaketen, mit denen er fünfundzwanzig Jahre lang sämtliche Verdächtigen, Angeklagten und den Großteil der Kollegen beim Law Enforcement eingeschüchtert hatte, besaß der Assistant Special Agent in Charge in Miami auch einen verflucht hellen Kopf. Bevor er beim Miami Regional Operations Center zur Nummer zwei unter dem Regional Director wurde, war er beim Miami SRT – dem Special Response Team – für die Taktik verantwortlich gewesen. Bobby wusste, dass es ihre fünfundzwanzig Jahre währende Freundschaft war, die Zo dazu brachte, ihm zu helfen. Er wusste, dass sein Boss aufseiten der Mehrheit stand und Mallory nicht glaubte. Und Zo war nicht der Typ, den nachts Schuldgefühle plagten, wenn er einer Spur nicht nachging. Wie viele andere Cops verfügte sein Boss über einen bewundernswerten Mechanismus, um mit dem fertigzuwerden, was er täglich erlebte: Humor. Noch am Ort des abscheulichsten Verbrechens konnte er einen Witz reißen, der selbst das Opfer zum Lachen gebracht hätte. Und wenn der Humor nicht mehr half, den Druck zu lösen, dann taten es ein paar Gläser Whiskey. Aber wenn das Erschießungskommando des FDLE damit anfing, die Verurteilten aufzureihen, sobald die Geschichte hier erst mal vorbei war, konnte man nicht ausschließen, dass sie auch Zo auffordern würden, neben Bobby Aufstellung zu beziehen und in die Gewehrmündungen zu blicken. Wahrscheinlich würde er selbst dann noch einen Witz reißen.

BDEES: Uns hilft alles weiter, Kumpel. Lass nicht locker.
Sind jetzt ca. 5 km hinter Funkmast, Richtg
NNO. Hoffen, noch was zu finden, bevor es
dunkel wird. Hier sind meine Koordinaten.

Das Tolle am iPhone war die Funktion, mit der man seinen aktuellen Standort versenden konnte. Mit einem einzigen Fingertipp schickte er seine exakten GPS-Daten per SMS an Zo.

Bobby blieb stehen und sah sich um. «Kommt dir hier irgendwas bekannt vor?», fragte er Mallory erneut. Doch er kannte die Antwort bereits, nicht nur von einem Blick in ihr Gesicht, sondern weil er selbst mittendrin stand – ein Baum sah aus wie der andere. Der Pfad, den sie von der Straße aus gefunden hatten, hatte vor etwa anderthalb Kilometern einfach aufgehört und sie direkt ins Dickicht des Waldes entlassen. Bobby hatte keine Ahnung, ob sie sich auf privatem oder öffentlichem Grund befanden – was vermutlich gut war. Aber ohne den funkelnagelneuen Kompass in seiner Hand wüsste er wahrscheinlich nicht einmal, in welche Richtung sie gingen.

So oft hatte Mallory diese Frage schon mit «Nein» beantwortet, dass sie jetzt nur mehr den Kopf schüttelte. Und Colton, tja, Colton sagte überhaupt nichts mehr. Vor etwa dreißig Minuten hatte er das Sprechen gänzlich eingestellt. Vermutlich dämmerte dem Burschen gerade, wie kurz seine Karriere beim Tallahassee PD ausfallen und wie sauer seine gesamte Verwandtschaft auf ihn beim nächsten Beck'schen Familientreffen sein würde. Wahrscheinlich überlegte er auch, welche Laufbahn er mit einem Anthropologiestudium noch würde einschlagen können, denn jedes Mal, wenn Bobby einen Blick zu ihm hinüberwarf, schaute der Junge düsterer drein.

Gott, er wurde wirklich langsam alt. Die fette 50 stand in wenigen Monaten bevor, und er bezeichnete fünfundzwanzigjährige Männer im Stillen als «Jungen» und «Burschen». Herrje. Er machte sich eine gedankliche Notiz, dass er LuAnn bitten musste, die Überraschungsparty nicht zu schmeißen, mit deren Planung sie, wie er wusste, längst begonnen hatte.

Als sie losgegangen waren, war es kurz nach elf gewesen.

Zu dem Zeitpunkt stand die Sonne hoch an einem wolkenlosen blauen Himmel, hell und blendend, und anfangs bekam man gar nicht mit, wie sie weiter nach Westen wanderte. Mehr Sorgen bereiteten Bobby die unheilvollen dunklen Wolken, die sich aus dem Nichts heraus auftürmten. Zuerst hatte er befürchtet, es könne regnen. Das tat es nicht. Doch als die Sonne endlich wieder aus der dicken grauen Wolkensuppe hervorbrach, war sie nicht nur weniger hell und blendend als zuvor, sie war auch erkennbar weitergewandert.

Sein Optimismus machte immer mehr einem Gefühl der Resignation Platz. Sie konnten ihre Suche unmöglich nachts fortsetzen. Hier draußen in den Wäldern festzuhängen, wo ihr Vergewaltiger sich womöglich in der Dunkelheit versteckte, könnte zu viel sein für Mallory. Bobby war kein Seelenklempner, aber selbst er wusste, dass der menschliche Verstand nur ein bestimmtes Ausmaß an Schrecken aufnehmen konnte, bevor er dichtmachte. Nein. Sie durften sich hier auf keinen Fall von der Nacht überraschen lassen. Sie mussten darauf achten, dass ihnen genug Zeit blieb, zurück zu den Autos zu kommen, ehe die letzten Minuten des Tageslichts hinter dem Horizont versickerten und die Vampire anfingen, sich in ihren Särgen zu rühren.

Er sah auf die Uhr. Drei Uhr dreißig. Beinahe wollte er schon rufen, dass es langsam Zeit werde, umzukehren, als Mallory plötzlich den Mund aufmachte. Es war so lange her, dass irgendwer überhaupt etwas gesagt hatte, dass es sich anhörte wie ein Schrei, obwohl es in Wirklichkeit das genaue Gegenteil davon war. Es war ein Flüstern, gerade laut genug, um das Säuseln des Windes durchs Eichenlaub zu übertönen. Er blickte zu ihr hinüber und sah, dass sie abrupt stehen geblieben war und in eine Richtung deutete. Ihre Hand und ihr Arm zitterten ebenso heftig wie ihre Stimme.

«Da drüben», wiederholte sie. «Jetzt erkenne ich es. Da drüben ist es …»

71

«Hier hast du geschlafen?», fragte Colton ungläubig und steckte den Kopf in die dunkle kleine Höhle unter zwei riesigen umgestürzten Kiefern. Innen lag die Tarnabdeckung des Hochsitzes.

«Kommt drauf an, was man so schlafen nennt, aber ja, ich hab's versucht. Ich habe die dicke Abdeckung des Hochsitzes abgenommen und nach unten gezerrt. So konnte ich mich in der ersten Nacht wenigstens ein bisschen warm halten, ich war ja vom Sturz in den Fluss noch ganz durchnässt. Ich hab mich zu einer kleinen Kugel zusammengerollt, bin ja bloß eins neunundfünfzig groß. Die Öffnungen vorn und hinten hab ich mit Blättern und Zweigen abgedeckt. Falls ich hätte weglaufen müssen, egal in welche Richtung, brauchte ich das nur wegzutreten.»

«Ganz schön umständlich. Warum bist du nicht auf dem Hochsitz geblieben?»

«Ich dachte, wenn er mich verfolgt, schaut er da bestimmt als Erstes nach.»

Colton lächelte. «Kluges Köpfchen.»

«Also gut», sagte Bobby. «Was heißt das jetzt, Mallory? Glaubst du, du kannst die Stelle wiederfinden, wo du in den Fluss gefallen bist?»

«Ja. Das war nicht weit von hier. Mir war echt kalt, und ich war hundemüde und musste den Knöchel ausruhen, weshalb ich nicht mehr sehr weit gekommen bin, nachdem ich mich auf dieser Seite aus dem Fluss gezogen hatte.»

Sie humpelte an den umgestürzten Bäumen vorbei, Colton und Agent Dees blieben dicht hinter ihr. Die Schatten waren inzwischen länger geworden.

Dann verdrängte sie die Schmerzen im Knöchel und fing an, so schnell zu laufen, wie sie nur konnte, was vermutlich ebenso qualvoll mit anzusehen war, wie es sich anfühlte. Laut und deutlich hörte sie ihren Herzschlag in den Ohren, doch allmählich wurde er von einem anderen Geräusch übertönt, als würde ein DJ zwei Songs übereinander spielen. Es war das Geräusch von plätscherndem Wasser.

Auch Agent Dees hatte es gehört. «Das ist Wasser! Das ist definitiv Wasser! Heilige Scheiße, Mallory! Wir sind tatsächlich auf dem richtigen Weg!»

«Ich höre es auch!», brüllte Colton.

Mallory versuchte sich ganz auf das Geräusch des Wassers zu konzentrieren. Darauf, es zu finden. Ihm zu folgen. Denn wenn sie es erst einmal gefunden hatte, wenn ihre Füße erst einmal wieder in diesen Fluss oder Bach, oder was immer es war, tauchten – dann, ja, dann wäre sie fast da. Auf der anderen Seite dieses Wasserlaufs, nicht mehr weit entfernt, lag der Karnickelbau. Das Verlies. Die Gruft mit den Lehmwänden, in der es nach Tod stank. Brice Cullens Leiche war vielleicht noch dort unten. Die anderen Frauen – die Fromme, die Klagende, die Flehende, das junge Mädchen, das sie selbst beinahe umgebracht hätte –, sie alle waren vielleicht noch dort unten. Und am Leben …

Als sie sich durch das Gehölz gekämpft hatte und an einer schlammigen Böschung zum Stehen kam, die zu einem Fluss hin abfiel, brach sie zum x-ten Mal an diesem Tag in Tränen aus. Aber diesmal weinte sie nicht aus Verzweiflung oder Angst, diesmal weinte sie vor Freude. Sie wusste jetzt, wo sie war. Und auch wenn sie noch nicht genau wusste, wie sie diese Falltür wiederfinden sollte, aus der sie geklettert war, wusste sie doch, dass sie sich ganz in der Nähe befand.

Und dann verfinsterten sich ihre Gedanken, als ihr wieder einfiel, wer noch in diesem unterirdischen Horrorhaus sitzen und mit dem Klauenhammer auf dem Schoß auf sie warten würde, in einer Kammer voller Werkzeuge.

Aber bevor dieser Gedanke sie lähmen konnte, bevor er sie dazu brachte, umzudrehen oder einzuwilligen, dass sie auf Verstärkung warteten – auf eine Kavallerie, die ja sowieso nicht kam –, bevor die Sonne endgültig hinterm Horizont verschwand und die Suche für die nächsten mindestens zwölf Stunden sinnlos machte, sprang sie zurück in denselben kalten, schlammigen Fluss, der sie schon einmal gerettet hatte, und schwamm auf das andere Ufer zu.

72

«Mallory! Nicht!», schrie Bobby, als er sah, dass sie ins Wasser sprang. Und dann sah er, wie Colton Beck ihr hinterhersprang.

Da war's nur noch einer.

Fassungslos schüttelte er den Kopf und rannte zu der Stelle, an der die beiden eben noch gestanden hatten. Er starrte die steile, aber kurze Böschung zu einem träge dahinfließenden Fluss hinab. Das Wasser sah mehr braun als blau aus und stand ziemlich hoch – einige Kiefern waren vom Wasser umspült, was den Eindruck einer Sumpflandschaft erweckte. Er war sich ziemlich sicher, dass dies der Flint River war, denn Lake Seminole lag weiter südlich, an der Grenze zwischen Florida und Georgia. Bobby entdeckte ein paar Felsen, die das angenehme Geräusch plätschernden Wassers verursachten. Forschend schaute er flussauf- und -abwärts. Nichts als Bäume, so weit das Auge reichte. Keine Häuser, keine Anlegeplätze. Auch am gegenüberliegenden Ufer, auf das Mallory und Colton gerade zuschwammen, erwartete sie dunkler Wald. Dahinter erhoben sich unheilverkündende schwarze Wolken und vervollständigten die bedrohliche Kulisse.

Den ganzen Tag über hatte er sich nun schon wie ein verdammter Dilettant verhalten. So ging er normalerweise nicht vor. Zwar gehörte er nicht zu den Typen, die immer alles unter Kontrolle haben mussten, aber in der Regel handelte er auch nicht aus dem Bauch heraus, der im Übrigen gleich pitschnass sein würde.

Der Fluss war an dieser Stelle nicht breit, vielleicht neun Meter bis zum anderen Ufer. Aber wer zur Hölle konnte wissen, was da im dunklen Wasser so rumschwamm? Was da unten so wohnte?

Er hatte keine Zeit, noch länger darüber nachzugrübeln, und das war gut so. Rasch schickte er Zo seine GPS-Daten, dann machte er noch ein paar Fotos und schickte sie zusammen mit einer kurzen SMS hinterher:

BDEES: Gleich wird's nass. Schick alle an diese Koordinaten, ASAP. Jeden, den du kriegen kannst. Wir sind nah dran. Sie hat die Stelle gefunden, wo sie geschlafen hat. Überqueren jetzt Flint River (?), um dieses Karnickelloch aufzuspüren.

Er drückte auf «Senden» und wartete, um sicherzugehen, dass die Nachricht auch wirklich übertragen wurde. Dann zog er Wanderschuhe, Socken, Hemd und Jacke aus und warf alles zusammen mit dem Handy und seiner Waffe in seinen Rucksack. Den hatte er sich bei Dick's Sporting Goods gekauft, nachdem ein Angelausflug auf Zos Boot damit geendet hatte, dass sein Handy nass war und sie ans Ufer zurückgeschleppt werden mussten. Er konnte nur hoffen, dass das Ding auch wirklich wasserdicht war, denn wenn nicht, waren sie alle vollkommen am Arsch.

Und dann sprang er selbst in den schlammigen Fluss.

73

Sie schafften es alle drei ans andere Ufer. Völlig durchnässt, aber unversehrt.

«Ich will dich ja nur ungern kritisieren, Mallory, aber was zum Teufel hast du dir gedacht?», fragte Bobby, als sie an der Böschung hockten.

«Ich musste ans andere Ufer kommen, bevor die Sonne untergeht.»

«Und da hättest du nicht noch ein oder zwei Minuten warten können, um deine Klamotten in den Rucksack zu schmeißen? Uns kurz Bescheid zu geben, dass du da jetzt reinspringen wirst? Das gilt auch für Sie, Colton. Was sollte das? Nicht mal die Schuhe? Ihre Jacke?»

Kleinlaut zuckte Colton die Schultern. «Als ich sie reinspringen sah, habe ich einfach reagiert, ohne nachzudenken, das war reiner Reflex. Ich dachte, ihr wäre was passiert.»

«Reiner Reflex? So was sollten Sie besser nicht in Ihr Vokabular aufnehmen, vor allem nicht, wenn Sie eine Waffe tragen. Die jetzt wahrscheinlich völlig durchnässt ist. Sie sind ein Cop. Denken Sie nach, bevor Sie springen. Großer Gott, das war echt dämlich. Jetzt haben Sie weder Handy noch Waffe. Und ob meine Sachen noch funktionieren, weiß ich auch nicht.»

«Ich habe nicht nachgedacht, Agent Dees», sagte Mallory, die auf die beiden Drachen starrte, die sich seine Arme emporwanden und auf seiner Brust Feuer aus den Nüstern stießen. «Es war meine Schuld. Ich hatte das Gefühl, wenn ich nachdenke, verlässt mich womöglich der Mut. Oder Sie verlangen von mir, auf Leute zu warten, die sowieso nicht kommen, und dann würde ich durchdrehen.»

«Schon gut, jetzt ist es nicht mehr zu ändern», erwiderte Bobby seufzend. «Tja, dann wollen wir doch mal nachschauen, ob wir völlig aufgeschmissen sind oder nur ein bisschen», meinte er und zog den Reißverschluss des Rucksacks auf. In der Erwartung einer Sturzwelle, die ihm wie in einem Cartoon entgegengesprudelt käme, atmete er tief durch. Doch der Rucksack war innen tatsächlich trocken. Bobby zog seine Kleidung und Schuhe hervor und probierte das Handy aus. Es funktionierte.

ZO DIAS: Was soll der Scheiß?
ZO DIAS: Im Ernst? Bist du noch da?
ZO DIAS: Okay. Bin dabei.
ZO DIAS: Wildhüter sind unterwegs. Bin mir nicht sicher, was das alles soll. Bist du noch im Wasser? Warum frage ich dich das überhaupt?

Gerade als Bobby die letzte Zeile gelesen hatte, klingelte das Handy.

«Also gut. Ich gebe zu Protokoll, dass ich verwirrt bin», begann Zo. «Was soll der Scheiß? Wo steckst du?»

«Ich habe dir meine Koordinaten doch gesendet. Irgendwo am Arsch der Welt. Ist ganz hübsch hier», antwortete Bobby mit einem Seitenblick auf die zitternde, blasse Mallory. «Hübsch einsam, aber auf eine gruselige Art.» Er streifte sich das Hemd über den Kopf und fing an, sich die Socken wieder anzuziehen. Seine Jacke gab er ihr.

«Was ist da los, Shep?»

«Wer kommt zu unserer Verstärkung?», gab Bobby zurück.

«Habe ich dir doch schon geschrieben. Die Wildhüter schicken ein paar Leute.»

«*Wildhüter?* Jetzt bin ich wohl dran mit: ‹Was soll der Scheiß?›»

«Bitte sag mir, was ihr drei da draußen treibt. Gib mir eine vernünftige Erklärung, so wie du sie auch in einem Bericht schreiben würdest. Kryptische Botschaften von wegen ‹Gleich wird's nass› reichen da verdammt noch mal nicht aus.»

«Wir sind jetzt auf der anderen Seite des Flusses. Wie gesagt, ich glaube, es ist der Flint. Aber ich bin kein verfluchter Ranger. Die Koordinaten habe ich dir geschickt, und ich schicke sie dir jetzt gleich noch mal, weil wir auf der anderen Seite sind. Mallory hat den Baum wiedergefunden, unter dem sie übernachtet hat. Gefangen gehalten hat er sie aber auf dieser Flussseite. Auf der Seite, wo wir jetzt sind.»

«Bist du dort? Habt ihr die Stelle gefunden, wo er sie gefangen gehalten hat?»

«Noch nicht. Wir gehen jetzt in – wart mal kurz. Bleib dran. Mallory! Bleib stehen! Gib mir noch eine Minute! Verdammt noch mal …»

Sie hatte sich wieder in Bewegung gesetzt, humpelte in den Wald hinein. Bobby bedeutete Colton, ihr zu folgen, was der Junge sowieso schon machte.

«Dann kriegen wir also keine Verstärkung, sehe ich das richtig?», fragte Bobby wütend. «Die glauben ihr immer noch nicht? Und mir glauben die jetzt auch nicht mehr?»

«Du hast dich da auf eine verflucht riskante Sache eingelassen, Shep», erwiderte Zo ruhig. «Ich wünschte, ich könnte dir was anderes sagen. Das FDLE versucht gerade, aus dem schlau zu werden, was oben in Tallahassee passiert ist, und ich kann unsere Jungs nicht über Staatsgrenzen schicken. Georgia … na ja, Georgia ist einfach ein anderes Pflaster. Über deren Behörden oder das FBI kann ich nun mal nicht verfügen, Bobby. Die wollen dich jetzt übrigens auch anklagen, haben aber noch keine Ahnung, weswegen.»

«Wir kriegen keine Verstärkung. Wir kriegen keine Verstärkung! Ich glaub's einfach nicht. Offenbar müssen wir erst den Kopf von dem Kerl auf einem Silbertablett servieren und sie dann auch noch höchstpersönlich durch seinen verdreckten Schlupfwinkel führen, um ihnen seine gesammelten Trophäen zu zeigen, richtig?»

Zo war klug genug, darauf nicht zu antworten. Doch sein Schweigen bestätigte, was Bobby vermutet hatte.

Keiner kam zu ihrer Verstärkung.

Keiner glaubte ihnen.

Sie waren auf sich allein gestellt.

Er steckte seine Glock zurück ins Holster und machte den Reißverschluss des Rucksacks zu.

«Bist du noch dran?», fragte Zo.

«Scheiß doch auf die alle, Kumpel», sagte Bobby, während er sich den Rucksack auf die Schultern schwang. «Ich rufe wieder an, wenn ich seinen Kopf habe.»

74

«Würdest du bitte warten? Das hier ist kein Spiel!», schnaubte Bobby wütend, während sie durch einen Wald stapften, der genauso aussah wie der Wald, den sie auf der anderen Seite des Flusses hinter sich gelassen hatten. «Wir müssen unseren Weg markieren, um sicherzustellen, dass wir hier auch wieder rausfinden. Und wenn ich nicht weiß, wo du bist, kann ich dich nicht beschützen. Du läufst einfach drauflos, ganz allein, und ohne auf uns zu warten.»

Er hatte sich geirrt, als er angenommen hatte, Mallory müsse nach einem fünfstündigen Marsch und dem Bad im Fluss seelisch und körperlich erschöpft sein und er müsse ihr gut zureden, noch ein kleines Stück weiterzugehen. Offenbar pulsierte das Adrenalin immer noch durch ihre Adern. Sie ging schneller als LuAnn auf zwei gesunden Beinen beim Power-Walking.

«Wir müssen schnell weiter», schrie sie zurück. «Es kommt doch sowieso keine Verstärkung.»

«Aber ich bin da», versuchte er. «Das vergisst du anscheinend immer wieder.»

«Und ich bin auch da», rief Colton. «Das vergessen *Sie* anscheinend immer wieder», ergänzte er mit einem wütenden Blick auf Bobby.

«Uns bleibt nicht mehr viel Zeit. Bald geht die Sonne unter», sagte sie. In ihrem Tonfall schwang ein Anflug von Panik mit.

«Halb so schlimm», sagte Bobby beschwichtigend. «Falls nötig, habe ich eine Taschenlampe dabei.»

«Nein! Ich muss den Wald im gleichen Licht sehen wie beim letzten Mal.» Sie senkte die Stimme. «Was, wenn ich mich nicht mehr erinnere? Wenn ich es nicht finden kann?»

Mit ihrer blassen Haut sah sie jetzt aus wie ein Gespenst. Er konnte ihre Zähne klappern hören, war sich aber nicht sicher, ob vor Kälte oder aus Angst.

«Hör zu, Kleine, ich will ehrlich zu dir sein. Ich finde, du hast das ganz großartig gemacht, wie du uns bis hierhergeführt hast. Aber bald ist es nicht mehr hell genug, und wir haben noch einen ziemlich langen Rückweg vor uns. Ich weiß nicht, ob dein Knöchel das weiter mitmacht.» Bobby schüttelte den Kopf. «Gleich morgen in aller Herrgottsfrühe kommen wir zurück, versprochen. Und dann bringe ich auch Verstärkung mit. Ganz egal, was mich das kosten wird, aber ich bringe Verstärkung mit. Und Ausrüstung. Schau dich doch mal an, du bist immer noch pitschnass und musst furchtbar frieren. Wir sind hier in einer … wir sind in einer gefährlichen Lage, Mallory. Aber wir wissen jetzt, wo wir sind, und können mit der nötigen Technik und Ausrüstung wiederkommen und genau orten, wo du warst. Mit dem Sonar, dem Radar, mit Hunden …»

«Das glauben Sie doch selbst nicht. Keiner wird mitkommen! Und Sie können auch niemanden dazu zwingen!»

«Doch, das kann ich», beharrte er. «Ich werde alle dazu bringen, dir zu glauben. Ich sage das jetzt nur ungern, aber wenn wir es nicht wieder zurückschaffen, damit ich meine Leute herführen kann, wird niemand mehr diese Mädchen finden», sagte Bobby scharf. «Verstehst du mich? So kann es nämlich auch ausgehen. Ich hätte es nie so weit kommen lassen dürfen.»

«Nein! Wir dürfen sie nicht im Stich lassen. Wer weiß, was er bis morgen mit ihnen anstellt?», schluchzte sie.

«Callie, du hast alles getan, was in deiner Macht steht. Sogar mehr», mischte Colton sich ein. «Du hast uns bis hierher geführt, und Agent Dees hat recht – ohne Hilfe kommen wir nicht weiter. Vor allem nicht, wenn es erst mal dunkel ist. Du bist verletzt und müde, und du hast vergangene Nacht kaum geschlafen.»

Plötzlich wirbelte sie herum. «Was, wenn er ganz in der Nähe ist, uns zuhört?», fragte sie unvermittelt. «O Gott, was, wenn er weiß, dass wir hier sind?»

«Wie bitte?», fragte Colton verwirrt.

Bobby erkannte, dass Mallory vor ihren Augen die Kontrolle verlor. Nach allem, was sie durchgemacht hatte, war es nur verständlich, dass sie zusammenbrach, und er und Colton, die es unmittelbar miterlebten, mussten sie in die Zivilisation zurück und an einen Ort bringen, wo man ihr helfen konnte. Das hier wurde immer schlimmer. Und er war schuld, weil er sich im Glauben gewiegt hatte, sie drei könnten die Nadel im Heuhaufen finden. Sie könnten überhaupt erst den Heuhaufen finden, in dem die Nadel stecken sollte. Als Mallory anfing, im Kreis zu laufen, nickte er Colton zu. Colton nickte zurück. Auch ihm war der Ernst der Lage klar.

«Er ist nicht hier, Kleines», versuchte Bobby es mit sanfter Stimme. «Mit Colton und mir bist du in Sicherheit. Aber du musst dich ganz dicht bei uns halten.»

Sie schüttelte den Kopf, lief immer noch im Kreis. «Wenn er weiß, dass wir hier sind, bringt er sie um.»

«Callie, er weiß nicht, dass wir hier sind. Und außerdem sind wir noch gar nicht da», probierte es nun auch Colton.

«Wir sind ganz in der Nähe! Hier irgendwo ist es.»

«Du musst dich wieder beruhigen. Du musst mir vertrauen», versuchte Bobby es erneut.

«Er wird sie dazu zwingen, sich gegenseitig umzubringen»,

murmelte sie vor sich hin. «Er muss es gar nicht selber tun. Sie werden es tun!»

«Wovon redest du?», fragte Bobby behutsam, während sich langsam eine grausige Vorstellung in seinem Kopf zu formen begann.

«Ihr Bruder war krank …», fuhr sie fort.

«Wer? Wer war krank?», fragte Colton.

Sie blieb abrupt stehen und blickte die beiden an, Tränen liefen ihr übers Gesicht, die durchnässten, schmutzigen Klamotten klebten ihr am Körper, das kurze blonde Haar war zerzaust. «Er wird seine Werkzeuge gar nicht brauchen. Jedes Mädchen da unten ist seine Waffe, und er ist der Lehrer.»

«Was?» Doch Bobby wollte die Antwort, die er fürchtete bereits zu kennen, gar nicht hören. Trotz der fünfundzwanzig Jahre, die er nun schon die übelsten Verbrecher jagte, die die Gesellschaft zu bieten hatte, war selbst er manchmal noch überrascht, wie bestialisch die Monster sein können, die diese Erde bevölkern.

«Dieses Mädchen, Claudia. Ihr Bruder war krank; er war alles, was sie hatte. Ich hatte den Hammer in den Händen …»

«Callie …», wisperte Colton und versuchte, sie am Reden zu hindern.

«Sie lag da auf dieser Werkbank, auf der immer noch Brice' Hirnmasse klebte. Blickte mit ihren grünen Augen zu mir hoch. Sie sah, sie sah sogar beinahe so aus wie ich. Als würde ich mich selbst anschauen, damals, mit siebzehn.»

Der Wind schwieg, und eine Lautlosigkeit legte sich über den rastlosen Wald, als jedes Lebewesen für einen Augenblick zur Ruhe zu kommen und den Atem anzuhalten schien, in Erwartung des grausigen Geständnisses, das Bobby voller Angst kommen sah.

«Er sagte, ich soll sie umbringen, Agent Dees. Er hat es mir befohlen. Verstehen Sie jetzt?», fragte sie, bevor ihre schmalen Schultern nach vorn sackten und das Schluchzen ihre Worte übertönte.

Aber nichts davon konnte er verstehen. Und das würde er wohl auch nie.

75

Diesen Teil der Geschichte hatte sie sich geschämt, Colton zu erzählen. Sie hatte sich geschämt, ihn den Ermittlern in Georgia oder den Leuten vom FBI oder Agent Dees, heute Morgen in ihrer Wohnung, zu erzählen. Dass sie es beinahe getan hätte. Dass sie, und selbst wenn es nur eine Sekunde lang gewesen war, erwogen hatte, einen Menschen umzubringen, nur um ihr eigenes Leben zu retten.

«Ich hab's nicht getan. Ich konnte es nicht», schluchzte sie. «Aber ich habe daran gedacht, und das macht mich zu einem ebensolchen Menschen wie ihn, oder etwa nicht? Wer sonst würde jemals darüber auch nur nachdenken? Wer würde es auch nur für eine Sekunde in Erwägung ziehen?»

«Jeder, der Todesangst hat», sagte der Special Agent bestimmt und nahm ihr kleines Gesicht in seine Hände. «Jeder, der keine Wahl hat. Aber du hast es nicht getan. Du sagst, du hast ihn mit dem Hammer angegriffen. Und das bedeutet, dass du das Mädchen gerettet hast.»

Niedergeschlagen schüttelte sie den Kopf. «Nein. Ich habe mich gerettet. Ich bin weggerannt. Und habe sie dort …»

«Wärst du dort geblieben, wäret ihr jetzt beide tot. Oder an einem Ort eingekerkert, von dem niemand wüsste, wo er ist. Außerdem haben wir keine Ahnung, was er mit Claudia gemacht hat; sie kann ebenso gut noch am Leben sein, und dann *hast* du sie gerettet. Wir sollten optimistisch sein.»

Wieder schüttelte sie den Kopf. «Er raste vor Wut – auf sie, aber auch auf mich. Er war verrückt vor Wut, weil ich seine Befehle nicht befolgt habe. Ich glaube, dass er sie allein aus Raserei über mich umgebracht hat. Oder eins der anderen Mädchen dazu gezwungen …» Ihre Stimme erstarb, als sie sich daran erinnerte, wie er sie gezwungen hatte, den Vorschlaghammer mit beiden Händen zu packen und hoch über den Kopf zu heben. Würde sie diese Gedanken jemals wieder loswerden?

Agent Dees nahm sie fest in die Arme. «Das hier ist zu viel für dich. Du solltest eigentlich noch im Krankenhaus sein und nicht hier draußen in der Wildnis. Das ist ein Psychopath und Sadist, der den Mädchen und dir schreckliche Dinge angetan hat. Nichts davon ist deine Schuld, Mallory.»

Noch immer schluchzend machte sie sich los. Ganz gleich, was Agent Dees auch sagte, ganz gleich, wie sehr sie sich auch wünschte, von ihm gehalten zu werden und zu hören, dass alles wieder gut würde, dass er sie beschützen würde, sie musste in dieses Verlies zurück. Und zwar so schnell wie möglich. «Wir müssen weitersuchen», sagte sie und wischte sich die Tränen ab. «Wir haben noch etwas Zeit; es ist noch nicht zu spät!»

Wieder fing sie an, einer unsichtbaren Kreisspur zu folgen, wobei ihre Blicke in alle Richtungen irrten, um diesen einen glänzenden Kieselstein zu entdecken, den sie vielleicht fallen gelassen hatte und der ihr verraten würde, dass es wärmer wurde.

Agent Dees sah auf die Uhr. «Mallory …», setzte er an. «Wir sollten nicht hier draußen im Dunkeln rumlaufen.»

«Um wie viel Uhr geht die Sonne unter? Wissen Sie das?», fragte Colton ruhig.

«Fünf Uhr siebenundvierzig. Und jetzt ist es zehn vor vier», erwiderte Bobby.

«Sie haben recht», hörte sie Colton sagen. «Wir müssen uns

auf den Rückweg machen. So wie's aussieht, müssen wir sowieso schon ein Stück im Dunkeln laufen.»

«Wie sollen wir sie nur dazu bringen, mitzukommen?», flüsterte er dann Bobby zu. Sie spürte, dass er sie dabei beobachtete, wie sie ihre Kreise zog. «Mann, was für eine Scheiße», fuhr er leise fort. «Morgen früh bin ich wieder hier, Dees, mit oder ohne Polizeimarke. Und Gott sei seiner Seele gnädig, wenn ich diesen Hurensohn zuerst finde ...»

«Mallory!», rief Bobby plötzlich.

Aber sie war schon aus ihrem Kreis ausgebrochen, ignorierte die Rufe und steuerte auf eine zugewucherte Stelle in etwa zehn Metern Entfernung zu, wo ein riesiger, alter, umgestürzter Baum lag. Mit bebenden Händen kniete sie sich neben einen Strauch. Doch diesmal zitterte sie weder vor Kälte noch vor Angst. Sie zitterte vor Aufregung.

«Mallory! Wo steckst du?», hörte sie Agent Dees rufen.

Sie stand wieder auf und schwang einen glänzenden Klauenhammer aus Stahl über dem Kopf. «Gleich hier drüben!»

76

Sie stand da, mit dem Hammer in der Hand, und starrte auf seine zweizahnige stählerne Klaue hinab. Den Hammer hatte sie ganz vergessen. Sie musste ihn fallen gelassen haben, nachdem sie aus der Falltür geklettert war. Der Kopf aus Stahl wies tiefe Kratzer auf, vor allem auf der Seite mit der Klaue. Unwillkürlich dachte Mallory daran, was die Forensiker wohl finden würden, wenn sie einen Abstrich davon machten, ihn eingehend untersuchten und unters Mikroskop legten: Winzigste Blutspuren? Menschliches Haar? Körperflüssigkeiten? Vielleicht alles zusammen? Vielleicht von mehr als einem Menschen? Am liebsten hätte sie sich übergeben. Sie spuckte aus, um den schrecklichen Geschmack im Mund loszuwerden, und widerstand dem Drang, den Hammer so weit von sich wegzuschleudern, wie sie nur konnte. Sie hatte ihre Brotkrume gefunden, ihren glänzenden Kieselstein, der sie geradewegs zurück in die Werkstatt des Teufels führen würde. Sie stoppte die Gedanken an all die fürchterlichen Dinge, die der Hammer in seinen Händen angestellt haben mochte. Für sie war er ein Glückstreffer.

Sie ignorierte die Rufe von Agent Dees und drehte sich um, genau wie sie es an jenem Tag gemacht hatte, in die Richtung, wo der Teufel mit den Reißzähnen gestanden hatte. Er hatte da gestanden in der Tarnjacke, den Reißverschluss bis obenhin zugezogen, und der Schürze, diese Mischung aus Hammer und Axt in der Hand. Nur die Maske war verschwunden – als sie ihn die

Stufen hinuntergekickt hatte, hatte sie ihm die Maske vom Kopf getreten. Doch sein Gesicht hatte im Schatten gelegen. Sie hatte geglaubt, er würde ihr hinterherjagen, ihr mit seinem sauren Atem ins Ohr keuchen, aber er war verschwunden. Die Frage war nur, wohin? Er musste dorthin zurückgekehrt sein, wo er hergekommen war. In die Hölle. Der Teufel war wieder in die Hölle hinabgefahren.

Einen Augenblick lang stand sie nur so da und nahm das Bild in sich auf. Und da fiel ihr auf einem Baum in etwa fünfzehn Metern Entfernung dieser rote Spritzer ins Auge, der aussah wie ein Farbklecks. Jetzt erinnerte sie sich, dass derselbe Spritzer gleich hinter seinem Kopf gewesen war, als sie zu ihm hinübergestarrt hatte. Lange Schatten hatten sein Gesicht in Streifen geschnitten und unkenntlich gemacht, aber sie hatte auch so gewusst, dass er wütend war. Sehr, sehr wütend.

Sie zwang sich zu blinzeln, und das furchteinflößende Bild verschwand. Etwas hatte sich verändert. Der Wald, der zu ihrer Verzweiflung vor fünf Minuten noch so ausgesehen hatte, wie er es vermutlich überall in Georgia tat, kam ihr plötzlich vertraut vor. Die frisch duftenden Kiefern, die bunt leuchtenden Eichen und Ahornbäume wirkten auf einmal so unheimlich und düster wie der verwunschene Wald in *The Blair Witch Project.* Als wären sie Komplizen, Zeugen so vieler grauenvoller Dinge, die Stillschweigen bewahrten, ja sogar einen lockenden Frieden vortäuschten. Ihre Rückkehr hierher war unvermeidbar gewesen, die Rückkehr an diesen Ort, der nie vorgehabt hatte, sie jemals gehen zu lassen.

Eigentlich sollte sie sich fürchten, sollte Todesangst haben. Eigentlich sollte sie von Agent Dees und Colton verlangen, sie weit weg von diesem trostlosen Ort zu bringen, wo man ihr unaussprechliche Dinge angetan hatte, ihr und den anderen Frauen.

Aber sie tat es nicht.

Sie fürchtete sich, ja. Und sie hatte Angst. Aber es würde keine Verstärkung kommen, kein Marine würde sich aus einem Hubschrauber herabseilen und sie hier rausholen. Und selbst wenn einer käme, sie würde nicht mitkommen. Ihr Platz war hier. Nur hier konnte sie Erlösung finden.

Sie hätte schwören können zu riechen, wie der Gestank nach Tod, nach verwesendem Fleisch, mit jedem Schritt, den sie auf den roten Fleck zuging, stärker wurde. Als würde er durch den Waldboden emporwachsen, wie Gras. Vielleicht war es ja genau das, was er mit Brice und den anderen gemacht hatte: sie als Dünger verwendet. Ihre Beine schlotterten so stark, dass selbst ihr Kopf zitterte und alles, was sie sah, auf- und niedertanzen ließ. Es war der Geruch von Brice, den sie jetzt wahrnahm, der Geruch seiner Leiche, die auf der Werkbank lag und die der Hammermann dann an diesen Haken hängte, bevor er die Kettensäge hervorholte …

Mit aller Macht drängte sie die Erinnerung zurück. Jetzt hatte sie nur noch ein Ziel im Kopf. Agent Dees und Colton, die hinter ihr herkamen, hörte sie schon gar nicht mehr. Sie lief einfach weiter, setzte einen Fuß vor den anderen, bis sie nach unten blickte und das Ende eines Seils sah, das unter einem sorgsam an diese Stelle gesetzten Strauch hervorlugte.

Und da wusste sie, dass sie die Pforte zur Hölle tatsächlich wiedergefunden hatte.

77

«Rühr dich nicht», wisperte Bobby ihr zu, den Finger an die Lippen gelegt. «Und keinen Mucks.» Er hatte die Waffe gezogen.

Sie nickte und deutete auf das Seil.

Seine Blicke folgten ihm bis zu der Stelle, wo es sich unter dem Strauch verbarg. Er bückte sich und schob den Strauch vorsichtig beiseite. Der bewegte sich – mit Wurzeln und allem Drum und Dran. Die Falltür befand sich direkt darunter.

Den Finger weiterhin an den Lippen, bedeutete er ihr, zu der Stelle zurückzugehen, wo er Colton angewiesen hatte zu warten. Als sie weit genug entfernt war, steckte er die Waffe wieder ins Holster und holte das Handy hervor. Schnell schoss er ein paar Fotos und drehte ein kurzes Filmchen. Das Ganze schickte er mit einer SMS und seinen GPS-Daten an Zo.

BDEES: Haben's gefunden. Kein Witz. Ist unter
der Erde. Du musst sofort das Büro vom
Sheriff in Decatur, Wildhüter, Jungs vom
FBI, D'Arnis, Spano & Williams alarmieren.
Alle. Bin nicht sicher, ob Hammermann da.
Brauche Krankenwagen und Spurensicherung.
Unterhändler für Geiselnahme.
Sondereinsatzkommando.

Bevor er die letzte Zeile tippte, sah er sich noch mal um.

BDEES: BRAUCHE SOFORT VERSTÄRKUNG. KEIN FALSCHER ALARM!

Er drückte auf «Senden». Während er zusah, wie der blaue Balken über den oberen Bildschirmrand seines Handys kroch, rann ihm der Schweiß, der sich auf seiner Stirn angesammelt hatte, in die Augen, und er musste blinzeln. Eine halbe Ewigkeit lang blieb das Wort «Senden» auf dem Bildschirm hängen. Bobby biss sich auf die Unterlippe. Endlich hatte der blaue Balken es geschafft.

Er ging zurück zu Colton und Mallory. «Gut. Wir haben's gefunden. Jetzt warten wir auf Verstärkung», sagte er ruhig und wählte dabei Zos Nummer. «Ich hab Bilder gemacht. Wir haben Beweise.»

«Ich kann's nicht glauben, dass du uns hierher geführt hast», sagte Colton. Er streckte den Arm aus und griff nach ihrer Hand. «Ich bin so stolz auf dich. Geht es dir auch gut? Du zitterst wirklich ziemlich stark …»

«Die anderen Frauen», flüsterte Mallory. «Was ist mit denen?»

«Wir warten», sagte Bobby. «Punkt, aus. Wir warten genau hier. Vielleicht hat er Fallen aufgestellt, vielleicht hockt er da unten und lauert nur darauf, dass wir runterkommen.» Während er darauf wartete, dass Zo abhob, suchten seine Blicke die Baumwipfel ab. Das Klingeln dauerte länger als normal. Kein gutes Zeichen. «Vielleicht hat er sogar Kameras hier draußen montiert oder irgendwelche Bewegungsmelder. Wir sitzen hier wirklich auf dem Präsentierteller, selbst mit dem ganzen Laub an den Bäumen. Das hier ist sein Revier. Ich hoffe nur, wir haben ihn nicht aufgeschreckt, wenn er zu Hause ist. Nicht, bevor Verstärkung da ist.» Er warf einen Blick auf sein Handy. Anruf fehlgeschlagen.

«Was ist denn da vorn?», fragte Colton Bobby. «Was haben Sie fotografiert?»

«Eine Falltür», antwortete Bobby. «Er hat sie unter einem losen

Strauch und etwas Gestrüpp versteckt. Da ist ein Seil, und wenn man den Strauch wegschiebt, sieht man den hölzernen Riegel, den er angebracht hat, um die Tür von außen zu verschließen, damit niemand weglaufen kann, wenn er nicht da ist. Ich gehe davon aus, dass es keinen anderen Eingang gibt. Der Riegel ist nicht vorgeschoben.»

«Wenn man die Falltür aufmacht, was kommt dann?», fragte Colton Mallory. «Was erwartet einen darunter?»

Sie schüttelte den Kopf. «Ich weiß es wirklich nicht, da unten war alles stockdunkel. Da waren Stufen, Stufen aus Holz, die irgendwie in dieser Lehmwand verankert sind.»

«Wie viele?»

«Hm, sechs vielleicht. Es können auch acht gewesen sein.»

Colton nickte. «Okay. Es handelt sich also wahrscheinlich um einen etwa drei Meter tiefen Einstieg. Was kommt am Ende der Stufen?»

Mallory fing an, so heftig zu zittern, dass es aussah, als hätte sie Krämpfe. Sie konnte die Frage nicht beantworten.

«Schon gut, schon gut. Denk nicht an ihn, Kleine», sagte Bobby mit sanfter Stimme. «Du bist jetzt in Sicherheit. Wir sind bei dir. Beschreib einfach nur den Grundriss. Als müsstest du einem Blinden helfen, sich da unten zurechtzufinden. Damit wir den anderen Cops und den Jungs vom Special Response Team …»

Im selben Augenblick ertönte ein gedämpfter, qualvoller Schrei. Es hörte sich an, als komme er … direkt aus dem Waldboden.

Mallory presste sich die Hände auf die Ohren.

«Wir müssen da rein!», bellte Colton.

Bobby schüttelte den Kopf. «Nicht ehe wir Verstärkung haben. Das ist zu riskant. Zu gefährlich.»

Colton zog seine Waffe hervor. «Ich gebe Ihnen Deckung. In der Ausbildung war ich Schützenkönig. Ich weiß, was ich tue.»

«Ist das Ihre Dienstwaffe?», fragte Bobby.

«Nein. Das ist meine eigene. Ist das nicht völlig egal? Es ist eine Waffe.»

«Stimmt. Aber Sie sind gerade durch einen verdammten Fluss geschwommen, mein Junge.»

«Das ist eine Glock. Die funktioniert immer», sagte Colton und stand auf.

Da ertönte wieder ein gedämpfter, schriller Schrei.

«Wir haben keine Zeit mehr, Dees», sagte Colton.

«Das könnte eine Falle sein.»

«Das könnte eine Frau sein», beharrte Colton.

Bobby sah zu Mallory hinüber, die noch immer die Hände auf die Ohren gedrückt hielt und auf den Boden starrte. Ihr Zustand verschlimmerte sich zusehends. Das alles war zu viel für sie. Noch einmal wählte er Zos Nummer – Anruf fehlgeschlagen. Und noch einmal. Wieder das Gleiche.

Auch wenn er damit eigentlich nicht recht haben wollte, wusste Bobby, was los war. Der Hammermann war zu Hause, und irgendwoher wusste er, dass sie hier waren. Wahrscheinlich hatte er tatsächlich Kameras auf den Baumwipfeln installiert. Und jetzt störte er die Netzsignale, weshalb die Anrufe an Zo nicht durchkamen. Die Signale zu stören, war leicht – vor allem für einen technikaffinen Psychopathen.

Scheiße, Scheiße, Scheiße. Entscheidungen, die man unter Druck traf, erwiesen sich im Nachhinein meistens als falsch. Bobby wischte sich wieder den Schweiß aus den Augen und erinnerte sich an den schimmeligen Kriechkeller draußen in Belle Glade, in der Nähe der Everglades, wo Picasso seine minderjährigen Opfer gefangen gehalten hatte. Er dachte an den Tag zurück, an dem er das Haus ganz allein gestürmt hatte, statt auf Verstärkung zu warten, weil der Mörder einen Brand gelegt hatte, um ihn hineinzulocken. Wäre die Feuerwehr nicht gerade noch im rechten Moment aufgetaucht, hätten sie nicht ein Fenster eingeschlagen und ihn und die kleine Lainey Emerson rausgezogen, sie wären wohl beide in dem Inferno umgekommen. Aber wenn Bobby nicht ins Haus gerannt wäre, um sie zu retten, wäre Lainey heute definitiv nicht mehr am Leben. Daran bestand kein Zweifel.

Scheiße, Scheiße, Scheiße. Bis hierher hatte er seinen Plan heute Morgen nicht durchdacht, wenn man denn überhaupt von einem Plan sprechen konnte, denn er hatte nicht geglaubt, dass sie es bis an diesen Punkt schaffen würden. Er hatte gehofft, dass Mallory etwas wiedererkennen, dass sie sie in etwa in die richtige Gegend führen konnte. Wenn sie so weit kämen, hatte er gedacht, könnte er die Kavallerie davon überzeugen, zu ihrer aller Rettung herbeizugaloppieren. Ihm ging es nicht darum, der Held zu sein; die Anerkennung und die Schlagzeilen waren ihm egal. Er wollte nur, dass all das so glücklich ausging wie möglich, auch wenn von «glücklich» in diesem Fall keine Rede sein konnte.

Mallory rappelte sich hoch. «Sie müssen sie retten! Er bringt sie um. Er zwingt sie dazu, sich gegenseitig umzubringen. Wir müssen etwas unternehmen! Es kommt doch sowieso keiner. Keiner kommt, Colton!»

Bobby prüfte nach, ob seine Waffe auch geladen war. «Scheiße, Scheiße, Scheiße», murmelte er. «Also gut, das ist der Plan: Ich gehe vor. Colton, Sie geben mir Deckung. Dass meine Waffe funktioniert, weiß ich. Schießen Sie mit Ihrer mal in den Wald, gleich jetzt. Schießen Sie das Magazin einmal leer.»

«Hört er uns dann nicht?», fragte Colton. «Wollten wir nicht versuchen, leise zu sein?»

«Er hat uns schon längst gehört. Er weiß, dass wir da sind. Schießen Sie.»

Colton drehte sich um und schoss sein Magazin ein Mal leer. Die Schüsse hallten zwischen den Bäumen wider.

«Jetzt weiß er, dass wir bewaffnet sind und nicht mit uns spaßen lassen. Und ich weiß, dass Sie mir wirklich Deckung geben können. Machen Sie jede Menge Lärm, wenn wir gleich reingehen, damit es so klingt, als wären wir mehr Leute, als wir tatsächlich sind, kapiert? Er ist da unten im Vorteil, weil er sich in den Gängen auskennt. Außerdem könnte er ein Nachtsichtgerät haben, wenn es da unten so dunkel ist, wie Mallory sagt.» Wieder wischte er sich mit dem Unterarm über die Stirn. «Ich habe kein gutes Gefühl. Ich habe echt ein Scheißgefühl, Leute. Wir sollten auf Verstärkung warten.»

«Da unten schreit jemand», sagte Colton finster. «Was, wenn er sie umbringt, während wir hier draußen rumstehen? Was, wenn er sie alle umbringt?»

Bobby blickte dem Grünschnabel ins Gesicht. Eigentlich sollte er ihm sagen: ‹Dann passiert das eben. Viele Geiselnahmen enden schlimm. Wenn es zu gefährlich ist, reinzugehen, geht man nicht rein. Basta. Das bringt man Polizisten am allerersten Tag bei, mein Junge. Bei einem Zugriff handelt man nie spontan. Man wartet auf Verstärkung.›

Aber die Verstärkung würde nicht kommen. Diesmal galten andere Regeln. Also hielt Bobby den Mund. Außerdem glaubte er selbst nicht, dass er hier oben hocken und, seinen eigenen Rat befolgend, zuhören konnte, wie das oder die Mädchen da unten abgeschlachtet wurden. Ein mit einem Werkzeugkasten bewaffneter Irrer gegen zwei mit Glocks bewaffnete Cops – eine Kugel an der richtigen Stelle würde ausreichen, die Sache zu beenden.

Schließlich nickte er. «Ich weiß nicht, ob er uns beobachtet oder nur gehört hat, wie wir hier auf seiner Gruft rumtanzen, aber wir sollten so viel Lärm machen, als würde eine verdammte Armee seinen Bau stürmen.» Dann wandte er sich an Mallory. «Und du gehst zurück, bevor es vollkommen dunkel ist. Nimm meinen Rucksack. Ich habe die genauen Koordinaten von hier aufgeschrieben und da reingesteckt.»

«Ich kann hier nicht weg …»

«Geh genau den gleichen Weg wieder zurück. Du bist die Einzige, die weiß, wo wir sind und wo die Falltür ist, durch die wir gleich verschwinden. Ich habe meinem Kumpel Zo eine SMS geschickt. Sie wurde noch als gesendet angezeigt, bevor der Hammermann, wie ich vermute, das Signal gestört hat. Hoffen wir, dass Zo darauf reagiert.»

«Er hat Ihnen nicht geantwortet?», fragte sie schrill.

Bobby schüttelte den Kopf.

Wieder ertönte ein Schrei.

Bobby schob den Rucksack zu Mallory hinüber. «Los jetzt, beeil dich. Hier wird ja hoffentlich jeden Moment ein ganzes Geschwader auftauchen. Ich vertraue meinem Freund. Er wird Verstärkung schicken. Ganz sicher.»

Er wartete, bis Mallory sich eilig auf den Rückweg durch den Wald gemacht hatte, dann liefen er und Colton mit gezückten Waffen zu dem losen Strauch. Bobby fegte das Gestrüpp mit dem Fuß beiseite, zog die Falltür mit Hilfe des Seils hoch und starrte in das schwarze Loch hinab. Für den Bruchteil einer Sekunde sah er LuAnn vor sich, seine wunderschöne Frau, die seinen Job genau wegen Augenblicken wie diesem so hasste. Dann schob sich das schmutzige, müde, tränenverschmierte Gesicht seiner Tochter Katy davor, wie sie am Busbahnhof von New Orleans in einer Ecke auf dem Boden hockte, die dürren Beine an den schmalen Brustkorb gezogen, und darauf wartete, dass er kam und sie rettete.

Er nickte Colton zu und sprang mit den Füßen voran in den Karnickelbau.

78

«Polizei!», brüllte Bobby, kaum dass seine Füße den Lehmboden berührten. «FDLE und FBI!» Das Licht, das durch die offene Falltür kam, sickerte in einen Gang mit Wänden aus Lehm. Er leuchtete mit der Taschenlampe an die Decke. Sie war mit Holzplanken verkleidet. Hinter ihm befand sich eine Wand. Zu seiner Rechten: eine Wand. Zu seiner Linken: eine Wand. Er war gefangen. Der einzige Weg, der ins Labyrinth hineinführte, war der Gang vor ihm. Die Schreie waren verstummt. Die Stille war ohrenbetäubend.

Plötzlich summte sein Handy.

Die Glock weiterhin in der erhobenen Hand, zog er es aus der Tasche. Er hoffte inständig, es möge Zo sein, doch gleichzeitig wusste er, dass dies nicht der Fall war.

Er hatte einen neuen Follower auf Twitter.

> **Ima Hammermann** (via Twitter)
> **Ima Hammermann** (@bloodyhands) **folgt dir jetzt auf Twitter!**
> **Bobby Dees, du hast einen neuen Follower auf Twitter.**

Er klickte die Nachricht an, und das Profil wurde sichtbar. Diesmal zeigte das Bild Maske und Kapuze eines Henkers.

Ima Hammermann @bloodyhands
Kein Job ist zu groß oder zu klein.
Noch immer sieht man mich nicht kommen. Und gehen wird man mich niemals sehen.

Und dann folgte eine Nachricht, ein einziges Wort, das Bobby das Blut in den Adern gefrieren ließ:

BOBBY DEES @BobbyDees
WILLKOMMEN

Die klaustrophobisch engen Lehmwände versetzten ihn in den Kriechkeller von Belle Glade zurück. Sogar der Geruch war derselbe – nach fauligem Holz, Erde, Moder und Tod. In seinem Kopf hallten Laineys gequälte Schreie wider, als er damals versucht hatte, sie in dem Keller zu finden, während der Rauch durch den Holzfußboden über ihnen sickerte. Ihre Schreie hatten genauso geklungen wie die Schreie der Frauen hier unten, die er draußen gehört hatte …

Aber er durfte jetzt nicht auch noch kollabieren. «Also gut, du Wichser!», brüllte er. Er machte ein paar Schritte nach vorn, und hinter ihm landete Colton mit einem dumpfen Aufschlag. «Ich habe deine Nachricht erhalten. Du willst Spielchen spielen? Von mir aus gern.»

«Die Jungs vom FBI sind auch hier!», rief Colton aufgeregt. «Ich hab eben den Hubschrauber gehört!»

Bobby war sich nicht sicher, ob das stimmte oder nur zu ihrer «Wir sind mit einer ganzen Armee hier»-Nummer gehörte.

«Hilfe! O Gott! Helft uns!», kam eine dünne Stimme von irgendwo hinter einer Wand.

«Hier! Hier bin ich! Ich will nach Hause», wimmerte eine andere. Aus einer anderen Richtung.

Es war unmöglich festzustellen, ob die Stimmen echt waren oder vom Band kamen. Bobby konnte nur einen langen Gang mit Wänden aus Lehm erkennen, der sich in etwa vier Metern Entfernung verzweigte.

Da summte sein Handy erneut, leuchtete weiß in der Finsternis auf. Noch ein Tweet.

> **BOBBY DEES** @BobbyDees
> ICH WILL SIE ZURÜCK

Und dann noch einer.

> **BOBBY DEES** @BobbyDees
> DU KANNST DIE HIER HABEN

Dem Tweet war ein Bild angehängt, das Bobby aber nicht öffnete. Für nichts in der Welt würde er jetzt seine ausgestreckte Hand mit der Waffe sinken lassen.

Und noch ein Tweet.

> **BOBBY DEES** @BobbyDees
> #keinPhotoshop
> #Sohabeichwirklichgeschrien ☺

Im selben Augenblick rollte etwas den dunklen Gang herab auf ihn zu.

«Was zur Hölle?», brüllte Colton.

Bobby hielt die Waffe in der rechten Hand, die Taschenlampe in der linken, direkt darunter. Er richtete beides gleichzeitig auf das Ding, das da auf ihn zugerollt kam. Der Strahl der Taschenlampe fing es ein, als es kurz vor seinen Füßen liegen blieb.

Es war Claudia Cobas abgetrennter Kopf.

79

Von da an ging alles rasend schnell.

Noch während Bobby mit offenem Mund und in ungläubigem Entsetzen auf den menschlichen Kopf starrte, der ihn zurück anstarrte, hörte er hinter sich einen Schrei. Zunächst glaubte er, es wäre Colton, dieser Grünschnabel, der etwas so Grausames noch nie gesehen hatte, der dem Verbrechen bislang nur als College Cop in einer Kleinstadt begegnet war.

Dann wurde ihm klar, dass es Mallory war.

«NEIN!», schrie sie und drängte sich an ihm vorbei, stieß gegen seinen Arm, wodurch sich der Lichtkegel der Taschenlampe vom Kopf abwandte. In ihrer Hand hielt Mallory den Klauenhammer, den sie draußen wiedergefunden hatte. «Nimm mich!», rief sie und lief weiter in den Gang.

Eine Gestalt war ihr entgegengetreten. Aus einer Entfernung von etwa vier Metern leuchtete ihnen ein breites Grinsen entgegen. Bobby wusste, dass es eine Schweißermaske war. Vor ihnen stand der Hammermann.

Der Strahl von Bobbys Taschenlampe fing die Tarnjacke ein, die schwarze Schürze. Und die riesige Axt, die in der behandschuhten rechten Hand baumelte. In der anderen Hand hielt er …

«Sofort runter!», schrie Colton direkt hinter ihm. «Callie! Runter!»

«Stopp! Er hat …», brüllte Bobby, der glaubte zu hören, wie der Hammermann hinter seiner Maske etwas rief.

Dann schwang die Axt empor. Mallory stürzte zu Boden.

«Eine Geisel!», schrie Bobby. «Er hat eine …»

Der Knall explodierte direkt neben seinem Ohr. Er war so laut, so gewaltig, dass Bobby, als er gegen die Lehmwand fiel, nichts mehr hören konnte. Der Lichtblitz hatte ihm auch einen Moment lang die Sicht genommen. Er blinzelte zweimal, um wieder klar sehen zu können. Da erkannte er Mallory, die nur wenige Meter vor ihm regungslos am Boden lag.

Im spärlichen Licht sah er jetzt auch noch ein weiteres Mädchen, in Jeans und einem bauchfreien Oberteil. Er wusste, dass sie schrie, während sie verzweifelt versuchte, sich unter dem schweren Leib des maskierten Manns hervorzuwinden. Aber er konnte sie nicht hören. Er konnte überhaupt nichts hören.

Bobby tastete nach seinem Ohr und der Schläfe und fühlte, wie Blut herabströmte. Dann suchte er auf dem Boden nach seiner Glock, die er hatte fallen lassen. Und nach der Taschenlampe.

Benommen griff er nach dem Lichtstrahl, der sich zur Wand hin gedreht hatte. Doch seine Waffe lag nicht daneben. Panisch suchten seine Augen den Boden ab.

Im selben Moment stieg Colton über ihn. Sein Turnschuh durchquerte den Lichtkegel der Taschenlampe. Er lief hinüber zu der massigen, verkleideten Gestalt, die ebenfalls zu Boden gestürzt war und das schreiende Mädchen zum Teil unter sich begraben hatte. Bobby konnte das leuchtende Grinsen auf der makabren Maske sehen. Es grinste ihn an.

Als der Hammermann den Kopf hob und nach etwas tastete, tanzte das schwebende Grinsen wie eine gespenstische Erscheinung durch das Dunkel. Mit der behandschuhten Rechten tappte der Hammermann auf der Suche nach seiner Axt über die schmutzige Erde. Das Mädchen zu seiner Linken versuchte von ihm wegzukommen. Ihr Arm und das Bein, die nicht unter seinem Gewicht begraben waren, ruderten wild durch die Luft.

Bobby griff nach der Taschenlampe und leuchtete den Lehmboden ab. Seine Waffe lag direkt neben ihm. Er hob sie auf und richtete die Lampe gerade noch rechtzeitig auf das Menschenknäuel vor ihm, um zu sehen, wie Colton Beck dem Hammermann die grinsende Maske vom Gesicht trat, mit seiner Glock zielte und abdrückte.

80

Die dumpfige Luft roch nach Schießpulver. Die Sonne draußen war gerade untergegangen, und überall hing der neblige Rauch der Schüsse und erschwerte ihm die Sicht zusätzlich.

Er blickte hinüber zu Colton. Der kniete neben Mallory, die immer noch reglos auf dem schmutzigen Boden lag. Bobby leuchtete mit der Taschenlampe auf sie. Blut lief über ihre Stirn und aus ihrer Nase. Colton zitterte und weinte – er wirkte, als stehe er unter Schock. Auch wenn Bobby ihn nicht hören konnte, erkannte er doch, dass Colton ihm jetzt zuschrie: «Geht's Ihnen gut? Sind Sie verletzt?»

Er schüttelte den Kopf, er wusste noch nicht, dass Coltons erste Kugel ihm ein Stück vom Ohr abgerissen, die Wange gestreift und das Trommelfell zerfetzt hatte.

«Ich glaube, sie ist tot!» Colton sah aus, als brülle er. «Ich glaube, ich habe sie getroffen!»

Wieder schüttelte Bobby den Kopf. «Wo sind die anderen?», versuchte er, doch es hörte sich für ihn so an, als würde er unter Wasser schreien. «Wir müssen hier …»

Wie betäubt stand er auf und taumelte, die Waffe in der erhobenen Hand, hinüber zum Hammermann, der mit dem Gesicht nach oben auf dem Boden lag, die Schweißermaske neben ihm und das leuchtende Grinsen über und über mit Blut und Hirnmasse bespritzt. Streng genommen war «mit dem Gesicht nach oben» keine zutreffende Beschreibung, denn der Mann hatte überhaupt kein Gesicht mehr. Es war einfach weg, ausradiert, wie der Gerichtsmediziner ihnen später erläutern würde, durch die merkwürdige Bahn, die eine der Kugeln aus Coltons Glock, Kaliber .45, genommen hatte. Sie war unterhalb des Kinns in den Schädel eingedrungen und hatte vor ihrem Austritt über der rechten Augenhöhle unterwegs wie ein Dumdumgeschoss jeden einzelnen Knochen zerstört. Der zweite Schuss hatte ihn in jenem Teil des Gesichts getroffen, wo einmal seine Nase gesessen hatte, und ihm den Hinterkopf weggerissen. Bobby trat ihm die blutige Axt aus der Hand, nur zur Sicherheit, falls auch nur die leiseste Möglichkeit bestand, dieses Ding da vor ihm könnte noch einmal zum Leben erwachen.

Eingeklemmt unter der Leiche des Hammermanns lag die junge Frau mit dem bauchfreien Top. Ein Arm und ein Bein waren frei und ruderten wild durch die Luft. Sie schrie, doch ob vor Schmerz oder vor Schrecken hätte er nicht sagen können. Er konnte sie sowieso nicht hören.

«Sind Sie verletzt? Ich bin vom FDLE. Ich bin Police Officer. Sind Sie verletzt?», wiederholte er, während er mit zitternder Hand in alle Richtungen leuchtete.

Vor ihm lagen mindestens zwei Abzweigungen. Ihm war klar, dass es seine Aufgabe war, den Bau jetzt zu durchsuchen, um sicherzugehen, dass sich niemand sonst mehr dort aufhielt und der Hammermann ihnen nicht noch ein paar Geschenke zurückgelassen hatte, Bomben zum Beispiel oder Sprengfallen. Oder, schlimmer noch, weitere Frauen, denen er noch rasch mit seiner Axt einen Besuch abgestattet hatte, bevor er in den Gang getreten war, um sich mit Colton und ihm zu messen. Womöglich waren sie verletzt, lagen im Sterben. Die Gefahr war definitiv noch nicht gebannt.

Er klemmte sich die Taschenlampe unter den Arm und reichte der jungen Frau seine freie Hand. «Ich bringe Sie hier raus», setzte er an, als ihn plötzlich jemand auf den Boden warf, mit dem Gesicht voran in die mit dem Blut des Hammermanns getränkte Erde, und ihm die Waffe aus der Hand trat.

Bobby sah sich von Stiefeln umzingelt. Jemand drehte ihn um, und er wurde kurzzeitig von dem starken Licht aus einem halben Dutzend Taschenlampen geblendet, die alle auf ihn gerichtet waren. Er blinzelte und erkannte die Signalwesten vom FBI und dem SRT des DCSO. Sie brüllten ihm Fragen ins Gesicht, von denen er keine einzige hören konnte.

«Florida Department of Law Enforcement», schrie er zurück. «Ich bin Special Agent Robert Dees! Meine Marke ist hier am Gürtel! Dees! Ich habe Sie gerufen!»

Die Männer nickten, jemand half ihm wieder auf die Beine. Bobby sah zu der Stelle hinüber, wo Colton neben Mallory hockte. Auch sie wurden von Uniformierten umzingelt. Weitere Kämpfer stürmten mit gezückten Waffen in die dunklen Gänge vor ihm.

«Sie wurden angeschossen», formte einer der Jungs vom SRT mit den Lippen. «Ich muss nachsehen, wie schlimm es ist.»

Bobby schüttelte den Kopf, während er zusah, wie die junge Frau, die immer weiter und weiter schrie, unter dem Hammermann hervorgezogen wurde. Ihre Schulter war grotesk verdreht. Das bauchfreie Top war blutbesudelt, das strähnige rotblonde Haar glanzlos und verfilzt, die Augen vor Entsetzen weit aufgerissen.

Immer mehr Leute in Kampfanzügen schienen herunterzukommen. Als Bobby durch die Falltür in die Tiefe gesprungen war, hatte er, basierend auf Mallorys spärlichen Beschreibungen, damit gerechnet, einen unterirdischen Bunker mit vielleicht zwei oder drei Räumen vorzufinden. Langsam dämmerte ihm, dass dieser Bau hier sehr viel größer sein musste.

Inzwischen wurden auch Rettungssanitäter nach unten geführt.

Als Erstes kümmerten sie sich um die junge Frau mit dem verdrehten Arm. Er sah zu, wie sie ihr die Schulter wieder einrenkten, während sie weiter und immer weiter schrie. Dann schickten sie sich an, sie aus dem Karnickelbau nach oben zu bringen. Während sie emporgezogen wurde, schrie sie noch immer. Er fragte sich, ob sie wohl jemals wieder würde aufhören können.

«Mallory Knight», sagte Bobby und versuchte, an den Gestalten im Kampfanzug vorbeizublicken, die um die Stelle herumstanden, wo Colton neben Mallory gehockt hatte. Er sah nur Uniformen. Endlich kehrte nun auch das Gehör in sein unverletztes Ohr zurück, dafür fing es im Kopf an, fürchterlich zu klingeln. «Sie liegt da drüben. Sie braucht einen Arzt.»

«Agent Dees, Sie wurden angeschossen. Sie haben eine Wunde am Kopf. Sie müssen sich setzen, Sir.»

Die Stimme des jungen Rettungssanitäters kam und ging. Mal lauter, mal leiser. Ein paar Worte verstand Bobby, andere wieder nicht. Aber das war unwichtig. Er musste wissen, wie es Mallory ging. Kämpften sie da drüben gerade um ihr Leben?

Währenddessen versuchte ein Mann in der Signalweste des FBI, mit ihm zu reden. «Wir bringen Sie hier raus, Agent Dees … wir haben den Tatort abgesichert … noch ein weiteres Opfer … in einem der hinteren Räume gefangen gehalten … bringen sie jetzt nach oben.»

Einem der hinteren Räume. Wie groß war dieser Bau? Wo war er da reingesprungen? Außer Claudia Coba hatte der Hammermann zuletzt also noch zwei weitere Frauen in seinem Gruselkabinett festgehalten. Beide hatten überlebt.

Das schrille Klingeln ließ ihn vor Schmerz zusammenzucken. Das, und die seltsamen Meldungen, die zu schnell und zu hart auf ihn einprasselten.

«Haben Sie gesehen, was passiert ist, Agent Dees? Haben Sie gesehen, wer auf Sie geschossen hat?»

«Ich wurde angeschossen?», fragte er.

Erste Flutlichter wurden aufgestellt. Er sah nun, dass der Gang viel weiter nach hinten führte, als er anfangs gedacht hatte. Er konnte nicht sehen, wo er endete. Plötzlich fröstelte ihn.

«Ja, Sir. Können Sie mich hören?», fragte der Sanitäter.

Bobby schüttelte den Kopf. «Nicht richtig. In dem Ohr hier klingelt's. Das andere ist taub.»

«Offenbar an der Seite, wo Sie angeschossen wurden», sagte der FBI-Agent.

«Wo führt dieser Tunnel hin?», fragte Bobby und starrte auf die Kompresse, die der Sanitäter ihm gerade von der Schläfe genommen hatte. Sie war blutdurchtränkt. Dann blickte er hinüber zur Leiche des Hammermanns.

«Agent Dees, was ist hier passiert?», fing der FBI-Agent von neuem an, während der Sanitäter ihm mit einer kleinen Lampe in die Pupillen leuchtete.

«Er hat vermutlich ein Schädel-Hirn-Trauma erlitten», meinte der Mediziner.

«Am besten bringen wir ihn hier raus», sagte der Agent. «Das ist ein Tatort. Unsere Leute müssen hier weitermachen können. Kann er die Stufen da hochsteigen, oder wollen Sie, dass wir ihn nach oben ziehen?»

Während die beiden über ihn sprachen, sah Bobby wieder hinüber zu den Uniformierten, die um den Fleck herumstanden, wo Mallory blutend und bewegungslos auf dem Boden gelegen hatte. Da erblickte er Colton. Der junge Cop hockte nicht mehr neben ihr, sondern wurde gerade befragt, ein Stück weiter vorn im Gang. Er sah so verloren aus, niedergeschmettert. In dem Augenblick überkam Bobby ein grässliches Gefühl, es packte seine Eingeweide mit eisernem Griff. Dieses Gefühl kannte er. Er hatte es schon zu oft gespürt, an Tatorten, an denen er sein Bestes gegeben und das nicht ausgereicht hatte. Tatorte, an denen das Böse sich durchgesetzt hatte, noch bevor die Guten heranstürmen und die Lage retten konnten.

Schließlich trat einer der Uniformierten beiseite, und er konnte sie sehen. Sie lag auf einer Trage, drehte den Kopf, so weit es die Manschette um ihren Hals zuließ, und blickte zu ihm herüber. Sie hatte die Augen offen und blinzelte.

Vor Erleichterung und Freude wurde ihm ganz anders. Vielleicht fand diese Geschichte ja doch ein glücklicheres Ende als die Fabel vom Hirtenjungen und dem Wolf.

«Alles okay, Kleine?», formte er mit den Lippen.

Sie nickte. Er sah, dass ihre Augen feucht waren, dennoch brachte sie ein winziges Lächeln zustande.

Dann hoben zwei Rettungssanitäter ihre Trage hoch und brachten sie fort, zu der Falltür, durch die sie zurückkehren würde in die Zivilisation.

81

Eingehüllt in eine Decke blickte sie in den dunklen Nachthimmel, sog gierig die frische Luft ein, während Polizisten und Rettungssanitäter um sie herumschwirrten. Alles war so schnell gegangen, dass sie bisher noch keinen klaren Gedanken hatte fassen können.

Kurz nachdem Agent Dees und Colton in den Karnickelbau eingestiegen waren, hatte sie den Hubschrauber gesehen, der dicht über sie hinwegflog, und gewusst, dass Hilfe kam. Endlich. Sie blieb stehen und winkte dem Helikopter. Von dort kam ein Zeichen, dass man sie gesehen hatte. Da drehte sie sich um und rannte zurück, den Hammer in der Hand.

Es war, als steckte jemand anderes in ihrem Körper. Jemand, der viel tapferer war als sie, der ihren Beinen den Befehl gab, zurückzulaufen, zurück durch die Sträucher und das Gestrüpp und die umgestürzten Bäume. Sie rannte auf ihrem schlimmen Knöchel zurück, so schnell der sie tragen konnte. Auch die Boote hörte sie jetzt kommen. Und irgendwo in der Entfernung heulten Sirenen. Die Kavallerie, wie Agent Dees es genannt hatte, galoppierte heran, bereit für die Schlacht.

Vor der offenen Falltür blieb sie stehen und blickte hinunter. Für den Bruchteil einer Sekunde hielt sie den Atem an. Und dann kletterte sie hinab in diesen finsteren Ort, den sie gehofft hatte, nie wiedersehen zu müssen.

Und dann, als sie sich von der Wand aus Lehm abwandte und

in den unterirdischen Gang schaute, der zum *Raum hinter den Stäben* führte – da sah sie ihn wieder …

Den Hammermann.

Er war hier, wartete auf sie in seinem grässlichen, düsteren Labyrinth. Und auch er wusste, dass sie hier war. Er hatte die Schreie dieser anderen Frauen nach oben gesandt, zu ihr, weil er wusste, dass sie gezwungen wäre, ihnen wie der Flöte des Rattenfängers zu folgen, hinab, zurück zu ihm.

Und deshalb wusste sie auch sofort, was das runde Ding war, das im Schein von Agent Dees' Taschenlampe herangerollt kam. Sie wusste, wer es war – auch wenn sie das Gesicht des Kopfes nicht erkennen konnte.

Der Teufel war bei der Arbeit, hier in seiner Werkstatt.

Er war hier.

Und er wollte sie zurückhaben.

In dem Moment, als sie ihn maskiert mit diesem plump gemalten, leuchtenden Grinsen in den Gang treten sah, stürzte sie sich ihm entgegen, in der wilden Hoffnung, seinen Kopf mit dem Klauenhammer zu treffen, den sie umklammert hielt. Den mit den tiefen Kratzspuren. Die furchtsame, vor Angst gelähmte Mallory, die eine Sekunde lang erwogen hatte, die Arbeit des Teufels für ihn zu erledigen, hatte es nur geschafft, ihn halbherzig mit dem Hammer zu streifen. Jetzt würde sie ihm den verdammten Schädel einschlagen.

Nur dass er eine Axt bei sich hatte. Natürlich hatte sie an die Wand mit den Werkzeugen gedacht und an all die Dinge, die er in den behandschuhten Händen aus dem *Raum hinter den Stäben* mitbringen konnte. Doch sie hatte nicht an eine solch riesige, schwere Axt gedacht, die auf sie herabsausen könnte, wenn sie voller Wut, Angst und Verzweiflung die Worte «Nimm mich!» herausbrüllte.

Sie meinte es ernst. Die Welt da oben wollte sie nicht mehr

zurück, und sie selbst konnte nicht weiterleben mit dem Wissen, schuld an Claudia Cobas Tod zu sein. Sie bat den Hammermann, ihr das Leben zu nehmen, weil sie wollte, dass er es tat. Und das gab ihr die Gelegenheit, ihm nahe genug zu kommen, um zu versuchen, ihm das seine zu nehmen.

Doch die Axt war ein Werkzeug, mit dem sie nicht gerechnet hatte, und als Colton schrie, sie solle sich ducken, tat sie es. Im selben Augenblick, da der Hammermann die Axt emporschwang, um sie zu enthaupten, duckte sie sich weg. Als das stumpfe Ende sie an der Schläfe traf, tat sie, wie Colton befohlen hatte – sie ging zu Boden.

Vielleicht war das ein Segen gewesen, denn so hatte sie das blutige Gemetzel nicht mit ansehen müssen, das folgte. In dieser Hinsicht war ein Schädel-Hirn-Trauma vermutlich eine Gnade. Der Hammermann hatte versagt, und sie hatte überlebt und konnte von ihm erzählen.

Die Rettungssanitäter boten ihr einen Sitz an, um sie darin nach oben zu ziehen, aber sie lehnte ab. Gegen den Rat der Sanitäter stand sie von der Trage auf und kletterte auf wackligen, aber entschlossenen Beinen ganz bewusst Stufe um Stufe die Lehmwand nach oben. Diese Wand, die sie, wie sie jetzt sicher wusste, nie wieder würde sehen müssen. Auf der obersten Stufe streckte sie zögernd eine Hand durch die offen stehende Falltür, unsicher, was sie dort oben erwartete. Mit den Fingerspitzen berührte sie kurz ein wahres Meer aus Händen, die sich ihr alle entgegenstreckten, um ihr zu helfen.

Dann griff jemand fest zu und zog sie mit Schwung nach oben und heraus aus der finsteren Grube, in den blendenden Strahl eines starken Scheinwerfers, der einen ansonsten schwarzen, mondlosen Nachthimmel in zwei Hälften schnitt.

82

Sein Name war Owen Phillips. Man identifizierte ihn mit Hilfe der Fingerabdrücke. Er war ein dreißigjähriger IT-Spezialist, dessen Großvater der Grund gehört hatte, auf dem das «Höllenloch» – wie ein Fernsehkanal es taufte – in die Erde führte. Ursprünglich als externes Munitionslager für das längst zerstörte Fort Scott eingerichtet, wurde der unterirdische Bau vermutlich zunächst während des Britisch-Amerikanischen Krieges von 1812 erweitert und für Geheimoperationen des US-Militärs genutzt und diente später während des Bürgerkriegs den Konföderierten als geheimes Gefängnis. Jedenfalls war zu irgendeinem Zeitpunkt ein komplexes unterirdisches Tunnelsystem mit immer mehr Räumen geschaffen worden – vielleicht wollte man es während des Kalten Krieges als Bunker nutzen –, das dann, als die Welt doch nicht unterging, zu einem Verlies mit Folterkammer umfunktioniert wurde. Ein paar der hinteren Kerkerzellen, die Bobby nicht gesehen hatte, waren mit Beton verstärkt worden. Das Verlies verfügte über einen Brunnen mit Trinkwasser und war mehr schlecht als recht an das Stromnetz angeschlossen.

Clemson D. Phillips, der Großvater von Owen Phillips, war vor fünf Jahren gestorben. Die Großmutter, Eugenia Phillips, lebte zwar noch, litt aber unter fortgeschrittenem Alzheimer und war in einem Pflegeheim in Macon, Georgia, untergebracht. Ihr Enkel Owen hatte auf dem verwahrlosten 160 Hektar großen Grundstück gewohnt. Die Polizei hatte einen unterirdischen

Kriechtunnel entdeckt, der zu einer bescheidenen Hütte mit zwei Zimmern führte, über achthundert Meter von der Falltür entfernt.

In der Nähe der abgelegenen Hütte gab es keine Nachbarn, die befragt werden konnten, doch die Nachbarn im ruhigen, friedlichen Valdosta, Georgia, wo Owen als Einzelkind aufgewachsen war – und wohin die gefräßige Presse in Scharen strömte, kaum dass der Name des Hammermanns publik war –, beschrieben ihn als seltsam, in sich gekehrt, launisch und aufbrausend. Dass er Freunde gehabt hätte, daran konnte sich niemand erinnern. Er habe immer allein gespielt, sei immer für sich geblieben. Die Eltern seien ja ganz nett gewesen, aber ihrem Junior gegenüber blind; der habe mehr als nur eine Schraube locker gehabt, sie hätten ihn verhätschelt und mit ihrer Zuneigung erdrückt. Die üblichen Antworten, die eine schockierte Gemeinde gab, wenn ein Serienmörder oder Amokläufer schließlich als einer der ihren identifiziert war – als hätten die Behörden die ganze Zeit über wissen müssen, was für all die anderen doch auf der Hand lag. Bobby hatte sich genau denselben Unfug anhören müssen, als man Picasso endlich identifiziert hatte.

Owens Eltern lebten beide nicht mehr, sie waren vor neun Jahren beim Brand ihres Hauses in jener hübschen, friedlichen Nachbarschaft von Valdosta umgekommen. Dieser Fall würde nun wiederaufgenommen, die Ursachen des Feuers neu untersucht werden, so wie jetzt alles in und über Owen Phillips' Leben untersucht würde. Untersucht, analysiert, studiert und aufgezeichnet – in der Hoffnung, zu verstehen, was einen Mann dazu getrieben haben könnte, neunzehn junge Frauen zu ermorden, und zugleich in der noch weit trügerischeren Hoffnung zu verhindern, dass so etwas noch einmal geschah. Denn in Wahrheit war – ganz egal was all die neunmalklugen Nachbarn nun behaupteten, von wegen, sie hätten diesen sonderbaren Owen

Phillips schon immer in Verdacht gehabt – sein Name niemandem vom Law Enforcement je zu Ohren gekommen. Unter den über 5000 Hinweisen, denen man im Verlauf der siebenjährigen Ermittlungen nachgegangen war, hatte nicht ein einziger auf ihn, sein Auto oder sein Grundstück hingedeutet. Denn Owen Phillips war in der Menge untergegangen. Er hatte ausgesehen wie jeder andere und geklungen wie jeder andere, wie sehr das die Menschen, die neben ihm gewohnt und mit ihm gearbeitet und deren Töchter ihm Kekse für einen guten Zweck verkauft hatten, nun auch beängstigen mochte. Und deswegen redete ihr Verstand ihnen jetzt, im Nachhinein, ein, dass da immer etwas komisch gewesen sei an Owen Phillips – ein Mechanismus, der ihnen half, mit der Tatsache fertigzuwerden, dass sie neben einem Menschenschlächter gewohnt und gearbeitet hatten und ihn – wie er auf seinem Twitter-Profil geprahlt hatte – nie hatten kommen sehen.

Die Zahl neunzehn war lediglich eine Schätzung. Phillips war von seinem «Muster» der kleinen, dunkelhaarigen, grünäugigen Mädchen, die alle eine erstaunlich ähnliche Gesichtsform hatten, so stark abgewichen, dass nun alle ungeklärten Fälle mit ihm in Zusammenhang zu stehen schienen. Caren Javier beispielsweise, eine zweiundzwanzigjährige Schwesternschülerin aus Dothan, Alabama, war rotblond. Sie war das Mädchen, das mit ausgekugelter Schulter und ein paar gebrochenen Rippen unter der Leiche des Hammermanns hervorgezogen worden war. Augenscheinlich gehörte sie zu den Frauen, die er am längsten in seinem Bau gefangen gehalten hatte: Sie war im September verschwunden, nachdem sie zu einer Verabredung mit einem Kerl aufgebrochen war, den sie über eine Dating-Seite im Internet kennengelernt hatte. Karina Albert wiederum, eine sechsundzwanzigjährige Tanzlehrerin, die nebenbei als Escortdame gearbeitet hatte, war über eins siebzig groß. Sie wurde in einer von sechs verdreckten, schmutzstarrenden Zellen gefunden, Arme und Beine in einen hölzernen Pranger gesperrt, der aussah, als stamme er noch aus dem Mittelalter. Sie war erst kürzlich aus Destin, Florida, nach New Orleans gezogen. Vor sechs Wochen war sie verschwunden, nachdem sie in ihr Auto gestiegen war, um sich in einem Casino außerhalb der historischen Altstadt mit jemandem zu treffen. Niemand hatte Karina als vermisst gemeldet.

Beide Frauen waren wiederholt gefoltert und sexuell missbraucht worden.

Entweder war der Hammermann also erst kürzlich von seinem Muster abgewichen, oder er hatte mehrere Muster gehabt, wie ein Serienmörder mit multipler Persönlichkeitsstörung. Verschiedene Opfer für verschiedene Geschmäcker und Fetische. Oder vielleicht hatte er ab und zu abweichend von seinem Muster gejagt, um die Polizei zu verwirren, was auch erklären würde, wieso er das Law Enforcement in all den Jahren mit einigen Opfern verhöhnt hatte und mit anderen nicht. Vielleicht wusste er ja, dass die Polizei ihm in manchen Fällen dicht auf den Fersen war. Auch das musste untersucht werden.

Untersucht, analysiert, studiert, aufgezeichnet. Und am Ende, das wusste Bobby, stünden doch keine echten Antworten, denn Owen Phillips war tot. Die Ermittler und forensischen Psychiater und Verhaltensanalysten konnten nur spekulieren, was im Kopf eines Wahnsinnigen vorgehen mochte und warum. Owen Phillips war ein Rätsel, und das würde er auch bleiben.

Bevor die Presse aus ihm ein Monster gemacht hatte, war Owen Phillips ein gutaussehender Mann mit leiser Stimme, hellbraunem Haar, sanften blauen Augen und überdurchschnittlichem IQ gewesen, der das College absolviert hatte, in einem ganz normalen Haus wohnte, sonntags die Kirche besuchte, bei seiner Großmutter im Pflegeheim vorbeischaute und einen Job hatte. Einen Job, für den er in den letzten acht Jahren durchgängig positive Beurteilungen erhalten hatte. Einen Job, bei dem in Phillips' Akte nicht eine einzige Beschwerde vermerkt war. Von niemandem. Über nichts.

Genau genommen war Owen Phillips jedes Jahr befördert worden und hatte die Karriereleiter vom Techniker am ITS Service Desk bis zum stellvertretenden Leiter der IT-Abteilung erklommen, in welcher Funktion er die Verantwortung trug für den Zugang zum und die Vollständigkeit und Richtigkeit des Computersystems einer der größten Universitäten des Staates Florida mit über vierzigtausend Studenten.

Damit hatte er faktisch das gesamte Computernetzwerk der Florida State University verwaltet. Er hatte Zugang zu allen Benutzerkonten der Studenten und den Daten aller Angestellten gehabt. Bingo. Dies war ganz offensichtlich die Verbindung zu Mallory Knight/Callie Monahan. Er kannte ihre Sozialversicherungsnummer, wusste, wo sie wohnte, was für ein Auto sie fuhr, wo sie in Vero Beach gewohnt und welche Jobs sie gehabt hatte, welche Noten sie hatte, welche finanziellen Unterstützungen sie bekam, was die Kenntnis aller Bankkonten mit einschloss, die sie angegeben hatte, um ihren Studienkredit abzusichern, und wie ihr Stundenplan aussah. Genug Informationen, um den allerübelsten Stalker mehr als bestens auszurüsten. Man hoffte nun, Phillips' Zugang zu vertraulichen Daten in all den Jahren auch zu seinen anderen Opfern zurückverfolgen zu können. Auch diese möglichen Verbindungen mussten noch untersucht, analysiert, studiert und aufgezeichnet werden.

Das Leben steckte voll merkwürdiger Zufälle. Als Cop wusste Bobby das nur zu gut. Es waren Zufälle, die Spuren hinterließen und die Dinge anstießen. Über sechs Ecken war jeder Mensch auf diesem Planeten mit jedem anderen verbunden. Wie sich später herausstellte, hatte seine Frau LuAnn früher in der Notaufnahme des Jamaica Hospitals in New York mit einem derselben Unfallchirurgen zusammengearbeitet, die sich im Tallahassee Memorial Hospital gerade darauf vorbereiteten, sein Ohr wieder zusammenzuflicken. Die Welt war wirklich klein.

Es hätte ihn daher vielleicht nicht so sehr überraschen dürfen, als Zo ihn anrief, um ihm von diesem unfassbaren Zufall zu erzählen, diesem winzigen Detail, das die Presse noch nicht kannte, aber bestimmt bald herausfinden und dann groß aufbauschen würde. Die Welt, und ganz besonders Tallahassee, war so klein, dass Owen Phillips, der Serienmörder, nicht nur zufällig an derselben Universität gearbeitet hatte wie der Cop, der seiner siebenjährigen Schreckensherrschaft auf so brutale Weise ein Ende bereitet hatte. Es hatte sich herausgestellt, dass Owen Phillips und Colton Beck zwei Jahre zuvor auch an dieser Uni im selben Softballteam für wohltätige Zwecke gespielt hatten.

Eigenartiger kann es nun aber nicht mehr werden, dachte Bobby unbehaglich, gerade als LuAnns früherer Kollege ins Zimmer kam, um ihn wieder zusammenzunähen.

83

Diesmal lag Mallory länger im Krankenhaus als vergangene Woche, als man sie als traumatisiertes Vergewaltigungsopfer eingeliefert und nach nur zwölf Stunden in den Kleidern einer Toten als Lügnerin entlassen hatte.

Es war, als hofften die Verantwortlichen des Krankenhauses, diesmal alles wiedergutmachen zu können.

Sie hatte nur ein Schädel-Hirn-Trauma. Sollte jetzt ausruhen, viel trinken, anstrengende Tätigkeiten meiden. Keine Wandertouren durch die Wälder oder Badeausflüge im Flint River mehr. Wahrscheinlich hätte sie nach der Computertomographie und dem Kernspin auch nach Hause gehen können, doch sie beschloss, das Angebot des Memorial Hospitals anzunehmen und noch eine Nacht zu bleiben. Die Flure hier waren hell beleuchtet, nur wenige Schritte von ihrem Zimmer entfernt war Personal stationiert, einschließlich zweier bewaffneter Police Officers aus Bainbridge. Und sie wurde nie lang allein gelassen – was ihr fürs Erste ganz recht war. Sie wusste, wenn sie die Augen schloss, wäre sie sofort wieder an jenem Ort, den sie sich naiverweise vorgenommen hatte, für immer zu vergessen, als sie aus diesem Erdloch gezogen worden war. Hier im Krankenhaus bekam sie wenigstens Medikamente, die stark genug waren, ihr bei der Verdrängung der Albträume zu helfen. Die würden sie heimsuchen, wenn die Leute vom FBI wieder nach Hause gegangen und die Lichter gelöscht waren.

Ihr Zimmer quoll über vor Teddybären und Blumen. Fremde von überall auf der Welt wollten ihr gute Besserung wünschen. Sie hatte die freundliche Krankenschwester, die ihr am Dienstag die Kleidungsstücke geschenkt hatte, gebeten, die Teddybären den Kindern auf der Kinderstation zu schenken und die Blumen an alle Patienten im Krankenhaus zu verteilen. Angefangen mit denen, die nie Blumen gebracht bekamen oder von jemandem besucht wurden.

Den Fernseher hatte sie gleich, nachdem sie ihn eingeschaltet hatte, wieder ausgemacht. Die Frage «Wie kann ein Mensch sich von solchen Erlebnissen je wieder erholen?» hatte die rhetorische Frage «Wie kann ein Mensch über solche Dinge nur Lügen erzählen?» in den Talkshows abgelöst, nachdem die Geschichte sich wie ein Lauffeuer verbreitet und die öffentliche Meinung sich massiv gedreht hatte – diesmal zu ihren Gunsten. Die einzigen «sicheren» Programme, wo sie den Berichten über den Hammermann entkommen konnte, waren Cartoon Network, Comedy Central und Bravo, aber wenn sie sich eine alberne alte Sitcom anschaute oder die inszenierten Dramen einer «Reality»-TV-Serie, kam ihr alles, was sie durchgemacht hatte, nur umso ... surrealer vor. Sie sehnte sich danach, zur Normalität zurückkehren zu können, hatte aber keine Ahnung, wie die aussehen sollte, sobald das Scheinwerferlicht sich endlich wieder von ihr abgewandt hatte. Auch aus diesem Grund wollte sie noch eine Nacht im Krankenhaus bleiben: Die Horde widerlicher Reporter, die bei ihrer Ankunft draußen auf dem Parkplatz auf sie gewartet hatten, war von beträchtlicher Größe gewesen. Sie mochte sich gar nicht vorstellen, wie es da unten jetzt wohl aussah.

Gerade wollte sie die Augen schließen und darauf warten, dass der verabreichte Cocktail aus angstlösenden Medikamenten seinen Zauber entfaltete, als es leise an der Tür klopfte.

«Oh, äh, wahrscheinlich bist du gar nicht wach ...», flüsterte eine ihr bekannte Stimme entschuldigend. Das Licht, das sich aus dem stillen Flur ins Halbdunkel des Krankenzimmers ergießen wollte, wurde rasch zurückgedrängt, als die Tür sich wieder schloss.

«Colton?», rief sie.

«Oh, gut … Du bist wach», sagte er nach einer Sekunde. «Ich wollte dich nicht wecken. Ich wollte mich gerade wieder verziehen und morgen früh wiederkommen.»

«Aber nein, ich liege nur rum und hänge meinen Gedanken nach. Oder besser gesagt, ich versuche sie zu verdrängen.» Sie knipste das Licht neben dem Bett an und setzte sich auf.

«Wie geht's dir?», fragte er und trat an ihr Bett. Als er den Verband um ihren Kopf und das geschwollene blaue Auge sah, runzelte er die Stirn. «Autsch.»

Sie nickte. «Wird schon wieder. Wie geht's dir?»

«War ein langer Tag. Immerhin habe ich noch einen Job, glaube ich wenigstens», antwortete er und zog sich einen Stuhl heran. «So wie's aussieht, wünschen sich nicht wenige von den Jungs, selbst derjenige mit dem Finger am Abzug gewesen zu sein.»

«Könnte man dich denn feuern? Bist du suspendiert oder so?»

«Tja, das ist das Verrückte an der Sache, als wäre das alles nicht schon verrückt genug. Ich versuche immer noch den Tag heute auf die Reihe zu bekommen.» Er fuhr sich mit den Händen durchs Haar. «Ich hatte keinen Dienst. Ich befand mich außerhalb meines Zuständigkeitsbereichs. Ich trug weder Uniform, noch war ich in Tallahassee – ich war nicht mal im Staat Florida. Praktisch gesehen habe ich als Zivilist gehandelt, als wir in dieses Erdloch rein sind – so bezeichnen es zumindest die Behörden in Georgia. Hätte ich in Tallahassee gerade Dienst gehabt, wäre ich jetzt wohl beurlaubt. Und das Department würde eine interne Untersuchung durchführen, die vermutlich Wochen in Anspruch nehmen würde. Hatte ich aber nicht, weswegen für die Behörden in Georgia nur eine einzige Frage bleibt: War es verhältnismäßig?»

Sie starrte ihn an.

«Das war es. Und keiner denkt etwas anderes. Man darf das eigene Leben und das anderer Menschen verteidigen, wenn es in Gefahr ist. Und das gilt ganz generell – wenn also jemand mit einer Axt auf einen Kopf zielt, berechtigt mich das dazu, ihm seinen von den Schultern zu schießen.»

Sie nickte.

«Aber obwohl ich als Zivilist gehandelt habe und obwohl ich weiß, dass die Behörden in Georgia zu dem Schluss kommen werden, dass ich verhältnismäßig gehandelt habe, hat mein Department entschieden, mich in Tallahassee so lange an den Schreibtisch zu verbannen, bis das Georgia Bureau of Investigation und das Decatur County Sheriff's Office ihre Ermittlungen offiziell eingestellt haben.» Er zuckte die Achseln. «Was soll's. Am besten genieße ich die Auszeit einfach. Dasselbe gilt übrigens auch für deinen Freund Bobby Dees. Das FDLE hat ihn beurlaubt, solange sie untersuchen, ob sie ihn nun wegen Befehlsverweigerung feuern oder ihm wegen der Aktion das Gehalt erhöhen sollen», schloss er mit einem unsicheren Lachen.

«Wie geht's ihm denn? Wo ist er?»

«Man hat ihn ins Tallahassee Memorial gebracht. Dort gibt es eine erstklassige Unfallchirurgie. Sie wollten sichergehen, dass die Kugel, mit der ich ihn versehentlich getroffen habe, nicht doch größeren Schaden am Kopf angerichtet hat. Außerdem wollen sie, dass sein Ohr wieder so hübsch wird wie nur möglich. Man hat mir gesagt, dass er wieder auf den Damm kommt, und er steht als Nächstes auf meiner Besuchsliste. Wenn er mich denn sehen will.»

«Ich bin sicher, er wird sich sehr darüber freuen, dich zu sehen. Du … du hast uns alle gerettet. Du hast mich gerettet.»

Colton nickte, schwieg aber eine Weile. «Es ist nur, dass alle alles aus jedem erdenklichen Blickwinkel durchkauen wollen. Bestimmt ging es dir heute genauso, Callie – Mallory. Mir ist dieselbe Frage jetzt schon auf hundert verschiedene Weisen gestellt worden, zu tausend verschiedenen Gelegenheiten. Ich fühle mich völlig erschöpft, bin aber gleichzeitig so aufgedreht, dass ich bezweifle, überhaupt jemals wieder schlafen zu können. Ich wollte einfach nur, ähm, mal vorbeischauen und sehen, wie es dir geht. Allerdings habe ich die Blumen vergessen», sagte er.

«Ich brauche wirklich nicht noch mehr Blumen, Colton. Aber danke für den guten Willen.»

«Ich bin froh, dass du keine Dummheiten angestellt hast und einfach wieder nach Hause gegangen bist», sagte er, während er sich im Zimmer umsah.

Sie schüttelte den Kopf. «Ich habe beschlossen, mich hier noch eine Nacht lang zu verstecken.»

«Gute Idee. Eine Menge Leute wollen mit dir reden. Da draußen ist die Hölle los, ehrlich. Ich musste mich durch einen Hintereingang hier reinschleichen.»

«Das dachte ich mir schon. Deswegen habe ich meine Mutter auch gebeten, nicht herzukommen. Ich will nicht, dass sie dem, was da draußen los ist, auch nur nahe kommt. Sie hat immer noch Albträume vom, na ja, vom letzten Mal.»

«Auf der Skala der schlimmsten Albträume dürftest du sie ja wohl mit Leichtigkeit schlagen», erwiderte Colton. «Was macht dein Kopf?»

«Ich werde schon wieder. Schädel-Hirn-Trauma. Ein Bruch der Augenhöhle.»

Er strich ihr das Haar vom Verband um ihre Stirn. «Hast du die Nachrichten gesehen?»

Wieder schüttelte sie den Kopf.

«Die Angebote vom Film werden nicht lang auf sich warten

lassen, glaub mir. Du wirst einen Agenten brauchen, um die alle zu beantworten.»

«Danke. Aber ich glaube nicht, dass man mich bitten wird, die Hauptrolle zu spielen.»

«Ein bisschen siehst du ja schon aus wie Jennifer Lawrence, also vielleicht ...»

Sie spürte, wie sie rot wurde. «Offenbar hast du dich auch am Kopf verletzt. Aber danke für das Kompliment.»

«Nur gut, dass du Reflexe hast wie eine Katze», sagte er nach einer weiteren langen Pause. «Ich dachte, ich hätte dich auch getroffen. Das war ein abscheuliches Gefühl.»

«Knapp vorbei ist auch daneben», meinte sie leise. «Und ich habe mich als echter Trampel erwiesen. Hab mich direkt auf seine Axt fallen lassen.»

«Gott sei Dank nicht auf die scharfe Seite.»

Sie nickte, erwiderte aber nichts. Ihr Blick wanderte zum Fenster.

Er fuhr mit der Handfläche über das Bettgestell. «Sie war schon mindestens einen Tag tot. Claudia, meine ich. Du konntest sie nicht mehr retten, Callie.»

Sie fing an zu weinen, obwohl sie sich doch geschworen hatte, es nicht zu tun. Nicht schon wieder. Keine Tränen mehr. Dann blickte sie Colton an. «Dann war es tatsächlich Claudia? Die Leiche im Apalachicola National Forest ist also jemand anders?»

Colton nickte. «Claudia Coba war es jedenfalls nicht.» Er reichte ihr ein Taschentuch. «Es ist vorbei, Callie. Mallory. Er kann nie wieder jemandem weh tun.»

Sie wischte sich die Tränen aus dem Gesicht. «Fährst du jetzt gleich wieder zurück nach Tallahassee?»

«Nein. Ich dachte, ich bleibe noch ein bisschen, wenn dir das recht ist. Vielleicht bis du eingeschlafen bist. Vielleicht kann ich ja die Albträume verjagen.»

Sie lächelte.

Die Ellbogen auf die Knie gestützt, spielte er nervös mit den Fingern und stieß dann einen langen Atemzug aus.

«Was ist los?», fragte sie.

Zögernd streckte er den Arm aus und fand ihre Hand. «Ich bin so froh, dass ich dich nicht erwischt habe …», brachte er stockend heraus, während er angestrengt versuchte seine Emotionen unter Kontrolle zu halten.

Sie griff nach seiner Hand und hielt sie fest. «Du bringst mich schon wieder zum Weinen. Ich will nicht mehr weinen, Colton.»

Er nickte.

«Was noch? Gibt's noch was, was du mir sagen musst, abgesehen davon, dass du froh bist, mich nicht erschossen zu haben?»

«Genau genommen gibt es etwas, was ich dich fragen möchte.»

«Ja …?», sagte sie langsam.

«Darf ich … darf ich dich küssen?», fragte er, wobei er mit der letzten Silbe ihren Blick auffing.

Zum Nachdenken blieb keine Zeit. Sie nickte.

Er beugte sich über sie, und so fanden sich ihre Lippen endlich. Es war ein sanfter, süßer, sinnlicher Kuss, der nicht lang dauerte, aber das war auch nicht nötig. Es war nur gut, dass sie ihn schon gern gehabt hatte, bevor er ihr das Leben gerettet hatte, denn nun war sie ihm restlos verfallen.

«Wow», sagte er mit leisem Lächeln, als der Kuss endete. «Das macht es jetzt natürlich nur noch komplizierter …»

«Was?» Sie biss sich auf die Lippe, wartete, dass das Schwert auf sie niedersauste.

Da wurde sein Lächeln offen und breit. «Wie soll ich dich denn jetzt nur nennen?», fragte er, ehe er sich wieder über sie beugte und sie ein weiteres Mal küsste.

84

Als die Sonne aufging, die Ärzte ihre Visite machten und verkündeten, dass sie am Nachmittag entlassen werde, hatte Mallory bereits beschlossen, vorerst in die Evergreen Apartments zurückzukehren.

Der Dekan der juristischen Fakultät hatte sie angerufen, um ihr eine rasche Genesung zu wünschen und sie höchstpersönlich zurück an der FSU willkommen zu heißen. Er sagte, er hoffe, sie werde nicht nur das laufende Semester regulär beenden, sondern auch die noch verbleibenden zweieinhalb Jahre bis zum Abschluss an der FSU absolvieren. Falls sie jedoch, unter Berücksichtigung all dessen, was geschehen war, zu dem Schluss gekommen sei, sie brauche eine Auszeit, um sich vollständig zu erholen, werde man ihr das selbstverständlich zugestehen. Sie könne dann zu einem späteren Zeitpunkt an die FSU zurückkehren, sobald sie physisch und seelisch bereit dazu sei. Er wolle, dass sie wisse, wie sehr er den Druck nachvollziehen könne, unter dem sie das ganze Semester über gestanden habe, und dass er mit ihren Professoren gesprochen habe, die alle sehr beeindruckt von ihr seien und ihre Situation voll und ganz verstünden. Die null Punkte, die sie für den nicht eingereichten Aufsatz in Juristischem Schreiben erhalten habe, würden aus ihrem Studienbuch getilgt, womit sie zu den Besten im Seminar zähle. Ach ja, und die Studiengebühr gehe von nun an auf die Universität – man biete ihr ein volles Stipendium an.

Abgesehen von der Abteilung für Öffentlichkeitsarbeit der FSU, denen wohl gedämmert hatte, welchen Sturm an negativer Publicity sie entfachen würden, sollten sie Amerikas jüngste, wenn auch leicht zerrupfte Prinzessin der Herzen nicht mit offenen Armen wieder aufnehmen, mussten auch die Anwälte der juristischen Fakultät die möglichen Auswirkungen des Falles abgeschätzt haben. Der Hammermann war nicht nur bei der Universität angestellt gewesen, aller Wahrscheinlichkeit nach hatte er zudem das Computernetzwerk der FSU dazu benutzt, eine Studentin der Uni aufzuspüren, zu stalken, zu entführen, zu vergewaltigen und beinahe zu ermorden. Die Befreiung von den Studiengebühren war da wohl das Mindeste, was sie ihr anbieten konnten.

Mallory hatte nicht vor, die FSU zu verklagen. Sie war überhaupt nicht davon ausgegangen, dass es ihr offenstehe, das Studium wiederaufzunehmen. Noch vor wenigen Tagen hatte man sie öffentlich dafür beschimpft, dass sie auch nur daran gedacht hatte, Juristin zu werden, und zu diesem Zweck ihren Namen geändert hatte. Für die Zeit nach ihrer Entlassung aus dem Krankenhaus hatte sie keine Pläne, sie wollte nur versuchen, den Tag zu überstehen, eine Stunde nach der anderen – sie zerteilte das Morgen in winzige Häppchen, in der Hoffnung, das werde es ihr erleichtern, innerlich stabiler zu werden. Jedes Morgen, das danach kam, lag in zu weiter Ferne, um schon darüber nachzudenken. Ihr Bruder Kyle hatte ihr angeboten, bei ihm zu wohnen, bis sie sich darüber klargeworden sei, was sie jetzt mit ihrem Leben anstellen und wo sie es leben wollte. Ihre Mutter hatte ihr noch einmal Zuflucht in Vero Beach offeriert. New York City lockte – diese wuchernde, vertraute Stadt, in der sie wieder in die Anonymität abtauchen konnte, wo endlose Türme aus Glas und Stahl über einer Landschaft aus Beton herrschten und man extra in den Park gehen musste, wenn man mal einen Baum sehen wollte. Dort roch die freie Natur nach Hot Dogs, Abgasen, Pizza und Müll, der schon ein bisschen zu lang im Rinnstein lag. Das alles fehlte ihr.

Doch das Angebot des Dekans heute früh hatte sie über morgen hinausdenken lassen. Bis zu den Abschlussprüfungen waren es nur noch vier Wochen. Würde sie sich konzentrieren können? Würde sie die Prüfungen bestehen können? Sie hatte die Seminare einer ganzen Woche verpasst, aber wenn sie die Uni nun verließ, würde das bedeuten, dass sie noch einmal ganz von vorn beginnen und zehn Wochen wiederholen müsste, um zu dem Punkt zu kommen, an dem sie, rein akademisch, jetzt schon war. Eine Woche an Versäumtem aufzuholen erschien ihr … machbar. Und was sollte sie auch sonst mit ihrer Zeit anfangen? Zu Hause Reality-TV und Zeichentrickfilme schauen? Interviews geben und sich in Aufmerksamkeit suhlen, die sie überhaupt nicht wollte? Wenn sie zurück an die Uni ginge, hätte sie ein Ziel vor Augen, sie wäre gezwungen, sich auf eine Sache zu konzentrieren und an eine Zukunft jenseits von morgen zu denken.

Und außerdem war Colton in Tallahassee.

Auf den Rat des Anwalts der Police Benevolent Association, den er zu spät angerufen hatte, da ihm eigentlich keiner zustand – schließlich war er ja nicht im Dienst gewesen, als er den Hammermann erschossen hatte –, hatte Colton heute Morgen beschlossen, allein nach Tallahassee zurückzufahren. Wenn sie beide zusammen gefahren wären, hätte das, nun ja, merkwürdig ausgesehen. Unangemessen. Zwar waren die Leute auf der Straße im Augenblick alle auf ihrer Seite, aber Mallory wusste nur zu gut, wie es sich anfühlte, wenn die öffentliche Meinung sich wieder drehte. Und wie schnell es von da an richtig bergab gehen konnte. Sie hatte zugestimmt, dass es das Beste sei, wenn sie ihre … Beziehung – oder was immer es auch war, was sich da zwischen ihnen anbahnte – erst mal für sich behielten. Für offizielle Bezeichnungen war es ohnehin noch viel zu früh.

Also hatte sie nachgegeben und Kyle gesagt, es wäre sehr nett von ihm, wenn er sie vom Krankenhaus abholen und nach Hause fahren würde.

Ihr Entschluss war gefasst. Sie würde nach Tallahassee zurückkehren. Zurück in ihre Wohnung in den Evergreen Apartments. Und am Montag zurück in ihre Seminare.

Sie holte sich ihr Leben wieder zurück, ein Morgen nach dem anderen.

85

«Owen Phillips hatte also die Axt gegen Officer Beck erhoben, als Sie ihn ein zweites Mal schießen sahen?», fragte FBI Special Agent Supervisor Lou D'Arnis.

«Ja», erwiderte Bobby. «Er hatte die Hand an der Axt.»

«Dann war Beck unzweifelhaft in Gefahr und musste um sein Leben fürchten?»

«Ich würde sagen, ja. Die Axt war riesig. Ich habe um sein Leben gefürchtet.»

«Aber Sie haben keinen Schuss abgegeben?»

«Das brauchte ich nicht. Officer Beck hat das Subjekt neutralisiert. Außerdem war ich in dem Moment nicht in der Lage dazu.»

«Weil Sie selbst angeschossen waren?»

«Ja.»

Lou D'Arnis trug eine Brille mit schwarzem Gestell und runden Gläsern, die seine großen, fragenden Eulenaugen noch betonten. Jetzt schob er sie auf dem Rücken seiner schmalen Nase wieder hoch. Lou hatte abgenommen, seit sie sich das letzte Mal gesehen hatten, er hatte weniger Haare auf dem Kopf und blickte noch düsterer drein. Vermutlich war der Hammermann schuld an seinem Zustand – es war der einzige Fall, an dem Lou in den vergangenen beiden Jahren gearbeitet hatte.

«Vielen Dank, Dees. Ich bin Ihnen sehr verbunden, dass Sie mir noch einmal meine Fragen beantwortet haben. Wir wollen nur sichergehen, dass wir auch alles richtig verstanden haben.»

«Keine Ursache», erwiderte Bobby. «Wissen Sie schon, wann Sie die Ermittlungen zum Abschluss bringen können, Lou?»

D'Arnis schüttelte den Kopf. «Nein. Es sollte aber nicht mehr allzu lang dauern. So wie Sie, Beck und die kleine Knight es schildern, sieht es ganz danach aus, als wäre der zweite Schuss verhältnismäßig gewesen. Wir müssen nur, das wissen Sie ja, das Procedere einhalten.»

Bobby nickte. Das «Procedere» bei einer internen Ermittlung konnte Tage, Wochen, Monate oder sogar Jahre dauern, je nachdem, wie lange das Department eine Entscheidung hinauszögern wollte. Und in diesem Fall richtete sich das danach, wie sauer sie auf den- oder diejenigen waren, gegen die ermittelt wurde. Bobby hätte Lou D'Arnis am liebsten gesagt, er könne ihn mal kreuzweise, weil er ihn zusammen mit einem Grünschnabel von Cop mitten in den Wäldern von Georgia erst sich selbst überlassen und dann gerade noch rechtzeitig seinen Zuckerarsch bewegt hatte und herbeigestürmt war, um danach zu behaupten, er und seine Jungs von der Taskforce hätten alle gerettet. Doch er wollte nicht, dass Colton Beck dafür büßen musste, dass er sich am SAS des FBI abreagierte. Bobby war nicht dumm – die ganze Welt liebte die Geschichte von den beiden Cops, die auf eigene Faust gehandelt und die Befehle ihrer Departments ignoriert hatten; dem eigenen Instinkt gefolgt waren und den Unterschlupf des meist gefürchteten Serienmörders des Landes aufgespürt hatten. Ach ja, und die, wenn man schon mal dabei war, auch noch die junge Frau, die von der ganzen Welt als Lügnerin beschimpft worden war, verteidigt und das Leben zweier schöner Jungfrauen gerettet hatten. Die großen, bösen Behörden, die in diesem Fall auf der Skala der öffentlichen Beliebtheit abstürzten, waren das FBI und jedes andere Department, das an der Taskforce für den Hammermann mitgewirkt hatte, wozu auch das FDLE gehörte. Aber nur weil die ganze Welt jetzt Bobby Dees und Colton Beck anhimmelte, hieß das nicht, dass ihre eigenen Departments diese Begeisterung teilten. Oder ihre Kollegen. So oder so musste man einen Preis dafür zahlen, wenn man Befehle missachtete, ganz gleich, ob die Sache am Ende gut oder schlecht ausging, das hatte Bobby schon gewusst, als er sich darauf eingelassen hatte. LuAnn, die zusammen mit Katy unten in der Krankenhauscafeteria wartete, hoffte, dieser Preis wäre die Versetzung in den Vorruhestand.

«Wie handhabt Ihr Department eigentlich die Sache?», fragte D'Arnis beinahe beiläufig, als wüsste er die Antwort nicht schon längst.

«Momentan bin ich freigestellt. Vielleicht ja nur deswegen, weil ich noch im Krankenhaus liege. Aber ich könnte mir vorstellen, dass ich wenigstens für ein paar Tage beurlaubt werde.» Bobby zuckte die Schultern. «Vielleicht auch für länger.»

«Klingt nicht danach, als würden Sie in der nächsten Zeit allzu viel anstellen können.»

Wieder zuckte Bobby die Schultern. Die Kugel hatte sein Ohrläppchen abgerissen und eine hässliche Narbe auf seiner Wange hinterlassen, doch was seine 160 Pfund schließlich aufs Krankenbett gestreckt hatte, war eine Infektion mit Staphylokokken gewesen. Er hing an der Infusionsflasche und musste bis auf weiteres in Tallahassee bleiben.

«Verfluchte Schande. Ich hoffe, die gehen nicht allzu hart mit Ihnen ins Gericht. Sie haben verdammt gute Arbeit geleistet, Dees», sagte D'Arnis, während er den Notizblock in seine Tasche warf. «Sie gegen Serienmörder, da steht's mittlerweile zwei zu null.»

«Ich hoffe, die gehen nicht zu hart ins Gericht mit Agent Beck», erwiderte Bobby. «Er ist der eigentliche Held. Hätte er nicht gehandelt, läge ich jetzt vielleicht nicht hier. Und Mallory Knight und er selbst wären vermutlich auch nicht mehr am Leben. Lassen Sie ihn wieder in seinen Job zurück. Er hat sich mir nur angeschlossen.»

D'Arnis nickte. «Sie wissen, dass die erste Schusswunde, die Owen Phillips erlitt, höchstwahrscheinlich schon ausgereicht hätte, ihn zu töten?»

«Ich habe gesehen, wie der Kerl nach seiner Axt gegriffen hat, Lou.»

«Das bezweifle ich ja gar nicht. Die Kugel hat Phillips' Halsschlagader getroffen. Er wäre innerhalb von zehn Sekunden verblutet. Aber er hat nun mal nach der Axt gegriffen, und, tja, der Rest ist bekannt. Und ja, vielleicht war's des Guten zu viel, was jetzt nicht ironisch klingen soll. Zwei Kugeln ins Gesicht mit einer .45er. Autsch. Da war nicht mehr viel übrig.»

«Adrenalin.»

«Ja. Das denke ich auch.»

«Haben die überlebenden Opfer Phillips mit Hilfe der Fotos eindeutig identifiziert?»

«Nein. Er trug immer eine Maske. Keine hat je sein Gesicht gesehen. Mit Ausnahme von Mallory Knight.»

«Sie sagt, sie hätte nur seine Augen gesehen, und die wären echt abgefahren gewesen. Sie sagt, es hätte ausgesehen, als würden seine Pupillen bluten.»

«Tja, ich habe nicht die leiseste Ahnung, wie die Augen dieses Kerls ausgesehen haben, denn sie waren weggepustet», sagte D'Arnis nachdenklich. «Auf Fotos hat er allerdings blaue Augen. Ganz normal. Keiner, mit dem wir gesprochen haben, hat etwas von blutenden Pupillen oder Reißzähnen erwähnt, weswegen ich denke, dass das Prothesen gewesen sein müssen, also Kontaktlinsen und vielleicht so ein paar falsche Zähne für Halloween.»

Bobby nickte. «Ja, das ergibt wohl Sinn. Dann hat sie Phillips auch nicht identifiziert?»

«Sie meinte: ‹Er hatte Augen wie ein Besessener›, genau wie

Sie gerade sagten. Aber als ich ihr erklärte, dass er wahrscheinlich Prothesen trug, um noch furchteinflößender auszusehen, ganz als hätten seine Schweißermaske und die Wand mit den Werkzeugen nicht ausgereicht, stimmte sie mir zu. Denken Sie nicht auch, Dees, dass das Law Enforcement schon viel früher den einen oder anderen Anruf erhalten hätte, wenn da draußen ein Kerl mit Reißzähnen und Zombieaugen unter den Menschen rumspaziert wäre wie eine Figur aus *The Walking Dead*?»

«Stimmt auch wieder», antwortete Bobby. Doch er konnte spüren, wie der nur allzu bekannte Klammergriff um seine Gedärme langsam wieder zuzudrücken begann.

«Hmmmhmmm …», murmelte D'Arnis, während er zur Tür ging. «Ach, eine letzte Frage noch, Dees, bevor ich gehe: Hat Colton Beck Ihnen je erzählt, dass er Owen Phillips kannte?»

«Nein, Phillips wurde erst identifiziert, als alles vorbei war. Mit Hilfe der Fingerabdrücke.»

«Na ja, es ist nur interessant, dass die beiden an derselben Uni gearbeitet und im selben verdammten Softballteam gespielt haben.»

«Zufall», gab Bobby zurück.

«Möglich …», murmelte D'Arnis wieder in Gedanken versunken, dann machte er die Tür auf und trat hinaus auf den Flur. «Dabei hat man mir immer beigebracht, es gebe keine Zufälle.»

86

Das Wiedersehen mit ihrem Bruder im Krankenhaus war sehr bewegend. Die anfängliche Unsicherheit, als sie sich nach beinahe fünf Jahren das erste Mal wieder in die Arme schlossen, schmolz rasch dahin, und bald schon klammerte sie sich an ihn, während er ihr übers Haar strich.

Kyle brachte sie wie vereinbart nach Hause, und weil eine vierzigminütige Autofahrt nicht ausreichte, einander all das zu erzählen, was sie in den letzten Jahren im Leben des jeweils anderen verpasst hatten, wollte er übers Wochenende bleiben. Außerdem wollte er die Reporter abwehren, bis sie es leid waren, ihn «Kein Kommentar» sagen zu hören, und ihr Gesellschaft leisten, bis sie sich wieder sicher fühlte.

Kyle war der Meinung, sie solle nach allem, was sie durchgemacht hatte, nicht weiter allein wohnen, und anfangs hatte sie auch selbst gedacht, auf keinen Fall in dieser Wohnung bleiben zu können, von der sie wusste, dass der Hammermann eingedrungen und sie nachts beobachtet hatte. Sie putzte die Küche, bezog das Bett frisch und ertränkte das Badezimmer in Seifenlauge. Dann setzte sie sich auf die Couch und wartete darauf, dass das erdrückende Gewicht der Angst sich wieder in ihren Knochen breitmachte.

Doch es kam nicht. Es war verschwunden. Sie spürte keine Angst. Der Hammermann war tot und die Wohnung blitzblank. Bald würde sie zur Normalität zurückkehren. Auch wenn sie immer noch nicht in der besten Gegend wohnte, so war es doch nicht die schlechteste. Wie sich herausstellte, *musste* sie sogar bleiben, um wieder zur Normalität zurückkehren zu können: Sie musste lernen und die Abschlussprüfungen schreiben, danach konnte sie sich immer noch nach einer neuen Wohnung umsehen.

Kyle blieb, wie versprochen, das ganze Wochenende und wartete am Montagmorgen, bis sie sich auf den Weg zu ihrem ersten Tag zurück an der Uni machte, bevor er selbst aufbrach. Ihr Abschied verlief ähnlich bewegend wie ihr Wiedersehen – außer dass sie diesmal überhaupt keine Unsicherheit mehr verspürten. Während sie ihn umarmte, wurde ihr klar, wie sehr sie ihn vermisst hatte. Und wie ungern sie ihn wieder fortließ. Manchmal muss erst etwas Schlimmes geschehen, damit daraus etwas Gutes entstehen kann, hatte ihre Mutter früher immer gesagt. Endlich verstand sie, was dieser Satz bedeutete. Auch wenn sie die Zeit nicht zurückdrehen und den Horror der vergangenen Woche nicht noch einmal durchleben wollte, konnte sie doch zumindest sagen, dass aus alldem etwas sehr, sehr Gutes erwachsen war.

Das Beste daran, wieder an der Uni zu sein, war, dass keiner viel Aufhebens darum machte. Nicht um den Hammermann, nicht darum, was vor vier Jahren geschehen war, nicht darum, was vor wenigen Tagen geschehen war. Dafür war keine Zeit. Das Semesterende rückte mit Riesenschritten heran, die Abschlussprüfungen standen vor der Tür, alle büffelten wie verrückt, und keiner hatte Zeit, sich um irgendjemand anderen zu kümmern als um sich selbst. Gerade dieses ehrgeizige Streben, das das Studium so stressig und anspruchsvoll machte, machte ihr die Rückkehr nun ironischerweise so leicht.

Die Presse wurde an den Pforten der Universität zurückgehalten, und so warteten vor der Roberts Hall auch keine Paparazzi mit gezückten Kameras und Fragen auf sie, wenn sie aus dem Seminar kam. Auf dem Campus war alles ruhig, und der angesagteste Ort in diesen Tagen war die Bibliothek. Nach ein paar neugierigen Blicken und hier und da einem mitfühlend formulierten «Wow! Unglaublich, was dir da passiert ist!» widmeten sich alle wieder ihren Büchern und Lerngruppen und ließen sie in Ruhe. Doch die Abgeschiedenheit und Privatsphäre, die man ihr nun aus Respekt einräumte, fühlten sich ganz anders an als jener Zustand selbstauferlegter Einsamkeit, in dem sie zuvor gefangen gewesen war.

Sie hatte in dieser einen Woche eine ganze Menge verpasst, jedoch nicht so viel, dass sie den Seminaren nicht mehr hätte folgen können. Trotzdem war sie überrascht, als Professor Cackowski sie in Deliktsrecht nach zwanzig Minuten aufrief und nach Formen des Mitverschuldens fragte – sie hatte angenommen, man würde ihr wenigstens ein paar Tage Schonzeit geben, um alles aufholen zu können. Doch Professor Cackowski stand zu dem, was sie am ersten Tag des Seminars gesagt hatte: Bei ihr gab es keine Ausnahmen, keine Sonderbehandlungen, und wer nicht ihren Zorn auf sich ziehen wollte, sollte immer vorbereitet sein. Mallory hatte zum Glück schon vorgearbeitet. Sie beantwortete die Frage und wartete mit angehaltenem Atem, bis die Professorin auf der Suche nach dem nächsten Opfer von ihr abließ. Zwei Reihen vor ihr ballte Mike Lawless die Siegerfaust, und Karin Stein lächelte ihr zu.

Am Ende dieses ersten Tages sah alles schon viel besser aus. Machbar. Sie konnte über die mundgerechten Häppchen des Morgen schon hinausdenken, bis zum Wochenende. Dann würden sie und Colton das erste Mal zusammen ausgehen. Das erste Wiedersehen nach jener Nacht, die er neben ihrem Bett im Krankenhaus verbracht hatte. Colton hatte im *The Owl Café* für sie reserviert, einem kleinen Restaurant mit angeschlossener Weinbar in Apalachicola, knapp hundert Kilometer südwestlich von Tallahassee am Golf von Mexiko, wo sie hoffentlich niemand erkannte. Das einzig Gute daran, dass er momentan zum Schreibtischdienst verdonnert war, war, dass er geregelte Arbeitszeiten hatte und am Wochenende frei. Noch nie hatte sie sich so sehr auf ein Date gefreut.

Die ersten achtundvierzig Stunden hatte sich die Presse noch in ihrer Nähe herumgedrückt, doch wie alles andere auf dieser Welt waren auch die Nachrichten von gestern zu, nun, eben Nachrichten von gestern geworden. Die Berichte über den Hammermann rutschten von der ersten Seite nach hinten, sie wurden ersetzt durch die Berichterstattung über die Wahlen, einen Amoklauf in einer Schuhfabrik in Indiana und ein mögliches Heilmittel gegen Bauchspeicheldrüsenkrebs. Die Welt drehte sich weiter, und solange sie nichts tat oder sagte, was diese Horde rastloser Menschen auf ihrem Parkplatz interessieren könnte, würden sie mit der Zeit wieder verschwinden. Was sie schließlich auch taten, ein Reporter nach dem anderen.

Endlich machte sie keine Schlagzeilen mehr.

An diesem Abend blieb sie länger als üblich in der Bibliothek, um das Versäumte nachzuholen. Als sie schließlich zu Hause ankam, lag der Parkplatz ruhig da, die Reporter waren verschwunden. Ihre Wohnung war leer. Und zum ersten Mal nach sehr langer Zeit war sie wieder vollkommen allein.

In der Küche brummte die Neonröhre. Die sanfte Brise aus dem offenen Schlafzimmerfenster ließ die Jalousien aus dem Baumarkt rascheln. Sie legte sich aufs Bett und fiel zu ihrer eigenen großen Überraschung in tiefen Schlaf, kaum dass ihr Kopf das Kissen berührt hatte.

87

Sie lag auf dem Rücken, die Hände gefaltet und unters Kinn gezogen, als sei sie mitten im Gebet eingeschlafen. Die Augen waren geschlossen, der Schmollmund stand leicht offen. Keine Falte auf der Stirn. Sie schwitzte nicht, zuckte nicht, stöhnte nicht. Im weichen Mondlicht, das an den Jalousien vorbei ins Zimmer lugte, sah ihre Haut sahnig und geschmeidig aus. Sie wirkte … friedlich.

Er biss sich mit dem spitzen Schneidezahn auf die Lippe und widerstand dem Drang aufzukreischen. Sie sollte Albträume haben. Sie sollte die ganze verfluchte Nacht lang schreien. Sie sollte in einer Zwangsjacke stecken und weggesperrt in der Klapse sitzen, Sachen vor sich hinbrabbeln, die niemand verstand, geschweige denn glaubte.

Tat sie aber nicht. Glück für ihn.

Er sog den Duft des Zimmers ein und versuchte Ruhe zu bewahren. In seinem Kopf hämmerte es. Es brachte ihn noch um. Er hatte seit Tagen kein Auge zugetan, und der Schmerz hatte gestern ein Crescendo erreicht – egal was er tat oder nahm, das Hämmern ließ nicht nach. Als hätte jemand jeden einzelnen Nerv in seinem Schädel angezündet, der nun seit neunundzwanzig Stunden ununterbrochen in Flammen stand. An Schlaf war auch heute nicht zu denken. Die Zeit hatte sich verlangsamt, den Schmerz gedehnt. Sekunden waren zu Minuten geworden, Minuten zu Stunden, Stunden fühlten sich an wie Tage. So konnte er nicht mehr lang weitermachen, und das wusste er. Etwas musste geschehen.

Etwas würde geschehen.

Während er auf sie hinunterblickte, tobten die unterschiedlichsten Gefühle in ihm, und das machte alles noch viel komplizierter. Ein Teil von ihm sah seine Seelenverwandte in ihr, die Frau, die sie hätte sein sollen, die er beinahe gehabt hatte. Frankensteins Braut, seine Braut: wunderschön, gebrochen, geächtet. Der andere Teil sah die Verräterin. Ein verachtenswertes Geschöpf, das sich gegen ihn gestellt hatte, als er ihr eine Gelegenheit gegeben hatte, die er noch nie, niemals einer anderen Frau gegeben hatte. Sie war eine Aussätzige gewesen. Eine von der Gesellschaft Verstoßene. Und er hatte sie aufgenommen.

Sie hätte mit ihm herrschen können. Gemeinsam mit ihm, auf einem Thron, den er eigens für sie errichtet hätte.

Seit sie ihn verlassen hatte, zerbrach er sich den Kopf darüber, wo der Fehler gelegen haben könnte. Hatte er zu früh versucht, sie in sein Geheimnis einzuweisen? War es zu viel für sie gewesen, hatte sie es nicht verstanden? Als er sie in ihr Zimmer gebracht hatte – in das besondere Zimmer gleich neben seinem eigenen –, war er so behutsam vorgegangen wie möglich. Er hatte sie brechen wollen wie einen wertvollen Mustang – vorsichtig. Achtsam. Einfühlsam. Er hatte sie so ganz anders behandelt als alle anderen, und sie hatte das Zepter genommen, das er ihr gereicht hatte, damit sie über ihre Untertanen herrschen könne, und hatte es gegen ihn gerichtet. Gut, sie hatte nicht auf seinen Kopf gezielt, hatte ihn nicht umbringen wollen, aber immerhin hatte sie seinen Arm getroffen. Er bezweifelte jedoch, dass sie überhaupt vorgehabt hatte, ihm ernstlich weh zu tun. Und genau deshalb lag ein Teil der Verantwortung dafür auch auf seinen Schultern. Er hatte sie zu früh gedrängt. Hätte er noch einen Tag gewartet oder zwei, vielleicht eine Woche oder einen Monat, dann hätte sie nicht mehr gezögert. Sie hätte erkannt, was er für sie beide anstrebte, und getan, worum er sie bat. Aber er war so darauf erpicht gewesen, sie zu seiner Königin zu machen, ihr zu zeigen, worum es ihm ging. Zu beweisen, dass Owen unrecht hatte. Er hatte sie nicht vollständig gebrochen, bevor er versucht hatte, sie zu reiten, und es war nur allzu verständlich, dass sie gebockt hatte.

Weshalb ihm jetzt eben so schwerfiel zu tun, was er, wie er wusste, erledigen musste.

Doch wie sie ihn angesehen hatte, nachdem dieses schreiende, heulende Experiment auf der Werkbank ihm die Maske vom Gesicht geschlagen hatte ... das hatte ihn noch schlimmer verletzt als der Verrat. Sie hatte ihn angesehen, wie alle anderen ihn sein Leben lang schon angesehen hatten – entsetzt. Nicht erschrocken, nicht angsterfüllt, sondern entsetzt, als würde ihr das, was ihr da entgegenblickte, Abscheu einflößen. Seine BRAUT, diejenige, die damals geprahlt hatte, sie sei es wert, von ihm erwählt zu werden, die von der Gesellschaft verstoßen wurde, weil sie eine solche Geschichte erfunden hatte, die Frau, die Jahre später ganz bewusst – und magischerweise – den Weg zurück zu ihm gefunden hatte, hatte ihn in dem Moment angesehen, als wäre er ein – Monster. Ein Tier. Eine Missgeburt. Das hatte viel mehr geschmerzt als der Vorschlaghammer, den sie auf seine Hand hatte niedersausen lassen.

Er schüttelte den gemarterten Kopf. Schweiß lief ihm aus jeder Pore seines eingepferchten Körpers. Und dann war sie nicht nur weggerannt – was vielleicht sogar bis zu einem gewissen Grad verständlich gewesen wäre. Möglicherweise hatte dieser Augenblick sie überwältigt, die Verantwortung, die sie tragen sollte. Aber nein, sie war weggerannt und hatte die Polizei geholt und versucht, ihn zur Strecke zu bringen. Sie war nicht umgedreht – sie hatte sich gegen ihn gestellt. Sie war schlimmer als die anderen. Die anderen hatten nie vorgegeben, etwas zu sein, was sie nicht waren. Die anderen waren nichts Besonderes; sie waren gewöhnlich. Er konnte sich nicht mal mehr an alle Namen erinnern, denn die hatten nie eine Rolle gespielt. Aber die anderen hatten ihn nie … verraten.

Sein ganzer Körper zitterte vor Wut. Er wollte ihr immer noch vergeben. Sie bestrafen, ihr aber vergeben. Noch immer wollte er eine Ausnahme bei ihr machen, so gern hatte er sie. Nein, so sehr liebte er sie. Diese Gedanken brachten ihn dazu, sich selbst zu hassen. Weshalb er sie noch viel mehr hasste, denn nur ihretwegen dachte er überhaupt so.

Alles fiel jetzt auseinander. Seine Werkstatt war verloren. Seine ganzen Werkzeuge. Es war nur noch eine Frage der Zeit, bis sie auch ihn fanden. Wahrscheinlich waren sie gerade dabei, allem auf die Spur zu kommen. Genau in diesem Moment ging ihnen vermutlich ein Licht auf. Bestimmt saß FDLE Super Special Agent Bobby Dees, der wieder mal für Schlagzeilen gesorgt hatte, jetzt kerzengerade in seinem Krankenhausbett hier gleich um die Ecke und setzte die Puzzleteilchen zusammen. Klick, klick, klick wurden die Teilchen ineinandergesetzt, und dann würde Dees den Hörer aufnehmen. Ja, wahrscheinlich machte er das genau in diesem Augenblick: Nahm den Hörer auf, schlug Alarm und gab den Truppen den Marschbefehl, um ihn aufzustöbern.

Wartet nur, bis ihr die Adresse seht, zu der er euch schicken will.

88

Nachdem Bobby fünf Tage lang an ein Krankenhausbett gefesselt gewesen war – von denen er sich die meiste Zeit über kerngesund gefühlt hatte, sah man von der Infektion mit Staphylokokken ab, die allen außer ihm Sorgen bereitet hatte –, brannte er nun darauf, nach Fort Lauderdale heimzufahren. Besser gesagt, er konnte es kaum mehr erwarten, Tallahassee endlich den Rücken zu kehren. Und als man ihn am späten Nachmittag endlich entließ, wollte er die sieben Stunden eigentlich in einem Rutsch durchfahren. Beziehungsweise LuAnn und Katy die sieben Stunden durchfahren lassen, während er auf dem Rücksitz saß und sich wünschte, seine Frau würde stärker auf die Tube drücken. So sehr sehnte er sich danach, hier die Fliege zu machen.

Das jedenfalls war der Plan gewesen. Dann war Katy auf dem Krankenhausparkplatz plötzlich übel geworden. Vermutlich hatte sie etwas Falsches gegessen, oder vielleicht lag es auch am Stress der letzten fünf Tage. Immerhin hatte sie sich Sorgen um ihn gemacht und war extra nach Tallahassee gekommen. LuAnn hatte ihm erzählt, dass die Situation schlimme Erinnerungen in Katy geweckt habe und es ihr schwergefallen sei, damit fertigzuwerden. Mehr als einmal habe sie mit ihrem Psychiater telefoniert.

Dann hatte Katy gemeint, es gehe ihr wieder gut, aber sie hatten kaum die Stadtgrenze überquert, als sie sich erneut am Straßenrand erbrach. Also hatte LuAnn bei einem Motel an der 110 angehalten. Nicht mal aus dem County hatten sie es geschafft.

«Das ist vernünftiger so», argumentierte LuAnn, nachdem sie eingecheckt hatten. Sie standen vor ihrem Zimmer auf dem Korridor. Katy war hineingegangen, um sich hinzulegen. «Du bist noch geschwächt, wurdest gerade erst operiert und erholst dich von einer Infektion, Katy geht's nicht gut, und außerdem ist es schon spät. Alle Zeichen sprechen dafür, dass wir hierbleiben und uns erst mal ausruhen sollten. Ich weiß ja, dass du unbedingt nach Hause willst, aber wir können morgen früh aufbrechen, dann sind wir am Nachmittag da. Warum sollten wir uns auch hetzen? Nur damit du um zwei Uhr morgens in dein eigenes Bett fallen kannst? Sie macht sich Sorgen um dich, Liebling. Sie hat eine Tasse miesen Kaffee nach der anderen getrunken, nichts gegessen und ist pausenlos auf und ab getigert, weil du angeschossen wurdest …»

«Mir geht's gut, Belle. Die Kugel hat mich nur gestreift.»

«Seit sie, na ja, seit sie zurück nach Hause gekommen ist, habe ich sie nicht mehr so angespannt gesehen. Ich mache mir Sorgen, sie könnte einen Rückfall haben, ich mache mir Sorgen, du …»

«Hör auf, dir Sorgen um mich zu machen. Wenn ich nicht die Staphylokokken bekommen hätte, die ich mir bestimmt in diesem verdammten Krankenhaus eingefangen habe, wäre ich schon längst wieder zu Hause.»

LuAnns grüne Augen blitzten auf. «Du kapierst es nicht, oder? Du wurdest angeschossen. Am Kopf, Bobby. Letzte Woche bist du einfach losgefahren und hast dich auf die Jagd nach einem Serienmörder gemacht. Du hast dich nicht mal verabschiedet. Hast keine von uns in den Arm genommen oder ihr einen Kuss gegeben, bevor du dich auf den Weg gemacht hast. Du hast getan, was du für richtig hältst, und hast uns zurückgelassen. Ich weiß ja, dass das dein Job ist. Ich weiß, dass du dazu geboren wurdest, oder meinetwegen berufen oder was auch immer. Aber du bist nun mal nicht allein. Und ich mag inzwischen daran gewöhnt sein – das ist ja nun schon das dritte Mal, dass ich in einem Krankenhaus sitze und darauf warte, dass jemand kommt und mir sagt, dass du überleben wirst. Aber für sie ist es das erste Mal, Bobby. Du kannst es also herunterspielen, so viel du willst, aber deine Tochter war krank vor Angst. Wenn du den Scheiß, den du machst, also weitermachen willst und wenn ich dich davon nicht abhalten kann, dann sieh wenigstens ein, dass nicht du allein es bist, der diese Kugel abgekriegt hat. Und du solltest verflucht noch mal so viel Anstand haben, das nächste Mal, wenn du aus unserer beschissenen Haustür gehst, wenigstens auf Wiedersehen zu sagen!»

Die stets so beherrschte und gefasste LuAnn war vor der Tür des Hotelzimmers in Tränen ausgebrochen, und er hatte sich gefühlt wie der letzte Dreckskerl.

Er hielt seine Frau im Arm, bis sie aufhörte zu weinen, und versicherte ihr – während fremde Leute im Korridor an ihnen vorübergingen –, dass er nicht sterben und ohne sie sowieso nirgendwohin gehen würde, das Jenseits eingeschlossen. Danach marschierte er ins Hotelzimmer und umarmte seine schöne, zerbrechliche und verblüffte Tochter, die mit einem Eiskübel neben sich und einem feuchten Handtuch über dem Gesicht auf dem Bett lag. Beiden sagte er, wie sehr er sie liebe und wie viel es ihm bedeute, dass sie diese langen, schrecklichen Tage in Tallahassee an seiner Seite verbracht hatten, und dann entschuldigte er sich dafür, dass Katy sich im Krankenhaus wahrscheinlich eine Lebensmittelvergiftung eingefangen habe, und gab seiner Hoffnung Ausdruck, sie möge ihm verzeihen, dass er ein Cop war.

Es war wunderbar. Sie umarmten sich und weinten, bis alles wieder im Reinen war, bestellten sich eine Pizza – bei deren Duft Katy ganz grün im Gesicht wurde –, sahen sich im Fernsehen eine Folge *Medical Detectives* an und sanken dann alle in den Schlaf.

Alle bis auf ihn.

Er lag dort im Bett, und die Ereignisse der vergangenen Tage gingen ihm wieder und wieder im Kopf herum. Irgendetwas ließ ihm keine Ruhe, genau wie auch Lou D'Arnis irgendetwas keine Ruhe ließ.

Zufälle stoßen die Dinge an. Zufälle hinterlassen Spuren.

Zufall ist das Wort, das man benutzt, wenn man die Schalter und Hebel nicht erkennen kann.

Lou hatte gesagt, es gebe keine Zufälle. Vielleicht hatte er recht. Es gibt keine Zufälle und kein Versehen. Nichts geschieht, solange niemand will, dass es geschieht.

Bobby sprang aus dem Bett und zog sich ein Sweatshirt über den Kopf.

Der Hammermann war nicht sein Fall. Die Entführung von Callie Monahan war nicht sein Fall. Doch die Entführung von Mallory Knight war sein Fall gewesen, und gerade hatte er miterlebt, wie dieser Fall abgeschlossen wurde – vier Jahre später. Er gehörte der Taskforce nicht an und kannte weder die Details der Tausende von Spuren, denen sie in den vergangenen sieben Jahren nachgegangen waren, noch die Einzelheiten der Befragungen, die sie durchgeführt hatten. Er war in dieses Erdloch geklettert, um die schreienden Frauen zu retten. Instinkt und Schuldgefühle hatten ihn dorthin geführt, zu diesem Verrückten hinter der Schweißermaske mit dem schwebenden Grinsen.

Und jetzt wälzte er wieder diesen einen Gedanken hin und her, der ihm den Schlaf raubte.

Bevor der Schuss losgegangen war – oder vielleicht war es auch genau im selben Moment gewesen –, hatte Bobby geglaubt, etwas zu hören. Hundertmal war er die Szene nun schon im Kopf durchgegangen, und jedes Mal hörte er es wieder, obwohl er D'Arnis nichts davon erzählt hatte, weil er wusste, wie es aussehen würde, wie es klingen würde, wenn er es laut aussprach.

Als Colton Mallory zugerufen hatte, sie solle sich ducken,

als er die Kugel abfeuerte, die Bobbys Ohr abreißen und sein Trommelfell zerstören sollte, hatte Owen Phillips ein Wort geschrien. Mittlerweile glaubte Bobby zu wissen, welches Wort das war: «Beck».

Berücksichtigte man die Tatsache, dass beide an derselben Universität gearbeitet und im selben Softballteam gespielt hatten, war es vielleicht nicht einmal so belastend. Sie hatten sich gekannt. Und Owen Phillips hatte Colton Beck ganz offensichtlich wiedererkannt.

Aber Colton hatte das weder dem FBI noch der Taskforce gegenüber erwähnt. Und Colton hatte auch Phillips' Ausruf nicht erwähnt. Aber Bobby hatte es gehört.

Der FBI SAS glaubte nicht an Zufälle. Und doch war es der Zufall, der die Dinge auslöste und Spuren hinterließ.

Colton Beck war Jäger.

Colton Beck kannte sich in diesen Wäldern aus.

Es war nicht Bobbys Fall, aber jetzt konnte er nicht einfach so auf und davon gehen. Er kam ja nicht mal aus dieser verdammten Stadt raus. Zo hatte ihm bereits gesagt, dass die Taskforce dabei war, Owen Phillips' Personalakten mit den Tagen abzugleichen, an denen jedes einzelne Opfer des Hammermanns verschwunden war. Um Stück für Stück das Puzzle zusammenzusetzen, von dem sie nun ein Bild zum Vergleich besaßen. Die meisten Opfer, das wussten sie bereits, waren an einem Wochenende entführt worden.

Alle bis auf eine.

Terri Baldwin, die junge Frau aus Orlando, war an einem Donnerstag in der Nacht aus ihrem Bett im Wohnheim verschleppt worden. An diesem Tag war Owen Phillips auf einer Konferenz in Miami gewesen – eine vierstündige Autofahrt vom Tatort entfernt.

Es war möglich, dass er allein gehandelt hatte. Doch es war

wahrscheinlicher, dass dem nicht so war. Es hatte zu viele Opfer gegeben, um die er sich hätte kümmern müssen. Es hatte Opfer gegeben, die nicht ins Profil des Hammermanns passten. Die Taskforce selbst spielte bereits mit dem Gedanken, Owen Phillips habe möglicherweise einen Partner gehabt und nicht allein gehandelt. Die Frage aber war, wenn er einen Partner gehabt hatte, wer war das?

Der Tweet, den der Hammermann Bobby aufs Handy geschickt hatte, war zu einem gekaperten Account in Tallahassee zurückverfolgt worden. Das Handy, von dem er gekommen war, war das von Mallory Knight. Der Funkmast, bei dem das Handy sich eingebucht hatte, war der von AT&T in Reynoldsville. Natürlich hätte der Tweet aus dem Bunker kommen können, doch die Polizei hatte in diesem Drecksloch das Unterste zuoberst gekehrt und kein Handy gefunden.

Bobby versuchte Colton anzurufen und wurde wieder auf die Mailbox umgeleitet. Er wollte selbst mit dem Jungen reden, bevor Colton noch einmal ohne Anwalt mit D'Arnis sprach. Erneut hinterließ er eine Nachricht.

Warum rief Colton ihn nicht zurück?

Warum hatte Colton ihn nicht im Krankenhaus besucht?

Colton Becks Bruder war in der Taskforce von Leon County. Dadurch war Colton möglicherweise in gewisse Informationen über den Stand der Ermittlungen im Verlauf der Jahre eingeweiht gewesen. Wo die Hinweise herkamen, was die Taskforce unternahm, um ihnen nachzugehen.

Bobby wollte nicht in diese Richtung denken. Ein Teil von ihm hoffte immer noch, schnell nach Fort Lauderdale zurückkehren zu können. Es war Sache der Taskforce, die Geschichte zu Ende zu bringen, nicht seine. Aber es gab einen Grund, weshalb er nicht schlafen konnte.

Er ging aus dem Hotelzimmer und in die Lobby. Bevor sein

eigener Verdacht nicht bestätigt war, wollte er niemandes Argwohn wecken. Also rief er Zo an, um ihn noch einmal um einen Gefallen zu bitten.

Zo Dias, der gewöhnlich nie ein schlechtes Gewissen hatte, fühlte sich beschissen, nachdem die Kavallerie, die er irgendwann doch noch alarmiert hatte, beinahe zu spät zum Einsatz im Wald gekommen war.

«Hi, Zo. Entschuldige die Störung, Kumpel. Hör zu, du musst mir einen Gefallen tun. Kannst du ein Handy für mich orten?»

«Das ist nicht gerade legal», erwiderte Zo.

«Für eine richterliche Anordnung habe ich nicht genug in der Hand. Deswegen rufe ich ja dich an. Du musst es für mich via Stingray aufspüren.» Stingray war der Name einer Überwachungsvorrichtung, die es mit Hilfe des Aufbaus verborgener Funkverbindungen ermöglichte, Mobilfunkdaten zu erfassen und nachzuverfolgen, einschließlich der GPS-Daten des Aufenthaltsorts. Der Einsatz von Stingray war, nun ja, nicht im strengen Sinne legal. Allein die Technologie sorgte für heftige Kontroversen.

«Wessen Handy ist es denn? Gibst du mir einen Namen?»

«Ich schicke dir die Nummer per SMS.»

Er legte auf und blieb in Erwartung von Zos Rückruf in der Lobby sitzen.

Warum mitten ins Gesicht schießen? Warum nicht in die Brust?

«Das ist ja interessant», sagte Zo, als er zurückrief.

«Was?»

«Du suchst nach deinem neuen Freund, Colton Beck. Du hättest mir sagen müssen, dass es das Handy eines Cops vom Tallahassee PD ist, das du orten willst. Das macht es irgendwie noch illegaler. Im Augenblick befindet er sich jedenfalls in 2125 Jackson Bluff Road in Tallahassee, Florida.»

Bobby rannte zurück ins Zimmer und packte seine Glock und

die Autoschlüssel. Ganz bewusst gab er weder seiner schlafenden Frau noch seiner Tochter einen Kuss zum Abschied, denn er hatte unbedingt vor, die beiden wiederzusehen – hoffentlich lang bevor eine von beiden aufwachte und merkte, dass er nicht da war.

Dann schlüpfte er aus der Tür und raste in LuAnns SUV zu den Evergreen Apartments.

89

Auf dem Parkplatz des Apartment-Komplexes erspähte Bobby Coltons Truck. Er hielt direkt daneben.

Im Wagen saß niemand.

Was zur Hölle hatte der Junge hier zu suchen?

Es war ziemlich offensichtlich, dass er in Mallory verliebt war. Bobby war sich nicht sicher, wann das begonnen hatte; ob Colton sie in seiner Funktion als Cop kennengelernt hatte, was zunächst zu einer Freundschaft und dann, als der Hammermann auf den Plan getreten war, mehr geworden war. Immerhin hatte der Junge ihr geglaubt – er war der Einzige gewesen, den Bobby in ihrem Wohnzimmer angetroffen hatte –, und bevor der FDLE-Agent an ihre Tür geklopft hatte, wollte Colton allein mit Mallory zurück in die Wälder fahren und ihr helfen, den Schlupfwinkel des Hammermanns aufzuspüren.

Vielleicht war er jetzt hier, weil die beiden etwas miteinander hatten. Die Beziehung, die der Hammermann unterbrochen hatte, konnte nun wiederaufgenommen werden.

Oder aber er war aus einem anderen Grund hier.

Es gibt keine Zufälle, und es gibt kein Versehen. Nichts geschieht, solange niemand will, dass es geschieht.

Und gerade als die Zufälle anfingen, in seinem Kopf gegeneinanderzuprallen, einer nach dem anderen, wie die scheppernden Becken im Crescendo einer Symphonie, ertönte ein Schrei und durchbrach die Stille der Nacht.

90

Er konnte die Hand nicht bewegen, um sich den Schweiß abzuwischen, der sich auf seiner Oberlippe angesammelt hatte. Es war nicht genug Platz auf dem Dachboden, um die Arme hochzuziehen. Schweiß lief ihm von der Stirn in die Augen, die zu brennen anfingen. Er blinzelte.

Owen war nie so gründlich gewesen wie er. Loyal. Geistreich. Aber nicht gründlich.

Immer war er derjenige gewesen, der die Schweinerei, die sie angerichtet hatten, hinterher wegputzte. Er war derjenige, der sich darum gekümmert hatte, dass der Abfall entsorgt wurde und niemand etwas bis zu ihnen zurückverfolgen konnte. In dieser Beziehung waren sie ein gutes Team gewesen. Owen war derjenige, der sich ein paar von den Spielchen ausgedacht hatte, die sie gespielt hatten. Manchmal hatte Owen selbst ihm einen Schrecken eingejagt mit seinen Ideen.

Doch es war nie vorgesehen gewesen, dass ihr Zuhause entdeckt wurde. Die Spieltunnel. Die besonderen Zimmer. Bedauerlicherweise war er dort nicht so gründlich gewesen. Er wusste, dass seine DNA an den Werkzeugen klebte, seine Fingerabdrücke auf Owens Kühltruhe waren und sein Gesicht auf den Fotos zu sehen war, die gerahmt im Haus ihrer Großeltern standen. Es war nur eine Frage der Zeit, bis sie dem Gesicht in den Rahmen einen Namen gaben. Es war nur eine Frage der Zeit, bis sie auf ihn kamen.

Und wenn sie einmal wussten, wer er war, dann würden sie ihn auch finden, ganz egal, wo auf dieser Erde er sich versteckte. Es war vorbei. Es war aus und vorbei.

Er hatte nichts mehr zu verlieren. Owen war tot, und er konnte nicht einmal richtig um ihn trauern, mit Blumen und einem Begräbnis und einer Grabrede, um an die bösen Dinge zu erinnern, die sie zusammen vollbracht hatten. Man hatte seine Leiche in die Leichenhalle gebracht, doch von der Familie würde niemand kommen und die Herausgabe verlangen. Es war schlicht keiner mehr da. Und selbst wenn noch jemand da wäre, würde trotzdem niemand kommen. Man würde seine Leiche irgendwo in einem anonymen Grab verscharren oder sie, was wahrscheinlicher war, verbrennen, um zu verhindern, dass die Leute sein Grab fanden, die Leiche wieder ausbuddelten und durch die Straßen zerrten, während der wutentbrannte Mob grölend hinterhermarschierte.

Er aber wollte um Owen weinen – im Stillen, und ganz für sich. In den letzten Tagen hatte er sich an die guten Zeiten erinnert, die sie zusammen gehabt hatten – wie es sich angefühlt hatte an jenem Tag, als ihm klargeworden war, dass auch sein Cousin anders war. An jenem sonnigen Nachmittag, als er Owen in dessen Schlafzimmer dabei zusah, wie er zwei siamesische Kampffische in einem Glas auf die Kochplatte setzte, die er andrehte, um dann zu beobachten, wie die beiden Fische bei lebendigem Leib gekocht wurden, während sie versuchten sich gegenseitig umzubringen. Owen wusste, dass ihn das nicht schockieren würde. Dass er ihn nicht verraten würde. Er wusste es. Jahre bevor er dieser lesbischen Psychotante den Schädel zertrümmerte, hatte Owen schon gewusst, dass ihnen beiden etwas gemein war, was nichts mit jugendlicher Sportbegeisterung zu tun hatte. Owen hatte den Gendefekt seiner Augen schon immer … cool gefunden. Er hatte immer gesagt, er solle die Kontaktlinsen, hinter denen er seine Augen versteckte, nicht tragen. Er solle sich nicht darum scheren, was die Leute sagten – sondern die Arschlöcher mit seinen abartigen Augen einfach niederstarren, wie die Schurken in den Comics es taten. Das hatte ihm immer viel bedeutet – vor allem, als Owen ihm gestand, er wünschte, er hätte selbst solche Augen. Owen wollte immer beachtet werden, gesehen und verehrt werden, doch er hätte nie etwas unternommen, um das zu erreichen.

Die Leute bewunderten seinen Verstand: Owen konnte mit dem Computer umgehen wie niemand sonst auf der Welt. Aber Hacker zählten nun mal nicht zu den Menschen, die ihre Superkräfte mit der ignoranten Öffentlichkeit teilten. Jahre nach der Sache mit den Fischen, als er endlich seinen ganzen Mut zusammengenommen und Owen von den Gedanken erzählt hatte, die er noch nie, niemals einem anderen Menschen mitgeteilt hatte – da hatte Owen ... gelächelt. Und als er dann von den Gedanken, die er hegte, überging zu den Dingen, die er mit seinen Werkzeugen angestellt hatte – da hatte Owen ... Beifall geklatscht. Dann hatte Owen ihm die Tunnel gezeigt. In jener Nacht wurde ihre Partnerschaft aus der Taufe gehoben.

«Sie zieht hierher», hatte Owen aufgeregt in den Hörer geflüstert. Sie wussten beide, wer «sie» war. Sie wussten beide, wo «sie» war. Sie wussten beide, wohin «sie» zog. Das war ein spannender Tag gewesen. Sie kam nach Tallahassee. Sie kam tatsächlich, unglaublicherweise, zu ihm. Und dann erzählte Owen ihm, wo genau sie einziehen wollte, und er hatte den Hörer fallen lassen. Es war definitiv Schicksal.

Wochenlang hatte er sie beobachtet. Er hatte sie angesprochen. Sich mit ihr unterhalten. Und sie hatte ihn angelächelt, diese junge Frau, die vor Jahren aufgehört hatte zu lächeln. Sie hatte ihm für seine Mühen gedankt, dafür, dass er Anteil an ihr nahm, denn er wusste, dass das sonst niemand tat.

Als er an diesem Abend nach nebenan in ihre Wohnung

schlüpfte, wusste er, dass dies das unwiderruflich letzte Mal war, dass er herkam. Doch diesmal würde er auf dem Weg hinausgehen, den er selbst gewählt hatte – im Glanze schurkenhaften, supermächtigen Ruhms. Und diese herzlose Schlampe würde er mitnehmen.

Sie war dazu bestimmt gewesen, diejenige zu werden, die alles veränderte. Diejenige, die ihm half. Die Frau, die seine Kopfschmerzen für immer beenden würde. Die seiner Schlaflosigkeit ein Ende setzen würde. Owen hatte es nie so gesehen. Owen hatte den Gedanken, das Spiel der Kräfte zu verändern, als Bedrohung empfunden. Aber er hatte Owen gesagt, dass sie ihr Schneewittchen werden würde. Die Mutter, die keiner von beiden je hatte; die Schwester, die sie sich immer gewünscht hatten. Sie würde in ihrem Zuhause in den Wäldern für sie kochen und sauber machen und sich um sie kümmern, und sie würden ihr alles beibringen. Durch sie würden die Spiele, die anfingen, langweilig zu werden, wieder reizvoller. Er hatte Owen in seine Welt eingeweiht, und das hatte gut funktioniert. Besser als gut – zusammen bildeten sie eine Supermacht aus Superschurken. Noch jemanden einzuweihen, würde ebenso gut funktionieren.

Doch Owen hatte die ganze Zeit über recht gehabt. Owen hatte immer recht gehabt, denn er war der Klügere von ihnen beiden. Als sie entwischte, hatte Owen vorausgesehen, dass sie wiederkommen und sie beide vernichten würde. Jedes einzelne andere Mädchen hatte gejammert und gewinselt und versprochen, niemandem etwas zu verraten, wenn sie sie nur frei ließen, aber keine dieser Schlampen hatte das je ehrlich gemeint, und er und Owen wussten das. Mallory war die Erste gewesen, die sich anders verhalten hatte. Und sie hatte bewiesen, dass Owen recht hatte.

Sie hatte sein Heim zerstört. Sie würde den höchsten Preis von allen bezahlen. Es war traurig. Es war tragisch. Es war schrecklich. Aber er würde sich danach so viel besser fühlen.

Voller Wut auf sie fletschte er seine Reißzähne, dann ließ er die Zunge über die rasiermesserscharfen Spitzen gleiten. Sein Mund füllte sich mit Blut, und ein paar Tropfen entwichen, ehe er es herunterschluckte. Der Geschmack und das warme Gefühl in der Kehle verliehen ihm Kraft. Er setzte das viereckige Paneel der Deckenverkleidung wieder ein und glitt rückwärts über den Dachboden, bis er das Zugangspaneel erreicht hatte. Nachdem er es herausgenommen hatte, zog er sich seinen brandneuen Schweißerhelm mit dem aufgeprägten Totenschädel über und knipste das Licht an seiner Actionkamera an. Er blickte auf ihre hübschen Schuhe und die seidigen Kleider, die er schon Dutzende Male zuvor liebkost hatte, während er sie beobachtet hatte. Dann streifte er mit den Fingern über das leuchtende Grinsen des Todes auf seinem Helm, um ein Lachen zu unterdrücken, und ließ sich leise aus ihrer Zimmerdecke hinab in ihren Kleiderschrank.

Es machte ihm nichts aus, diese Welt zu verlassen. Der Tod durch die Hand eines Cops würde vergleichsweise schmerzlos ausfallen. Wenn das Finale nach Plan lief, würde man ihn in exakt dem Moment töten, in dem er ihre sahnig weiße Kehle mit der Sichel aufschlitzte oder ihr den Schraubenzieher durch die Schläfe bohrte.

Das Wichtigste war, dass sie starb, und zwar den jämmerlichsten aller Tode. Er wollte noch ein letztes Mal das Grauen auf ihrem Gesicht sehen und dann jede Spur eines Lächelns für immer daraus tilgen. Danach konnte er als glücklicher Mann zur Hölle fahren.

91

Mallory stand auf einer Kiste in der leeren Jurabibliothek und griff nach einem Buch, das auf dem höchsten Regal im Gang stand, da fing es plötzlich an zu … regnen.

Als sie nach oben blickte, spürte sie, wie ihr die Tropfen ins Gesicht fielen. Um sie nicht in die Augen zu bekommen, blinzelte sie. Dann hob sie die Hand, um sich das Gesicht abzuwischen, und fühlte, wie das warme Wasser ihr die Wange hinunter und in den Nacken rann …

Sie schlug die Augen auf. Im Schlafzimmer war es dunkel. Mit der Hand griff sie sich an die Wange, dann rieb sie die Fingerspitzen aneinander.

Sie waren feucht.

Das Mondlicht schien warm gegen die weißen Jalousien, die vor dem Fenster hingen. Sie lauschte dem Säuseln des Windes, der sanft über die Lamellen strich und die Unterseite der Jalousien übers Fensterbrett schrappen ließ. Irgendwo in der Ferne tutete eine Autoalarmanlage. Ein Hund bellte. Davon abgesehen war die Nacht ruhig. Der Großteil der Welt da draußen schlief tief und fest.

Aber sie war hellwach, jeder einzelne Nerv in ihrem Körper zum Zerreißen gespannt. Und doch blieb sie liegen, vor Angst gelähmt, als stünde ein Monster gleich hier neben ihr und schon die kleinste Bewegung könnte es dazu bringen zuzuschlagen. Langsam drehte sie den Kopf, um auf den Wecker zu schauen. Die roten Ziffern glühten 1:32. Dann sah sie im schwachen Schein des Lichts auf ihre Fingerspitzen. Auch sie waren rot.

Im selben Moment hörte sie das Knarren von oben aus der Deckenverkleidung.

Und wusste mit Bestimmtheit, dass sie nicht träumte.

Und dass sie nicht allein war.

92

Bobby stürmte die Treppen hoch zu ihrer Wohnung. Vor der Tür stand Colton und versuchte, sie einzutreten.

«Was zur Hölle tun Sie da?», brüllte Bobby. Er hatte die Hand an der Waffe, die jedoch noch im Holster steckte. «Was tun Sie hier, Colton?»

«Sie ist da drin!», rief Colton.

Der Nachbar eine Treppe tiefer machte die Tür auf und kam heraus. Andere gesellten sich im Treppenaufgang dazu.

«Sie schreit!», rief Bobby zurück.

«Verdammte Scheiße! Sie muss den Riegel vorgelegt haben! Ich kann die Tür nicht eintreten! Ich muss da rein! Helfen Sie mir!»

Im Bruchteil einer Sekunde verstand Bobby, was hier vorging. Mallory schrie nicht, weil Colton versuchte, in die Wohnung hineinzukommen, sie schrie, weil sie versuchte rauszukommen.

«Mallory!», brüllte Bobby. In dem Moment hörte er das Heulen der Sirenen. Sie kamen nicht erst näher. Sie waren bereits da. Und es gab noch weitere, die schnell näher kamen. Die nächtliche Stille wurde von ihnen zerrissen.

Noch mehr Nachbarn kamen aus ihren Wohnungen und strömten unten in den Hof.

FBI- und FDLE-Agenten platzten aus den Büschen hervor und kamen die Treppen hochgerannt. «Lassen Sie die Waffe fallen und treten Sie von der Tür zurück!», rief einer von ihnen.

Es herrschte vollkommenes, heilloses Chaos. Verschwommene blaue und rote Lichter erhellten das Gebäude, das durchdringende Heulen der Sirenen schwoll an und ab, Reifen quietschten, aus jeder Richtung kamen aufgeregte Stimmen, gebrüllte Befehle richteten sich an alle in der Umgebung, an die Nachbarn, an Colton, an ihn.

Es war eine solche Hektik, dass Bobby und die Traube von Polizisten, die sich vor der Tür zu Apartment 2B drängten, eine Sekunde brauchten, bis sie merkten, dass das Schreien hinter der Tür aufgehört hatte …

93

Sie wusste, dass er hier war. Sie konnte die Zimmerdecke nicht erkennen, dafür war es zu dunkel, doch sie wusste, dass er da oben gewesen war. Der Vampir hatte über ihr gehangen, sich mit langen, schmutzigen Fingernägeln an die Deckenpaneele gekrallt und sie aus blutigen schwarzen Augen im Schlaf beobachtet, während er sich die Lippen leckte. Es war das Blut seines grässlichen Grinsens gewesen, das ihr aufs Gesicht getropft war.

Sie lag im Dunkeln und bemühte sich verzweifelt, einen klaren Gedanken zu fassen. Er war wieder da. Wie konnte das sein? Wollte er sie nur beobachten, wie er es vermutlich schon so viele Male zuvor getan hatte? Würde er jetzt wieder verschwinden? Wenn sie ganz ruhig in der Dunkelheit liegen blieb, würde er sich dann vielleicht wieder davonstehlen, zurück durch die Wände oder die Decke oder durch das offenstehende Fenster, wo auch immer er hereingekrochen war? Sie wollte sich nicht zu früh bewegen. Sie wollte sich nicht zu spät bewegen. Sie lauschte dem Kratzen der Jalousien auf dem Fensterbrett, dem Schlagen ihres Herzens, dem Pulsieren des Bluts in ihren Schläfen …

Dem Klopfen an der Wohnungstür.

Sie warf die Bettdecke beiseite und schoss auf die geschlossene Schlafzimmertür zu, doch da sprang die Tür ihres Kleiderschranks auf, und er stieg heraus.

Sein wie ein Totenschädel geformter Helm mit dem schaurigen Grinsen des Sensenmanns darauf glühte weiß. Dort, wo bei einem Schädel die Augenhöhlen waren, befand sich ein schmaler, violett leuchtender Balken. Er trug wieder seine Tarnjacke und hielt einen Fäustel in der behandschuhten Hand. Um seine Hüfte war ein Werkzeuggürtel geschnallt.

Noch bevor sie einen Schrei ausstoßen konnte, hatte er sich schon auf sie gestürzt und sie aufs Bett geworfen. «Du hättest mir helfen sollen. Du hättest freiwillig bei mir bleiben sollen», zischte er. «So war es von Anfang an geplant. Es ist deine Schuld, dass wir jetzt beide draufgehen.»

Verzweifelt wand sie sich unter seinem Körper. Sie bekam kaum Luft, denn er hockte auf ihrer Brust. Mit den Händen griff sie nach oben, um ihm diesen verdammten Helm herunterzustoßen. «Zeig dich mir! Zeig mir dein Gesicht! Ich will dich sehen!»

«Nein!» Er hatte ihr eine Hand um die Kehle gelegt. «Dafür ist es zu spät! Nur so wirst du dich an mich erinnern, für immer!»

Sie konnte das Klopfen an der Wohnungstür hören, heftiger diesmal. «Callie? Bist du wach?»

Da stieß sie hart gegen seine freie Hand, die reflexhaft zurückzuckte, sodass der Fäustel gegen den Helm schlug und den violett leuchtenden Balken zertrümmerte, der sofort schwarz wurde. Er ließ den Hammer aufs Bett fallen und griff nach seiner Maske. Der Druck seiner Hand um ihre Kehle lockerte sich.

Sie schrie.

«Callie! Aufmachen! Polizei!»

Im Wohnzimmer erklang ein lautes Dröhnen. Gefolgt von einem zweiten. Das kam von der Wohnungstür. Jemand versuchte sich Zugang zu verschaffen. Sirenen heulten. Nicht in einiger Entfernung, sondern ganz nah. Sie konnte das Aufzucken roter und blauer Lichter sehen, die sich auf der anderen Seite der Jalousien abwechselten und die billigen Deckenpaneele über ihr beleuchteten.

Die lauten Geräusche hatten ihn erschreckt. Vermutlich, weil sie so nah waren, näher als er erwartet hätte. Er blickte zum Fenster hinüber, und in dem Moment stieß sie ihm den Helm vom Kopf. Er verlor vollkommen die Fassung, als wäre plötzlich ein Riss in seinem Schutzanzug und die Luft, die er dadurch einatmete, würde ihn töten. Fieberhaft griff er nach dem Helm. Im roten Licht des Weckers sah sie seine Reißzähne aufblitzen.

Mit der freien Hand tastete sie nach dem Baseballschläger, den sie neben ihr Bett gestellt hatte. Aber er war weg.

Er hatte den Fäustel jetzt wieder in der Hand und schwang ihn empor, doch sie hatte einen der Hämmer aus seinem Werkzeuggürtel gepackt und schlug ihm damit nun, so fest sie konnte, ins Gesicht.

Es gab ein knackendes Geräusch. Vielleicht war es sein Schädel. Was immer es war, sie hob den Hammer erneut und schlug zu, wieder und wieder. Bis er zu einem würgenden Bündel auf dem Fußboden ihres Schlafzimmers niedersank, mit Händen, die noch immer vergeblich versuchten sein Gesicht zu schützen.

Aus dem Wohnzimmer erklang ein donnerndes Poltern, gefolgt von einem lauten Krachen. Ein ganzer Schwarm Polizisten stürmte ihre Wohnung. Den Bruchteil einer Sekunde später wurde ihre Schlafzimmertür eingetreten, und ein halbes Dutzend Waffenmündungen richteten sich auf sie. Taschenlampen leuchteten ihr ins Gesicht, auf das Bündel am Fußboden, durchs ganze Zimmer, bestrebt, die Gefahr zu identifizieren. Jemand schaltete das Licht ein.

«Waffe fallen lassen!»

«Zurücktreten!»

«Hände hoch!»

«Ist sonst noch jemand hier?»

Ungläubig blickte sie an ihrem blutverschmierten Körper hinab und bemerkte erst jetzt, was sie fest umklammert in der Hand hielt. Sie trat einen Schritt zurück von dem noch immer zuckenden Bündel in der Tarnjacke und sank in die Knie. Der blutige Klauenhammer fiel mit einem dumpfen Laut auf den Boden.

94

Schon als Denny sich in ihre Wohnung hinabließ, hatte er gewusst, dass er sie nicht mehr lebend verlassen würde. Er hatte gewusst, dass sie ihn bald finden würden.

Er hätte sich beeilen müssen. Er hätte sie nicht beobachten dürfen. Er hätte sich in ihr Zimmer gleiten lassen, ihr die Kehle aufschlitzen, in ihrem Blut baden und dann darauf warten sollen, dass die Cops für den großen Schlussakt eintrafen. Als sie aus dem Bett sprang, hatte er den richtigen Augenblick schon verpasst und die Kontrolle verloren. Und er hatte nicht vorausgesehen, wie schwer es sein würde, die Kontrolle zurückzugewinnen.

Dann wurde ihm plötzlich klar, dass die Polizei schon da war, dass sie vor ihrer Tür standen. Und das war's. Der große Moment war fast gekommen, und er … war nicht bereit.

Der erste Schlag traf ihn am Auge. Er hörte die Knochen zersplittern, als das Metall auf seinen Schädel traf. Der nächste traf seine Stirn. Er spürte, wie das warme Blut ihm über Hals und Brust lief. Der Schlag danach traf ihn seitlich am Kopf, und die Metallklaue schmetterte sich ihren Weg in sein Gehirn.

Das war der letzte Schlag, den er noch spürte, als er schon am Boden lag, obwohl noch weitere folgten. Er blickte ihr aus seinem anderen Auge entgegen, während sie wieder und wieder auf ihn einschlug.

Und sein allerletzter Gedanke, bevor alles schwarz wurde,

war, dass er die ganze Zeit über recht gehabt hatte, was sie betraf. Sie war dazu bestimmt gewesen, alles zu ändern.

Und das hatte sie auch.

Der Schmerz in seinem Kopf hatte gnädigerweise aufgehört. Nun konnte Denny endlich schlafen.

95

«Er hat direkt nebenan gewohnt, können Sie sich das vorstellen? Sechs Jahre lang hat er schon hier gewohnt», sagte Lou D'Arnis, während hinter ihm eine endlose Reihe aus Detectives, Technikern von der Spurensicherung und anderen Beamten in die Wohnung ein- und aus ihr herausströmten. «Ihre kleine Mallory Knight ist, ohne es zu ahnen, direkt neben dem Hammermann eingezogen.»

Bobby schüttelte den Kopf. «Zufall?»

«Verdammtes Pech», meinte D'Arnis und zündete sich eine Zigarette an.

«Sie ist noch am Leben», gab Bobby zu bedenken.

«Er nicht. Verdammtes Pech für ihn», entgegnete D'Arnis mit einem kratzigen Kichern. «Sein Cousin Owen hatte als stellvertretender IT-Leiter Zugang zu den Daten aller Studenten an der FSU, und das schloss ihre Adresse natürlich mit ein.» D'Arnis deutete mit dem Kinn auf Mallorys Wohnungstür hinter sich. «Vielleicht haben die beiden sie ja die ganzen Jahre über im Auge behalten. Vielleicht wussten sie, dass sie ihren Namen geändert hatte und wie sie jetzt hieß. Als ihr Name dann im System der FSU auftauchte oder sie sich um ein Studentendarlehen bewarb oder was weiß ich, zeigte der Computer es ihnen an, und sie wussten, dass die kleine Knight nach Tallahassee kam. Wir müssen natürlich allen denkbaren Szenarien nachgehen, aber ich glaube, dass die beiden sie vielleicht sogar in die Wohnung hier gelockt haben. Ihr die Anzeige von Craig's List zugeschickt haben oder so. Wir können keinen von beiden mehr dazu befragen, es wird also schwer werden, eine Antwort darauf zu finden: Wie zur Hölle konnte es passieren, dass sie in die Wohnung direkt neben dem Hammermann eingezogen ist?»

Bobby trat gegen das Metallgeländer. «Wie ich schon sagte, ‹Zufall›?»

«Wie ich schon sagte, ‹verdammtes Pech›.»

«Ich glaube, Mallory würde lieber von einem Zufall ausgehen als davon, vier Jahre lang auf der Watchlist von zwei Raubtieren gestanden zu haben.»

D'Arnis zuckte die Schultern. «Wir haben noch einen Haufen Ermittlungsarbeit vor uns.»

«Wie sind Sie auf ihn gekommen?», fragte Bobby.

«Wir haben schon die ganze Zeit vermutet, dass er einen Partner gehabt haben muss. Oder einen ergebenen Diener. Jemanden, der ihm zur Hand gegangen ist. Die Orte, wo die Frauen entführt und wo ihre Leichen abgeladen wurden, sind über die ganze Landkarte verstreut. Und manche Leichen haben Wunden aufgewiesen, die nicht zusammengepasst haben, als wären sie ihnen von zwei verschiedenen Leuten zugefügt worden: Einige Messerstiche ordneten die Forensiker einem Rechtshänder zu, andere einem Linkshänder. Manche Leichen waren sorgfältig in Szene gesetzt worden, andere wieder nicht. Verstümmelungen, die manchen Opfern mit den Werkzeugen zugefügt wurden, anderen aber nicht. Aber ohne Zeugen und handfeste Beweise für einen Partner blieb das alles Spekulation. Und nichts hätte eine größere Panik in der Bevölkerung ausgelöst als die Nachricht, dass es möglicherweise zwei Serienmörder da draußen gibt, die zusammenarbeiten und von denen wir keine Beschreibung haben, weder vom einen noch vom anderen.»

Er blies eine Rauchwolke aus. «Und dann haben Sie Mr. Owen

Phillips in seinem Bunker aufgespürt. Sobald wir den Namen kannten, haben wir versucht die Opfer, so gut es ging, bis zu ihm zurückzuverfolgen, um den Fall abschließen zu können, aber immer mit dem Gedanken im Hinterkopf, er könnte mit jemandem zusammengearbeitet haben, auch wenn es ein Leichtes gewesen wäre, alle Opfer ihm zuzuschreiben. Er war Beidhänder, wussten Sie das? Owen Phillips.»

«Woher hätte ich das wissen sollen?»

«Noch so einer von Ihren Zufällen, Dees.»

Bobby trat einen Schritt zurück, aus der grauen Wolke heraus. «Dann haben Sie also zuerst Beck für Phillips' Partner gehalten?»

«Es passte – wenn man wollte, dass es passt. Und Sie sind schließlich auch hier, nicht wahr?»

Eine Weile lang sagte Bobby nichts. «Die Puzzleteile haben zwar nicht alle zusammengepasst, aber es gab da ein paar Dinge, die mir einfach keine Ruhe gelassen haben.»

«In unserem Beruf gibt es keine Zufälle. Das wissen Sie, Dees.»

«Bis dann doch einer eintritt, Lou. Es heißt, alles geschieht aus einem bestimmten Grund.» Bobby dachte an all die Zufälle, die dazu geführt hatten, dass er jetzt hier stand: Die Infektion mit Staphylokokken, die ihn gezwungen hatte, ein paar Tage länger in Tallahassee zu bleiben, Katys Übelkeit. Eigentlich sollte er in diesem Augenblick über siebenhundert Kilometer weiter südöstlich sein. War es nun Zufall oder Schicksal, dass er es nicht war?

«Ich werde wohl immer skeptisch bleiben, wenn die Teilchen sich wie von selbst ineinanderfügen wollen. So wie ich das sehe, steht irgendwo hinter der Bühne ein Puppenspieler.»

«Vielleicht ja der alte Mann dort oben», erwiderte Bobby. «Wie kam's dazu, dass Sie ausgerechnet hier aufgetaucht sind?»

«Ihr junger Freund Beck. Wir haben ihn überwacht. Wollten abwarten, was er macht. Zur gleichen Zeit haben wir uns alles angeschaut, was wir über Owen Phillips kriegen konnten, was allerdings nicht gerade viel war. Anscheinend war er ein Genie in seinem Job – im Umgang mit Computern. Wenn er in der Birne nicht so abgedreht gewesen wäre, hätte ein zweiter Bill Gates aus ihm werden können – zumindest hat er sich selbst für so brillant gehalten. Was unserer Meinung nach einer der vielen Gründe dafür ist, dass er keine Freunde hatte. Na ja, jedenfalls haben wir in dem Bunker da unten Fingerabdrücke gefunden, die wir nicht zuordnen konnten, und warteten zudem auf die Ergebnisse der Analysen der DNA-Spuren auf den ganzen Werkzeugen, der Werkbank und in den Zellen. Die Jungs von der Spurensicherung waren geschlagene zwei Tage unten in dem Loch. Phillips hatte keine Freunde, keine guten Bekannten, keine Liebschaften, keine unmittelbaren Angehörigen. Der König der Einzelgänger. Aber er hatte einen Cousin, Dennis ‹Denny› Coltrane, ebenfalls dreißig, der ihm auf den alten Familienfotos, die wir in dieser Hütte in Georgia gefunden haben, verdammt ähnlich sieht. Und der war auch im technischen Bereich tätig – hat sich für Tech-Point, eine mittelgroße Computerfirma außerhalb von Jacksonville, um Netzwerksicherheit gekümmert. Die haben auch ein Büro in Tallahassee. Und in New Orleans. Und Orlando. Alles Städte, aus denen Opfer des Hammermanns verschwunden sind. Auch Denny wurde als Kind von seiner Mutter, die übrigens die Zwillingsschwester von Owen Phillips' Mutter war, zum Psychiater geschickt. Als Heranwachsender hatte er jede Menge Probleme und wurde anscheinend wegen eines angeborenen Defekts gemobbt. Er hatte ein Kolobom in beiden Augen.»

«Noch nie davon gehört, aber lassen Sie mich raten: blutige Pupillen?» Bobby hatte versucht, an Dennis Coltranes zerschmettertem Hals noch einen Puls zu fühlen. Er hatte mit der Taschenlampe in die toten Augen des Mannes geleuchtet, die zur Zimmerdecke hochstarrten, aus der er kurz zuvor gekrochen war.

«Na ja, in den medizinischen Fachzeitschriften wird es etwas anders beschrieben. Es handelt sich um eine Spaltbildung in der Iris, die üblicherweise angeboren ist. Er hat wohl Kontaktlinsen getragen, um es zu verbergen; das müssen wir noch seine Kollegen fragen. Das Gleiche gilt für die Zähne. Die Spurensicherung hat in seinem Badezimmer nebenan eine Brücke gefunden. Offenbar hat er sich die Schneidezähne abgefeilt und dann eine Brücke machen lassen, um sein zahnärztliches Kunstwerk vor Kollegen und Nachbarn zu verbergen, denen der Vampir nebenan sicher das Blut in den Adern hätte gefrieren lassen.»

«Dann hat er also gar keine gruseligen Kontaktlinsen und Vampirzähne aus der Kiste für Halloween benutzt, um seine Opfer zu erschrecken, sondern er trug ganz normale braune Linsen und eine Brücke, um seine Umgebung zu beruhigen», sagte Bobby. Langsam ergaben die Einzelheiten Sinn – diese vollkommen wirre Gedankenwelt, die eigentlich niemals einen Sinn ergeben sollte.

«Und um die Tatsache zu verbergen, dass er in Wirklichkeit ein blöder Wichser mit einer furchterregenden Visage war.»

Bobby nickte. «Hasste er seine Mutter denn wegen dieses angeborenen Defekts? Ist das die Theorie, die Sie verfolgen?»

«Wer zur Hölle soll das wissen? Es gibt niemanden mehr, der eine solche Hypothese bestätigen könnte, auch wenn sie in meinen Ohren durchaus plausibel klingt. Am besten warten wir ab, bis uns die Intelligenzbestien vom BAU eine Antwort auf diese Frage geben.» BAU stand für die Behavioral Assessment Unit des FBI: die besten forensischen Profiler der Welt. «Aber ich sage Ihnen mal was», fuhr D'Arnis dann fort, «in keinem der Profile stand je etwas von physischen Abnormitäten oder Narben. Und offenbar haben alle ernstlich gestörten Mörder Probleme mit ihrer Mutter, das ist also keine allzu gewagte Diagnose. Ich darf Ihnen verraten, dass es einige Fälle gibt, die jetzt wieder neu aufgerollt werden müssen. Mary Coltrane, Dennis' Mutter, kam bei einem ziemlich merkwürdigen Jagdunfall ums Leben, und zwar im selben Jahr, in dem ihre Schwester und ihr Schwager – die Eltern von Owen Phillips – in ihrem Haus in Valdosta verbrannten. Eine Woche später beging Marys Mann, Tom Coltrane – Dennis' Vater –, Selbstmord, indem er Bleichmittel trank. Und jetzt raten Sie mal: Beide Mütter sahen den ganzen toten Frauen verflucht ähnlich. Bestimmt hätten die forensischen Psychologen ihre helle Freude an Ihrer Theorie. Aber wie ich schon sagte, Owen Phillips und Denny Coltrane sind beide tot, es gibt also niemanden mehr, den man zur Analyse unter die Mikroskope der Seelenklempner legen kann. Jedenfalls, als wir rausfanden, dass Coltrane neben seiner Wohnung in Jacksonville auch hier in Tallahassee eine gemietet hatte, und dann die Adresse sahen, ging so manchem im Team der Arsch auf Grundeis. Der Kerl wohnte Tür an Tür mit Ihrer Kleinen. Und wer steht um ein Uhr früh mit einem Blumenstrauß in der Hand vor ihrer Wohnung und klopft? Ihr junger Freund, Colton verflucht noch mal Beck.»

D'Arnis schnippte den Zigarettenstummel runter auf den Parkplatz und schob sich die schwere Eulenaugenbrille auf seiner Nase hoch, die aussah, als sei sie in den fünf Tagen, seit er Bobby im Krankenhaus besucht hatte, noch schmaler geworden. Genau genommen sah alles an Lou D'Arnis schmaler und hagerer aus. Anstatt sich darüber zu freuen, dass er endlich einen Fall abschließen konnte, an dem er sieben Jahre lang gearbeitet und der ihn in den letzten beiden dieser Jahre regelrecht aufgefressen hatte, wirkte der FBI SAS … besiegt. Vielleicht stand er ja – wie alle anderen vor Ort – unter Schock, dass es nun wirklich vorbei sein sollte.

«Zufall», meinte Bobby ruhig. «Ich glaube sogar, dass man, wenn der Zufall sich schließlich zu einer Art disneymäßigem Happy End fügt, von einem Glücksfall spricht.» Unwillkürlich musste er lächeln, als er daran dachte, was LuAnn erst vor ein paar Stunden zu ihm gesagt hatte: Alle Zeichen sprechen dafür, dass wir hierbleiben. Er hoffte, dass sie noch schlief, wenn er ins Hotel zurückkam. Er wollte etwas warten, bevor er ihr sagte, dass sie noch ein oder zwei weitere Tage in Tallahassee bleiben mussten. Und dann, aus welchem Grund.

EPILOG

«Wie lief's in Miami?», fragte Colton, nachdem sie sich beide gesetzt hatten. Während der fünfundvierzigminütigen Fahrt zum Restaurant war er ungewöhnlich still geblieben. Das *Owl Café* war zu einem ihrer Lieblingsorte geworden, es war abgelegen und weit genug von Tallahassee entfernt. Es war nichts Besonderes, doch man bekam dort hervorragende frittierte grüne Tomaten und den traditionellen Käseauflauf, und außerdem hatte man einen phantastischen Blick über den Golf von Mexiko.

Mallory nickte aufgeregt. «Es lief prima. Ich habe mit dem Staatsanwalt höchstpersönlich gesprochen. Das war ziemlich cool. Außerdem habe ich die Vertreterin der Anklage im Fall Cupido kennengelernt, du weißt schon, dieser Serienmörder aus Miami. Das war sogar noch cooler. Sie war so nett zu mir. Sie heißt C.J. Townsend und sagte, wenn ich will, kann ich mein Praktikum diesen Sommer bei ihr machen. Ein neuer Prozess steht an, und ich könnte ihr bei der Vorbereitung helfen.»

«Wow …»

«Weißt du, ich dachte, wenn ich das Praktikum mache, stecken die mich an irgendein Provinzgericht, wo ich dann Fälle von Fahren unter Alkoholeinfluss bearbeiten muss. Ich hätte nie gedacht, dass man mich bei der Vertreterin der Anklage für Tötungsdelikte arbeiten lässt.»

«Miami … wow. Bist du denn auch sicher, dass du nach Südflorida zurückwillst?»

«Es ist ja nur für den Sommer, Colton. Und es ist eine Riesenchance für mich», sagte sie und versuchte die Aufregung in ihrer Stimme zu dämpfen. «Wo sonst kann man sich seine Portion Gewaltverbrechen reinpfeifen und dann rüber zum Strand laufen, einen Mojito trinken und den Promis beim Wellenreiten zusehen?»

«In L. A., soweit ich weiß», sagte er und ließ seine Bierflasche auf dem Tisch kreiseln. «Ich dachte, du wolltest nie wieder einen Fuß in den Süden Floridas setzen.»

«Man sollte wohl niemals nie sagen», antwortete sie ruhig.

«Was ist mit New York?», fragte er. «Du hast doch überlegt, nach New York zu gehen, oder?»

«Erst nächsten Sommer. Agent Dees hat mir geholfen, das Praktikum in Miami zu bekommen, und ich glaube wirklich nicht, dass ich es ausschlagen sollte. Wenn ich es dort furchtbar finde, dann weiß ich wenigstens, dass es nichts für mich ist, und werde mich auf – keine Ahnung, auf Personenschäden spezialisieren. Nein, sicher nicht. Vielleicht Umweltrecht. Oder Medienrecht. Allerdings ist der Beruf der Staatsanwältin der Grund, weshalb ich überhaupt erst Jura studieren wollte, und wenn ich es tatsächlich furchtbar finde, wüsste ich nicht recht, was ich sonst machen soll.»

«Du wirst es nicht furchtbar finden. Es wird dir gefallen. Ich kenne dich», sagte er sanft.

Ja, er kannte sie. Sie waren jetzt fünf Monate zusammen, und manchmal kannte er sie besser, als sie selbst glaubte, sich zu kennen, was irgendwie sehr schön war. Und auch beängstigend. So lange hatte sie darum gekämpft, niemanden in ihrem Leben zu brauchen, dass es schwer war, sich, nun ja, wieder daran zu gewöhnen, dass man sich ganz auf jemanden verlassen konnte. Bei diesem Wandel mussten viele Wände eingerissen werden. Sehr viele. Aber jeden Tag erschien Colton aufs Neue vor den

Toren ihrer Burg und fragte, was er tun könne, um ihr zu helfen, sich sicher zu fühlen. Und so hatte sie ihn ganz allmählich an sich herangelassen. Noch nie hatte sie jemanden so geliebt, wie sie ihn liebte. Anfangs hatte sie noch Bedenken gehabt, es sei bloß deshalb, weil er herbeigeeilt war und sie gerettet hatte – es war schwer, sich deswegen nicht in seiner Schuld zu fühlen. Schon vorher hatte sie aus genau dem Grund versucht ihn auf Abstand zu halten – um herauszufinden, weshalb sie sich so von ihm angezogen fühlte. Aber das hatte nicht funktioniert. Sie war diejenige, die nie lange ohne ihn sein konnte. Vielleicht kam ihr dieser Sommer ja deswegen so wichtig für ihre Zukunft vor. Wenn sie nach zehn Wochen Trennung immer noch so verliebt in Colton Beck war wie zu der Zeit, als er Owen Phillips niedergeschossen und ihre Wohnungstür eingetreten hatte, um sie vor Denny Coltrane zu retten, dann sollte es … für immer sein.

«Und dich wird man dort auch gern haben», ergänzte er.

«Ich wäre ja immer noch in Florida», sagte sie leise und strich sich eine Haarsträhne hinters Ohr, die der Spange entwischt war. Was ihr Äußeres anging, war sie einen Kompromiss eingegangen und mischte nun ihr altes Ich mit ihrem neuen. Sie trug ihr Haar jetzt schulterlang, gewellt und karamellfarben, mit sommerlich blonden Strähnchen, die ihr Gesicht umrahmten. Und auch wenn sie sich wieder Mallory nannte, war der Nachname doch Monahan geblieben. Callie war ein hübscher zweiter Name. Die saphirblaue Brille, hinter der sie sich versteckt hatte, war verschwunden – sie hatte sie sowieso nie wirklich gebraucht. «Es ist viel näher als New York. An den Wochenenden können wir uns sehen. Wenn du keinen Dienst hast, können wir uns in Orlando treffen. Das wäre doch machbar, oder? Wir könnten uns unter der Uhr von Cinderellas Schloss treffen. Ganz romantisch.»

Er nickte, den Blick immer noch auf die kreiselnde Bierflasche geheftet.

«Es ist doch nur für ein paar Monate. Das kriegen wir hin.» Mallory pickte die Sesamkörner von einem Stück Brot und wartete darauf, dass er etwas sagte.

«Vielleicht ist es ja auch für länger», erwiderte er dann geheimnisvoll.

«Was meinst du damit?» Sie spürte, wie ihr Herz plötzlich schneller schlug.

«Ich habe mich gestern mit dem Regional Director vom FDLE Miami Regional Operations Center getroffen. Zo Dias, der Assistant Special Agent in Charge, war auch dabei. Sie waren für ein wichtiges Treffen hier. Bobby Dees hatte es arrangiert; er sagte damals, ich solle mich im Februar wieder bewerben, was ich getan habe. Man hat mir einen Platz im nächsten SAT-Lehrgang angeboten.»

Sie starrte ihn an. «SAT?»

«Special Agent in Training. Ich bin noch keine fünf Jahre bei den Cops, deshalb muss ich dort anfangen. Das heißt, wenn ich will.»

«Du wolltest doch schon immer beim FDLE arbeiten!»

«Der nächste Lehrgang beginnt im Juni.»

«Jaaa», sagte sie langsam. «Und was … was bedeutet das jetzt?»

«Das bedeutet, dass ich hoffe, dass es dir in Miami gefällt. Dias möchte, dass ich in den Süden gehe, wenn ich die Ausbildung beendet habe. Er möchte mich beim Miami Regional Operations Center haben.»

«Und wo möchtest du hin?»

«Mir würde Miami gefallen. Meiner Mutter nicht. Meine Brüder schwören, es wäre ein Moloch, aber ich glaube, die sind bloß neidisch, weil von denen noch keiner jemals weiter südlich war als Orlando. Außerdem glaube ich, es macht ihnen zu schaffen, dass das Nesthäkchen flügge werden könnte. Ich selbst? Ich habe Lust auf was Neues.»

«Oh …» Die freudige Aufregung in ihrer Stimme schlug um in Enttäuschung.

«Und ich hoffe, dass du dabei bist», sagte er und streckte den Arm aus, um ihre Hand zu nehmen. «Ich will dich nicht drängen, Mal. Ich will dir meine Gesellschaft nicht aufdrängen, wenn du das nicht willst. Wir haben hier eine Menge zusammen durchgestanden, und gemeinsam mit dir will ich noch eine ganze Menge mehr durchstehen. Nicht noch mal so einen irren Scheiß, aber … na ja, du verstehst, was ich meine. Ich finde, wir sind ein gutes Team. Nein, ich finde, wir sind ein großartiges Team. Ich weiß, dass du manchmal an uns zweifelst; ich weiß, dass du manchmal an mir zweifelst. Aber ich habe keine Lust, in Tallahassee klebenzubleiben, wenn du woanders bist, und ich glaube irgendwie nicht, dass du am Ende in Tallahassee landen wirst. Und ich möchte das für mich machen. Ich möchte es mit Miami versuchen.»

«Colton …»

«Wenn du es nach deinem Praktikum ganz schrecklich da findest», fuhr er fort, «wenn du nach New York gehen willst oder nach L. A. oder meinetwegen auch nach Elgin, Illinois, dann komme ich mit – wenn du das willst. Vielleicht kann ich ja auch bei den Jungs vom FBI weitermachen. Denn ich liebe dich. Aber das, na ja, das weißt du ja schon seit langem.»

Es folgte eine ausgedehnte Pause. Die Kellnerin kam und stellte noch zwei Bier auf den Tisch, warf einen Blick auf ihre Gesichter und sagte dann, sie komme später wieder, um die Bestellung aufzunehmen.

«Wenn ich nach Miami gehe, werde ich mit Dees zusammenarbeiten», fügte er noch hinzu. «Er schwört zwar, dass er bald in den Ruhestand geht, aber Dias sagt, das wird nie geschehen. Sie wollen ihn nicht gehen lassen. Stell dir doch mal vor: Wenn du zur Staatsanwaltschaft von Miami gehst, könnten du und ich vielleicht sogar ein paar Fälle zusammen bearbeiten. Ich sperre die Schurken ein, und du wirfst den Schlüssel weg.»

«Das ist ja so kitschig», sagte sie mit einem Lachen.

Er lächelte. «Ich weiß.»

«Ich freue mich für dich», ergänzte sie. «Ehrlich.»

«Und ich freue mich für dich. Ehrlich, ehrlich.»

«Es ist ja nur für zwei Jahre», sagte sie schließlich. «Das kriegen wir hin. Denn ich liebe dich auch. Und das, na ja, das weißt du ja auch schon seit langem.»

«Wir können uns in Orlando treffen», sagte er.

«Unter der Uhr von Cinderellas Schloss.»

«Ganz romantisch …», flüsterte er und beugte sich über den Tisch, um sie zu küssen, während im selben Augenblick die kupferfarbene Sonne Floridas mit dem funkelnden, blauen Wasser des Golfs verschmolz.

Weitere Titel von Jilliane Hoffman

Insomnia

Mädchenfänger

Samariter

Vater unser

Die C.-J.-Townsend-Reihe

Cupido

Morpheus

Argus

BOR
NHO
LM
INSIDER-TIPP
Deine Abkürzung ins Erleben!
Reisen mit MARCO POLO
Insider-Tipps

MARCO POLO TOP-HIGHLIGHTS

ALTSTADT IN RØNNE ★1

Pippi-Langstrumpf-Atmosphäre mit bunten *Hygge*-Häuschen, bei denen reinschauen ausdrücklich erwünscht ist.

Tipp: Das Ensemble der Altstadtkulisse bekommst du am besten vom Hafen aus aufs Bild.

➤ S. 45, Rønne & die Westküste

BORNHOLMS KUNSTMUSEUM ★2

Kunst in hellem Ambiente und herrlicher Umgebung hoch über der Ostsee.

Tipp: Bei Nebel kannst du hier Bilder wie aus einem Mankell-Krimi knipsen.

➤ S. 69, Der Norden

NATUR BORNHOLM ★3

Das Erlebnismuseum in Aakirkeby mit riesigem Aquarium erklärt auf spielerische Weise die Flora und Fauna der Insel.

➤ S. 97, Der Süden

STRAND VON DUEODDE ★4

Nirgendwo in Nordeuropa ist der Sand feiner, der Strand breiter als hier im Süden der Insel.

Tipp: Am Abend erhellt das Licht des Leuchtturms den Strand und lässt wunderschöne Motive entstehen.

➤ S. 94, Der Süden

NYKER ★5

Hier steht die kleinste und schönste Rundkirche der Insel – jedes Wandbild gibt Einblick in die Bornholmer Geschichte.

Tipp: Vom Yppernemøllevej aus erstrahlt die Kirche abends golden im Licht der untergehenden Sonne.

➤ S. 51, Rønne & die Westküste